'이 모든 것을 가르쳐 준
당신에게 감사해.'

Romo

플아자

가르쳐 주세요_2

초판 1쇄 인쇄일 2016년 12월 19일
초판 1쇄 발행일 2016년 12월 28일

지은이 | 플아다
펴낸이 | 김기선

편집장 | 김은지
디자인 | 금장미

펴낸곳 | 와이엠북스(YMBOOKS)
출판등록 | 2012년 7월 17일 (제2014-17호)
주소 | 서울시 도봉구 노해로 379, 1005호(창동, 대성빌딩)
전화 | 02)906-7768 / 팩스 | 02)906-7769
E-mail | ymbooks@nate.com

ISBN 979-11-322-3978-9 (04810)
ISBN 979-11-322-3976-5 (set)

© 플아다 2016 Printed in Korea

값 12,800원

가르쳐 주세요

2

플아다 장편소설

Ya
BOOKS

차 례

12. 내게도 예쁠 줄은 몰랐는데 ···7

13. 생일 선물 ···41

14. 정말로 그러고 싶어? ···77

15. 기다려 ···113

16. 여자 문제 ···167

17. 이 밤이 사라지지 말았으면 ···214

18. 낳아 주셔서 감사합니다 ···260

19. 경고 ···318

20. 더 사랑하고 싶어서 ···358

21. 괜찮은 맞수 ···394

22. 모든 것을 가르쳐 준 당신에게 ···443

외전 2. 함께 ···476

외전 3. 준서의 일기 ···483

작가 후기 ···495

12. 내게도 예쁠 줄은 몰랐는데

다음 날 아침.

출근 채비를 마치고 방에서 나온 지원은 거실에서 이새와 마주쳤다. 이새는 준서와 아침을 먹으러 가려던 참이었다.

"삼촌, 출근하세요?"

"어? 어……."

"안녕히 다녀오세요."

준서가 밝게 인사했다.

"그래."

김이새 씨는 인사 안 하나? 안 해?

먹은 것도 없이 속이 온통 얹힌 기분이었다. 지원은 제 가슴을 주먹으로 통통 쳤다. 어젯밤, 그녀에게 진실한 마음을 다 보여 주고, 그가 얻은 대답은 '죄송해요. 내일 뵐게요.'였다.

그리고 내일이 되었잖아. 진짜로 '뵙기만' 한다는 거였어?

지원은 그녀의 눈앞에서 말도 못 하고 뒷모습만 바라보며 이를 갈았다.

준서와 이새가 식당으로 떠난 후, 반쯤 문이 열려 있는 이새의 방이 눈에 들어왔다. 지원은 뭔가에 단단히 홀린 양 그 안으로 들어가 방 안에 섰다.

저 침대의 침대보 아래에 내가 찾는 것이 있을 것이다. 그것을 펼치면 그녀의 마음을 알 수 있을 것이다. 그의 안에서 마구 가슴을 쳐 대는 심장의 소리를 무시하고 침대보 안으로 손을 뻗었다. 역시나 같은 자리에서 일기장이 만져졌다.

보자. 꺼내서 보자. 그녀의 마음을.

그렇게 굳게 마음을 먹었는데 펼쳐진 일기장을 집고 끌어당기는 순간 마음이 이상해졌다. 미간을 구기고 생각에 잠기게 된 그는 이내 손을 거두고 일어났다.

나는 지금 너의 남자친구고, 우린 헤어진 게 아니야.

애인이 되어서까지 그녀의 일기장을 훔쳐보는 것이나 열을 올리면 나 스스로가 너무 비참하고 찌질하지 않은가.

그래, 널 믿을게. 우리가 대화를 통해 잘 헤쳐 나갈 수 있을 거라 믿어 볼게.

그는 그대로 그녀의 방에서 나왔다. 일기장의 유혹을 이겨 낸 첫날이었다.

그러나.

나는 멋있지 않다. 찌질하다.

멋있는 척은 괜히 했나 보다. 아무도 알아주지도 않을 텐데. 이렇게 신경 쓰일 줄 알았으면 그냥 일기장 훔쳐보고 나올 것을.

"한 차장, 11월에 결혼한다고 했죠?"

집무실에서 보고를 받던 지원이 여느 때보다도 멍한 눈으로 직원에게 물었다.

"네, 사장님."

"결혼할 때가 되면 여자친구가 헤어지자는 말은 안 하겠네요."

어딘가 힘이 없어 보이는 사장님에게 어떤 말을 해 줘야 할까 고민하던 직원이 솔직하게 털어놓았다.

"매일 합니다."

"그렇습니까?"

"가끔 안 하는 날도 있습니다."

"그렇게 시달리면, 지치지는 않아요?"

"그거야 뭐……."

직원의 얼굴이 슬며시 붉어졌다.

"예뻐서…… 잘 달래 주면 또 착해져서요."

직원은 그 진리를 설파한 뒤 꾸벅 인사를 하고 나갔다.

더욱 심각해진 지원은 영혼마저 빠져나갈 것만 같은 긴 한숨을 쉬며 의자에 몸을 기댔다. 아침에 그가 꽤 다정한 문자메시지를 보냈지만 이새에게서는 아무 연락도 없었다. 어떤 문제를 먼저 해결해야 하나. 눈앞이 캄캄한 와중에 어제의 기억들이 머릿속에서 계속 아우성쳤다.

그리고 그녀의 슬픈 얼굴, 서러운 얼굴.

그녀 자신의 부주의로 큰 소동이 일어나 마음이 힘든데 지원이 선량한 배 주임마저 해고하겠다고 하여 복잡해진 기분은 이해한다. 하지만 나도 아파. 연애를 하고 있는데 외로운 기분이 들 줄도 몰랐어. 나도 이렇게 삐쳤는데 네가 예쁘니 무조건 달래 줘야 되는 것이냐.

나도 너한테 예뻤으면 좋겠다, 좀.

흥.

퇴근 시각이 되어 배 주임은 저택을 나섰다.

어제 아침, 2층 창문으로 지원의 팔 하트를 보고 나름의 충격을 받은 배 주임은 헐레벌떡 3층으로 올라가다가 봉변을 당했다. 계단을 잘못 더뎌 발이 접질린 것이다. 어제는 참을 만했는데 오늘은 꽤 힘들었다. 아무에게도 말하지 못하고, 아프지 않은 척하느라 아무렇지 않게 걸어 다녔더니 더 피로가 쌓인 것 같았다.

"차 안 가지고 오셨습니까?"

한참 정원을 가로질러 가고 있는데 뒤에서 지원의 목소리가 들렸다. 배 주임은 점잖게 인사했다.

"사장님 지금 퇴근하십니까?"

"다리는 언제 다쳤죠?"

지원이 그녀가 절뚝거리는 것을 알아보고 물었다.

"제가 부주의해서 그렇게 된 겁니다. 신경 쓰시지 않으셔도 됩니다."

"내일 병원에 가 보세요. 예약해 놓을게요. 집까지 바래다드리죠."

"아뇨. 괜찮습니다."

"저도 회사에 돌아갈 일이 생각나서 그래요. 가는 길에 바래다드릴게요. 대문 앞으로 나오세요."

지원이 통보하고 돌아섰다.

배 주임은 지원이 이새와의 관계에 대해 털어놓으리란 것을 직감했다. 어제 이새에게 개인적인 충고를 한 것이 마음에 걸렸다. 이새가 지원에게 배 주임이 한 말을 일러바쳐, 지원이 마음 상해서 그러는 것이라면 이 집을 관리하는 일을 그만둘 각오도 되어 있었다.

'여기 너무 오래 있었지.'

그녀는 자기가 한 말에 책임을 질 줄 아는 여인이었다.

배 주임이 대문을 열고 밖으로 나오니, 지원의 차가 보였다.

"타시죠."

배 주임은 지원이 권해 주는 대로 차에 올랐다. 지원의 차를 얻어 타고 가며, 배 주임은 지원이 먼저 말을 꺼내길 기다렸다. 그러나 지원은 운전대를 잡은 채 정면을 향하고만 있었다. 답답함을 이겨 내지 못하고 배 주임이 먼저 알은체를 했다.

"사장님, 저한테 하실 말씀 있으신 거 아닙니까?"

"지금 생각해 보고 있습니다. 어떤 말을 할까."

언제나 단도직입적으로, 칼같이 말할 줄 아는 지원이 어떤 말을 할까 생각해 보고 있다는 것은 조금 놀라웠다. 그만큼 중요한 얘기라 그럴 것이다. 배 주임은 해고를 직감하고 안경을 벗으며, 피로해진 눈을 매만졌다.

"형이 형수를 데려온 뒤부터 안경을 쓰셨나요?"

잠깐 고개를 돌린 지원이 던진 첫 질문이었다. 그 질문이 왠지 짓궂게만 느껴져 배 주임의 얼굴이 이내 붉어졌다. 단도직입적으로 얘기해도 되는 문제를 가지고 우회하여 얘기하는 것이 불편하기도 했다.

"사장님, 김 선생님하고 사장님의 사이를 누군가에게 들킬까 염려하시는 거라면……."

"저는 개인적으로 배 주임 존경합니다. 배 주임 같은 완벽한 관리인은 세상에 둘도 없을 거예요."

지원은 배 주임의 말을 제 목소리로 덮어 버렸다. 의도를 알 수 없는 칭찬에 배 주임의 표정이 굳었다.

"하지만, 그때가 더 낫지 않았나, 하는 생각이 들기도 해요. 형이 살아 있을 때."

이어진 지원의 말에 배 주임은 마음을 들키지 않기 위해 고개를 반대쪽으로 돌렸다.

"형을 정말 좋아하던, 아무 말도 하지 않아도, 조금도 표현하지 않아도 알아챌 만큼 사랑에 빠져 있던 사람이요. 그때 배 주임의 인간적인 모습을 많이 봤습니다."

자신의 손끝이 떨리고 있다는 것을 깨달은 배 주임은 고이 모은 제 손을 번갈아 만지작거렸다. 거친 물살을 만난 듯 감정이 여울졌다. 가슴 안에 가둬놓고만 살아온 눈물을 꺼내게 될 것 같아 두려워졌다.

"형이 퇴근할 때까지 일이 남아 있는 양 기다렸다가 끼니를 챙겨 주었던 것이나, 뭐든 잘 빼놓고 다니는 형을 헐레벌떡 쫓아가서 챙겨 주던 것이나……."

"……."

"형 구두는 늘 반짝거렸죠. 제 구두가 어땠는지는 기억도 안 나요."

"사장님은 그때 운동화를 신고 다니셨습니다."

울컥거리는 감정을 감추고, 배 주임이 한마디 했다. 지원이 입술 끝을 올려 웃었다.

한참 뒤에 배 주임이 유언을 하듯 말했다.

"사장님이, 진심으로 행복하길 바랍니다. 준서 도련님도……."

"준서도 저도, 이렇게 걱정해 주시는 분이 있어서 감사하게 생각하고 있습니다. 행복하고요. 그러니까, 배 주임도 떠난 사람을 그리워하는 것 말고 다른 행복을 찾아요. 나만 행복해질 수는 없지 않습니까."

"……."

"배 주임이 진심으로 행복했으면 좋겠어요. 나보다 더 행복해도 좋으니까. 난 이대로가 딱 만족스럽거든요."

고개를 숙이고 있던 배 주임이 얼굴을 들어 지원을 바라보았다. 어두운 차 안에서 지원의 미소가 밝게 빛나는 것 같았다.

"김이새 선생님은 참 신기한 분이네요. 어떻게 사장님이 이렇게 달라지실 수가 있는지."

"달라졌습니까?"

"네. 많이요."

"그럼 이 기쁜 소식을 그 사람한테도 좀 알려 주세요. 그 사람은 아직도 모르네요. 제가 이렇게 많이 달라졌는데."

"전 그런 말은 전하지 않습니다."

배 주임의 농담에 지원은 다시 한 번 반가운 듯 웃었다.

"하지만, 저도 사실 김이새 선생님 좋아합니다."

"밝은 에너지가 넘치는 사람이니까요."

"……서하늘 사모님도 그랬습니다. 그래서 미워할 수가 없었어요."

오랫동안 말 한마디 못한 채 흠모하고만 있던 사람이 다른 사람과 결혼을 할 때의 충격. 인어공주의 마음이 그러려나. 지원은 알지 못하는 세계였다. 배 주임의 고백에 지원은 숙연해졌다.

"제가 그래서 배 주임을 존경하는 겁니다. 좋아하는 사람의 행복을 빌어주는 거, 아무나 할 수 있는 게 아니잖아요. 그래서 더, 더 배 주임이 행복해지기를 바라는 겁니다. 제 친구가 매양 하는 말이 있어요. 착한 사람들은 그냥 마음 가는 대로 살아도 된다, 그래야 세상이 더 아름다워진다."

배 주임의 입에서 탄식 한 조각이 빠져나갔다.

"사장님의 해고 통보를 기다리고 있었는데, 역시 안 되겠습니다."

울먹거리는 것 같기도 했는데 그 목소리는 편안했고, 시원하면서도 정감 있는 것이었다.

"저는 저택에서 계속 일하고 싶습니다."

"누가 해고 통보를 한답니까? 해고하면 저는 여자친구한테 죽어요. 언제나 그랬듯이 평소처럼 대해 달라고 부탁드리려던 거였어요. 원하는 게 있으시면 말씀하시고."

"원하는 걸, 들어주십니까?"

"헤어지라는 것만 빼고. 아, 죽겠어요, 정말."

배 주임은 지원의 새로운 모습에 많이 웃게 됐다. 그렇게 다정한 이야기를 나누다 보니 어느새 배 주임의 집에 닿았다. 배 주임은 차에서 내리며 깍듯이 인사했다.

"데려다주셔서 감사합니다. 이제 회사로 돌아가십니까?"

"아뇨. 그냥 집으로 돌아가려고 합니다. 여자친구가 걱정이 돼서요."

배 주임이 끄덕였다.

"배 주임이 허락해 줘서 참 좋네요."

"제가 허락하고 말고 할 게 없습니다."

"배 주임도 가족이잖아요."

지원의 말에 배 주임의 눈시울이 뜨거워졌다.

"그럼 가 보겠습니다. 주말 잘 보내시고요."

지원이 시원하게 돌아섰다. 배 주임은 차가 떠나는 것을 오래토록 바라보았다.

'닮았구나. 형이랑.'

지원과 지원의 형 도원은 꽤나 다른 사람이라고 생각했었다. 지원은 제 영역이 뚜렷하고 냉랭한 구석이 있는 반면, 도원은 누구와도 잘 어울리고 활력이 넘치고 웃음이 많았다. 일에도, 인간관계에도 완벽한 사람이어서 누구든 좋아했었다. 바라보기에 너무 먼 사람이었는데도 모든 직원들에게 스스럼없이 대했다. 그렇게 배 주임도 흠모의 마음을 키워 나갔다.

그래서, 도원이 하늘을 데려왔을 때, 그것도 속도위반을 했다며 데려왔을 때의 충격은 잊을 수가 없다. 오랫동안 앓았던 짝사랑을 정리하고 이 가족의 행복을 진심으로 빌어 줄 수 있게 될 때까지는 시간이 많이 걸렸다.

참 다행히도 도원은 좋은 사람을 만났다. 하늘도 도원만큼이나 빛나는 성격의 소유자였고, 금방 모든 사람들과 잘 어울렸던 것이다. 도원과 하늘은 그야말로 멋진 커플이었다. 그렇게 태어난 준서 또한 완벽해 보일 수밖에 없었다. 그렇게 멋있는 부부였는데, 그렇게 홀연히 떠나 버렸다.

교통사고로 부모를 잃게 된 준서가 치료를 마치고 저택에 돌아왔을 때, 그 해맑던 아이가 텅 빈 눈을 하고 이 집을 둘러보던 때를 배 주임은 아직도 기억한다. 마음이 찢어지는 것만 같았었다. 그때 결심했다. 이 아이의 곁에 있어 주겠다고. 그래서 도움이 된다면, 작은 도움이나마 꼭 주도록 하겠다고.

그렇게 배 주임은, 오랫동안 그 자리를 지키게 된 것이다.

비록 이새처럼 생기 넘치고 따뜻한 어른이 될 순 없었지만 그녀 또한 나름의 방식으로 준서의 옆에 있어온 것이다.

배 주임은 떠나는 지원의 차를 바라보며 아련히 미소 지었다.

이제 보니 안도원과 안지원이 참 많이도 닮았다.

사랑에 직진뿐인 것. 필사적으로 사랑을 지키는 것. 책임감을 놓지 않는 것. 사랑에 빠진 후에 더 멋진 사람이 된 것.

다음 주에 저택으로 돌아가면 이새에게도 오래전 자신의 이야기를 해야겠다고 생각했다. 그리고 한 번 더 개인적인 간섭을 하게 되겠지. 힘들겠지만 지금 만난 멋진 사람을 놓치지 말라고.

아마도 김이새라면 그녀의 말 한마디 한마디를 기쁘게 받아들일 것이다.

지원은 긴장했던 마음을 달래며 길게 한숨을 내쉬었다. 배 주임 앞에서 의연한 척했지만 사실 엄청나게 긴장하고 있었던 것이다.

하지만 역시나 배 주임은 말이 통하는 사람이었고, 내색하지 않을 뿐 인정이 많은 사람이었다. 사람을 믿어서 다행이었다. 이새도 이런 사실을 알아주었으면 좋겠다고 생각하며 저택으로 차를 몰았다.

배 주임과 얘기를 나누고 난 후, 지원과 이새가 갖고 있는 문제는 아무것도 아닌 생각이 들었다.

너는 계속 비밀 연애를 하길 바라지만, 이렇게 한 사람 한 사람 가까이 다가가 설득하면 다 이해시킬 수 있지 않을까. 어느새 다 우리 편이 되지 않을까. 너와 나라면 할 수 있지 않을까.

전화를 걸었다. 신호음이 길게 이어지다가 툭, 수화기 저편에서 전화받는 소리가 들렸다. 그녀의 목소리가 들리지 않아 지원이 먼저 말을 건넸다.

"여보세요. 아직 얘기하기 싫어? 듣고는 있지? 지금 집에 들어가는 길인데……."

-삼촌?

그런데 전화를 받은 사람은 이새가 아니었다.

온몸의 털이 쭈뼛 서는 것만 같았다.

한편 이새는 준서와 함께 유익한 시간을 보내는 와중에도 종종, 어제의 기억을 떠올리게 되었다.

네가 나한테 얼마나 중요한 사람인지 제발 좀 알아 달라는 말……. 귓가로 들려오는 그의 목소리는 그녀의 앞에 잔뜩 그림자를 드리우는 존재감과는 다르게 서러움이 가득했다. 문득 그를 끌어안아 주고 싶을 만큼.

그래서 아무 말도 하지 못하고 도망치듯 침실에서 나왔다. 헤어져야 되겠지, 생각했는데 그의 그런 반응과 마주하니 그녀 또한 서러워진 것이다.

나도 당신을 좋아합니다. 내게도 당신은 정말 중요한 사람이에요. 너무 중요한 사람이기에 포기하고 싶었던 거예요.

닿지 못한 마음은 내내 서글펐다. 그렇게 안타까이 하루가 다 지났다.

"준서야."

"네?"

"어제 많이 놀랐지?"

준서와 저녁을 먹고 공부방으로 돌아와 준서에게 물었다. 두 사람은 여태 어제의 이야기를 제대로 나누지 않았다.

"아니요."

"어제 선생님이 준서 잃어버렸는데, 준서는 선생님 안 미워?"

"내가 선생님 잃어버린 거잖아요. 선생님이 저 찾아다녔는데, 저는 아이스크림 먹으면서 놀고 있어서 잘못했어요."

준서는 쑥스러운 듯 고개를 내리고는 장난감을 깨지락깨지락거리며 조용히 말하다가 뒤늦게 입을 가렸다.

"아, 이 얘기는 정민지 선생님이 하지 말라고 했는데."

"뭐?"

준서의 뜬금없는 말에 이새가 눈을 동그랗게 뜨고 물었다.

"그게 무슨 소리야? 정민지 선생님이 얘기하지 말랬다고?"

"……이 얘기하면 선생님이 저한테 화낼 거라고, 정민지 선생님이 얘기하지 말랬어요."

준서는 할 수 없다는 듯 조심스럽게 사실을 털어놓았다.

"어제 선생님 찾으러 돌아다니다가 정민지 선생님 만난 거예요. 제가 선생님 찾으러 가야 된다고 하니까 아래층에서 아이스크림 먹고 있으면 올 거라고 했어요. 그리고 방송이 나오고 나서 위층으로 올라왔어요."

준서의 이야기에 이새는 제 귀가 의심스러웠다. 자신이 걱정할 것을 뻔히 알았을 텐데, 게다가 수업 시간에 아이에게 아이스크림을 먹이러 데려갔다는 것이 도무지 이해되지 않았다.

"준서가 아이스크림을 먹고 싶다고 한 게 아니라, 정민지 선생님이 데리고 가서 사 준 거였어?"

"얘기하지 말라고 했는데……."

준서가 겁먹은 목소리를 냈다. 이새는 준서를 다독거렸다.

"아니야, 준서야. 준서 혼내려고 물어본 거 아니야."

그래도 역시, 당부해야 할 것은 제대로 해야 했다.

"하지만 준서는, 정민지 선생님이라 따라간 거지? 모르는 사람은 안 따라갈 거지? 아이스크림 엄청 많이 사 준다고 해도 안 따라갈 거지?"

"안 그럴게요."

"그래, 준서 믿을게. 절대 그러지 마. 특히 수업시간에는 빨리 교실로 돌아와야 되는 거야. 다들 걱정하니까. 알았지?"

"네."

이새는 준서를 향해 웃어 주었다. 혼날 줄 알았는지 바짝 위축되어 있던 준서의 어깨가 스르르 펴졌다. 숙연해하는 준서를 보다가 이새가 말을 돌렸다. 이제 잠자리로 갈 시간이었다.

"앗, 빨래 돌려놓은 거 꺼내 와야겠다. 선생님 빨래 가져올 동안 준서는 잠옷 갈아입고 있을래? 이제 자야지."

"네."

"그래. 선생님 얼른 다녀올게."

준서의 대답을 들은 후 이새는 곧장 일어나 밖으로 나갔다. 혼자 남겨진 준서는 장난감을 정리함에 차근히 담고 침실로 건너가기 위해 놀이방에서 나왔다. 침실 문을 여는데 이새의 방에서 진동 소리가 들려왔다. 책상 위에 놓인 이새의 휴대폰이 아우성을 치고 있는 것처럼 보였다. 액정을 보니 '준서 삼촌'이라는 이름이었다.

'우리 삼촌?'

글씨를 안다는 것의 편리한 점을 알게 된 준서가 반가운 마음으로 휴대폰을 이리저리 건드렸다.

-여보세요.

그리고 휴대폰을 통해 지원의 목소리를 듣고서야 준서는 휴대폰을 들어 귀에 갖다 댔다.

-아직 얘기하기 싫어? 듣고는 있지? 지금 집에 들어가는 길인데…….

"삼촌?"

내용을 알 수 없는 삼촌의 이상한 말에 준서는 의아한 목소리로 지원을 불렀다.

-어? 어, 어……. 준서구나? 선생님은?

"빨래 꺼내러 갔는데요."

-어, 어…….

준서는 아무 소리도 들리지 않는 휴대폰을 귀에 대고 가만히 있다가 이새가 방 안으로 들어오는 것을 보고 넘겨주었다.

"선생님, 전화 왔어요. 삼촌이요."

"삼촌?"

가져온 빨래를 내려놓은 이새는 준서가 건네주는 휴대폰을 받아 들었다.

"여보세요."

저편에서 지원이 버럭 했다.

-준서가 받아서 식겁했잖아!

"네?"

식겁했다니. 전화기에 대고 무슨 말을 했길래.

"네, 네에……."

이새는 준서가 두 눈을 말똥말똥 뜨고 지켜보는 데에서 심각한 얘기를 할 수 없어 그저 뜻 없이 고개를 조아렸다. 잠시 후, 마음을 가다듬은 지원의 목소리가 다시 들려왔다.

-지금 준서랑 같이 나올래? 날이 좋아서 별이 잘 보여.

"준서랑 같이 나오라고요?"

-그래.

"준서 지금 잘 시간인데요."

-그럼 나올 건지 물어봐. 나오고 싶다고 하면 데리고 나오고, 피곤하다고 하면 없던 일로 하고.

지원의 뜬금없는 제안에 수상함을 느끼며, 이새가 준서에게 넌지시 물었다.

"준서야. 지금 삼촌이 정원에 가서 별 보자는데 나갈래, 아니면 잘래?"

"진짜요?"

"응. 졸리면 그냥 자도 돼."

"나가려면 옷 뭐 입어야 돼요?"

준서는 계획되지 않은 한밤중의 외출에 신이 난 듯 발그레해진 뺨으로 물었다.

그렇지. 준서는 이런 게 신이 날 나이지. 게다가 이런 밤 외출은 거의 처음일 테니. 준서의 반응에 짠해진 이새가 지원에게 말했다.

"준서랑 같이 나갈게요."

-옷 든든히 입고 나와. 쌀쌀하니까.

준서가 대신 전화를 받아 이새도 얼결에 지원의 제안에 응하게 됐다. 어찌 됐든 준서를 따라 밖으로 나가야 하는 입장이 되어, 얼른 마음을 정리해야 할 상황에 놓이게 되었다. 헤어지고 싶지 않다면, 오늘 사과를 해야 했다.

준서의 손을 잡고 마당으로 나가니 마당 끄트머리, 정원 쪽에서 지원이 나오는 것이 보였다.

"삼촌."

준서가 지원을 보고 먼저 달려갔다. 지원이 일어나 준서에게로 손을 뻗었다. 그사이에 잠깐 이새와 눈이 마주쳤다. 주위가 어두워, 그녀의 얼굴이 붉어진 것을 그는 모를 것이다.

준서는 지원이 내민 손을 무시한 채로 가자미눈을 하며 지원에게 더 다가갔다.

"삼촌. 선생님한테 반말하지 마세요."

"......"

"우리 선생님이에요."

준서는 대뜸 그런 말을 하고선 탐탁잖은 표정을 지었다. 좀 전에 전화로

했던 얘기에 대한 것이었다. 그런 소소한 사건은 좀 잊었으면 좋겠는데, 이 똑똑한 조카는 너무 뒤끝이 길었다.

"너 이거 뭐야."

기어이 준서의 팔을 붙잡은 지원 또한 탐탁잖은 표정을 지으며 말을 걸었다. 준서의 팔에서 반짝이는 팔찌가 이새가 하고 있던 것과 비슷해 괜히 심술이 났다.

"선생님이랑 커플 팔찌인데요."

"안준서."

지원은 무릎을 굽혀 준서와 얼굴을 마주하고 물었다.

"너 삼촌이 좋아, 선생님이 좋아? 신중하게 생각하고 대답해."

준서가 눈을 깜빡거렸다.

"네가 성인이 될 때까지 널 키워 줄 삼촌이야, 아니면 두 달 전에는 알지도 못했던 선생님이야?"

지원의 억지 질문을 들은 이새가 제 이마를 퉁, 소리 나게 짚었다. 어제의 진지했던 남자는 별나라로 떠난 모양이었다. 하지만 그사이 지원을 마주하기가 어색했던 그녀의 마음도 차츰 가벼워지고 있었다.

"제가 삼촌을 안 좋아해도 삼촌이랑 저는 3촌 사이인데요. 선생님하고 저는 아무 사이도 아니래요. 그래서 우리는 끊어지면 끝이에요."

준서는 언젠가 이새가 가르쳐 준 '촌수'의 개념대로 설명하며 지원을 멍하게 했다.

"끊어지면 안 되는 사이라서 선생님한테 잘해 줘야 돼요."

준서의 이야기를 듣고 새삼 놀란 지원이 이새에게 물었다.

"애한테 촌수 누가 가르쳤어요?"

"알아서 터득하던데요."

이 조그만 아이도 보통내기가 아니다. 심드렁해진 지원이 준서의 팔에 걸려 있던 팔찌를 힘으로 낚아채 갔다.

"팔찌 좀 줘 봐. 너한텐 너무 헐렁해. 이건 삼촌한테 더 잘 맞을 것 같은데."

"안 돼요. 커플 팔찌라니까요!"

"한번 삼촌 팔에 맞나 대 보기만 하자."

"안 돼요오!"

"잘 맞네. 이거 사실 삼촌 주려고 만든 거 아니야? 삼촌 가질게."

"그런 게 어디 있어요?"

"안준서. 다음 주 토요일이 무슨 날인지 알아, 몰라?"

분한 듯 발을 구르는 준서에게, 지원이 엄한 표정으로 물었다.

"삼촌 생일이잖아. 세상에서 제일 중요한 날이야. 알아, 몰라?"

삼촌한테나 중요하지 나한테 중요한가? 뾰로퉁해진 준서가 입술을 씰룩거렸다.

"이걸로 삼촌 생일 선물 퉁 치자. 알았어?"

"……알겠어요."

시무룩해진 준서는 결국 지원의 억지에 팔찌를 포기하고 이새에게로 달려갔다.

"선생님!"

두 사람이 실랑이를 하는 동안 목을 잔뜩 꺾고 밤하늘을 보고 있던 이새가 준서를 향해 미소 지었다.

"그래, 준서야."

"선생님, 이거 팔찌 그만 빼도 돼요. 삼촌이 생일 선물로 우리 커플 팔찌 가져갔어요. 새로 만들어 줄게요."

아오, 저걸! 아오, 저걸!

뒤에서 지켜보던 지원이 이를 갈았다.

"안준서, 너 졸리겠다. 얼른 자라. 삼촌이 업어 줄게."

"하나도 안 졸린데요. 저는 별 보러 나왔는데요."

"그럼 삼촌이 별자리 알려 줄게."

"선생님한테 배울래요."

"선생님이 삼촌보다 모를걸?"

"저도 하나 알아요! 저기 북두칠성."

이새가 지원의 말에 발끈하며 밤하늘을 가리켰다.

"거긴 동쪽이잖습니까, 선생님."

지원이 눈을 가늘게 뜨고 이새에게 면박을 주었다.

"정원 쪽으로 가죠. 거기는 주변 불빛이 없어서 별이 더 잘 보여요."

지원의 말을 들은 이새가 뒤늦게 지원을 따라 뛰었다. 정원 안쪽으로 들어가니 자연스레 저택에서 흘러나오는 빛과도 멀어졌다. 세 사람이 걸음을 멈춘 곳은 이새가 처음 이 정원에 들어왔을 때 준서와 함께 천도복숭아를 먹었던 벤치였다. 벤치 앞에는 선베드가 설치돼 있었다. 선베드의 위는 나무 그늘 없이 뻥 뚫려 있어 누워서 하늘을 보면 딱 좋을 만한 위치였다. 그 앞에 서서 하늘을 바라보니, 정말로 하늘에서 별이 쏟아질 것 같았다.

"와아……. 이 좋은 구경을 이제야 시켜 주시는 거예요?"

"이제 언제든 시켜 줄게요."

지원의 대답에 그녀의 두 뺨에 열이 스르륵 올라왔다. 준서를 사이에 두고 밀담을 나누는 것만 같아 뜨끔거리기도 했다. 슬며시 바라본 지원은 미소 짓고 있는 것 같았다.

"준서도 좋아?"

"네. 우주에 있는 것 같아요."

지원의 물음에 준서도 상기된 목소리로 대답했다. 지원은 무릎을 굽혀 준서와 눈높이를 맞추고 북쪽 하늘의 카시오페이아를 가리키며 말했다.

"준서야, 잘 봐. 저기 숫자 3자가 뒤집혀져 있는 것처럼 보이는 밝은 별 다섯 개 있지?"

"요렇게 생긴 거요?"

준서가 하늘의 카시오페이아를 따라 선을 그었다.

"그래. 그게 카시오페이아자리야. 들어 본 적 있어?"

"네."

"카시오페이아에서 한 뼘 건너서 밝은 별 하나 보여?"

"저거요?"

"그래. 그게 북극성이라는 거야. 옛날엔 저 별을 보고 사람들이 북쪽을 알았다고 해."

지원의 설명에 준서는 입도 다물지 못한 채 끄덕거렸다.

"그리고 카시오페이아랑 북극성 거리만큼 떨어져서 반대쪽에 있는 별 일곱 개 보여? 요렇게 생긴 거."

준서의 손을 가져간 지원은 자신의 손바닥에 준서의 검지로 북두칠성 모양을 그렸다.

"네. 저거요, 저거. 물음표처럼 생긴 거."

"그래. 준서가 물음표도 알게 됐네."

지원은 준서와 대화를 나누는 중에 이새를 바라보며 흐뭇하게 웃었다. 당신이 준서에게 물음표를 가르쳤어? 하고 묻는 것 같아 이새는 쑥스러워졌다.

"저게 바로 북두칠성이야. 준서도 북두칠성 얘기는 들어 본 적 있지?"

"우와!"

"그것 말고도 이름 있는 별들이 많아. 다음엔 준서가 공부해서 한번 같이 찾아보자. 할 수 있겠어?"

"네!"

준서의 힘찬 대답에 이새도 지원도 덩달아 기분이 좋아졌다. 이새의 얼굴에도 어느새 웃음이 매달렸다.

"준서야, 별이 김이새 선생님처럼 예쁘다. 그치?"

"아니요, 선생님이 더 예쁜데요. 선생님은 마음씨까지 예쁘잖아요."

이 잔망스러운 것.

지원은 준서의 머리를 세게 쓰다듬고는 선베드로 이끌었다.

"여기 누워서 봐. 진짜 우주에 둥둥 떠 있는 것 같을 거야."

준서는 행복한 표정으로 환성을 지르며 선베드에 누웠다. 준서에게는 생일보다 행복한 밤이었다.

보이는 별들에 마음대로 선을 그어 보던 준서는 잠시 후 잠이 들었다. 지원은 준서에게 제 옷을 더 덮어 주었다. 준서가 완전히 곯아떨어진 뒤에야 이새는 입을 열었다.

"저보고는 그렇게도 뭐라고 하시더니, 준서를 잘 이용하시네요."

"아니야. 그냥 예전에 준서랑 별 보고 싶다고 했었던 게 떠올랐을 뿐이야."

지원은 능청스럽게 변명하며 벤치 아래에 숨겨 놓았던 비닐봉지에서 맥주 캔 두 개를 꺼냈다.

"이게 뭐예요?"

"맥주잖아. 어색할 땐 음주가 제일이지."

"참 남자답네요."

"고마워. 자."

지원이 캔 뚜껑을 따 이새에게 건넸다.

"괜찮아요. 준서도 재워야 되고."

"이미 자는데, 뭐. 지금 우리 회식하는 거야. 난 회식할 때 빼는 사람 싫어해. 마셔."

이새가 마지못해 맥주 캔을 받아 들었다.

"취한 거 보고 싶은데 소주로 사 올 걸 그랬나?"

"소주였으면 절교했을 거예요. 독극물 든 건 아니죠?"

"아직도 날 못 믿어?"

"……."

"그래, 못 믿으니까 그런 말을 했겠지. '겨우 이런 관계'라고."

허겁지겁. 지원의 옆에 맥주 캔을 내려놓은 이새가 달려들어 제 손으로 그의 입을 막았다. 덮치는 이새에게는 면역력이 제로에 가까운 지원이 잔뜩 긴장한 눈으로 이새를 바라보았다.

"미안했어요. 말을 그렇게밖에 못 해서. 사실 그렇게 생각하지 않아요. 어깨가 무거울 만큼 엄청난 관계예요, 우리는. ……그래서 부담스러웠던 거였어요. 나는 준서 삼촌한테 아무것도 주지 못했고 앞으로도 아무것도 줄 수가 없는데, 준서 삼촌은 가진 게 없어서 잃을 것도 없는 저하고는 다르잖아요. 준서 삼촌은 잃을 게 많잖아요. 아무것도 줄 수 없으면서, 준서 삼촌한테 충성하라고 해서는 안 되는 거였어요."

"……."

"제게 술을 먹인 남자한테 주먹을 쓰고, 오래 함께해 온 관리인을 해고하고. 그런 걸 바란 게 아니었어요, 전. 준서 삼촌이 그런 식으로 달라지길 조금도 바라지 않아요. 그래서 당황했고 막막했던 거예요."

겨우 이새의 손이 떨어졌다. 진지한 목소리는 그대로였다.

"남들은 불합리한 일을 당할 때, 저는 여친 찬스를 쓰니 뜨끔했고요."

"여친 찬스?"

"준서를 잃어버린 사람이 정민지 선생님이었다면, 준서 삼촌이 괜찮다고 하지는 않았을 거란 얘기예요."

"절대 안 괜찮지. 확 그만두게 했을 거야."

"그런 게 뜨끔하다고요."

"그런 의미는 아니야. 내가 정민지 선생을 별로 안 좋아해."

별로 안 좋아한다는 말에 왜 마음이 놓이는지 모르겠다. 이새는 잠시 동안 피식 웃어 보였다.

"아무튼, 정말 배 주임님 해고할 건 아니죠?"

"어떻게 했으면 좋겠어?"

"해고하면 안 되죠."

"우리 사이에 대해서 소문을 내도?"

"그래도 안 돼요……. 차라리 제가 그만……."

이번에는 지원이 이새의 입을 막았다.

"걱정 마. 배 주임은 아무한테도 얘기 안 할 거야."

그의 손을 떼고, 이새가 물었다.

"어떻게 장담하는 건데요?"

"10년이 다 되어 가도록 지켜본 배 주임의 성격상, 그래. 그러니까 걱정하지 말고 내 옆에 있어."

모든 것을 맡기고 싶을 만큼 듬직한 표정. 그를 바라보는 이새의 가슴이 먹먹해졌다.

"아직도 걱정이 되나?"

"아니요. 준서 삼촌 말이니까 믿어요."

"이리 와."

갑작스럽게 지원이 이새의 허리를 끌어당겼다.

"헛!"

놀란 이새가 그의 팔에서 벗어나려 몸부림쳤으나 소용 없었다. 그녀는 낮은 목소리로 다급하게 그의 가슴을 퉁퉁 쳤다.

"준서 일어나면 어쩌려고 이래요?"

"이 타이밍에도 내가 그냥 넘어가야 되나?"

지원이 이새에게 짧게 입 맞췄다. 이새가 준서의 눈치만 보고 있어 더 붙들 수는 없었다.

"준서가 초등학교에 들어가면 바로 얘기할 생각이야. 그때까지만 기다리자."

"쉽지 않은 문제예요. 저는 준서한테 청혼을 받았다고요."

"초등학교에 들어가면 생각이 달라질 거야. 그래도 생각이 달라지지 않으면 그땐 정말 결투지."

"그게 뭐야. 유치해."

"그러게. 김이새 만나기 전에는 나 되게 이성적인 사람이었는데."

"제가 사람 하나 망치는 거 아닌지 모르겠네요."

"괜찮아. 내가 좋으니까. 이성의 끈이 날아갈 만큼 좋아하는 게 어떤 건지 알아?"

지원이 우수에 젖은 눈으로 이새를 바라보았다. 밤하늘의 별들이 쏟아져 그의 눈빛으로 모여드는 것 같았다. 그녀는 감격한 마음을 숨기고 고개를 내렸다. 눈물이 날 것 같았다.

"아, 준서 잘 잔다."

"말 돌리기는."

"아, 다음 주가 생일이에요? 뭐 받고 싶은 거 있어요?"

"있으면 해 줄 수는 있고? 나 눈 높은데."

"제 월급에서 해결할 수 있는 거라면?"

"월급 탈탈 털어서 해 달라고 한다면?"

"아, 준서 진짜 잘 잔다."

"또 말 돌리지, 어휴."

지원은 이새의 반응이 얄밉다는 듯 탄식하고는 맥주를 꿀꺽 삼켰다. 이새도 지원을 따라 맥주 캔을 비우고는 잠든 준서의 앞으로 손부채질을 하여 달려드는 벌레를 쫓아냈다. 평화롭게 잠든 준서를 보니 어두운 정원도 집

안인 것처럼 아늑하게 느껴졌다.

"제가 준서만 했을 땐, 지칠 때까지 놀다가 아무 데서나 그냥 막 잠들었던 것 같아요. 그런데 늘 아침에 일어나 보면 내 방 이불 위였어요."

아련한 추억길을 걷는 이새의 말을 따라 지원도 미소 지었다.

"지금 와서 생각해 보니까 그런 게 다 부모님의 사랑이더라고요. 평화였고 행복이었어요. 어디서 잠들어도 아침엔 이불 위에 있는 것."

이새가 생기 넘치는 밝은 얼굴로 지원에게 말했다.

"준서 삼촌은 준서를 평화롭게, 행복하게 만들어 줄 수 있는 사람이에요."

"준서만?"

"저한테도 그렇다고 칠게요. 오늘 정원으로 불러 주셔서 감사해요."

지원이 그녀의 두 뺨을 어루만지다 자신에게로 끌어당겼다. 그러나 그 다음 이어진 키스는 이새가 먼저였다. 지원에게로 바짝 다가간 이새는 그의 입술을 제 작은 입술로 사뿐히 훑고 돌아왔다. 키스가 너무 짧고 감질나, 지원은 작디작은 별사탕 하나를 꼴딱 넘긴 기분이었지만, 그래도 오늘은 만족하고 그녀를 방으로 돌려보내기로 했다. 밤이 많이 늦었으니.

"이제 그만 올라갈까?"

두 사람은 정답게 자리에서 일어났다. 지원은 준서를 안아 들고 저택 안으로 들어가며, 이새의 손이 준서의 손을 소중히 붙들고 있는 것을 얼핏 보았다. 걸음을 옮기는 내내, 지원은 가슴이 시큰했다.

당신은 내게 아무것도 줄 수 없다고 했지만, 당신이란 존재 자체가 내겐 엄청난 선물이야. 그거 아는지.

별을 보러 나가서, 집 안으로 별을 끌고 들어온 것만 같다. 그녀가 별인 것만 같았다. 그래서, 아침이면 또다시 사라져 버릴 것처럼 먹먹한 두려움이 생겼다.

내게서 당신이 영원히 떠나지 않았으면 좋겠어.

김이새.

내가 당신과 함께하는 미래를 생각하고 있다면, 오늘과 내일 만이 아닌 더 먼 미래를 생각하고 있다면, 평생 별을 함께 보고 싶다고 한다면, 당신은 망설일까.

이새는 어두운 거실에 가만히 앉아 지원을 기다렸다. 기다린 지 얼마 지나지 않아 지원이 준서의 방에서 나왔다.

"준서는 안 깨고 잘 자요?"

"응. 세상모르고 자."

지원의 대답에 이새가 빙긋 웃었다.

"그럼 준서 삼촌도 쉬세요. 저도 이만 들어갈게요."

꾸벅 인사를 하고 침실로 건너가려는 이새를 지원이 잡았다.

"김이새 씨. 나 갖고 싶은 거 생겼는데."

"오케이, 접수. 뭔데요?"

다행히도 순진한 그녀는 쿨하게, 내용을 듣기도 전에 그의 바람을 접수해 주었다. 그녀에게로 더 가까이 다가간 그가 속삭이듯 대답했다.

그건 바로.

"김이새."

"……."

입술 끝을 올려 짓던 미소가 금방 거두어졌다. 기억을 잃고 언어도 잃은 듯이 그녀는 맹하게 눈만 몇 번 끔뻑거렸다.

"무슨 의미인지 알지?"

멍…….

"안 되나?"

멍…….

"거절?"

"아뇨! 아뇨!"

토라진 얼굴로 돌아서려는 지원을 이새가 다급하게 붙들었다.

"그럼, 승낙한 걸로 알고 있어도 되나?"

지원의 얼굴에 서서히 만족의 미소가 생겨났다.

"기다리면 돼? 얼마나?"

"생일, 생, 생일이 언제라고 했더라요?"

이새는 잔뜩 당황한 목소리로 말까지 더듬어 가가며 물었다. 질문 자체가 우스워 지원의 눈끝이 부드럽게 휘었다.

"다음 주 주말."

"그건, 그건, 너무, 가깝고……. 다, 다, 다음 달?

"다다음 달, 다다음 달, 다음 달. 대체 언제를 말하는 건데."

지원은 그녀의 반응이 귀여워 터져 나오려는 웃음을 꾹 눌러 참아야 했다. 그러나 이새의 얼굴은 울상이었고 또한 진지했다.

"하, 하, 한글날?"

"……."

"개, 개, 개천절?"

아, 진지한 건데, 너무 웃겨.

지원이 자꾸 올라가려는 입술 끝을 애써 내리며 이새의 진지한 얼굴과 마주하는 동안, 그녀의 안에서는 기나긴 내면 갈등이 이어지고 있었다. 허리를 숙일 때마다 툭 비어져 나오는 옆구리 군살이 신경 쓰이는 요즘이었다. 게다가 가슴도 좀 퍼진 것 같고 엉덩이도 처진 것 같고……. 한창 요가를 하던 시절엔 몸짱이란 얘기도 많이 들었었는데. 그렇게 매끈했던 몸에 어느새 군살이 툭툭 박혀 버렸다.

이건 다 준서 삼촌 탓이라고요. 준서 삼촌이 그동안 외부 활동 제한을 둬서 준서도 나도 운동 부족이라고요. 운동 부족으로 살이 찌고 있다고요, 내가!

그런 몸은 아무에게도 보여 줄 수 없었다. 남친에게는 더욱이. 자신을 원하는 그에게, 실망이 될 만한 선물이 되고 싶진 않았다. 그리고 속옷도 좀 예뻐야 할 것 같고, 피부도 좋아야 할 것 같고, 마음의 준비도 덜 됐다. 그의 앞에서 예전처럼 울어 버릴 수는 없지 않은가.

그녀가 비장하게 말했다.

"조금만 기다려 주세요. 다음 달이요. 그때까지는 마련해 볼게요."

지원이 그녀의 말을 알아들을 수 없단 눈빛으로 눈을 깜빡거렸다. 마련한다니 무슨 말일까. 김이새를 또 어디 가서 사 오겠다는 것도 아니고.

하지만 지원은 이내 미소 지으며 끄덕였다.

"그래, 기다릴게. 그래도 하루 전에는 말해 줘. 나도 준비할 테니까."

"무슨 준비요? 준서 삼촌도 다이어트해요? 허억!"

마구 말을 하던 이새가 놀라며 제 입을 막았다. 다시 울상이 된 이새를 앞에 두고 지원의 눈빛이 날카로워졌다.

"뭐? 다이어트하려고 기다리라고 한 거야? 안 돼. 살 빼지 마! 김이새 씨는 지금이 딱 좋다고! 오히려 좀 찌워야 돼."

"좋게 봐주셔서 감사하지만요. 그건 예의가……."

"빼지 마."

자그마하게 이어지는 이새의 말을 지원이 가로막았다.

"그럼 여기저기 꼬집어 보는 재미가 없어지잖아."

"에?"

아차. 이번엔 지원이 제 입을 막고 싶어졌다.

"뭘 해요?"

"아, 주말 전에 화해를 해서 다행이야."

"말 돌리는 거 봐! 나한테는 그렇게 뭐라고 하더니!"

"내가 주말을 얼마나 기다리면서 사는 줄 알아? 평일에는 준서의 가정교사지만 주말에는 평범한 학생이 되는 여자랑 데이트를 해야 해서."

"저 주말에 바쁜데요."

"알아. 나도 마침 바쁘거든?"

"그래도 밤에는 만날 수 있을 것 같긴 하지만."

"그래. 만나 주지."

이새의 변덕에 따라서 지원은 유연하게 말을 바꿨다.

다음 날인 토요일, 이새를 집으로 보낸 지원은 저녁때 이새와 데이트를 할 생각에 행복한 마음으로 출근길에 나섰다. 말레이시아 백화점 건설 계약 문제와 몇 가지 광고 건에 집중하고자 집무실로 향하는데, 인베스트먼트 직원이 성화기획 쪽까지 와서 그를 붙잡았다.

"사장님."

"네, 한 차장. 오늘도 출근했네요."

"네, 사장님. 급히 보고드릴 게 있어서 왔습니다. 맨크는 회생이 어려울 것 같습니다."

"그게 무슨 말이죠?"

일찍이 중국 계약 문제로 대출 지원을 요청했던 기업이었다. 아직은 준비가 덜 된 것 같아 대출 지원 요청서는 반려하고 자문을 통해 해외 수출을 따로 알아봐 주고 있었다. 그런데 뜬금없이 회생 불능이라니.

"우리 쪽에 얘기했을 때엔 중국과 수출 계약을 끝낸 뒤였습니다. 이미 은행에서 대출한도 초과로 몇 번 물을 먹고 대부업체의 사채에까지 손을 댄 거였습니다. 그 사채를 막아보고자 우리에게 손을 벌렸던 듯합니다."

"지금까지 맨크 순수 투자금이 3억이었나요?"

"네, 3억 1천만 원입니다."

"알겠습니다. 우리 선에서 처리해야 될 것들 처리해서 내려 보내면 사인 하죠."

3억 정도야 별것 아니다. 이 정도의 사고는 1년에 서너 번은 꼭 있었다. 세상엔 1년 사이에 생겼다가 사라지는 기업이 부지기수였고, 그나마 지원의 회사는 승률이 좋은 편이었다. 3억 정도는 금방 메꿀 수 있을 것이다. 시기가 좋지 않긴 했지만 별것 아니다.

그런데 직원이 그를 다시 불렀다.

"사장님, 그게 문제가 아니라……."

"뭐가 또 있습니까?"

"사채를 끌어올 때 사장님께서 도움 주신 게 아니었습니까?"

"그게 무슨 소립니까."

"사장님 직인이 찍힌 내용증명이 팩스로 왔습니다."

지원은 단단히 굳어진 표정으로 직원을 보았다. 직원이 대부업체로부터 온 서류를 건넸다. 그 안에 적힌 어처구니없는 내용에 지원의 눈이 매서워졌다. 서류엔 성화 인베스트먼트 대표이사 직인이 찍혀져 있었다.

아침 일찍 보육원에 도착하여 이불 빨래의 물기를 빼던 이새는 주머니의 휴대폰을 꺼냈다. 지원에게서 문자메시지가 와 있었다. 오늘 못 만나게 될 수도 있을 것 같다는 연락이었다.

이새는 걱정하지 말라는 짧은 메시지를 보내고 다시 휴대폰을 주머니에 넣었다. 저편 운동장에서 보육원 아이들이 축구를 할까 야구를 할까 실랑이를 벌이는 것이 보였다.

어느새 9월에 접어들어 하늘에서도 땅에서도 청명함이 느껴졌다. 대학교는 어김없이 개강을 했고, 학과 개강파티에 나오라는 연락이 끊임없이 오고 있는 주말이다. 이맘때의 대학생들은 여러 가지 행사에 바빠서 보육원 봉사활동은 꿈도 꾸지 못한다. 봉사활동을 오는 학생들이 가장 많이 빠지는 시기였다. 그것을 알면서도 모른 체할 수는 없었기에, 이새는 이번 주말도 보육원행을 택했다.

어쩌다 보니 봉사활동을 하러 온 학생이 이새 혼자였다. 보육 교사도 한 명밖에 없어 할당된 일은 더욱 많았다. 다행히 아이들이 청소도, 설거지도, 이불 밟기도 도와주어서 오전 시간이 수월하게 흘러갔다.

물기를 뺀 이불을 너는데, 회의를 마친 아이들이 야구배트와 글러브를 들고 다시 운동장으로 모이는 것이 보였다.

"너희, 이 이불에다가 공 날리면 안 된다!"

"네!"

"공 날려서 뭐 묻으면 나한테 알려 주거나, 아니면 깨끗하게 털어야 돼."

"네!"

"말은 잘하지. 화분도 부수지 말고 살살 놀아."

"네!"

참새 떼 같은 아이들의 대답을 듣고 보육원 안으로 들어왔다.

이제 빨래 개기와 바느질, 그리고 전등 갈기가 남았다. 빨래 개기와 바느질은 문제가 아닌데 전등을 가는 일이 걸렸다.

높은 천장에 닿으려면 의자 위에서 중심을 잡고 있어야 하고, 그 위에서 전등도 손봐야 하는데 혼자서는 어려웠다.

'이따가 선생님이랑 같이 해야겠다.'

전등 갈기는 제쳐 두고 쉬운 일부터 하기로 했다. 해지긴 했지만 아직 입을 만한 옷들을 손보는 것이었다. 한창 바느질을 하는데 현관문이 열리고 사람이 들어왔다. 이새는 현관 쪽은 보지도 않고 바느질을 하며 물었다.

"벌써 다 놀았어?"

"또 보네요, 김이새 씨."

그런데 그녀의 귀에 들려온 것은 아이들 목소리가 아니었다. 화들짝 놀라며 고개를 들었다. 그녀의 눈앞에 있는 사람은 태원이었다.

"헉, 후원자님! 여긴 웬일이세요?"

"봉사활동 하러 왔죠."

슈트를 입고 봉사활동이라니. 이새는 조금 이상하게 느껴지기도 했지만 바로 끄덕였다. 옷이야 갈아입으면 되고 그는 외부의 눈도 신경 써야 하는 기업인이니.

"원장님은 안 계신가 보네요."

"네, 기관 월례회의가 있어서 서울 가셨어요. 말씀 안 하고 오신 거예요?"

"어쩌다 보니 그렇게 됐네요. 뭐, 도울 거 없을까요?"

이새는 곰곰이 생각하며 눈을 굴리다가 짝, 박수를 쳤다.

"마침 도와주실 일이 있었어요. 전등 갈아야 되거든요."

"아……."

이새의 환호와 다르게 태원의 목소리는 가라앉았다.

"아…… 전등 갈아 보신 적 없으신가요?"

태원이 멋쩍게 웃었다.

"괜찮아요. 아래에서 의자 잡아 주시고 제가 말씀드리는 것만 해 주시면 돼요. 전등은 제가 갈게요."

보육원 공부방.

이새는 의자 위에 두꺼운 책 하나를 더 올렸다. 의자 하나만으로 천장에 닿기엔 아슬아슬했던 것이다. 태원이 아래에서 의자를 잡아 주며 물었다.

"괜찮겠어요?"

"네, 딱 좋아요. 쉽게 작업할 수 있겠어요."

이새는 웃으며 형광등 커버의 뒤쪽으로 손을 가져갔다. 만져지는 고정 손잡이가 네 개였다. 고정 손잡이를 두 개씩 차분히 풀어내고 커버를 떼어 낸 이새가 태원에게 이를 건넸다.

"이건 바닥에 두시고 의자 옆에 있는 마른걸레 좀 주시겠어요?"

태원은 먼지가 잔뜩 낀 형광등 커버를 만지는 것이 껄끄러워 저도 모르게 인상을 쓰게 됐다.

"죄송해요. 먼지가 많은 일이라서."

형광등마저 뺀 이새가 마른걸레로 형광등 자리를 닦으며 말했다.

"괜찮아요."

껄끄러워하는 마음을 들킨 것이 부끄러워진 태원이 짧게 답하고선 다른 질문을 했다.

"지원이하고는 잘 지내죠?"

이것을 물어보기 위해 오늘도 보육원을 찾은 거였다. 이새가 주춤했다가 대답했다.

"늘 똑같아요."

"요즘 지원이가 일이 힘들 텐데. 들은 얘기는 없어요?"

"전혀요. 일 얘기를 할 관계는 아니라서."

이새는 태원의 물음을 자연스럽게 차단했다. 하지만 너무 칼 같았다고 느꼈는지 잠시 후 그가 알 만한 질문을 했다.

"아, 요즘 성화 인베스트먼트가 힘든가요? 언뜻 들은 것 같은데."

"주주총회에서 한 번씩 얘기가 나오긴 합니다."

이새가 조용히 끄덕였다. 태원은 그사이에 또 다른 질문을 했다.

"정민지 씨는 어때요? 마음은 잘 맞아요?"

"정민지 선생님도 아시네요?"

"그거야 뭐…… 정민지 씨는 지원이랑 사귀었었으니까."

새 형광등으로 갈아 끼운 이새의 손이 잠시 멈췄다. 넋이 나간 사람처럼 허공을 향하고 멍하니 있던 그녀는 끝내 의자와 책 위에서 휘청거렸다.

"어, 어, 어!"

중심을 잡지 못하고 한쪽으로 쏠린 이새가 책의 끄트머리를 밟으며 앞으로 넘어갔다.

쿵! 책이 떨어지는 소리와 함께 이새도 아래로 떨어졌다. 다행히 태원이 그녀를 받쳐 주었다.

"헉! 죄송합니다!"

태원은 끌어안아 보호했었던 이새를 풀어 주며 피식 웃었다.

"죽을 뻔했어요. 알죠?"

"네. 정말 죄송합니다. 어디 다친 데는 없으세요?"

"아니, 내가 아니라 김이새 씨가."

이새가 민망한 마음으로 꾸벅 인사했다.

"네, 감사해요. 잡아 주셔서."

"고마우면 나중에 갚아요."

"어떻게 갚아야 될까요?"

"이따가 데려다줄게요. 서울로 가는 동안 얘기나 하는 거, 그게 갚는 겁니다."

태원이 제안했다. 이새의 표정이 굳었다. 지원은 그녀에게 태원의 차를 타지 말라고 당부했었다. 그녀로서는 잘 이해가 되지 않는 당부였지만 역시, 또다시 지원에게 걱정을 끼칠 수는 없었다. 이새는 태원의 제안을 단칼에 거절했다.

"아니요. 그건 어려울 것 같아요. 저 혼자 갈게요."

"어차피 같은 방향으로 갈 텐데, 뭘."

"그래도 혼자 갈게요. 그게 나을 것 같아요."

"누가 태우러 오기라도 해요?"

"그건 아니지만……."

사실을 모두 말할 수 없는 이새가 뜸을 들였다.

그때.

쨍그랑! 야구공이 맞은편의 유리창을 박살 내며 방 안으로 날아 들어왔다.

"헉!"

이새는 유리창에 더 가까이 있는 태원을 감싸며 몸을 날려 그 위로 엎어졌다. 야구공의 힘이 얼마나 셌던지 태원의 바로 옆까지 유리파편이 날아왔다.

하지만 태원은 멀쩡했고 무사했다. 태원의 앞으로 폭 엎어진 이새가 그의 가슴에 머리를 대고 정신을 잃은 사람처럼 꼼짝하지 않고 있었다. 당황한 태원이 고개를 들어 이새를 불렀다.

"괜…… 찮아요?"

이새가 멍한 표정으로 고개를 들었다.

"어후, 놀라셨죠! 하하. 정말 잔인한 홈런이네요."

정신을 차린 이새가 어색한 마음에 부러 밝은 목소리로 말했다.

"얼결이지만, 저도 큰일 날 뻔한 후원자님 구한 거 맞죠?"

조금만 더 주춤했으면 몸에 유리가 박혔을 수도 있는 아찔한 순간이었다. 이 여자는 제 몸으로 그걸 막아서며 자신을 냅다 밀어낸 것이다. 대단한 순발력과 본능적인 희생정신에 태원의 눈이 크게 뜨였다.

태원은 방금 전의 충격으로 아직 어질어질한데, 그녀는 벌써 마음을 추스른 얼굴이었다. 심지어 웃기까지 했다. 그의 얼굴을 바로 눈앞에 두고.

"이놈들. 혼날까 봐 들여다보지도 못하는 거 보세요. 당장 잡아 와야……."

그녀가 태원에게서 일어나기 위해 바닥을 짚고 팔에 힘을 주었다. 그러나 태원은 이를 툭 쳐 내어 그녀가 다시 제 위로 엎어지게 했다. 중심을 잡으려 자신의 가슴에 손을 댄 그녀가 사슴 같은 눈망울로 꿀꺽 침을 삼키는 것이 가까이에서 보였다.

내게도 예쁘게 보일 줄은 몰랐는데.

바보 같을 정도로 순진한 여자. 사람을 대하는 데 진심뿐인 여자.

이 여자는, 그의 생각보다 더 재미있는 놀잇감이었던 것이다. 지원이 녀석에게 그냥 주기 아까울 만큼.

태원의 눈이 먹잇감을 마주한 맹수처럼 밝게 빛났다.

그냥 주기 아깝다면 이 여자를 다른 방법으로 괴롭힘으로써 얻을 수 있는 더 특별한 재미를 만들어 봐야겠지.

그녀의 뒷목으로 손을 넣어 뒤통수를 단단히 잡은 태원은 제 쪽으로 그녀를 끌어당겼다. 저항할 틈 없이 끌려오는 그녀의 체취에 쾌감을 느끼며, 그는 그녀의 입술을 크게 덮쳤다.

13. 생일 선물

입술에 닿은 이질적인 것에 이새는 크게 몸부림쳤다. 하지만 그녀의 뒤통수와 허리를 잡은 힘이 너무 거셌다. 자신을 모두 삼킬 것처럼 제 입술을 붙잡는 태원의 힘은 거칠고도 괴악했다.

"우으으으읍!"

힘에서 밀린 그녀가 그의 입술 안에서 필사적으로 소리를 질렀다. 손이 풀리자마자 벌떡 일어난 이새가 숨을 몰아쉬며 태원을 향해 눈을 부릅떴다. 순간의 화력이 엄청난 입맞춤이었기에, 그녀의 얼굴은 금세 붉어져 있었다.

태원 역시 눈을 가늘게 뜨고 이새를 응시하다가 자리에서 일어나 옷을 툭툭 털고는 말했다.

"나랑 만납시다."

"아니요! 싫습니다."

꽉 쥐고 있는 주먹처럼 힘이 가득 들어 있는 대답이었다. 잔뜩 떨고 있는 목소리로 힘을 주고 말하는 이새가 가소롭고도 귀여워 태원은 표정을 숨기기가 힘들었다.

"그리고 순서가 잘못됐네요. 사과 먼저 하셔야죠."

"내 마음을 표현한 게 잘못입니까?"

"제 마음은 조금도 배려하지 않으셨으니까요. 불쾌합니다."

"김이새 씨는 그렇게까지 내가 싫었군요."

"그렇게까지 싫어하는 건 아니었지만 그건, 봉사활동을 하는 동료로서, 그리고 좋은 일을 하는 후원자로서, 그리고 저를 추천해 주신 추천인으로서의 감정이었지, 그 이상은 전혀 아니었어요. 앞으로도 제 마음이 달라지지는 않을 거고요, 절대."

"절대? 흠. 싫은 게 맞네."

마음을 표현한 것이라면서, 만나자면서, 태원의 태도는 왠지 너무나도 차가웠다. 언제나 열망이 느껴지는 구애를 했던 지원과는 정말 달랐다. 혹시 지원도 이렇게 될 거란 걸 알았던 걸까. 그래서 태원의 차도 타지 말라고 하고, 세상엔 속이 시커먼 사람들이 많다고 충고한 걸까.

"그렇게까지 내가 싫다면 나도 붙들 수가 없군요. 무안하네요. 미안합니다."

그녀가 아무 대답도 하지 않으니, 태원이 먼저 입을 열었다.

"오늘 내가 여기 왔었던 건 없었던 일로 하죠."

"네! 없었던 일로 해 주세요, 꼭!"

"역시 서운하네요."

"……."

"알았습니다. 앞으로 이런 일은 없을 겁니다."

태원은 다시 인사하고 돌아섰다. 그녀의 눈동자가 요동치는 것을 더 보고도 싶었는데, 참 재미있었는데, 아쉬웠다.

요즘 세상이 자신의 뜻대로 되어 가는 것만 같아 짜릿했다. 그녀가 꽤 매력적인 상품이라는 것은 예상치 못한 변수였지만.

태원은 좀 전의 키스를 떠올리며 뿌듯하게 입맛을 다셨다.

주말이 지나고 다시 월요일이 되어 이새는 아침 일찍 저택으로 돌아왔다.

"김 선생님, 일찍 오셨네요."

"네, 주임님도 일찍 오셨네요. 좋은 아침이에요."

이새는 다정하게, 그러나 어색함을 모두 씻어 버리지는 못하고 꾸벅 인사했다.

목요일 이후, 그녀는 배 주임의 얼굴을 제대로 쳐다보지 못했다. 지원과의 사이를 들킨 것이 부끄러워서였다. 이새는 냉큼 제 방으로 들어갔다.

'준서 삼촌 출근할 시간인데. 눈치 보여서 밖에 나가지도 못하겠다……'

보고 싶은데.

'아니야. 볼 자격이 없을지도 몰라.'

지난 토요일, 그녀는 태원에게 지원과 민지가 과거에 사귀었었단 이야기를 들었다. 그날 태원과 이새 사이에 아무 일도 없었다면 아마도 이새는 주말 내내 그 생각을 했을지도 모르겠다. 지원과 민지의 이야기를 들은 것만으로도 충분히 기분이 씁쓸했을 텐데, 태원에게 키스까지 당했다. 사실, 갑작스런 키스에 비하면 지원과 민지의 과거는 아무것도 아니었다. 어느새 이새의 머릿속은 태원과의 사건이 온통 지배하고 있었다. 지원과 사촌지간인 태원에게 구애를 받아 죄를 지은 기분이었다. 언젠가 지원의 진지한 충고에 웃었던 자신 또한 반성하게 됐다. 후회스럽기도 했다.

지원의 말을 새겨듣고 태원을 좀 더 조심했더라면 그런 사고는 일어나지 않았을 텐데. 태원에게 마음의 여지도 주지 않았을 텐데.

'아냐. 내가 힘이 없어서 그래, 힘이.'

이새는 자신을 안고 뒤통수를 끌어당겼던 태원의 무지막지한 힘을 생각하며 몸서리를 쳤다. 그것은 그것대로 또 다른 반성이었다.

남자를 물리칠 수 있는 괴력이 필요해. 역시 운동만이 살 길이야.

짐정리 후, 비장하게 바닥을 짚고 엎드린 그녀는 팔굽혀펴기를 시작했다. 워낙에 열의 넘치게 시작해서인지 첫 다섯 번은 그럭저럭 잘해 냈다. 그러나 그 이후부터는 급격히 느려졌다. 팔굽혀펴기는 아무나 하는 게 아니었다. 땀까지 흘려 가며 팔굽혀펴기에 열을 올리고 있을 때, 슬며시 방문이 열렸다. 다름 아닌 지원이었다.

출근하기 전에 잠깐이라도 이새를 봐야겠단 생각에 비밀스럽게 들어온 지원은, 방바닥에 엎드려 꾸물대고 있는 이새를 보고 멀뚱하게 물었다.

"뭐 하는 거야?"

"운동이요, 운동."

"웬 운동?"

지원이 의아한 눈빛을 하는 사이, 마음이 급해진 이새는 결국 20번을 대충 채우고 자리에서 일어났다.

"밤길 조심하는 것만으로 부족한 세상이에요. 누구한테든 싸워서 지지 않으려면 힘이 필요하고요."

꽤 진지하고도 장엄하게 말하는 그녀를 보며 지원은 더욱 찡긋거렸다.

"운동의 목적이 군살을 없애는 게 아니라 파이터가 되는 거였어? 나랑 싸워서 이기려고?"

"준서 삼촌한테라면 져 드릴 수도 있죠. 하지만 남들한테도 다 질 수는 없잖아요. 제 몸은 제가 보호해야 돼요."

"요즘 그 동네 치안이 안 좋은가? 경호원 붙여 줄까?"

"아뇨, 그런 건 아니에요."

"그런데, 왜."

"그냥 좀 강해지고 싶어요. 그래서 저도 지키고 준서도 지키고."

"그래서 푸시업을 했다?"

"네."

이상하게만 느껴지는 말을 쉽게 하고선, 이번엔 또 심쿵 한 부탁을 한다.

"준서 삼촌, 잠깐 저 좀 안아 주실래요?"

점점 너구리가 되어 가는 걸까. 얼굴 붉히는 일도 없이, 눈 하나 깜짝 안 하고 맑은 목소리로 하는 말이 지원에게는 묘하게만 들렸다.

"오늘 회사 가지 말라는 의미야?"

"어휴! 아니요! 꽉 안아 달라는 거예요. 내가 밀어낼 수 있나, 없나."

그제야 그녀의 말뜻을 헤아린 지원이 쓸쓸한 표정을 짓다가 으름장을 놓았다.

"정말 꽉 안아 줄 거야."

"그럼 어디 한 번만 해 볼까요?"

"아침부터 승부욕 들끓게 하네?"

이새가 꽤 자극한 모양이다. 지원은 그녀에게로 바싹 다가가 결박하듯 안았다. 팔이 온통 그의 품 안에 붙잡혀 있는 데다 지원의 팔 힘이 너무 강하여 이새는 뼈가 으스러질 것만 같았다.

"아, 숨…… 막……."

"자, 어디 한번 밀어내 보라고."

"밀어내기 전에 압사 당하겠……."

역시 내겐 무린가. 내가 열심히 노력한다 한들 남자는 이길 수가 없는 건가. 그의 품 안에 있는 것은 좋았지만 심각한 생각이 계속 머릿속을 스쳐 갔다. 그때 방문이 다시 한 번 벌컥 열렸다.

"김 선생님."

"헛!"

순간, 화들짝 놀란 이새는 지원을 밀쳐 냈다. 지원이 그 힘에 의해 침대에 털썩 주저앉았다. 그녀 또한 뒷걸음질 치며 확 물러나 버렸다.

"네, 네, 네. 주임님."

빨개진 얼굴로 이새가 대답했다. 그녀 못지않게 배 주임도 발그레한 얼굴로 고개를 돌렸다.

"아무것도 못 봤습니다. 나중에 얘기하죠."

"아니, 아니, 괜찮……."

이새가 배 주임을 잡기도 전에 먼저 문이 닫혔다. 이새는 눈앞이 아득해지는 기분이 들었다.

하아……. 탄식을 쏟아 내는 이새에게, 지원이 불퉁한 목소리로 물었다. 몹시 기가 막힌다는 표정이었다.

"날 밀어냈어? 지금까지 약한 척한 거지?"

"지금 농담이 나와요? 들키자마자 이게 뭐예요, 진짜."

"배 주임은 다 이해해. 걱정하지 마."

"이해하고 안 하고를 떠나서, 부끄럽잖아요!"

그녀는 잔뜩 울상이 된 얼굴로, 그러나 밖으로 새 나가지 않도록 목소리를 죽이고 말했다.

"준서 삼촌은 회사에 가면 그만이죠. 부끄러움은 제 몫이라고요. 이제 배 주임님 얼굴 어떻게 보라고."

"눈치 주면 배 주임도 확 밀어내. 그럼 찍소리도 못 하고 쓰러질 거야. 천하장사 김이새라면 할 수 있어. 하산해라. 날 밀어냈으면 너는 최강이다."

"씨이……."

"정말로 걱정 안 해도 돼. 정말로."

배 주임에게 들킨 것은 조금도 걱정할 일이 아니란 듯이, 지원은 계속 농담만 하다가 그녀의 머리를 토닥였다.

이새가 배 주임과의 대화를 나눌 기회를 얻게 된 건, 그로부터 한참이 지나 점심때가 되어서였다.

"배 주임님……."

준서가 화장실에 간 틈에 배 주임에게로 다가간 이새는 발걸음만큼이나 조심스럽게 말을 건넸다.

"네, 선생님."

"못 볼 꼴을 보여서 죄송합니다……."

"괜찮습니다. 지난주에 말했듯이, 저는 괜찮아요."

차마 고개도 들지 못하고 사죄하는 이새에게, 배 주임은 가볍게 말했다.

"하지만 역시, 조심하셔야 할 것 같네요. 당분간만은."

"네……."

"생각보다 시간은 빨리 갑니다. 준서 도련님도 곧 초등학생이 될 거예요. 그때까지는 사실을 밝히지 않는 게 옳을 거라 판단이 되긴 합니다."

"네, 조심할게요."

이새는 배 주임이 눈감아 주는 것만으로 고맙게 여기며 고개를 몇 번 끄덕거렸다. 그런 그녀의 반응이 재미있는지, 배 주임은 픽, 웃었다. 아주 은근했지만 그녀와 눈을 마주쳐도 거두지 않는 미소였다.

"저는 준서 도련님을 지켜봐 온 중에, 요즈음이 가장 시간이 빨리 가는 것 같습니다. 김 선생님이 오고 많은 게 바뀌었어요. 준서 도련님 웃음소리도 듣기 좋고, 사장님도 매일 집에 들어오시고. 다 마음에 듭니다. 제가 표현이 서툴러서 죄송합니다."

"아니, 아니에요! 저도, 눈감아 주셔서 감사드려요. 충고도 감사하고요."

평소와는 다르게 배 주임은 말을 많이 했다. 왠지 배 주임과도 가까워진 느낌에 이새는 가슴이 따뜻해지는 것 같았다.

"너무 서운하게 생각지는 않았으면 합니다. 김 선생님이 힘들어지지 않을까 해서 말씀드리는 겁니다. 그리고 도련님도 염려스럽고요. 무슨 뜻인지 알죠?"

"네, 잘 알아요."

"김이새 선생님은, 정말 대단해요."

배 주임은 그렇게 돌아섰다. 하려고 했었던 옛이야기는 그냥 묻어 두기로 했다. 소중한 추억이지만 어쨌든 실패한 이야기였다. 이새는 행복한 이야기만 듣고, 꽃길을 걸었으면 했다.

그날 오후. 준서와 함께 문화센터에 다녀온 이새는 민지와 마주하게 되었다. 태원에게 민지와 지원의 관계에 대해 이야기를 들은 지 얼마 되지 않아서인지 기쁘게 반기지는 못했다.

"안녕하셨어요. 오늘 오실 줄은 몰랐어요."

"일이 좀 있어서요."

민지가 준서를 바라보며 미소 지었다.

"오늘도 버스 타고 갔다 왔니?"

"아니요. 오늘은 택시 타고 갔다 왔어요."

"그래, 잘했어. 올라갈까?"

민지가 준서의 손을 잡고 먼저 3층으로 올라갔다. 이새도 둘을 따라갔다.

"김 선생님 옷 갈아입고 와요. 준서 옷 갈아입히는 건 내가 도와줄게요."

3층에 이르러 민지가 말했다. 도와주겠다는 말을 거절할 수는 없었기에, 이새는 고맙다는 말을 하고 방으로 들어갔다.

"준서야, 우리도 들어가자."

민지는 준서의 손을 끌어당기다시피 하여 방으로 들어갔다. 준서는 왠지 민지가 친절하지 않다는 느낌이 들어 언짢아졌다. 조심스럽게 문을 닫은 민지가 준서를 바라보았다.

"준서야."

"네."

"근데 이게 뭐지?"

민지는 침대에 놓인 색종이 뭉치를 들어 올려 준서에게 보여주며 물었다. 색종이를 가득 채운 삐뚤빼뚤한 글씨에 준서는 침을 꿀꺽 삼켰다.

<김이새 선생님……>

이새의 이름으로 시작하는, 연필로 꾹꾹 눌러 쓴 글씨가 그 글을 쓴 당사자를 정확히 말해 주고 있었다.

"이게 뭔지 선생님한테 설명 좀 해 줄 수 있을까?"

밖으로 새어 나가지 않을 정도로 작은 민지의 목소리가 준서의 여린 심장을 마구 찔렀다.

"준서가 쓴 거 맞잖아. 그치? 언제부터 한글을 알았지? 왜 모르는 척했어?"

민지는 거듭 질문했다. 준서는 어깨를 움츠렸다. 어떤 말도 할 수가 없었다. 이새를 부르고 싶었지만 목소리가 나오지 않았다.

"말 안 할 생각이야? 그럼 이건 또 뭘까?"

민지는 색종이를 한 장 넘겨 내밀었다. 그 안에는 준서의 글씨로 같은 글자가 가득, 반복되어 쓰여 있었다.

<씨 끼 씨 끼 씨 끼 씨 끼……>

그 글씨들을 쓴 날은 이새에게 처음 편지를 주었던 날이었다. 준서의 편지에 고마워하던 이새는 그날 밤, 그 안에 쓰인 글씨 중 하나가 잘못되었다며 준서의 필체를 교정해 주었다. 이에 따라 준서도 더는 실수하지 않기 위해 색종이에 몇 번 연습 삼아 써 보았던 것이다.

"준서야, 이거 되게 나쁜 말이야. 누가 이런 말을 가르쳤어?"

준서는 얼떨떨한 기분이었다. 자신이 쓴 게 어떤 나쁜 말인지, 준서는 조금도 알지 못했다.

"누가 이런 말을 너한테 가르쳤니? 김이새 선생님이야?"

준서의 얼굴은 점점 겁에 질려 갔다. 준서는 아직 어렸고, 자신을 몰아붙이는 낯선 사람을 상대할 재간이 없었다.

"준서야, 선생님 말 잘 들어. 이제 준서는 한글을 안다고 할 때가 됐고, 선생님이 한글을 열심히 가르쳐서 준서는 편지까지 쓰게 됐어. 그건 혼날 일이 아니야."

선생님이 가르쳐서 그런 게 아닌데. 한글은 원래 알고 있었는데.

하지만 입이 얼어붙어 버린 것처럼, 준서는 아무 말도 할 수 없었다.

"준서가 선생님 덕분에 한글을 제대로 알게 됐단 사실을 얘기하면, 이 이상한 쪽지는 못 본 걸로 할게. 아무한테도 혼나지 않을 거야. 알겠니?"

"……."

"알았어?"

민지가 대답을 재촉했다. 결국 준서는 고개를 가만히 끄덕거렸다. 민지의 얼굴에 만족스런 미소가 걸렸다.

"좋아. 준서가 한글을 깨쳐서 선생님은 기분이 좋네. 그럼 이제 이 옷으로 갈아입고 나오렴."

민지가 준서에게 준 옷은 실내복이 아니라 외출복이었다. 예쁜 외출복이었지만 준서는 조금도 기쁘지가 않았다.

준서보다 먼저 방에서 나온 민지는 이새와 다시 마주쳤다.

"준서 증조할아버지께서 오늘 준서를 보고 싶다고 하셨어요. 그래서 준서 데려가려고 왔어요. 선생님도 가시겠어요?"

"증조할아버지께서…… 보자고 하셨다고요?"

"네. 아시죠? 안상호 회장님이요. 오늘 시간을 내주시겠다 하셨어요. 뵙기 어려운 분인데, 같이 인사드리러 갈래요?"

준서 증조할아버지라면, 지원의 할아버지. 또한 민지를 가정교사로 추천한 분이었다. 그것도 지원과 민지를 엮어 주기 위해서 말이다. 이새가 만나기엔 불편한 분이었다. 되도록 피할 수 있다면 피하고 싶었다.

한참을 망설이는데 준서 방의 문이 열리고 위아래 단정한 옷으로 갈아입은 준서가 방에서 나왔다. 이새는 준서의 시무룩한 표정이 마음에 걸렸다.

준서야, 너는 괜찮니?

"준서한테도 얘기한 거예요?"

이새가 민지에게 물었다. 민지는 그제야 준서에게 다가가 계획을 통보했다.

"준서야, 지금 증조할아버지 뵈러 갈 거야. 미술관으로 가기로 했어. 가면 준서가 마음에 들어 할 만한 그림도 많을 거야. 괜찮지?"

민지를 바라보는 준서의 눈동자가 슬퍼 보였다.

가기 싫으면 싫다고 말해도 돼, 그렇게 말하고 싶었지만 이새에겐 증조할아버지와의 만남을 막을 권리가 없었다. 이새가 숨죽이고 있는 동안 준서가 힘없이 대답했다.

"네."

인형의 것처럼 느껴지는 목소리에 이새는 왠지 마음이 쓰렸다. 민지는 이새 쪽으로 돌아보며 말했다.

"됐죠? 선생님도 갈 거예요?"

"네, 가야죠."

준서와 대비될 정도로 자신만만한 민지의 물음에 이새가 굳은 음성으로 응답했다.

세 사람은 택시를 타고 이동했다. 운전기사의 옆 조수석에는 이새가, 뒷좌석에는 민지와 준서가 앉았다. 민지는 미술관에 도착할 때까지 내내 준서에게 필요한 예의범절에 대해 이야기를 늘어놓았다. 이새와 준서가 대화할 기회는 없었다.

미술관 앞에 도착하니 정장을 갖춰 입은 예닐곱 명의 사람들이 입구에 대기하고 있는 것이 보였다. 민지가 아는 척했다.

"아마 미술관 직원들일 거예요. 안상호 회장님께서 방문하시는 게 흔한 일은 아니니까."

미술관 앞에서 내린 세 사람은 입구에 나란히 서서 준서의 증조할아버지를 기다렸다. 민지는 즐거운 듯 이새에게 계속 말을 걸었지만 이새는 짧은 대답밖에 할 수 없었다.

'좀 더 점잖은 옷을 챙겨 오는 건데…….'

정장 입은 사람들 틈에 섞여 있으니 자신의 행색이 더욱더 초라하게 느껴졌다.

곧, 이새가 알고 있는 형태에서 살짝 벗어난 리무진이 미술관 앞에 섰다. 운전석에서 뒷좌석까지의 차체가 이렇게 긴 차는 처음이었다.

입구에 서 있던 사람들 중에서 가장 나이 들어 보이는 남자가 리무진으로 쪼르르 달려 나갔고 그 뒤를 정장 무리가 길게 따랐다. 수행비서처럼 보이는 사람이 조수석에서 내려 뒷좌석의 문을 열었다. 수행비서의 부축을 받아 한 노인이 내렸다. 그 얼굴을 모를 수는 없었다.

"회장님, 안녕하셨습니까."

리무진 앞으로 가장 먼저 달려간 남자가 꾸벅 인사했다.

"그래요, 서 관장. 오랜만이네. 부담스럽게 직원들을 다 불러들이셨나."

상호가 남자에게 인사하며 손을 내밀자 남자는 두 손으로 악수를 받아들였다.

"직접 찾아와 주셔서 영광입니다. 이번 특별전을 후원해 주신 것도 감사드립니다."

두 사람이 인사를 나누고 있는 사이 총총 다가간 민지가 상호에게 밝은 얼굴로 알은체했다.

"회장님, 안녕하셨어요."

"그래, 밖에서 보니까 더 좋구나."

상호도 민지를 알아보고 반갑게 인사했다.

"준서랑 같이 왔어요. 준서야, 이리 와야지."

민지의 목소리에 이새는 준서를 잡고 있던 손을 놓고 등을 슬쩍 토닥였다. 조금씩 움직인 준서는 바짝 가까이 다가가지는 못하고 엉거주춤하게 인사했다.

"그리고 김 선생님도 인사하세요. 안상호 회장님이세요."

기어이 이새에게도 인사의 순간이 다가왔다.

"회장님, 이쪽이 김이새 선생님이에요. 준서를 참 예뻐해요."

민지는 상호에게 이새를 소개했다. 고맙게도 칭찬의 말까지 덧붙여 가며.

"안녕하세요. 김이새라고 합니다."

"그래요. 반가워요."

한 번 눈길을 준 상호가 이새의 인사에 화답하듯 희미한 미소를 지어 보였다. 이새는 죄인처럼 상호와 눈도 마주치지 못한 채 얼어 버렸다.

차분히 주위가 정리되고, 이새와 준서는 상호와 민지를 따라 건물 안으로 들어갔다. 젊은 작가 특별전이 열리고 있었지만 관람객은 없었다.

"준서야. 이리 와 봐라."

상호가 걸음이 느린 준서를 향해 발을 멈추고 말했다. 그는 오랜만에 보는 증손자가 자신을 어려워하니 애석했다. 두 사람의 눈빛이 오가는 사이를, 민지가 유연하게 끼어들었다.

"참, 회장님. 기뻐하실 소식이 있어요! 준서가 드디어 한글을 깨쳤어요! 정말 대단하지 않아요? 제가 온 지 보름도 안 돼서 글을 쓸 수 있게 됐어요!"

"그래?"

상호는 놀란 듯 즐거운 눈빛으로 준서와 민지를 번갈아 바라보았다. 이새 또한 놀라 커진 눈으로 준서를 바라보았다.

한글을 아는 건 비밀로 하겠다고 했었잖아. 준서야, 대체 무슨 일인 거니?

준서는 겁먹은 눈동자로 이새를 바라보다가 고개를 떨궜다. 이새는 그 반응을 수상하게 느낄 수밖에 없었다.

"처음 가르칠 때만 해도 배우는 것에 기겁을 하고 연필을 쥐려고도 안 했었는데. 어떻게 열흘 만에 이렇게 달라질 수 있을까요?"

"그렇게 빨리 배울 수 있는 것을, 여태껏 끌었구나. 준서가 이제야 유능한 선생님을 만났어."

민지의 생기 넘치는 말에, 상호가 크게 칭찬했다.

"아니에요. 이게 다 김이새 선생님 덕분이에요. 김이새 선생님이 오래전부터 예쁜 목소리로 동화책을 읽어 주어서 흥미를 자극시킨 덕에 한글을 익히는 게 수월했던 것 같아요."

민지는 준서의 손을 잡아끌어 미술관의 한편에 마련된 테이블로 데려갔다. 민지는 그곳에서 준서에게 종이와 펜을 쥐여 주었다.

"준서야, 할아버지한테 '할아버지'라고 써서 보여 드리자. 할 수 있지?"

민지를 바라보는 준서의 눈이 슬퍼 보였다. 펜을 집고 한참을 머뭇거리던 준서가 종이에 꾹꾹 글씨를 눌러 썼다. '할아버지' 언젠가 이새와 받아쓰기를 했었던 글자였다.

"글씨도 잘 쓰죠? 정말 기특해요."

"허허. 그렇구나. 제 아빠 어렸을 때 글씨하고 똑같구나."

준서가 쓴 글씨를 보는 민지와 상호는 내내 기분이 좋은 얼굴이었다. 상호는 준서의 글씨를 지그시 바라보다가 감상에 젖은 목소리로 나긋하게 말했다.

"준서야, 너만큼 네 아빠도 똑똑하고 영특했었지. 하나를 배우면 금세 열을 아는 아이였다. 지금 보니 네 아빠를 많이 닮은 것 같구나."

"안지원 씨는 별로였어요?"

"허허. 그 녀석은 더 똘똘했다. 잘난 척이 심해서 그렇지."

"상상이 돼요. 지금은 잘난 척은 안 하지만요."

화기애애한 분위기 속에서 외따로 떨어져 있는 듯한 느낌을 받은 이새는 조심스럽게 준서에게로 다가가 준서의 손을 꼭 잡았다.

'그래, 준서야. 모든 사실을 숨기고 지금 한글을 깨쳤다고 하더라도, 그렇게 말해서 네가 행복하다면 나는 괜찮아. 그런데 네가 슬픈 얼굴을 하고 있어서 내 마음이 아파.'

이새의 전하지 못한 말이 속에서 심장 소리가 되어 둥둥 울렸다.

미술관을 한 바퀴 도는 동안엔, 어쩌다 보니 민지와 상호가 짝, 이새와 준서가 짝이 되어 움직이게 되었다.

"아버지께서 그림을 좋아하신다지?"

"네, 신인 작가들에게 투자하는 걸 좋아하세요. 지금은 성공한 작가들도 여럿 있고요."

상호가 대동한 수석비서와 수행비서도 멀찍이 떨어져 있어 제법 분위기가 오붓했다. 상호와 둘이서 두터운 친분을 유지하고 싶은 민지가 걸음을 빨리한 것도 이유였지만, 마음에 꽂힌 그림들에만 발을 멈추고 하염없이 그림을 바라보는 준서의 성향 때문이기도 했다.

"준서야 저 위에 녹색이 뭐 같아?"

파란색과 녹색이 어우러진 몽환적인 그림을 보며 이새가 물었다.

"바다요."

"위에 있는데 바다야?"

"네."

"그럼 아래는?"

"하늘이요. 그림 그리는 사람이 물구나무서서 그린 것 같아요."

"그러네. 위쪽에 물고기가 날아다니는 것 같다."

두 사람의 대화 소리가 공기를 타고 은근하게 건너가 상호의 귀에 닿았다. 상호는 무릎을 굽혀 준서와 눈을 맞추며 그림에 대해 묻는 이새를 슬쩍, 그러나 오래 바라보았다.

집으로 돌아올 때까지 이새는 준서에게 자초지종을 들을 기회가 없었다.

미술관에 갈 때와 마찬가지로 택시의 앞좌석에 이새가, 뒷좌석에 민지와 준서가 앉았다. 미술관 내에서 내내 울음이 터지기 직전이었던 준서는 조금은 마음을 가라앉힌 얼굴로 택시에서 내렸다.

정원 샛길에 들어섰을 때, 이새의 휴대폰 진동이 울렸다. 지원이었다. 전화를 받는데 괜히 민지의 눈치를 보게 되는 이새였다.

"여보세요."

지원이 급하게 물었다.

-우리 할아버지를 만나고 왔어?

"네."

-할아버지가 김이새 씨한테 뭐라고 안 했어?

"반갑다고 하시고, 별말씀 없으셨어요."

-그것 말곤 별일 없었어?

"네, 없었어요."

-아니잖아. 준서가 한글을 안다고 했다며.

지원이 추궁했다. 벌써 지원의 귀에까지 이 사실이 알려진 모양이었다.

"……네, 준서 한글 알아요."

-……다 깨친 거래?

"네, 깨쳤어요."

-얼른 들어와.

진지하게 몇 마디 이어지던 통화는 금방 끊어졌다. 얼른 들어오라는 걸로 봐선, 그 또한 집에 도착한 모양이었다.

"어? 준서야. 삼촌이 마중 나와 있다!"

역시 지원은 건물 앞에 나와 있었다. 준서가 그를 알아보고선 민지의 손을 뿌리치고 달려 나갔다.

와락. 평소의 준서라면 하지 않았을 행동에 지원도, 이새도 멈칫했다. 준서는 지원의 허리를 꽉 붙잡아 안았다.

"준서야, 증조할아버지 잘 만나고 왔어?"

지원이 다정하게 물었다. 얼굴은 온통 굳어 있었지만 준서에게까지 심난한 마음을 표현하진 않았다. 그런데 준서는 다른 대답을 했다.

"삼촌, 나 한글 원래 알았던 거예요. 정민지 선생님이 가르쳐 주기 전에, 김이새 선생님이 오기 전에, 옛날에."

억울한 듯 쏟아 내는 준서의 말에, 이새와 민지 모두 움직임을 멈췄다.

"우리 엄마 살아 있을 때, 엄마가 가르쳐 준 거예요. 정민지 선생님이 알려 준 거 아니에요."

울음이 가득하여 엉킨 목소리를 하고서도, 준서는 눈물을 흘리지 않았다.

"이게 무슨 소립니까."

지원의 미간에 단단히 주름이 잡혔다. 그는 이새와 민지를 바라보며 싸늘하게 물었다.

"정민지 선생님은 제 할아버지와 만나서 무슨 얘길 했죠?"

지원의 엄한 목소리에 움찔한 얼굴로, 민지가 준서에게 말을 걸었다.

"준서야, 왜 그래……. 할아버지 앞에서는 안 그랬잖아."

준서는 그런 민지를 쳐다보지 않고 지원의 허리에 얼굴을 파묻었다.

"정민지 선생님이 시켰어요. 내가 색종이에 쓴 게 나쁜 말이라고 했어요. 선생님 덕분에 한글 알게 됐다고 얘기하면 색종이에 쓴 건 안 혼낸다고 했어요."

지원은 준서의 말을 제대로 알아들을 수 없었다.

집에 오는 길에 상호에게 전화가 걸려 왔다. 상호는 흐뭇한 목소리로 준서가 한글을 깨친 이야기를 하며, 단기간에 소기의 성과를 이루어 낸 민지를 칭찬했다. 정말 준서가 한글을 깨쳤다면, 지원이 생각하기에도 이는 놀라운 일이었다. 이러한 결실을 만든 사람이 이새가 아니라 민지라는 게 떨떠름하긴 했지만 말이다. 그런데, 이런 반전이 기다리고 있었다.

지원은 할아버지의 전화를 받았을 때보다 더 혼란스러운 기분으로 준서에게 말했다.

"안준서. 가서 그 색종이 가져와."

지원이 준서에게 지시했다.

"그거 정민지 선생님한테 있어요. 선생님이 가방에 넣는 거 봤어요."

민지는 준서의 말이 기가 막힌다는 듯 제 핸드백을 뒤로 감추며 준서를 나무랐다.

"준서야, 너 지금 무슨 소리를 하는 거니?"

한 치의 망설임도 없이 지원이 민지에게 다가갔다. 민지가 섬뜩한 표정으로 물러났다.

"왜, 왜 그러시는 거예요!"

"가방 좀 보여 주셨으면 합니다. 정말 준서 물건이 거기 있나 해서."

"안 돼요! 어떻게 어린애 말만 믿고 이러세요!"

"준서 말이 거짓말이면 따끔하게 혼을 내죠. 그쪽 부모님께도 찾아가서 석고대죄하고."

지원이 단호하게 말하며 민지의 가방을 홱 낚아챘다. 꽉 붙들고 있던 핸드백은 순식간에 지원의 손으로 넘어갔다.

"뭐 하는 짓이야! 이런 무례한 경우가 어디 있어요!"

"몰랐나? 내가 원래 이렇게 무례한 사람인 거. 그런데 남의 물건에 손대는 건 그쪽과 내가 별반 다르지 않은 것 같네."

지원은 차갑게 대꾸하며 민지의 핸드백을 열어 색종이를 꺼냈다. 민지의 얼굴에 핏기가 사라졌다. 몇 시간 전 준서의 방에서 준서를 겁박했던 민지는 당장에라도 이새가 방에 들어올까 염려하며 색종이를 재빨리 가방에 구겨 넣었던 것이다.

"안준서. 이거 네 거야?"

지원이 색종이를 넘겨보며 물었다.

"네."

"네가 김이새 선생님 주려고 편지를 썼었어?"

"네."

"그럼 문제가 됐던 건 이거겠네. 안준서, 이게 대체 뭐야?"

지원은 준서에게 한 장의 색종이를 보여 주며 질문했다. 민지가 몇 시간 전 준서를 겁줄 때 들이댔던 색종이. '씨 끼 씨 끼'라고, 한 면 가득 적혀 있는 색종이였다.

"이건, 생각하시는 그런 의미가 아니에요."

잠자코 있던 이새가 목소리를 냈다. 색종이에 적힌 글씨의 뜻을, 그녀는 잘 알고 있었다.

"준서가…… 제게 쓴 편지에 '씨' 자를 잘못 썼기에 제가 교정해 준 거예요. 그걸 준서가 연습한 거고요."

"이 편지들을 선생님도 알고 있었다고요?"

지원이 다른 색종이들을 보여 주며 말했다. 문제의 색종이 하나만 제외하고 다른 것들은 '김이새 선생님!' 또는 '김이새 씨'라고 적힌 종이들이었다.

이새는 준서에게 편지를 받았던 첫날, 준서가 했던 말을 떠올렸다. 준서는 앞으로 맨날 편지를 써 주겠다고 했었다. 혼자 그 말을 지키고 있었던 것이다.

"아니, 그 편지들을 다 알고 있었던 건 아니지만……."

"김이새 선생님은 준서가 한글을 깨쳤다는 걸 알고 있었습니까?"

이새의 흐릿한 대답을 끊어 내며, 지원이 화난 목소리로 물었다.

"알고도 얘기 안 했어요?"

그녀를 바라보는 지원의 눈빛이 매서워졌다. 이새는 어떤 변명도 하지 못했다.

"정민지 씨. 이 일은 정민지 씨가 할아버지께 사실대로 얘기해요."

지원이 분노를 참는 목소리로 딱딱하게 말했다. 민지는 핸드백을 손에 꽉 쥔 채로 부들부들 떨고 있었다. 힘주어 뜬 눈엔 핏발이 잔뜩 서 있었다.

"내일까지 안 하면 내가 할 거니까 알아서 잘 얘기해요. 그리고 앞으로 여기 올 필요도 없어요. 나가요."

민지는 억울한 듯 지원을 바라보다가 고개를 돌려 이새를 무섭게 쏘아보고는 자리를 떴다.

민지가 멀어지는 것을 보고 있던 이새는 지원 쪽으로 고개를 돌렸다. 지원은 이새를 보고 있었다. 하지만 그녀와 눈이 마주치자마자 그는 고개를 휙 돌렸고 먼저 집 안으로 들어가 버렸다. 지원이 먼저 들어가 버린 후, 준서가 기죽은 목소리로 말했다.

"삼촌 화났어요……."

이새 또한 한숨이 나왔지만 그녀는 준서를 안심시키기 위해 따뜻한 미소를 지었다.

"준서야. 준서 잘못한 거 아니야. 알지?"

그녀의 손이 머리에 닿자, 준서는 고개를 몇 번 끄덕거렸다.

"솔직하게 얘기 잘했어. 우리 준서 정말 장해."

준서와 눈을 맞춘 이새는 준서의 머리를 쓰다듬고 어깨를 토닥였다.

나는 그의 할아버지 앞에서 그렇게 기죽었었는데. 너는 불의에 맞서 솔직하게 대처했구나.

아이를 가르치며, 더 큰 것을 배운다. 앞으로의 갈등은 예상되지만, 준서의 용기에 힘이 났다.

지원의 방.

똑똑똑. 노크 소리가 들렸다. 슈트를 집어 던지고 화를 식히던 지원이 의자에서 일어났다.

"들어오세요."

지원의 응답에 문이 열렸다. 이새였다. 마당에서 돌아섰을 때와 마찬가지로, 지원은 싸늘한 표정으로 이새를 바라보았다. 이새가 조심스럽게 입을 열었다.

"먼저, 부탁드릴 게 있어요. 준서 혼내지 말아 주세요. 준서에게도 다 사정이 있었던 거였어요. 저도 어쩌다 보니 알게 된 거고요. 준서가 왜 이제까지 한글을 안다는 걸 숨겨야 했는지, 일단 준서의 마음을 헤아려 보는 게 더 중요할 것 같아요."

지원은 눈을 가늘게 뜨고 이새를 보았다. 자신에게 부탁을 하는 예의 바른 태도에 왠지 더 약이 올랐다.

"준서가 용기 내서 다 털어놓긴 했지만, 준서도 사실 겁먹고 있어요. 잘 달래 주셨으면 좋겠어요."

"할 말은 그것뿐이야?"

가만히 그녀의 얘기를 듣고 있던 지원이 떠름한 목소리로 물었다.

"……미리 얘기 못 해서 죄송해요."

"왜 애길 안 했나? 왜 준서가 한글을 안단 사실을 이런 식으로 알게 하지? 내가 김이새 씨한테 그것밖에 안 되는 사람인가? 준서한테도?"

"……아무한테도 말하지 않기로 준서랑 약속했어요."

"그래도 나한테는 말을 했어야지!"

지원의 음성이 크게 튀었다.

"그럼 정민지를 들이지도 않았을 거 아냐!"

그랬구나. 이 사람은 정민지를 들인 게 싫었던 거구나. 그의 마음을 알게 되니 당황스럽게도 코끝이 찡했다.

"그래야 나도 일찍 상황에 대처를 하지. 이게 무슨 일인지, 준서가 왜 그러는지. 왜 그쪽만 준서를 아끼고 염려한다고 생각해, 왜."

아픈 마음을 꾹꾹 눌러 담은 그의 목소리에 그녀 또한 마음이 아렸다. 이새는 그제야 자신이 정말 잘못 판단했다는 것을 깨달았다.

"난 앞으로의 내 인생을 준서를 위해 쓰겠다는 각오로 준서를 데리고 있는 거야. 당신은 나를 어떻게 봤는지 모르겠지만."

"……죄송해요. 드릴 말씀이 없어요."

정말 미안한 마음을 담아 그에게 사과했다. 그러나 그는 조금도 화가 풀리지 않은 얼굴로 방문을 열었다. 방문 밖에는 준서가 서 있었다. 찌릿하게 준서를 흘겨보던 지원이 물었다.

"언제부터 여기 있었어?"

"아까부터요."

준서도 죄지은 얼굴로 고개를 숙이고 있었다. 지원은 날숨을 진뜩 뱉어 내고는 고개를 돌려 이새에게 물었다.

"계속 여기 있을 거야?"

"아, 아뇨, 아뇨."

더듬거리며 대답한 이새는 허둥지둥 밖으로 나갔다. 침실을 떠나며, 그

와중에도 팔로 끌어안듯 준서의 어깨를 감싸는 그녀의 행동에 지원은 또 약이 올랐다.

'애틋해서 못 봐주겠네.'

속으로 실컷 비아냥거렸다. 김이새의 사랑을 받는 안준서가 미운 건지, 안준서의 사랑을 받는 김이새가 미운 건지 모르겠다. 만난 지 두 달밖에 안 된 애들이 이토록 애틋해질 수가 있나?

아……. 그런 애가 또 있긴 있네, 쩝…….

그는 쓰게 입맛을 다시고는 준서를 내려다보았다.

"……엄마가 살아 계실 때부터 한글을 알았다고?"

준서가 놀라지 않도록, 쫄지 않도록, 나긋하게 물었다. 준서가 조용히 대답했다.

"……네."

"왜 그걸 숨겼어. 누가 또 너한테 겁을 준 거야?"

"아니요."

"그럼 왜."

"엄마가 그러라고 했어요."

"엄마가 모르는 척하라고 하셨다고?"

"네."

"엄마가 왜 너한테 글을 모르는 척하라고 했는데."

"그건 몰라요."

준서는 솔직하게 답했다. 예전에 이새가 물어봤던 것과 똑같은 것이었다.

지원은 혼란스러웠다. 그가 아는 준서의 엄마, 하늘은 아들에게 그런 이상한 지시를 할 사람이 아니었다.

"그럼 엄마가 너한테 왜 그랬을 거라고 생각해?"

"모르겠어요."

"그때 기억을 떠올릴 수 있겠어? 엄마가 준서한테 한글 모르는 척하라고 했을 때 어떤 상황이었는지, 엄마가 어떻게 말했는지."

준서는 시무룩해진 표정으로 고개를 내렸다.

"……기억이 안 나?"

"안 나요."

"……알겠어."

애석하지만 어쩔 수 없었다. 네 살 시절의 기억, 그것도 엄마와 함께했던 기억을 떠올리라고 하는 것은 아이에겐 너무 잔인한 압력이었다. 마음을 접은 지원은 준서에게로 몸을 굽혀 준서를 안아 주었다.

"준서야. 준서가 한글을 다 알아서 삼촌은 기뻐. 그리고 솔직하게 말해 준 것도 기뻐. 그러니까 앞으로는 삼촌한테 아무것도 숨기지 마. 알았어?"

그가 할 수 있는 최선의 부드러운 표현이었다. 지원은 이렇게도 많이 달라진 사람이 되었다.

"삼촌은 기쁜데, 왜 선생님 혼내셨어요?"

그러나, 시크 왕자 준서의 반응은 싸늘했다.

"안 혼냈어."

준서에게서 떨어진 지원이 눈을 부릅뜨고 대답했다. 이 자식, 감성도 없네.

"근데 소리 지르는 거 들었는데."

"소리는 질렀지만 혼내지는 않았어."

지원을 바라보는 준서의 눈에 불신의 빛이 어렸다.

"소리 안 지르고, 말 이쁘게 하면 안 돼요? 선생님 잘못한 거 없는데. 선생님 혼내지 마세요."

지원은 힘없이 턱을 떨어뜨렸다.

와아, 미칠 노릇이다. 내가 김이새 애인인데, 왜 내가, 서로 사랑하는 두 사람 사이에 끼어 있는 훼방꾼이 된 느낌이지?

괜히 억울해지는 지원이었다.

밤이 되어 준서가 잠들어서야 이새는 지원과 얘기할 틈이 생겼다. 지원을 찾으러 다닐 것도 없이 지원은 거실에 앉아 있었다.

"정민지 씨는 이제 오지 않을 겁니다. 김이새 선생이 준서 전담해서 잘 가르쳐 줘요."

그러나 그의 입에서 나오는 말은 가히 사무적이었다. 자신에게 여전히 화가 난 듯하여 속상해진 이새가 지원의 뒤를 졸졸 따르며 물었다.

"삐치셨어요?"

"그래. 삐치셨다."

이미 화는 다 풀려 있었지만 자신이 쉬운 남자라는 걸 들키고 싶지 않았다. 그의 화를 풀어 주려는 듯 자신의 뒤를 졸랑졸랑 따르는 그녀가 귀엽기도 했다.

"잘못했어요."

그를 따라 침실까지 들어온 그녀가 말했다. 그의 연기가 먹힌 모양이었다. 그는 웃음을 참고 그녀를 내려다보았다.

"그렇지만 준서하고 약속한 거였어요. 섣불리 얘기할 순 없었고요."

"대체 나야, 준서야?"

"그 질문은 좀 유치한 것 같은데."

"유치해도 듣고 말 거야. 나야, 준서야?"

이새가 억울한 듯 아랫입술을 뾰족이 내밀었다.

"준서 삼촌이야말로, 준서랑 제가 물에 빠지면 누구 먼저 구할 건데요?"

"난 둘 다 구할 수 있어. 상황 봐서 가까운 사람 먼저 구할 거야."

"둘 다 똑같은 거리에 있다면?"

"……."

"것 봐요. 그래도 난 아무렇지도 않아요. 왜냐. 내리사랑이니까. 어리고 약한 존재를 보호해 주는 건 본능이라고요."

이새가 고개를 힘껏 치켜들고는 턱을 뺐다. 왜 으스대는지는 모르겠지만 그녀의 그런 행동과 말이 재미있어, 지원은 저도 모르게 표정을 풀게 됐다.

"그건 그쪽만의 본능일지도 몰라."

지원이 그녀의 머리를 톡톡 토닥이며 말했다.

"그래, 준서를 보호해 줘서 고맙네. 준서 걱정은 나한테 다 털어놓고 내 걱정이나 좀 했으면 좋겠지만."

"에이. 준서 삼촌 걱정도 그만큼 해요."

"내 걱정, 뭘 하는데?"

"……요즘 너무 퇴근이 늦는데 일이 힘든 건가……."

"흥."

"진짜 걱정한다고요."

"……."

"요즘 많이 힘들어 보이기도 하고, 늦게 오는 날도 많잖아요."

그녀의 진심 어린 표정에는 역시 무장해제 되고야 만다.

"어후, 울려고 하는 거 봐. 그렇게 힘들어요?"

이새가 눈빛이 부드러워진 지원을 슬쩍 놀렸다.

한쪽 눈을 찡긋거린 그가 다시 한 번 그녀의 머리에 손을 올려 마구 흩트렸다. 강아지를 쓰다듬듯. 어느새 그의 따뜻해진 눈빛만큼이나 주변의 공기도 훈훈해졌다. 한참을 애틋하게 그녀를 바라보던 그가 소심스럽게 입을 열었다.

"내 인생은 후회와 반성들뿐이야."

한층 낮아진 음성으로 이어지는 고백에 이새는 묵묵히 그를 바라보았다.

"형이 죽은 날, 왜 더 형을 이해해 주지 못했을까. 왜 형에게 열심히 사는 모습을 보여 주지 못했을까. 그런 것들로부터 준서에 대한 집착이 시작됐고, 지금까지 그런 상태야."

절친 승환에게도 꺼내지 못한 말이었다. 집안의 가장으로서, 한 기업의 사장으로서 지원은 항상 자신이 강한 모습만을 보여야 한다고 생각했었다. 그랬던 자신이 이런 말을 하게 될 줄은 몰랐다. 그것도 연인에게.

"열심히 살고자 했던 나한테 처음 맡겨진 일이 광고 회사 일이었어. 그런데 광고라는 게, 약점은 감추고 강점은 그럴듯하게 더 포장해서 과장해 보여 주는 것이거든. 그게 내 신념에 어긋날 때가 간혹 있어. 거대 조직의 부당한 면을 눈감아야 하는 경우가 종종 생기지."

그런데 참 이상한 일이다. 한번 용기를 내니 속 안의 것들은 고해성사 하듯 쏟아졌다. 그녀의 눈동자가 우주에서 바라보는 지구처럼 초롱초롱 빛났다. 세상의 모든 비밀과 걱정을 하염없이 품어 줄 것만 같은 눈빛에 그는 실컷 기대고 싶어졌다.

"내가 생각하는 이상적인 기업이란, 정직하게 일한 사람들이 정직하게 이윤을 창출하는 건데 말이야."

힘든 것들을, 걱정들을, 그리고 자신의 약점까지도 모두 털어놓고 말할 수 있는 누군가가 있다는 것은 축복받은 일이다. 지원은 이새로 하여금 진짜 행복을 알아가고 있었다.

"그래서 설립한 회사가 인베스트먼트야. 다행히도 할아버지가 내 뜻을 알아주셨어. 큰 이윤이 남지는 않는 일이지만 내가 자문한 기업들이 잘되면 정말 뿌듯해. 완벽하게 이상적일 수는 없겠지만 언제나 내 일을 자랑스럽게 생각할 수 있어."

길게 이어진 지원의 고백에 이새의 눈시울이 젖었다. 이런 이야기를 해 주는 지원에게 고마웠다. 또한 지원이 존경스러웠다.

"투자했던 회사들 중 하나가 사기를 쳐서 골치 썩고 있긴 해. 지난번에 말레이시아 다녀온 것도 수습이 아직 안 됐고. 그래서 요즘 바쁜 편인데, 바쁜 일 정리되면 많이 놀아 줄게."

초반의 진중함과는 다르게 산뜻하게 끝난 이야기에 이새는 장난스럽게 맞받아쳤다.

"누가 놀아 달래요?"

"싫으면 됐고. 난 또, 준서처럼 사랑스럽게 쳐다보길래 놀아 달라는 건 줄 알았지. 나 혼자 엄청 재미있게 놀 거야. 나중에 같이 놀자고 하기만 해 봐라."

지원의 반응에 이새는 옅게 미소 지었다. 토라진 표정을 지으면서도 애정이 가득 담긴 눈빛을 보내는 그가 좋았다.

내게도 당신은 너무나도 사랑스런 사람이라고요.

지원에게 다가간 그녀가 그의 허리를 끌어안고는 고개를 들어 그와 눈을 맞췄다.

"……생일에 선물 주려고요."

어깨 아래서 들려오는 수줍은 목소리에 지원의 눈이 동그래졌다. 쿵, 하고, 심장이 툭 떨어졌는지도 모르겠다. 놀란 그가 아무런 대답을 하지 않으니 그녀가 멋쩍은 듯 그를 밀어내며 고개를 옆으로 돌렸다.

"싫으면 말고요."

어, 어, 어! 그게 아니라!

마음이 급해진 지원이 벗어나려는 그녀의 어깨를 세게 끌어당겼다. 여전히 말문은 열지 못한 채.

"오늘이 아니라요! 생일에요!"

덩달아 다급해진 이새가 말했다. 지원의 팔 힘은 더욱 강해졌다. 쿵쾅쿵쾅. 늑골을 다 부수고 튀어나올 듯 거센 그의 심장 소리가 그녀의 온몸을 휘감았다.

"……김이새는 매번 신선한 방법으로 날 미치게 하네."

심장 소리와 함께 그의 나지막한 목소리가 그녀의 온몸으로 전해졌다.

"무르기 없기야. 알았어?"

그녀가 말없이 고개를 움직였다.

"집에 못 들어가는 것도 알지?"

"네?"

그의 품 안에서 고개를 번쩍 든 이새가 그의 눈을 올려다보며 물었다. 잔뜩 붉어진 얼굴이 귀여워 지원은 웃음을 삼켜야 했다.

"조, 조금 알아요."

그녀가 어리숙하게 늦은 대답을 하고는 다시 고개를 내렸다. 이새의 대답에 결국 지원의 입에서 한탄 같은 웃음이 비어져 나왔다.

기뻐서, 네가 좋아서 어쩔 줄을 모르겠다.

"아…… 나흘을 어떻게 참지?"

"……한 달도 기다려 주겠다고 했으면서."

"그때하고는 기분이 다르지."

그가 들려주는 진솔한 말들이 그녀에게로 고스란히 전해졌다. 그녀 또한 두근거렸다. 그가 자신을 사랑해 주는 만큼, 아니 그보다 더 행복하게 해 주고 싶었다. 별도 달도 다 따다 주고 싶은 마음은 그에게만 있는 게 아니라는 걸 알려 주고 싶었다.

내가 당신을 행복하게 해 줄 수 있는 사람이라는 게 기뻐요.

고마워요, 사랑해 줘서. 그리고 나도 사랑합니다.

그 마음 가득 담아서, 행복한 생일을 만들어 줄게요.

지원에게는 나흘을 참는 것이 정말로 고역이었다. 그나마 넘쳐나는 일이 목을 조르기에 망정이지, 백수로 살았으면 이 시간을 어찌 이겨 냈을까 싶었다.

고역이었지만 또한 행복이 가득한 기다림의 시간이었다. 일을 하는 간간이 토요일의 이벤트를 챙기며, 지원은 자신이 얼마나 이새를 사랑하고 있는지 새삼 매 순간 확인할 수 있었다.

금요일에는 특별 주문한 프러포즈 반지가 도착했다. 반지는 무조건 제일 예쁜 걸로. 수수한 그녀가 반지를 부담스럽다고 할 수도 있겠지만 일단은 마음이 가는 대로 했다. 그녀의 손에 가장 빛나는 것을 끼워 주고 싶었다. 당장 결혼을 하자고 조르진 않겠지만, 네 평생은 내 평생에 예약되어야 한다고 말해야 했다.

원하는 건 다 해 줄게. 내게 당신의 인생을 맡겨 준다면. 평생 끌어안을 수 있게 해 준다면 평생 행복하게도 해 줄게.

생일을 준비하며, 그녀에게 해 줄 말들 또한 차곡차곡 쌓여 갔다. 설렘과 기대가 그득그득한 마음으로 잠이 들어 거의 설쳤지만 이내 토요일 아침이 밝았다.

"안녕히 주무셨습니까. 생신 축하드립니다, 사장님."

지원의 생일을 맞이하여 특별히 주말근무를 하게 된 배 주임이 깍듯하게 인사했다.

"고맙습니다."

지원도 예의 바르게 감사를 표했다.

"오늘은 다 같이 식사하죠. 준비되면 다 식당으로 오라고 해 주세요."

"……네?"

"식사 준비해 주신 분들도, 배 주임도, 김 선생도 다 같이 아침 식사 하자는 얘깁니다."

배 주임은 지원의 말을 다 알아듣고도 멍하니, 제대로 듣지 못한 표정을 지었다.

"그냥 제가 얘기할까요?"

"아닙니다, 아닙니다."

넋 놓고 있는 모습을 놀리듯 지원이 묻자, 배 주임은 허둥지둥 뒤돌아 떠났다.

정말…… 우리 사장님이 정말 많이 변했다.

가슴이 뜨끈하기도 했고 벅차기도 했다. 배 주임의 입술 사이로 낮은 탄식이 흘러나왔다.

지원은 마지막으로 이새의 방까지 직접 찾아가 그녀를 챙겼다.

"밥 먹으러 가자. 오늘 아침은 다 같이 먹을 거야."

"들었어요. 오올. 웬일이래요?"

"누구 덕분에 기분이 좋아서."

짐 정리를 하고 있던 이새도 기분 좋게 자리에서 일어났다.

"우리는 이따가 저녁때 다시 만나요. 집에 가서 짐 놓고 다시 짐 챙겨서 나올게요."

"데리러 갈까?"

"그래 주시면 고맙죠."

"저녁때 뭐 먹고 싶은 거 있나?"

"제가 물어볼게요. 한 끼 정도는 크게 쏠 수 있는데, 뭐 먹고 싶은 거 있어요?"

"나한테 물어보면, 하나밖에 없는데."

그가 예사롭게 대답하며 빙긋 미소와 함께 그녀를 빤히 바라보았다. 그의 눈빛은 따스했는데도 왠지 야릇한 느낌이었다. 그와 마주한 그녀의 얼굴이 붉어졌다.

"하하하."

"뭔지 얘기도 안 했는데 알아듣는 게 참 놀랍네."

"하하하. 뭔지는 모르겠지만 저녁 메뉴는 그냥 제가 정하는 게 낫겠어요."

이새가 재빠르게 응수하며 방문을 열고 나갔다. 문 앞에는 준서가 서 있었다.

"선생님, 귀가 토마토 같아요!"

준서의 지적에 이새의 얼굴은 더욱 발갛게 익어 갔다.

"그러게. 준서가 토마토 얘기하니까 삼촌은 토마토가 먹고 싶어지네."

지원은 능청스럽게 웃으며 먼저 식당으로 떠났다.

식사 자리는 지원이 원한 대로, 집안의 식구들 모두가 모였다. 고용주와 함께하는 식사 자리가 부담스러웠는지 고용인들은 내내 말이 없었지만 다들 지원의 마음 씀씀이에 감동한 모습을 보였다.

그렇게 훈훈한 식사를 마치고 이새는 집으로 떠났다. 이새를 다시 만날 때까지, 낮 시간을 준서와 함께 보내기로 한 지원은 마당으로 나와 캐치볼을 했다.

문화센터 체육교실 덕분인지 준서는 제법 행동이 날렵해졌다. 공을 던지는 힘도 좋았다. 한참을 놀고 있는데 정원 쪽에서 누군가 걸어오는 소리가 들렸다. 찾아올 사람이 없는데, 생각하며 지원이 고개를 돌렸다. 역시나, 아니나 다를까, 민지였다.

빨간 장미 꽃다발과 케이크박스를 들고 나타난 민지가 두 사람을 발견하고 빙긋 웃음 지었다.

"마당에 계셨네요!"

민지의 목소리에 준서는 지원에게로 달려와 지원의 손을 잡았고, 지원은 얼굴을 굳혔다. 상대하고 싶은 사람이 아닌데 누가 대문을 열어 준 건지, 집 주인의 생일에 누군가를 박대해서는 안 되는 거지만 지원은 씁쓸한 마음을 감출 길이 없었다.

"그대로 돌아서 나가는 게 좋을 것 같은데."

"생일 축하하러 온 사람한테 어떻게 그렇게 모질어요?"

"생일을 망치고 싶지 않은 기분도 존중해 주지?"

"생일 망치러 온 건 아니에요. 그렇게 싫으시다면 꽃이나 두고 갈게요."

"꽃도 싫어. 가져가."

지원의 모진 말에 민지의 표정이 약간 어두워졌다.

"준서랑 얘기 좀 하게 해 주세요. 준서한테 정말로 사과하고 싶어서 그래요. 저도 억울한 건 있었다고요. 그런데 김이새 씨가 내 얘길 들어주지도 않고, 준서를 만나지도 못하게 해서 발끈했던 거예요."

"사과를 하러 온 척 이간질을 하려는 건가?"

"저도 다른 억울한 얘기는 하고 싶지 않아요. 준서한테 사과나 하게 해 주세요."

"사과한다면서 또 무슨 협박을 하려고."

"지원 씨도 옆에 같이 있으면 되잖아요. 준서를, 사과도 받아 주지 않는 사람으로 키울 거예요?"

그녀가 억울한 듯 호소했다.

"그럼 지금 여기서 얘기해."

지원이 준서의 어깨를 감싸며 말했다.

"준서야, 정민지 선생님이 너한테 사과하러 온 거야."

자신이 지켜보는 데서는 아무리 민지라도 준서에게 함부로 할 수 없을 것이다. 지원은 민지를 잔뜩 경계하는 눈빛으로 준서에게 말했다.

"준서야……."

지원의 말이 끝나기 무섭게 민지는 물기 어린 목소리로 준서를 불렀다.

"선생님이 미안해. 선생님은 사실, 정말 준서가 선생님 덕분에 한글을 알게 된 건 줄로 알았어. 네가 그런 사실을 숨기고 있을 거라고는 정말, 꿈에도 생각 못 했어……."

지원의 눈썹이 슬며시 구겨졌다. 민지의 말을 곧이곧대로 믿을 수는 없었다. 정말 꿈에도 생각지 못했을까.

"그래서 네가 쓴 편지를 보고 놀랐던 거야. 사실 많이 흥분했었어. 준서가 이렇게 빨리 한글을 깨칠 수 있는 아이라는 게 기뻐서 준서 증조할아버지께도 자랑하고 싶었어."

지원은 민지의 고백이 왠지 아니꼬웠지만 말로써 내색하지는 않았다. 어쨌든 준서는 사과를 받아야 하니까.

"빨리 할아버지를 뵈러 가야 해서, 그때 준서의 마음을 다 헤아리지 못했어. 색종이에 쓴 내용에 대해서도 할아버지 뵙고 와서 얘기하려고 그랬던 거야. 그래서 선생님이 색종이를 보관하고 있었던 거야……."

마지막의 변명은 어쩐지 준서에게 하는 말이 아니라 자신에게 하는 말처럼 들렸지만, 그럼에도 지원은 그냥 묵묵히 참아 주었다.

"미안해. 선생님 용서해 줘."

준서는 감정 표현이 잘 통하는 나이였다. 쉽게 민지의 감정에 동화된 준서가 고개를 끄덕이고 쿨하게 사과를 받아들였다.

"저는 이제 괜찮아요."

"정말 괜찮아? 그럼 준서는 선생님 사과 받아 준 거지?"

"준서가 받아 줬어도 나는 안 돼. 정민지 씨는 선생 자격이 없어. 이만 돌아가."

"그럴게요. 저도 이 좋은 날 안지원 씨 기분 상하게 하고 싶지 않아요."

그러나 시원하게 돌아선 민지는 손목시계로 시각을 확인하고는 다시 뒤돌았다.

"그래도 일단은 화해의 의미로 공은 던져 보게 해 주세요. 저도 준서랑 캐치볼 한번 해 보고 싶었어요."

"싫어. 안 돼."

"해요. 선생님."

민지의 요청에 지원은 거절의 의사를 밝혔으나 준서는 너른 마음으로 이를 수락했다. 마음 약한 준서에게는 '화해의 의미'라는 표현이 제대로 먹힌 것이다. 지원 또한 받아들일 수밖에 없었다.

지원의 허락하에 준서와 민지가 마당에 마주 보고 섰다. 준서가 먼저 공을 던졌고 민지는 이를 유연하게 받아 냈다. 준서의 공을 받아 민지도 힘껏 던졌다. 너무 힘차게 던져 버려서 준서는 저택 건물 쪽으로 몇 걸음 움직이게 되었다. 그대로 다시 준서가 민지에게 공을 던졌고 민지는 다시 이를 받았다.

"준서야. 이번엔 잘 받아 봐!"

그러나 또다시 민지는 힘 조절에 실패했다. 공은 저택에 붙어선 나무 옆으로 떨어졌다. 준서는 공을 주우러 더 멀리 뛰어가야 했다.

'이 여자는 공 던지는 것까지 민폐군.'

민지의 운동신경을 알게 된 지원이 인상을 쓰며 민지에게 다가갔다.

"그만하죠."

그런데 민지의 시선은 온통 준서에게 머물러 있었다. 준서를 주시하고 있던 민지는 화들짝 놀라며 준서를 향해 잽싸게 뛰었다. 지원이 인지할 틈도 없이 순식간에 일어난 일이었다.

"준서야!"

몸을 날리듯 재빠르게 뛰어간 민지는 준서를 안아 감싸며 바닥으로 쓰러졌다.

달려가면서, 민지가 생각했던 것은 하나였다. 어제 태원이 전화로 했던 말.

-내일 오전 열한 시에, 지원이네 저택 옆 큰 나무가 있는 창문가까지 준서를 데려가기만 하면 돼요. 그 아래로 무언가를 떨어뜨릴 테니 준서를 보호

하듯 감싸고 엎어져요. 시간을 잘 맞추면 효과는 좋을 거예요.

어떻게 하면 땅에 떨어진 자존심을 회복할 수 있을까, 어떻게 하면 준서의 가정교사로서의 지위를 되찾을 수 있을까, 간절하게 묻는 자신에게 태원은 이런 괴상한 지시를 했다.

-사람을 감싸 안아 보호하는 게 의외로 큰 부분을 건드립니다.

지푸라기라도 잡는 심정으로 준서를 냅다 안고 바닥에 엎어졌다. 그리고 동시에 자신의 등으로 무언가 툭 떨어지는 묵직함이 느껴졌다. 자신이 준서를 감싸 안아 무언가로부터 준서를 지켜 낸 것이다. 민지는 희열을 느끼며 뒤돌아 떨어진 물체를 확인했다.

"헉!"

그러나 의연하게 뒤돌았던 그녀는 경기를 일으키듯 소스라쳤다. 그녀의 얼굴은 삽시간에 백지장처럼 하얗게 탈색되었다.

"꺄아아아악!"

비명 소리가 하늘을 찢을 듯이 크게 울렸다.

14. 정말로 그러고 싶어?

같은 시각. 집으로 돌아간 이새는 조금도 여유로울 수 없었다.

목욕도 해야 하고, 선물도 사야 하고, 짐도 다시 챙겨야 하고, 꽃단장도 해야 하고. 아무리 생각해도 저녁까지 이 모든 일을 마무리 짓기엔 무리가 있어 보였다.

아, 속옷도 사야 하는데!

"아아아앙!"

"뭐야, 미쳤냐?"

집을 나설 채비를 하던 이율이 이새의 괴이한 목소리를 듣고 한마디 했다.

"나 오늘 놀러 간다. 내일 들어올 거야."

"누구랑 어디, 뭐 하러 가는데?"

"엠티 가. 과 친구들이랑."

이새는 이율의 눈빛을 피하며 둘러댔다.

"학교 다닐 때도 안 가던 엠티를 휴학하고 가는 건 뭔데? 혹시…… 남자랑 좋은 밤 보내러 가는 거 아니야? 그때 그 안지……."

이율의 입에서 지원의 이름이 나오기 무섭게, 이새는 이율의 머리를 퉁 때렸다.

"아얏!"

이율이 머리를 감싸며 소리 질렀다.

"아니면 아니지, 왜 수험생 머리를 때려? 더 의심스럽게!"

"너야말로 이게 클럽 가는 차림이지 공부하러 가는 사람 옷차림이야? 놀 생각하지 말고 공부 좀 해! 수능이 두 달 남았다!"

"나는 내가 예뻐야 공부가 잘된다고! 어떻게 그렇게 말해 줘도 모르냐!"

"이러는 시간도 아깝다. 얼른 가!"

이새의 잔소리에 이율이 신발을 신으며 말했다.

"사람 마음 어쩔 수 없는 거라지만 혹시 정말 내 말이 맞는 거라면 한 번은 다시 생각해 봐라, 언니야. 남자는 쉽게 믿는 거 아니야. 별도 달도 다 따다 준다고 해도. 별이랑 달이랑 다 따서 언니 옆에 갖다 놓기 전까진 믿지 마라. 따 줘도 믿지 마. 그거 별 아니야. 달도 아니야."

이율은 마지막 순간까지 엉뚱한 충고를 늘어놓고는 집을 떠났다. 이새는 현관문 쪽으로 눈길을 주다 픽, 웃음을 터트렸다.

별이랑 달이랑 다 따서 갖다 놓고 싶은 사람은 난데. 뭐든 다 해 주고 싶어서 견딜 수가 없는 건 바로 나인데.

"아, 일단 얼른 선물 사러 나가야지. 시간이 없다!"

감상에 젖어 있다 현실을 직시한 그녀는 바지런히 가방에 목욕 용품과 지갑을 담았다.

"알뜰하게 시간 분배를 해야지. 우리가 몇 시에 만나기로 했더라?"

몇 시에 만나기로 했더라……. 생각해 보니 마음만 들떠서는, 그 기본적인 걸 정하지 않았다. 이새는 가방을 내려놓고 급히 지원에게 전화를 걸었다.

-여보세요.

수화기 너머로 저음의 목소리가 들렸다. 왠지 어느 때보다도 더욱 묵직하게 들려 덩달아 조심스러워진 이새가 조용히 물었다.

"혼자 계세요? 통화 가능해요?"

-괜찮아. 얘기해.

지원이 대답했다.

"생각해 보니까 우리 몇 시에 만날지를 정하지 않았더라고요."

-일단은 여섯 시로 하자.

"네. 근데 무슨 일 있어요? 목소리가 되게 어두워서요."

-병원에 있어.

"네? 누가 아파요?"

-일이 좀 생겼어. 자세한 건 만나서 얘기할게. 이따 봐.

지원과의 짧은 통화에 깜짝 놀라게 된 이새는 고민하다가 다원에게로 전화를 걸었다. 그가 왜 병원에 있는지 정확히 알아야 할 필요가 있었다.

"여보세요. 고모! 저 김이새예요."

-응, 김 선생. 웬일이야?

"혹시 집에서 무슨 일 있었어요?"

-소식 들었구나? 어휴, 말도 마. 정민지가 준서한테 사과를 한다고 집에 왔었는데, 죽은 고양이가 나무에서 떨어지면서 민지를 덮쳐서 완전 기절해 버렸어.

"……죽은 고양이요?"

고양이. 다원의 말을 들은 이새의 머릿속에 오래전의 기억이 스쳐 갔다. 그녀가 채용된 지 얼마 안 되었던 어느 날 밤, 3층 거실까지 들어왔었던 까만 고양이…….

-응! 고양이가 죽은 채로 나무에서 떨어졌다니까. 어우…… 이렇게 말을 전하는 것만으로도 소름 끼친다.

"혹시…… 그 고양이, 까만색이었나요? 몸도 좀 날렵하고."

-그렇다고 들었어! 알아?

"한 번 본 적 있어요."

-그래? 난 본 적 없는데.

이새의 미간에 절로 주름이 잡혔다. 속에 무언가 커다랗고 묵직한 것이 얹힌 기분이었다.

"그래서…… 지금 정민지 선생님이 병원에 있는 거예요?"

-응. 오빠랑 같이.

"준서 삼촌도 다쳤어요?"

-아니, 그건 아니고. 그게 공교롭게도, 민지가 준서를 보호해 주려다 그렇게 된 거거든. 그래서 오빠가 책임감 때문에 어쩔 수 없이 지켜 주고 있어. 오빠는 생일에 이게 무슨 날벼락이래. 오늘 약속도 있다고 했었는데.

"……준서는 괜찮아요?"

-일단은 괜찮아. 사실 결정적인 순간에 오빠가 준서한테 달려가서 준서 눈을 가렸거든. 그래서 준서는 아무것도 못 봤대.

"네……. 고모도 많이 놀랐겠어요."

-그럼, 나도 물론 놀랐지. 직접 당한 사람들 때문에 찍소리도 못 하고 있긴 하지만.

"얼른 마음 추스르시고요."

-그래. 아무튼 고마워.

이새는 침통한 기분으로 전화를 끊었다. 답답하고 속상했다. 어쩜, 좋은 하루를 보내긴 힘든 날인가 보다.

'마른하늘에 날벼락도 아니고, 나무에서 죽은 고양이가 떨어지다니.'

민지가 사과를 하러 왔었다니. 그것도 조금은 놀라웠다. 하지만 착한 이새는 이해할 수 있었다.

'그렇지. 내게는 그렇게 떳떳한 척 말했지만, 자기도 양심의 가책을 느꼈겠지.'

곱게 마무리되었으면 좋았을 텐데, 하는 착잡한 마음으로 휴대폰 문자메시지 창을 눌렀다. 지원이 자신과의 만남을 부담스럽게 여기지는 않을까 걱정이 되었다.

[준서 고모한테 얘기 들었어요. 많이 놀라셨겠네요. 오늘은 마음 좀 추스르시고 정민지 선생님 돌봐 주시는 게 좋겠어요.]

한편, 지원은 이새가 보낸 문자를 한참 쳐다보았다. 민지는 잠든 것처럼 조금도 움직이지 않고 침대에 누워 있었다. 오전에 정신을 잃어 여태 깨어나지 못하고 있는 것이었다.

하필 준서를 보호하기 위해 달려간 민지가 화를 입었다. 눈을 뜨지 못하고 있는 그녀가 측은했고, 미안하기도 했다. 지원은 한참 망설이고 있다가 이새에게 보낼 답문을 작성했다.

'시간 맞춰서 갈게. 기다……'

문자메시지를 쓰고 있는데, 민지의 손이 꿈틀 움직였다. 지원은 휴대폰을 내려놓고 민지를 바라보았다.

"……오빠?"

눈꺼풀을 힘없이 움직이던 민지가 작은 목소리로 입을 열었다.

"여기 어디예요?"

"병원이야. 집에 연락해 뒀어. 어머니께서 오실 거야."

그녀에게 미안한 감정은 있었지만 그 이상의 여지를 주고 싶지 않아 그의 목소리는 무뚝뚝했다.

"내 집에서 이런 일을 겪게 해서 미안하게 생각해."

한숨을 길게 내쉰 지원이 인상을 굳히고 물었다.

"그게 보였나? 나무에서 떨어지는 죽은 고양이가, 그쪽 눈에는 보였어?"

타이밍이 아주 절묘했다. 준서를 보호해 준 것이 고마웠지만 사실은 눈앞에서 벌어진 일을 믿기가 힘들었다.

"……나무 위에 무언가 심상치 않은 게 있는 것 같았어요."

민지는 대충 지어내어 대답했다. 준서를 보호해 주는 퍼포먼스가 성공한 것은 좋은 일이지만 기절한 것까지 연기는 아니었다. 그녀 또한 충격 받고 말이 똘똘하게 나오지는 않았다.

민지는 조용히 한숨을 쉬는 지원을 올려다보다가 그의 옆에 놓인 휴대폰 불빛이 살아 있는 것을 언뜻 보았다. '갈게'라는 글씨가 어렴풋이 보이는 것 같았다.

"그런데 왜 나무 위에 그런 게 있었을까요?"

"……알아보도록 할게. 그럼, 그쪽 어머니께서 오신다니까 나는 이만 갈게."

"오빠."

냉랭하리만치 무정하게 돌아서는 지원을 민지가 잡았다.

"안 가면 안 돼요? 옆에 있어 주면 안 돼요? 나 좀 무서워요. 아직도 손이 떨리고…… 심장이 벌렁거려요."

지원이 감정 없는 시선으로 민지를 내려다보다가 말했다.

"준서를 감싸 준 건 고마워. 내 조카를 감싸 주고 정작 본인은 정신을 잃어서 안타깝고 애석하게 생각해. 하지만 그게 다야. 미안한 마음은 있지만 네 가족들에게 다른 오해를 받고 싶진 않아. 차라리 돈으로 보상할 수 있다면 참 좋겠어. 몇 억이 되든 보상할 테니 생각해 보고 요구해."

"무슨 돈이야. 돈은 우리 집에도 차고 넘치는데. 그냥 오빠가 옆에 있어 줘요. 주말에 오빠가 내 옆에 있어 주면 그걸로 다 이겨 내 볼 테니까."

민지가 울먹거렸다.

이새가 일찌감치 문자메시지를 보냈지만 지원에게서는 연락이 없었다. 이새는 그것을 알았다는 의미로 받아들였다.

'그래도 저녁때 잠깐 만나긴 하지 않을까?'

골똘히 생각해 보던 이새는 자리에서 일어났다. 역시 선물과 케이크는 사야겠다 싶었다. 다시 가방을 챙기는데, 휴대폰 진동이 울렸다. 지원인 줄 알고 냉큼 화면을 확인했는데 뜻밖에도 태원이었다. 이새는 그냥 울리도록 내버려 두었다.

드르르르르. 결국 세 번째 진동이 울렸을 때에야 그녀는 통화 버튼을 눌렀다. 마음이 약해져서가 아니었다. 별 용건이 없다면 더 이상 전화하지 말라는 말을 하기 위해서였다.

"여보세요."

-안태원입니다.

"네, 알아요."

-아는데 전화를 안 받았군요.

"후원자님과 얘기를 나누기 껄끄러워서 그랬습니다. 이해해 주세요."

-지금 김이새 씨 집 앞에 있습니다. 나와 줘요. 할 말이 있어요.

"네에?"

이새는 놀란 얼굴로 골목이 보이는 창문의 커튼을 슬며시 들추어 보았다. 과연, 태원이 집 앞에서 서성거리고 있었다.

이새네 집 앞에서 서성이며, 태원은 오랜만에 들뜬 기분을 느꼈다. 다원으로부터 저택에서 있었던 사건에 대해 전해 들은 후부터 내내 흐뭇한 마음을 감출 수가 없었다.

모든 일이 계획한 대로 흘러갔다. 연기인지, 정말 놀란 건지 모르겠으나, 정확한 순간에 확실하게 기절해 준 민지에게 고마울 따름이었다.

전화 통화를 한 지 얼마 지나지 않아, 떠름한 표정의 이새가 모습을 보였다. 태원의 얼굴을 확인하고도 그녀는 조금도 웃지 않았다. 지난 토요일을 기점으로 그녀가 태원을 대하는 태도는 달라졌다.

"저도 할 말이 있으니 요 뒤에 있는 놀이터로 갈까 하는데요. 괜찮으세요?"

약간의 실랑이를 예상한 이새가 제안했다.

"원하시는 대로."

"그럼 따라오세요."

이새가 뒤돌아 안내했다. 너무 감정이 없어 무정하게만 느껴지는 모습에 태원은 잠시 조소를 지었다.

저벅저벅. 말없이 따라가다 보니 금세 놀이터에 닿았다. 한마디도 하지 않고 길을 안내했던 이새가 뒤돌았다. 주변엔 아무도 없었다.

"하실 말씀 먼저 하세요."

"김이새 씨 얘기 먼저 들으면 안 됩니까?"

"네, 그럼 제가 먼저 할게요."

태원은 그녀를 보며 계속 미소 지었지만, 이새는 내내 무표정이었다.

"저를 준서의 가정교사로 추천해 주신 후원자님의 은혜는 감사하게 생각합니다. 이것만으로 만족하고, 다른 취업추천서는 바라지 않을게요."

"왜요, 내가 부담스러워서?"

"네, 더 이상의 연결점이 없었으면 해서요. 저와 계속 부딪치는 게 후원자님 입장에서도 좋을 수는 없을 것 같고요. 이상한 소문이라도 돌면 곤란하니까."

"난 곤란하지 않아요."

태원이 말했다. 희미하게 걸려 있는 미소는 참으로 여유로웠다.

"다시 한 번 말합니다. 나랑 만납시다."

"저도 마지막으로 말씀드려요. 저는 싫어요."

"왜. 지원이 때문에?"

마음을 간파당한 듯한 느낌에, 이새의 눈이 크게 뜨였다. 그러나 드러내서는 안 된다는 것을 잘 알고 있는 그녀는 얼토당토않은 말이라는 듯 콧방귀를 뀌어 주었다.

"나한테 키스당했단 얘긴 했나? 지원이한테."

"그런 얘길 제가 왜 합니까?"

"말도 못 꺼냈나? 지원이한테 혼날까 봐?"

"뭘 잘못 알고 계신 것 같은데요?"

"내가 제대로 알고 있는 것 같은데."

태원의 눈이 좀 더 가늘어졌다.

"많이 좋아하나?"

이 남자의 말에 휩쓸리고 싶진 않은데. 뚫어져라 자신의 눈을 쳐다보는 뱀 같은 눈동자에 그녀는 목소리를 잃은 사람처럼 입을 열기가 힘겨워졌다.

"많이 좋아하든 아니든, 김이새 씨는 이제 안지원 못 만납니다."

"정말 저한테 왜 그러시는……."

"왜냐면 내가 알았고, 내가 김이새 씨를 좋아하게 됐으니까."

이새의 말허리를 끊어 버리며, 태원이 냉랭하게 말했다.

"날 거절하면 그걸로 끝난 거라 생각하죠? 틀렸어요. 이 입김 센 집안에서 한 여자를 두고 사촌지간인 형제들끼리 대립하겠다는데, 누구도 고운 시선으로 볼 수가 없죠."

"들을 가치가 없네요, 참."

이새가 어처구니없다는 투로, 화를 터트리듯 말을 뱉어 냈다.

"제가 마음대로 안 되니까 준서네 집에서 저를 내쫓아야겠단 생각이라도 드신 건가요? 어떻게든 흠집을 내서 절 쫓아 버려야 자존심을 회복할 수 있다고 생각하시는 거예요?"

그녀가 종알종알 따지는 모습은 한 번도 본 적 없었다. 그냥 생글생글 웃을 줄만 아는 여자는 아니었던 모양이다. 그런데 왠지, 태원은 그것이 더 끌렸다.

"그냥 혼자 저 좋아하시면 됐지, 왜 애먼 사람을 갖다 붙이시나요?"

"그 표정이 이미 다 얘기한 것 같은데. 내가 정말 아무것도 모르고 넘겨짚은 것 같아요?"

이 얼마나 재미있는 말싸움인가. 오랜만에 생기 넘치는 상대를 만난 태원은 신이 났다.

"아니면 갖고 있는 사진이라도 보여 줘야 시인할 건가? 내가 김이새 씨 데려다줬던 날, 지하철역에서 김이새 씨가 만난 사람이 누군지. 둘이 뭘 했는지."

바르르 떨리는 그녀의 눈동자를 보니 더욱 좋았다. 기를 쓰고 덤비려는 상대방을 기죽이는 것만큼 짜릿한 쾌감은 없지 싶었다.

"그 집에서 애를 가르치랬지, 그 집 주인하고 연애를 하라고 했나?"

당장이라도 드러날 것 같은 미소를 숨기며, 태원은 최대한 목소리를 깔고 진지하게 말했다.

"지원이는 나와는 다르게 할아버지께 촉망받는 손주죠. 할아버지가 지원이에게 거는 기대가 아주 커요. 그래서 할아버지께서 승진도 빨리 시켜 주고 회사도 하나 설립하게 해 줬죠. 그런 할아버지가, 두 사람 사이를 알게 되면 둘은 어떻게 될 것 같습니까. 또 지원이는 어떻게 될 것 같아요? 남의 인생 망치면서 붙어 있을 각오는 돼 있나?"

그녀를 조롱하듯이, 꾸짖듯이 말했다.

"지원이 이제 출장 갈 거예요. 아주 길게. 그러니 가기 전에 끝내요. 지원이 출장 도중에 얘기해서 사업상 중요한 일까지 다 망치게 하지 말고. 이미 많이 망쳤다는 거 잘 알잖아요?"

그리하여 마침내 지시 사항을 던졌을 때, 꾹 다문 입술로 백 마디 단어를 뱉어 내는 것 같은, 억울한 눈, 저항하는 눈. 그걸 보고 싶었다.

"아직 모르나? 그 승승장구하던 일중독 지원이가 그쪽을 만나면서부터 얼마나 많은 실수를 하고 회사에 얼마나 해를 끼쳤는지 아무 얘기도 못 들었어요?"

"……."

"김이새 씨가 끝내지 못하면 할아버지, 다원이, 그리고 준서까지 연쇄적으로 뒷목 잡고 뒤로 넘어가게 될 거예요. 동시에 지원이네 회사도 넘어가겠지."

"……."

"지원이가 다 잃으면, 김이새 씨도 마음이 아플 거 아냐. 그냥 헤어져 줘요."

마치 집안의 평화를 바란다는 듯, 내가 총대 메고 이 하기 어려운 말을 해 주는 것이라는 듯, 그렇게 말했다.

"김이새 씨가 내 마음대로 안 돼서 준서네 집에서 내쫓으려는 건 아닙니다. 나도 조카의 미래를 몹시 염려하는 사람이에요. 가정교사 일은 지금까지처럼 해 주면 됩니다."

많이 억울한가? 저런. 딱하지.

하지만 이렇게 할 수밖에 없는 날 좀 이해해 줘. 애초에 욕심나게 하지는 말았어야지.

"가정교사 외에 다른 일은 하지 말라는 거예요. 지원이를 위해서, 준서를 위해서, 그리고 지원이뿐만 아니라 우리 집안 모두가 치열하게 지키고 있는 우리 그룹을 위해서."

내가 못 가진 걸 내 사촌이 가지면 내가 너무 배가 아프잖아. 그걸 깨닫지는 않게 했어야지.

"이만 멈춰 달라는 얘깁니다."

태원이 단호하게 말했다.

　무엇을 바라고 좋아했던 게 아니다. 처음 하는 사랑이 그저 좋아서, 내가 그를 사랑한다는 느낌이, 그 사람도 나를 사랑한다는 만족감이 그냥 좋아서, 신기해서. 아주 바보 같을 정도로 순수하게 과거도 미래도 아닌 현재만 바라보면서 좋아했다. 그냥 그렇게 함께 있는 시간이 좋았을 뿐이었는데, 그 행복의 대가가 이렇게 가혹할 줄이야.

　이새는 힘없이 하아, 한숨을 내쉬었다. 가뭄처럼 메마른 탄식이었다.

　그렇게 태원에게 일방적으로 몰린 후, 집으로 돌아오는 길. 이새는 며칠 전에 문화센터에서 준서를 잃어버렸던 일이 다시 생각났다. 그 일이 있은 후 그녀는 지원에게, 자신이 연애에 정신을 홀랑 빼앗겨서 준서를 소홀히 하고 있는 것 같다고 말했었다. 그는 그녀를 위로했고 사귀는 건 보류하자는 그녀의 말에는 잠시 언성을 높이기도 했다.

　작은 갈등이 있었지만, 그 일로 인하여 그의 마음을 다시 한 번 깨닫게 됐다. 그는 절대, 자신을 놓지 않을 것이다.

　생각해 보니 그때 그녀가 겪은 트러블은 그가 현재 맞닥뜨린 위기에 비하면 아무것도 아닌 일이었다. 어쨌든 잃어버렸던 준서는 금방 찾았으니까.

　지금 그렇게 힘든 상황인데도 그는…… 여태껏 아무 말도 하지 않았다. 바쁜 일이 끝나면 많이 놀아 주겠다고 했을 뿐, 연애 핑계는 조금도 대지 않았다.

　'난 정말 이기적이었구나.'

　자신의 과오를 깨닫게 되니 마냥 억울했던 마음이 조금은 가라앉았다.

　내가 당신의 그릇에 미치지 못하는 사람이었다. 이제 그걸 알겠어.

　담담히 집 현관문을 열었다. 문은 잠겨 있지 않았다.

"엄마……?"

이새는 갸우뚱거리다 희선을 불렀다. 하지만 집 안에서는 누구의 소리도 들리지 않았다.

'내가 문을 열어 놓고 갔던가?'

곰곰이 생각해도 기억나지 않았다. 문득 태원이 했던 말이 다시 떠오르면서 등골이 오싹했다.

"아니면 갖고 있는 사진이라도 보여 줘야 시인할 건가? 내가 김이새 씨 데려다줬던 날, 지하철역에서 김이새 씨가 만난 사람이 누군지. 둘이 뭘 했는지."

태원은 그걸 지켜보고 있었던 거다. 아니, 적어도 그녀에게 사람을 붙여 감시했던 것이다. 누군가가 자신을 계속 주시하고 있다는 사실이 무섭고, 또 소름 끼쳤다.

"하아, 하아."

가슴속에 불덩이라도 만들어진 듯 속이 탔다. 눈앞이 어지러워졌다. 정신을 잃지 않기 위해 바닥을 짚고 주저앉아 숨을 골랐다. 정신을 차려야지. 마음을 굳게 먹어야지. 앞으로 어떻게 할까 생각해야지.

'이렇게 넋 놓고 있어선 안 돼.'

그러나 마음과는 다르게 눈가가 금방 뜨거워졌다.

"흡, 으읍……."

울컥 쏟아져 나오려는 것을 어떻게든 막아 보려 황급히 입을 막고 휴대폰을 찾아 쥐었다.

'경찰서가 몇 번이더라……'

그 쉬운 것이 생각나지 않아 난감해하고 있을 때, 때마침 휴대폰 진동이 울렸다. 혁진이었다.

-······여보세요?

통화 버튼을 누른 그녀가 아무 말도 하지 않으니 저편에서 먼저 그녀를 찾는 목소리가 들렸다.

-김이새!

"여기······."

울음이 터져 나올 것만 같아 그녀는 다시 입을 틀어막았다.

-어? 야, 여보세요? 김이새, 무슨 일 있어?

혁진아, 경찰서가 몇 번이더라? 그렇게 물어야 하는데 눈앞이 흐릿해졌다.

"흐읍······."

입을 틀어막은 손 사이로 흐느끼는 목소리가 비어져 나왔다. 혁진이 당황한 목소리로 물었다.

-야, 야! 너 울어?

"아니."

울음 끝을 감춘 채로 짧게 대답했지만 혁진의 눈치를 피해 갈 수는 없었다.

-어디야, 집이야? 왜 울어, 왜!

"······문이 열려 있었는데, 집에······ 아무도 없어."

꼬치꼬치 묻는 혁진의 다급함에 어쩔 수 없이 숨을 참고 겨우 대답했다.

-뭐? 도둑 들었어?

"몰라······. 그런가?"

-헤집어져 있어? 뭐 없어진 건 없어?

"······."

-아, 왜 말을 안 해!

더 이상 어떤 말도 할 수 없었다. 태원을 만나고 온 서러움에 놀란 마음이 덧입혀져 이제 눈물은 말릴 틈도 없이 쏟아져 흘러내리고 있었다.

"몰라······. 모르겠다······."

-기다려, 금방 갈 테니까! 나 집에서 나왔어. 집에 있는 거 무서우면 잠깐 밖으로 나와 있어. 알았지?

"아니, 오지……."

오지 말라는 말을 하기도 전에 전화는 끊어졌다. 후두둑 떨어지는 눈물을 급하게 닦았다. 눈물을 닦는 손등이 계속 떨렸다.

지원은 계속 붙잡는 민지를 뿌리치고 병원에서 나왔다.

여기에서 더 엮인다면 더욱 미안한 일이 생길 수도 있겠단 생각이 들었다. 감정의 여지를 남기지 않고, 불미스런 사건에 대해서는 최대한 빨리 진상을 밝히겠다고 말하고 돌아섰다.

그리고 바로 이새에게 연락을 하려고 했는데, 그보다 한발 빠르게 휴대폰이 울렸다. 지원의 할아버지, 상호에게서 온 호출이었다.

"네, 할아버지."

-바쁘냐? 집으로 와라. 긴히 할 얘기가 있어.

상호는 일방적으로 지시하고 전화를 끊었다. 무슨 일인지는 모르지만 가지 않을 수는 없었다. 이새와의 시간을 방해받지 않기 위해서라도 빨리 움직이는 것이 좋았다. 지원은 일단 이새에게 전화를 걸었다.

병원에 있을 때 이새가 보냈던 문자메시지에 답문을 하지도 못했었다. 자신의 연락을 기다리고 있을 수도 있었다.

-여보세요.

길게 통화 연결음이 울린 끝에 들려온 목소리는 무척 작았다.

"병원에서 나와서 할아버지 댁에 가는 길이야. 할아버지께서 할 말이 있다고 하셔서."

-네.

"갔다가 나와서 다시 연락할게."

-네.

저편에서 전화가 먼저 끊겼다.

'자다가 일어났나?'

잔뜩 잠겨 있는 작은 목소리로 단답만을 하니 찜찜했다. 지원은 갸우뚱거리다가 운전대를 잡았다.

상호의 서재에 들어서자마자 지원은 바로 용건을 물었다.

"할아버지, 찾으셨다고요."

"넌 내가 찾지 않으면 먼저 오지도 않지. 가끔 따지러나 오고."

"죄송해요."

멋쩍어진 지원이 자그마하게 미소 지어 보였다. 오전에 불미스런 일이 있었지만 어쨌든 오늘은 자신의 생일이었고 행복한 데이트가 예약되어 있었다.

"오랜만에 할애비랑 생일주나 한잔하랴?"

"죄송해요. 약속이 있어요. 다음에 들를게요."

"비싼 녀석."

"하실 말씀이 그거였어요?"

"그건 아니고."

잠깐 농담을 던졌던 상호의 입술 끝이 조금씩 일자가 되었다. 이내 상호는 진지한 표정으로 다시 말문을 열었다.

"말레이시아 일 말이다. 네가 다시 가서 관리해야겠다."

잠깐의 농담에 부드러웠던 공기가 다시 삭막해졌다. 지원이 씨늘하게 상호를 향했다.

"이번엔 출장이 아니라 파견근무다. 할 수 있겠지?"

"……."

"물론 건설 쪽에서 모두 진행하고 있지만, 너도 알다시피 건설은 월급사장 아니냐. 현지에 우리 정보를 팔아먹은 놈이 누군지 아직 밝히지도 못했는데 우리 핏줄 아닌 사람을 믿을 수가 있겠니.”

조근조근 하는 말이지만 가압이 있었다.

상호는 쓸쓸해지고 있는 지원의 표정을 보지 못한 척 건조하게 지시했다.

“네가 설계하고 감독해라. 착공식까지만이라도 지켜보고 와.”

“그럼 파견 기간이 최소 반년은 되겠군요.

“내년 초엔 돌아오는 것으로 해.”

“하지만 인베스트먼트는 제가 없으면…….”

“4분기 투자는 접어. 직원들 시켜서 관리만 해라.”

상호의 목소리가 더 딱딱해졌다.

“이미 4분기 계획이 모두 잡혀 있습니다. 직접 보고도 드렸잖아요.”

“그건 네가 사기꾼에게 뒤통수를 맞았단 소리를 듣기 전이고.”

상호는 대부업체 사채를 끌어다 쓰며 여러 허위 서류를 만들어 지원의 회사를 곤란하게 한 업체, 맨크의 이야기를 잠시 꺼냈다. 지원도 입을 닫을 수밖에 없었다.

“나는 많은 손주들 중에 네게만 자회사를 줬다. 네 신념을 존중하기도 했고 네 ‘이상’이라는 것을 실현시켜 주고 싶기도 했어. 지금까지는 네가 잘해내 주어 나도 참 좋았다. 그런데 요즘 들어 안 좋은 얘기가 많이 들리는구나.”

“제가 돌보던 회사가 사고를 친 것 때문에 그러시는 거라면, 최대한 빨리 수습해서 보고드리겠습니다.”

“그래. 그것 역시 말레이시아에 가서 네 실력껏 정리하도록 해.”

이미 결정된 바를 통보하듯, 상호는 단호했다.

“네가 좋아하는 일을 하지 말라는 게 아니다. 그걸 하기 위해서 반드시 해야만 하는 걸 챙기라는 거야. 지금 네게 필요한 건 자잘한 사고를 수습하는 게 아니라 눈에 보이는 성과다.”

상호의 말이 맞다는 것을 지원도 잘 알고 있었다. 작은 회사의 일을 하는 것보다 큰 사업을 기획하는 것이 지원의 입장에서는 더 나을 것이다. 그러나 이상에서 멀어지는 현실은 안타까웠다.

할아버지와의 대화는 예상보다 길어졌다. 그래도 이새와 약속했던 시간은 지킬 수 있게 되었다. 지원은 상호네 집을 나서자마자 이새에게 전화를 걸었다.

-여보세요.

"나야."

-네…….

역시나, 이새의 목소리는 어쩐지 힘이 없었다.

"늦어서 미안해. 병원에 있었던 건……."

-준서 고모한테 다 들었어요. 피치 못할 사정이었다는 거 잘 알아요.

"고마워, 이해해 줘서."

정말 이해해 준 걸까. 그녀에게 반응이 없으니 왠지 불안했다.

"지금 출발하려고. 30분 정도 걸릴 거야."

-저기……. 오지 마세요.

서둘러 출발하려는 지원의 발걸음을 그녀의 목소리가 막았다.

-죄송해요. 외박 허락을 못 받았어요.

"아, 그래? ……그럼 잠깐 얼굴이라도 볼까?"

잔뜩 바람이 들었던 풍선이 푸스스 가라앉았다. 지원은 안타까운 마음을 숨기고서 물었다.

-사실은 몸이 좀 안 좋아져서요. 몸살 난 깃 같아서 계속 누워 있어요.

"몸살? 많이 안 좋아? 병원은 갔다 왔어? 약은 먹었어?"

아침에 헤어질 때만 해도 기분 좋아 보였는데, 갑자기 몸살이라니. 여태껏 아프다는 얘기를 한 번도 한 적 없었던 그녀였기에, 지원은 놀랐고 또한 몹시 걱정되었다.

"같이 병원 갔다 올래?"

-저 병원 별로 안 좋아해요. 그냥 쉬는 게 좋겠어요. 움직이기도 싫고요. 생일인데 죄송해요.

"아니야."

정말 많이 아픈가 보다. 수화기를 통해 들려오는 목소리가 줄곧 어두워, 오늘이 자신의 생일이라는 것도 잊고 그저 걱정만 될 만큼 안타까웠다.

"필요한 거 있으면 말해. 언제든지 연락 줘."

-네. 끊을게요.

역시 전화는 먼저 끊겼다.

아침에 일어날 때만 해도, 오늘이 태어나서 가장 행복한 날이 될 거라고 생각했는데.

저녁 6시가 다가오는 지금은 참 답답하고도 안타까운 일들만 남았다. 집으로 돌아가는 마음이 무거웠다.

내가 당신에게 줄 수 있는 게 뭘까요?

내가 어떻게 당신을 행복하게 해 줄 수 있을까요?

오늘은 하루 종일 그 생각을 하는 날이었어야 했다. 이새의 한 손이 가슴께로 올라갔다. 하지 못한 말들이 속에 가득 쌓여 그 무게가 심장을 내리누르는 것만 같았다.

"으윽, 윽……."

나도 사람이라서. 혼자서 고통에 사무치고 싶진 않아서. 정말 이기적이지만 내가 살 수 없을 것 같아서.

한 방울 떨어지는 눈물을 닦고, 숨을 가다듬고, 떠나는 사람을 붙잡듯 급히 다시 지원에게 전화를 걸었다.

-응. 말해.

그는 전화를 바로 받았다.

그 차분하고도 안정적인 목소리를 듣는 순간 그녀의 안에선 큰 파동이 일었다. 휴대폰을 잡은 손이 바르르 떨렸다.

나 좀 후련해지려고 쌓아 둔 말들을 지금 다 꺼내 버리면, 이 잔잔한 수면에 바위를 던지면, 내가 나 살자고 이 사람을 벼랑으로 몰아 버리면, 이 사람은 과연 어디로 흘러가게 될까.

-여보세요?

그녀가 아무 말도 하지 않은 채로 전화기를 붙들고만 있으니, 지원이 다시 목소리를 냈다.

그녀는 제 입을 막았다. 말과 함께 울음이 터져 버릴 것만 같아 전화를 건 것이 바로 후회되었다.

-여보세요?

그가 한 번 더 소리를 내고 나서야, 이새는 조용히 입을 열었다.

"……생일 축하드려요."

한마디라도 말을 더 하면 자신의 상처가 벌어질 것 같았다. 벌어진 상처에서 피가 흐를 것 같아 더는 말할 수가 없었다.

-그래. 고마워.

"끊을게요."

마음을 들킬세라 후다닥 전화를 끊었다. 휴대폰에 떠오른 '통화 종료'라는 글자가 가슴에 콱 박혔다.

자기 일을 자랑스럽게 생각하는 사람. 나를 만나기 전까지는 일과 준서밖에 모르던 사람. 두꺼운 갑옷 안에 사르르 녹아 버릴 것 같은 다정함을 숨겨 두었던 사람. 내 작은 행동, 웃음, 내뱉었던 말…… 별걸 다 사랑해 줬던 사람……. 그가 보여 주었던 사랑에 더 제대로 응답해 줬더라면 이렇게 가슴 아프지는 않았을까. 마음을 굳게 먹어도 미안해 미칠 것만 같았다.

그날 밤, 지원에게서 몇 번 더 전화가 왔지만 이새는 전화를 받지 않았다.

이틀이 무자비하게 흐르고 다시 월요일이 되었다. 여느 때보다도 무거운 마음으로 출근길에 나선 이새는 이른 아침부터 집 앞을 지키고 서 있는 지원과 마주쳤다. 이렇게 그를 빨리 맞닥뜨릴 거라고 생각하지 못했기에 흠칫 놀랐다.

"몸은 괜찮아? 연락도 안 되고, 아직도 아픈 건가 해서, 태워다 주려고 왔어."

이새는 안타까운 한숨을 삼켰다.

바보네요, 참.

태원의 말이 맞는 것 같다. 자신이 그를 망치고 있는 것이 확실했다.

"연락이 없어서 별생각을 다 했잖아. 몸은 괜찮아?"

"네, 저 괜찮아요. 그냥 출근하세요."

그녀가 감정을 지운 목소리로 대답했다.

"태워다 줄 시간 정도는 있어. 할 말도 있고. 근데 아직도 아프면 괜찮아질 때까지 쉬어도 돼."

이새가 머뭇거리다가 고개를 끄덕였다.

"일단 탈게요. 가면서 얘기해요."

지원이 안내하는 대로, 이새는 지원의 차 앞좌석에 올랐다. 곧장 지원도 운전석에 올랐다. 차가 골목을 벗어나자마자 이새가 먼저 지원에게 물었다.

"할 말이 뭐예요?"

"조만간 파견근무를 가게 될 것 같아, 말레이시아로. 가끔 오겠지만 자주 보지는 못할 거야."

"상관없어요."

짧게 끊어진 말에 지원은 이새 쪽을 흘깃 쳐다보았다. 그는 한쪽 손을 쭉 뻗어 이새의 뺨과 이마를 짚었다.

"열 없어요. 안 아프다니까."

"그런데 왜 그렇게 표정이 안 좋아 보이지? 아직도 아픈 게 아니면, 나한테 서운한 거 있어?"

다정한 목소리는 그만해 달라고, 이새는 속으로 빌었다. 하지만 마음의 말들이 지원의 귀에 닿을 리는 만무했다.

"정민지랑 병원에 같이 있었던 것 때문에 그래? 사실 서운했는데, 내가 캐치하지 못한 건가? 아니면 파견근무 가는 것 때문에?"

안타까운 듯 한숨 섞인 말에, 이새는 고개를 돌려 지원을 바라보았다. 운전을 하느라 정면을 향한 중에 이따금 자신과 눈을 맞추려 시도하는 그의 작은 행동 하나하나가 그녀를 서럽게 했다.

저기요. 우리는 헤어질 거예요.

굳게 마음을 먹었는데도 입을 여는 것은 쉽지 않았다.

"말하기 힘든 얘기야?"

그의 질문에도 침묵은 계속 이어졌다. 그녀가 목소리를 낸 건 서울을 벗어날 즈음이 되어서였다.

"……그제요. 실은……."

사라질 듯 자그마한 그녀의 목소리에 집중하기 위해 지원은 차를 천천히 몰았다.

"집에 도둑이 든 줄 알았어요. 어디 나갔다 들어왔는데 문이 열려 있었거든요."

놀란 지원이 잠깐 브레이크를 밟았다. 두 사람의 몸이 앞으로 쏠렸다가 되돌아갔다.

"그런 일이 있었으면 바로……!"

"너무 무서웠는데, 저는, 제 손은 준서 삼촌이 아니라 친구 번호를 누르고 있더라고요."

지원의 화난 얼굴에 아랑곳없이, 그녀가 진실이 아닌 말을 털어놓았다.

"혁진이가 바로 달려왔고, 도둑은 아니었어요."

지원은 갓길 쪽에 차를 세웠다. 얘기가 길어질 것만 같은 불안감이 엄습했다.

"괜찮아?"

"……왜 지원 씨라는 말이 안 나올까. 오빠라는 말이 왜 어색할까. 왜 나는 그쪽을 준서 삼촌이라고밖에 부르지 못할까, 생각해 봤는데."

그는 그녀가 걱정스러운 듯 물었지만, 이새는 딴말을 했다. 이새의 까슬까슬한 표현에 지원의 눈매가 어두워졌다.

"준서 삼촌이 아니라 안지원이라는 사람은 저한테 너무 멀어요. 그건 노력을 해도 안 돼."

"마음대로 불러. 괜찮아."

"아뇨. 그런 게 아니에요."

"……."

"준서 삼촌이랑 밤을 보낼 생각을 하니까, 준서 삼촌이 내 사람이 아니란 생각이 분명해지는 것 같아요. 그래서 피했어요. 나 좋아해 주는 사람이라서 좋아해 보려고 했는데, 호기심 이후엔 아무것도 없더라고요."

너 지금 무슨 말을 하는 거니.

머릿속이 팽그르르 도는 것 같은 느낌에 지원은 한 손으로 제 머리를 붙들었다.

"'오빠'라는 말처럼 준서 삼촌은, 입에도 안 붙고 마음에도 안 붙는 사람이에요. 그래서 우울해요. 준서 삼촌이 저를 우울한 사람으로 만들어요."

"나 좀 봐 봐."

지원은 침착함을 유지하려 애쓰며, 이새의 한쪽 어깨로 손을 뻗었다. 끌어당기려는 힘이 들어가기 무섭게 이새는 그의 손을 쳐 냈다. 그녀가 왜 그러는지 알 수 없어 망연히 바라본 그의 눈에 그녀의 얼굴이 절망스럽게 담겼다.

빨갛게 핏발이 선 눈과, 정말 지친 듯한 표정. 마음을 닫아건 담담한 태도에 심장이 딱딱해지는 기분이었다.

"난 웃는 게 힘든 사람이 아니었어요……. 그제 얘기하려고 했는데 생일에 말하는 건 너무 잔인한 것 같아서 오늘까지 끌었네요. 죄송해요."

"좀 더 쉴래? 다시 집으로 데려다줄까?"

돌변한 그녀를 인정할 수 없어 그녀의 말들을 무시하듯 물었다.

"해고하는 거예요?"

"무슨 소리야……."

"해고하려면 하시라고."

쾅! 답답한 마음을 이겨 내지 못한 지원이 주먹을 꽉 쥔 손으로 운전대를 팡 쳤다.

"누가 너한테 뭐라고 했어? 할아버지야? 정민지야?"

기어이 그의 목소리가 높아졌다. 의심 가득한 가늘어진 눈초리로 자신을 바라보는데도 이새는 덤덤한 표정이었다.

"아니면 다원이야?"

"제가 얘기한 진심을 제대로 좀 봐 주세요. 요점은 나한테 준서 삼촌이 버겁다는 거예요. 만나면 우울하다는 거고."

"그 말을 어떻게 믿어. 너 내내 내 옆에서 웃고 있었어!"

"그러니까 그게 힘들었다고!"

이새의 목소리도 크게 터졌다.

악에 받친 듯 높아진 목소리에 지원이 이새를 빤히 보았다. 이새 또한 그를 노려보고 있었다. 불타는 듯 핏발 선 붉은 눈이었지만 지원에게는 서릿발처럼 차갑게만 느껴졌다.

지원은 이새의 호소를 조금도 인정할 수 없었다. 머릿속엔 이미 그림이 그려지고 있었다. 누군가 그녀를 압박한 게 틀림없었다.

　"집에 데려다줄 테니까 좀 쉬어. 쉬면서 마음 좀 가다듬어."

　그 또한 정리되지 않은 얼굴로, 마음을 애써 가다듬으며 말했다. 유턴한 차는 다시 서울로 향했다.

　그러나 몇 분을 그렇게 잠잠히 운전만 하던 그는 다시 운전대를 꺾었다.

　"아니야. 우리 집에 가서 쉬어. 준서는 안 돌봐도 되니까 가서 그냥 누워 있어. 아무것도 하지 말고 어디 가지 말고 거기서 쉬어."

　이대로 그녀를 집에 데려다 놓으면, 더 먼 곳으로 도망쳐 버릴 것 같은 불안감이 들었던 것이다.

　"너, 날 잘못 봤어. 난 그렇게 쉽게 돌아설 수 있는 사람이 아니야."

　점심시간이 되어, 지원은 점심을 거르고 할아버지 댁으로 향했다. 생일에 한 번 들렀던 터라, 파견근무를 다녀오기 전까지는 다시 찾지 않을 생각이었다. 하지만 마음이 달라질 수밖에 없었다. 이대로는 떠날 수 없게 된 것이다.

　이새의 태도가 어떻게 하루아침에 이렇게 달라졌는지, 지원은 이를 할아버지 상호의 공작일 거라 생각했다. 준서가 믿고 의지하지만 집안과 배경 때문에 마음에 들지는 않고, 민지와 트러블까지 일으킨 그녀를 할아버지가 곱게 볼 리 없을 터였다.

　연락 없이 무작정 대문 안으로 들어섰는데, 그보다 앞서 건물 쪽으로 향하고 있는 태원이 보였다. 인기척에 뒤돌아선 태원이 먼저 지원을 부르며 다가왔다.

　"지원아."

　"자주 오는구나, 넌."

　"너하고는 다르게 할아버지는 날 별로 안 좋아하셔서. 내가 얼굴이라도 자주 보여 드려야 챙겨 주시거든."

왠지 삐딱한 말이었지만 그런 감정을 일일이 챙길 여유는 없었다. 지원은 태원의 말을 무시하고 걸음을 내디뎠다. 태원은 더 말을 붙였다.

"파견근무 가게 됐다며? 정리 못한 것들 중에 처리하기 힘든 일 있으면 나한테 말해."

"그래. 말만이라도 고맙다."

"뭘."

말을 아끼며 걷는 지원을 향해 태원은 빙긋 웃었다.

"지원아, 아주 오래전에 말이야. 25년 정도 된 얘기일 거야."

태원이 무언가 다른 이야기를 시작했다. 태원의 말에 집중할 기분은 아니었기에, 지원의 눈썹이 슬쩍 우그러졌다.

"네 부모님께서 어린이날 선물로 너한테 자동차를 사 준 적 있었어. 발로 구르는 게 아니라 배터리로 움직이는 유아 전동차 있잖아. 아마 수입품이었을 거야. 그때는 그런 게 귀했을 때지."

"……."

"그때 정말 부러웠어. 너한테 한 번만 타 보겠다고 그렇게 부탁을 했는데, 넌 그 한 번을 들어주지 않더라. 그래서 난 네가 화장실에 간 틈에 몰래 타고 도망갔어. 결국 그 자동차는 그날 고장 나 버렸는데. 혹시 기억나?"

"그런 적이 있었나?"

지원이 무심하게 물었다. 마치 자신이 매정하여 그가 열등감을 느꼈다는 뉘앙스였기에, 지원도 조금은 숙연했다.

"기억 안 나나? 마음에 담아 두지 않아서 다행이네. 조금 미안했는데."

미안했다는 말에 지원은 고개를 돌려 태원을 바라보았다. 태원은 웃고 있었다.

"그때 그거 내가 일부러 망가뜨린 거였거든. 그러면 네가 자동차 버릴 것 같아서. 정말 너는 버리더라고. 고칠 생각도 안 했을 거야."

가끔 태원은 그렇게 뜻 모를 소리를 했다. 25년이나 지난 일에 어떤 반응을 보이길 원하는 걸까. 그 속마음을 알 수 없어, 지원은 다시 무신경하게 고개를 돌리고 저벅저벅 걸음을 옮겼다. 머릿속에는 할아버지와 만나서 할 얘기들만이 복잡하게 떠다녔다.

"차암."

그런데 잠시 후, 별안간 태원은 말꼬리를 주욱 뺐다.

"김이새 씨는, 잘 있지? 아, 주말엔 못 봐서 모르나?"

느릿느릿. 말 한 자 한 자, 지원의 머릿속에 새겨 놓겠다는 듯, 태원의 말은 아주 길게 늘어졌다. '김이새'라는 세 글자가 지원의 피부로 깊이 파고든 것은 말할 것도 없다. 곁눈질로 자신을 바라보며, 비릿한 웃음을 짓는 태원은 소름 끼치도록 간악하게 보였다. 한 대 맞은 듯 정신이 번쩍 들었다. 발이 우뚝 멈춰 섰다.

너였구나.

빙긋 웃으며 차분히 걷는 태원의 앞을 막아서곤 멱살을 움켜쥐었다.

"너 김이새한테 뭐라고 했어."

지원에게 멱살을 붙잡히고서도 태원은 능청스럽게 미소 지었다.

"왜, 뭐라고 하면 안 돼?"

오히려 더욱 건들거렸다.

"근데 넌, 내가 뭐라고 했는지보다도 뭘 했는지가 더 궁금해야 되는데. 그것도 말하지 않았나 봐?"

"무슨 얘기야. 똑바로 말해."

"내가 말할 수는 없지. 직접 들어. 김이새 씨한테."

눈을 부릅뜨고 있던 지원은 서서히 손을 놓았다. 여전히 이가 갈렸지만 그렇다고 주먹을 휘두를 수는 없었다. 태원은 사촌 형제였고 지금 두 사람이 있는 곳은 할아버지 댁이었다. 여기서 일을 크게 만들 수는 없었다. 지원은 태원을 팽개치듯 놓고는 건물 쪽으로 앞서 걸었다. 어쨌든 할아버지 댁에 와 버렸으니 인사는 하고 떠나야 했다.

"김이새 씨는 말이야. 여기저기가 참 탐스러워."

그러나, 태원이 다시금 지원을 도발했다. 그 말이 나오기 무섭게 지원이 뒤돌아 태원에게로 다가갔다.

"아, 없었던 일로 하자고 했는데."

퍽! 결국 주먹이 이성을 거치지 않고 태원의 얼굴에 내리꽂혔다.

지원의 무자비한 힘에 태원이 바닥으로 나동그라졌다. 갑작스런 타격에 태원은 일어나지 못하고 엎드린 채로 입술을 훑어 냈다. 입술 안팎으로 피가 터져 손등에 붉은 피가 묻어 났다.

태원은 씁쓸하게, 그리고 흡족하게 웃으며 일어났다. 힘을 써서 일어날 필요는 없었다. 지원이 다시 태원의 멱살을 움켜쥐고는 태원을 끌어 일으켰다.

"네가 감히 누구를 입에 올려."

"감히?"

그 말에 태원의 눈이 가늘어졌다.

"그래. 그게 바로 너의 본심이지. 넌 아주 오래전부터 날 네 발톱의 때만큼도 생각 안 했으니까."

"김이새한테 무슨 짓 했어."

조롱하듯 비꼬는 태원의 말에 조금도 반응 없이 지원이 물었다. 그의 눈은 화산처럼 매섭게 활활 타오르고 있었다. 태원은 이 반응이 매우 즐거웠다. 나사 풀린 지원을 보는 건 처음이었다.

"너는?"

일부러 갈등을 조장하려는 듯, 태원의 시비는 멈추지 않았다.

"너는 뭘 해 봤냐?"

"미친 새끼!"

퍽! 결국 지원의 주먹이 다시 날아들었다. 광대뼈를 정통으로 맞은 태원이 몇 걸음 뒤로 나가떨어졌다. 몇 대 더 칠 수 있다는 듯이 태원에게로 다가간 지원이 태원의 어깨를 무지막지하게 움켜잡았을 때였다.

"뭐 하는 짓이냐!"

건물 쪽에서 호통 소리가 크게 들렸다. 두 사람의 할아버지, 상호가 크게 분노한 얼굴로 집 앞에 서 있었다.

"내 집에서 동갑내기 손주 두 녀석이 뭐 하는 짓이냐! 나이도 먹을 만큼 먹은 녀석들이."

상호의 서재.

상호의 앞에 지원과 태원이, 학생 주임 선생님께 끌려간 문제 학생들처럼 서서 침묵의 시간을 보내고 있었다.

"안지원, 네가 말해라. 뭐 때문에 태원이한테 주먹질을 했는지."

"개인적인 문제입니다."

지원이 대답을 아꼈다. 상호는 태원에게 다시 물었다.

"태원이 네가 말해 봐."

"지원이가 개인적인 문제라네요."

광대뼈에 시뻘겋게 멍이 든 태원이 비꼬듯 대답했다.

"여자 문제냐?"

풉. 태원의 입술 사이로 웃음이 터져 나왔다.

지원은 태원이 일부러 크게 내색하고 있다는 걸 잘 알고 있었다. 주먹에 절로 힘이 들어갔다.

"지원이는 사과해라. 이유가 뭐가 됐든 형제지간에 주먹 휘두르는 꼴은 못 본다."

"지금은 생각 없습니다."

"이 녀석이!"

"제가 용서할게요, 할아버지."

지원의 고집에 상호가 호통치기 무섭게 태원이 끼어들었다. 태원의 비웃음은 어느덧 노골적인 것이 되었다.

"지원이가 요즘 힘든 일이 많아서 그런가 봐요."

끄응, 속으로 마음을 다스린 상호가 태원과 지원에게 말했다.

"······태원이는 얼른 가서 치료하고 지원이는 잠깐 얘기 좀 하자."

"나중에 뵙겠습니다, 할아버지."

태원은 기분 좋은 얼굴로 돌아서 나갔다. 입술이 터지고 광대뼈 자리가 부어올라서는 저렇게 웃을 수 있는 사람도 없을 것이다. 지원은 치가 떨렸지만 내색하진 않았다.

"말레이시아로 가라. 당장 가."

태원이 떠난 후, 상호가 무서운 얼굴로 말했다. 지난번엔 그에게 성과를 챙겨 주기 위한 애틋한 할아버지였다면, 이번엔 낙향을 지시하는 까마득한 보스였다.

"내가 널 너무 크게 봤구나. 너는 아직도 그저, 어저께 부모 형제를 잃은 어린애였는데."

실로 답답한 듯, 안타까운 듯 그를 바라보는 상호의 시선에는 여전히 측은함이 가득하긴 했다.

"너한테는 늘 애틋함이 있다. 의지하던 사람을 모두 잃고 언젠가 나마저 떠나면 홀로될 네가 딱해서 얼른 성공했으면 했어. 그런데 올해 들어 너는 자꾸 실망스런 모습을 보여 주는구나."

상호가 다 알고 있다는 듯 물었다.

"그 가정교사 때문에 싸운 거냐?"

"아니요."

그러나 지원은 부정했다. 상호가 절대 깊게 알아서는 안 되는 얘기였다. 아직은.

"그 가정교사도 널 좋아하냐?"

"아니요. 아니라고요."

상호의 심문에 일축하던 지원은 아예 화제를 원천 봉쇄하는 길을 택했다.

"파견 갈게요. 당장 갈게요. 준서도, 다원이도, 준서 가정교사도 건드리지 말아 주세요."

집안이 평화로울 수 있는 방법은 역시, 그것뿐이었던 거다. 열심히 일하는 것. 지원은 쓰린 마음을 누르며 돌아섰다.

"네가 좋은 성과를 낼 때는 아무 말 하지 않았던 녀석들이, 네가 실수를 하자마자 득달같이 달려온다. 다들 아무 말 않고 널 지켜보고 있었던 거야."

돌아서는 그의 등을 향하여, 상호가 아쉬운 듯 말했다.

"더 이상 문제를 일으키지 마라."

"출국할 때 연락드리겠습니다."

지원도 냉랭하게 인사하고 상호를 떠났다. 서재를 떠나 건물 밖으로 나오니 태원이 기다리고 있었다. 더 이상 싸울 수는 없기에 지원은 경고로써 대신했다.

"내 눈에 띄지 마. 그 사람 옆에도 가지 마. 그 사람한테든 누구한테든 입 함부로 놀리면 정말로 죽여 버릴 거야, 알았어?"

"여자 하나 때문에 사촌지간에 칼부림하겠다는 거지? 경호원이라도 붙여야겠네."

지원의 과격한 말에 태원이 넉살 좋게 응수했다. 지원은 그런 태원을 버려두고 먼저 떠났다.

생각해 보니 저 녀석, 늘 내 주변을 알짱거리고 있었어. 우리 집의 정보를 나보다 빨리 알고, 발 빠르게 물어보고 위로하고, 그녀에게 접근하고.

'안태원. 네가 왜 그러는지는 모르겠지만……'

산재해 있던 사건의 조각들이 하나의 퍼즐일 수도 있겠단 생각이 언뜻 들었다.

다음 날.

지원이 당분간 쉬라고 했지만 이새가 그 말을 따를 리는 없었다. 이새는 평소와 다름없이 스케줄대로 준서와 함께 지냈다. 준서와 함께 있지 않을 때는 어김없이 지원의 생각이 났지만 이새는 마음을 이겨 내려고 노력했다.

준서와 함께 문화센터에 갔다가 수업만 듣고 바로 집으로 돌아오는 길. 집에 다다른 이새는 대문을 지나며 준서에게 물었다. 나무에서 떨어졌다던 죽은 고양이가 생각났다.

"준서야. 지난 토요일에, 정민지 선생님 왔을 때…… 준서는 안 놀랐어?"

"고양이 때문에요?"

"응."

"놀랐어요."

"정말? 그런데 왜 놀랐다고 말 안 했어?"

"정민지 선생님은 쓰러졌잖아요."

"준서야. 그래도 얘기해야 돼."

이새가 준서를 타일렀다.

"그렇게 놀랐던 기억이 나중에 준서를 더 힘들게 할 수도 있어. 겉에만 상처가 날 수 있는 게 아니야. 마음에도 상처가 나는 거란 말이야. 상처는 빨리 치료해야 하잖아. 마음에 상처가 커지지 않도록 어른들이 돌봐줘야 하니까 다 얘기해야 돼. 알았지?"

준서는 가뿐하게 끄덕였다.

"정민지 선생님한테 감싸 줘서 고맙다고는 했어?"

"그런데 그게요. 선생님. 정민지 선생님이 저 안 감싸 줬어도 저는 고양이 피할 수 있었거든요."

"응?"

"공은 나무 옆으로 떨어졌고요. 고양이는 나무 아래로 떨어졌어요. 정민지 선생님이 저 끌어안고 나무 아래로 들어갔고요."

"그래?"

이새는 고개를 갸우뚱했다. 정말 준서 말대로라면 이상하긴 했다.

"그래도 고양이가 옆으로 떨어지는 거 봤으면 놀랐을 거 아니야. 그치?"

"……네."

"그래. 그러니까 정민지 선생님 만나면 고마웠다고 꼭 말해. 알았지?"

"네에."

준서가 다시 끄덕였다.

얼굴에 가득 미소만 담고 싶은데 괜히 쓸쓸해졌다. 지원에게 헤어지자는 얘기를 했으니, 해고되어도 할 말은 없다. 준서를 계속 지켜보고 싶은 욕심이 있지만, 자신이 떠남으로써 준서는 더 좋은 교육을 받을 수도 있을 것이다. 어쩌면 죽은 고양이가 덮치려는 준서를 향해 본능적으로 달려갔던 민지가 의외로 좋은 선생님이 되어 줄지도 모른다.

하지만 마음을 굳게 먹어도 아쉬움은 남을 것 같다. 한참을 말없이 걸어가는데 건물 앞 나무 아래 지원이 서 있는 것이 보였다.

"삼촌!"

지원을 알아본 준서가 먼저 반갑게 달려갔다. 이새도 그에게로 다가갔다. 옮기는 발걸음 한 발짝 한 발짝이 무거웠다. 지원이 자신을 향해 미소 짓는 것 같기도 했고 서러움을 드러내고 있는 것 같기도 했다.

어제 지원은 집에 들어오지 않았다. 이새가 가정교사로 지내는 동안 처음 있는 일이었다.

"삼촌 어제 왜 안 왔어요?"

"바빴어. 많이."

"네에."

"준서야, 먼저 집으로 들어갈래? 선생님이랑 할 말이 있는데."

지원이 반쯤 잠긴 목소리로 말했다. 야근까지 한 걸 보니 힘든 일이 많았을 거란 생각이 들었다.

나 때문이었다고는 하지 마. 그럼 스스로가 더 미워지니까.

그에게 전달되지 않을 말을 하며, 이새는 아프게 심호흡을 했다.

"생각보다 빨리 출국하게 됐어."

준서가 집 안으로 들어간 후, 지원이 말했다.

"가시기 전에 마무리 좀 지어 주셨으면 해요."

"그렇지 않아도 그러려고 했어."

뜻대로 되지 않으면 따져 보려고 했는데. 지원의 건조한 대답에 이새는 고개를 내렸다.

"나 때문에 힘들어?"

"……."

"혹시 태원이가 이상한 짓 했어?"

아니요, 라고 대답해야 하는데 이것만은 입이 쉽게 떨어지지 않았다. 대답보다 먼저 터져 나올 것만 같은 울음을 삼키려 이를 악물었다.

"이것만은 제대로 말해 줘. 부탁이야."

"……."

"말해."

"아뇨. 그런 적 없는데요."

"태원이가 하는 말을 믿지 말고 나를 믿어."

지원이 엄하게 말했다.

"태원이가 그쪽한테 어떻게 했는지, 뭐라고 했는지 얘기해."

"그건 요점에서 비껴간 얘기예요."

울음을 참아 낸 이새가 고개를 빳빳이 들고 무던하게 말했다.

"지금 제가 마무리 지어 주길 원하는 건 우리 관계지, 그게 아니에요. 다른 사람 탓을 하고 싶겠지만, 자존심은 상하겠지만, 제가 했던 말을 인정하고 받아들여 줬으면 해요."

그녀를 바라보는 그의 눈빛이 뜨거워졌다. 금방이라도 폭발해 버릴 듯한 울분 가득한 눈동자였다. 그런 그를 마주하며 담담한 척하는 것은 이새에게도 고역이었다.

"준서 삼촌은 어른이잖아요, 저보다도."

"나랑 술 먹자. 소주 마시자."

"……."

"술 먹고도 그 말 똑같이 할 수 있어?"

"왜 술에 의지한 말을 믿으려고 해요?"

다소 뾰족한 견책에 감정을 들켰는지도 모르겠다. 이새는 그와 눈을 마주하기 두려워져 다시 고개를 내렸다.

"난 너한테 내 마음을 다 보여 줬는데, 왜 넌 그렇게 감추기만 해."

"감춘 거 없는데. 이게 내 진심인데."

"정말 끝내고 싶어?"

"네."

짧은 대답을 들은 후, 한참을 가만히 있던 그가 다시 물었다.

"……다시 한 번 물을게. 정말로 그렇게 하고 싶어?"

너 지금 힘들어서 그래.

조금 자유로워지고, 머리가 좀 맑아지면 같이 이겨 낼 수 있겠다는 생각이 들 거야. 다시 내게 안기고 싶어질 거야.

초조하게 대답을 기다리며, 지원은 몇 번이나 속으로 되뇌었다.

"네."

그러나 그녀의 대답은 간결할 뿐이었다.

"헤어진다는 말이 어떤 의미인지 알아? 내가 어떤 여자를 만나든 넌 이제 상관없고, 이 집에서 나가면 너와 난 영원히 끊어지는 사이라는 거야. 알아?"

"……."

"정말로 그러고 싶어?"

세 번을 묻는 동안 지원의 마음도 완전히 무너졌다. '행복'이란 말도 '함께'라는 말도 없어졌다. 이미 질문 이전에 답이 나와 있었는데도, 몇 번이고 다시 확인하고 싶었다.

"몇 번을 묻나. 지긋지긋하네, 정말."

결국, 그녀의 입에서 쓴소리가 나오고 나서야 헛된 질문은 끝났다.

"그래. 그럼 그렇게 해."

지원이 싸늘하게 말했다.

"우린 정말로 헤어진 거야. 네 바람대로."

누구도 널 건드리지 않게 하는 방법은 내가 너에게 손을 떼는 것. 그걸 알아. 모르지 않아.

하지만, 각오는 했지만, 가슴이 아리는 건 어쩔 수 없네.

"하지만 해고는 아니야. 가정교사로서의 김 선생의 능력은 인정하니까. 어차피 난 파견근무 가니까 나랑 마주칠 일도 없을 거야. 준서만 잘 부탁해. 그거면 돼."

깔끔하게 끝내고 떠나는 거니까, 마음 편히 잘 지내.

다시 돌아올 때까지, 제발 힘들어하지 말고 잘 지내.

15. 기다려

지원이 떠난 일상은 고요했다.

다원은 지원의 빈자리를 채우려는 듯 집에 오래 머물며 준서와 함께하는 시간을 자주 보냈고 가끔은 승환도 얼굴을 비쳤다.

민지의 발길은 완전히 끊겼고, 이제 한글을 안단 사실을 숨길 필요가 없어진 준서는 하루가 다르게 박식해졌다. 준서는 동화책이 아니라 과학책과 만화책을 읽기 시작했다. 이새에게 하는 질문은 더욱 많아졌다.

"준서한테 영어 선생님이 필요할까요?"

어느 날 밤. 이새가 다원에게 물었다. '미취학 어린이 학습'에 대해 검색하다가 생각보다 많은 학부모들이 '영어 교육'에 열을 올리고 있단 사실을 알게 된 것이었다. 이새는, 다른 나라 말은 천천히 배워도 늦지 않는다고 생각하고 있긴 하지만, 다원의 의견은 다를 수도 있겠다는 생각이 들었다.

"음, 그럴 수도 있겠다. 우리한테 영어는 필수지. 준서가 외국으로 유학을 갈 수도 있는 거고."

"고모님은요?"

"응?"

"고모는 그걸 바라세요? 준서가 해외 유학 가는 거요."

"그건 내 바람하고는 상관없는 일이지. 내가 바란다고 해도 준서가 싫다면 보내지 않는 거고, 내가 가지 말라고 해도 준서가 가겠다고 하면 보내는 거고."

"그죠?"

질문의 말미에 이새가 빙긋 웃었다. 다원은 시큰둥한 표정을 지었다.

"왜 웃어? 무섭게."

"저는 준서 고모가 준서 고모라서 참 좋아요."

다원이 이새의 의도를 알 수 없어 미간을 구겼다.

"앞으로도 준서가 모든 걸 준서 의지대로 결정할 수 있게 해 주실 거죠?"

"왜 김 선생이 그런 말을 하는 거야? 나 준서 고모라고! 그건 김 선생보다 내가 더 걱정하는 문제라고! 사람을 뭐로 보는 거야?"

이새는 그저 웃을 뿐. 천진난만하게 빙긋빙긋 웃는 얼굴을 보니 더 이상 험한 말을 하기가 어려웠다. 도리어 '아닌가? 김 선생이 더 걱정하나?' 하는 생각까지 들었다.

"히히히."

"아, 웃지 마!"

"준서 고모가 자주 계셔 주셔서 정말 좋아요."

기습 고백을 하며, 탁자 앞에 턱을 괴고 꽃받침 미소로 자신을 보는 이새는 정말 꽃 같았다. 흥분을 이내 가라앉히고 멀뚱히 이새를 보던 다원이 조용히 말했다.

"나도 좋아……."

다원은 제 입에서 나온 말에 스스로 깜짝 놀라 금방 입을 닫았다.

어머, 나 두근거렸니?

그녀의 칭찬에 기분 좋아졌던 것이 부끄러워진 다원은 급히 일어났다.

"얼른 자!"

"네!"

이새도 다원에게 인사하고 방으로 돌아갔다.

일상 곳곳에 숨어 있던 설렘이 날아갔을 뿐, 생활은 짜 맞춘 듯이 완벽했다.

그러나 방으로 돌아가 혼자가 되면 가끔 울적해졌다. 지원이 항상 그녀의 방에 있었던 것도 아니고, 아주 가끔 놀러 왔던 것인데도 말이다. 안지원 귀신이 침대에 붙어 있는 것 같다 싶을 정도다.

지원이 떠난 날, 이새 방의 양말인형 중 하나도 사라졌다. 준서의 양말도, 지원의 양말도 아닌 그녀의 양말로 만든 인형이었다. 통통하니 귀엽게 잘 만든 토끼인형이었는데.

그것을 떠올리면 이상한 기분이 든다. 헤어진다고 했지만, 관계를 끝냈지만, 어쩐지 언젠가 다시 이어질 것만 같은 이상한 기분. 그 생각을 하면 두근거리기도 하고 눈물이 날 것 같기도 하다.

"나 대신 인형이라도 끌어안아야겠냐?"

변태네. 변태야.

"아닌가? 훔쳐 가서 쓰레기통에 버렸나? 복수심에 불타서?"

몹쓸 변태네.

어쨌든 변태라는 걸 알려 줘서 다행이야. 더 좋아하지 않게 되어서 참 다행이야.

주말에는 더 골치 아픈 일이 있었다.

평소에는 연락도 잘 안 하고 불편한 술자리에나 겨우겨우 자신을 부르던 남자사람친구인 혁진이 요즘엔 주말마다 그녀를 찾았다.

토요일에 집으로 돌아오자마자 어떻게 알고 귀신같이 대문을 두드리는

지. 혁진의 집요함에 이새는 두 손 두 발 다 들고 말았다. 할 말은 없었다. 혁진은 이새의 연애사를 대충이나마 알고 있는 유일한 친구였다. 아마도 오지랖 넓은 혁진은 그녀를 위로하고자 하는 것일 게다.

"너 요즘 너무 자주 온다?"

"네가 요즘 안 바쁜 것 같아서 놀아 주려고. 봉사활동도 안 가잖아. 아니야?"

봉사활동이라도 했다면 허한 마음이 조금은 채워졌을 텐데. 하지만 선택의 여지가 없었다. 태원과의 일이 있은 후, 봉사활동은 그만두었다. 더는 어떤 이유로든 태원과 마주치고 싶지 않았다.

잠자코 입을 닫고 있던 이새가 시큰둥하게 말했다.

"주말인데 여친이나 만나라."

"내가 너랑 왜 놀겠냐. 여친 없으니까 놀지. 산이나 타러 가자."

이렇게 타 버린 산이 벌써 네 봉우리였다.

가기 전에는 심술을 잔뜩 부려도, 일단 산꼭대기에 오르면 그저 상쾌해졌다. 산 정상의 신선한 공기가 폐부로 들어오니, 머릿속도 맑아지는 것만 같았다. 오르기 전에는 투덜거렸지만 역시 혁진을 따라오길 잘했다는 생각이 들었다.

"나는 네가 나한테 안 웃어 줘서 좋다."

가만히 산 정상의 풍경을 감상하고 있는데 혁진이 나직이 말을 걸었다.

"내 앞에서는 네 표정 숨기지 않는다는 거지. 내가 네 진짜 친구라는 거잖아."

"오버하지 마."

툴툴거렸지만, 평일의 자신과 주말의 자신이 완전히 다르다는 것을 그녀도 잘 알고 있었다.

사실 나는 아무에게도 웃어 주고 싶지 않은 게 아닐까.

준서에게서 힐링한다고 생각은 하지만, 사실은 억지웃음을 짓고 있는 건 아닐까.

116

'난 웃는 게 힘든 사람이 아니었어요······.'

그를 떼어 내기 위해 했던 말인데 마치 저주라도 받은 것처럼 그 말대로 살고 있었다. 그에게 했던 못된 말들이 아직도 가슴에 사무쳤다.

"이 아름다운 자연을 봐도 느끼는 게 없는 거냐?"

"그래. 기분이 참 아름다워."

상념에 빠진 와중에, 귀찮게도 자꾸 말을 거는 혁진에게 설렁설렁 대꾸했다.

그 사람하고도 등산을 갔었는데. 그날은 비가 왔었는데. 산꼭대기까지 오르지도 못하고 도시락만 까먹고 돌아가야 했었는데.

그래도 정말 재미있었지. 그날 내가 그 사람 차를 망가뜨렸지. 수리비가 2천만 원이라고 했었는데. 그래서 그걸 빌미로 그 사람을 떨쳐 내기 위해 호텔에서 도발했던 적도 있었는데. 그래서, 그래서······.

모든 사건이 잘 이어져 있어서 기억이 자꾸 또 다른 기억을 불렀다.

"아, 한도 끝도 없다."

"그치? 정말 아름다운 자연은 한도 끝도 없어. 다음엔 어떤 산을 갈까?"

그녀의 혼잣말을 냉큼 주워 담은 혁진의 헛소리에 이새는 헛웃음을 터트렸다.

"너, 동아리에서 쫓겨 났니? 왜 자꾸 나보고 산을 가재? 동아리 애들 놔두고."

"놀아 줘도 불만이야."

"그래. 놀아 줘도 불만인 애랑 왜 놀고 있냐고. 그렇게 심심하냐?"

"이 오징어가! 내가 지금 누구 때문에 이 고생을······."

"뭐?"

"아, 아니야. 나는 아무 말도 안 했다."

"너 뭐라 그랬어."

"아니야, 아니야. 아무것도 아니야."

별안간 혁진은 말을 더듬으며 그녀의 눈빛을 회피했다.

"뭐? 오징어?"

그사이 열이 잔뜩 오른 이새가 이를 갈며 소리 질렀다.

'아, 오징어!'

혁진은 이새가 화를 내는 핵심을 오해한 거였다. 안도한 혁진이 능청스럽게 둘러댔다.

"슬퍼하지 마. 넌 진짜 엄청 예쁜 오징어니까."

"내가 너랑 또 산을 오면 진짜 사람이 아니다."

"이제 맥주나 마시러 가자."

룰룰루. 혁진은 콧노래까지 부르며 이새의 손을 잡아끌고 내려갔다.

그리하여 시간이 흐르고 밤이 되었다.

어둠침침하고 러프하게 꾸며진 술집. 시장 한복판처럼 어지러운 공간에서는 여전히 살짝쿵 정신없는 노래가 들려오고 있었다. 혁진이 애용하는 술집 '람보네'였다.

이 대학생들만의 아지트 같은 공간에 번듯한 정장을 하고 한 남자가 들어섰다.

"어서 오⋯⋯."

종업원이 큰 소리로 인사를 하려고 하는데 남자가 오른손을 어깨 위로 들어 보였다. 소란스럽게 하지는 말라는 뜻이었다. 왠지 모를 카리스마에 어깨를 움츠린 종업원은 입을 닫았나. 좌우로 고개를 돌려보던 남자는 곧 어느 한쪽으로 시선을 고정시켰다. 남자의 눈이 말갛게 젖어 들어갔다.

"일행 있으신⋯⋯."

종업원은 또 말을 끝까지 잇지 못했다.

"저기 있어요."

그가 묵직한 목소리로 말했다. 그가 시선을 고정하는 쪽. 멀리서 그를 알아본 혁진이 자리에서 일어나 서둘러 달려왔다. 그의 눈길은 여전히 이새의 뒷모습에 머물러 있었다. 관자놀이에 손을 괴고, 또 한 손으론 소주잔을 들고, 취한 듯 삐딱하게 앉아 있는 그녀의 뒷모습이 왠지 짠하여 코끝이 시큰해졌다.

"형님!"

혁진이 다가와 그를 불렀다.

"말레이시아에 계신 거 아니었어요?"

그는 바로, 지원이었다.

"잠깐 왔어."

짤막하게 대답한 지원은 혁진을 흘겨보며 성을 냈다.

"내가 지켜보라고 그랬지, 소주 먹이라고 그랬어?"

"제가 먹인 게 아니라, 쟤가 시킨 거예요. 소주 마시기 전에 저한테 휴대폰도 넘겨주던데요. 자기가 술 취해서 휴대폰 달라고 칼 들고 협박해도 절대 넘겨주지 말라고."

꾸벅꾸벅 조는 듯 고개를 끄덕이는 그녀의 뒷모습이 안쓰러웠다.

"앞으로 술 마실 땐 옆에서 자리 비우지 마."

"안 비워요. 계속 지켜보고 있죠."

"화장실도 가지 말라고."

"에?"

"그렇게 못 하겠으면 술을 마시지 마."

"마시자는데 어떻게 안 마셔요……."

지원이 눈에서 도끼라도 나올 듯이 혁진을 무섭게 노려보았다.

"네, 네, 그래야죠. 술 마시면 안 되죠. 이게 뭐가 좋은 거라고."

"그리고 앞으로 여기서 술 마시지 마. 술은 동네에서 마셔."

"동네 술집은 비싼데."

"나한테 청구해. 그리고 오늘처럼 취할 정도로 마시지도 마. 절대."

지원이 사나운 얼굴로 말했다. 혁진은 문득 이새가 참 안됐다는 생각이 들었다. 어쩌다 이런 남자를 좋아하게 됐는지. 바늘로 찔러도 피 한 방울은 커녕 바람 빠지는 소리도 나지 않을 것만 같은 남자를.

"난 김이새 씨랑 얘기 좀 할게. 옆에 있든지, 다른 데 가서 놀다 오든지."

"나갈게요, 나갈게요. 말씀 나누셔요."

"……항상 고맙게 생각하고 있어."

이게 무슨 말일까. 자기가 고맙게 생각한다는 말일까. 나보고 항상 고맙게 생각하고 있으라는 말일까.

그의 모호한 표현에 헷갈린 혁진은 눈을 멍청히 깜박이다가 차마 묻지도 못하고 술집을 떠났다.

혁진이 떠난 후, 한참 이새를 응시하던 지원은 이새에게 차분히 다가갔다.

"나랑은 같이 마셔 주지도 않고."

서운한 마음에 미간에 주름이 잡혔다. 그러나 오랜만에 그녀의 얼굴을 볼 수 있다는 것만으로도 가슴이 벅찼다.

"돈을 벌어야 돼, 돈을. 인생은 한 방이야……."

조금 더 다가가니 그녀가 웅얼거리는 소리가 들렸다. 그녀는 마치 아직도 눈앞에 혁진이 있는 듯 마주한 벽과 대화를 나누고 있었다.

"세상에서 돈이 제일……."

그렇게 혁진이 떠난 자리를 보며 홀로 독백을 이어 가던 이새의 입술이 멈췄다. 힘없이 벌어진 입에서는 한탄이 흘러나왔다.

"하아……."

혁진이 앉았던 자리에 착석한 지원이 가장 먼저 본 것은, 자신과 눈을 마주친 후 소주병에 든 소주를 병째 입에 털어 넣는 슬픈 눈의 아가씨였다.

"그만 마셔."

"……내가 죽으려나 보다, 그치?"

그녀가 젖은 눈망울로 말했다.

"네가 지금 그 사람으로 보여."

피식 웃음이 나왔다. 지난번에도 그러더니 또 자신을 환상으로 보는 모양이었다.

"맞아. 나야."

"어쭈. 목소리도 비슷하다? 애쓴다. 짜식."

이새가 지원의 머리를 마구 흩뜨렸다. 혁진에게는 취할 정도로 마시지 말라고 당부했지만, 역시 술에게 고마워해야 했다. 그녀가 맨 정신일 때 그가 나타났다면 그녀는 그에게 한마디도 하지 않았을 것이다. 어느새 그녀의 눈에 눈물 한줄기가 흘러 있었다. 그녀는 눈물을 닦으며 멋쩍은 듯 흐흐 웃었다.

"이제 됐어. 오혁진으로 돌아와. 네가 이러면 내가 너무 맘이 아프다."

웃으면서 흘리는 그녀의 눈물에 지원의 마음도 무거워졌다.

"네가 선택한 일이잖아. 왜 울어."

"너 때문에 우는 거 아니거든. 내 동생 보고 싶어서 우는 거거든?"

이새가 변명하듯 버럭 했다.

"내가 말이야. 인생은 23년밖에 안 살아 봤지만 말이야. 사람이 죽지만 않으면, 마음만 먹으면 다 만날 수가 있는 거거든. 근데 왜, 누구 마음대로, 살아 있는 사람을 만나지 마라야?"

"태원이가 그랬어? 나 만나지 말래?"

무언가 진실을 들을 수 있을 것 같은 마음에 지원이 날카롭게 물었다. 그러나 이새는 이에 대한 대답도 없이 제 말만을 했다.

"너만 귀한 손주야? 나도 울 엄마 아빠한테 귀한 딸이야. 우리 엄마는 나 눈에 넣어도 안 아프댔어! 씨이……."

"할아버지가 그랬어?"

"내가 네 인생에 와 줬으니까, 날 만났으면 일도 잘해야지! 왜 사업을 망쳐, 왜!"

"내가 너 때문에 사업 망치고 있으니까 나 만나지 말래? 할아버지가? 아니면 태원이가?"

"캐묻지 마. 변태야."

"내가 왜 변태야."

한참 가만히 그를 응시하고 있던 이새가 대뜸 물었다.

"나야, 회사야?"

"너야."

"그럼 회사 나와."

"알았어."

툭.

"왜 때리는데!"

별안간 이새가 휘두른 손에 이마를 맞은 지원이 억울한 듯 따졌다.

"쓰리디가 건방지게 자꾸 따아져어, 따지긴 왜 따아져어, 쉬이……."

"왜 자꾸 울어……."

"네가 불쌍해서 그런다! 네 본체는 지금 말레이시아에서 뭐 하는지 알아? 하고 싶지도 않은 걸, 어? 집안에서 치열하게 지키고 있는 그룹을 위해서, 어?"

"……."

"신데렐라처럼 어려서 부모님 잃고, 형님도 잃고, 가장 돼서 열심히 살고 있는 애한테 너네 집안은 왜 그러는 건데에."

사실과 의식과 감정이 뒤죽박죽인 말들 속에서 두 사람 모두 서로의 진심을 건져 올리고 있었다. 한 사람은 내일이면 이를 떠올리지 못하겠지만.

"부자는 다 그러냐? 하고 싶지도 않은 일 하고, 헤어지라면 헤어지고, 결국엔 살고 싶지도 않은 사람하고 살고?"

심각한 와중에 픽, 지원은 웃음이 났다. 자신을 딱하게 생각하는 누군가가 있을 거라곤 한 번도 생각해 보지 못했기에, 그녀의 탄식이 놀라웠고, 신기했다. 그리고 가슴이 먹먹해졌다.

"네가 말해 봐. 그렇게 사는 건 행복한가?"

"아니."

이새의 심도 있는 질문에 지원이 명료하게 대답했다.

"네가 있어야 행복하지."

그제야 이새는 맺혀 있던 눈물을 닦았다.

"내가, 준서 초등학교 보내놓고, 돈 많이 벌어서 갈게."

응? 지원은 자기가 잘못 들은 건가 해서 이새를 빤히 쳐다보았다.

"내가 먹여 살릴 테니까 기다려."

자신의 입에서 나온 말이 아니라, 그녀가 한 말이었다.

"내가 진짜 돈 많이 벌어서 평생 놀게 해 줄 테니까. 아니, 그쪽 좋아하는 일만 하게 해 줄 테니까, 고고하게 엔젤만 하게 해 줄 테니까, 딱 기다려."

비장미 넘치는 그녀의 각오에 심장이 아플 정도로 뻐근해졌다.

김이새라는 여자는 매번 이렇게, 내가 생각지도 못한 부분을 건드려.

"진짜. 내가 억울해서라도 훌륭한 사람이 되고야 만다. 알았어?"

그래서 결국은 나까지 울게 해.

"알았어, 몰랐어!"

"알았어."

널 놓치면 이제 내가 죽어.

"딱 기다릴게."

이새는 꿈결 속에 있었다. 꿈이라서, 솔직하게 마음을 모두 표현할 수 있어서 행복했다. 가슴에 담아 놓고 차마 꺼내지 못했던 말을 마음껏 했다. 가

습의 응어리가 차츰 사그라졌다.

"생일 축하했었어."

"그래."

"진짜 축하했었어."

"그래. 고마워."

"사랑한다는 말도 못 했다."

"아냐. 했어. 내가 들었어."

"나 혼자 한 말 말고. 네 본체한테 직접 말 못 했다고."

"말했었어."

"난 한 적 없어. 네가 들었다면 딴 년이겠지."

"너 맞아. 손끝을 정수리에 꽂고 네가 했었어. 애교도 보여 주고."

"……."

"넌 평소에도 그렇게 사랑이 넘쳐서, 나는 수도 없이 들었어."

"……."

"그러니까 너무 속상해하지 말고 잘 버텨. 나도 버텨 볼 테니까."

"……."

"시간은 빨리 갈 거야."

얼른 돌아올게.

얼른 돌아올게.

얼른 돌아올게…….

그리운 목소리가 머릿속에서 메아리처럼 몇 번 울렸다. 이새는 따뜻한 꿈을 매듭짓고 눈을 떴다.

"깨셨나?"

부스스 눈을 깜빡이는 이새에게, 이율이 시큰둥한 목소리로 말했다. 꿈속은 참 애틋하고 아련했는데, 현실은 언니를 벌레 보듯 하는 동생뿐이다.

"······나 어제 언제 왔어?"

이새가 잔뜩 잠겨 있는 목소리로 물었다. 이율은 입술을 씰룩거릴 뿐, 대답하지 않았다. 심통이 난 것 같았다.

"나 네가 데려온 거 맞지?"

"혁진 오빠랑 같이 데려왔어. 혁진 오빠가 업고 왔다."

기억엔 없는 일이었다. 머리가 지끈거렸다. 소주를 딱 한 잔만 마시면 기분이 괜찮아질 것 같았다. 그게 실수였다. 한 잔이 두 잔이 되고, 두 잔이 석 잔이 되면서 이성을 저 멀리 떠나보내게 됐다.

"어떻게 소주 세 잔에 뻗어 버리냐? 또 한 번만 소주 마시면 너는 내 언니도 아니야. 창피하다, 창피해!"

이율은 오늘도 화사하게 차려입고 클럽 가듯 공부하러 떠나며, 마지막까지 바가지를 벅벅 긁었다. 이율을 따라 건들먹건들먹 주방으로 가니 엄마 희선이 콩나물국을 그릇에 퍼 담고 있었다.

"많이 힘들면 그냥 그만둬. 대학생이 공부해야지 무슨 가정교사야."

일이 힘든 게 아닌데. 마음이 힘든 건데.

"첫째 딸은 일한다고 주말에나 오지, 둘째 딸은 공부한다고 꼭두새벽에 들어오지. 엄마 아빠가 잠을 못 자."

엄마를 생각하니 이새 또한 지난 시간들이 죄스러웠다. 돈을 번다고 나가서는 감정에 휩쓸려 여기저기 폐만 끼치고 다니는 것만 같다.

"3월이면 끝나. 일 끝나면 내가 맨날 엄마 옆에만 있을게."

"에구. 징그럽다!"

희선은 상에 밥과 국과 반찬을 차려 놓고는 안방으로 들어갔다. 한숨을 푸욱 쉬고 밥상 앞에 앉아 말간 국물을 들이켰다. 적당히 뜨끈한 국물을 호로록 마시고 나니 지끈거리던 머리가 조금 괜찮아진 듯했다. 그러나 머릿속은 여전히 안개가 자욱했다.

'어제 준서 삼촌 얼굴을 본 것 같은데……'

술집에서 대화도 몇 마디 나눈 것 같은데. 어렴풋이 기억나는 그의 목소리가 꿈인지 생시인지 모호했다. 그녀는 잠시 골똘히 생각에 잠겨 있다가 고개를 절레절레 흔들었다.

'그럴 리가 있나! 말레이시아에 있는 사람을 대한민국 술집에서 어떻게 만났겠어?'

이별의 아픔을 열심히 이겨 내고 있다고 생각했는데 역시 술이 감정을 불러일으킨 모양이다. 감정이 기억까지 지배해 버리다니. 아주 중증이 아닐 수 없다. 씁쓸한 마음으로 그녀는 혁진에게 전화를 걸었다.

-일어났냐?

혁진은 금방 전화를 받았다. 혁진의 목소리는 평화로웠다.

"나 어제 소주 세 잔만 마셨어?"

-너는 참 절약형 인재다. 세 잔 마시고 세 병 마신 애처럼 뻗어 버리니.

"나 무슨 실수 안 했지?"

-실수라기보단, 나 좋아한다고 또 고백했지. 어휴.

"헛소리하지 말고."

이새가 시큰둥하게 질타했다. 술을 마시면 마음속 얘기를 다 꺼내 놓는다는 것을 스스로도 잘 알고 있다. 그러므로 혁진에게 좋아한다고 고백하지는 않았을 것이다. 농담이라면 모를까.

"혹시 우리 둘 말고 다른 사람도 있었어?"

이새는 애초에 궁금했던 것을 물었다.

-어…… 아니? 없었는데?

"내가 너한테 이상한 소리 안 했어?"

-이상한 소리야 많이 했지. 내년 3월에 8천만 원이 생기는데 그 돈을 불려서 부자가 돼야 한다나?

"……또 없었어?"

-글쎄……. 워낙 실없는 얘기가 많아서.

"나 누구한테 막 전화 걸지도 않았지?"

-휴대폰은 찾지도 않았어. 걱정 마.

혁진은 모든 질문에 설렁설렁 대답했다. 간밤에 그녀가 하도 부끄러운 짓을 많이 해서 감싸 주려는 건가, 하는 생각이 들 만큼 쿨한 태도였다.

"그래. 어젠 고마웠어. 집에 데려다줘서."

그녀는 한참을 갸웃거리다가 전화를 끊었다. 머릿속에서 걷히지 않는 뭉게구름이 영 성가셨다. 그때 드르르, 다시 휴대폰 진동이 울렸다.

"어, 엄마야!"

준서 삼촌.

휴대폰에 떠오른 네 글자를 보고 소스라치게 놀란 이새의 반응에 안방에서 빨래를 개고 있던 희선이 헐레벌떡 달려 나왔다.

"왜, 왜! 무슨 일이야!"

"아, 아니. 가르치는 애 삼촌이 전화를 해서."

서늘하게 흘겨보던 희선이 이새의 등을 찰싹 때렸다. 아프지 않은 몸을 움츠리며 이새는 휴대폰을 내려다보았다. 여전히 휴대폰은 잘도 울려 대고 있었다.

"엄마가 대신 받아 줘? 주말에 일 시키지 말라고 해 줘?"

"아, 아니!"

"그럼 왜 그렇게 놀라는데!"

희선을 주방으로 불러낸 것은 크나큰 실수였다. 이새는 희선이 지켜보는 앞에서 고용주의 전화를 받아야 했다.

"여, 여보세요?"

-안지원입니다.

저편에서 들려오는 차분한 저음이 이 와중에도 어젯밤 꿈처럼 달콤하게 느껴졌다. 심장의 진동이 시작됐다.

"네. 알고 있습니다."

그러나 희선이 지켜보고 있어 불편한 목소리가 나왔다.

-별일 없죠?

"네? 네."

-나랑 통화하기 곤란한가? 준서 일 때문에 전화했는데.

"아, 네, 네. 잠깐만요."

이놈의 고용주가 우리 딸을 못살게 구나, 안 구나 지키고 서 있는 희선의 눈을 피해, 이새는 방 안으로 들어갔다.

"엄마가 옆에 계셔서요. 이제 말씀하세요."

-어머님이 듣기 곤란할 얘길 하는 건 아닌데.

"아······."

저쪽에서 지원이 피식 웃는 것만 같았다. 이새의 두 뺨이 금세 붉어졌다. 그녀는 당황한 마음을 감추고서 물었다.

"그런데 지금 어디세요?"

-그게 궁금해요?

"아, 아니요. 전화번호에 국제전화 표시가 안 떠서요. 한국 오셨나 했어요."

-말레이시아예요. 내 휴대폰 가지고 나가면 원래 번호로 뜹니다.

"아아······."

괜한 질문을 했다. 붉어진 얼굴이 가라앉질 않았다. 그가 눈앞에 없어서 다행이라는 생각이 들었다.

"네. 하려던 말씀, 하세요."

-예전에 형수님이 준서한테, 한글을 모르는 척하라고 했다던 게 걸려서요. 그때 기억을 되짚어 보게 해야 할 것 같아서. 준서한테 최면요법을 써 볼

까 하는데 김 선생 생각은 어떻습니까.

"최면요법까지 써야 하나요? 준서는 아직 어린데요."

-긍정적인 쪽으로 생각해 봤으면 좋겠네요. 준서는 어렸을 때 교통사고 트라우마 때문에 몇 번 최면치료를 받은 적 있고, 효과가 나쁘진 않았어요. 이번에는 기억을 끄집어내기 위한 거라 좀 다르긴 하지만, 아무튼 강압적으로 하진 않을 거고 준서가 저항하면 바로 중단할 겁니다.

"……."

-생각할 시간이 필요해요?

"아뇨. 그런 건 아닌데."

-그런데.

"준서는 하자고 하면 할 거예요. 어른들 뜻에 잘 따라 주는 아이니까요. 그 기억을 되짚는 게 스트레스가 되진 않을까 해서요. 전 그 기억이 그렇게 중요한 일은 아니라고 생각하거든요."

-미심쩍은 게 하나 있어서 그래요. 걸리는 게 있어서.

"그게 뭔데요?"

-그건 나중에 얘기할게요.

"……."

-나는 못 가겠지만 최면프로그램 진행할 때 승환이가 동행할 거예요. 물론 김 선생도 같이 가서 전 과정을 지켜볼 거고.

한참 생각하던 이새가 고개를 끄덕였다.

"네. 그럼 그렇게 진행하세요."

-알겠습니다. 고마워요.

연인이 아닌 지원은 통화 내내 깍듯했다. 행복하고 설레었던 시간들이 저편으로 사라져 버렸다는 걸 실감케 했다.

"저기요."

그에게 매달리려는 것은 아닌데, 끊어질 통화를 겁내는 듯 급하게 그를 부르게 됐다.

-얘기해요.

"내일 제가 준서랑 다시 얘기해 보고, 준서 표정이 좋지 않으면 다시 연락 드려도 되죠?"

-상관없어요.

"아니, 준서 고모 통해서 연락드리라고 할게요."

-꼭 그럴 필요 있나.

통화 내내 침착한 톤을 유지하는 그의 목소리에선 어떤 마음도 느껴지지 않았다. 숙연하여 얼른 인사를 하고 전화를 끊으려는데.

-보고 싶네.

그의 나긋한 목소리가 심장에 와서 콱 박혔다. 눈시울이 금세 젖어 들어갔다. 하지만 그 반응을 비웃듯, 지원은 금방 말을 정정했다.

-그쪽 말고. 준서.

허어.

"오해 안 했거든요!"

급작스레 목소리가 튀었다.

한달음에 그녀의 집 앞까지 뛰어갈 수 있는 거리.

지원은 갑자기 높아진 그녀의 목소리에 피식 웃음이 났다. 당장 달려가 그녀를 안아 주고 싶은 마음을 참아 내며 먼저 인사했다.

"그렇겠지. 그럼 나중에 또 연락하죠."

딸깍. 인사는 지원이 했지만, 그녀가 먼저 전화를 끊었다. 그녀와의 연결 고리가 사라지며 그는 다시 혼자가 되었다. 그러나 집을 떠나던 날처럼 사무치게 아프진 않았다. 몰래 한국으로 돌아가 그녀를 만나고 온 것은 위험했지만 그에겐 가장 만족스런 일이었다.

사실 어제는 혁진을 감시하기 위해 전화를 건 것이었다. 자신이 다시 돌아올 때까지 이새를 잘 보호하고 있으라고 혁진에게 단단히 당부를 해 놓았지만, 혁진을 완전히 믿을 수는 없었다. 혁진은 이새가 가장 의지하는 남자 친구였고, 마음이 약해진 이새에게 가장 쉽게 접근할 수 있는 사람이었다. 그래서 혁진에게 이새를 부탁하고서도 마음이 놓이지 않았다. 주말이면 혁진에게 득달같이 전화를 걸어 이새의 상태를 보고받고 혁진의 마음에 대해서도 유도신문했다. 그러다가 한국으로 잠시 돌아온 어제, 때마침 이새가 술을 마셨단 얘기를 듣게 됐다. 걱정되는 마음에 멀리서 지켜볼 요량으로 그녀에게 갔다. 그리고 뜻밖의 고백을 듣게 됐다.

그녀에게 자신이 어떤 미래를 준비하고 있는지 말해 주지도 않았는데, 그녀는 자신이 생각한 것과 꼭 닮은 의지를 갖고 있었다.

"내가 먹여 살릴 테니까 기다려."

차마 그가 하지 못한 말을 그녀에게서 먼저 듣게 될 줄은 꿈에도 생각지 못했다. 돈을 얼마나 벌어서 자신을 먹여 살릴지는 모르겠지만, 그런 발상이 너무 사랑스럽고 예뻐서, 여전히 그녀가 자신을 사랑하고 있다는 것을 알게 되어서 이제는 뭐가 어찌 되든 이겨 낼 수 있을 것 같았다.

이 시원하고 청량한 한국의 가을을 경험하고 돌아가는 일터는 더욱 뜨겁고 후덥지근하게 느껴지겠지만, 그것조차도 감사할 수 있을 것 같았다.

절로 미소가 지어졌다. 가만히 휴대폰을 내려다보며 어젯밤 그녀와의 만남을 떠올리고 있을 때, 저만치에서 한 차장이 다가왔다.

"사장님."

"네, 한 차장."

"오랜만에 뵙습니다."

"네. 주말까지 성가신 부탁을 해서 미안합니다. 사업들은 잘 운영되고 있죠?"

"네, 지금까지는 무리 없습니다."

"다행이네요. 그럼 이걸 부장 결재 받아서 그룹 본사로 보내 주세요. 맨크가 만든 가짜 서류를 밝히는 데 도움이 될 겁니다."

지원이 한 차장에게 서류 봉투를 내밀며 말했다.

"네, 알겠습니다."

"그리고 제가 한국 다녀갔단 건 우리 둘만 알고 있는 걸로 합시다."

"네, 네."

여기저기 설치해 놓은 덫에 하나만 걸리면 된다. 누가 걸릴지는 모르겠지만, 그때까지 그는 이런 생활을 유지할 생각이었다.

"이제 정말 결혼식이 얼마 안 남았네요."

"네, 벌써……."

"결혼식에 못 가게 될지도 모르니 미리 인사합니다. 축하합니다."

지원이 사적인 인사를 건네자, 한 차장은 멋쩍어 했다.

며칠이 흘렀다.

이새는 지원이 계획한 대로, 준서의 기억을 되살리기 위해 심리치료센터를 찾았다. 역시나 준서는 최면요법에 대한 제안을 의젓하게 받아들였다. 준서가 최면요법을 받게 될 곳은 승환이 근무하는 대학병원의 옆에 있는 심리치료센터였고 최면상담사는 승환의 지인이었다.

"준서는 최면치료 몇 번 해 봤어요. 긴장 안 해도 돼요."

시간에 맞춰 동행한 승환이, 괜스레 긴장하고 있는 이새의 속마음을 알아채고 넌지시 일러 주었다. 덕분에 조금은 편안해진 이새는 준서를 담당할 최면상담사와 대면했다.

"보통 감수성이 예민한 아이들에게는 효과가 좋은 편이긴 하지만, 한 번에 성공하지 못할 수도 있고 별다른 정보를 얻지 못할 수도 있습니다. 그리고 최면요법으로 끌어낸 기억이라 할지라도 시간이 많이 지난 만큼 꽤 덧입혀져 채색돼 있을 거예요. 그런 점을 감안하고 유의미한 정보를 찾아내셨으면 좋겠네요."

최면상담사는 이새에게 길게 당부하고 준서와 상담실로 들어갔다.

"우리는 이쪽으로."

승환은 이새를 상담실 옆의 방으로 안내했다. 상담실과 이어진 데다가, 한 면이 전면 유리로 되어 있어 상담실 전체를 살펴볼 수 있는 공간이었다. 상담실에 있는 준서가 자신과 승환을 주목하지 않는 것으로 보아 두 사람의 모습은 준서에게 보이지 않는 모양이었다. 역시나 방 안에 설치된 스피커를 통해 상담실 안의 모든 소리가 들렸다. 취조실, 그리고 관찰실과 비슷한 시스템으로 운영되는 공간이었다.

"이 마이크가 상담사 오른쪽 귀에 꽂힌 이어폰과 연결돼 있어요. 필요한 게 있으면 이 스위치를 켜고 마이크에 대고 말하면 돼요. 상담사에게 전달될 거예요."

승환이 설명해 주었다. 이새는 잠자코 준서와 최면상담사를 지켜보았다. 최면상담사는 바로 최면요법을 시도하지 않고 준서와 스트레칭을 먼저 했다. 몸동작이 우스운 체조라 준서는 최면상담사를 따라하며 꽤 많이 웃었다. 그렇게 몸과 마음을 편히 정리한 준서를, 최면상담사는 자연스레 안락의자에 앉혔다. 분위기는 내내 평화로웠지만 최면이 시작되자 이새는 다시 긴장한 기색을 보였다.

승환이 그녀의 얼굴을 살피다가 말했다.

"동화책 읽어 주는 것도 일종의 최면이죠. 어린애들은 특히 잘 통해요. 나쁜 데 써먹지만 않으면 좋은 효과를 거둘 수 있어요."

잠시 후, 최면상담사의 말에 따라 몸의 긴장이 모두 풀어진 준서가 노곤하게 눈을 감았다. 최면상담사의 목소리가 차분하게 들려왔다.

-준서야, 아주 오래전으로 돌아가 보자. 3년 전이야. 준서가 네 살 때.

스피커에서 들려오는 소리를 들으며, 이새는 저도 모르게 마른침을 꿀꺽 삼켰다.

-엄마가 보여?

-……네.

-엄마가 뭘 하고 있지?

-밥 만들어요.

-엄마가 준서한테 말도 해?

-……준서야. 아빠 오시면 밥 같이 먹자.

-그래. 그럼 시간 이동을 해 볼까? 그런데 어떤 날인지는 몰라. 엄마가 준서한테, '한글 아는 거 아무한테도 말하지 마.'라고 한 날이야.

잠시 모든 곳에 침묵이 흘렀다. 준서는 잠이 든 것처럼 눈을 감은 채 시간을 길게 흘려보냈다. 아마도 머릿속으로 기억의 책장을 오래 넘겨야 하는 모양이었다.

-……네.

긴 기다림 끝에 대답이 들려왔다.

-그래. 엄마는 무슨 색 옷을 입고 있지?

-회색.

-회색 윗도리?

-위아래 붙어 있는 옷이요.

-원피스 같은 거야?

-네.

-준서는 뭘 하고 있지?

-엄마가 입으라는 옷으로 갈아입었어요.

-무슨 색?

-하얀색 윗도리랑 남색 바지.

-왜 갈아입었어?

-엄마가 어디 간다고 그래서요.

-어디 간다고 했는데?

-그냥 '어디' 간다고 했어요.

이새의 심장이 두근거렸다. 여기서 조금만 더 대답을 이끌어 내면 될 것 같았다.

-달력이나 시계가 보이니? 언제였는지. 혹은 몇 시였는지.

-알아요. 5월 30일.

-5월 30일? 어떻게 알았어?

-엄마랑 아빠가 교통사고 난 날.

안 돼…….

최면요법의 신세계를 경이롭게 여기며 지켜보던 이새가 돌연 표정을 바꾸고 낮게 읊조렸다. 순식간에 그녀의 얼굴에서 핏기가 사라졌다. 마이크로 재빠르게 뛰어간 그녀가 스위치를 켜고 급하게 말했다.

"멈춰 주세요!"

이새의 외침에 상담사는 더 이상 질문하지 않고 말을 멈췄다. 백지장처럼 하얘진 이새의 얼굴을 보곤 승환이 이새를 옆으로 슬쩍 밀어내고 마이크 가까이로 가 말했다.

"잠깐 중단 부탁드립니다. 상의 후 얼른 다시 말씀드리겠습니다."

곧바로 마이크를 끈 승환이 이새에게 물었다.

"교통사고 얘기 때문에 멈추라고 한 거예요?"

이새와는 달리 승환은 상황을 냉철하게 받아들이고 있었다.

"네. 빨리 준서 깨워야 해요. 얼른요."

"이거 몇 초 지연시킨다고 준서가 위태로워지거나 하진 않아요. 지금 준서가 기억을 이끌어 내기 직전까지 왔고요. 교통사고 얘기는 잘 피해서 원하는 질문만 할 수도 있어요."

"어른들 생각만 그런 건 아니에요? 그날이 교통사고 난 날이라는데, 준서가 먼저 그렇게 떠올려서 얘기하는데, 어떻게 그 기억을 건드리지 않을 수 있나요?"

좌우로 흔들리는 눈동자가 지금 그녀의 심리상태를 잘 반영해 주고 있었다.

"준서가 오래전에 최면치료를 받은 건, 교통사고 충격을 지우기 위한 것 아니었어요?"

자신의 의견에 반하면 팔을 걷고 싸울 기세, 그 강단에 승환이 도리어 멈칫했다. 지금까지 보아 왔던 착한 선생님, 김이새와는 다른 모습이었다.

"그렇게 준서가 일부러 잊어 가며 이겨 내고 있는 기억을 다시 떠올리게 할 건가요? 준서가 엄마와의 기억을 떠올리면서 외롭고 쓸쓸해지는 감정을 갖게 되는 건 괜찮아요. 엄마와의 행복했던 추억이 기반이 된 거라면 괜찮아요. 하지만 그날의 기억은 안 돼요. 준서가 엄마를 떠올리는 날이, 그날이 되어서는 안 돼요."

"……김이새 씨 말이 맞네요."

잠자코 이새의 주장을 들어주던 승환이 한숨과 함께 고개를 끄덕이며 항복했다.

"선생님, 중단해 주세요."

승환은 곧장 마이크에 대고 말했다.

이새는 최면이 풀린 준서가 숨을 고르는 것을 지켜보다가 준서가 눈을 뜨자마자 상담실로 달려가 준서를 끌어안아 주었다.

말레이시아에서 현지 관계자들과의 미팅을 끝내고 사무실로 돌아온 지원은 시각을 확인하며 휴대폰을 들여다보았다.

'준서 최면상담이 끝났을 텐데.'

승환이 연락을 주어도, 배 주임이 주어도 상관없지만 기왕이면 이새가 주었으면 좋겠다. 그렇게라도 그녀의 목소리를 듣게 된다면 참 좋겠다. 그 기대감 가득한 마음에 보답이라도 하듯, 잠시 후 진동이 울린 휴대폰에는 '김이새'라는 이름이 찍혀 있었다.

김이새라는 이름만으로 기분이 좋아진 지원은 머뭇대지 않고 바로 전화를 받았다.

"여보세요."

-김이새입니다. 통화 가능하세요?

"얘기해요."

-준서 최면요법은 중단시켰어요.

그러나 휴대폰을 통해 들려오는 목소리는 그 어느 날을 연상케 할 만큼 무정하게 들렸다.

-얻은 정보가 몇 개 있긴 해요. 정확할진 모르겠지만.

"준서가 뭐라고 했습니까."

-한글을 아는 걸 다른 사람들한테 말하지 말라고 했던 날이, 교통사고를 당한 날이었대요. 그래서 중단했어요. 그 기억은 준서한테 너무 아플 것 같아서. ……멋대로 판단해서 죄송합니다.

"아니에요. 잘했어요."

상황을 보지 못했으니 어떤 말도 쉽게 내뱉을 수는 없었다. 준서의 내면을 가장 많이 걱정하는 그녀의 판단이 옳을 거라고 믿었다.

"그밖에 다른 정보는 없었습니까?"

-그날 준서 어머니는 회색 원피스를 입고 있었다는 거, 준서는 하얀색 윗도리랑 남색 바지로 갈아입고 엄마한테 어딘가로 간다는 얘기를 들었다는 거. 그게 전부예요.

"……."

-교통사고 날의 기억은 굳이 떠올리지 않아도 기록으로 모두 남아 있으니 이런 게 도움이 되진 않을 거예요. 죄송합니다.

"아니에요. 괜찮아요."

거듭 사과하는 그녀는 멀게 느껴질 수밖에 없었다.

-그럼 끊겠습니다. 허승환 선생님하고도 말씀 나누세요.

결과 보고를 끝낸 이새는 그렇게 인사도 받지 않고 바로 전화를 끊었다. 기대에 가득 차 부풀었던 마음이 무색하게도 통화는 내내 사무적이었다. 게다가 준서의 일도 성과가 없어 보였다. 아쉬움을 뒤로하고 승환에게 전화를 걸었다.

-여보세요.

"나야."

-응. 내가 전화하려고 했는데.

"오늘 최면요법, 효과 없었던 거야?"

-효과고 뭐고 할 것도 없지. 김이새 씨가 바로 중단시켰으니까. 들었지?

"들었어."

-김이새 씨 말이야…….

승환이 긴한 얘기를 꺼내듯 목소리를 낮게 깔았다. 지원은 승환의 말을 경청했다.

-그냥, 준서 엄마더라. 오늘의 김이새 씨는 침착한 사람은 아니었어.

승환이 오늘 느낀 바를 지원에게 솔직히 털어놓았다.

-네가 이제까지 고용했던 가정교사가 다 네 눈엔 별로였겠지만, 그래도 보통은 되는 사람들이었거든. 근데 김이새 씨는 그걸 넘어서, 좀 특이한 것 같아. 준서가 느끼는 고통을 같이 느끼는 것 같더라. 널 좋아하면 조카도 당연히 좋아지는 건가?

그런 거라면 좋겠지만, 그건 아닌 듯싶은데. 어쩌면 자신보다 준서를 더 아끼는 것일 수도 있다. 책임감을 넘어서 그녀에게는 준서에 대한 끈끈한 애착이 있었다. 곰곰이 생각하던 지원이 한마디 했다.

"7년 전에, 일곱 살짜리 동생을 잃었대. 그래서 일곱 살 아이에 대한 애착이 있는 걸 수도 있고."

-아, 그래?

"응."

-그럼 그 아이랑 준서를 같은 시선으로 보는 건가?

장담할 수 없어 대답하지는 않았다. 지원이 대답을 망설이는 것을 알고 승환이 오늘의 소동을 일단락 지었다.

-그렇다면 그럴 수도 있겠다. 아무튼 오늘 김이새 씨 표정 진짜 무서웠어.

"……."

-그런데 난 그런 김이새 씨가 너무 좋다.

뭐야, 얘는 또 왜 이래! 이새가 특이하다고 말했다가 너무 좋다고 고백하는 승환의 뜬금없음에 지원의 미간이 잔뜩 구겨졌다.

-친구를 위해서 김이새 씨랑 좀 제대로 헤어져 줄 수 없냐? 나 김이새 씨 너무 좋은데.

"……너 앞으로 우리 집 오지 마."

지원은 친구와의 전화를 그렇게 사납게 끊어 버렸다.

준서는 그 후, 만 이틀 동안 꼬박 앓았다. 보통의 감기였지만 스트레스가 동반된 것 같았다.

준서는 차가 다가오는 것에 어깨를 움츠리는가 하면, 그 좋아하던 정원 산책도 꺼리게 됐다. 이새와 떨어지는 것도 불안해했다. 또한 무얼 먹어도 토하고, 내내 열이 나고 기운도 없어서 문화센터도 가지 못하고, 이틀 동안은 집 안에서만 시간을 보냈다.

준서의 모습에 이새는 안타까워졌다. 대신 앓아 줄 수 없는 것이 답답하기도 했다. 이새는 준서의 기운을 회복시키기 위해 노력했다. 내내 옆에서 간호하고, 준서가 재미있어 할 만한 얘기를 많이 들려주었다. 노래를 가르쳐 주기도 하고 어설픈 마술을 보여 주기도 했다. 이새의 지극정성에 감복한 것인지 준서의 몸 상태는 차츰 좋아졌다.

"아까 설아한테 전화 왔었어. 준서 오늘 수업 왜 안 나왔냐고. 설아가 준서 좋아하는 거 맞지?"

이새는 준서가 기분 좋아할 만한 이야기로 또 운을 띄웠다.

"모르는데요."

"뭘 그런 걸 부끄러워하고 그래."

"영후가 그러는데요. 설아랑 저는 다른 초등학교 간대요. 그래서 사이좋게 안 지내도 된대요."

"에이, 그런 게 어디 있어. 다 사이좋게 지내야지."

이새는 준서를 다독이며 속으로 슬쩍 웃었다. 어린 나이에 더 오래 만나지 못할 사이라며 선을 긋는 게 우습지 않은가.

그런데 준서가 대뜸 다른 질문을 했다.

"선생님은요?"

"응?"

"제가 초등학교에 입학하면 안 오는 거예요?"

헤어지는 것의 의미를 알고 있는 아이의 눈. 그 눈과 마주한 이새의 눈동자가 솔직하게 흔들렸다. 그녀는 목소리만이라도 평소와 같은 수준을 유지하려 노력하며 차분히 대답했다.

"가끔 들를게."

"그럼 난, 혼자 자요? 초등학교에 들어갔으니까?"

"삼촌이랑 고모가 많이 봐 주실 거야. 내가 집에 일찍일찍 들어오시라고 얘기할게."

"그래도 내 옆방은 비워지는 거잖아요."

현실을 직시한 준서의 목소리가 따지듯 높았다. 홀로 있는 시간이 많았던 만큼, 준서는 이별이 두려운 걸까.

두려운 것일 게다. 이별이 쉬운 사람은 없다.

"선생님이 재워 주는 건, 마지막이 있는 거예요? 이제 백몇 밤밖에 안 남았어요?"

"준서야. 그런 마지막은 안 세어도 돼. 그걸 알아서 무서워진다면 백몇 밤, 그거 세지 마."

준서의 목소리를 다독이듯, 이새는 잠잠한 어조로 말했다.

"마지막이 다가오는 게 안 무서운 사람은 없어. 선생님도 무섭고. 아마 고모도 무서워할 거야. 진짜 대쪽 같아 보이는 삼촌도 무서워할걸?"

준서가 편안하게 생각하는 나긋한 미소와 함께.

"그런 걸 무서워할 삼촌이 어떻게 의젓한 어른이 됐는지 궁금하지?"

"……."

"준서야. 마지막이 끝나도 그다음에 뭐가 또 있을 거라고 믿어야 돼."

"……그럼 삼촌은 마지막이 끝나도 그다음에 뭐가 또 있을 거라고 믿어서 의젓한 어른이 된 거예요?"

"그래. 그 마지막 하나만 바라보고 살지 않았기 때문이야."

대답을 하는 동안 그녀의 눈시울이 슬쩍 젖었다.

"준서도 그런 어른이 돼 줘. 그다음에 뭐가 또 있을 거라고 생각하는 어른."

부모님이 돌아가신 후에 형과 함께, 형을 떠나보낸 후에 조카와 함께, 그렇게. 연애를 하다 끝을 보아도 그냥 그렇게 꿋꿋하게, 열심히 살고 있는 삼촌이 있어. 그런 삼촌을 떠올리며, 준서도 매일 그렇게 앞으로 나아가 줘. 마지막을 생각하지 말고.

"알았지?"

자신이 마음속으로 한 말도 준서가 알아들었으면 좋겠다고 생각하며, 이새가 물었다. 준서는 가만히 고개를 끄덕였다. 여전히 시무룩한 준서의 마음을 달래고 재우기 위해 이새가 주의를 환기시켰다.

"그럼 자자. 불 끌까? 침대에 누우면 선생님이 옛날 얘기 해줄게."

여전히 가만히 있는 준서를 향해 빙긋 웃어 주고는, 불을 끄기 위해 스위치 쪽으로 다가갔다. 그런데 뒤에서 준서가 자기 이름을 스스로 불렀다.

"준서야. 누가 한글 아냐고 물어봐도 절대 안다고 하지 마."

멈칫. 생소한 말에 이새는 불을 끄려던 것도 잊고 뒤돌아보았다.

"……응?"

"엄마가 했던 말이요."

맙소사.

"엄마는 준서랑 같이 있고 싶어."

준서가 또 털어놓았다.

급히 준서에게 다가간 이새가 준서를 붙잡고 물었다.

"엄마가 그랬어? 준서한테? 기억이……."

말문이 막혔다. 아마도 준서가 세상에 처음 털어놓은 얘기일 것이다. 어린아이 앞이라 덤덤한 척하고 싶은데 입술이 파르르 떨렸다.

"기억이 난…… 거야?"

준서는 잠시 고개를 내리곤 머뭇거리다가 천천히 답했다.

"……원래 기억하고 있었어요."

"으응……?"

"다 기억하고 있었어요."

"기억하고 있었으면서 숨겼다고?"

"네."

"그걸 다 기억하고 있었다고?"

"네에."

심문하듯 거듭 질문하는 동안 이새의 눈 흰자위가 붉어졌다. 어린아이를 상대로 목소리가 튀어 버렸다. 말끝엔 울음이 가득했다.

"대체 왜 그런 거야!"

"그게 엄마의 마지막 말이잖아요."

세상에. 결국 울컥 눈물샘이 터졌다. 준서가 지켜보든 말든, 금세 젖어 든 이새의 두 눈에선 눈물이 뚝뚝 떨어졌다. 참을 수가 없는 눈물이었다.

"그래도 말했어야지. 어떻게 그런 걸 혼자서 끌어안고 있어, 왜……."

그 긴 시간을, 이 조그만 아이가. 어떻게 그렇게까지 마음의 문을 닫아걸 수가 있는지. 어쩜 이렇게 독한지. 믿을 수가 없었다.

감수성이 풍부한 일곱 살 어린아이도 그녀를 따라 금세 두 뺨을 적셨다. 그리고 더듬더듬, 힘겨운 대답을 했다.

"기다렸어요. 선생님을."

"……."

"얘기를, 들어줄 사람을, 기다렸어요."

울먹이며 하는 말은 온통 뭉개져 알아듣기 힘들었는데도 이새의 가슴에는 온전한 뜻 그대로 깊게 박혔다.

늦은 밤까지, 준서는 이새에게 많은 얘기를 들려주었다.

이새는 준서의 이야기를 모두 듣고는 불안해하는 준서를 안아 주고 토닥여 재웠다. 일곱 살 꼬마가 풀어놓은 보따리는 놀라웠고, 어떤 것은 충격적이기도 하여 믿기 힘들었지만, 이새는 준서의 말을 모두 믿어 주기로 했다.

준서의 말대로라면, 준서는 지금 위험에 노출돼 있는 것일 수도 있었다. 준서뿐 아니라 지원도, 다원도 위험할 수 있었다.

준서를 재운 후, 이새는 바로 지원에게로 전화를 걸었다.

뚜르르르…….

두근두근두근…….

참 어처구니없게도 옛 연인에게 전화를 한다는 사실에 대한 설렘인지, 이 와중에도 신호대기음에 맞춰 심장이 정확한 존재를 알리고 있는 것이 신기하다.

'아니, 준서의 이야기를 들은 충격이야, 이건.'

이새는 스스로를 다독이며 헛된 마음을 끊어 냈다.

-여보세요.

잠시 후, 언제나 그랬듯이 묵직한 지원의 목소리가 그녀의 귀를 자극했다. 이새는 잠깐 넋을 놓고 있다가 늦은 인사를 했다.

"저기, 안녕하세요."

-무슨 일 있어요?

순간 이새의 머리가 빠르게 돌았다. 모든 사실을 털어놓을 결심으로 전화했는데 생각해 보니 전화로 털어놓기에는 불안한 얘기였다.

"아뇨! 네? 아뇨!"

당황스런 마음에 입을 통해서는 바보 같은 대답이 나왔고, 저편에서는 피식 웃는 소리가 들리는 것 같았다.

-대답이 참 이상하네요.

"저기, 언제 오시나요?"

그의 놀림에 아랑곳없이 그녀가 물었다. 직접 마주하고 말하는 편이 마음이 놓일 것 같아서였다.

-글쎄. 아직은 기약이 없어서 잘 모르겠네요. 준서 입학 전까지는 마치려고 합니다.

"네에……."

내년이라는 얘기인데. 내년은 너무 멀게 느껴졌다. 그러나 여친 찬스도 쓸 수 없으니 조를 수도 없는 노릇이다. 그녀는 시무룩하게 대답했다.

-정말 무슨 일 없어요? 이 밤에 갑자기 왜 그러는데.

그녀의 어두운 기운을 느낀 지원이 재촉하듯 물었다.

"할 얘기가 있어서요. 근데 직접 하고 싶어요."

잠시 세계가 멈춘 듯 고요해졌다.

-……설레도 되나?

"준서 문제예요."

-농담이에요, 농담.

그가 얼른 말을 주워 담았다. 그녀는 농담에 마음을 빼앗기지 않고 진지하게 요청했다.

"되도록 빨리 만나고 싶어요."

-미안하네요. 지금은 나도 발이 묶여서 어쩔 수가 없는 처지라.

"네, 이해하지만……."

단호한 그의 대답에 그녀는 숙연해졌다. '이해하지만…….' 이라고 내뱉은 말은 그대로 어색하게 버려졌다.

"아니에요. 나중에 말씀드릴게요. 일단 몸조심하세요."

그녀는 그렇게 아쉬운 마음으로 전화를 끊었다. 흥분하여 대뜸 지원에게 전화를 건 것은 잘못이었던 것 같다. 그도 중요한 일이 많은 사람인데. 그를 재촉하기 전에 일단 혼자서라도 현명한 대안을 찾아야 한다는 생각이 들었다.

다시 한 주가 겨우겨우 흘러갔다.

준서가 불안한 시기였기에, 주말 동안 이새는 내내 저택에 머물다가 월요일 새벽에 잠깐 집으로 돌아갔다. 짐을 챙기기 위해서였다. 집으로 가는 동안에도 이새는 준서에 대한 생각뿐이었다. 준서에게 뭐든 해 주고 싶은 마음은 큰데, 무엇을 어떻게 해 주어야 준서가 마음의 병을 이겨 낼 수 있을지 알 수가 없었다.

'준서 부모님의 교통사고가 단순 사고는 아니라는 사실도 밝혀야 하는데……'

여러 가지 걱정을 안고 집에 들어서니 엄마 희선의 호통 소리가 날아들었다.

"너는 출가를 했냐, 가출을 했냐!"

"내가 이번 주에 집에 못 간다고 문자 보냈는데, 못 봤어?"

"엄마한테 문자질이나 하고 있어? 입은 뒀다 무말랭이무침에 쓸래?"

귀가 쩌렁쩌렁하게 목청을 높이는 희선의 야단을 피해 이새는 냉큼 방 안으로 들어갔다. 주방에서는 여전히, 키워 봐야 아무 소용 없는 자식새끼에 대해 설파하시는 희선의 목소리가 울렸다. 방 안으로 들어온 이새를 보고, 아침 맞이 꽃단장을 하던 이율이 말했다.

"엄마한테도 좀 신경 써라. 엄마 어제 밤늦게까지 혼자 옛날 앨범 보시면서 우셨나 보더라."

"그래? 혁이 생각나서?"

"딱히 혁이라기보단, 우리들한테도 못해 줬던 게 생각나서 앨범 따라 차근차근 추억 여행을 하셨대."

이새가 조용히 고개를 끄덕이다가 짝, 박수를 쳤다. 꽤 괜찮은 생각이 떠올랐다.

"그렇지! 차근차근!"

"엥?"

준서의 앨범을 보면서 준서와 차근차근 얘기를 해야겠다고 생각한 그녀의 눈이 오래간만에 초롱초롱 빛났다.

이새는 다시 부지런히 저택으로 돌아왔다. 아침 8시가 넘어 저택의 직원들이 모두 출근해 있었다. 그녀는 1층 현관에 머물러 있는 배 주임과 가장 먼저 인사를 나누었다.

"주임님, 안녕하세요. 주말 잘 보내셨어요?"

"네, 잘 보냈습니다. 김 선생님은 주말에 여기 계셨다고요."

"네, 그렇게 됐어요."

"올라가 보시죠. 준서 도련님은 아가씨와 함께 식사 중입니다."

"네."

"그리고……."

"아 참, 주임님."

배 주임이 무슨 말을 더 꺼내려 했으나, 이새의 말이 이를 덮어 버렸다. 배 주임은 하려던 말을 멈추고 이새를 바라보았다.

"준서 옛날 앨범 어디 있는지, 혹시 아세요?"

"글쎄요. 예전엔 사장님 서재에 있었는데 요즘엔 침실 음반 진열대에 있는 것 같기도 하네요."

"어떻게 생긴 거예요?"

"검붉은색 양장에 금박이 돼 있고 크고 두꺼워요. 아마 도련님 앨범이 따로 있는 게 아니고 가족 앨범일 겁니다."

"한번 찾아볼게요. 제가 봐도 되겠죠?"

"준서 도련님께 허락받으시면 되겠죠."

"제가 준서 삼촌 서재에 들어가도 될까요?"

"그런 허락은 사장님께 직접 받으시지요."

"그럼 이따가 고모님께 허락받을게요."

지원에게 직접 연락하는 일은 없을 거라는 듯, 이새는 가뿐하게 말했다. 그리고 돌아서서 도망치듯 튀어 올라갔다.

"저기, 선……."

배 주임은 급하게 떠나는 이새를 향해 손을 뻗었다가 거두었다.

괜찮겠지, 뭐. 누군가가 얘기해 주겠지.

"아, 아가씨도 아직 모르나?"

사건이 일어날 것을 예상하면서 수수방관한 것은 처음 있는 일이었다.

식사하는 다원에게 지원의 서재에 들어가도 된다는 허락을 받아 낸 이새는 곧장 서재로 가 샅샅이 책장을 살폈다. 그러나 검붉은색에 금박 양장 앨범은 어디에도 보이지 않았다.

'정말 침실에 있나?'

갸웃거리며 서재에서 나온 그녀는 침실 문을 바라보며 아주 잠시 갈등에 휩싸였다. 그리고 금방 자신의 행동을 합리화하며 침실 안으로 들어갔다.

'미안해요. 근데 그쪽도 내 방에 막 들어왔었잖아요. 내가 만든 양말인형도 가져가고.'

끼이익, 아주 오랜만에 침실 문을 열었다. 창에 암막 커튼을 쳐 놓아 방이 온통 어두웠다. 이새는 조심스레 불을 켰다.

"아! 저기 있다!"

정면으로 보이는 음반 진열장 맨 아래에, 검붉은색의 양장 앨범이 보였다.

후다닥 달려가 앨범을 꺼내 마지막 장을 열어 보았다. 역시나, 준서의 4살 때 모습이 담긴 사진 여러 장이 끼워져 있었다. 쾌재를 부르며 앨범을 안고 일어났다. 준서가 밥을 먹고 올라오면 준서랑, 준서 고모랑 다 함께 앨범을 봐야겠다 생각하니 벌써 기분이 좋아졌다.

그렇게 가뿐한 마음으로 지원의 침실을 나서려는데, 앨범을 획득한 기쁨과는 별개로 이상하게 뒤가 께름칙했다. 꽤 따뜻한 방이었는데 오싹한 한기가 느껴진 것이다. 누군가가 자신을 보고 있는 것만 같은 생각이 들었다.

고양이일까? 아니야. 고양이는 죽었는데.

새끼 고양이?

아니면……. 준서가 말한 그…… 정원의 귀신?

오싹하고 심장이 떨렸지만 꽁무니를 빼고 도망가 버릴 순 없었다. 며칠 전 준서에게, 정원 귀신의 정체를 밝혀 보겠다고 말했다. 누군가 이 집에 도둑처럼 숨어들어 몰래카메라처럼 감시하고 있는 거라면, 한시라도 빨리 잡아야 했다.

정의감을 불태우며, 이새는 앨범을 테이블 위에 내려놓고 침대로 다가갔다. 침대의 이불이 불쑥 나온 것이 왠지 그 안에 누군가가 있을 것만 같았다.

쿵쿵쿵쿵쿵쿵. 심장이 미친 듯이 뛰었다. 이새는 용감하게 이불을 확 젖혔다. 그리고 이불 안의 사람과 마주한 그녀는 소스라치게 놀라며 두 팔을 호들갑스럽게 움직였다.

"어어엄마아아!"

그 호들갑스러운 팔을 낚아채듯 끌어당기며, 괴한은 그녀를 단숨에 제 옆에 눕혀 버렸다. 그리고 손으로 그녀의 입을 막았다. 다른 한쪽 팔은 그녀의 허리에 얹혀졌다.

"읍!"

아주 오래전의 만남을 연상케 하는 익숙한 손 냄새.

말도 안 돼! 돌아왔어? 벌써?

안지원. 그였다.

"온 동네 사람들 다 달려오겠네. 그러고 싶어요?"

그녀가 흥분을 가라앉힌 후에야 그녀의 입에 달라붙어 있던 손이 떨어졌다. 그러나 허리에 얹힌 팔에는 왠지 더욱 힘이 가해진 느낌이었다. 이새는 일어날 수 없었다.

"왜, 왜, 왜 여기 계세요?"

"내 집, 내 방에 내가 있는 게 잘못이야?"

지원은 그녀가 한심하다는 듯 눈을 가늘게 뜨고 반문했다.

"그러니까 왜 여기……."

"나 빨리 만나고 싶다며. 이런 식으로 서프라이즈를 해 주나?"

서프라이즈.

그러나 오늘의 일은 지원에게보다 이새의 인생에 더 큰 방점을 남길 것이다. 그 먼 타국에서 태초의 모습이 되어 한국으로 돌아온 이 그리스 전사 같은 남자. 다부진 근육이 꽉 들어찬 헐벗은 상체를 드러낸 채, 자기가 얼마나 위험한지도 모르고 무작정 그녀에게 손을 뻗는 이 남자를, 그녀는 영원히 잊지 못할 것 같다.

'이, 일은 안 하시고 운동만 하셨나 봐요…….'

하마터면 입 밖으로 그 말이 튀어나올 뻔했다. 어쩔 수 없이 점점 내려가는 눈길에 떡하니 지키고 있는 삼각근, 대흉근, 복사근, 복직근……. 교양 시간에 오로지 시험을 위하여 열심히 외우고 성작 쓸데는 없어 허무한 지식이라 여겼던 것이 드디어 빛을 발하는 순간이었다. 이름 붙이기 쉽게 경계가 정확한 근육이 하얀 피부에 잘 짜여 장착돼 있있다. 이새는 입 안에 고인 침을 꿀꺽 넘겼다.

이건 만져 봐야 해. 탄탄한지 단단한지 딱딱한지 확인해 봐야 돼…….

미쳤다. 미쳤나 보다.

욕망녀로 변모하려는 본능을 간신히 이겨 내고 몸을 비틀어 그에게서 벗어나려는데 이번엔 지원의 팔이 그녀의 허리를 끌어당겼다.

"난감하네. 내 방에 있는 건 다 내 건데."

도발적인 언사와 함께 그의 가슴이 더 가까워졌다. 그녀는 무의식중에 손을 앞으로 뻗었다.

"허억!"

자연스레 그의 가슴팍에 손이 닿았다. 그녀가 기겁한 것은 말할 것도 없다. 결국 이새는 그의 맨살에 손을 대는 대신 눈을 꼬오옥 감고 '가드 올려' 자세로 자신을 보호하는 길을 택했다.

"옷 좀 입으세요!"

"내 방, 내 침대에서 내가 자는데도 그쪽 취향에 맞춰야 해요?"

아 참, 그렇지…….

"그럼 손을 좀 놓으세요. 저 나가게요."

"내 방에 도둑고양이처럼 숨어든 사람을 잡았는데 내가 놔줘야 되나? 누구 좋으라고?"

"도둑고양이 짓 할 생각은 아니었다고요. 준서 앨범 가지러 온 거예요."

"나한테 허락도 안 받고?"

"준서 고모랑 준서한테는 허락받았어요."

이윽고 지원이 그녀의 허리를 놓았다. 이새는 곧장 그에게서 떨어져 침대를 벗어났다. 그녀를 따라 지원도 일어났다.

"아니, 왜 본인, 방 본인 침대에서 숨어 계세요!"

"방으로 들어오는 사람이 누군 줄 알고 내가 내 몸을 보여 주나."

그렇지. 그는 벗고 있었지.

"그런데 저한테는 부끄럽지도 않으세요?"

"먼저 이불을 막 젖힌 게 누군데요."

그의 대답은 한마디, 한마디 모두 옳았다. 더 이상 말을 했다가 욕을 듣지 싫었다. 자신의 과오를 알고 있는 이새는 슬금슬금 뒤돌아 꽁무니를 빼고 걸었다.

"기다려요. 금방 씻고 나올 테니까."

그가 방에 달린 욕실로 걸어가며 말했다.

"네? 왜요?"

기다리라는 말에 이새의 두 눈이 와락 커졌다.

"할 말 있다며."

아, 맞다……. 멍하니 그의 뒷모습을 바라보고 서 있던 이새의 고개가 서서히 내려갔다.

아, 대체 이 짧은 시간 동안 얼마나 바보짓을 한 거야.

지원은 샤워기의 물로, 갑작스레 열이 오른 몸을 식혔다.

오랜만에 집 안에서, 그것도 침실의 침대에서 그녀와 마주하니 참고 있던 감정들이 펑 터져 버릴 것만 같았다. 그대로 그녀를 꽉 끌어안아 버릴 뻔했다. 겨우 버티고 있는 이성으로 그녀를 놓아 주고는 쏘아붙이듯 말을 내뱉고 욕실로 들어왔다.

떨어져 있는 동안 좋아하는 마음이 더 커졌는지도 모르겠다. 며칠 전, 스케줄을 마치고 쿠알라룸푸르의 호텔로 돌아와 고단한 몸을 침대에 누였을 때 불현듯이 휴대폰이 울렸다. 휴대폰에 떠오른 그녀의 이름을 보고, 또 무슨 일이 생겼거니, 예상은 했다. 김이새가, 갑자기 그가 그리워 야밤에 전화를 했을 리는 없다. 그런데 그것을 알면서도 설레는 마음은 어쩔 수가 없었다.

마음을 숨기고 받은 전화는, 무언가 불안한 내용이었다. 그녀의 걱정 가득한 목소리에, 뭔지 모를 말. 그리고 그를 주저 없이 돌아오게 만든 결정적인 한마디.

'되도록 빨리 만나고 싶어요.'

이 말을 듣자마자 그는 지금까지 어떻게 참았는지 싶을 정도로, 못 견디게 그녀가 보고 싶어졌다. 그리하여 그는 계획을 변경했다. 주말에 이따금 한국에 잠깐 다녀가는 것은 비밀로 하고 있었지만, 이번만은 예외로 두기로 했다. 집에서 그녀를 만나기 위해 주말에 평일치의 일을 하고 일요일 밤 늦게 인천행 비행기를 탔다. 이새가 주말에 준서와 함께 있었다는 것을 일찍 알았었다면 더 빨리 올 수도 있었을 텐데, 그게 조금 아쉬웠다.

집으로 돌아와, 배 주임과만 잠깐 인사를 나누고 이새가 집에 짐을 챙기러 떠났다는 얘기를 들은 후에는 침실로 들어가 휴식을 취했다. 그리고 이렇게, 뜻밖의 서프라이즈를 경험하게 된 것이다.

하아아아……. 지원은 폐 깊숙이에서 꺼낸 한숨을 길게 쏟아 냈다. 과연 그녀와 헤어져서 다시 말레이시아로 돌아갈 수는 있을지, 그는 벌써부터 그게 걱정되었다.

지원을 기다리는 동안, 이새의 가슴속에서는 계속 뜀박질하는 소리가 났다.

항상, 늘 열의에 차 있는 것이 문제였다. 왜 또 이곳을 들어와 가지고.

쏴아아. 욕실 쪽에서 물줄기 떨어지는 소리가 들렸다. 방음이 좋아 희미하게 들려오는데도 왠지 야릇하게 느껴졌다.

'정말 내 안의 늑대를 꺼내고 싶구나……'

상의를 탈의한 지원을 가까이에서 본 충격이었다. 건실한 참 몸의 여운이 잔상처럼 남아 눈앞에 계속 둥둥 떠다니는 것만 같았다.

"김이새, 정신 차려라……."

아무래도 안 되겠다는 생각이 들었다. 그녀는 의자에서 일어나 문 앞까지 총총 걸어가 문고리를 잡았다. 그때, 덜컥, 욕실 문이 열리며 지원이 밖으로 나왔다.

"어디 가요."

"허억!"

"도망가시나?"

"도망이라니요."

얄밉게 빈정거리는 지원에게 이새가 변명했다.

"침실에서 얘기하고 있으면 오해받기 딱 좋잖아요. 서재로 가자고 하려던 거였어요."

"이번엔 내 서재에 몰래 들어가겠다고요?"

"준서 고모한테 허락받았는데요."

흥, 코웃음 친 지원이 저벅저벅 걸어와 문을 열었다.

두 사람이 같이 침실에서 나오는데 복도 끝에서 준서와 다원이 걸어오는 것이 보였다.

"오빠!"

"삼촌!"

준서가 지원에게 달려왔다. 다원도 다가오며 말했다.

"언제 왔어? 어떻게 말도 안 하고 와!"

"온 지 얼마 안 됐어. 피곤해서 배 주임한테만 얘기하고 쉬고 있었어. 김 선생이 깨운 바람에 일어난 거야."

비밀 연애를 하던 시절에는 그렇게나 포근히 김싸 주더니, 관계를 끊고 나니 피도 눈물도 없었다. 이새는 냉혹한 지원을 슬쩍 흘겨보았다.

"덮어씌우긴. 예민한 오빠가 알아서 일어났겠지, 김 선생이 어디 일부러 깨울 사람이야?"

다원의 반응은 시큰둥했다. 이에 들은 체도 하지 않고선, 지원은 준서의 머리를 쓰다듬었다.

"준서, 그동안 잘 지냈어? 많이 아팠다며."

"네, 이제 괜찮아요."

"그래, 김이새 선생님이 힘들게 하면 바로 전화해. 삼촌이 혼내 줄 테니까."

"김이새 선생님은 저 힘들게 한 적 없는데요."

"그렇구나. 준서 힘들게 한 적 없구나."

지원이 준서의 말을 반복했다. 그 말이 뜨끔하게도 이새의 가슴에 쿡쿡 꽂혔다. 역시나 지원은 무표정하지만 의미심장한 웃음을 지으며 이새를 보고 있었다.

"그럼 말씀 나누세요. 준서야, 삼촌이랑 인사하고 들어와!"

슬금슬금 눈치를 주는 지원의 압력에 결국 이새는 줄행랑을 쳐 버렸다.

'허. 나한테 할 얘기 있다더니.'

그 할 얘기를 듣기 위해 2,800마일을 날아왔는데.

지원은 이새의 그런 태도에 심통이 나면서도, 어쩔 수 없이 그저 그녀가 좋을 수밖에 없었다.

꽁무니를 빼고 도망간 이새는 준서의 방에 먼저 들어와 숨을 골랐다.

"후우……. 정신이 하나도 없다……."

마음을 가다듬기 위해 한 아름 들고 온 앨범을 냉큼, 전투적으로 펼쳤다.

'준서의 어린 시절을 보면 리프레시가 될 테지. 자, 보자…….'

독하게 마음을 먹고 교과서 보듯 집중한 앨범 속의 사진들은 과연 가치가 충분한 것들이었다. 새로운 시각적 자극은 꽤 금방 이새의 평정심을 찾아주었다. 앨범의 첫머리는 지원의 형 도원의 사진이 많았다. 준서 앨범이 아니라 가족 앨범이라고 했던 배 주임의 말이 뒤늦게 떠올랐다.

'그 사람의 형은 이런 분이었구나.'

이새의 얼굴에 차분한 미소가 떠올랐다. 도원은 지원과 닮았으면서도 다른, 자상한 분위기의 훈남이었다.

'준서 어머니는 어떤 분이었을까?'

언젠가 지원이, 자신의 형수는 정말 예쁘고, 정말 착했다고 말했던 것이 떠올랐다. 부푼 기대감으로 다음 장을 넘겼다. 그리고, 잠시 후 이새의 시선이 운명처럼 한 곳에 멈췄다.

투명한 피부에 가녀린 체형. 준서와 닮은 얼굴로 천사같이 맑게 웃고 있는 여자.

왠지 코가 시큰해졌다. 여자의 얼굴로 향하는 손끝이 파르르 떨렸다. 더 정확히 보기 위해 고개를 잔뜩 숙였다. 그래도 만족스럽지 않아 얼굴이 크게 나온 사진을 찾아 몇 장을 더 넘겼다. 그리고 얼마 지나지 않아, 이새는, 어린 준서를 꼭 끌어안고 세상에서 가장 행복한 미소를 짓고 있는 여인의 클로즈업 사진을 찾았다. 작게 벌어진 입술 사이로 숨이 아프게 터졌다.

준서가 방 안으로 들어올 때까지, 이새는 먹먹히 사진을 들여다보고 있었다.

"선생님."

"준서야, 여기 앉아 봐."

간신히 마음을 정리한 이새가 침착해진 목소리로 준서를 불렀다. 준서는 이새의 옆으로 가 앉았다. 이새는 손가락으로 사진 속의 여인을 가리켰다.

"이분이 준서 어머니시지?"

"네."

준서가 표정을 드러내지 않고 대답했다. 그런 준서 앞에서 함부로 아픔을 드러낼 수는 없어 이새는 눈물을 삼켰다.

천사같이 맑게 웃고 있는 여자.

이 여인을 알고 있었다.

준서를 낮잠 재운 오후.

방으로 돌아와 준서의 앨범을 들여다보는 이새의 두 눈에 영롱한 이슬이 걸려 있었다.

서하늘. 준서의 엄마 이름이라고 한다. 그것은 오늘 처음 알았다.

그 예쁜 이름을 따라, 먼 곳으로 떠난 사람.

이새는 7년 전, 동생이 입원한 병원 건물 앞에서 하늘을 만났다. 동생의 죽음이 가까워졌을 무렵이라 온통 심난한 마음이었다. 그때 이새는 알지도 못하는 하늘을 붙잡고 펑펑 울었다. 하늘은 이새를 위로하며, 동생에게 사랑한다는 말을 많이 해 주라고 했고, 이새는 하늘의 말대로 질릴 때까지 동생에게 사랑한다는 말을 해 주었다. 사실 조금도 질리지는 않았다.

여러 가지 이유로 이새는 하늘을 가슴에 담아 두게 되었다. 정말로 눈부시게 예쁜 사람이라서, 임신한 몸으로 소아과 병동 앞에서 자신을 위로해 준 천사 같은 사람이라서. 그리고 그녀를 만난 지 일주일도 안 되어 동생이 세상을 떠나 버려서.

동생이 들었을지는 모르겠지만, 아쉬운 마음이 사무치는 것은 어쩔 수 없지만, 이새는 그나마 하늘의 조언 덕에 동생을 제대로 잘 보냈다고 생각하게 되었다.

'그럼 그때 배 속에 있던 아가가 준서겠구나. 아기 예쁘게 낳으라는 말을 하고 싶었는데……'

그때 고마웠다는 말도 하고 싶었는데. 그 마음은 결국 닿지 못하게 되었다.

이렇게 만나지 않더라도, 어딘가에 웃으며 살아 있다면 더 좋았을 텐데. 안타까운 마음이 몇 방울의 감정으로 뭉쳐 떨어지려 했다. 앨범을 젖게 할 수 없어, 이새는 눈을 비벼 스스로 마음을 달랬다.

그때 똑똑, 노크 소리가 났고 이윽고 문이 열렸다. 아침에 인사를 나눈 후, 한동안 모습을 보이지 않던 지원이었다.

"나 시간 없어요. 빨리 얘기해야……."

문을 열자마자 용건을 말하려던 지원은 이새의 붉은 눈을 보고 순식간에 표정이 굳었다.

"무슨 일이야."

매서워진 눈빛으로, 그가 다가오며 물었다.

"누가 또 울렸어……. 누가 전화해서 뭐라고 했어?"

그는 그녀의 눈물에는 여유가 없는 사람이었다. 이새가 눈을 다시 비비며 사과했다.

"아, 죄송해요."

"죄송하다고만 하지 말고 얘기를 해!"

감추려고만 하는 그녀의 행동이 답답하다는 듯, 지원은 성을 냈다.

"아니, 그게 아니라……."

단단히 오해해 버린 그에게, 이새가 더듬더듬 말했다.

"만난 적 있어요. 이분……."

이새의 손끝이 가리키는 사진 쪽으로 지원도 눈길을 내렸다. 여전히 미간엔 주름이 굳게 잡힌 채였다.

"준서 태어나기 전에 병원에서…… 동생이 떠나기 전이었는데, 이분께 많이 위로받았거든요."

"만난 적 있다고? 형수님을?"

"준서 삼촌 말대로 정말 예쁘고 정말 착했던 분이었어요."

"……."

"이제는 고맙다는 얘기도 할 수가 없네요."

이새는 차분히 오래된 기억을 꺼내 놓았다.

이새와 하늘, 두 사람의 인연. 어쩌면 별것도 아닌, 그냥 스쳐 가다가 잠깐 같은 자리에 있었을 뿐인 섬광 같은 만남에 대하여.

이새의 이야기를 모두 듣고 나서야 지원은 마음을 가라앉힌 얼굴을 했다.

"그 병원 소아과 병동이라면 맞을 거예요. 형수님은 준서를 낳기 전까지 걱정이 많았어요. 준서가 심장에 문제가 있을 수도 있다는 소견이 있어서. 그래서 형수님이 병원에 갔었던 걸 거예요."

지원이 하늘과 준서의 당시 상황에 대해 알고 있는 바를 전했다. 이새는 작게 고개를 끄덕였다.

자신도 그렇게 힘든 상황이었는데도 이새를 성심껏 위로해 준 하늘의 도량은 역시 놀라웠다. 늦게나마 하늘에게 미안한 감정도 생겼다.

"준서는 태어나자마자 여러 검사를 받았어요. 다행히 심장 문제는 별게 아니었죠. 간단한 수술로 준서의 문제는 모두 해결됐어요."

"아……. 다행이에요."

"일이 닥치기 전에 미리부터 걱정할 필요는 없다는 거지."

지원이 말을 마치며 이새를 빤히 바라보았다. 지원의 말이 그녀의 소심함을 지적하는 얘기인 것만 같아 이새는 두 뺨이 붉어졌다. 화제를 돌리듯, 일주일 전 전화로 들었던 얘기를 꺼냈다.

"일단, 하려던 말씀은 뭐였어요?"

"무슨 얘기죠?"

"준서한테 최면요법을 쓰신 이유 말이에요. 걸리는 게 있다고 하셨잖아요."

지원이 약간 뜸 들이다가 말했다.

"……형이 오래전에 했던 말이 생각났어요. 준서가 너무 똑똑해서 형수님이 불안해하는 것 같다고."

이새는 고개를 끄덕였다.

"그럼 그게 맞는 것 같아요. 준서 어머니께서 그러셨대요. '준서야. 누가 한글 아냐고 물어봐도 절대 안다고 하지 마. 엄마는 준서랑 같이 있고 싶어.'"

"……."

“그리고 준서가 모두 털어놨어요. 교통사고가 났던 날의 일이요. 그 사고는, 누군가의 계획에 의한 사고일 수도 있을 것 같아요.”

지원이 인상을 구겼다. 이새의 말이 무슨 뜻인지 도무지 모르겠단 표정이었다.

“형은 커브 길에서 핸들을 돌리다가 미끄러진 겁니다.”

“그러니까, 그게 아닐 수도 있다고요. 누군가가 준서의 가족을 죽이기 위해 일부러 사고를 냈을 수도 있다는 얘기예요. 준서는 의도치 않게 살아남은 거고요.”

이새의 말을 들은 지원이, 움찔하는 것이 느껴졌다. 그러나 이새는 개의치 않고 계속 말했다.

“교통사고가 났던 날, 그날 준서는 깔끔한 옷을 입고 엄마, 아빠와 함께 어딘가로 가고 있었어요. 깜깜한 밤이었고, 비가 왔었고, 두 분 모두, 준서에게 어디 간다는 말씀은 안 하셨던 듯해요. 사고가 났던 순간은 띄엄띄엄 기억이 있대요. 뒤에서 쾅 하는 소리가 나면서 차가 밀려갔대요. 그리고 차는 가까운 벼랑으로 떨어졌대요. 속단하긴 이르지만 제 생각엔 사고를 낸 차가 준서네 차를 밀어 버린 게 아닐까 해요. 아무튼 그때 준서 어머니께서 준서를 꼭 안고 계셨던 덕에 준서는 살아남을 수 있었던 것 같아요.”

지원의 눈동자가 불안하게 흔들렸다. 그의 그런 모습을 보고 잠시 말을 아꼈던 이새가 다시 입을 열었다. 아직 끝난 게 아니었다. 그녀는 더 중요한 얘기를 해야 했다.

“사실 여기부터는, 준서의 의식이 흐릿한 상태에서 벌어진 일이라, 믿기는 어려우실 거예요. 하지만 저는 믿어요. 믿을 거예요.”

지금까지도 믿기 힘든 얘기였다. 그런데 이새는 더 심각한 얘기를 하려는 듯했다. 지원은 숨소리도 죽이고 그녀를 바라보았다.

“완전히 벼랑 아래로 떨어져서는, 준서 부모님은 정신을 잃은 상태였고,

준서는 흐릿하게 의식이 남아 있었던 것 같아요. 하지만 몸을 움직일 수 없었고 소리도 낼 수 없었대요. 그런 상태로 그저 엉망진창인 차 안에 꼼짝없이 갇혀 있어야 했는데, 한참 뒤에, 차창 쪽에서 남자 머리 하나가 불쑥 들어오더래요. 험악하게 생긴 남자가, 손전등을 비추면서 뭔가를 찾더래요. 그리고 아빠의 주머니 쪽을 더듬어서 휴대폰을 꺼냈대요. 그리고 잠시 사라졌던 남자는 금방 다시 나타나서 휴대폰을 도로 갖다 놓았대요."

지원은 제 가슴을 붙잡았다. 속이 죄여 들어가는 것만 같았다. 어지러웠다.

이건 아니잖아. 우리가 보통 깊은 사이가 아니었다지만, 그래도 이런 말을 하면 안 되잖아.

제발……. 제발 아니라고 말해 줘…….

지원은 침묵 속에 짙은 무게를 실어 호소했다. 그러나, 모든 것을 꺼내 놓기로 각오한 이새의 말은 이후에도 거침없었다.

"준서는 그 남자를 귀신이라고 생각하고 있었어요."

감정을 내려놓은 그녀의 목소리가 다시 침묵을 갈랐다.

"얼마 후에 그 남자가 이 집 정원에 나타났거든요."

이새의 말에 지원은 등골이 서늘해지는 것을 느꼈다.

"몸은 준서 삼촌보다도 크고, 피부가 까만 편이래요. 그 남자가 누군지는 몰라요. 준서도 모른대요. 그 비슷한 남자도 본 적이 없었대요. 준서는 정원을 마구 뛰어다니다가 남자를 발견했대요. 처음에는 몰라봤어요. 그런데, 왼손 엄지가 손톱 없이 뭉툭한 것을 본 순간, 몸을 움직일 수도 없을 만큼 무서워졌대요. 의식적으로 잊으려고 했지만, 몸은 잊지 못하고 있었던 모양이에요. 그리고 교통사고의 기억이 번쩍번쩍 살아나더래요. 플래시 터지듯 말이에요."

눈앞이 아찔해지는 것 같았다. 머릿속으로 지금보다 더 어렸을 때의 준서와, 정체불명의 남자가 마주하고 있는 모습이 그려졌다. 생각만으로도 끔찍했다.

"결정적으로 그 남자가 준서를 알아보고 씨익 웃으면서 물었대요. '내가 무섭니?' 하고. 대답하지 못하고 오줌을 지린 준서에게, 남자가 최면 걸 듯이 말했대요. '그래, 나는 귀신이야. 너는 귀신을 본 거야. 나는 세상에 없는 사람이야. 나를 떠올리면 너는 무서울 거야. 나는 귀신이니까…….'"

의식 없이 쥔 주먹에 힘이 들어갔다. 분노와 참담함이 함께 찾아왔다.

준서야, 넌 어떻게 그걸 견뎌 내고 있었던 거니.

준서에게 더 관심을 기울이지 못한 지난날들이 죄스러웠다.

"그때가 바로 그날이겠죠. 준서가 정원에서 무서운 귀신을 봤다고 한 날"

지원은 마른세수를 하듯 두 손으로 제 얼굴을 감쌌다. 기다란 손가락 사이로 한숨이 쏟아졌다.

이새는 그런 지원을 먹먹히 바라보았다. 그에게도 시간이 필요할 것이다. 조카를 제대로 돌보지 못했다는 죄책감과, 형의 교통사고에 대한 충격과, 모든 사실을 뒤늦게 전해 들은 혼란스러움……. 그 모든 것이 그에게 한꺼번에 닥쳤다.

아무 말도 하지 못하고 있는 지원은 지켜보기 안쓰러울 정도였다. 문득 그를 안아 주고 싶어진 이새는 두 팔을 천천히 올렸다. 그러나 그녀의 손은 이내 멋쩍게 아래로 떨어졌다. 지원이 한참 만에 입을 열었다.

"그 얘길 김 선생한테만 했다고요……."

"네. 그렇다고 준서를 나무라지는 마세요."

이새는 담담하게 대답했다. 꿋꿋한 모습을 보여 주는 것이 그녀가 할 수 있는 전부였다.

"제가 이 얘길 아무에게도 하지 못하고, 준서 고모, 준서 이모, 배 주임님께도 털어놓지 못하고 오로지 준서 삼촌만 기다린 이유와 같을 거예요."

손을 내리고 고개를 든 지원이 이새를 멍하니 바라보았다. 기운이 빠진 눈빛은 애처로워 보였다. 이 남자의 이런 절망스런 모습은 처음이었다.

상심에 빠져 있으면 안 돼요. 우리는 힘을 내야 합니다.

이새가 마음속으로 말했다. 입 밖으로는 다른 방법으로 마음을 대신했다.

"준서는 그림을 잘 그리니까, 기억할 수 있다면 그려 보라고 말하고 싶기도 했어요. 하지만 그렇게 하는 게 준서에게 무리가 되지 않을까 하는 생각이 들었어요. 저 혼자서는 판단할 수 없었어요. 준서 삼촌이 정말 필요했어요. 지금이라도 와 주셔서 정말 감사해요."

아픈 마음을 이겨 내고 한 발짝 더 내디뎌 달라고. 그렇게 재촉하는 마음이 잔인하게 느껴지겠지만, 역시 준서 부모님 사고의 비밀을 풀 수 있는 사람은 당신뿐일 테니까.

그녀의 호소가 통한 것인지, 지원의 표정은 서서히 덤덤하게 돌아왔다. 감정을 이겨 내듯 주먹을 꽉 쥐고는 있었지만 예민하게 내색하지는 않았다.

"정말 귀신인 건 아닐까요?"

잠시 후 그가 물었다. 냉정하게 상황을 파악해 보자는 말이었다.

"준서는 정말로 이따금 귀신 얘기를 했습니다. 준서가 교통사고의 충격으로 환상을 보고 있을 가능성은 생각해 봤어요?"

"그럴 수도 있겠죠. 하지만 일단은 귀신이 아니란 쪽에 무게를 둬 주셨으면 해요. 미래의 안전을 위해서요. 저는 그 남자를 찾아볼 생각이에요."

이새가 대답했다. 굳센 의지가 느껴지는 강경한 어투에, 여태 꽉 쥐고 있던 지원의 주먹이 서서히 풀어졌다.

"'애택배' 조끼를 입고 있었대요. 아마도 OH택배일 거예요. 그런 옷차림의 귀신은 너무 코믹하고, 또 구체적이잖아요."

이새가 싱긋, 희미한 미소를 지어 보였다. 여태 절망의 빛을 보이던 지원의 눈빛이 부드러워졌다. 그 또한 그녀를 따라 힘내어 웃었다. 어떤 지원군

보다도 더 힘이 되는 지혜로운 아군이 있으니, 이 문제를 잘 해결할 수 있을 것이다.

혼자 밖으로 나가 정원을 거닐며 여기저기 전화를 하고 돌아온 지원은 잠시 후 짐을 챙겨 거실로 나왔다. 준서가 깰 시간 즈음이 되어 거실에 가만히 앉아 있던 이새가 지원을 보고 자리에서 일어났다.

"바로 돌아가시나 봐요."

"애기를 들으러 온 거니까."

이새가 고개를 끄덕였다. 지원이 조근조근 말했다.

"준서는 다시 병원치료를 받진 않을 거예요. 김이새 선생님을 믿기 때문이에요."

"절 믿는다니요?"

"말 그대로예요. 결국 준서의 기억을 되살린 건 최면이 아니라 김 선생의 힘이었으니까. 준서의 마음의 병을 낫게 할 수 있는 사람도 김 선생일 거라는 애기예요. 늘 그랬듯이, 잘 부탁합니다."

"제 능력껏 최선을 다할게요."

"내가 돌아올 때까지는 집을 지키는 경호원을 밤낮으로 두 명씩 더 둘 생각이에요. 주말에는 승환이가 올 거고, 다원이도 되도록 집에 있을 거예요."

"네, 감사해요."

이새는 지원의 계획을 모두 흔쾌히 받아들였다. 지원은 더 말을 하지 않고 애틋하게 미소 지으며 그녀를 내려다보았다. 그의 눈빛이 오랫동안 자신의 얼굴에 머물자, 그녀는 수줍은 듯 고개를 내렸다.

"한 번만 안아 보면 안 되나?"

간질거리는 저음의 목소리가 심장을 톡톡톡 건드렸다. 심쿵 하면 안 되는데, 그녀는 당황한 표정으로 고개를 들어 보였다.

네? 여, 여기서요? 여기 거실인데요? 아, 아니, 거실이 아니라도 안 되는데요!

"아, 안 되죠. 당연히."

그녀가 완고하게 말했다. 목소리의 떨림을 들키지 않으려 일부러 짧게 대답했다. 그러나 대답은 필요 없었던 모양이다. 그녀에게 찬찬히 다가선 그가 그녀의 어깨에 살포시 손을 내리고 고개를 기댔다. 지원의 움직임은 차분했다.

그녀가 뒷걸음질 칠 기회도 있었고, 도망을 갈 수도 있었을 것이다. 그런데도 그녀는 그를 거부하지 못했다. 예상치 않게 길거리의 프리 허그를 만난 것처럼 인정 어린 손길이었다. 이걸 거부하면 몰인정한 사람이 될 것만 같은 묘한 기분. 그렇게 잡혀 들어간 그의 품은 온기가 가득했다. 경건하게 울리는 심장 소리가 그녀의 피부로 전해졌다. 오랜만에 느껴 보는 그의 옷 냄새는 그리운 공기를 들이마신 듯한 편안함을 선사해 주었다. 문득 그의 품에 얼굴을 묻고 오랫동안 그저 가만히 있고 싶다는 생각이 들었다.

"이건 그냥 전우애예요. 준서 얘기 들어주고 비밀 지켜 주느라 고생했어요."

고개를 내린 그의 목소리가 그녀의 귓가로 전해졌다. 어색할 만큼 예의 바른 말이었다. 계속 이렇게 붙잡고 있을 수 있다면 좋으련만, 그의 몸은 이내 떨어졌다.

"우리 절대 사귀는 사이 아니라는 거 알죠?"

그가 단속하듯 물었다. 그 질문의 의도를 알 수 없어 그녀는 멀거니 그를 올려다보았다.

"그러니까 마음 편히 지내요. 누가 어떤 말을 하든 흔들리지 말고. 누가 사귀는 거 아니냐고 쏘아 대면 아니라고 윽박질러 주고."

"……"

"되도록 빨리 돌아올게요. 조금만 기다려요. 내가 돌아오면, 준서에게 남자의 몽타주 작업도 시켜 봅시다."

빙긋. 그가 자신 있는 눈빛으로 웃어 보이는 것이 보기 좋았다.

다행이야. 당신이 강한 사람이어서.

서로가 서로의 존재에 대해 다행이라고 생각하며 두 사람이 애틋하게 눈빛 교환을 하고 있을 때, 방에서 준서가 눈을 비비며 나왔다.

"어? 삼촌, 가요?"

"가야지. 잠깐 들른 거야."

"언제 또 오는데요?"

"되도록 빨리."

지원은 천진난만하게 묻는 준서를 향해 어깨를 낮췄다. 그리고 이새를 안았던 모양 그대로 준서를 꽉 끌어안았다.

"준서야, 선생님한테 준서 얘기 다 들었어. 괜찮지?"

준서는 지원의 말에 놀란 듯, 지원의 품 안에서 고개만 바짝 들어 이새를 올려다보았다. 이새는 고개를 끄덕여 보였다. 삼촌을 믿으라고 마음의 메시지를 보냈다.

"삼촌은 언제나 준서 편이야. 어쩌다 준서가 잘못을 하게 되더라도 삼촌은 준서 편이야. 그러니까 준서도 삼촌을 믿고 힘내 줘. 알았지?"

지원은 진심을 담아 준서에게 말했다. 자신의 마음이 잘 전해졌는지는 모르겠다. 신기하게도 충격적인 사실을 접한 후의 불안함은 이제 없었다. 더 강해져야겠다고 생각했다. 반드시 지켜야 하는 소중한 것들을 위해.

16. 여자 문제

지원은 공항으로 떠나기 전에 마지막으로 할아버지 댁을 찾았다. 대놓고 한국에 왔는데 아무것도 하지 않고 갈 수는 없었다.

"연락이 많이 없어서 걱정했다. 일은 잘돼 가냐?"

상호가 서운하다는 투로 물었다.

"매주 보고받으시는 대로예요. 무리 없이 진행되고 있습니다."

"그래? 보고받는 것보다 빨리 진행되고 있다는 소문도 있던데."

"누가 그러던가요?"

"그룹에 관계된 소문이 내 귀에 안 닿을 것 같니?"

"그럼 혹시 SHS에 우리 정보를 팔아먹은 사람이 그룹 임원이란 소문도 들어 보셨나요?"

"뭔가 실체에 가까워지고 있는 거냐?"

"아뇨. 그냥 소문이라는 얘기예요."

지원의 뜬구름 잡는 말에 상호의 표정이 아리송하게 굳었다.

"오늘은 태원이가 안 보이네요. 매일 보이더니."

그런 상호를 앞에 두고, 지원은 또 의미심장하게 말했다.

"할아버지, 몸조심하세요. 할머니 외에, 사람을 너무 믿지 마시고, 드시는 음식이나 영양제 같은 것도 싹 검사 좀 받아 보세요. 해로운 성분은 없는지."

"그런 건 네 할머니와 태원이 애미가 알아서 잘 챙기고 있어."

의자를 쥐고 있던 지원의 손이 움찔했다. 괜스레 오싹 소름이 끼치는 것은 어쩔 수가 없는 일이었다.

짧게 할아버지 댁을 방문하고 나오며, 지원은 말레이시아 파견근무를 떠나기 전의 기억을 떠올렸다.

2개월 전, 사무실을 정리하고 있을 때, 급작스럽게 태원의 어머니 고은애가 들이닥쳤다. 은애는 다짜고짜 지원의 집무실로 들어와 엄하게 따졌다. 팔을 휘두르지는 않았지만 가히 전투적이었다.

"우리 태원이 광대뼈가 주저앉았더구나."

"미안했다고 전해 주십시오."

"진심이니?"

"……."

"진심이 아니라면 사과하지도 마."

"……."

"처음에 태원이가 그러고 왔을 땐 그저 화가 나더구나. 너에게 똑같이 해 주고도 싶었어.'"

"……."

"하지만 애틋해서 참았다. 부모님이 계시지 않으니 네가 못 배워서 그러는구나, 사랑이 부족해서 그러는구나, 질투가 나서 그러는구나, 하고."

"네, 그렇게 이해해 주시면 됩니다. 제가 태원이 질투가 나서 그런다고."

"뭐어?"

"태원이가 참, 일도 잘하고 사교성도 좋고 검소하죠. 존경도 많이 받고요. 저와는 달리 할아버지께도 자주 찾아가고 예의 바르고."

"……."

"승진만 잘되면 태원이는 완벽할 거예요. 그렇죠, 숙모님?"

지원은 그때 은근슬쩍 그녀를 자극하는 말을 했다. 부르르, 그녀의 속이 끓고 있는 것이 보이는 것 같았다.

"너무 걱정 마세요. 언젠가 할아버지께서도 알아봐 주시겠죠. 저보다 느리지만, 저보다 더 노력하고 있는 걸."

여유롭게 미소 지으며, 집무실의 문을 여는 지원을, 은애는 오랫동안 노려보다가 똑같이 웃었다.

"준서라고 그랬던가? 그 아이."

"……."

"네가 이렇게 무식하게 주먹을 쓰고 예의도 없는데, 그 아이를 과연 네 집에서 교육시켜도 될까, 하는 걱정이 드는구나."

그때는 파견근무를 떠나기 바로 전이라, 마음이 바빠 미처 깊이 생각하지 못했었다. 말레이시아로 떠난 후에 그때의 기억이 섬뜩한 느낌으로 다시 스쳤다. 그리고 곧장 준서의 최면요법을 알아본 것이었다.

최면요법은 실패였지만 이새를 통해 더 엄청난 정보를 얻었다. 이제 그 정보들을 바탕으로 비밀리에 3년 전의 사건을 파헤쳐야 했다. 왠지 꺼림칙한 태원, 그리고 은애가 형의 교통사고와 전혀 관계가 없는 사람들이기를, 핏줄에게 실망하는 일이 없기를 바랄 뿐이다.

지원이 떠난 후 며칠 동안 이새도 준서의 고백을 몇 번 되짚어 떠올렸다.

'엄지손가락의 손톱이 없는 남자……. 이상하게 본 적 있는 것 같단 말이야…….'

정말 이상하게도, 이새의 기억 어딘가에도 그런 사람이 있는 것만 같았다.

'내가 준서의 기억에 너무 몰입한 건가…….'

몰래 한숨을 쉬며 준서를 애틋하게 바라보았다. 준서는 여유롭게 그림을 그리고 있었다.

요즘 이새는 준서의 앨범에서 임의로 사진 한 장을 꺼내어 준서에게 보여 주고, 그 사진과 어울리는 것, 또는 사진을 보고 떠오르는 것을 그리게 하고 있다. 준서는 이를 재미있는 놀이로 받아들였다.

지원이 다녀간 후로 준서의 표정도 한층 밝아졌다. 내일부터는 문화센터도 갈 수 있을 것 같았다. 아픈 기억을 갖고서도 꿋꿋하게 버텨 나가는 준서의 의지를 칭찬해 주고 싶어 기특하게 바라보는데 멀리서 피아노 선율이 들렸다.

"어……? 이거 무슨 소리야?"

"아마 고모가 피아노 치는 소리일 거예요."

"고모가 피아노도 치셔?"

"고모 피아노 치는 사람인데?"

"정말? 준서야, 우리 고모 연주하는 거 구경하러 갈래?"

다원의 피아노 연주가 궁금해진 이새는 준서를 내세워서 구경을 가 볼 요량으로 자리에서 일어났다. 준서가 고개를 끄덕이며 이새의 손을 잡았다.

지원이 말레이시아로 떠난 후, 다원은 통 잠을 이루지 못했다. 떠나기 전 지원이 했던 이야기로, 다원의 상처 입은 마음에도 통증이 되살아났다.

"형이랑 형수는 타살일 수도 있다고 해. 준서가 고백한 거야. 다른 사람은 몰라도 너는 알고 있어야 될 것 같아서. 준서가 기억을 떠올리고 나서 다시 불안해하는 것 같으니 너도 잘 돌봐 줘."

　오빠와 새언니. 그 사람 좋아 보이던 사람들. 그 사람들이 누군가에게 죽임을 당할 만한 사람들이던가. 절대 그렇지 않았다. 너무 착하고 올곧고 바른 사람들이어서라면, 그럴 수도 있겠다 싶었지만.

　오랜만에 발걸음이 피아노실로 향했다. 청소 담당직원이 매일 열심히 청소하는 덕에 피아노는 윤기가 흐르도록 반들반들한 외관이었다. 뽀얗게 먼지가 앉은 쪽은 피아노가 아니라 다원의 마음일지도 모르겠다.

　하늘이 세상을 떠난 날, 다원은 피아노 뚜껑을 닫았다. 이제 그녀의 피아노 연주를 벅찬 감동으로 들어 줄 사람은 세상에 없다는 걸 알게 되었다. 얼마간 미련이 남았던 것도, 손이 굳어 버린 후에는 완전히 떨어져 나갔다. 이제, 한때 이름이나마 피아니스트였던 몇 년 전이 꿈처럼 느껴지는데, 왜 다시 여기 온 건지.

　그녀는 용기 있게 건반을 눌렀다. 하늘나라로 간 새언니가 그 소리를 들어 주었으면 하는 마음으로, 새언니가 좋아하는 곡을 연주했다. 뻣뻣하게 굳은 줄로만 알았는데 의외로 손은 부드럽게 움직였다.

　'새언니, 준서는 잘 크고 있어요. 가끔은 외로운 모습을 보이지만요.'

　피아노 선율을 하늘로 보내며, 마음속으로 말했다.

　그녀가 아무리 짜증을 부려도 곰살궂게 굴던 새언니. 그녀의 피아노 연주가 세상에서 가장 듣기 좋다고 하며 활짝 웃던 새언니. 그녀의 연주에 울어 주기도 했던 언니.

　'사실은 새언니, 내가 보고 싶어요.'

　연주를 하는데 설움이 북받쳤다. 아픈 마음을 떨쳐 내려 손가락에 힘이 실렸다. 졸지에 혼을 담은 연주가 되었다.

"하아……."

연주를 끝내고 났을 때는 숨이 찰 정도였다. 가만히 숨을 고르고 자리에서 일어났다. 그리고 뒤돌아섰는데.

"앗, 깜짝이야!"

놀란 다원은 다시 피아노 의자에 주저앉았다. 의자 뒤편에서 이새와 준서가 꽃받침에 꽃미소를 띠고 벽에 기대앉아 자신을 보고 있는 것이 아닌가.

"깜짝 놀랐잖아!"

다원의 호통에도 이새는 헤헤 웃었다.

"소리가 너무 좋아서 왔어요! 발이 둥실 떠올라서 여기까지 날아온 것 같아요."

다원은 더 화를 내려다 입을 닫았다. 어휴. 저 꾸밈없이 순수하게 백치미를 뽐내는 선생에게 성을 낼 수도 없고.

"또 아무거나 하나만 더 쳐 주시면 안 돼요?"

이새가 요청했다. 그 눈빛이 묘하게도 오래전의 새언니와 닮아 있었다.

새언니, 하늘을 처음부터 좋아한 건 아니었다. 천천히, 아주 서서히 스며들어 버렸지.

"……뭘 원해?"

"그냥, 고모가 좋아하는 거 아무거나."

'내가 좋아하는 거.'

그런 건 없었다. 그냥 바로 떠오르는 것을 쳤다. 역시 그것 또한 하늘이 좋아하던 피아노곡이었다. 연주를 하며 손가락의 감각이 되살아나는 느낌 그대로, 기억도 깨어났다. 기억은 온통 행복한데 떠올리려니 마음이 아팠다. 연주는 짧게 끝났다.

"……좋다. 사람 혼을 쏙 빼놓게 피아노를 치시는 줄은 몰랐어요."

그녀의 연주를 모두 들은 이새가 황홀한 눈빛으로 두 손을 소중히 모았다.

"오버하지 마. 이제 그냥 취미로 치는 거야."

다원은 냉랭한 척, 흔들리지 않는 척 차갑게 대답하며 피아노 뚜껑을 닫았다. 그런데 왠지 손가락이 근질거리는 기분이었다. 더 연주할 수도 있을 것만 같았다.

태원은 지원의 집에 심어 놓은 소식통에게 전화를 걸었다. 지원이 한국에 다녀갔다는 사실을 느지감치 듣게 된 것이다.

"지원이가 다녀갔다고?"

-네. 월요일에 다녀갔습니다.

"왜 내게 말해 주지 않았죠?"

-아주 잠깐 다녀가신 모양입니다. 별다른 것은 없었습니다.

"똑바로 해요."

태원은 신경질적으로 전화를 끊었다.

지원은 회사에도 다녀가지 않았고, 할아버지 댁에도 잠깐 찾아가 안부만 전했고, 그저 그냥 집에 머물러 있었다고 한다. 태원은 그 점이 의아했다.

'김이새가 보고 싶어서?'

헤어지라고 했는데 아직도 그런 상태인 건가 하는 의심이 생겼다.

'안지원도 별수 없군.'

씁쓸했지만 어쨌든 이것으로 약점을 잡을 수는 있었다. 이 하나로는 약점이 될 수 없겠지만 간단한 사건 사고와 합쳐지면 꽤 폭발력이 세지니 말이다.

기회를 엿보고 있던 차에, 본사에 외근을 갔다가 부장 결재로 본사까지 들어온 인베스트먼트의 문서를 입수했다. 인베스트먼트의 사업을 후원 쪽으로 확대시키는 아이디어가 담긴 기획서였는데, 태원의 주의를 끈 것은 그 문서의 뒤에 추가로 붙어 있는 '사고 경위서'란 제목의 서류였다. 태원이 원하는 사건 사고는 아니었지만 태원에게 꼭 필요한 정보였다.

석 장으로 되어 있는 문서에는 지난날 지원이 '맨크'라는 소기업으로부터 서류조작 피해를 당한 경위와 규모가 소상히 적혀 있었다. 태원이 알고 있는 내용과 다를 것이 없어 가벼운 마음으로 보고 있는데, 마지막 두 줄이 의미심장했다.

<서류조작 실체 파악 완료. 맨크 대표자 소재 확인. 수습 중입니다.>
<안지원 대표 부재로 보고가 지연되고 있습니다. 추후 사고 경위서와 결과 보고서는 재보고하겠습니다.>

심장이 철렁하는 내용이었다. 맨크 대표와 비밀리에 접촉할 때, 맨크의 뒷사정을 봐주는 대신 모든 것을 비밀로 하기로 확답을 받아 놓은 일이었다. 맨크 대표는 지금 중국에 도피해 있다고 알고 있었다. 급히 브로커에게 전화해 맨크 대표의 소재를 파악해 달라 일러두었다.

그러고 나서도 마음이 진정되지 않았다. 태원은 지원의 이메일 계정에 접속했다. 태원에게 포섭된 사내 인트라넷 관리자가 한시적으로 지원의 계정을 열어 두면 태원이 정보를 염탐하는 방식이었다. 메일 제목들을 겉에서 보기에는 긴한 내용이 없어 보였다. 답답함을 느끼며 메일을 하나하나 클릭해 살폈다.

그때, 태원의 전화벨이 울렸다. 귀찮아 무시하려는데 휴대폰 액정을 들여다보니 무시할 만한 사람은 아니었다. 타이밍이 절묘하게도, 지원이 건 전화였다.

-태원아. 잘 지내지?

저편에서 먼저 음성이 들렸다. 그제야 태원이 물었다.

"네가 웬일이야?"

지난번에 맞았던 뒤끝이 남아, 인사가 곱게 나오지는 않았다.

-그냥 잘 있나 해서. 물어볼 것도 있고.

"나야 잘 있지, 뭐. 너야말로 더운 나라에서 잘 있는 거야? 물어볼 것은 뭔데?"

-응. 누가 내 문서에 자꾸 손을 대는 것 같아서 접속 시스템을 좀 강화시켰거든. 그런데 지금, 내 이메일 계정을 누군가 엿보고 있다는 정보가 들어와서.

"……."

-그런데 너희 회사 아이피가 잡히더라고.

그제야 인터넷 창 맨 아래의 보안아이콘에 빨간불이 들어와 있는 것이 보였다. 태원은 후다닥 컴퓨터의 전원을 껐다.

-아무래도 사내가 좀 시끄러워지겠다. 그 계정이 보안문서가 많이 오가는 계정이라서 수사가 불가피할 것 같아. 너희 회사 아이피라 네 협조도 좀 필요할 거야.

지원의 목소리에 태원은 귀가 먹먹해지는 것 같았다. 손가락이 후들거렸다.

"뭐, 뭔가 접속 오류가 있었던 게 아닐까?"

-글쎄. 그래도 그냥 넘길 수는 없지. 오류라면 그것대로 바로잡아야 하는 문제니까.

식은땀이 주르륵 흘렀다. 여유로움을 잃은 태원은 아무 말도 하지 못했다.

-그런데 넌 어디야?

잠시 침묵하고 있던 지원이 물었다. 왠지 지원이 어딘가에서 지켜보고 있는 것만 같아 태원은 소름이 끼쳤다. 어떻게 대답해야 할지 망설여졌다.

"잠깐, 미팅 중이야."

-그래? 미팅 중에도 전화를 반갑게 받아 주네. 고맙다. 나중에 귀국하면 보자.

태원의 대답을 비웃는 듯 지원의 말은 가벼웠다. 끊어진 전화를 붙들고, 태원은 몸을 부르르 떨었다. 분노를 가득 담아 사내 인트라넷 관리자인 전산실 박 부장에게 전화를 걸었다.

-네, 상무님. 전화받았습니다.

"당장 내 사무실로 와!"

굽신굽신 전화를 받는 박 부장에게 태원은 험악한 목소리로 명령했다.

박 부장은 태원의 집무실로 가기 위해 일어서기 직전, 부하 직원으로부터 문제 상황에 대한 보고를 받았다. 지금, 성화투어 아이피로 누군가가 성화 그룹 임원의 계정에 부정 접속한 정황이 포착되어 사실 조사 여부로 상부 관리자가 방문 예정이라는 것이다.

박 부장은 어떤 문제를 가리키는 것인지 정확히 알고 있었다. 보고받은 사실만으로도 오금이 저렸다. 헐레벌떡 태원의 집무실로 달려갔다. 역시나 그가 문을 닫고 들어오자마자 태원이 사납게 물었다.

"계정을 임의로 열어 두면 추적이 불가능하게 해 놓았다고 하지 않았나?"

밖으로 새 나가지 않도록 억누른 목소리였는데도 살기가 느껴져 박 부장은 소름이 돋았다.

"하, 한번 알아봐야겠지만, 아마도 강력한 아이피 추적 프로그램을 썼을 겁니다."

"썼을 겁니다?"

겁을 먹고 말을 더듬는 박 부장의 대답에 태원이 빈정거렸다. 박 부장은 어찌 반응을 보여야 할지 난감한 마음으로 눈동자를 굴렸다.

해킹은 겁나는 일이었지만 보상이 달콤하여 응했던 일이었다. 의뢰를 받은 후 얼마 지나지 않아 집으로 티슈 박스 하나가 배달됐다. 그 안에 꽉 채워진 5만 원권 지폐는 대출금을 갚는 데 모두 쓰였다. 일을 완벽하게 해 준다면 추가 보상을 할 것이라는 말에는 신이 났다. 또한 자신을 신뢰하고 있다는 태원의 말에는 감동을 받기도 했다.

"스스로 책임지고, 박 부장이 실수한 것으로 처리해."

그런데 일이 터진 이후의 태원의 태도는 냉정하기 그지없었다.

"네? 상무님……."

"박 부장이 실수한 건 맞잖아!"

태원의 눈이 번뜩였다. 박 부장은 저도 모르게 숨을 멈췄다.

"이 일이 잘못되거나 외부에 알려지면 나보다도 박 부장 생명줄이 위태로울 거야. 무슨 뜻인지 알지?"

"네…… 네."

"얼른 나가 봐."

차갑게 뒤돌아선 태원의 등에 대고, 박 부장은 꾸벅 인사한 후 밖으로 나왔다.

잠시 후 상무 집무실 안에서 물건 집어 던지는 소리, 유리가 와장창 깨지는 소리가 났다. 집무실 밖을 지키던 여비서가 놀라 달려가는 것을 보았지만 박 부장은 급히 줄행랑쳤다.

말레이시아에서 발 빠르게 움직인 결과, 지원은 새로운 사실을 많이 알아낼 수 있었다.

그중 가장 결정적인 것은 자신이 이메일로만 받아 본 성화그룹의 내부 정보와 법적 자료에 대해 비교적 소상히 알고 있는 SHS 관계자들의 증언이었다. 말레이시아를 오가는 성화그룹 내부인 중 막연히 의심되는 사람은 없었다. 그래서, 혹시나 하는 마음으로 지원은 자신의 이메일을 단속하기 시작했다. 누구 하나 의심할 만한 사람이 없다면, 자신에게 구멍이 있을 수도 있다는 생각에서였다.

막연히 설치한 덫이었는데 의외로 구멍이 빨리 발견됐다. 지원은 성화그룹 안상호 회장에게 전화를 걸어 사실을 보고했다.

"내부 보안이 허술하다는 건 굉장히 위태로운 문제입니다. 사내의 모든 통신망을 점검해야 될 필요가 있습니다. 역시 1순위는 성화투어 내부 보안 감사이고, 그룹 전체적으로 방화벽 관리 시스템을 강화해야 합니다."

-그래, 보안이 첫 번째지. 내가 직접 지시하도록 하마.

"제가 직접 알아보고 싶습니다."

-누구 의심 가는 사람이 있는 거냐?

"어쨌든 제 문제로 시작한 일이니 제가 책임지고 싶은 것뿐입니다."

의심 가는 사람이 있긴 했지만, 할아버지가 충격 받을 것을 우려해 말을 아꼈다.

-그래. 지시할 사항 있으면 지시하도록 해.

할아버지와의 통화를 마친 후, 지원에게 다른 전화가 걸려 왔다.

친구 류창우였다.

창우는 승환과 더불어 고등학교 시절부터 친하게 지내던 친구로 잘나가는 인기 작가다. 지금은 작품을 한 편 끝내고 쉬는 중이라서 시간이 많은 친구였다. 덕분에 긴한 일을 맡길 수 있게 된 지원은 창우에게 도원의 3년 전 사고 당시 통화 기록과 OH택배 회사의 특정 직원에 대한 정보를 부탁했었다.

몇 해 전 가난한 작가 시절에 작품을 위해 이곳저곳 뛰어다니며 경찰관, 흥신소 직원, 그리고 교도소 수감자에 이르기까지 가리지 않고 발을 넓히다 보니 사건 사고에 관계된 쪽으로는 관록을 보이는 친구였다. 성공한 작가가 된 후에는 알고 지내는 사람들이 더욱 협조를 잘해 준다 하니, 지원은 어딘가에 일을 맡기는 것보다 창우를 통하는 것이 더 믿을 만하게 여겨졌다. 작품은 1, 2년에 한 편 정도를 하는 친구라, 한 해 농사를 일찌감치 끝내고 쉬고 있는 사이에 흥미로운 이야기를 던져 주니 기분 좋게 탐정 역할에 응했다.

-통화목록 받는 건 꽤 간단히 해결했어. 역시 네 말대로 지워진 통화가 몇 개 있더라. 문자메시지도 살펴봤으면 좋았을 텐데, 그건 보관이 안 되나 봐.

어쨌든 통화목록은 따로 보내 줄게. 그리고 OH택배 회사 직원 문제는, 엄지손톱 정보만으로는 알기가 어려워. 몇몇 직원들이랑 연락이 닿아서 은근슬쩍 물어보긴 했는데 엄지손톱에 대한 얘기를 한 사람은 없었어.

"……."

-그래도 조금만 더 기다려 봐. 아는 사람이 나타나겠지.

지원의 작은 한숨 소리를 들었는지, 창우는 그를 위로하듯 말하고 전화를 끊었다. 통화를 마친 후, 지원의 한숨은 더욱 깊어졌다.

이새에게 준서의 이야기를 듣고 이것저것 알아보고 있긴 하지만, 솔직히 사실이 아니길 바랐다. 너무 끔찍했다. 형이 누군가에 의해 살해당했다는 사실은 믿고 싶지가 않았다. 하지만 정말로, 준서의 말이 모두 사실이라면 지원은 자신의 모든 것을 걸고 사건을 다시 파헤쳐야 했다.

때마침 이메일 보안 문제가 얽혀 조금은 다행이었다. 일이 이렇게 되었으니, 더 일찍 한국으로 돌아갈 수도 있겠다는 생각이 들었다. 아니, 그렇게 되도록 힘을 써 봐야 할 것이다. 말레이시아에서 해야 할 일을 빨리 끝내는 건 자신 있었다. 할아버지 안상호 회장만 설득하면 의지대로 할 수 있을 것이다.

다음 날. 오랜만에 문화센터를 찾은 준서는 함께 수업을 듣는 친구들에게 열렬한 환영을 받았다. 아파서 걱정했다며 끌어안아 주는 친구가 있는가 하면, 선물을 주는 친구도 있었다.

"와아! 이거 설아가 준서 주는 거야?"

수업이 시작되기 전, 잠깐 교실에 들어온 이새가 준서에게 스티커를 선물한 설아와 눈을 맞추며 물었다.

"네."

"와아, 예쁘다! 준서야, 고맙다고 해야지."

"고마워."

“응.”

준서는 친구들의 관심에 얼떨떨했지만 새삼 기분이 좋았다.

이새가 교실에서 떠나고 아이들만 남겨진 시간. 준서의 옆에 앉은 친구 영후가 귓속말로 물었다.

“설아가 너 좋아하지. 그치.”

“난 모르는데.”

준서는 눈을 깜빡거렸다. 설아가 교실에서 가장 예쁜 친구이긴 했지만, 준서가 설아를 특별하게 생각하고 있는 건 아니었다.

“너도 설아 좋아해?”

“아니, 나는 좋아하는 사람 있어.”

“누군데?”

“우리 선생님.”

“너네 선생님이 누군데?”

“아까 네가 인사했던 예쁜 사람.”

“정말? 너네 엄마가 아니고 너네 선생님이야?”

“응.”

“왜 선생님이랑 같이 왔어?”

체육교실의 친구들은 대강 알고 있었지만 미술교실의 친구들은 잘 모르는 얘기였다.

“엄마는 멀리 계셔서.”

꼬리에 꼬리를 물고 질문이 계속될 기란 걸 체념하면서도 준서는 에둘러 말했다. 친구가 자신을 불쌍하게 보는 것이 싫었다. 물끄러미 바라본 교실문 유리창에 이새의 얼굴이 어른거렸다. 이새는 다른 친구들의 엄마들과 이야기하고 있는 것 같았다. 다른 친구들의 엄마들은 서로를 ‘누구 엄마’, ‘누구 엄마’ 하고 불렀다. 선생님도 그럴까. 저 창문 너머의 사람들은 선생님을

'준서 엄마'라고 부를까. 준서는 새삼 궁금해졌다.

이새는 미술교실에 아이를 데려다주러 온 어머니들과 인사를 한 후, 교실 앞 휴게실에 앉았다. 오늘도 어김없이 다른 이들은 잠시 장 보러 떠났고 이 새 혼자 남겨졌다.

준서가 미술교실에서 인기가 많아 뿌듯했다. 힘든 일이 많았는데도 내색 하지 않고 다시 빠르게 생활에 적응하는 준서도 기특하게 여겨졌다. 흐뭇한 마음으로 양말인형 만들 거리를 꺼내는데 휴대폰이 울렸다. 엄마 희선에게 서 온 전화였다. 이새는 반갑게 통화 버튼을 눌렀다.

"응. 엄마."

그런데 희선의 목소리는 마음이 급한 듯 상기돼 있었다.

-이새야. 집으로 무슨, 선물이 왔다.

"응?"

-웬 백화점 물건을 사람들이 실어 나르고 있는데, 선물 배달 온 거라는데 이게 대체 무슨 일이야?

"이율이한테 온 거 아니야?"

-아니야. 너한테 보내는 거래. 당장 도로 가져가라고 했는데 이 사람들이 듣지를 않아. 이거 어째?

"누가 보내는 거라는 얘기도 없고?"

-없어. 대체 누구야? 너한테 이런 걸 보내는 사람이!

"일단 끊어. 이따 다시 연락할게."

이새는 급히 전화를 끊고 냉큼 지원에게 전화를 걸었다. 차 수리비 2천만 원을 별것 아닌 것처럼 말하던 남자. 이 남자가 아니면 그런 물량 공세를 할 사람이 없다고, 그렇게 얕게 생각한 것이다.

-여보세요.

몹시 당황스런 마음이었기에, 그의 묵직한 목소리에 반응하는 설렘을 눌러 참을 수 있었다.

"혹시 백화점 물건들 저희 집으로 보내셨어요?"

이새는 인사도 하지 않고 다짜고짜 물었다.

-그게 무슨 소리예요?

"오늘 저희 집으로 보내신 물건들이요. 선물이라고 보내신 거."

-누가 김 선생 집에 뭘 보냈다는 얘기예요? 백화점 물건들을?

엥. 이게 아닌데.

지원은 이새가 처음 희선에게 이야기를 들었을 때처럼 황당한 반응을 보였다. 잠시 후 그는 냉철한 어투로 물었다.

-얼마나 보냈습니까. 대체로 뭘 보냈죠?

"아, 아니에요. 제가 잘못 들었나 봐요. 죄송합니다."

지원의 반응에 이새는 더 당황할 수밖에 없었다. 잘못 짚은 것이다. 창피하여 얼른 전화를 끊고 싶어 실수를 급하게 얼버무렸다.

-잠깐, 잠깐!

그런데 지원이 이를 막았다.

-뭐 수상한 거 있으면 경찰서로 보내 버려요. 내가 옆에서 지켜 주지 못하는 만큼, 항상 조심해요. 알겠어요?

무언가 짐작하고 있는 걸까. 그의 침착한 목소리에 이새도 흥분했던 마음이 조금 가라앉았다.

"네. 알겠습니다."

-조만간 또 만나러 갈 테니까, ……준서 만나러 또 갈 테니까 그때까지 몸조심하고 잘 지내요. 어려운 일이나 중요한 일 있으면 언제든지 연락하고.

'또 만나러 갈 테니까'와 '준서 만나러 또 갈 테니까'의 사이에 생겨난 잠시의 침묵에 왠지 또 설레는 마음이다. 이러면 안 되는데. 이새는 붉어진 뺨을 식히며 전화를 끊었다.

후우. 날숨을 한 번 크게 내뱉고, 차분하게 앉아 곰곰이 따져 보니 정답은 의외로 쉬웠다. 그런 엉뚱한 물량 공세를 벌일 위인이 그녀의 주위에 한 명 더 있었던 것이다.

안태원.

지원의 생일에 집 앞에서 만난 이후로 전화 연락도 몇 번 무시했었다. 오히려 지원보다도 태원 쪽이 더 의심할 만한 인물이었는데 그녀는 흥분한 마음에 하나만 염두에 둔 것이다.

'아! 어쩜 이렇게 생각이 짧을까……'

이새는 자책하며 태원의 전화번호를 검색했다. 하지만 통화 버튼을 누르기까지는 약간 망설였다. 더 이상 태원과 엮이고 싶지 않았다. 지원의 사촌이고 성화그룹의 일에 충성하는 사람이라는 것은 알지만 너무 껄끄러운 사람이었다. 지원의 생일에 집 앞에서 들은 얘기, 그리고 보육원에서 당한 일 때문만은 아니었다. 그것 외의 무언가 불쾌한 느낌이 그녀를 주저하게 했다.

'내가 너무 겁먹었나 보다. 이러면 안 되지.'

그녀는 마음을 다잡았다. 잘못된 것을 바로잡으려면 용기가 필요하다. 지금 빨리 해결하지 않으면 두고두고 후회할 일을 주저할 수는 없었다. 과감히 통화 버튼을 누르고 한참 기다리니, 저편에서 태원의 목소리가 들렸다.

-오랜만이네요, 김이새 씨.

"네, 안녕하세요. 혹시 저희 집으로 이상한 물건들 보내신 분이 후원자님이세요?"

이번에는 그래도 예의껏 인사를 했다. 다짜고짜 물어본 것은 지원과의 통화에서와 다름없었지만.

-선물이라도 보내야 겨우 통화를 시도해 주는군요.

태원의 대답은 사실을 명쾌하게 확인시켜 주었다. 이새는 강경하게 말했다.

"길게 통화하고 싶은 마음은 없습니다. 집으로 가져오신 물건들, 다 경찰서로 보내 버리기 전에 수거하러 오시죠."

-단호하시네요.

"이게 제 원래 성격입니다."

-믿는 구석이 있어서 그러는 건 아니고?

왠지 태원이 비아냥조로 말하는 것 같았다. 이새는 그의 목소리가 거슬렸다.

-지원이가 잠깐 집에 들렀었다고 하던데. 아직까지도 헤어지지도 못하고 있는 겁니까?

"엉뚱한 일과 연결 지으시려는 게 참 황당하네요. 준서 삼촌과 제가 고용주와 고용인의 관계일 뿐이라는 거 뻔히 아시면서 억지를 쓰시는군요. 정말 실망입니다."

그녀는 당차게 말했다.

어쩌면, 지금까지 지원과 사귀는 사이라면 조금은 망설였을지도 모르겠다. 그러나 지금은 거리낄 것이 없었다.

"그런 말씀을 하시면 보내신 걸 제가 순순히 받아들일 거라고 생각하시는 거예요? 억지로 선물을 안기려고 하는 건 횡포죠. 그리고 받는 사람 마음이 이렇게 불쾌한데 이게 선물이에요? 이건 뇌물이라고요. 그것도 반기지도 않는 뇌물."

큰맘 먹고 시작한 말은 속 시원히 쏟아졌다. 태원 덕분에 일을 할 수 있게 된 건데 너무 염치없는 거 아닌가 싶은 생각에 지책감이 들기도 했지만 말을 멈추진 않았다.

"당장 수거해 가세요. 가져가지 않으시면 정말 경찰서로 보내든지, 아니면 퀵 불러서 성화투어 상무실로 돌려보낼 겁니다. 그럼 직원들 보기 부끄러우실 거예요."

그녀 자신도 모르는 사이에 의외로 쌓인 게 많았던 모양이다.

"그럼 오늘 수거해 가실 거라고 믿고 이만 끊겠습니다."

그녀는 하고 싶은 말을 일방적으로 모두 내뱉고 전화를 끊었다. 얼마나 긴장하고 있었는지 두 손이 땀에 젖어 미끌미끌했다.

"후아아아……."

폐 깊숙이에서 꺼낸 긴 한숨이 곧장 이어졌다. 공기를 꺼내었을 뿐인데 몸속에 자리하고 있던 커다란 돌덩이도 꺼내어진 기분이다.

아, 이렇게 후련할 수가!

어떻게 이 마음을 참았는지 싶을 정도로 시원하게 터트려 버렸다. 오늘만 사는 사람처럼 뻥!

문득, 누가 사귀는 거 아니냐고 쏘아 대면 아니라고 윽박질러 주라던 지원의 당부가 생각났다.

그 사람은 알고 있었을까. 내가 이런 일을 겪게 될 거란 걸?

혹시 그가, 일이 이렇게 될 줄을 미리 알고 순순히 헤어져 준 것이 아닐까 하는 엉뚱한 생각이 들었다.

'으아, 안 돼! 이러면 또 괜히 설레게 되잖아!'

심각한 와중에 엉뚱하게 두근거렸다. 이새는 마음을 달래며 희선에게 전화를 걸어 물건은 곧 수거될 거라고 알렸다.

밖에서 볼일을 보고 돌아오는 길.

다원은 어제 이새가 했던 말을 여태 마음에서 놓지 못하고 있었다.

'사람 혼을 쏙 빼놓게 피아노를 치시는 줄은 몰랐어요.'

그녀의 앞에서는 오버하지 말라고 말했지만, 기분이 나쁘지는 않았다. 아니, 뭔가 울컥하는 마음이었다.

지금은 비록 할아버지와 오빠의 지시로 인테리어와 관련된 일을 하고 있지만, 다시 피아노를 칠 수도 있지 않을까. 나도 사람의 마음을 건드리는 연주를 할 수 있지 않을까. 왠지 모르게 그 생각을 하니 가슴이 뛰었다.

'오늘도 한번 쳐 볼까?'

기대감을 갖게 되니, 운전대를 잡은 손도 흥겨웠다. 부지런히 운전하여 집 앞에 당도했다.

그런데 집 앞에 민지가 지키고 서 있는 것이 보였다. 집으로 들어오고 싶어 하는 것 같은데 모른 체할 수는 없어, 마음 약한 다원은 곧장 차창을 열어 얼굴을 보였다. 민지가 반갑게 뛰어왔다.

"다원아. 반갑다! 잘 지냈어?"

"어⋯⋯. 오랜만이네. 무슨 일이야?"

"그냥. 보고 싶어서 왔어. 차마 용기가 없어서 들어가지는 못했어."

준서의 한글 교육 문제로 트러블이 있긴 했지만 그 이후에 사과했고, 죽은 고양이로부터 준서를 지켜 주기도 했는데 조금은 안됐다는 생각이 들었다. 다원은 짠한 마음에 민지를 집 안으로 들어오게 했다.

"준서는 문화센터 갔어. 조금 있으면 올 거야. 편하게 앉아서 기다려."

다원은 멀뚱히 서 있는 민지에게 짧게 이르고 옷을 갈아입으러 갔다.

"고마워."

민지가 떠나는 다원의 등에 대고 인사했다. 처음 이 집에 들어섰을 때의 당당함이 많이 사라진 민지의 모습은 어딘가 어색했다. 다원은 민지가 왜 왔을까 추측하며 고개를 갸웃거리면서 제 방으로 떠났다.

다원의 모습이 보이지 않게 된 후.

"흥."

짧게 코웃음이 터졌다. 순하게 풀어져 있던 민지의 입술 끝에 단단하게 힘이 실렸다. 준서가 돌아오는 동안 가만히 있을 수는 없다고 생각한 민지는 부지런히 3층으로 올라갔다. 다행히 주위에는 사람이 없었다. 민지는 슬그러니 이새 방의 문을 열었다. 태원이 무언가 수상쩍은 물건이 있으면 얘기해 달라고 했는데, 쓰윽 둘러보아 눈에 걸리는 건 아무것도 없었다. 책상 서랍에도, 구석에 세워진 가방에도 별건 없었다.

"참 나. 수상쩍은 게 대체 뭐야."

그녀가 돌아봐도 그럴 만한 것은 없었다.

김이새, 이 순둥순둥한 선생이 엉뚱한 계략을 꾸밀 리도 만무했다.

탐정이 되는 것은 포기하고 침대에 털썩 앉았다. 그런데, 털썩 앉은 자리에 딱딱한 것이 걸렸다. 침대보 안쪽에 무언가가 있는 것 같았다. 민지는 침대보를 홀쩍 들추었다. 그리고 어렵지 않게 빨간색의 노트 한 권을 발견했다.

"이게 뭐지?"

호기심과 함께 들추어 본 노트에는 상상도 못 했던 이야기가 담겨 있었다. 민지의 입술 끝이 서서히 길쭉하게 올라갔다.

정민지, 그녀가 다시 저택을 찾은 이유는 안지원에 대한 집착이 아니었다. 이제 지원에게 마음을 구걸하고 싶은 생각은 없었다. 그녀 또한 사랑을 받고 살아야 하는 여자였다. 자신을 멸시하고 무시하던 사람에게 매달리고 싶지는 않았다.

다만, 자존심이 상했다. 어린아이와, 그리고 자신과는 비교도 할 수 없는 레벨의 여자가 있는 앞에서 자신이 했던 별것도 아닌 일이 까발려지고 가방이 들추어지는 수모를 겪으며, 그녀는 자존심에 큰 상처를 입었다. 그리고 명목상 준서를 구하기 위해 나무 아래로 뛰어들었건만 상처뿐인 영광을 얻었다. 지원은 자신에게 좀처럼 마음을 주지 않았고 자신은 이제 고양이를 쳐다보지도 못하는 사람이 되었다.

연달아 이어진 사건으로 그녀 또한 진저리가 나, 더 이상 지원과 얽히고 싶지가 않았다. 그렇게 지원을 잊은 채로 시간을 보내고 있는 와중에, 태원에게서 연락이 왔다. 민지가 요즘 지원네 집을 드나들고 있는지를 은근히 물어 온 태원은 자극적인 말로 그녀를 부추겼다.

-더 이상 그 집에는 안 간다고요? 땅에 떨어진 자존심은 다시 세워야 될 거 아닙니까. 김이새 선생도 정민지 씨만큼은 망신당해야 되지 않겠어요?

결국 그녀는 태원의 꼬임에 넘어갔다. 그녀 또한 자존심을 다시 세우고 싶은 마음이 들끓었기에. 그리고 민지의 목표는 달라졌다.

김이새, 이 가진 것 없이 당당한 여자가 처절해지는 것. 이 여자의 가식적인 태도가 모두에게 까발려지는 것. 그리하여 이 여자가 자신에게, 잘못했다고 손이 발이 되도록 비는 것. 그것이 자신을 만족스럽게 하고 나아가 자존심을 세워 줄 수 있을 것 같다. 민지는 태원의 제안에 협조할 수밖에 없었다. 그리고 이렇게, 다시 저택 안으로 들어가게 되었다. 그리고 엄청난 발견을 하게 되었다.

"정민지 선생님."

한창 일기장을 넘겨보고 있을 때, 거실에서 배 주임이 자신을 부르는 소리가 들렸다. 민지는 일기장을 급히 닫고 다시 침대보 아래에 두었다. 그리고 재빨리 방 밖으로 나갔다.

거실 한가운데에 배 주임이 서서 이새의 방 쪽을 바라보고 있었다. 배 주임은 민지에게 고개 숙여 깍듯하게 인사했지만 눈빛만큼은 매서웠다.

"거기 계셨습니까?"

"아니, 오랜만에 와서 방을 잘못 찾았어요."

변명이라고 느껴질 것이 뻔한 대답이었다.

얼마 지나지 않아 이새와 준서가 돌아왔다. 준서는 오랜만에 마주한 민지를 크게 반기지는 못했다. 지켜보던 이새가 준서에게 말했다.

"준서야, 선생님 만나면 어떻게 하기로 했지?"

"······고마웠다고 말하기로요."

준서는 대답을 하고서도 계속 머뭇거렸다. 준서가 말문을 트길 기다리던 민지가 먼저 다가왔다.

"준서야. 선생님은 준서가 안 다쳐서 얼마나 다행이라고 생각하는지 몰라."

"······감싸 주셔서 고맙습니다."

뜸을 들이던 준서가 겨우 입을 열었다. 민지도 인사를 받아들이고 미소 지어 보이고는, 이새에게 말했다.

"아무래도 저도, 이 집에서 놀란 게 있어서 가정교사는 하지 못할 것 같아요. 김이새 씨가 준서를 더 잘 교육시킬 수 있다는 거 인정하기도 하고요."

갑작스레 착해진 민지의 태도에 이새는 어리둥절했지만 의심 없이 받아들였다.

준서를 감싸 주며, 마음 깊은 데 있던 모성애가 폭발했을 수도 있겠지. 나는 미워도 준서는 미워하지 못하는 마음에 어색해서 그러는 것이겠지.

"가정교사는 못 하지만 가끔 놀러 오는 건 받아 줘요. 나도 준서의 친구가 되고 싶어요. 준서야, 그래 줄 수 있지?"

준서가 어리숙하게 끄덕였다. 준서가 알았다는데 이새가 반대할 이유는 없었다. 이새도 민지의 마음을 헤아려 주기로 했다. 이새는 민지와 그렇게 인사를 하고 옷을 갈아입기 위해 방으로 들어왔다. 그런데 민지가 따라 들어왔다.

"김이새 씨."

"네, 말씀하세요."

민지의 미소에 이새는 웃지 않고 고개를 끄덕였다. 민지가 바로 용건을 말했다.

"내가 왜 이 집 가정교사를 하게 됐는지, 이새 씨는 대강 알 거예요. 그죠?"

"······."

"지원 씨 할아버지께서 지원 씨랑 저를 맺어 주고 싶어 하셨어요. 김이새 씨도 알죠?"

"아뇨."

이새는 냉랭하게 말했다. 사실 다원에게 들어 잘 알고 있었지만 아는 척하고 싶지 않았다. 민지는 그저 미소 지어 보였다.

"몰랐구나. 그럼 미안해요, 김이새 씨. 이런 부탁을 하게 돼서."

"부탁이라니요?"

"나 좀 도와달라고요. 나, 지원 오빠랑 잘해 보고 싶어요. 지원 오빠한테 내 얘기, 나쁘게만 하지 말아 줘요. 칭찬은 바라지도 않아요. 나쁜 말만 하지 않으면 돼요."

민지의 부탁은 마치, 이새가 지금까지는 나쁜 말을 해 왔다는 듯 들렸다. 이새는 불쾌했지만 이를 겉으로 표현하지는 않았다. 다만 긍정하지도 않았다.

"정민지 선생님 얘기를 전하는 일은 없을 거예요. 좋은 얘기든 나쁜 얘기든. 준서 삼촌은 말레이시아에 있어서 얘기할 새도 없고요."

변명 같은 얘기를 하는데, 마음이 조금은 쓰라렸다.

준서에게 잠자리에 들 채비를 하라고 이르고 잠깐 방에 들어온 이새는 엄마가 보낸 문자메시지를 확인하고 안도의 한숨을 쉬었다. 선물은 모두 수거해갔다는 메시지였다. 태원의 선물 공세는 해프닝으로 잘 마무리된 모양이다. 본의 아니게 엄마께 걱정을 끼치게 되어 안타까웠지만 다른 사달은 일어나지 않아 다행이었다. 이새는 후련하게 거실로 나왔다.

거실에는 막 퇴근하려는 배 주임이 주변을 둘러보고 있었다.

"어? 주임님, 지금 가세요?"

"그렇게 됐네요. 정리할 것이 많았습니다."

"아, 제가 도와드릴 걸 그랬나 봐요."

"괜찮습니다."

"그럼 조심해서 가세요."

꾸벅, 인사를 건넸는데 배 주임이 이새를 애정 어린 눈길로 바라보며 물었다.

"김 선생님."

"네, 주임님."

"아무 일도 없죠?"

배 주임은 이새와 지원 두 사람이 헤어졌다는 것을 일찍이 알고 있었다. 아마도 얘기를 들었다기보다는 먼저 눈치를 챈 듯했다.

"네, 그럼요."

이새는 미소로 답했다.

"힘든 일은 없습니까?"

"제가 힘든 일이 어디 있어요."

"그렇군요. 다행입니다."

배 주임은 작게 끄덕이다가 조언하듯 말했다.

"그리고 방문은 잠그고 다니시는 게 좋겠습니다. 집 안에 오가는 사람들이 많으니까요."

"네, 그럴게요."

이새는 가볍게 대답하고는 배 주임과 인사했다. 배 주임이 떠난 지 얼마 되지 않아 잠옷을 입은 준서가 거실로 나왔다.

"준서야, 다 씻었어? 이제 자러 들어갈까?"

준서가 시무룩한 목소리로 물었다.

"선생님, 오늘 내 방에서 자면 안 돼요?"

"준서 어제 무서운 꿈 꿨어?"

"아뇨. 그냥요."

준서는 더 대답하는 것을 망설였다. 진심을 듣고자 빤히 눈을 맞추었지만 준서가 더 입을 여는 일은 없었다. 워낙 꽁하니 혼자 앓고만 있는 아이라 안쓰러웠다.

"그래, 준서 방에서 같이 자자. 그런데 준서 침대는 좁아서 선생님은 바닥에 이불 펴고 잘게. 괜찮지?"

그제야 준서는 약간의 미소를 지어 보였다. 이새도 따라 웃었다. 하지만 머릿속에는 막연히 웃을 수만은 없는 고민이 자리하고 있었다. 밤이 되자 낮에 민지가 했던 말이 자꾸 떠오르는 것이다.

시간이 스르륵 흘러 주말이 되었다. 이새는 이번에도 어김없이 혁진에게 끌려 등산을 다녀와 술집에 앉았다.

"친구야. 나 오늘은 소주 한 잔만 마시면 안 될까?"

민지를 다시 만나고부터 그녀는 내내 불편한 마음이었다. 허한 마음을 달래고자, 혁진에게 소주를 마시자고 했지만 혁진은 고개를 크게 저었다.

"소주는 웬만하면 마시지 마라. 형님한테 내가 죽어요."

혁진이 시니컬하게 말을 내뱉었다. 의문점이 남을 수밖에 없는 혁진의 말에 이새의 귀가 쫑긋 섰다.

"뭐?"

"아니. 내가 무슨 말을 했던가?"

실수로 지원의 얘기를 꺼내고 제 발이 저린 혁진이 이새의 눈을 피했다.

"형님이 누구냐? 누구길래 내가 술을 마시면 네가 형님한테 죽는 건데."

이새가 무섭게 물었다. 혁진은 못들은 척 맥주를 들이켰다. 이새가 혁진의 옆에 놓인 휴대폰을 빼앗아 들었다.

"어? 야! 내놔!"

"좋은 말로 할 때 얘기해라, 얘기 안 하면 내 손가락 어디로 가는지 알지?

네 전 여친, 오늘은 수정이한테 건다."

"야! 야! 수정이는 안 되지!"

"그러니까 얼른 다 불라고!"

"몰라! 난 모른다고."

"너 수정이랑 통화하고 싶은 거지? 알았다. 찌질하게 옛날 여친 번호를 지우지도 않고 있어?"

"아, 안 돼애!"

"그러니까 얼른 불어!"

이러지도 저러지도 못하고, 잔뜩 울상이 된 혁진이 입을 씰룩거렸다. 이새는 다시 한 번 혁진을 향해 눈을 부라렸다. 혁진이 포기한 듯 작은 목소리로 입을 열었다.

"……자기 파견근무 가 있는 동안 너한테 아무도 접근 못 하게 해 달라고. 제대로 해 주면 졸업하고 취직시켜 준다고."

"뭐어?"

누가 그랬는지, 그것까지 말하지 않았지만 이새는 그 지시의 주체를 금방 파악했다. 지금 파견근무를 가 있는 사람은 한 사람뿐이니까. 이새가 무서운 목소리로 으르렁거렸다.

"취직에 친구를 팔아먹어?"

"너 팔린 거 아니야! 지금 내가 지켜 주는 거라니까!"

헤어지겠다고 해 놓고 사실은 날 감시하고 있었던 거야? 말레이시아에서 원격제어 하는 거야, 뭐야!

"기가 막히네, 정말! 너 좀 맞자."

화가 치밀어 올랐다. 열 오르는 기분 그대로 혁진의 등을 찰싹찰싹 때렸다.

"네가 친구냐? 친구야? 어? 어?"

"으악! 으악! 엄마, 얘 미쳤나 봐……!"

"으아! 열 받아!"

그녀는 크게 포효했다. 술집 안의 사람들이 그녀를 바라보았다. 왠지 억울한 마음이 들어 따질 생각으로 지원의 전화번호를 눌렀다.

그러나 가장 마지막 순간, 통화 버튼을 누르려던 그녀의 손가락이 공중에서 멈췄다.

이 얘기를 다 들은 것을 알게 된다면, 그럼 그다음은 어떻게 되는 거지?

문득 두려워졌다. 겨우 적응한 생활에서 다시 무언가가 바뀌게 될 거란 예감이 불길하게 와 닿았다.

"나 못 들은 걸로 할 거야. 알았어?"

그녀는 분노에 못 이겨 찔끔 나왔던 눈물을 닦으며 혁진에게 말했다. 때마침 이율에게서 전화가 걸려 왔다. 그녀는 뚱하게 전화를 받았다.

"여보세요."

-언니야. 언니한테 선물 공세 한 사람 누구야?

이율이 다짜고짜 물었다. 희선에게 선물 이야기를 들은 모양이다.

"그거 선물공세가 아니라 뇌물이야. 이상한 생각하지 마."

-그게 아니라…… 선물 중 하나, 수거 안 해 갔더라. 목걸이야. 이거 되게 비싼 거더라. 지금 검색해 보니까 500만 원이 넘어.

"그래? 후우……."

이새는 한숨을 내쉬었다. 또 태원에게 불편한 연락을 해야 하나, 하는 생각에 난감해졌다.

-근데…….

그런데, 그 얘기가 전부가 아니었다. 이율이 뜸을 들이자 이새는 이율의 말을 잘라 냈다.

"탐난다고? 그런 데에 미련 갖지 말고 공부나 해."

-아니, 그게 아니라, 그냥 내가 궁금해서……. 한번 목에 걸어 봤거든. 근

데 이게, 500만 원이 넘는 목걸이가 왜 이렇게 체인이 약한지 모르겠어. 불량인가 봐.

"기이임이이유우울!"

다시 소리쳤다. 이제 술집의 사람들이 그녀를 노려보는 것이 보였다. 혁진은 슬그머니 자리에서 일어나 이새의 팔을 끌었다. 밖으로 나가자고.

태원은 성화투어 회사 건물에 있다고 했다. 오늘 일이 많아 회사 밖으로 나갈 수가 없는 입장이니 회사로 직접 오라는 말에 이새는 난감했다. 하지만 가지 않을 수는 없었다. 500만 원이 넘는 목걸이의 체인이 뚝 끊어져 버린 것에 대해 돈으로 대신 보상하고 사과해야 했다. 그간 받은 월급을 모두 저축해 놓아 다행이었다. 다음 학기 등록금은 다시 모아야겠지만 가정교사 월급이 있으니 돈 문제는 없다.

이새는 돈뭉치를 들고 마음을 굳건히 하며 길을 나섰다. 혁진이 동행해 주었다. 그러나 건물 안으로 들어가서는 한숨이 나올 수밖에 없었다. 더 이상 고개 숙일 일이 없을 줄 알았는데. 더 이상 만나고 싶지도 않은데.

"얼른 돈만 전하고 올 테니까 여기서 기다려."

"같이 올라갈까?"

혁진이 넌지시 물었다. 이새는 고개를 저었다.

"회사 보안에 문제가 생겨서 외부인 출입이 제한된대. 담당직원한테 대신 전해 주라는 걸, 직접 가려는 거야. 너까지는 안에 들어가지도 못할 거야."

"그래도 걱정된다. 왠지 건물 공기가 싸해. 10분 안에 나와."

"10분도 안 걸릴 거야. 금방 다녀올게!"

곧장 안내데스크로 뛰어가 출입을 허가받은 이새는 출입증을 목에 걸고 엘리베이터에 오르며 손을 흔들었다.

총 25층의 건물에, 성화투어는 12층부터 15층까지 세 개의 층을 사용하고 있었다. 안태원 상무의 집무실은 건물 15층이었다. 이새는 누구의 안내도 받지 않고 집무실 앞에 다다랐다. 사내 곳곳에 안내판이 붙어 있어 태원의 집무실을 찾기에 무리가 전혀 없었다. 집무실 앞을 지키는 비서는 없었다. 스스로 똑똑 노크를 하고 안으로 들어갔다. 안에서 소리는 들리지 않았다. 하지만 이미 방문하겠다고 말해 놓았으니 그녀가 찾아올 것이라는 걸 태원도 알고 있을 것이다.

역시나, 태원은 자리에 있었다. 책상 앞에 앉아 컴퓨터 모니터를 계속 들여다보고 있던 태원은 안으로 들어온 이새를 노려보고는 비릿하게 웃었다.

"안녕하세요. 후원자님께서 보내신 물건 중 수거해 가지 않은 게 있어서 돌려드리러 왔습니다……."

그녀는 태원의 심기를 건드리면 안 될 것 같은 생각에 되도록 예의를 갖춰 말했다.

"그런데 물건이, 제 동생 실수로 망가져서요. 그래서 죄송하지만 돈으로 대신하려고 합니다. 브랜드랑 상품 검색해서 백화점 가격으로 맞춰 왔어요. 면목 없지만 받아 주셨으면 합니다. 그리고 앞으로는 이런 일이 다시는 없었으면 해요. 그럼 가 보겠습니다."

용건을 다 얘기한 후, 마지막은 역시 줄행랑이다. 이새는 지폐가 두둑이 든 봉투를 집무실 중앙 테이블에 내려놓고는 곧장 뒤돌았다. 그런데 뒤에서 한껏 비아냥거리는 목소리가 그녀의 발을 붙잡았다.

"예뻐해 주려고 했는데 자꾸 힘들게 하네."

책상 앞에 앉아 있던 태원이 자리에서 일어나 서서히 다가왔다. 합리적인 이성이, 절대 그와 맞서지 말라고 외치고 있었지만, 그녀는 결국 뒤돌아 태원과 마주했다.

"안지원한테 대체 뭐라고 했기에 그 자식이 그렇게 날 못 잡아먹어서 안달이 난 거야?"

"무슨 말씀을 하시는지 모르겠네요."

"안지원 때문에 지금 우리 회사가 이 지경이 됐는데 그쪽이 바람을 넣은 건 아무것도 없다는 건가?"

"좀 황당하네요. 저는 지금 후원자님이 하시는 얘기가 뭔지도 모르겠고, 준서 삼촌한테 바람을 넣을 만큼 준서 삼촌이랑 친하지도 않습니다."

흥, 태원이 크게 코웃음 쳤다. 그가 가까이 다가오니 솔솔 술 냄새가 났다. 취한 사람을 상대해서 좋을 것은 없었다. 이새는 다시 뒤돌았다.

"가 볼게요."

그러나 성큼 다가온 태원이 이새의 팔목을 붙들었다. 뼈가 으스러질 만큼 완강한 악력이었다.

"아잇! 이거 놔요!"

이새가 크게 저항한 덕에 태원의 손이 떨어져 나갔다.

"정말 아무것도 못 들었나? 안지원이 우리 회사를 족치고 있다는 말을 못 들었다고?"

태원이 추궁했다. 그간 꽤나 구애하는 척했지만 모든 게 가식이었던 듯하다. 이제야 깨닫게 된 이새는 태원이 경멸스러워졌다.

"이제 후원자님 본심을 알겠네요. 준서 삼촌한테 까인 걸 저한테 풀고 싶은 거였군요. 저는 저항하지 못할 것 같아서. 한 손에 뭉개 버릴 수 있을 것 같아서. 그런 방어기제를 공격 행동의 전위라고 하죠. 통제가 불가능한 대상에서 만만한 대상에게로 분노를 바꾸는 거. 종로에서 뺨 맞고 한강에서 화풀이하는 분이 여기 계셨네요."

태원의 입술이 씰룩거렸다.

"절 좋아한다고 몇 번 말씀하셨지만 그냥 저를 떠본 거였다는 걸 이제야 깨달았네요. 안 넘어가서 천만다행이네요. 근데 차암 많이 불안하신가 봐요?"

"김이새 씨 생각보다 말이 많네. 한 줌거리밖에 안 될 줄 알았는데."

태원의 눈동자에 살기가 번뜩였다. 그는 다시 그녀의 팔목을 와락 잡았다.

"놔주시는 게 좋을 것 같은데요. 제가 10분 안에 나오지 않으면 제 남자친구가 경찰에 신고하고 달려오기로 해서."

"남자친구 누구. 안지원? 안지원이 아니면 여기 들어올 수도 없을 텐데?"

태원이 비릿하게 웃어 보이며 말했다. 이새는 등골이 서늘해지는 기분이었다.

"김이새 씨가 잘 모르는 게 있는 것 같은데. 사람 괴롭히는 건 1분이면 충분하거든."

위험해!

순간적으로 위험을 직감했다. 더 이상 이 남자를 상대해서는 안 된다는 걸 알았다. 이새는 문 쪽으로 내달려 냉큼 문을 열었다.

쾅! 그러나 출입문은 금세 다시 닫혔다. 그녀의 위로 크게 그림자가 드리워졌다. 자신을 내려다보며 웃고 있는 태원은 악마처럼 보였다.

"꺄아아아악!"

사무실이 떠나가라 소리를 질렀다. 그녀가 할 수 있는 최선이었다.

"읍!"

그러나 그녀의 입은 태원의 무지막지한 힘에 꽉 막혀 버렸다. 태원이 무식하게 그녀의 허리를 잡아당겼다. 필사적으로 고개를 흔들어 틈을 만든 이새는 다시 압력이 가해지려는 손을 꽉 물어 버렸다.

"아악!"

태원이 발끈하며 손을 빼냈다. 그의 눈 흰자위의 실핏줄이 툭툭 터져 가고 있었다. 그녀의 저항에 태원은 이성을 잃은 듯했다.

"애들은 혼나야 말을 들어."

섬뜩한 목소리.

이새는 자기가 이대로 죽을 수도 있겠다는 생각이 들었다. 아찔해져 어지러울 정도였다. 벗어나려는 그녀를 다시 잡아낸 태원이 그녀의 여린 어깨를 우악스럽게 쥐었다.

공포의 그림자가 그녀를 와락 뒤덮은 순간! 구원처럼, 문이 저절로 열렸다.

마주하고 있던 두 사람의 눈이 동시에 출입문 쪽으로 돌아갔다. 단숨에 활짝 열린 문 앞에 지원이, 분노의 기운을 내뿜으며 서 있었다. 그리고 눈 깜짝할 새도 없이 불끈 쥔 커다란 주먹 하나가 태원을 향해 날아갔다.

토요일 오후.

지원은 귀국하자마자 내부보안감사 진행 확인차 성화그룹 전산부 사무실에 들렀다가 성화투어로 건너왔다. 성화투어 전산실 직원들을 살피기 위해서였다.

1층 로비에서 엘리베이터를 타고 전산실이 있는 12층으로 오르려는데, 무심코 혁진과 스친 것 같은 기분이 들었다. 생각난 김에 지원은 혁진에게 전화를 걸었다. 그리고 아니나 다를까, 이새가 이곳을 찾아왔다는 것을 전해 듣게 되었다. 그것도 태원을 만나기 위해. 지원은 재빨리 15층으로 올라갔다. 그리고 이새의 비명 소리를 들었다.

"꺄아아아악!"

역시나 비명은 태원의 집무실 쪽에서 들려오고 있었다. 피가 거꾸로 솟는 기분이었다. 소리는 복도에서만 울렸고 사무실 쪽으로는 새 나가지 않은 모양이었다. 주말근무를 하는 직원들은 몇 명 있는 것 같았지만 아무도 뛰어나오지는 않았다. 지원 홀로 급하게 뛰어갔다.

그리고 문을 열고 들어간 지원은 태원에게 어깨를 붙잡혀 덫에 걸린 짐승처럼 바르르 떨고 있는 그녀를 보곤 눈이 뒤집혔다. 따져 볼 겨를도 없이 주먹이 먼저 날아갔다.

픽! 예상치 못한 충격에 태원이 바닥으로 나가떨어지며 두 손으로 턱을 감쌌다. 뒤로 물러난 이새도 겁을 먹은 얼굴로 어깨를 움츠렸다. 지원이 소름 끼치리만큼 싸늘한 목소리로 말했다.

"내가 경고했지. 건드리지 말라고."

태원은 턱을 감싸고 있던 손을 내렸다. 입 안쪽에서 터진 피가 입술 사이로 흘렀다.

"네가 뭐라고 내가 네 말을 들어야 하나? 내가 김이새 씨 좋아하는 것도 네 허락을 받아야 돼?"

퍽!

"함부로 이름 부르지 마. 한 번 말하면 못 알아들어?"

퍽!

"그만!"

무자비한 폭행이 이어지는 것을 두고 볼 수 없었던 이새가 두 사람 사이로 끼어들어 지원을 저지했다.

"그만해요!"

피할 새도 없이 연타를 당한 태원이 끄응, 신음 소리를 내며 일어나 빈정거리듯 쓰게 웃었다.

"하. 이렇게 눈물겨운데, 이러고도 두 사람 관계가 투명하다고?"

지원이 다시 주먹을 들었다.

"그만하라고! 진정하시라고요!"

"소리 질렀잖아!"

지원이 이새를 향해 소리를 높였다. 그의 눈동자가 좌우로 요동쳤다. 말로 표현하지 못한 감정들이 그 안에 몰아치고 있었다.

"비명이 복도 끝에서 들렸어. 진정하게 생겼어?"

"아니, 그건 그냥 놀라서 그랬어요. 그냥 겁먹은 거예요."

이번엔 지원이 태원의 멱살을 잡았다. 역시나 이새가 만류했다.

"왜 이래요, 또!"

"미친 새끼가 여자한테 겁을 줘?"

"그만하라고요, 그만!"

이새는 필사적으로 지원의 팔에 매달렸다.

"가요, 얼른 가요."

계속 그 안에서 시간을 끌었다가는 살인이 나지 싶었다.

"가자고요!"

그녀는 지원의 손을 태원에게서 떼어 내고 있는 힘껏 잡아당겼다. 이새의 목소리에 울음이 가득 차 있었다. 지원은 그녀의 말을 따를 수밖에 없었다.

이새는 지원을 엘리베이터까지 끌고 갔다. 지원은 엘리베이터 문이 닫히자마자 이새에게 윽박질렀다.

"여긴 왜 왔어!"

"돌려줄 게 있어서요."

"다신 저 자식이랑 마주칠 일 만들지 마. 위험했잖아!"

"누가 뭐, 위험한 줄 알고 왔나요……."

그녀의 눈에 초롱초롱한 빛을 내는 눈물이 차오르고 있었다. 마음이 약해진 그는 더 이상 가타부타 말을 할 수가 없었다. 아마도 그녀의 잘못이 아닐 것이다. 태원의 목표가 정말로 이새를 향한 애정이라면 이새를 그렇게 다룰 수는 없다.

지원은 아래로 내려가는 그녀의 턱을 받쳐 들었다. 그의 손이 닿자 움찔하는 그녀의 반응에 더럭 겁이 나기도 했다.

"안 다쳤어?"

"네. 멀쩡해요."

어느새 눈가의 눈물방울을 닦아 낸 그녀가 입술 끝을 편안히 올렸다.

"억지로 웃지 마. 눈 돌아갈 뻔했다고."

이미 돌아간 것 같은데요, 뭘. 이새가 말없이 삐죽거렸다.

역시 혁진이 연락을 받고 왔겠죠. 그래도 오늘의 당신은 정말 슈퍼맨이었어요.

내뱉지 못한 말이 가슴속에서 웅얼거렸다. 벅찬 마음에 그저 그를 바라보고 있는데, 그가 심각하게 물었다.

"그 자식이 어떻게 했어."

"아무 일도 없었어요. 정말로."

"사실대로 말해."

"사실 무슨 일이 있으려고 했는데 제가 손을 깨물었거든요."

"······정말 괜찮아? 아픈 데 없어?"

"괜찮아요."

이새는 다시 웃어 보였다. 순수한 미소였는데도 지원은 마음이 아렸다. 한 발짝 그녀의 앞으로 다가간 그가 그녀의 어깨를 껴안았다.

"어? 저기요······."

쑥쓰러운 마음에 그를 막아 보려던 그녀의 목소리는 그의 품 안으로 사라졌다. 지원의 가슴은 이전보다도 더 따뜻했다. 아니, 뜨끈할 정도였다. 열이 가득한 몸은 들끓고 있는 마음을 숨기고 있는 것도 같았다. 그녀와 같은 분노, 혹은 더 큰 분노로 마음을 달래 주려는 것 같아 그녀의 속 안에서도 감정이 너울졌다.

"나 때문에 이런 일 당하게 해서 미안. 정말 미안해."

"저 때문이에요. 준서 삼촌 때문이 아니라."

그녀가 겨우 대답했을 때 엘리베이터 문이 열렸다. 두 사람의 포옹에 허락된 시간은 그게 다였다. 엘리베이터 앞에서 혁진이 안절부절못하고 있었다.

"야! 괜찮아? 안 내려와서 걱정했잖아!"

이새를 먼저 알아보고 허겁지겁 다가온 혁진은 금세 발을 멈췄다.

"헉, 형님! 왜 여기 계세요!"

뒤늦게 지원을 알아본 것이었다.

"일이 있어서."

지원이 혁진을 세게 쏘아보았다.

오혁진. 내가 어떻게 하라고 했어. 김이새 혼자 두지 말라고 했어, 안 했어!

그러나, 결정적인 순간에 눈치가 없는 혁진은 그저 맹한 표정으로 고개를 끄덕였다.

어후. 김이새의 옆에 있는, 믿을 만한 친구는 정녕 너뿐인 거냐.

……그래. 내가 왔으니 됐지, 뭘 바라.

"얼른 집에 들어가."

지원은 포기한 목소리로 혁진에게 당부한 뒤 이새에게도 말했다. 이새에게는 아이를 어르는 부드러운 목소리였다.

"이따가 연락할 테니까 집에 잘 들어가요."

바로 뒤돌아선 그에게, 이새가 급히 말을 붙였다.

"저기! 죽이러 가는 건 아니죠? 사, 살인은……."

이새의 진지한 목소리에 지원의 입술 사이로 설핏 웃음 한 조각이 터졌다.

"으이구."

이새에게로 돌아온 지원이 그녀의 이마를 톡 찍었다.

"누가 들을까 무섭네. 내가 누굴 죽입니까! 얼른 집에 가요."

이새가 입술을 샐그러뜨리는 것이 귀여워 더 오래 바라보고 싶은 욕심을 억눌러야 했다. 그는 짧게 한탄하고는 다시 뒤돌았다.

안지원이 돌아왔다. 또.

태원은 턱이 바들바들 떨렸다. 지원에게 맞은 자리가 아파서만은 아니었다. 지원이 왜 이곳까지 찾아왔는지 너무도 잘 알 것 같아서였다.

지금 그룹의 모든 전산을 관리하는 전산부는 보안감사를 받고 있었다. 지원의 계정에 접속한 태원 때문이었다. 이 일에 대해서는 전산실 박 부장이 모두 책임지기로 합의를 보았지만 이는 믿을 수 없다. 태원이 지원의 계정에 접속했다는 증거가 발견되면 제아무리 회장의 손주라 할지라도 징계를 피할 수는 없을 것이다. 또한 지원의 매서운 눈에 더 큰 것이 걸린다면, 지원이 자신의 컴퓨터를 뒤지기라도 한다면, 옛날 자료를 복구하기라도 한다면 그것이야말로 큰일이었다.

태원은 뭐에라도 홀린 사람처럼 컴퓨터를 켜고 마우스를 흔들었다. 그 옛날의 자료들, 무심코 컴퓨터 하드웨어에 저장한 자료들이 혹여 있을까 두려워졌다. 그렇게 급한 마음으로 컴퓨터 안의 폴더들을 들락날락거리고 있을 때, 또 문이 활짝 열렸다.

"허억!"

"뭐 훔쳐 먹다가 걸린 사람 같네."

들어온 사람은 또 지원이었다. 지원은 태원의 겁먹은 눈을 알아보고 잔인하게 웃었다. 지원의 번뜩이는 눈은 마치 저승사자 같았다. 태원은 태연한 척하는 것이 어려웠다.

"대체 네가 숨기고 있는 게 뭐냐? 얼마나 지저분한 걸 감추고 있길래 내부감사에 이렇게나 벌벌 떠는 거지?"

"내가 뭘 벌벌 떤다고 그래?"

"뭘 감추는지 지금 얘기해. 그럼 혈연관계를 생각해서 네 안위를 고려해 줄게."

"감춘 게 어디 있어. 그저 김이새 씨를 좋아하는 것뿐이지. 너랑 똑같이."

"그래. 그럼 언제까지 그렇게 여유 부릴 수 있는지 두고 봐줄게."

"과연 두고 볼 수는 있을까? 날 이렇게 만들었으니 내일부터 너는 다시 귀양살이를 할 것 같은데."

"글쎄. 과연 할아버지께서 널 지켜 주실까 모르겠네. 나를 쓸모 있게 부리는 것과 너를 보호해 주는 것, 둘 중에 하나를 선택하셔야 할 텐데. 너는 나 때리지도 못하잖아. 네 무기는 그것밖에 없으니까. 나한테 맞고서 피해자 코스프레 하는 거."

태원은 부들부들 떨리는 손을 꽉 쥐었다. 지원은 한번 손에 움켜쥔 것에는 끝을 보는 사람이었다. 사람의 감정을 긁고 도발하는 것에도 능숙했다.

"억울하면 너도 능력자가 돼 봐. 그럼 네가 원하지 않아도 할아버지는 네 편이 될 테니까. 그렇게 열등감에만 절어 살아서 언제 사장 자리에 오르겠냐."

이 독한 자가 자신을 겨냥하고 있으니 한 공간에 같이 있는 것만으로도 속이 뒤집어지는 것 같았다. 눈을 감은 채 흥분하지 않으려 애쓰는 태원에게, 지원이 바짝 가까이 다가갔다.

"이제 경고하는 것도 마지막이야. 김이새 건들지 마라. 벼랑 끝까지 밀려 나고 싶지 않으면."

한층 더 낮아진 목소리로 경고의 말을 내뱉은 지원이 무심하게 돌아섰다. 애써 차분한 척했던 태원은 지원이 떠난 뒤에야 크게 숨을 들이켤 수 있었다. 지원에게 맞은 자리가 타들어 가는 듯이 쓰렸다.

태원의 집무실을 떠난 지원은 다시 12층의 전산실로 내려갔다. 주말임에도 불구하고 전산실 직원들은 모두 자리에서 대기하고 있었다. 불미스런 사태에 대해 책임을 나누어지고 있는 듯 보였다.

지원은 직원들의 표정, 눈빛, 행동 등을 유심히 살폈다. 직원들은 죄다 주말근무가 귀찮은 눈빛이었는데 그중 몇몇의 표정은 무언가 이상했다. 이들을 충분히 하나하나 살피고 따로 머릿속에 담아 둔 지원은 조심스럽게 건물을 떠났다.

회사에서의 일. 형의 일. 복잡한 진실을 파헤치는 마음이 썩 좋은 기분은 아니었다.

사건의 어디에나 태원의 그림자가 보이는 것만 같았다. 태원을 승환만큼 아끼지는 않지만 그래도 사촌이라서, 매번 자신에게 열등감을 느껴 온 친구라서 짠한 것이 있었다. 그래서 기실은, 태원이 더 이상 얽히지 않았으면 하는 마음이었다.

그런데 그의 손안에 쥐어지는 정보들이 수상할 만큼이나 태원과 닿아 있었다. 죽은 형의 휴대폰에서 사라진 통화 기록은 10여 개 정도였다. 그중에는 모르는 번호도 있었지만 태원과의 통화도 있었고 태원의 어머니 은애와의 통화도 있었다. 모르는 번호에 대해서는 다시 추적을 의뢰하고 태원에게는 가까이 접근해 보기로 했다.

지원은 쓸쓸한 마음을 거두어 내기 위해 이새에게 전화를 걸었다. 그녀의 존재만큼이나 좋은 힐링은 없었다. 그녀가 집에 잘 들어갔나, 아프지는 않은가 걱정되는 마음이 첫 번째였지만.

-여보세요.

차분하게 들려오는 목소리에 일단은 마음이 놓였다.

"집에 도착했어요?"

-네, 아까요.

"……많이 놀랐습니까?"

-전혀요.

"……그런 일 겪게 해서 미안해요."

-그건 준서 삼촌이 사과하실 일은 아니에요.

그녀가 그를 위로하듯 가볍게 말했다. 그 마음이 아프도록 고마웠다.

-그리고 술 마시고 인격이 변하는 사람들은 이해할 수 있긴 해요. 그런 사람들은 술 못 마시게 하면 돼요.

206

"본인 얘긴가?"

------부정하진 않을게요.

아니야. 당신은 술에 취해도 얼마나 사랑스러운데. 그녀의 안위가 걱정되는 와중에 사랑스러운 그녀의 모습이 머릿속에 그려져, 그는 피식 웃을 수 있었다.

일주일 만에 또 집에 돌아오니 준서가 댕그란 눈으로 갸우뚱거리며 쳐다보았다. 지원은 씁쓸한 표정으로 준서를 내려다보았다.

"오늘 자고 가요?"

"그래. 내일 갈 거야. 삼촌 얼굴을 오랜만에 보는데 반응이 왜 그래."

준서가 시무룩하게 대답했다.

"선생님이 일찍 온다고 그랬는데요. 내일. 일요일에. 그런데 삼촌이 와서 저랑 있어 주면 선생님은 안 오잖아요."

안지원, 졌어. 김이새한테 또 졌어.

"선생님도 쉬어야지."

"요즘 선생님이랑 같이 자는데."

지원이 이를 부득 갈며 준서를 야단쳤다.

"안준서. 내가 그러지 말라고 그랬지!"

"선생님은 바닥에서 자고 저만 침대에서 자는 건데요?"

준서가 반항하는 사춘기 소년처럼 말했다. 뒤늦게 숙연해진 지원이 준서에게 물었다.

"요즘도 무서운 꿈 꿔?"

"그런 건 아니고요."

지원은 걱정스런 마음으로 준서와 눈을 맞췄다. 한참 지원의 눈을 피해 바닥을 향하고 있던 준서가 고개를 들었다.

"삼촌 저랑 진지한 얘기해요."

준서의 영문 모를 요청에 지원이 눈을 깜빡거렸다. 진지한 얘기란다. 일곱 살짜리 꼬마가 하는 말이 몹시도 야무졌다.

"정말 나랑 하자고? 진지한 얘기를? 선생님이 아니라?"

"선생님한테는 얘기 못 해요. 여자 문제라."

아. 하하. 웃으면 안 돼…….

"문화센터에 예쁜 애가 있는데요."

"……."

"삼촌?"

준서가 시큰둥하게 그를 불렀다.

선생님은 내 한마디, 한마디에 모두 반응해 주는데.

같은 것을 삼촌에게 바라는 건 욕심이라는 걸 알고는 있지만 어린 마음에 서운했던 것이다. 지원이 웃음을 참느라 눈가에 잔뜩 힘을 주고 입을 꽉 다물어 버린 사실을 알 리 없는, 순진한 준서였다.

"왜. 예쁜 애가 마음에 들어서?"

"꼭 그런 건 아닌데요. 그 애가 저한테 남자친구 해 달래요."

지원은 다시 한 번, 픕 터지려는 웃음을 참아 냈다. 아, 요즘 애들은 성숙하기도 하지.

"남자친구 해 달라면 해 줘야지."

아마도 김이새를 만나지 않았다면 엄청나게 단속했을 테지만, 지원은 이 좋은 기회를 놓칠 수가 없는 시커먼 속의 삼촌이었다.

"그런데 저는 벌써 선생님한테 청혼을 했거든요."

"준서야, 괜찮아. 12년 뒤의 약속은 그때 지키면 돼. 그리고 우리 냉정하게 12년 뒤를 생각해 보자. 김이새 선생님이 그 미모를 유지하고 있을 것 같아? 절대. 엄청 늙었을 거야. 네 마음에 들 만큼 예쁘지도 않을 거야."

김이새 씨, 미안. 이 정도의 하얀 거짓말은 용서해 주겠지. 당신과 나의 앞날을 위해서니까.

"꼭 예뻐서 좋아하는 건 아닌데."

"안준서! 삼촌 말 들어! 다음에 여자친구 꼭 만들어서 와. 알았어?"

결국 버럭, 소리를 지르며 명령하듯 말했다. 툭 불거진 준서의 양쪽 볼이 귀여워 지원은 문득 깨물어 주고 싶다는 생각이 들었다.

오랜만에 돌아온 집은 집 밖의 살벌함과는 다르게, 눈물 나도록 편안하다. 이 집을 집답게 만들어 준 모든 구성원에게, 오랜만에 고마운 마음이 들었다.

이틀이 흐른 월요일.

하루는 다시 유유히 흘러갔다. 점심때 민지가 잠깐 방문했던 것을 제외하곤 별다른 일도 없었다.

아침에 저택으로 돌아온 이새는 지원을 다시 만날 수 없었다. 뭐가 그리 바쁜지 동이 트자마자 떠나 버렸다는 다원의 말에 이새는 괜스레 서운해졌다. 토요일에 슈퍼맨처럼 나타나서 구해 주고, 엘리베이터에서 끌어안아 주어서 새삼 좋았는데. 무언가 끈끈하게 연결돼 있는 것 같으면서도 닿지 않는 느낌이다.

지원을 좋아하고 있다는 민지의 고백을 들은 후에 더 신경을 쓰게 된 것 같기도 하고. 먼저 헤어지자고 했던 벌을 달게 받고 있는 기분이었다.

'생각해서 뭐해. 속만 쓰리지.'

이새는 문득문득 지원에 대해 생각하게 되는 마음을 거두어들였다.

준서는 오늘도 역시 제 방에서 같이 자자고 이새를 잡아끌었다.

"준서 요즘 정말 무서운 꿈 꾸는 거 아니야?"

"아니요."

"그럼 그냥 괜히 무서워?"

준서는 고개를 흔들었다. 준서나 지원이나, 이 집의 남자들은 도통 속을 모르겠다고 생각하며, 이새는 준서를 재우고 잠자리에 들었다.

그날 밤.

저벅저벅. 어둠을 밟고 집에 돌아온 가장은 제일 먼저 사랑스런 토끼들의 방을 살폈다.

'정말 오늘도 여기서 자네.'

바닥에서 이불을 깔고 잠들어 있는 이새와, 침대에서 웅크리고 잠들어 있는 준서. 모두 사랑스러웠다.

한국에서 해결해야 할 일을 마무리 지은 후, 밤 비행기를 타고 말레이시아로 돌아갈 예정이었다. 하지만 이 모습을 보기 위해서 마음을 바꿨다. 몸이 노곤했지만 입가에는 쉽게 미소가 떠올랐다. 긴장돼 있던 몸이 이완되는 듯 평화로운 숨소리들이 좋아, 지원은 이끌리듯 방으로 들어와 바닥에 앉았다.

돌아왔어. 비록 잠깐이지만. 잠시나마 같은 지붕 아래 있고 싶어서. 숨소리를 듣고 싶어서 돌아왔어.

자신이 미소를 머금고 있다는 것을 스스로도 느끼고 있는데, 눈가는 뜨거워졌다.

이제 집으로 돌아오는 행복을 완벽히 깨닫게 되었다.

세상에서 가장 사랑하는 사람들이 모여 있는 곳. 밤에도 고요한 숨소리가 들리는 곳. 가장이라는 이름으로 있는 나를, 의지하게 해 주는 곳.

그런 마음을 알게 해 주어 고맙다고, 예쁜 토끼에게 인사를 한다.

온도가 높아진 눈길로 그녀를 바라보는데, 그녀는 잠에서 깨지도 않은 상태로 갑자기 손을 부르르 떤다.

토요일에 안태원을 만난 후유증인 것 같아 걱정스러워졌다. 안쓰러운 마음에 그녀를 향해 천천히 올린 손은 얼굴에 닿지 못하고 그녀의 손등 위로 곱게 포개졌다.

지켜 주고 싶어. 지켜 줄게. 놀라지 말고, 무서운 꿈 꾸지 말고, 슬퍼하지 말고, 힘들어하지도 말고. 내가 당신을 보고 버티듯 당신도 내 안에서 힘을 내 줘.

사랑해. 정말, 정말 사랑해.

이 소중한 집에 빨리 달려오고 싶게 만들어 주어서 정말 고맙고, 그리고 사랑해…….

……그리고 두어 시간 후.

소록소록 예쁘게 잠들어 있던 이 방의 토끼 한 마리가 자리에서 일어난다.

"선생……."

목이 말라 정수기가 있는 곳까지 같이 가자고, 선생님을 부르려던 귀여운 토끼는 선생님 옆에 누운 까만 형체를 보고 눈앞이 멍해졌다.

어허이. 선생님을 데려가면 안 되지요. 내가 사랑하는 사람을 다 데려가면 나는 어떻게 사나요.

귀신에 완벽하게 적응돼 있는 일곱 살 토끼는 찬찬한 걸음으로 까만 형체에 다가선다. 선생님의 손을 잡고 있는 저승사자가 어서 그냥 혼자 떠났으면 좋겠다고 생각하며 그 손을 떼어 내리는데.

이런. 저승사자가 아니다.

이럴 수가.

준서는 저승사자라고 짐작했을 때보다 더 놀란 눈빛으로 두 사람을 보다가 고개를 절레절레 흔든다.

나의 삼촌이 이럴 수는 없다. 일곱 살 내 창창한 미래를 방해할 수는 없다.

이게 꿈은 아닐까 하는 마음에 제 볼을 꼬집어 본다. 마음만큼이나 볼도 아프다.

이럴 수가. 꿈이 아니라니.

일곱 살 인생에 처음 경험하는 배신감이 머리를 어지럽힌다. 문득, 의아하게만 여겼던 지난날들이 주마등처럼 스쳤다.

"밤에 무서우면 삼촌이랑 자는 거야. 선생님이랑 자는 게 아니라."

"안준서. 청혼이 뭔지는 알아?"

"팔찌 좀 줘 봐. 너한텐 너무 헐렁해. 이건 삼촌한테 더 잘 맞을 것 같은데."

"우리 냉정하게 12년 뒤를 생각해 보자. 김이새 선생님이 그 미모를 유지하고 있을 것 같아? 절대."

그랬구나.

그래서 삼촌이 그토록 나의 결혼을 반대하고 방해했던 거구나.

그제야 모든 진실을 알게 된 준서의 마음에 또렷한 감정 하나가 남았다. '흥.'

준서는 힘껏 코웃음을 치고는 사랑하는 선생님의 손을 붙들고 있는 삼촌의 손을 떼어 낸다. 그리고 문을 열고 밖으로 나가 저벅저벅 걸어 정수기 앞에 섰다. 이 밤에 혼자 물을 마시러 나온 것은 처음이다.

차가운 물을 들이켜고 좀 더 차분해진 마음으로 돌아와 두 사람을 내려다보았다. 어둠에 더 익숙해진 준서의 눈 안에는 우주가 담겨 있다. 떨어진 채로 닿을락 말락하는 거리에 있는 두 사람의 손이, 언젠가 선생님이 보여 준 그림 '천지창조' 같다. 이대로 두 사람의 손이 닿으면 뭐든 이루어 낼 수 있을 것도 같다.

그냥, 선생님이 계속 내 옆에 있었으면 좋겠어요. 엄마같이.

마지막이 끝나고 그다음에 있을 무언가가 또다시 선생님이었으면 좋겠어요. 문화센터에 예쁜 여자애가 있어도, 그 여자애가 남자친구 해 달라고 졸라도, 선생님은 계속 내 옆에 남았으면 좋겠어요. 그래서 계속 같이 자자고 졸랐어요. 내가 조르면, 선생님은 언제나 들어주니까.

삶을 모두 비워 내듯 깊은 한숨을 쉰 준서는 다시 두 사람에게로 슬며시 다가갔다. 그리고 두 사람의 손을 원래의 상태로 복구시켜 주었다. 이번에는 지원의 손 위에 이새의 손이 얹어졌으므로, 엄밀히 말하면 복구는 아니었지만 인생의 폭풍을 만나 혼란스러운 준서로서는 그것이 최선이었다.

'흥.'

준서가 다시 침대로 돌아가 눕도록 두 사람은 깨지 않았다.

준서의 일기.

내 나이 일곱.

사랑하는 여자를 빼앗겼다.

삼촌한테.

17. 이 밤이 사라지지 말았으면

만지작만지작. 따뜻하고 부드러운 것을 쓰다듬는 느낌이 나쁘지 않다.

이새는 꿈에서의 충만감 그대로 미소를 머금고 눈을 떴다. 아직 밤이었고 여전히 온통 어두웠다. 그래서 이새는 잠깐 떴던 눈을 자연스레 다시 감았다.

그런데, 손에 무언가 잡힌다. 마치 손처럼 얇은 피부가 느껴지고, 마치 손처럼 손등의 핏줄이 만져지고……. 엥? 지, 진짜 손?

'이, 이게 뭐야!'

뒤늦게 겨우 정신이 든 이새의 눈이 와락 커졌다.

'헉!'

그녀는 눈앞에 누워 잠든 생명체를 알아보자마자 급히 손을 떼고 뒤로 물러났다. 왜 지원이 제 옆에 누워 있는지, 왜 자신은 그의 손을 소중하게 잡고 있었는지 알 수가 없었다.

일단……. 일단…… 튀자!

떠오르는 건 그것뿐이었다. 다행히 지원은 낮 동안 피곤했는지 불편한 자세로 조금도 움직이지 않고 곯아떨어진 상태였다. 이새는 부리나케 줄행랑을 쳤다.

"후우, 후우."

그녀는 제 방에 돌아와 침대에 드러누워서야, 크게 심호흡을 할 수 있었다.

"으아, 이게 뭐야. 왜 또 여기 있어!"

동이 트자마자 떠났다고, 그래서 말레이시아로 돌아간 줄 알았는데. 또 집에서 보게 될 줄은 몰랐다. 그것도 야밤에, 머리맡에서!

어쩐지. 꿈에 그가 보이더라니.

이제 그녀는 지원을 흠모하다 못해 그의 냄새만으로도 반응을 보이는 처지가 되었나 보다. 냄새만 맡고도 무의식은 지원을 인지하는 모양이었다. 어쩌면 그녀가 무심코 방에 들어온 지원을 잡고 놓아주지 않았는지도 모르겠다. 지원의 체취에 이끌려 손을 덥석 잡아 버리는 장면을 생각하면 침대 밑에라도 숨고 싶었다.

아아아아…… 욕망녀.

지난 일들이 답답하면서도 다시 한 번 그를 보고 싶은 마음이 드니, 정말 갈 데까지 간 거였다.

몇 시간 뒤 지원도 부스스 눈을 떴다. 아침 햇살보다도 따가운 준서의 눈빛이 그를 기다리고 있었다.

"준…… 서, 일찍 일어났네?"

빠르게 주변을 쓱 훑어본 지원이 준서에게 더듬더듬 말을 걸었다.

이런. 잠깐 그녀 옆에 누워 본다는 게 잠이 들고 말았나 보다. 그런데 방에 이새는 없고 준서만 자신을 쏘아보고 있으니 상황을 판단하기 어려웠다.

"나는 선생님한테 같이 자자고 했는데."

아침 인사를 건너뛴 준서가 툴툴 말을 내뱉었다.

"그런데 일어나 보니 선생님이 없네요."

"안준서."

지원이 엄한 목소리로 준서에게 말을 걸었다.

"삼촌이 있을 땐 삼촌이랑 자는 거라고 했지."

"그래서 선생님 내쫓았어요?"

"……알아서 나갔어."

언제 나갔는지는 모르지만.

지원은 궁여지책으로 대답하고 냉큼 방에서 나갔다. 준서와 더 있다간 어떤 잔소리를 더 듣게 될지 난감했다. 그렇게 준서의 방에서 벗어났는데, 방을 떠나자마자 거실에서 이새와 맞닥뜨렸다.

"헉!"

지원은 놀란 마음을 잘 삼켰는데 이새가 기겁을 했다. 간밤의 일을 알 만한 반응이었다.

아, 이 여자가 간밤에 나를 발견하고 도망친 거구나.

"아, 안녕하세요."

이새가 어색하게 인사했다. 간밤의 일을 묻어 둘 생각인 것 같았다. 그렇다면 지원도 협조해 줄 수밖에 없다. 지원이 가볍게 눈인사했다. 그렇게 서로 서먹하게 비켜나려 하고 있는데 준서 방의 문이 다시 열리고 준서가 밖으로 나왔다.

"준서 일어났어?"

껄끄러운 상황에서 탈출하려는 듯, 이새는 여느 때보다도 밝은 목소리로 준서에게 인사했다. 지원이 돌아본 곳에 서 있는 준서는 여전히 시큰둥한 얼굴이었다.

"선생님, 삼촌이 선생님 제 방에서 나가라고 했어요?"

"알아서 나가신 거라니까."

준서의 질문이 떨어지기 무섭게 지원이 불쑥 끼어들었다.

"그래, 준서야. 선생님이 알아서 나갔어."

이새마저 지원을 감싸듯 말하자 준서의 눈이 가자미처럼 가늘어졌다.

일곱 살짜리가 왜 저렇게 의심이 많아? 좀 꼬마답게 받아들여 주면 안 돼?

조바심이 난 지원의 눈이 세모가 되어 가고 있을 때, 휴대폰이 울렸다. 이른 아침부터 회사에서 지원을 찾았다.

"네, 안지원입니다."

무심하게 전화를 받았는데 저편에서 들려오는 소식은 꽤 심각했다. 성화 투어 전산팀 직원이 간밤에 자수하기 위해 찾아왔다는 얘기였다. 지원도 얼른 가 보겠다고 말했다.

지원이 다시 떠나고 또 평범한 일상이 시작되었건만.

민지는 오늘도 찾아왔다. 가끔 놀러 온다고 해 놓고 그렇게 말한 시점부터 주구장창 얼굴도장을 찍었다.

민지는 이새가 준서를 교육시키는 방식에 대해서는 그 어떤 말도 하지 않았다. 하지만 이새는 민지가 이곳에 있는 것만으로 왠지 CCTV에 자신의 모습이 계속 찍히고 있는 것만 같은 불편한 느낌이 들었다.

'준서 삼촌이 오늘도 다녀갔다는 얘길 들었을 테니 계속 여기 있고 싶겠지.'

이해하지 못하는 바는 아니다. 자신 또한 지원 앞에서는 별말도 하지 못하면서 그가 계속 보고 싶고, 오늘 또 왔으면 좋겠고, 파견근무가 어서 끝났으면 하는 마음이 드니 말이다.

잠자리에 들 시간 즈음이 되어서야, 그가 오늘 또 왔으면 좋겠다고 생각했던 마음을 고이 접을 수 있었다.

"선생님, 오늘은 제 방에서 같이 안 자도 돼요."

오늘도 준서 방에서 자겠구나, 생각하고 있을 때 가만히 다가온 준서가 먼저 말했다.

"정말? 이제 준서 혼자 잘 수 있겠어?"

이새가 물었다. 갑자기 독립을 선언한 것이 의아했다. 지원이 준서에게 수작을 부렸을 수도 있겠다는 생각이 들었다. 빤히 바라보는데도 아쉬운 눈빛을 보이지 않는 준서가 이상하긴 했다.

"선생님."

"응?"

"선생님은 우리 삼촌 싫어해요?"

"아니! 좋아해!"

대뜸 나온 질문에 이새는 불현듯 진심을 얘기해 버렸다. 아차, 싶었다. 스르륵 두 뺨에 열이 올라오는 것이 느껴졌다. 이새는 내뱉은 말을 수습해야 했다.

"많이 존경해. 삼촌은 정말 존경스런 분이거든. 말했잖아, 준서한테도. 삼촌은 의젓한 어른이라고."

제대로 임기응변을 한 것에 스스로 뿌듯해하며 미소를 지었는데 왠지 준서의 표정이 뚱해 보였다.

선생님이 잘못 알고 있는 거예요. 삼촌은 하나도 안 의젓해요.

그 표정에 이런 생각이 들어 있다는 것을 이새가 알 리 없었다.

준서는 사랑하는 선생님에게 삼촌의 험담을 할 수 없어 서러웠다. 하지만 또 한편으로는 설레기도 했다.

삼촌과 함께 있는 선생님. 내 옆에 계속 같이 있을 수 있는 선생님.

첫사랑을 잃었지만 선생님은 잃지 않을 수 있는 방법을 어젯밤 새삼 깨

닿게 된 것이다. 자신을 재워 주는 이새의 따뜻한 토닥임에 노곤한 잠기운을 느끼며, 준서는 꿈으로 빨려 들어갔다.

그 길목에서 삼촌과 선생님, 두 사람의 결혼식을 봤다. 그리고 두 사람의 손에 그네처럼 매달려 폴짝폴짝 뛰는 자신의 모습도 보았다.

'보고 싶다. 미쳤나 봐.'

어젯밤 보았던 지원의 자는 모습이 이새의 머릿속에 잔상처럼 남아 있었다. 너무 뒤늦게 찾아온 상사병이었다. 아니, 늘 가까이 있었기 때문에 병에 걸릴 틈이 없었다. 헤어진 후에는 일부러 마음을 닫았었고. 그사이 그렇게 마음에 굳은살이 박였다고 생각했건만 며칠 동안 그의 실물을 가까이에서 확인하니 마음이 동했나 보다.

'전화라도 걸어 볼까?'

하지만 용건이 없었다. '준서가 오늘은 같이 자자고 하지 않네요. 준서 삼촌이 한마디 하셨어요?' 하고 대뜸 따질 수도 없는 노릇이었다.

"게임이나 하자!"

그녀는 마음을 비워 내기 위해 오랜만에 휴대폰 게임을 시작했다. 지징지징. 촐랑대는 것만 같은 가벼운 음악이 흘러나오자 마음이 좀 풀어지는 것 같았다. 게임을 하다가 지쳐 아무 생각 없이 잠드는 게 오늘의 목표였다.

……그러나 목표를 이루는 것이 쉬운 일은 아니었다.

안지원 중독보다는 게임중독이 낫겠다 싶어 시작했는데, 두어 시간 동안 게임을 계속하니 목과 어깨와 손가락이 뻐근했다. 눈도 침침했다.

이제 드디어 잘 때인가 보다 생각하며 자리에서 일어난 이새는 손을 씻기 위해 방에서 나왔다. 그리고 다시, 거실에서 지원과 재회했다.

"으으어아아아어아!"

볼 때마다 기겁하기로 마음먹은 사람처럼 자신을 보고 소스라치게 놀라는 이새를 보며 지원은 살짝 언짢아졌다. 잠깐이라도 얼굴을 볼 수 있을까 해서 말레이시아로 돌아가는 것을 또 뒤로 미뤘건만.

"또, 또 여기 계세요?"

"좀 있으면 안 돼요?"

사실 지원은 일찍이 이새의 방에서 흘러나오는 게임 음악 소리를 들었다. 그녀가 무언가 할 일을 하다가 거실에 나올 수도 있지 않을까 하는 마음에 하염없이 기다린 것이었다.

"이렇게 기겁할 줄 알았으면 말레이시아로 돌아갈 걸 그랬네."

그러나 그녀의 반응을 확인하고서는 반가운 마음과는 달리 고운 말이 나오지 않았다.

"무슨 말씀을 그렇게 하세요……."

"날 귀신 보듯 하잖아요, 김 선생이."

"밤에 창가에 그렇게 서 계시니까 그렇죠."

서럽게 들리는 이새의 대답에 달리 할 말이 없었다. 지원은 멋쩍은 표정으로 고개를 돌렸다. 더 같이 있을 수 있는 구실을 만들고 싶은데 티격태격하고 싶지는 않았다. 지원이 머릿속으로 해야 할 말을 고르고 있을 때, 다행히 이새가 먼저 말을 걸어 주었다.

"주무시고 내일 가시는 거예요?"

"그래야죠."

짧게 대답한 후 얼마가 지나서야 지원은 해야 할 말 하나를 겨우 생각해 냈다. 아침에 준서가 끼어드는 바람에 하지 못한 말이었다.

"……어제는 어쩌다 보니 옆에서 잠들어 버렸어요. 정말 그러려던 건 아닌데 공기가 따뜻해서 그냥 쓰러지듯 잠이 왔나 봅니다."

"아, 네……."

새삼스럽게 지나간 일의 자초지종을 설명하는 그의 정중한 말투에 이새는 어리숙하게 답했다. '정말 그러려던 건 아닌데.'라는 말을 믿어야 하는데 심장은 딱 설레기 좋은 온도로 뛰고 있었다.

"놀랐나 싶어서."

지원이 한마디 덧붙이자마자 이새가 발끈하듯 대답했다.

"아뇨, 안 놀……."

하지만 끝까지 이어지지는 못했다. 안 놀랐다고 말하기엔 너무 특별한 일이긴 했다.

"아니, 되게 놀랐, 아니, 아니……."

그렇다고 되게 놀랐다고 말할 수도 없고. 말을 끝맺지 못하고 부정과 긍정 사이에서 왔다 갔다 하는 이새의 어수룩함에 지원이 픽 웃으며 말했다.

"됐어요. 마음 다 알아요."

내 마음을 다 알아? 어떻게 다 알아? 나도 정리가 안 되는 내 마음을 어떻게 알아?

마구 따지고 싶은 마음도 있었지만 그녀는 금방 꼬리를 내렸다. 어젯밤에 대한 얘기는 그대로 매듭짓는 게 속 편할 것 같았다. 물론 그를 계속 붙잡고 싶기는 했지만.

"요즘 많이 힘드신가 봐요."

이새가 유연하게 이야기를 바꾸자 지원은 입매를 지그시 늘였다.

"힘든 것보단, 요즘엔 잔인한 짓을 많이 해서 생각할 게 많아요."

오늘도 손에 피만 안 묻혔다 뿐이지 여러 사람 눈에 피눈물이 날 만한 일을 참 많이도 했다.

어제 자수했다던 직원은 지원의 이메일에서 오간 내용에 대해 전혀 모르고 있었다. 배후에 누군가 있는 것이 확실하건만 직원은 이에 관하여도 함구했다. 지원은 해킹한 직원을 형사고발 하는 한편 성화투어 전산실을 물갈이해 버렸다. 다른 계열사의 일을 주무르는 것은 처음이었다. 마음이 좋을 수는 없었다. 아무 잘못 없이 피해 입은 사람들은 언젠가 다 구원할 테지만 그들의 상처 입은 마음까지 달래 주지는 못할 것이다.

지원의 표정이 쓸쓸해 보여 이새의 마음이 짠했다. 이새는 순진무구한 얼굴로 진지하게 타일렀다.

"그래도 살인은 안 돼요. 아시죠?"

"허. 너무 나가시네. 나를 대체 어떻게 본 거야?"

"아, 이게 아닌가요? 형을 위한 복수, 그런 거."

"물론 잘못했으면 벌을 받아야지. 하지만 나는 일에 감정을 끌어들이는 사람은 아니라고. 내가 김이새 씨를 좋아하고 있긴 하지만 준서한테는……."

지원은 말을 하다 말고 입을 닫았다. 은근슬쩍 마음을 내비치긴 했지만 이렇게 직접적으로 진심을 토설한 적은 처음이었다. 그것도 이런 어처구니없는 말실수로.

소주 한잔 걸친 사람처럼 얼굴이 달아오른 이새가 고개를 푹 숙였다. 듣는 상대에게 더 부끄러울 만한 말이었던 것이다.

젠장. 좋아하는 걸 좋아한다고 말하지도 못하고.

애타는 마음을 숨기며 지원도 화제를 돌린다. 그녀와 더 함께 있기 위하여.

"형에 대한 건 아직도 열심히 추적 중이에요. 역시 형의 휴대폰에 지워진 통화가 몇 개 있었어요."

"아아, 그래요? 의심 가는 게 있나요?"

"다 추적해 봐야죠."

"일도 많은데 그것까지 챙기려면 힘드시겠어요."

"내가 그렇게 힘들어 보여요?"

거듭되는 이새의 말에 지원이 반응했다.

"그럼 힘들지 않으세요?"

"난 그래도 김이새 선생 볼 때마다 기운을 얻고 있는데. 일은 하나도 안 힘들어요."

"거짓말."

이새는 혼잣말하듯 작게 읊조렸다.

그런 표정을 하고 힘들지 않을 리가 없잖아. 내 앞이라서 강한 척을 하고 싶어 그러는 거라면 넣어 둬요. 이해할 수 있으니까.

마음속의 말이 자그마한 한숨으로 흐르는데.

"역시 제일 힘든 건……."

그녀의 혼잣말을 알아들은 걸까. 지원이 그녀를 향해 영롱한 눈빛을 보내며 말했다.

"내가 사랑하는 사람은 꽃길만 걷게 해 주고 싶었는데."

"……."

"예쁜 것만 보고, 예쁜 생각만 하고, 행복하기만 했으면 했는데. 그렇게 해 주질 못한 거."

울컥. 그의 진심 어린 말들이 만들어 내는 파동에 그녀의 심장이 들썩였다.

"그리고 여전히 못 하고 있는 거."

어둠 속에서 두 사람의 눈빛이 촘촘하게 얽혔다. 초롱초롱한 서로의 눈 안에 서로의 진솔한 표정이 담겼다.

당신이 제일 힘든 게 정말 그거야?

일이 아니라, 형의 죽음을 파헤치는 게 아니라, 야비한 사촌과의 혈투가 아니라 그저 그거야? 다른 사람을 행복하게 해 주지 못하는 거?

눈앞의 세상이 일렁였다. 눈물을 떨구지 않으려 애쓰느라, 이새는 이를 악물어야 했다.

아, 내가 이런 사람한테 대체 무슨 짓을 한 거지?

왜 이런 사람을 놓아 버렸지?

누군가 심장을 꽉 쥐고 놓아 주지 않는 듯했다. 홀린 것처럼 손끝과 발끝이 그를 향해 저절로 움직였다. 그에게 닿지 않고는 견딜 수 없는 마음이 그녀를 마구 재촉했다.

한 걸음. 그렇게 한 걸음이면 닿을 수 있는데.

"눈 오는 건가?"

그의 고개가 창 쪽으로 돌아갔다. 맺혔던 눈물을 후다닥 닦고, 그에게서 손을 거둔 이새도 뒤돌아 창문 쪽을 바라보았다.

"어? 정말……."

올해의 첫눈이었다. 널찍하게 펼쳐진 창문 가득, 찬찬히 눈이 내리는 풍경은 장관이었다.

"눈이 함박눈이에요."

지금까지 나눴던 시답지 않은 이야기, 살아가는 이야기, 그리고 진솔한 이야기까지, 모든 이야기를 그저 다 묻어 버릴 만큼 우아한 풍경이었다.

"세상이 까만데 눈만 보이니까 엄청 예쁘네요. 정말 눈이 꽃송이 같아요! 와아……."

조심히 걸어 창문가로 간 이새가 신기한 듯 말했다. 송이마다 초롱을 매달고 있는 것처럼 내리는 눈들은 모두 반짝거렸다.

"첫눈이에요!"

울컥했던 것도, 눈물을 글썽였던 것도 잊고 이새는 상기된 목소리로 말했다. 지원의 얼굴에도 밝은 미소가 떠올랐다.

"말레이시아로 가셨더라면 못 볼 뻔했네요. 이렇게 큰 창으로 보니까 영화관에 온 것 같아요. 가만 있자. 준서를……."

"어허, 어허. 어딜 가요!"

"준서한테도 첫눈 보여 주려고요."

"오버 좀 하지 맙시다."

지원이 준서의 방으로 향하는 이새를 붙잡아 다시 창문가에 데려다 놓고 어깨를 푹 눌러 앉혔다. 그다음 이새의 어깨엔 지원이 입고 있던 슈트 상의가 걸쳐졌다. 이새가 제 어깨에 내려앉은 그의 옷을 바라보는 동안 지원도 그 옆에 몸을 내려서 앉았다.

이 좋은 걸 둘이서만 보자는 얘기.

그냥 가만히 앉아서 영화 보듯 보자는 얘기.

지원의 뜻을 알아들은 그녀는 곧 잠잠해졌다. 서로가 서로의 옆에 있기를 원하여 이것저것을 물어보며 시간을 끌었던, 그런 노력이 어느덧 필요 없게 되었다.

"이대로 아침까지 내렸으면 좋겠네."

그의 나지막한 말이 노래처럼 귀에 간질거렸다. 그가 입었던 옷은 그의 일부처럼 느껴져 그에게 온통 감싸인 기분이 들게 했다.

이른 아침부터 늦은 밤까지, 밖에서 여러 골치 아픈 일들과 다투고 돌아온 남자의 고단한 시간의 흔적이 묻어 있는 옷. 그 고단함을 위로해 주고 싶은데, 이 남자는 도리어 그녀를 감싸 준다.

잠들 수 있을 만큼 포근했지만 동시에 몹시 설레었다. 첫눈을 핑계 댄 밀회는 한없이 달콤하여 쓰릴 정도다.

나도 빌어요.

눈이 계속 내렸으면.

이 밤이 사라지지 말았으면.

……그러나 역시, 신은 간절히 바라는 것은 들어주지 않는다.

"와, 이게 뭐야, 이거!"

불과 30분 전에 함박눈이라 불렸던 것은 금세 싸라기눈보다도 못한 먼지 몇 톨이 되었다. 이새보다도 지원이 더 못마땅해했다.

"이제 하다하다 첫눈까지 나한테 사기를 치네! 꼭 이렇게, 두 손 모아 비는 일은 안 된다니까."

어처구니없어 하던 이새도 지원의 불평에 웃음을 터트리고 말았다.

한 시간 전까지만 해도 상상하지 못했던 일들이다. 갑작스럽게 찾아온 하얀 손님 덕분에 멜로였던 삶의 한 조각이 가족드라마가 됐다가, 결국은 시트콤으로 끝났다.

"그래도 뭐, 첫눈을 같이 봐서 영광이야. 너무 늦었네. 붙들고 있어서 미안해요."

그래도 지원은 유쾌하게 탈탈 털어 내며 미소 지었다. 아쉬운 마음을 감출 수 없는 듯 다시 그녀의 뺨 위로 손을 뻗긴 했지만.

"뺨에 왜 눈을 묻히고 다니나."

그의 커다란 손이, 손끝이, 간질간질 그녀의 뺨을 괴롭혔다. 이새의 얼굴에 다시 열이 올랐다.

이 손끝이 목덜미를 잡아 제 쪽으로 끌어당기던 날을 기억한다. 그때 얼마나 행복했는지. 얼마나 설레었는지.

지나간 날들이 서러울 텐데 그는 그녀를 조금도 미워하지 않는다. 더 아껴 줄 뿐. 행복하게 해 주지 못해 안타까워할 뿐.

그 예쁜 마음을 두고 화답하지 않을 수는 없다. 잠을 핑계 대고 그렇게 다시 멀어지는 것은 그에게나 나에게나 못할 짓이다.

그녀의 뒤꿈치가 바닥에서 떨어졌다. 양팔을 들어 올려 그의 목을 감싸고 그를 자신에게로 조금 끌어당긴 그녀는 그의 입술에 부드럽게 제 입술을 맞대었다.

과감한 그녀의 행동에 그의 눈이 커졌다.

"우리 사귀는 거 아닌데요. 다시 시작하자는 게 아니라……."

꿈속으로 냅다 떨어진 듯, 꿈이라고 여겨질 수밖에 없는 그녀의 말들이 놀라워서 그는 아무 말도 할 수 없었다.

"그냥, 생일 선물, 못 줬던 게 생각나서."

그녀는 또박또박 말을 이었다. 앞으로 어떤 일이 일어날지를 각오한 표정으로, 조금은 겁이 나는 듯 목소리를 떨면서.

"오늘 주면 안 되나?"

슬쩍 물어보며 그를 올려다보는 그녀의 눈은 순수함이 잔뜩 묻어 나면서도 의기가 넘쳤다. 저주에서 풀려나 또 다른 마법에 걸린 듯, 삽시간에 지원의 눈동자가 짙어졌다.

번쩍. 망설일 것도 없이 그녀를 안아 올린 지원이 열렬히 그녀의 입술 안으로 파고들었다.

언제 적의 키스가 이랬는지 기억이 나질 않는다.

바닥에서 발이 떨어지며, 하얗고 아득한 세계로 끌려 들어온 것만 같다. 눈앞이 온통 눈밭인 것만 같다. 다만 맞닿은 입술이 뜨거워 몸도 마음도 춥지는 않았다. 정신이 혼미하도록 그녀의 입술을 누르고 물고 죄던 지원이 입술을 떼고 물었다.

"제대로 대답해. 진심이야?"

그녀를 배려하는 듯 진지하게 물었지만 그의 눈빛에는 여유가 없었다. 이글이글한 눈동자 안에 또렷하게 담겨 있는 자신이 얼마 뒤에 곧 홀딱 타 버릴 것만 같았다.

그래도 좋아. 그래도 사랑해.

이새는 대답 대신 그의 목을 단단히 끌어안은 팔에 더 힘을 주었다. 자연스레 그의 목이 다시 끌려왔다. 말랑하고 촉촉한 것이 다시 입술에 닿자 지원의 눈이 커졌다.

이새는 제 안으로 스며드는 호흡이 가빠지는 것을 알아챘다. 그의 안에서 심장소리가 쿵쿵, 늑골을 부술 듯이 울려 대고 있었다. 침실을 향해 움직이는 그의 발에 힘이 실렸다. 하지만 그 짧은 경로에서도 몇 번, 지원은 걸음을 멈추고 입술을 내렸다. 자신의 목을 단단히 끌어안은 팔이 이내 떨어져 나가지는 않을까, 그새 그녀의 마음이 변하지는 않을까 확인하려는 듯, 그는 걸음마다 열렬히 키스를 퍼부었다.

이윽고 침실 문 앞에 당도했다. 문 열린 틈 사이로 눈부신 빛이 흘러나오고 있었다. 지원은 이새를 내려놓지 않은 채, 등으로 문을 열어 침실 안으로 들어갔다.

빛에 적응하지 못한 이새가 지원의 품으로 파고들었다. 그 간지러운 움직임에 지원은 점점 더 여유가 없어졌다. 그는 다급해지는 마음을 겨우 숨기며 찬찬히 그녀를 침대 위에 내려놓았다. 자잘한 키스는 계속됐다. 두 팔이 자유로워진 지원은 그녀의 머리를 쓸어 주며, 이마와 귓등과 목을 매만지며 소중한 입맞춤을 이어 갔다. 지원의 얼굴이 눈앞에서 왔다 갔다 하는 동안 천장에 달린 등이 그녀의 눈을 괴롭혔다. 갑작스런 빛에 눈이 따가워 그녀가 눈을 꼭 감으니 지원이 애틋하게 목소리를 낮추며 청했다.

"지금 얘기해 줘."

"……네?"

눈을 겨우 뜬 그녀가 물었다.

"이따가는 힘들 것 같아서 그래."

"……."

"싫으면 싫다고 해도 돼. 화 안 낼 테니까."

"이따가는 말 못해요?"

"그 말을 들어 줄 만큼 여유가 없을지도 몰라."

아…….

"지금도 좀 힘들거든."

나는 이미 아까 당신에게 내 마음을 선물하겠다고 했는데.

그에게는 아직도 꿈결 같은 모양이다. 선물에 대한 배려가 넘치는 진지한 말이 더욱 그녀를 부추기는 것도 모르는 채, 그는 그렇게 다시 그녀의 대답을 기다렸다. 그녀를 생각해 준다고는 하지만 두 눈에는 열망이 가득했다. 싫으면 싫다고 해도 돼, 가 아니라, 거절할 테면 거절해 봐, 에 가까운 눈빛이었다. 물론 이제와 말을 주워 담지는 않겠지만, 이새는 몽롱하게 떠오른 마음 가까이에 현실적인 두려움이 자리하고 있다는 사실을 알게 됐다. 너른 어깨가 자신을 누르는 힘을 일찍이 알고 있었다. 그의 두 팔 안에 감옥처럼 갇힐 수 있다는 것도.

하지만, 그럼에도 불구하고, 사랑해 주고 싶은 사람.

그녀는 마음이 원하는 대로 그의 뺨에 손을 뻗었다. 빛에 의해 파르르 흔들리는 눈꺼풀을 어쩔 수 없어 그의 눈을 제대로 보지 못한 채로.

"불만 꺼 주세요."

짧은 대답이 들려오자마자, 짙은 탄식이 쏟아졌다. 탄식과 함께 다가온 그의 입술이 그녀의 입술을 지그시 눌렀다. 그의 입술은 그녀의 입술에서 이마로, 귓불로, 목 뒤로, 어깨로 내려가며 간지러운 자극을 주었다. 온몸의 세포가 모두 깨어나는 것만 같은 낯선 느낌에 이새는 발가락, 손가락에 꼬옥 힘을 주게 됐다. 그런 손가락 하나하나에도 그는 정성스레 키스해 주었다. 힘들다고 말하고서도 그는 여유가 넘치는 것 같았다. 자신만 몸이 달아오르는 것 같은 생각에 그녀는 슬쩍 억울해졌다. 그가 어떤 마음으로 그녀의 긴장한 몸을 어르고 달래고 있는지 모르고 있는 것이다.

"저기요. 불은 그냥 제가 끌까요?"

그녀가 용기를 내어 물었다. 목소리에 물기가 가득했다.

"다 끄라고는 안 할게요. 저어기 은은한 화장실 불 정도는 켜도 되니까……"

그러는 사이에 등이 차츰 어두워졌다.

"아아…… 자동이에요? 그냥 시간 지나면 꺼져요?"

지원은 진지했던 와중에 픽 웃음을 터뜨렸다. 지원이 입맞춤을 이어 가며 침대 옆의 등 스위치를 이미 눌렀다는 것을 그녀는 모르고 있었다. 그가 그녀의 어깨에 마저 키스하며 기다란 손가락으로 그녀의 입술을 찾아 슬그머니 쥐었다. 조금도 아프진 않았는데 간지러워서 이새는 작게 도리질 쳤다.

"원하는 건 한 번만 얘기해도 다 들어주니까."

"……."

"마음을 다 설명할 필요도 없고, 어색할까 봐 우스갯소리를 하려고 애쓸 필요도 없고."

손을 떼어 낸 그가 그녀의 몸 위에 그림자를 드리우니 어둠이 더 불쑥 다가오는 것 같았다. 그렇게나 불 좀 꺼 달라고 했던 마음이 우습게도, 어둠과 함께 다가올 다른 자극들이 걱정되었다. 그녀의 복잡한 머릿속을 정리해 주려는 듯 지원은 그녀의 머리를 소중히 쓰다듬었다.

그리고 침실등의 빛이 사라지기 직전에 그녀는 그가 제 앞에서 셔츠를 벗는 장면을 목격했다.

눈앞이 까마득해지기 전에 본 그의 다부진 어깨선과 탄탄한 허리라인은 며칠 전 침실에서 예고 없이 만났을 때보다 그녀의 가슴에 깊이 박혔다.

빛이 사라지자, 그녀가 우려했던 대로 가슴이 더욱 세차게 뛰었다. 어딘 가에서 자극이 먼저 시작될지 모른다는 두려움과 설렘이 괜스레 침대 시트를 꽉 쥐게 했다. 가장 먼저 허리를 덮고 있던 옷이 말려 올라갔다.

"흐윽……."

긴장한 그녀가 자그마하게 신음 소리를 내뱉자 그가 달래듯 그녀의 입술과 귓가에 입을 맞췄다.

"만세, 하자."

이윽고 귓가로 흘러들어 오는 그의 목소리는 숨이 멎을 만큼 섹시했다. 그녀 또한 준서 옷을 갈아입힐 때 으레 쓰는 말인데도 그의 입을 통해 전해진 말은 생소하게만 들렸다. 그 목소리에 홀린 듯, 그녀의 팔이 가지런히 위로 올라가자, 그녀가 입고 있던 얇은 티셔츠가 스르르 몸을 빠져나갔다. 서늘한 공기에 한기를 느낄 때마다 그의 커다랗고 따뜻한 손이 이불처럼 그녀의 몸을 감싸 주었다.

사락사락. 옷가지들이 내려앉는 소리가 아득하게 들렸다. 이윽고 그녀의 몸에 걸쳐져 있던 모든 것이 사라지자 그는 다시 그녀의 입술 위에 제 입술을 살며시 포갰다.

수줍은 마음에 탈출구를 찾듯, 이새는 그의 입맞춤을 열렬히 받아들였다. 그녀가 입술을 다소곳이 열어 주니 그가 금방 반응을 보였다. 처음의 감각과는 다르게, 입술 사이의 숨결이 거칠어졌다. 그가 가지고 있는 에너지가 온전히 느껴졌다. 마음의 제어가 서서히 풀려가고 있었다.

숨을 참기 힘들어진 그녀가 그를 슬쩍 밀어내자 입술이 떨어졌다. 그녀의 이마 위에 제 이마를 붙이고 엎드린 그가 마음을 터트려 고백했다.

"볼 때마다 이러고 싶었어. 참느라 미치는 줄 알았어."

사위가 어두운 방 안이었지만 그의 눈빛이 오롯이 자신을 향해 있다는 것을 그녀는 직감할 수 있었다.

"⋯⋯나도."

그녀도 자그마하게 고백했다. 다시 한 번 탄성이 터졌다. 지원 또한 울컥하게 됐다. 제 마음을 표현하는 그녀의 모습은 항상 새로웠고 그래서 늘 놀라웠다. 어쩌면 이렇게 용감할 수 있는지, 그 용감한 모습들이 어쩌면 그렇게 하나같이 사랑스러울 수 있는지. 뼛속까지 사랑으로 가득 차지 않았다면 보여 줄 수 없는 행동과 말들일 것이다.

내가 너를 만난 것만으로 내 인생의 행운은 모두 다 써 버린 것인지 모르겠다. 그러니 내 삶을 다 너에게 주는 게 맞아.

뻗어 올린 손으로 그녀의 머리카락을 쓸었다. 떨고 있는 그녀를 위해서라도 침착한 모습을 보이고 싶은데 자꾸 팔에 힘이 들어갔다. 그녀의 작은 몸짓, 표정, 떨림, 참았다 터트리는 숨결까지도 너무나 관능적이어서 지원은 이성을 붙잡고 있는 게 힘들었다. 불을 꺼도 보이는 그녀의 하얀 피부에 미안해지기 시작했다. 상처를 낼 것 같다.

하지만 모든 경험이 처음인 그녀를 그의 욕심만으로 안아 아프게 할 수는 없었다. 그는 조급해지려는 마음을 참아 누르고, 부드럽게 가슴을 움켜잡았다. 탄력이 좋은 볼륨이 그의 손바닥에서 넘쳐 찰기 있게 흔들렸다. 앙증맞은 유두는 건드리기도 전에 도톰하게 돌기가 올라왔다. 소름이 돋을 만큼 긴장한 게 미안하기도, 귀엽기도 했다. 입에 한 모금 담아내니 히이익, 숨들이쉬는 소리가 더 크게 들렸다. 너무 사랑스러워서 그대로 깨물어 버릴 뻔했다.

그렇게 아래가 뻐근해질 정도로 끈기 있게 참아 가며 그녀를 어르던 손이 기어이 그녀의 골반을 단단히 잡았다.

"힘 빼야 돼. 그래야 덜 아파."

그의 말은 '그래야 안 아파'가 아니라 '그래야 덜 아파'였다. 어쨌든 아플수밖에 없다는 말이다. 그가 직접 충고해 주니 더욱 현실적으로 와 닿았다. 그녀는 고개를 끄덕였다.

그녀가 준비 끝났다는 듯이 다시 시트를 쥐자 그는 그녀의 팔을 끌어와 힘 있게 깍지 꼈다. 그리고 떨고 있는 그녀를 달래고, 그녀가 힘들어하면 멈춰 주며 조금씩 앞으로 나아갔다.

"으으응……."

밖으로 새 나가게 하지 않으려 꾹 잠은 신음 소리가 애달팠다. 미안해진 지원이 입술을 맞붙였다. 제 안으로 흘러들어 온 가느다란 음성을 삼키니

머리가 울렸다. 본능이 그녀를 더 원하라고 부추겼다. 더 세게 밀어붙이고 싶어 죽을 것 같았다.

"……죽겠어."

"……."

"왜 이렇게 예쁘냐."

열감이 가득한 굵은 목소리에 이새는 눈물이 맺힌 눈으로 잠시나마 웃어 주었다. 애정이 담뿍 담긴 말이라, 이새는 그 안에서 충만한 행복감을 느낄 수 있었다. 어둠 속에서 눈물 한줄기가 별똥별처럼 반짝이며 그녀의 볼을 타고 흘러내렸다. 이를 금세 발견한 그가 그녀의 뺨에 손을 올리자 그녀가 어리숙하게 둘러댔다.

"아니, 이건 싫어서 그러는 게 아니라요. 눈에서 나는 땀 같은 거예 요……."

그러니까 멈추지 않아도 돼요.

그녀는 다 잇지 못한 말을 공기 중에 실어 전했다.

마냥 무서울 줄 알았는데, 그의 배려에는 그 작은 두려움을 넘어서는 몸을 꽉 채우는 충족감과 안온함이 있었다. 피부에 와 닿는 그의 온기는 처음부터 끝까지 따뜻해서 그가 굳이 말하지 않아도 그녀는 자신이 사랑받고 있다는 것을 알 수 있었다.

"사랑해……."

이 말을 듣지 않아도 행복할 거라고 생각했는데.

마지막 순간에 귓가로 전해지는 낮은 고백을 그녀는 가슴속에 영원히 간직하기로 했다.

당신과 함께 있을 때, 순간의 모든 것들은 빛이 나.

파랗게, 새벽이 빛나고 있었다.

잠시 깨어난 지원은 이새가 자신의 옆에서 이불에 폭 파묻혀 잠이 든 것이 신기하여 하염없이 바라보다가, 협탁의 서랍에서 작은 상자 하나를 꺼내 열었다.

2개월 전 그의 생일. 그녀의 손에 끼워 주려고 했던 반지.

우리 지금의 마음 그대로, 서로 사랑해 주면서, 아끼면서 살자. 그리고 결혼하고 싶어지면 언제든 와. 언제든, 내일이라도, 10년 뒤라도, 기꺼이 응할 테니까.

나름의 프러포즈를 준비했었다. 당장 결혼하자는 말은 아니었지만 자신이 그녀와 평생 함께 있고 싶어 한다는 사실을, 반지를 끼워 주며 고백하려 했었다.

늦었지만, 늦게나마 주인을 찾았어.

남자의 새끼손가락과 여자의 약지 사이즈가 맞으면 천생연분이라기에 그녀에게 손가락 치수를 묻지도 않고 임의로 반지를 주문했는데 끼워 보니 꼭 맞았다. 절대 빼지 말라고 주문을 외듯, 지원은 그녀의 손가락에 살포시 입 맞추고 일어나 슬금슬금 화장실에 다녀왔다.

조심한다고 했는데, 그사이에 이새는 깨어나 있었다.

"깼어?"

그녀는 그의 물음에 대답도 않고 반지가 끼워진 제 손을 물끄러미 바라보고 있었다.

"왜."

"아니, 손에 웬 돈덩어리가."

"돈이 아니라 마음. 아주 오래전에 끼워 주려고 했었던 거."

이리저리 바라보던 그녀는 그의 대답을 듣고 이불 속으로 다시 손을 감췄다. 이불 안에서 머리만 빼꼼 내민 그녀가 기어들어 가는 목소리로 물었다.

"준서 삼촌은 경험이 많죠?"

멈칫. 침대 위로 올라가려던 그가 그녀의 도발적인 질문에 발을 멈췄다. 이윽고 지원은 입술 끝을 늘이며 침대 위로 올라왔다.

"경험이 많은 게 아니라."

"……."

"아는 게 많은 거야."

다시 그가 그녀의 눈앞을 가로막았다. 눈뜬 그녀를 보니 다시 힘이 충만해졌고, 지난밤은 그의 기준에 너무도 아쉬웠다.

"조금만 더 가르쳐 줄까? 가르쳐 줄 건 아직 많은데."

"어우, 다음에요."

"다음에?"

헉.

"그래. 다음에."

그가 만족스럽게 웃으며 그녀의 이마에 입 맞추고는 몸을 내려 누웠다.

"아니요. 말을 잘못했어요. 다음 없음. 그냥 끝."

"말을 그렇게 바꾸나. 매정한 여자네."

이불째로 그녀의 허리를 감싸 안는 팔에 힘이 그득 실려 있었다.

"나 버려두지 마. 이제 나는 김이새 씨 거야."

"우리 그런 사이 아니라니까요."

그의 급작스런 애교가 당황스러운 듯 이새는 몸을 슬며시 비틀어 뺐다. 어느새 그의 팔 안엔 이불만 남아 있었다. 잠시 후엔 이불도 그녀에게 빼앗겼지만.

이새는 이불을 뒤집어쓰고 침대에 앉아 바닥에 쌓인 옷가지들을 다시 입었다. 지원이 브래지어의 후크를 채워 주며 그녀의 어깨에 가볍게 입 맞췄다.

"몸은 내 건데, 마음은 아니다?"

"몸도 아니다."

정말로 그녀는 밤을 선물로 주었을 뿐 연인이 되어 주지는 않을 모양이다. 지원은 슬쩍 서러워졌다.

"같이 나가자."

"아니요. 계세요. 제발. 저 혼자 쥐새끼처럼 방까지 달려갈 거예요."

"김이새 씨는 밤과 새벽이 다른 사람이야?"

"저한테서 일관성을 찾지 마세요. 어젯밤엔 사귀지도 않는 사람하고 연을 맺었다고요."

"연을 맺었으니까 끊을 수가 없을 거야."

하지만, 서럽지만 그녀를 원망할 수는 없다.

지금은 마음이 불편하기도 하겠지. 준서가 초등학교에 입학할 때까지는 기다리자.

지원은 처음 마음 그대로, 기다리기로 했다.

"다음이 아니야. '다음'이 아니라 '영원'이 될 거야."

지원이 이새를 뒤에서 끌어안아 주며 말했다. 이새는 그런 지원에게로 돌아 그를 침대에 눕혔다.

"조금만 더 주무세요."

그녀는 지원을 타이르듯, 그의 이마에 간지럽게 쪽 뽀뽀하고 재빨리 뛰어나갔다.

협탁 위에 놓여 있는 반지에 지원의 시름이 깊어졌다. 잠을 거의 못 잤지만 피곤하지도 않았다. 이미 잠은 완전히 달아나 버렸다.

몇 시간 더 자고 산뜻하게 눈이 뜨였건만, 이새는 하반신이 뻐근한 느낌에 다시 드러누웠다.

이게 뭐라고. 별일 아닌 걸로 괜히 끙끙 앓아 대면 누군가에게 오해를 살까, 또 누군가는 걱정을 하지 않을까 생각한 이새는 억지로 몸을 일으켜 거실로 나갔다. 밤중에 눈이 내렸던 게 거짓말로 생각될 듯이 세상은 눈 쌓인 흔적 없이 평화롭기만 했다.

눈은 언젠가 녹아요. 그래서 예뻐요.

자그마한 행복이어도 지나간 모든 건 다 예뻐요.

그녀는 지난밤의 벅찼던 기분에 휩쓸리지 않기 위해 마음에 주문을 걸었다. 마음을 컨트롤하는 건 어찌어찌 해결하겠는데, 몸은 계속 뻐근하게 느껴졌다.

이게 뭐라고. 이새는 요가를 하지 않은 동안 굳어 버린 몸을 원망하며 가볍게 허리와 다리 스트레칭을 시작했다.

그녀가 거실에서 몸을 풀고 있을 때, 아침 일찍 출근할 채비를 마친 지원도 멀끔한 모습으로 거실에 나왔다.

"으으으……."

당연히 그는 상체를 숙이고 허리를 풀며 신음을 흘리고 있는 이새를 목격할 수밖에 없었다. 평소만큼의 인기척을 내며 걸어왔다고 생각했는데 그녀는 스트레칭에 집중하느라 그가 다가온 것을 모르는 모양이었다. 지원은 멀거니 서서 그녀의 몸이 움직이는 것을 가만히 바라보았다.

쭉 뻗은 다리와, 상체를 숙일 때마다 살구빛으로 드러나는 허리와, 긴 팔과, 엉덩이와, 동그스름한 어깨…… 지난밤 어둠 속에서 희미하게만 보았던 곡선이 겹쳐지며 그녀의 많은 모습들이 상상되었다. 그 가벼운 몸놀림이 모두 자신을 위한 유혹처럼 느껴졌다.

"하아……."

조금 더 마음이 성숙해 지려나 했는데, 이제 그녀와 같은 공간에 있는 것이 더욱 위험하게 되었다.

"어? 출근하세요?"

긴 탄성에 그제야 몸을 일으킨 이새가 지원을 보고 아무 일도 없었다는 듯이 밝게 알은체했다.

지원은 그녀의 손목을 와락 잡아당겼다. 그리고 무턱대고 그녀의 방으로 끌고 들어갔다. 거실에서 큰 소리를 낼 수 없어 저항하지 못하고 잡혀 온 그녀는 자신의 방까지 끌려 들어와 어리둥절한 표정을 지었다.

"무슨, 읍……!"

그런 그녀를 향하여 그는 입술을 내렸다.

바스러질 듯이 허리를 끌어안고 열정적으로 입 맞추는 그를 그녀는 저지할 수 없었다. 어젯밤의 감각들이 되살아나며, 다시 몸 이곳저곳이 간질간질해지는 착각이 일었다. 한참 뒤에야 겨우 입술을 떼어 낸 그가 완벽한 마음을 갈망하는 눈으로 말했다.

"참을 수 있을 줄 알았는데 더 못 참겠어."

못 참는다면 뭘 어떻게 한다는 말인 것인가. 이 아침에.

제 허리를 단단히 감싼 지원의 힘에 이새는 더럭 겁이 나 주춤했다.

"일단 이것 좀 놓고요, 우리 좀 더 이성적으로……."

"말레이시아에선 되도록 빨리 정리하고 돌아올게."

그런데 지원의 입에서는 그녀의 예감과는 다른 말이 나온다.

아아, 그거였어? 빨리 돌아오겠다는 거?

이상한 생각을 했던 자신이 부끄러워지는 마음에, 이새는 몰래 목을 가다듬었다. 시치미를 떼고 올려다본 그는 사뭇 진지한 표정을 하고 있었다.

"돌아오면 바로 얘기할 거야. 3월까진 못 기다려."

"네? 뭐, 뭐요?"

"나를 다 가져 놓고 지금 와서 아무 일도 없었던 척 시치미 떼지 마."

으악. 이새가 지원의 입을 다급히 막았다. 그녀의 손가락 뒤에서 그가 웃고 있었다. 그녀는 손이 간지러워져 그에게서 손가락을 떼어 낼 수밖에 없었다.

지원이 애틋한 눈빛으로 물었다.

"아픈 덴 없어?"

"약간 뭐……."

"힘들면 그냥 누워 있어. 준서는 옆에서 책 읽으라고 하고."

"계속 누워 있을 정도는 아니에요. 괜찮아요."

"그럼 오늘 밤도 괜찮은가?"

"네? ……말레이시아 안 가세요?"

"안 가면, 같이 있어 줄 거야?"

"네에?"

"놀라긴. 가서 정리하고 오겠다고 했잖아."

지원은 자신의 한마디 한마디에 모두 반응하는 그녀가 귀여워 더 놀려 주고도 싶은 마음을 참고 말했다.

"돌아오면 그때 사람들한테, 그리고 준서한테 말하자. 설득하는 데 시간이 걸릴 수도 있겠지만 이해해 줄 거야. 누가 뭐라고 하면 내가 다 혼내 줄게."

"……."

"처음부터 이렇게 했어야 했어."

표정과 눈빛과 목소리로 전해지는 지원의 진심에 이새는 가슴이 두근거렸다. 누군가에게 들킬까 염려한 초조한 떨림이 아닌 진솔한 설렘이었다.

"제가 옆에 있어도요. 일 잘할 수 있겠어요?"

겨우, 꽁하니 담아 놓았던 마음을 내비쳤다.

"김이새 씨가 내 일에 방해가 된다고 생각하는 거야?"

"참을 수 있을 줄 알았는데 더 못 참겠다고 했잖아요. 제가 옆에 있으면 될 일도 안 되고 그런 거 아니에요?"

진지한 질문에 지원은 잠시 골똘히 생각하는 듯 눈을 흐리멍덩하게 떴다. 그 모양을 보고 이새가 실망한 듯 말했다.

"이것 봐요. 대답도 못 하면서."

제 눈빛으로 돌아온 지원이 쿡, 웃었다.

"아니. 내가 일할 때 김이새 씨가 진짜 내 옆에 있는 걸 상상해 봤어."

"……."

"떨리긴 하겠네. 언젠가 도전해 봐야지."

이새는 어처구니없는 듯 이맛살을 찡그렸다. 그런 그녀의 어깨를 지원이 꽉 안아 감싸며 말했다.

"김이새 씨는 나한테 희망 같은 거야. 내가 일을 빨리 끝내고 집에 달려올 수 있게 하는 사람. 일 말고 다른 이유로 내 존재를 확인시켜 주는 사람. 내가 정말 행복한 사람이구나, 깨닫게 해 주는 사람."

귓가를 간질이다가 가슴속의 진동으로 이어지는 벅찬 말이었다.

"나한테 가장 큰 힘이 되는 사람이야. 절대 방해라고 생각하지 마."

설사 거짓말이라고 해도 속아 주고 싶은 말이다. 이제야 제대로 알 것 같다. 그의 말에 그냥 넘어가 주고 싶어지는 것은 그가 말로 비단을 만들기 때문이 아니라, 그냥, 자신이 그를 정말 사랑하기 때문이었다.

"이제 날 믿고 따라와 줘. 올해가 가기 전에 돌아올게."

사랑하는 사람이라 믿어 주고 싶다. '그가 나를 사랑하니까'가 아니라, '내가 사랑하니까' 스스로 힘내야겠다는 생각. 그런 생각을 처음 해 본 이새는 벅찬 마음을 눈빛에 담았다.

"알았어?"

"……네."

멀리 돌아와 다시 잡은 손은 여전히 따뜻했다. 온기를 잃지 않아 주어 고맙다는 말을 하고 싶은데 밖에서 인기척이 들렸다. 마치 헛기침 같은, 꽤 인위적인 기침 소리. 준서였다.

기침 소리를 알아들은 두 사람은 애틋하게 잡고 있던 손을 놓았다. 지원이 먼저 문을 열고 밖으로 나갔고, 이새가 바로 뒤따라 나갔다. 역시나 문 앞에는 준서가 동그란 눈을 하고 서 있었다.

"어? 삼촌."

준서가 이새의 방에서 나오는 지원을 보며 말을 걸었다. 놀랐다는 어투였는데 이상하게도 어조에는 높낮이가 없었다. 마치 조금도 놀라지 않았다는 듯.

"응, 준서야."

"말레이시아 안 가요?"

"이제 갈 거야."

"가면 언제 오는데요?"

"되도록 빨리 돌아올게."

"되도록 빨리 언제요?"

"올해 안에."

"네에……."

지원은 말끝이 희미해지는 준서의 머리를 쓰다듬으며 말했다.

"그때까지 선생님 잘 돌보고 있어."

지원의 요청에 준서의 시선이 잠깐 이새에게로 옮겨 갔다가 돌아왔다.

"삼촌, 할 얘기가 있는데요."

"응. 뭔데."

"말레이시아에서 돌아오면 해 드릴게요."

"그래."

이새의 눈치를 잠깐 봤던 것으로 보아 여자친구에 대한 얘기인가 보다.

지원은 흐뭇하게 미소 지으며 다시 준서의 머리를 쓰다듬어 주고는 이새를 보았다. 방문 앞에서 준서와 마주친 부끄러움 때문인지 그녀의 양 볼이 붉게 상기되어 있었다.

아, 떠나기 싫다. 여태 이걸 어떻게 견뎠는지.

지원은 떨어지지 않는 발걸음을 옮기며, 이새에게 눈짓으로 인사했다.

조금만 기다려.

돌아오면 그땐, 계속 함께 있을 수 있을 거야.

말레이시아로 떠나기 전, 지원은 잠깐 본사의 전산부에 방문했다.

회사 계정을 해킹했다는 사실을 자백한 박 부장을 만나러 간 것이었다. 형사고발로 이어지게 된 사건이라 박 부장은 검찰 조사도 앞두고 있었다. 그런데 본사의 감사원들은 박 부장이 조사를 받으러 갈 때까지 계속 붙잡고 있을 생각인 듯했다. 사실을 제대로 파악하려는 의도는 이해하나, 검찰조사도 받기 전에 사람 하나가 골로 가지 싶었다. 지원은 박 부장과 잠깐 개인적으로 얘기를 나누게 해 달라고 말하고 박 부장을 잠시 빼냈다.

"제가 누군지는 아시죠?"

"……네. 알고 있습니다."

지원의 질문에 박 부장은 고개를 들지 못했다. 꽤 오랫동안 잡혀 있었던 탓에 박 부장의 몰골은 초췌했다.

"궁금한 건 많지만 이미 감사원들에게 꽤 심문당했을 테니 질문은 하나만 하죠. 제가 도울 일은 없습니까?"

도울 일이라니. 뜻밖의 질문에 놀란 박 부장이 고개를 들어 지원을 바라보았다.

"그런 일을 누군가의 지시 없이 혼자 했다 하기에는 의아한 부분이 많습니다. 피치 못할 사정이나 압력이 있었다면 보호해 드릴 겁니다. 하지만 아무 말도 하지 않는다면 모든 건 절차에 따를 수밖에 없습니다."

"⋯⋯."

"누구나 한 번은 소를 잃을 수 있어요. 중요한 건 실수를 한 이후에 후회만 하느냐, 외양간을 튼튼하게 고치느냐, 입니다. 소 잃고 고친 외양간이 더 완벽해진다면 소를 잃은 경험은 괜찮다고 생각하는 게 기업입니다. 멀리 본다면 기업에 도움이 되는 일이기 때문이죠. 진실을 얘기하는 데 너무 부담을 느끼지 말았으면 합니다."

지원의 말에 박 부장은 고개를 깊이 숙였다. 지원은 박 부장이 눈을 감을 때마다 눈꺼풀이 파르르 흔들리는 것을 보았다.

지원이 떠난 후, 목요일은 수능일이었다.

아침 일찍 일어나 이율에게 시험 잘 보라는 격려전화를 하고 거실에 앉은 이새는 DMB뉴스를 시청했다. 뉴스를 통해 전국 각지의 수능시험장 모습을 생중계로 볼 수 있었다.

"김 선생, 뭐 해?"

이새가 뉴스에 집중하고 있을 때, 2층에서 올라온 다원이 다가왔다. 이새는 이어폰을 끼고 있어 다원이 다가오는 것을 늦게야 알았다.

"어? 일찍 일어나셨네요!"

"응. 할 일이 있어서. 뭐 보는 거야?"

다원이 이새가 휴대폰만 들여다보고 있는 것에 호기심을 갖고 물었다.

"뉴스요. 4수하는 동생이 있는데요. 오늘이 수능 보는 날이거든요."

"4수?"

"어쩌다 보니 그렇게 됐네요."

"정말 운이 없었나 보다. 어떻게 4수까지 하지?"

다원의 질문에 이새는 고개를 올려 다원을 빤히 바라보았다. 다원은 자신이 말을 너무 심하게 했나 하는 생각에 멋쩍게 해명했다.

"아. 내가 원래 말을 예쁘게는 못하는 거 알잖아. 이해해 줘."

그런데 이새는 빙긋 미소 지었다.

"아뇨. 보통 동생이 4수한다고 하면, 그 정도면 본인 실력을 받아들이고 점수에 맞게 아무 학과나 가야 한다는 조언을 해 주거든요. 운이 없었다고 말해 준 사람은 없었어요."

"원래 4수는 아무나 하는 게 아니잖아. 그저 실력이 못 미치는 거였다면 4수를 시작하기 전에 알았겠지."

다원은 아무렇지도 않은 듯이 말을 툭 던지고는 지원의 서재 쪽으로 사라졌다.

이새는 새삼 감탄하게 되었다. 그저 말투가 살갑지 않을 뿐이지, 다원의 말에는 언제나 착한 천성과 깊은 마음이 담겨 있었다. 지원이나, 다원이나, 준서나, 배 주임이나, 이 집의 사람들은 모두 벽을 세우는 것처럼 딱딱한 말들을 하지만 내실은 그렇지가 않았다. 그 벽을 넘어 다가가면 다들 따뜻한 심장을 가지고 있는 보통 사람이었다.

아니, 보통보다도 조금 더 따뜻한 사람들.

이새는 훈훈한 기운에 힘을 얻어 자리에서 일어났다. 잠시 후 다원이 두꺼운 책을 한 아름 안고 낑낑거리며 지원의 서재에서 나왔다.

"어어어!"

이새는 곧장 위태로워 보이는 다원에게로 달려가 책을 빼앗듯 넘겨받아 대신 들었다.

"고모 방으로 가져가려고요?"

"그래. 얼른 줘."

"이런 건 제가 다 할게요."

이새는 제 방으로 가 의자에 책들을 실었다. 의자 아래에 바퀴가 달려 있어 카트처럼 밀기에 좋았다. 다원은 제법 괜찮은 아이디어라는 듯 탐탁스럽게 이새를 보았다.

"고마워. 내가 밀고 갈게."

다원이 의자를 잡으려 하자 이새는 고개를 가로저었다.

"아니에요. 고모는 그냥 손 예쁘게 모으고 같이 가요."

"뭔 소리야."

"귀한 손이잖아요. 저, 피아노 연주 들은 날부터 계속 우러러보고 있는데."

이새는 의자를 씩씩하게 밀며 엘리베이터를 탔다. 다원은 멍한 표정을 짓고 있다가 뒤늦게 엘리베이터에 올랐다.

"그렇게 귀한 손은 아니야. 이제 피아노는 별로 치지도 않고."

다원이 무뚝뚝하게 말했다. 그러나 이새는 밝은 표정을 지었다.

"저 알았어요. 고모가 네일아트는 해도 손톱은 기르지 않는 이유."

"……."

"피아노잖아요. 맞죠?"

다원의 눈가가 이유 없이 슬쩍 젖었다.

다원은 밝으면서도 가볍지 않은 표정을 지을 줄 아는 사람이 꽤 무섭다는 것을 깨닫게 됐다. 이새가 새언니 하늘처럼 자신의 마음을 흔들 수도 있겠다는 불안함이 생겨났다. 누군가에게 마음을 터놓고 의지하게 되는 것은 두려운 일이다.

다원은 냉랭하게 말했다.

"나 인테리어 디렉터 될 거야. 괜히 이상한 소리 하지 마."

"하세요. 다 하세요."

"……."

"우리 엄마는요. 주부 일도 하시고 식당 일도 하시고 주말엔 미용사 일도 배우세요. 그래도 허투루 하시는 거 하나도 없어요."

어느덧 두 사람이 다원의 방 앞에 닿았을 때, 다원이 말했다.

"난 그런 재능은 없어. 음대 다닐 때도 난 그냥, 노력하는 애였어. 재능 있는 애가 아니라."

다원은 피아노에 관해서만은 자신을 객관적으로 볼 수 있는 사람이었다. 전공으로 택했었기 때문에 여러 사람들과 비교할 기회가 충분했었다. 더 이상 이새가 자신의 마음속에 깊이 침투하지는 않았으면 하는 생각에서 비관적으로 말했다.

그런데 이새의 눈은 촉촉이 젖어 있었다. 밀고 온 의자에서 손을 떼고 양팔을 옆으로 벌린 이새는 다원을 바라보며 배시시 웃었다. 다원은 그런 그녀의 엉뚱함에 심드렁한 표정을 지었다.

"뭐야……"

"안아 주려고요."

"웃기지 마, 징그럽게."

"안아 주고 싶어서 안아 주려고 하는데, 안 돼요?"

다원이 고개를 돌리든 말든, 돌진한 이새는 다원을 엉거주춤, 폭 끌어안았다.

"아악! 저리 가!"

이새의 행동에 당황한 다원은 난감한 표정으로 이새를 밀어냈다. 그러나 힘 있게 밀쳐 내지는 못했다.

"고모는 이렇게 쏙 안겨지도록 삭네요."

"김 선생이 더 작으면서 무슨 소리를 하는 거야, 얼른 놔!"

"싫어요. 놓치지 않을 거예요."

"어후!"

결국은 다원이 포기했다. 밀어내려 할수록 더 꽉 끌어안는 이새를, 이상하게도 불쾌하게 여길 수가 없었다.

"그래서 그 연주가 좋았던 건가 봐요. 고모가 열심히 살았다는 게 느껴져서."

이새가 거머리처럼 다원에게 꼭 달라붙은 채로 말했다. 다원의 가슴이 일렁였다.

일주일 후.

일을 끝내고 집으로 돌아오는 다원의 마음은 산뜻하고 가벼웠다.

근래의 날들이 계속 평화로웠다.

사실상 백수에 가깝게 지내오다가 올해부터 그룹의 일을 돕게 됐다. 비록 아주 자잘한 일들이지만 자신의 손으로 이루어 내는 무언가가 있다는 게 좋았다.

그리고 집으로 돌아오면 그녀의 피아노 연주를 듣겠다고 쪼르르 달려오는 이새와 준서. 두 사람이 사랑스러워, 못 이긴 듯 피아노 앞에 앉으면 이상하게도 그날의 피로가 싹 풀리는 것 같은 상쾌한 기분이 찾아왔다.

하고 싶은 일을 주눅 들지 않고 마음껏 하는 것. 요새 다원은 이새를 통해 그 용기를 배우고 있다. 자신보다 다섯 살이나 어린데 평소에는 민지보다도 더 친구 같고, 어떤 때는 언니 같을 때도 있는 이상한 여자. 어느덧 그녀가 집에 있는 것이 당연하게 여겨지게 되었다.

3월이 되어 준서는 학교에 입학하고 그녀는 집으로 돌아가게 되면 몹시 허전해질 것 같다.

3월이 지나서도 친하게 지내야지. 가끔 집으로 초대해야지.

누군가를 집으로 초대하고 싶다고 생각한 것은 처음이었다.

차를 주차장에 세워 놓고 집으로 걸어가고 있는데, 저만치 앞에서 누군가 다원을 기다리고 있는 것이 보였다.

"다원아."

요즘 하루가 멀다 하고 얼굴도장을 찍는 민지였다.

"응. 왔어?"

"응. 내가 매일 와서 싫은 건 아니지?"

민지가 왜 자꾸 이 집에 들락날락거리는지는 다원도 잘 알고 있었다. 그래서 다원은 민지를 애잔하게 생각했다. 민지의 열정이 지원에게 닿을 가능성은 만무하다고 확신하기 때문이었다.

"아니야. 자주 와도 돼."

현관문을 열고 집 안으로 들어간 다원이 민지도 안으로 안내하며 대답했다. 민지는 다원의 환대가 마음에 드는 듯 빙긋 웃었다.

이새와 준서가 문화센터에 가 있는 시간이라 집 안은 조용했다.

"배 주임님도 안 보이네?"

"응, 휴가 내셨어. 오늘 아버지 기일이라고 들은 것 같네."

민지의 질문에 다원이 짧게 대답해 주었다. 두 사람은 그 밖의 다른 말은 하지 않고 2층까지 올라왔다.

"옷 갈아입고 나올게. 3층에서 기다리고 있어."

"잠깐 2층에서 기다리지, 뭐."

민지가 배려하듯 말했다. 다원은 끄덕이고 제 방으로 가 옷을 갈아입고 나왔다. 느긋하게 다원을 기다리던 민지가 다원에게 미소 지으며 말했다.

"올라가자."

두 사람이 나눌 만한 대화는 많지 않았다. 그냥 서먹서먹하게 계단을 오르는데 민지가 대뜸 물었다.

"어? 그런데 다원아. 3층 공기가 너무 찬 것 같지 않아?"

다원은 그다지 차게 느끼지 못했기에, 어깨를 으쓱하고는 계단을 올랐다. 다원이 별다른 반응을 보이지 않아 먼저 몇 계단 더 앞서 뛰어 올라간 민지가 3층에 올라서자마자 말했다.

"김이새 씨 방인 것 같아. 매일 문 잠그고 다니더니 웬일로 활짝 열어 놓고 갔네? 창문까지 열어 놓고. 찬바람 다 들어왔다."

그새 이새 방의 창문이 열려 있었단 사실까지 빠르게 파악한 민지를, 다원은 별 뜻 없이 바라보다가 이새 방 안으로 들어갔다.

그럴 수도 있지. 매일 문 잠그고 다니다가 열어 놓고 갈 수도 있지. 창문도 열 수도 있지. 왠지 그렇게 대꾸하고도 싶었다. 다원은 자신이 이새를 아끼고 있다는 것을 다시 한 번 깨달았다. 창문을 열어 놓은 지 한참 되었을 텐데, 방 안의 공기가 그리 차갑게 여겨지지는 않았다. 민지는 공기가 다르다는 것을 멀리서도 알아챘는데, 자신은 이를 느끼지 못한 것을 이상하게 여기며 창문을 닫았다. 그리고 돌아서려는데, 책상 위에 노트가 펼쳐져 있는 것이 보였다.

'어? 일기장인가?'

의지와는 다르게 눈이 먼저 아래로 향했다. 다원은 자신도 모르는 사이에 펼쳐진 일기장의 몇 줄을 읽게 되었다.

혁아,
내 마음에 봉인돼 있는 늑대를 꺼내고 싶다. 아우우우~
확 그 사람한테 안기고 고소장으로 돈 벌어 볼까?
넘도 안고 뽑도 안는 건데.

'혁아', 라는 말과 '그 사람'이라는 말과 '고소'라는 말이 왠지 오싹하게 여겨졌다. 어쩐지 '그 사람'이 지원일 것만 같은 묘한 불안함이 그녀의 머릿속을 지배했다. 이러면 안 된다는 걸 알면서, 다원의 손은 일기장의 몇 장을 더 넘기게 되었다. 그리고 얼마 지나지 않아 보게 된 오빠의 이름에 그녀의 손끝이 파르르 떨렸다.

> 안지원.
> 난 이 남자가 좋아. 이 남자의 모든 게 좋아.

몇 줄 안 되는 글을 읽는 동안 숨이 턱 막히는 것 같았다.

언젠가 이새가 으름장을 놓듯 했던 말을 다원은 기억하고 있었다. 지원을 좋아하게 된다면 스스로 이 집을 나갈 거라고. 그 말을 철석같이 믿었기 때문에 할아버지께도 이새에 대해 좋은 얘기만 할 수 있었다. 마음을 이용당한 것만 같은 기분에 속이 울렁거렸다.

그리고, 몇 장의 여백 뒤에 쓰여 있는 일기.

> 혁아.
> 나는 그 사람을 좋아하는 게 아니야.
> 그 사람이 가진 자신감에 끌렸을 뿐이야.
> 그런 재산이 있는 사람이라면 당연한 자신감.
> 그 사람의 금수저에 끌렸을 뿐이야.
> 그래서 슬프지 않아.

요즘 사람들이 널리 쓰는 '금수저'라는 말이, 이렇게나 아픈 말이었는지 다원은 처음 알게 됐다. 울컥하는 마음을 누르고 내색하지 않으려 애쓰며 일기장을 덮었다. 그런데, 일기장의 표지를 닫고 난 후 일기장 사이에 삐져나와 있는 종이쪽지가 그녀의 시선을 괴롭혔다.

다원은 종이를 뽑아 들었다. 종이는 일기장의 속지 한 장을 찢은 것이었다. 그 안에는 지금껏 보아 온 이새의 손글씨로, 의미를 다 알 수 없는 이상한 메모가 적혀 있었다.

성화그룹 광고회사 전무.
자회사 성화 인베스트먼트 사장.
+ 대저택
+ 부모님 유산, 상속받은 주식
+ 형 부부 사망하고 줘서 보호자니까 형 재산까지.

정확한 의미를 알 수 없는 나열일 뿐인데 어찌 된 일인지 한 줄 한 줄 읽는 것이 어지러웠다. 눈길이 마지막 줄에 이르렀을 때 온몸에 엄습하는 소름 끼치는 기운을, 그녀는 어쩔 수가 없었다.

일주일 전.
태원은 오랜만에 회사로 자신을 찾아온 어머니 고은애 여사에게 반가운 소식을 들었다.
"올해 말에 있을 임원인사 발표에서 네가 성화호텔 부사장 자리로 갈 것 같다는 얘길 들었는데."
태원의 입술 끝에 살짝 미소가 걸렸다. 태원 또한 건너건너 듣긴 했는데 어머니를 통해 듣게 된 말은 같은 말도 좀 더 희망적으로 들렸다.
"하지만 역시, 발표 전날까지는 손바닥 뒤집듯 뒤집을 수 있는 일이라는 거 잘 알겠지."
"네. 안심할 수는 없죠."
"그래, 인사발표까지 아무 탈 없이 잘 지내도록 해. 노인네들 수발들어 준 노고를 이제야 보상받는구나."
은애는 흐뭇하게 회사를 떠났다.

아무 탈 없이 잘 지내기. 지금 태원에게는 승진을 위한 당분간의 침묵이 필요했다. 회사 경영에 있어서도 궂은일엔 끼지 않으려 노력하고 눈에 보이는 일만 하며 몸을 사렸다. 당연히 시간은 많았다. 그래서 민지에게서 온 사진 메시지를 훑어보는 것이 요즘의 낙이었다.

언젠가 민지가, 이새의 일기장을 보았다는 얘기를 한 적이 있었다. 그리고 그 일기장에 지원을 좋아한다는 얘기가 가득 써 있다는 말도 들었다. 태원은 민지에게, 그 일기장 내용을 사진 찍어 보내 달라고 요청했다.

민지는 매일 이새의 방에 몰래 들어가 일기장 사진을 찍어 태원에게 보냈다. 사랑을 처음 경험하는 여자의 애달픈 일기는 증권가 찌라시를 보는 것처럼 재미있었다. 일기장은 중간 몇 장이 비어 있었는데 그 기간에 이새와 지원 두 사람이 사귀었던 듯싶었다. 두 사람이 교제했었다는 사실은 일기장에도 숨기고 싶은 비밀이었나 보다.

그렇게 즐겁게 보던 일기였는데 그날 온 일기는 슬쩍 소름이 끼쳤다.

혁아. 준서가 또두 털어놓았어. 준서 부모님이 돌아가신 날 있었던 일들……. 계속 꼬치꼬치 묻는 전 준서에게 못할 짓이라 딸은 아껐어. 하지만 나는 범인을 찾아야겠어.

이메일 해킹에 대해 거짓자백을 한 전산실 박 부장이 입만 다물고 있어 주면, 승진에는 지장이 없을 거라고 생각했다. 그런데, 이렇게 생각지도 않은 장소에서 생각지도 못했던 사람이 위험한 결심을 하고 있는 줄은 몰랐다.

준서 부모의 교통사고. 이를 파헤치면 곤란한 일이 많아진다.

메시지를 받은 태원익 손이 부들부들 떨렸다. 그리고 며칠 후 태원은 민지에게 또다시 일을 꾸밀 것을 지시했다. 일기장의 빈 페이지 한 장을 찢어서 갖다 주면 좋은 아이디어를 주겠다고 꼬셨다. 민지는 태원의 말대로 일기장의 빈 페이지 한 장을 몰래 야무지게 찢어 왔고 태원은 그 종이에 이새의 글씨로 무언가를 써서 돌려주었다.

"이걸 일기장 사이에 끼워 놓고 다원이가 잘 볼 수 있는 곳에 둬요."

태원의 시나리오를 알아들은 민지가 회심의 미소를 지었다.

그리고 오늘. 태원은 민지로부터 반가운 문자 한 통을 받았다.

[다원이, 예상한대로 충격 받았네요. 아주 심하게.]

이제 이새를 그 집에서 내보낼 수 있게 된 것이다.

준서와 함께 문화센터에 갔다가 집에 돌아온 이새는 다원이 일찍 들어온 것을 알게 되어 다원의 방으로 갔다. 방 안에서 아무 소리도 들리지 않아 그녀는 먼저 똑똑, 노크했다.
"준서 고모, 들어가도 돼요?"
혹시나 자고 있지 않을까 하여 작게 말했다. 그런데 방문이 반대쪽에서 벌컥 열렸다. 어떤 기척도 없이 확 열려 버려서 도리어 노크를 했던 이새가 놀랐다. 그러나 자신을 바라보는 다원의 눈빛이 낯설도록 싸늘하게 느껴져, 그녀는 아무 말도 하지 못하고 멀뚱하니 서 있게 됐다.
"왜."
"안색이 안 좋아 보이는데 어디 아프세요?"
"……아니."
다원이 그녀를 오래 바라보기만 하다가 늦게 대답했다.

"용건은 뭐야."

"특별한 용건이 있는 건 아니었어요. 그냥 반가운 마음에 노크했는데 죄송해요. 쉬세요."

이새가 따뜻하게 웃어 주며 말했다. 다원은 더 대답하지 않고 문을 닫았다.

문을 닫기 직전에 이새는 다원의 눈동자가 슬프게 흔들리고 있는 것을 본 듯했다. 마음이 무거웠다.

그리고 9시가 넘은 밤.

준서를 재우고 방에서 나온 이새는 암전된 거실에 다원이 앉아 있는 것을 보았다.

"아, 고모, 여기 계셨어요? 몸은 어떠세요?"

아프다고 하지는 않았지만 몇 시간 전에 다원의 안색이 안 좋았던 것이 마음에 걸렸던 이새가 걱정스레 물었다. 거실이 어두워 다원의 표정이 보이지 않았다.

"김 선생."

"네. 목소리가 여전히 안 좋은 것 같은데……."

"긴말은 안 할게."

거실만큼이나 어두운 목소리가 바닥에 무겁게 내려앉았다. 이새의 표정도 가라앉았다.

"김 선생 방에 있던 일기장 봤어. 고의는 아니었고, 펼쳐져 있기에 봤어."

내 방? 일기장?

그러고 보니, 낮에 문을 열고 들어왔을 때 책상 위에 일기장이 놓여 있었던 것이 생각났다. 침대시트 아래 두었다고 생각했는데 자신이 잘못 기억하고 있었나 싶어 고개를 갸웃거렸었다. 일기장을 봤다는 말에 울컥했지만 이새는 고의가 아니었다는 말을 믿기로 했다. 그리고 침착하게 입을 열었다.

"어떤 내용을 보셨는지는 모르겠는데……."

"준서 자고 있을 때, 짐 싸서 나가. 스스로 했던 약속을 지켜."

그러나 이새의 말허리는 가차 없이 잘렸다.

"더 이상 우리, 서로 보는 일 없도록 하자."

"저 준서 두고 못 나가요."

"김이새 선생."

다원이 단호한 목소리로 그녀를 불렀다. 이새가 지금까지 한 번도 들어 본 적 없는 무거운 목소리였다.

"존중해 줄 때 나가. 조카 있는 집에서 목소리 높이고 싶지 않아. 계속 고 집부린다면 김 선생 어머니께 전화해서 데려가라고 하는 방법도 있어."

협박에 가까운, 무서운 말이었다.

"부모님 마음 다치시지 않게, 알아서 나가."

다원은 그 말을 끝으로 싸늘하게 돌아섰다.

집으로 가는 택시 안에서 이새는 몇 번이나 뒤돌아보았다.

그녀가 예상한 마지막 중 가장 비참한 마지막이었다. 준서에게 메시지 하 나 남길 수 없었다.

마지막의 배려인지, 아니면 얼른 가 버리라고 재촉한 건지, 이새가 짐을 챙기는 내내 말이 없던 다원은 집 앞에 택시를 불러 놓았다고 전했다. 이새 는 다원에게 허리 숙여 인사했지만 다원은 이새를 바라보고 있지 않았다. 작별인사도, 그동안의 쌓은 정도 없는 이별의 길은 내내 적막했다.

잘된 걸지도 몰라.

'그 사람을 계속 만나게 된다면 내 마지막도 이럴 거야.'

'네 주제를 알라'라고 말하는 것만 같은 다원의 말과 말투와 시선이 가슴 에 압정을 꽂는 것처럼 아팠다.

택시는 열한 시가 넘어 그녀의 집 앞에 도착했다. 이새가 택시비를 지불하려하니 기사가 말했다.

"받았습니다. 그냥 가시면 됩니다."

지갑을 꺼냈던 손이 우습게 됐다. 이새는 기사에게 인사를 하고 차에서 내렸다. 짐을 끌고 터덜터덜 집으로 돌아가는 짧은 시간 동안에도 손이 시렸다.

괜찮아. 나는 우리 엄마, 아빠 있는 집으로 돌아가는 거야.

그 순간에도 내내 최면을 걸어야 했다.

집 안의 불이 꺼져 있어 슬그머니 문을 열고 들어갔다. 그런데 문을 열자마자, 어두운 주방에서 홀로 서 있는 엄마, 희선과 마주쳤다.

"어이구, 이게 누구야! 토요일에 온다고 했잖아!"

희선이 잰걸음으로 다가와 이새의 두 뺨을 짚고 무릎을 약간 굽힌 채로 서서 그녀의 얼굴을 들여다보았다. 내 딸이 맞는지 확인하려는 모양새 같아 이새는 우습다고 생각했다.

"엄마, 나 쫓겨났어."

우스워서 미소를 지으려고 했는데, 마음과는 다르게 눈물이 왈칵 쏟아졌다.

"이제 그 집에 못 가."

엉엉엉. 길 잃었던 아이가 한참 만에 엄마를 발견한 듯이 서럽게 울었다. 울고 싶어서 운 건 아니었다. 엄마를 보니 떨어지는 눈물이었다.

다음 날.

"말해 봐. 엄마한테."

희선은 누워서 일어나질 못하는 이새의 앞을 지키고 앉아 계속 추궁했다.

"엄마가 전화해 줄까? 우리 딸 왜 낙동강 오리알 만들었냐고 한마디 할까? 왜 야밤에 내쫓았냐고 두 마디 할까?"

자식을 한 번 잃은 적이 있어 딸들을 생각하는 마음이 늘 애틋한 엄마였다. 눈에 넣어도 아프지 않을 큰딸이, 이제껏 부모 걱정 한 번 시키지 않고 착하고 예쁘게만 커 준 첫째 딸이 자리를 깔고 누워서 간간이 눈물만 흘리고 있으니 어미의 마음이 미어졌다. 부잣집에서 한껏 구박당하다가 야밤에 쫓겨난 게 분명해 보였는데 이새는 쫓겨났다는 얘기 이후로 말을 아꼈다.

"아니면 쫓아가서 그 집구석 다 엎어 놓고 올까?"

이새가 겨우 도리질 쳤다. 말을 하질 않으니 희선은 속이 타들어 가는 것 같았다. 끝내 무서운 생각마저 들었다.

"거기 남자도 있다며. 그놈이 혹시 너한테…… 그런 거야?"

물어 오는 목소리의 떨림을 이새도 감지했다. 이새는 기운이 없었지만 제대로 대답해야 할 것 같아 고개를 크게 저으며 자리에서 몸을 일으켰다.

"아니야. 그거 아니야."

"그건 아니야? 엄마한테 숨기는 거 아니고, 진짜 아니야?"

"진짜 아니야."

"그럼 대체 무슨 말을 듣고 왔길래 그래!"

희선이 답답한 마음을 담아 버럭 외치니, 아주 조심스럽게 가냘픈 목소리가 반응했다.

"……엄마, 준서 보고 싶어."

"뭐? 누구?"

"준서. 준서 보고 싶어."

"그 집 애기?"

희선은 떠름한 눈빛으로 이새를 보았다. 자신이 잘못 들은 건가 싶었다. 마치 아들 빼앗긴 미혼모처럼 처량한 표정으로 중얼대는 딸이 낯설게 느껴져 어떤 말도 하지 못했다.

"엄마, 나는 지금까지 우리 가족이 최고라고 생각했거든. 엄마랑 아빠랑 이율이랑 나랑, 이렇게 우리 넷만 행복하면 그게 다라고 생각했었어. 근데 나, 그 사람들한테 가족이 되고 싶었나 봐……. 버려지는 게 싫고 실망시키게 된 게 서럽고……."

이새의 눈에서 또 또르르 눈물이 흘렀다.

"준서 데려오고 싶고, 준서 고모가 나 싫어하지 말았으면 좋겠고……."

이새의 고백에 희선은 더욱 아리송해졌다. 얘가 대체 무슨 소리를 하는 건지, 가족을 떠나서 그쪽으로 붙고 싶다고 하는 건지, 애를 입양하겠다고 하는 건지 도무지 알 수가 없었다.

그렇게 답답한 시간을 보내고 있을 때 차임벨이 울렸다. 희선은 이새를 눈여겨보다가 자리에서 일어났다.

인터폰을 켜고 화면을 들여다보니 모르는 사람이 보였다. 택배기사인가 생각하며 갸웃거리는데, 저편에서 목소리가 들렸다.

-거기 김이새라는 분 사는 집 맞죠?

"누구세요?"

대뜸 제 딸 이야기를 하는 것이 수상하여 경계심을 갖고 물었다.

-거 나오셔서 택시비 좀 치러 줘요. 애가 혼자 택시를 타고 왔어요. 이 집 애인 것 같은데.

이 집 애라면, 이새는 아니니 이율이뿐인데. 수능시험 잘 보고 돌아와 어제 학원 친구들과 여행을 떠난 둘째 딸이 벌써 택시를 타고 돌아왔다는 게 믿기지 않아 다시 물었다.

"우리 집 애라고요?"

이율이는 그런 애가 아니다. 며칠 더 놀다 오면 더 놀다 왔지.

-준서랍니다. 안준서.

안준서! 그 대답을 듣자마자 이새가 누웠던 자리에서 벌떡 일어났다. 허겁지겁 옷을 챙겨 입고 밖으로 나가기까지의 시간이 정말로 눈 깜짝할 새였다. 몸에 스프링이라도 달린 듯 민첩한 제 딸을 보며 희선은 멍해진 얼굴로 이새를 따라나섰다.

현관문 앞.

준서의 이름을 듣자마자 짝짝이 슬리퍼를 신은 채 냉큼 달려 나온 이새는 정말 대문 앞에 준서가 서 있는 것을 보고 금방 눈시울이 젖었다.

"선생님."

이새의 얼굴을 확인한 준서가 그녀를 불렀다. 어떤 감정도 느껴지지 않는 무표정이어서 이새는 더럭 겁이 났다. 하지만 헐레벌떡 달려가 대문을 열었다.

"엄마가 아니라 선생님이었어? 그럼 선생님 찾으러 이 먼 길을 온 거야?"

기사가 무어라 말했지만 이새의 귀엔 다 들리지 않았다.

"선생님!"

문이 열린 후, 준서가 와락 안겼다. 분명 그 표정에는 반가움도 슬픔도 없었는데.

"준서야! 어떻게 왔어. 여기까지 혼자 왔어?"

이새가 눈을 맞추며 안부를 묻자마자 얼굴이 세게 일그러졌다.

그리고 어저께 이새가 그랬던 것처럼.

길 잃고 방황하다가 한참 만에 엄마를 발견한 듯이, 준서도 그렇게 서럽게 울기 시작했다.

18. 낳아 주셔서 감사합니다

같은 시각. 민지는 초조하게 문화센터를 뛰어다니고 있었다.

아침 일찍 저택으로 출근하여, 이새가 떠났다는 소식을 들었다. 다원은 몹시 화가 난 마음을 숨기며 말을 아꼈고 준서는 슬픔에 잠겨 있었다. 전체적으로 집안 분위기가 가라앉아 사람들에게 말을 붙이기도 쉽지 않았다.

다원은 민지에게 준서를 봐 달라고 부탁하지 않았다. 하지만 다원이 오후에 일이 있다는 것을 잘 알고 있는 민지는 자신이 준서와 문화센터에 가겠다고 했다. 다원은 준서와 민지만 보내기가 영 꺼려졌지만 준서가 가겠다고 나서는 것을 막지는 못했다. 그렇게 민지와 준서는 문화센터에 가게 되었다.

미술 수업이 있는 날이라 민지는 밖에서 자리를 지키고만 있으면 되는 것이었다. 수업이 끝난 후에 준서를 다시 집으로 데려가기만 하면 노고를 인정받을 수 있는 일이다. 김이새는 이렇게 쉽게 돈을 벌고 사람들의 신임을 얻고 있었다. 참 이가 갈리는 일이다.

민지는 교실에 시무룩하게 앉아 있는 준서를 지켜보다가 밖으로 나갔다. 수업이 진행되는 50분 동안은 자유시간이었다.

문화센터 건물과 지하통로로 연결된 곳에 백화점이 있었다. 어제 다른 백화점에서 스쳤던 숄더백이 계속 아른거렸다. 잠깐 가방만 사고 돌아오면 시간을 알차게 쓴 기분이 들 것 같았다.

빠른 시간에 쇼핑을 마치고 주차장에 들러 새로 산 숄더백을 차에 실은 후 문화센터로 돌아갔다. 자리를 비운 시간은 40분 남짓밖에 되지 않았다. 아직 수업이 끝나려면 10분 정도가 남아 있었다. 10분은 그냥 다소곳이 앉아 자리나 지켜야겠다, 생각하고 미술교실 앞으로 갔다. 그리고 입구의 창을 통해 안을 살펴보았다.

준서가 수업은 잘 듣고 있나, 표정은 어떤가.

그런데 준서의 모습이 보이지 않았다. 민지는 문을 벌컥 열고 안으로 들어갔다.

"우리 준서 어디 있어요?"

다소 앙칼진 목소리에, 교실의 눈들이 모두 민지에게로 쏠렸다.

"어? 준서 아까 화장실 간다고 나갔는데요. 밖에 선생님 있으니 괜찮다고……."

교사가 당황한 목소리로 말했다.

"언제."

민지가 표정을 굳히고 물었다.

"한 10분 전이었나……. 시간 확인을 못해서 잘……."

"아아아아아까 갔어요! 10분 넘었어요!"

당황한 교사가 제대로 말하지 못하고 있으니 준서 옆자리의 영후가 크게 대답했다.

"도대체 애를 어떻게 관리하는 거야!"

결국 민지의 목소리가 높아졌다.

"밖에 선생님 있어서 같이 손잡고 갔다 온다고 하기에 보냈어요. 분명히 김이새 선생님 같은 뒷모습을 봤는데…….”

“오늘 그 여자 안 왔어요! 내가 데리고 왔다고! 그런 것도 확인 안 했어요?”

“죄송합니다. 준서가 그렇다고 하는 말만 믿고…….”

“당장 찾아와!”

울먹거리는 교사의 말을 자르며, 민지가 명령조로 말했다. 교실 안에서 들려오는 소리를 듣고 사람들이 모였다. 문화센터 담당직원도 안으로 들어왔다.

“무슨 일이에요?”

“아이가 나간 지 한참 됐는데 아직 안 들어와서요. 화장실에 간다고 나갔는데 여기서 이럴 게 아니라 얼른 찾아봐야 할 것 같아요.”

눈물을 닦고 자초지종을 얘기하는 교사를 빤히 응시하고 있던 민지가 험악하게 교사를 불렀다.

“야, 나 정진제약 막내딸이야. 내 말 한마디면 너 같은 거 수십 번 갈아치울 수 있어.”

“…….”

“그 애 당장 찾아내. 건물 방송하고 CCTV 샅샅이 뒤지고 직원 투입해서 찾아내! 당장!”

민지의 말에 따라 사람들이 우왕좌왕 움직였다. 관리 직원들 몇 명이 더 올라와 화장실, 복도, 계단 등 눈에 띄지 않는 곳까지 샅샅이 살폈으나 준서는 보이지 않았다.

준서가 사라진 지 한 시간이 넘어갈 무렵 CCTV를 통해 준서가 혼자 건물 밖으로 나갔다는 사실을 알아낼 수 있었다. 민지는 그제야 배 주임에게 연락했다. 다원이나 지원에게 직접 연락하자니 크게 혼날 것이 걱정되었다. 자신의 부모님께도 전화하여 경찰에도 연락을 넣어 달라고 부탁했다.

십 분여 만에 울음을 그친 준서는 이새와 함께 집 안으로 들어갔다.

"여기가, 선생님, 집이에요?"

끅끅, 준서가 더듬더듬 물었다. 울음을 그친 후의 딸꾹질이 준서를 오래 괴롭혔다.

"응, 선생님 집이야. 이분은 선생님 엄마고."

"안녕하세요."

"그래. 네가 준서라고? 안준서?"

준서의 인사에, 희선이 시큰둥하게 물었다. 희선은 준서가 그리 내키지는 않았다. 어쨌거나 그녀에게는 내 자식이 제일 중요했고, 딸이 울고 들어온 다음 날 찾아온 의문의 손님이 달가울 수는 없었다. 어린아이라 할지라도.

"네."

"어떻게 왔니? 여기까지."

희선이 무정한 목소리로 물었다.

"택시 타고요."

"선생님 집 어떻게 알았어?"

엄마의 눈빛이 묘하게 날카로운 것을 눈치챈 이새가 그 사이에 끼어들었다.

희선이 떨떠름하게 이새를 바라보았다. 30분 전까지만 해도 저쪽 방에 이불을 깔고 누워 있던 애가 이렇게나 기운을 차리고 의젓하게 앉아 있으니 기가 막힐 노릇이었다.

"옛날에 와 본 적 있어요. 우리 삼촌이랑 승환이 삼촌이랑. 선생님 데려다주러 여기까지 왔었는데."

이새도 어렴풋이 생각이 날 듯했다.

그때 준서는 자고 있었던 것 같은데. 아니, 자고 있지 않았다 하더라도 꼬마가 그런 걸 머릿속에 담아 두고 있었다는 건 정말 놀라운 일이다.

"그래, 잘했어. 그런데 왜 혼자 왔어? 설마 몰래 온 건 아니지?"

"……몰래 왔어요."

"준서야."

이새가 따끔하게 준서를 불렀지만, 준서는 대답하지 않고 제 말을 했다.

"아무도 말 안 해 주잖아요. 선생님이 왜 가 버렸는지."

"그래도 그러면 안 되지. 얘기는 하고 와야지. 고모랑 삼촌이랑 배 주임님이 얼마나 준서를 찾겠어!"

이새는 급히 휴대폰을 찾아 들었다. 어서 빨리 준서가 여기 있다는 사실을 알려야 했다. 그런데 준서가 이새의 팔을 붙잡았다.

"안 갈 거야아아!"

"준서야, 고집부리면 안 돼."

이새가 단호하게 말했다. 준서도 독하게 발악했다.

"선생님 다시 안 올 거잖아요!"

물기가 잔뜩 묻은 목소리로 서럽게 내뱉는 말에 이새의 움직임이 멈췄다.

"내가 가면, 나는 이제 선생님 못 만나잖아요."

몇 발치 뒤에서 지켜보던 희선이 혀를 끌끌 찼다.

배 주임은 초조한 시간을 보내고 있었다. 아침부터 하늘이 무너지는 소리를 몇 번이나 들었다.

어제 제사 때문에 자리를 비우게 되어 오늘은 일찍 출근했다. 그런데 늘 반갑게 인사하던 목소리가 들리시 않았다. 이새가 어젯밤 쫓겨났다는 이야기를 뒤늦게 듣고 심장이 쿵 내려앉았다. 다원이 쫓아냈다는 이야기를, 다원에게 직접 들었다. 다원도 기분이 좋지 않은 듯 보여 시시콜콜 질문할 수는 없었다.

간밤에 무슨 일이 있었을까 짐작도 하지 못하고 있는데, 민지가 찾아왔고 짧게나마 이새가 떠난 이유를 말해 주었다.

"어제 다원이가 김이새 씨 방에서 뭘 찾았어요. 일기장 같은 것인 모양인데 거기에 좀 불쾌한 얘기가 많이 쓰여 있었나 봐요."

'저도 내용은 잘 모르겠네요.'라고 얘기를 마무리 짓는 민지의 얼굴에 묘하게 웃음기가 보였다. 자신이 없는 동안 무언가 일이 꼬였다는 것을 직감한 배 주임은 민지가 준서를 데리고 문화센터를 가서야 휴대폰을 들었다. 이새에게 연락해 봐야겠다고 마음먹은 것이었다. 그런데, 그녀가 휴대폰 버튼을 누르기 전에 수신음이 먼저 울렸다. 이새에게서 온 연락이었으면 좋았을 텐데, 다름 아닌 민지였다.

"네, 정민지 선생님."

-혹시 준서 안 왔어요?

민지는 다짜고짜 다급하게 준서를 찾았다. 배 주임은 어처구니없을 따름이었다.

"준서 도련님은 지금 같이……."

갑자기 불안감이 엄습했다.

"……같이 안 계십니까?"

-없어졌어요. 교실에서 혼자 화장실 간다고 나갔다는데…… 어후, 어디 간 거야, 정말!

짜증이 가득하고 조급한 말투가 숨을 턱 막히게 했다. 이성의 끈이 툭 끊어질 것 같았다. 겨우 마음을 가라앉히고 민지에게 물었다.

"얼마나 됐습니까."

-조금…… 됐어요.

"10분 넘었어요?"

-네…….

"화장실, 같은 층, 계단, 엘리베이터, 옥상. 다 찾아봤어요?"

-찾아봤어요.

"건물에 방송 하고, CCTV 모두 살펴요. 입구 CCTV까지 전부. 지금 바로 도련님 사진 보내겠습니다. 직원들에게 사진 보이고, 함께 찾아 달라고 해요. 건물 화장실도 다 살피고 밖에 나갔는지도 확인해요. 얼른 찾아요, 얼른!"

배 주임이 무섭게 지시했다. 겁먹은 민지가 후다닥 전화를 끊었다.

배 주임은 민지에게 준서의 사진을 보낸 후, 바로 다원에게 연락하여 사실을 알렸다. 다원은 거의 집에 다 와 갈 즈음이라 얼른 돌아오겠노라 말했다.

배 주임은 옷을 챙겨 입었다. 민지는 믿을 수 없었다. 다원이 집으로 돌아오면 자신이 직접 가서 준서를 찾아야겠다고 생각했다. 마음이 조급해지고 손이 부르르 떨렸다. 오늘 아침, 선생님을 떠나보내고 풀이 죽은 준서에게 따뜻한 말 한마디 건네지 못한 게 떠올랐다. 가슴이 두 쪽으로 찢어지는 것 같았다. 눈물이 핑 돌았다.

그때 이새에게서 전화가 왔다. 여유롭게 통화를 할 처지가 아니라 나중에 걸겠다는 얘기를 하려고 전화를 받았다.

"네, 선생님. 그만두셨다는 얘기는 들었습니다."

-네, 주임님. 그게 아니라…….

이새는 민망한 얘기를 꺼낸다는 듯 말끝을 늘였다.

-죄송한데, 지금 준서가 저희 집에 있어요. 혼자 택시를 타고 여기까지 왔네요.

하아아아……. 이새의 말에 다리의 힘이 스르르 풀렸다. 배 주임은 눈앞이 아찔해졌다가 겨우 살아나는 기분에 이마를 감싸며 자리에 털썩 앉았다.

"그러게, 왜 말도 안 하고 떠났습니까!"

울음을 삼킨 목소리가 사람 없는 집에 빠르게 퍼져 나갔다.

"왜 어린애 가슴에 대못을 박아요!"

──……죄송합니다.

"당장 돌아와요!"

집은 다시 조용해졌다.

겨우 마음을 정리하고 평상심을 되찾은 배 주임은 지원에게도 오늘 있었던 일을 모두 보고하고 다시 여느 때와 같이 사무를 보았다.

잠시 후에 다원이 돌아왔다. 집에 거의 도착할 즈음 연락을 받은 다원은 준서를 찾았다는 내용만 대충 들은 상태였다.

"준서 어디에서 찾았대요?"

"김이새 선생님 집에 가 있으시다는군요."

다원의 입이 허, 벌어졌다.

"거길 가 있다고요? 왜요? 어떻게요?"

"혼자 택시를 타고 가신 모양입니다."

"허. 기가 막혀."

"아가씨."

배 주임이 서늘한 얼굴로 다원을 불렀다.

"어제 이 집에서 대체 무슨 일이 있었던 겁니까."

다원의 눈동자가 포르르 흔들렸다. 앙다문 입술이 일그러졌다. 다원 또한 상처를 가득 받은 얼굴을 하고 있는 것이 이상했다.

"대체 아가씨가 본 게 뭐길래 김이새 선생님이 준서와 인사도 나누지 못하고 내쫓겨졌죠?"

"……김 선생이 오빠를 좋아하게 되면 이 집을 나가겠다고 했었는데, 오빠를 좋아하고 있었고."

"그게 이유란 말이죠……."

그 '이유'란 것의 어처구니없음에 배 주임의 입이 슬쩍 비틀렸다. 다원이 억울한 듯 더 말을 이었다.

"김 선생 일기장에 끼워져 있는…… 오빠 재산을 추정하는 듯한 기분 나쁜 쪽지를 봤어요."

"쪽지요?"

재산을 추정하는 쪽지라니. 그것 또한 황당했다. 배 주임은 허, 실소를 지었다.

"그게 김이새 선생님 것이라고 확신합니까?"

"일기장은 김 선생 것이 맞아요. 쪽지랑 일기장의 글씨체도 비슷했고요."

"쪽지도 자기가 쓴 게 맞다고 했나요? 직접 들었습니까?"

다원은 추궁하는 듯한 배 주임의 말투에 살짝 마음이 상했다. 갑과 을이 바뀐 것만 같은 기분이었다. 배 주임이 일 잘하고 올곧은 사람이긴 하지만, 이렇게 자신의 뜻에 반하는 얘기만을 늘어놓는다면 더 같이 지낼 수는 없었다.

"배 주임."

따끔한 소리가 나오기 직전이었다. 현관문이 열리고 민지가 들어왔다.

"하아, 하아, 준서 찾았다고요. 들었어요. 다행이에요."

금방이라도 울음을 터트릴 것 같은 눈에 붉어진 얼굴, 흐트러진 옷매무새. 민지가 얼마나 초조한 시간을 보내고 왔는지 알아볼 수 있는 차림새였다. 딱해 보일 정도였다.

"죄송해요. 제가 잠깐 화장실에 간 사이에……."

짝!

그러나, 배 주임의 손은 이 여리고 연약해 보이는 여인의 뺨을 가차 없이 갈겼다. 다원의 눈이 휘둥그레졌다.

민지 또한 맞은 뺨을 감싸 쥐고 멍청해진 표정으로 배 주임을 바리보았다. 배 주임은 눈 하나 깜짝하지 않았다.

"아이를 잃어버리는 게 어떤 고통인지 이미 겪어 보셨다면 그러실 수는 없는 겁니다. 도련님에게서 눈을 떼지 않는 건 기본 중의 기본입니다. 도련님이 건물을 나섰다가 사고라도 났다면, 유괴라고 당했다면, 택시를 잘못타고 이상한 곳으로 갔다면 어쩔 뻔했습니까!"

"……."

"도련님이 똑똑한 걸 다행으로 생각하세요."

억울해진 민지가 숨을 가쁘게 쉬었다.

"김이새 선생님 방에 몇 번이나 들어갔습니까. 그 방에서 발견한 일기장으로 아가씨와 선생님 사이를 잘 이간질시켜서 쫓아내셨으면 김이새 선생님만큼의 몫은 할 줄 아셔야죠."

"이, 이간질이라뇨!"

"제가 억지를 쓰고 있다고 말씀하시는 겁니까?"

민지가 오리발을 내밀려 하는 조짐이 보이자 배 주임의 눈이 가늘어졌다.

배 주임은 웃옷의 안 주머니에서 작은 헝겊 주머니 하나를 꺼냈다. 끝에 구멍이 뚫려 있는 꾀죄죄한 주머니였다.

"이건 2층 계단 통로의 창문 밖에서 찾아낸 주머니예요. 고양이들이 좋아한다는 개다래나무 열매가 들어 있군요. 냄새가 묘한 걸로 보아 뭔가 다른 성분이 묻어 있는 것 같기도 합니다. 그리고 그 창문 밖에는 나무가 있고 그 나무에서 고양이가 떨어져 죽었죠."

이어질 말을 예상할 수 있게 된 다원이 충격을 받은 얼굴로, 크게 벌어진 제 입을 막았다.

개다래나무 열매는 고양이 마약이라고 불릴 만큼 고양이들이 좋아하는 열매다. 당연히 정원에는 개다래나무가 없었고, 일부러 누군가가 갖다 놓지 않은 이상 주머니가 거기 있을 이유는 없었다.

민지도 황망한 표정으로 배 주임과 다원 두 사람을 번갈아 보았다. 자신이 개입된 일이 아니라는 듯 두 사람을 보며 고개를 가로저었지만, 배 주임은 계속 냉랭하게 말을 쏟았다.

"어찌 장치를 설치했는지는 모르겠으나 이제 한 가지가 확실하게 보이는군요. 사장님의 생일날 일어난 사고는 우연이었는지, 아니면 누군가의 계략으로 일어난 일인지."

"아, 아니야!"

"……."

"난 그 시간에 그 나무 아래 서 있기만 하면 된다고 해서 그렇게 했을 뿐이야. 나도 피해자라고! 고양이가 떨어질 줄은……."

흥분하여 몇 마디 진실을 꺼내 놓던 민지가 급히 입을 다물었다. 싸늘한 공기가 감돌았다.

"누가 그랬습니까. 이 집의 직원입니까?"

배 주임이 차분하게 물었다.

"저, 저는 모르는 일이에요."

배 주임의 손이 다시 한 번 올라갔다.

"아악!"

그 손이 닿기도 전에 민지는 비명을 질렀다. 배 주임은 민지를 더 위협하지 않고 손을 내렸다.

"준서 도련님과 아가씨를 잘도 이용하는군요."

두 사람에게서 돌아서는 배 주임의 뒷모습에는 미련이라 부를 만한 것이 보이지 않았다.

"아가씨, 저도 그만두겠습니다. 너무 오래 일했네요. 되도록 빨리 새 관리인 알아봐 주십시오."

쿠알라룸푸르 공항 출국장.

270

배 주임과의 통화로 그간의 자초지종을 모두 들은 지원은 시름이 깊어졌다. 이새는 해고, 준서는 가출, 배 주임은 퇴사. 그간 얽혀 있던 것들이 폭발하여 집안은 고름투성이가 된 듯했다. 그나마 민지의 만행이 거의 밝혀졌다는 것에 의의를 두기로 했다.

이제 지원이 집으로 돌아가 할 일은, 고름을 닦고 벌을 줄 사람은 벌을 주고 상황을 수습하는 것이다.

'며칠만 더 기다렸다가 놀라 주지. 돌아가면 다 얘기하려고 했는데.'

적절하지 못한 타이밍에 이새의 속마음이 까발려졌다. 이새가 자신을 좋아하고 있다는 사실을 알게 된 것만으로, 다원은 큰 충격을 받았고 이새를 내쫓았다. 자기도 그녀를 좋아하고 있다고 하면 다원이 어떻게 받아들일지, 그저 생각만으로도 갑갑해지는 듯했다.

그게, 뭐가 그렇게 잘못된 일이라고.

문득 오래전의 형이 떠올랐다.

형도 이런 과정을 거쳤을 테지. 집안의 반대, 불합리한 시기와 멸시……. 이런 것들을 이겨 내고 형수님과 결혼했겠지. 힘들었겠지, 형도.

착잡한 마음으로 이새에게 전화를 걸었다.

-여보세요.

지금의 심경을 대변하듯 착 가라앉은 목소리가 그의 가슴에 스며들었다.

"나야. 이런 일 겪게 해서 미안해."

-다 들으셨어요? 준서 지금 여기 있는 것도?

"응. 들었어."

-준서가…… 집에 안 가겠다고 버티고 있어요. 잘 설득해서 데려갈게요.

"그럴 거 없어."

-네?

"다원이 보낼게. 성가시겠지만 조금만 더 준서 좀 부탁해."

지원은 이새와 짧은 통화를 마치자마자 다원에게 전화를 걸었다. 바로 비행기를 타야 하기 때문에 시간이 얼마 없었다.

-여보세요.

다원 또한 힘없는 목소리로 전화를 받았다.

"배 주임한테 얘기 다 들었어. 네가 경솔했던 거 알지?"

다원은 아무 말도 하지 않았다.

"김 선생한테 가서 사과해. 무례하게 굴어서 미안하다고 해."

-사과를 왜 해? 김 선생이 잘못했다고.

"김 선생이 무슨 잘못을 했지?"

-오빠를 좋아하면 그만두겠다고 했는데 그걸 숨기고…….

"사람을 좋아하는 게 잘못인가?"

형.

나는 형을 정말 존경하지만 한 가지 마음에 들지 않았던 게 있었어.

형수님은 그 오랜 시간 동안 텃세 심한 이 집안사람들에게 숱한 수모를 겪으면서 준서를 키웠지. 집안의 일원이 되기 위해 엄청나게 노력해야 했어. 형수님은 늘 웃고 있었지만, 사실은 힘들었을 거야. 혼자 많이 울었을 거야. 그런 형수님을, 형이 집에서 늘 다독여 줬겠지. 힘내라고. 사랑한다고.

그건 잘못된 거야. 난 그렇게 못 해.

-하지만 준서를 보살펴야 되는 사람이 다른 잿밥에만 관심이 있는데…….

"그래서, 그 사람이 준서를 잘못 돌보기라도 했어? 준서가 김 선생을 싫어하기라도 하나?"

-하지만 그건 김 선생이 먼저 한 약속이었다고! 오빠를 좋아하면 자기가 스스로 나가겠다고 그랬어.

"그래. 그건 조금도 잘못이 아니지만, 어쨌든 약속에 책임지고 나갔으니 이만 돌아오라고 해. 네가 직접 가서 사과하고 설득해."

-미쳤어? 내가 거길 왜 가?

"김 선생한테 잘 보여야 너도 편해."

-웃기는 소리 좀 하지 마.

물론 힘내라는 말, 사랑한다는 말 정도야, 입이 닳도록 해 줄 수 있겠지. 하지만 난 내 여자가 우리 집안사람들 때문에 우는 걸 두고 보기만 할 수 없어.

내 사람은 어디서나 당당하고 떳떳하고 멋져야 돼. 내가 있을 때나 없을 때나 행복해야 해.

"그렇게 하지 않으면 네가 힘들 거야."

-…….

"네 새언니 되실 분이야."

전화기를 통해 전해진 지원의 단호한 목소리에 다원은 입이 굳어 버리는 느낌이었다.

"무, 무슨 소리를 하는 거야?"

그녀는 더듬거리며 겨우 물었다.

-일기장에서 어떤 내용을 봤는지는 모르겠지만 김 선생이 좋아한 게 아니라 내가 먼저 좋아한 거야.

"……."

-프러포즈도 할 거고 결혼도 할 거야. 반대하거나 방해하는 사람 있으면 가만 안 둬.

가만 안 둬.

오빠는 지금 자신에게 허락을 받겠다는 게 아니다.

-물론, 너라도 마찬가지야. 잠자코 내 의견에 따라 주지 않으면 지금까지 네가 누렸던 혜택은 다 몰수야.

무조건 밀고 나가겠다는 거다.

"허, 이, 이런 게 어디 있어! 여자한테 빠져서 지금 동생이고 뭐고 다 필요 없다는 거야?"

-여자?

지원의 목소리가 날카로워졌다.

-똑바로 깍듯하게 불러. 선생님이라고 하든지 새언니라고 하든지.

한층 더 낮아진 목소리로 흘러들어 오는 말들은 너무나도 위협적이어서 소름이 끼쳤다.

-내가 지금 한 얘기까지 김 선생한테 해 가면서 또 김 선생 협박하거나 겁주려고 하면, 알지? 나한테서 없는 사람 취급 받고 싶으면 그렇게 해.

"허, 허어."

-준서는 무조건 네가 데려오고, 가서 예의 바르게 굴지 못할 거면 가지도 말고.

몇 마디 내뱉지도 못했는데, 전화는 저편에서 먼저 뚝 끊겨 버렸다.

허, 허, 기가 막혀 숨도 잘 쉬어지지 않는 느낌이었다. 얼굴에 한껏 열이 올라왔다. 오빠의 이런 무서운 목소리는 처음이었다. 무뚝뚝하긴 했지만 이런 사람은 아니었다. 남들에게서 오빠가 냉혈한이라는 말을 들은 적은 많았지만, 자신에게만은 무섭지 않은 오빠였다.

어제 오전까지만 해도, 곁에 지음(知音)과도 같은 친구가 있어 평화롭고 행복한 마음뿐이었는데. 지금은 친구도 잃고, 더불어 오빠마저 빼앗긴 기분이다.

다워은 아랫입술을 꼭 깨물며 울음을 삼켰다. 나도 다친 마음을 위로받고 싶은데. 절대 사과는 할 수 없는데. 누구에게도 털어놓을 수 없이 또 혼자가 되었다. 다 떠나고 적막해진 집만큼 마음이 텅 비어 버렸다.

6시간여의 비행 끝에 지원은 다시 한국 땅을 밟았다. 자정이 다가오는 시각이었다.

274

도착하자마자 휴대폰을 켰다. 준서의 일을 깔끔하게 정리하지 못하고 비행기를 탄 것이 걱정되었다. 이새에게 마음 편히 있으라는 말도 제대로 하지 못했고, 다원에게 대답을 듣지도 못한 채 전화를 끊어 버렸다.

부재중 전화는 3통. 이새에게서 하나, 배 주임과 창우에게서 각각 하나씩 와 있었다.

배 주임과 이새는 문자메시지도 한 통씩 보냈다. 손에 닿는 대로, 이새의 메시지 먼저 확인했다.

[전화 연락이 안 돼서 문자 남겨요. 준서 오늘 저희 집에서 재우려고요. 내일은 꼭 돌려보내도록 할게요. 그럼 내일 전화드릴게요. 안녕히 주무세요.]

안녕히 주무세요.

딱, '나는 이제 잘 테니 절대 나를 깨우지 마시라'는 뉘앙스였다.

당장 달려가서 안아 주고 싶은데. 집에서 만날 수도 없게 됐는데 전화로 목소리를 들을 수도 없구나.

씁쓸했지만 내일을 기약하며 다음 문자메시지를 살폈다. 메시지는 꽤 길었다.

[도련님은 김이새 선생님 집에서 자고 오겠다고 합니다. 다원 아가씨께 직접 가시라고 말씀하셨다니 굳이 저는 나서지 않겠습니다. 이 기회에 김이새 선생님 집에 며칠 더 머무르도록 놔두셔도 좋을 듯합니다. 도련님께 좋은 경험이 될 것 같네요.]

시름이 깊었던 와중에, 자못 쿨해진 배 주임의 메시지가 지원을 설핏 웃게 했다. 민지에게 뺨을 때리고, 다원에게는 따끔하게 말했다더니. 이새에게는 소리를 질렀다더니. 배 주임은 어떻게 생각할지 모르겠지만 지원은 이런 배 주임의 모습이 왠지 더 인간적이고 정감 있게 느껴졌다. 일이 일어난 과정은 안타깝지만, 어쨌든 배 주임이 있어 미스터리 하나가 풀려 갈 조짐이다.

그리고 또 한 가지 미스터리를 풀기 위해 친구 창우에게 전화를 걸었다. 창우는 바로 전화를 받았다.

-응. 지원아.

"전화번호가 찍혔길래 전화했어. 알아보는 거 진전은 좀 있었어?"

-응. 사람들한테 더 물어보니까, 3년 전에 OH택배에서 일한 직원 중에 좀 의심해 볼 만한 사람이 있어서.

"어떤 사람이야?"

-준서가 말한 거랑 비슷해. 몸집이 크고 피부가 까무잡잡한 편이래. 다만 엄지손톱이 없는 건 아니고, 엄지손가락 한 마디가 없대. 하지만 난 오히려 이쪽이 더 그럴듯하다고 봐. 손이 더 눈에 띄게 보이게 되는 거니까 준서도 스쳐봤지만 기억하게 되지 않았을까 해.

"이름은 알아? 사는 곳은?"

-사는 곳은 아직 모르겠고, 전화번호도 직장용 휴대폰으로 돼 있었는데 오래전에 직장까지 그만둔 상태라 알 수 있는 정보가 없어. 이름은 최명훈 이라던데, 들어 본 적 있어?

지원은 고개를 갸웃거렸다. 생전 처음 듣는 이름이었다.

"아니. 전혀."

-그렇겠지. 그럴 거라고 생각해.

"뭔가 짚이는 게 있는 거야?"

-그냥 다 추측이야. 하지만 넌 내 추측을 믿으면 안 되지. 나 작가잖아. 이야기 만드는 사람.

"이야기 만드는 사람의 소견은 어떤데?"

-음, 나라면 이렇게 말하겠지. 도원이 형의 휴대폰에서 사라진 전화번호

는 태원이의 것과 태원이 어머니의 것. 그렇다면? 태원이가 의뢰했고 최명훈이 작업했다…….

"……."

-오싹하지? 그러니까 너무 담아 두지 마. 범인이 최명훈일지 아닐지 단정 지을 수도 없는 상황인데, 뭐. 더 알아보고 연락 줄게.

창우는 정보를 전하고 바로 전화를 끊었다. 지원은 휴대폰을 오래 바라보았다.

'태원이가 의뢰하고 최명훈이라는 사람이 작업했다…….'

지원도 잠깐 해 보았던 추측이었다. 하지만 친구의 입을 통해 듣게 되니 좀 더 날카롭게 와 닿았다.

다음 날. 밤늦게 집에 돌아온 지원은 잠깐 눈만 붙였다 떼고 일어나 출근 채비를 했다.

이새도 준서도 없는 집은 눈에 띄게 삭막했다. 집이 이렇게나 크고 공허하게 느껴질 수도 있다는 사실이 놀라웠다.

가만히 걸어가 이새의 방문을 열었다. 대여섯 개는 되었던 양말인형 하나 남지 않은 공간은 온기마저 사라진 느낌이다. 언제나 깜짝 놀라며 동그란 눈으로 방문 쪽을 바라보던 여자의 잔상이 선연하게 그려졌다. 방 안으로 한숨을 몰아넣는데 뒤에서 누군가 계단을 오르는 소리가 들렸다. 다원이었다. 다원은 지원을 보고 눈을 흘기고는 바로 뒤돌았다.

"나랑 말하기도 싫어? 고집부려서 네가 얻을 수 있는 건 아무것도 없어."

지원이 멀어지는 다원을 향해 말했다. 다원이 기가 막히다는 듯 미간을 굳혔다.

"김 선생이 오빠를 이렇게 변하게 했나? 동생한테 협박이나 하는 사람으로?"

"네가 예의를 갖춰야 나도 너에게 상냥해질 수 있다 이런 말이야. 협박이 아니라. 그리고 김 선생 이런 데 갖다 붙이지 마."

다원이 분한 듯 제 입술을 잘근 물었다. 지원은 다원보다 먼저 계단을 내려가며 다원에게 그제의 일에 대해 몇 마디 덧붙였다.

"배 주임한테 이상한 쪽지 얘기도 들었어. 내 재산을 추정하는 듯했다던 쪽지. 그거 김 선생이 쓴 거 아니야. 내가 알아."

다원의 눈가에 억울한 심경이 잔뜩 응어리져 눈물로 모였다.

"금방 오해라는 거 알게 될 거야."

다원의 상처 받은 표정에 애잔해진 지원은 다원의 어깨를 한번 토닥여 주고는 곧장 떠났다.

'다원아, 너도 우리가 둘이서만은 살 수 없다는 걸 알았으면 좋겠다.'

가슴으로 한 이야기가 동생의 마음에 닿았으면 좋겠다고 생각하며.

같은 시각. 준서의 비명 소리가 집 안을 울렸다.

"으아아아아!"

"뭐여, 뭐여, 무슨 소리여!"

아침식사 준비를 하던 희선이 헐레벌떡 달려오고 이새도 방에서 부리나케 나왔다. 준서는 화장실에 있었다.

"아아악!"

준서가 씻다가 어디 다쳤나 싶어 이새는 화장실 문을 벌컥 열었다. 안에서 잠갔어도 힘 있게 통 치면 열리고야 마는 낡은 문이었다. 그런데 문을 활짝 열자마자 그 사이로 물줄기가 세게 뻗쳐 나왔다.

"아아아악!"

화장실 바깥에서 변고를 당한 이새가 앞으로 손을 휘저으며 소리쳤다. 겨우 눈을 뜨고 안을 들여다보니 준서가 춤추는 샤워기의 줄을 잡고는 욕조

위에서 어쩔 줄 몰라 하고 있었다. 샤워기의 수압이 너무 센 것이 문제였다. 게다가 샤워기는 이곳저곳이 깨져서 물줄기가 사방으로 흩어지고 있었다.

이새네 가족들은 이미 샤워기를 사용하는 데 숙달이 되어 아무 문제 없었기에 아무도 준서에게 귀띔을 하지 않은 것이었다.

"괜찮아, 준서야, 괜찮아! 이건 그냥 샤워기야!"

허겁지겁 샤워기의 물을 끈 이새가 겁에 질린 준서를 다독여 주었다. 팬티 바람으로 홀딱 젖은 준서가 변기 옆의 홀랑 젖은 두루마리 휴지처럼 처량해 보였다.

아, 빨리 보내야 된다. 이 집은 준서가 살기엔 너무 위험해.

"그러게 샤워기 좀 빨리 고치라고 했잖아! 고치라고 한 지 3년이 됐어! 하여간 내 말은 뭐든 안 듣지!"

엄마가 아빠의 바가지를 긁는 소리가 들렸다. 이새가 한숨을 푹 쉬었다.

준서야. 선생님이 예쁘게 사는 걸 보여 줘야 하는데 정말 미안하다…….

"준서야, 샤워기 물은 반만 틀면 돼. 조절기를 천천히 움직여서 쓰면 돼. 알았지?"

이새는 힘없는 목소리로 충고하고는 화장실에서 나왔다. 준서가 집에 가서 지원에게 다 얘기하면 어쩌지, 하는 걱정이 생겼다.

"김이새. 너는 저기 편의점 가서 애기 팬티 좀 사 와."

화장실에서 나오자마자 희선의 명령이 떨어졌다. 이새는 엄마가 팬티를 빤스라고 말하지 않아 그나마 다행이라고 생각했다.

30여 분의 시간이 흘러 희선은 좁은 거실에 아침상을 차렸다.

준서 한 사람 자리가 생긴 것만으로 반찬이 풍성해졌다. 준서는 알 리 없겠지만.

커다란 식탁에 띄엄띄엄 앉아 식사를 해 왔던 준서는 선생님 댁에서의 아침 식사가 생소한 풍경이었다. 그득그득 차려진 반찬들은 한 사람 앞에 하나가 아니라 다 같이 먹는 거라고 한다. 게다가 좌식 아침상이었다. 4인 가족이 작은 밥상에 둘러앉아 아침을 먹는 것은 처음이라 준서는 신기했다. 게다가 밥상의 앞에서는 TV가 혼자 떠들고 있었다. 저걸 보면서 아침을 먹는 거라고 한다. 그런데 TV만 가만히 보는 것도 아니고 TV를 보면서 서로 말도 한다.

밥을 숟가락으로 떠 입에 넣으며, 준서의 눈동자가 부지런히 사방을 오갔다.

"밥이 입에 잘 안 맞지?"

희선이 얼떨떨한 표정으로 앉아 있는 준서에게 한마디 했다.

"맛있는데요."

준서는 잘 먹는 모습을 보여야 한다는 생각이 들었는지 밥을 더 크게 떠 입에 넣었다.

"천천히 꼭꼭 씹어 먹어야지. 체할라."

희선은 준서를 말리며 지그시 미소 지었다. 고사리 손으로 밥을 먹는 준서가 귀여웠다.

지원네 집의 사람들이 밉다고 어린아이까지 미울 수는 없었다. 오히려 그런 집에서 뛰쳐나온 준서가 짠한 마음이다.

일곱 살이라더니. 7년 전에 세상을 떠난 막내아들과 손 크기가 비슷하게 느껴진다. 키나 몸집은 준서가 더 큰 것 같다. 투병생활을 오래 한 이혁이 워낙 작았다.

'이혁이도 건강하게 잘 먹었으면 저 정도는 되었으려나.'

가슴에 묻은 막내아들은 여전히 아픈 손가락이다. 마음이 따끔따끔해지는 것을 숨기며 희선이 물었다.

"야무지게 잘 먹네. 뭐가 제일 맛있어?"

"이거요."

"소시지?"

준서가 고개를 크게 끄덕였다.

"아줌마가 갈 때 싸 줄게."

희선은 엄마 미소를 지으며 말했다. 그런데 준서의 표정이 이내 시무룩해지는 것 같다. 천천히 꼭꼭 씹어 먹으라고 해 놓고는, 막상 준서가 밥숟갈을 작게 뜨니 희선은 그게 또 마음에 걸렸다.

"아줌마."

희선이 설거지를 하고 있는데 준서가 다가왔다. 희선이 씻던 그릇을 쥐고 고개를 옆으로 돌렸다.

"제가 도와주면 안 돼요?"

준서가 바짝 다가와 고개를 꼿꼿이 올리고 희선을 바라보며 물었다. 희선은 물을 끄고 고무장갑을 벗었다. 그 맑은 눈동자와 눈높이를 맞추고 싶어 무릎을 굽혔다.

"네가 뭘 도와줄 건데?"

살포시 웃음 지으며 물었다. 도와준다는 말만으로도 기특했다. 준서는 조금의 웃음기도 없이 진지하게 대답했다.

"아무거나요."

"……."

"아무거나 도와주고 저 여기 더 있으면 안 돼요?"

맑은 눈 안에 가득 찬 커다란 눈동자가 약하게 흔들렸다. 희선은 준서의 진지한 호소에 아무 말도 할 수 없었다.

"저는 여기 나가면 선생님이랑도 헤어지는데요, 다시는 못 만날 것 같아요."

이 예쁜 아이가 맘 붙일 곳이 그리도 없었던 걸까. 그간의 삶이 어땠기에, 이 작은 아이가 이리도 절박하게 말하는 걸까. 희선은 이 아이의 보호자를 찾아가 때려 주고 싶은 심정이었다. 아이를 외롭게 만들지 말라고, 어깨를 붙잡고 얘기하고 싶어졌다.

"저 꼭 가야 돼요? 안 가면 안 돼요?"

가슴의 진동이 먼저 움직였다. 희선은 준서의 두 뺨에 고이 손을 가져갔다.

아가야. 너는 사랑만 받고 살아야지.

어느덧 딸의 감정을 이해할 수 있게 되었다. 딸은 이 아이가 애틋하여 놓을 수가 없는 거였다.

준서의 옷을 몇 벌 사 오라고 이새와 준서를 외출 보낸 후, 희선은 일하는 식당에 며칠 쉬겠다고 연락했다. 시장도 봐야 하고, 쾌적하게 대청소도 해야 하고, 화장실 문도 고쳐야 하고, 샤워기도 고쳐야 하고. 할 일이 많았다. 7년 만에 처음으로 유기농 식재료를 사고 샤워기는 제일 비싼 것으로 구입했다. 장을 잔뜩 봐 버려서 두 손 가득 짐이 넘쳤지만 이상하게도 발이 가벼웠다.

그렇게 집으로 돌아오는데, 집 앞에 이새와 준서가 웬 훤칠한 남자와 마주 보고 서 있는 것이 보였다. 희선은 고개를 갸웃거리며 집으로 다가섰다.

"어? 엄마!"

희선을 알아보자마자 다가온 이새가 희선의 짐을 넘겨받았다. 그러는 동안에도 희선은 고개를 갸웃거렸다.

"엄마, 준서 삼촌이야."

이새가 희선에게 말했다. 지원은 이새가 지신을 희선에게 소개하자마자 다가가 이새의 짐을 넘겨받고는 깍듯하게 인사했다.

"안녕하세요. 준서 삼촌 안지원이라고 합니다. 늦게 인사드려 죄송합니다. 제 조카가 폐를 끼치게 된 것도 사과드립니다."

'준서 삼촌'이라는 말에 희선은 입 안이 떫어졌다. 그것이 무얼 의미하는

지 잘 알고 있었다.

우리 귀한 딸을 야밤에 제집에서 내쫓은 사람.

희선의 표정이 굳었다. 아무리 빛나는 외모를 가졌다 한들 희선에게는 그저 내 딸에게 갑질한 못된 고용주일 뿐이다.

"폐 끼친 거 없어요. 애기는 계속 여기 둬도 돼요. 부티 나게는 못 챙겨도 집안에 숟가락 하나 더 놓는 거야 일도 아니고."

우리 애 눈에 눈물 낸 놈이 네놈이냐, 하고 묻고 싶었지만 딸의 체면을 생각해서 참았다. 그런데 딸은 그런 어미의 마음은 몰라주고 지원을 앞에 두고 웃고 있었다.

"준서 여기 두셔도 된다는 말씀이에요."

희선은 그 모습이 못마땅했다. 자신을 쫓아낸 사람을 무던하게 대하는 딸이 맹추처럼 느껴져 얼른 집으로 들어가려 이새에게로 손을 뻗었다.

'아……'

그러다가 생각지도 못했던 진실과 맞닥뜨리게 되었다. 그녀는 딸의 눈빛이 무언가 다르다는 걸 금세 알아챘다. 그 시선의 끝에 있는 남자가 딸을 향해 슬그머니 따뜻한 미소를 짓고 있는 것도.

희선은 기분이 묘해졌다.

두 사람은 단순한 고용주와 고용인의 관계가 아니구나. 내 딸이 저 남자를 많이 좋아하는구나. 저 남자도 내 딸을 좋아하는구나…….

"신경 써 주셔서 정말 감사합니다. 하지만 오후에는 꼭 데리고 가겠습니다."

지원이 다시 한 번 깍듯하게 인사했지만 희선의 귀에는 들어오지 않았다. 눈앞에 안개가 가득 끼었다. 모두 눈치를 채게 된 마음은 절망적이었다.

……저 일곱 살 아이에게 그렇듯이, 내 딸은 저 남자에게도 제가 가진 것을 다 주려고 하겠구나.

이새의 성정을 잘 알고 있는 희선은 가슴이 무너지는 것만 같았다.

"준서는 준서가 원할 때까지 여기 있도록 해도 돼요. 당장 돌봐 줄 사람이 없다면 그 편이 더 나을 것 같네요."

마음을 숨기고 퉁명스럽게 말을 내뱉은 희선은 바로 뒤돌았다. 그리고 지원이 다른 인사를 하기도 전에 집으로 들어가 버렸다. 이새가 지원에게서 짐을 빼앗듯 다시 가져가 희선의 뒤를 쫓아가며 말했다.

"얘기하고 계세요. 짐만 옮겨 놓고 돌아올게요."

이윽고 대문 앞엔 두 남자만 남았다. 지원은 자신의 눈을 피하는 준서의 머리를 마구 흩트렸다.

"선생님 집으로 온 건 잘한 일이지만, 다시는 그렇게 말없이 없어지면 안 돼."

"네."

지원에게 야단맞을까 긴장하고 있던 준서가 멋쩍게 대답했다. 지원은 한쪽 무릎을 접고 앉아 준서와 눈을 맞추며 물었다.

"솔직하게 말해 봐. 여기가 우리 집보다 더 좋아?"

준서가 힘차게 끄덕였다.

"우리 집은 너무 넓어요."

"넓은 게 싫어?"

"선생님이 있을 땐 넓어서 좋았는데요, 선생님이 없으니까 넓어서 싫어요."

하아, 이 작은 아이도 외로움을 아는구나.

준서의 마음을 알 것 같아 탄식이 절로 나왔다. 지원 또한 아침에 뼈저리게 느꼈던 마음이었다.

"아, 삼촌, 저 할 말 있는데요."

외로운 마음을 나눌 여유도 없이 준서가 담백하게 말을 건넸다.

"응. 그래. 말해 봐."

준서는 자신과 눈을 맞춘 지원의 귓가로 다가가 귓속말했다.

"사실은 삼촌이랑 선생님이랑 좋아하는 거 알아요."

귓속으로 흘러드는 준서의 자그마한 목소리에 지원의 눈이 크게 뜨였다. 세상이 정지한 듯 얼떨떨한 마음으로 바라보다가 물었다.

"언제 알았어?"

"삼촌이 선생님 손잡고 잘 때."

준서가 다시 지원의 귀에 대고 말했다.

"그러니까 이제 안 숨겨도 돼요."

그 말속에는 두 사람의 사이를 허락한다는 진중한 의미가 담겨 있었다.

저편에서는 집에 들어갔던 이새가 뛰어나오고 있었다. 지원이 준서에게 다시 후다닥 귓속말했다. 아직 할 말이 남아 있었다.

"둘이 무슨 비밀 얘기 해요?"

가까이 다가온 이새가 두 사람에게 물었다. 그사이에도 지원과 준서는 조용히 밀담을 나눴다. 지원이 준서에게 길게 귓속말을 하니, 준서가 고개를 힘 있게 끄덕였다. 이새가 몇 발짝 더 다가가서야 밀화는 끊겼다.

"그냥. 집안일 얘기."

마지막으로 준서와 길게 눈빛 교환을 한 지원이 자리에서 일어났다. 지원이 손을 내밀자 준서가 그 손에 손뼉 치듯, 힘 있게 하이파이브했다. 지원이 만족스럽게 미소 지으며 말했다.

"이따가 저녁때 또 올게."

집 대청소를 마친 후, 준서와 이새가 거실에서 깔깔거리고 노는 동안 희선은 안방에 앉아 상념에 잠겨 있었다.

그제 야밤에 귀한 딸을 쫓아낸 사람은 지원이 아니라 지원의 여동생이라는 얘기를 느지감치 이새에게 들었다. 하지만 그래도, 가만히 있을 수는 없을 것 같았다. 고민 끝에 옷장을 열어 자신이 가지고 있는 가장 고급스런 옷을 입고 거실로 나왔다.

"엄마 좀 나갔다 올게."

"오오. 엄마, 예쁘게 입고 어디 가세요?"

이새가 장난스럽게 다가와 물었다.

"아빠랑 데이트 있어? 그거 결혼식 갈 때 입는 옷이잖아. 제가 좋은 시간 보내시게 용돈도 좀 드릴까요?"

"준서야, 아줌마 금방 와서 밥 차려 줄게. 잘 놀고 있어."

희선은 짓궂게 귀여운 말을 하는 딸에게 눈길 한번 주지 않고 준서에게 말했다.

"네."

준서의 밝은 목소리가 희선의 가슴을 간지럽혔다. 준서의 삼촌을 만나러 가는 발걸음에 자연스레 무거운 마음이 실렸다.

지원의 회사 위치를 물어보고자 이율에게 연락을 했는데 이율은 친히 지원의 전화번호까지 모두 말해 주었다. 희선은 어렵지 않게 지원의 회사를 찾아와 지원에게 연락할 수 있었다.

지원은 희선의 전화를 받은 후 부랴부랴 회의를 마치고 달려왔다. 희선이 오전에 보았을 때와는 다른 차림으로 어색하게 부속실 한가운데에 서 있는 것이 보였다.

"오셨습니까."

"그래요. 금방 또 인사하게 되네요."

"우선 안으로 들어오십시오."

그는 희선에게 깍듯이 인사한 후 집무실 안으로 안내했다.

"여기까지 이렇게 찾아와서 실례가 되었다면 미안해요."

희선이 집무실 안으로 들어가며 말했다.

"아닙니다."

"······."

"아닙니다."

긴장한 듯 두 번 연이어 같은 말을 하는 지원을 보며 희선은 희미하게 미소 지었다.

"앉으십시오."

"그래요. 같이 앉읍시다."

희선은 지원이 권하는 자리에 가 앉았다. 지원도 희선의 맞은편에 앉았다.

'그렇지. 내 딸이 좋아한 남자가 이상한 사람일 리 없지.'

부잣집 도련님으로 자라 끝도 없이 오만할 거라고 생각했는데, 어른을 대하는 태도나 말씨가 정중하고 예의 바른 남자였다.

'배경도 이새랑 잘 맞았다면 좋았을 텐데.'

희선은 씁쓸한 기분으로 한숨을 몰래 쉬었다. 그리고 준비했던 말을 하기 위해 입을 열었다. 긴장하여 첫마디는 작게 내뱉어졌다.

"······난 좋은 엄마는 아니지만, 딸을 위해서라면 언제든 내 인생을 다 내놓을 수 있는 보통 엄마예요."

지원은 슬며시 고개를 내렸다.

"우리 애가 그쪽을 많이 좋아하나 보네요. 그제 그 집에서 쫓겨나고 많이 울더라고."

"죄송합니다. 제가 없었을 때 벌어진 일이지만 좀 더 신경을 썼어야 했습니다."

"아니야. 그걸 따지려는 게 아니에요."

희선은 본론을 꺼냈다.

"둘이 좋은 감정을 유지하고 있는 건 괜찮습니다. 연애도 할 수 있지, 그러다 헤어질 수도 있지, 상처도 받을 수 있지."

"……."

"하지만 나는 내 딸이, 앞이 안 보이는 아득한 길을 계속 걷게 하고 싶지 않아요."

세 아이 중 일찌감치 하나를 잃고 두 아이가 남았다.

어느 어미가 그렇지 않겠느냐만, 피붙이 아이들을 떠올리는 것이 가슴 아리도록 애틋한 엄마였다. 그래서 딸이 원하는 모든 걸 다 들어주고, 되도록 자유롭게 키우고 싶었다. 건강 외의 것에는 지나친 잔소리를 하지도 않았다.

그런 자신이, 딸애가 좋아하는 남자를 찾아가 이런 말을 하게 될 것이라곤 꿈에도 생각지 못했다. 참담하고 또한 슬펐다. 하지만 어쩔 수가 없는 선택이었다.

"너무 많이, 죽을 듯이 사랑하지 말고, 이 사랑이 마지막일 것처럼 다 퍼주지도 말고, 너무 가슴 뜨거운 말 하지 말고."

현실 세계에 신데렐라는 없다는 걸 아직 모르는 천진한 딸이 삶의 이유를 잃을 정도로 상처 받지는 말았으면. 절망하지 말았으면.

"나중에 다른 사람을 만나서 다시 사랑을 하게 되더라도 그게 행복인 줄 알 수 있도록, 다 지나간 다음에, 아, 그게 인생이었네, 그렇게 훌훌 털어 버릴 수 있도록 적당히만 좋아해 줘요."

자네들은 잘 모르겠지만, 뜨거운 사랑은 다 한때라고. 그러니 언젠가 아무렇지도 않게 내려놓을 수 있도록, 지금부터라도 그 마음을 서서히 식혀 달라고. 희선은 그렇게 제 살을 후벼 파는 충고를 했다.

"내 딸 아파도 돼요. 하지만 치료는 할 수 있게 아파야 하잖아. 응?"

마음을 모두 털어놓은 희선의 눈이 맑게 빛났다. 지원은 사람을 쉽게 미워하지 못하는 이새의 유약한 성정이 누구를 닮았는지 잘 알게 됐다. 시기는 이르지만 진심을 얘기하기에 가장 적절한 타이밍이 되었다고 생각했다.

"어머니."

지원은 편안한 소파에서 일어나 바닥에 무릎을 꿇고 앉았다.

"아이고, 왜 그래요. 나 이러려고 한 말 아닌데."

지원이 바닥에 무릎을 꿇자 희선은 어쩔 줄 몰라 하며 함께 내려앉았다.

"아닙니다. 제가 믿음직스럽게 행동하지 못해서 죄송합니다."

지원이 진지하게 용서를 구했다.

"따님은 예쁘고 지혜롭고 어진 사람이라서, 제가 아니더라도 좋은 사람 만날 거고 행복할 겁니다."

"……."

"그래서, 따님 놓칠 수가 없어서 제가 몸이 달았고, 제가 쫓아다녔습니다. 그렇게 겨우 마음을 얻었습니다. 물론 한 번 헤어지기도 했습니다. 그래서 김이새 씨가 제 인생에 얼마나 중요한 사람인지, 이 사람을 잃으면 제 인생이 어떻게 돼 버리는지 잘 알고 있습니다."

바닥에 무릎을 붙이고 앉아 조금도 움직이지 않은 채로 털어놓는 정직한 말들은 희선을 숙연하게 만들었다.

"어머니께는 죄송하지만, 이제 절대로 놓을 수가 없을 것 같습니다. 그러니, 언젠가 헤어질까 봐 하시는 걱정이라면 그만하셔도 됩니다."

부드러운 말투였지만 강력한 말이었다.

"다른 걱정도 하지 않으셔도 됩니다. 따님이 상처 받는 일은, 다시는 없을 겁니다. 이제 제 스스로도 절대 용납하지 않겠습니다."

의지가 군건한 그의 표현들에 희선은 어떤 대척도 할 수 없었다. 왠지 그 말을 모두 믿어 주어야 할 것 같았다.

"혹시라도 따님이 저나 제 가족으로 인해 상처 받게 된다면, 바로 저를 내치셔도 됩니다. 고소하셔도 되고 끝도 없이 구박하셔도 됩니다. 제 각오를 알아주셨으면 좋겠습니다. 언제 어디서나 누구에게나, 따님이 존중받을 수 있도록 하겠습니다. 물론 제 마음도 변하지 않을 겁니다. 그건 당연하게 생각해 주셨으면 합니다."

"……그 애 사랑해요?"

"많이 사랑합니다."

한 치의 망설임도 없이 그가 대답했다. 언뜻 바라본 지원의 눈동자에 진심 어린 열망이 가득했다. 두 사람의 연애를 말리기 위해 굳게 마음먹고 길을 나섰건만 희선이 먼저 함락당할 처지였다.

그런 마음을 먹었던 것부터가 잘못이었는지도 모르겠다. 이렇게도 서로 죽고 못 살겠다는 연인을 갈라놓으려는 비정한 엄마라니. 마음이 부끄러워졌다.

"일어나요. 그러고 있으면 내가 너무 미안하네……."

희선이 작게 말했다. 그녀의 눈시울이 붉게 젖었다. 지원이 조심스레 일어나 다시 앉도록, 희선은 고개를 숙인 채 아무 말도 하지 못했다.

내 딸이 사랑하는 사람을 믿어야 한다. 하지만, 그가 미더운 말만 하는데도 여전히 불안하고, 오지에 딸을 홀로 세워 둔 것만 같아 가슴이 아리는 건 영영 어쩔 수 없을 것 같다. 그건 딸이 아니라 엄마가 극복해야 할 숙제라는 걸, 희선은 그제야 알았다.

"……내 딸은 원래 예뻤지만, 누군가를 사랑하는 내 딸은 눈이 부시게 더 예쁘더이다."

겨우 웃음 한줄기를 내려놓으며 말했다.

"네, 김이새 씨는 저한테 넘치게 예쁘고 사랑스러운 사람입니다."

지원도 고개를 끄덕였다.

"그런 사람을 낳아 주셔서 감사합니다."

잠시 후, 지원은 고개를 앞으로 크게 숙여 스트레칭을 하고는 길을 나섰다.

희선 앞에서 의젓한 척 무게를 잡았지만 목이 뻣뻣해질 정도로 내내 긴장하고 있었다.

어쨌든 희선은 두 사람을 가까이에서 지켜보고 응원하겠다며 복을 빌어주고 돌아갔다. 지원으로서는 새삼 이새가 더 욕심이 날 수밖에 없게 된 만남이었다. 이새가 사랑이 넘치는 건 그런 가정에서 자랐기 때문이었다.

딸을 위해서라면 언제든 인생을 다 내놓을 수 있는 보통 엄마.

보통이라는 표현이 당연하도록 사랑을 가득 받고 있는 여자.

사람을 만나 알게 된 행복이 가슴에 가득 찼다. 이제 사랑하는 사람의 어머니 앞에서 각오를 밝힌 대로, 그리고 스스로 마음먹은 대로 이새의 행복을 위해 움직이기로 했다.

모두 가슴 훈훈하고 행복한 일들이면 좋겠지만 과감하게 잘라내야 할 일들도 많았다. 그중 가장 중요한 것 한 가지를 해결하기 위해 지원은 민지를 만났다.

"너한테 그런 지시를 한 사람이 누구야?"

표정을 굳힌 지원이 민지에게 물었다.

"무슨 얘기예요?"

질문을 짐작하면서도 민지는 시치미를 떼고 되물었다.

"일기장. 그리고 고양이. 그런 유치한 짓거리를 누구와 작당한 거냐고."

민지는 조금이나마 남은 자존심을 지키려는 모양새로 고개를 돌렸다.

"사실만 말해 주면 네가 한 잘못은 되도록 눈감아 줄게."

"내가 무슨 잘못을 했다고!"

"준서를 협박한 전력이 있으니 아동학대, 문화센터에서는 아동방치. 그리고 내 조카 머리 위로 죽은 고양이를 떨어뜨렸으니 폭행죄도 더해야겠지."

"그건 내가 한 게 아니잖아!"

"그러니까 누가 그런 지시를 했냐고. 배 주임이 건넨 그 개다래나무 주머니엔 독극물도 잔뜩 묻어 있었어. 이걸 그냥 넘어갈 수 있을 것 같아?"

민지는 분한 듯 아랫입술을 깨물며 지원을 쏘아보았다. 이에 아랑곳없이 지원이 태연하고도 매섭게 말했다.

"문이 잠긴 방은 어떻게 들어갔지? 거기서 일기장을 건드렸으니 무단침입에 절도도 있지. 다 고소하고 고발하면 창피해서 한국에서 살긴 더 힘들 거야. 그치?"

"어, 어디 한번 해 봐!"

민지가 소리를 높였다. 카페에 앉은 주변의 사람들이 두 사람 쪽으로 슬쩍 돌아보았다.

"나도 고소할 거야! 배 주임한테 맞은 거, 오빠가 내 가방 뒤진 거, 다 고소할 거라고!"

"배 주임이 법, 윤리, 도덕, 모든 면에 엇나가지 않게 살아온 사람이라는 건 다들 잘 알지. 누구라도 증인이 돼 줄 거야. 그렇게 원리 원칙대로만 살아온 배 주임이 누구를 때릴 사람은 아닌데, 너는 너무 말을 함부로 하네."

민지의 입이 저절로 벌어졌다. 눈물이 송송 맺힌 눈에 억울한 표정이 잔뜩 서렸다. 지원은 더 이상 할 얘기 없다는 듯 일어나며 민지 쪽으로 허리를 굽혀 낮은 목소리로 말했다.

"그러게 왜 김이새를 건드려."

소름 끼치도록 싸늘한 지원의 목소리에 민지의 어깨가 움츠러들었다. 민지의 손목이 달달 떨렸다.

"생각 잘 해 보고 한 시간 안에 누가 지시한 건지 가능한 자세하게 문자로 보내. 나는 김이새 씨 일기장에 찍힌 네 지문 확보하고 기다리고 있을 테니까."

지원은 무정하게 돌아서며 말했다.

허어, 허어, 민지는 분한 듯 숨을 몰아쉬었다. 핏발 선 그녀의 눈에서 눈물이 뚝 떨어졌다.

카페에서 나온 후, 지원은 집무실에 들어서자마자 중요한 전화를 받았다. 해킹 사건의 열쇠를 쥐고 있는 성화투어 전산실 박 부장이었다.

"여보세요."

──전무님, 저 박재원입니다.

나지막이 들려오는 목소리는 가늘게 진동처럼 울렸다. 수화기 저편의 남자는 떨고 있었다.

"알고 있습니다. 오랜만입니다."

-말씀드릴 게 있어서 전화드렸습니다.

박 부장의 마음이 움직인 거였다. 박 부장에게 개인 휴대폰 번호를 알려주어 다행이었다.

"네, 말씀하세요."

──안태원 상무님의 부탁이었습니다.

역시. 태원이었다.

-제가 해킹으로 안지원 전무님의 계정을 열어 두면 안태원 상무님이 메일을 탐색하는 방식이었습니다. 전무님 말고 다른 계열사 임원들 계정도 몇 번 해킹했습니다. 오래전에 현금다발로 1억을 받았는데…… 이걸 되돌릴 수가 없어서 용기를 내기가 어려웠습니다. ……죄송합니다.

박 부장은 털어놓기 힘든 이야기를 하고, 잘못에 대한 벌을 달게 받겠다고 한 뒤 전화를 끊었다.

'안태원…….'

태원을 생각하는 마음이 더 복잡해졌다. 박 부장에게서 전달받은 사실을 상부에 알리려 하는데 휴대폰이 다시 진동했다. 이번에는 민지에게서 온 문자메시지였다.

[안태원. 그 사람이에요. 내 위로 고양이를 떨어뜨린 것도, 일기장을 써먹으라고 한 것도. 일기장을 찢어서 유치한 내용을 쓴 다음에 일기장에 끼운 것도 안태원이에요.]

또 안태원. 지원은 마뜩잖은 기분으로 민지에게 전화를 걸었다.

-여보세요.

아직 억울한 마음을 다 가라앉히지 못한 민지가 서러운 목소리로 전화를 받았다.

"김이새 씨, 다원이. 그리고 준서한테 직접 사과해. 네 잘못 하나도 빠짐없이 조목조목."

-뭐야! 약속하고 다르잖아요! 사실만 말해 주면 다 눈감아 준다며!

"다 눈감아 준다고 하진 않았지. 되도록 눈감아 주겠다고 했지."

-허, 허…….

"사과를 내 마음에 들게 한다면 법적인 문제들은 고려해 보겠다는 거야. 잔머리 굴릴 생각 하지 말고 내일까지 세 사람한테 다 사과해."

지원은 제 할 말만 하고 바로 전화를 끊었다. 머릿속에 복잡하게 엉켜 있던 것이 차곡차곡 정리되고 있었다. 의문은 하나 남았다.

메일을 해킹한 것은 그렇다 치고, 왜 이새에게 그토록 유치한 짓을 했을까. 개인적으로 좋아했는데 마음이 전해지지 않아서? 이새 대신 민지를 가정교사로 쓰게 하려고? 대체 왜.

지원은 씁쓸한 기분으로 할아버지 안상호 회장에게 전화 걸었다.

"회장님, 그룹 계정 해킹으로 검찰 조사 받은 박재원 부장이 나시 자백했습니다. 제 계정뿐만 아니라 계열사 임원 계정도 몇 번 해킹했고 의뢰한 사람은 안태원이라고 합니다. 안태원 업무 PC도 압수해야 할 것 같습니다."

늦은 밤. 이새는 준서를 재우고 잠시 지원 생각을 했다.

'저녁에 또 오겠다는 말을 하질 말지.'

괜히 심통이 났다. 지원은 여태 연락이 없었다. 바쁜 것은 알지만 오면 언제 온다, 못 오면 바빠서 못 온다, 제대로 말이라도 해 줬으면 좋겠다.

그렇게 서운해진 마음으로 막 잠자리에 들려는 찰나에 전화가 왔다. 지원이었다. 반가운 마음과 더불어 심술이 나서 불퉁한 목소리로 전화를 받았다.

"여보세요"

-집이야?

"당연하죠."

-나 지금 김이새 씨 집으로 가고 있는데.

"이 밤에요?"

-보고 싶잖아.

뭐든 험악하게 대꾸해 주려 했건만 보고 싶다는 말에 사르르 녹아 버린다. 아, 난 줏대도 없지.

"음. 난 졸린데."

그래도 도도하게 한 번은 튕겨 주기로 했다. 작은 투정을 부린다고 하여 그가 이내 포기해 버릴 사람은 아니라는 걸 이새는 잘 알고 있었다.

-잠 깨워 줄게. 20분만 통화하면 도착할 거야.

역시나, 지원은 포기가 없었다. 이새는 못 이기는 척 지원의 이야기를 들어주기로 했다.

-해 줄 얘긴 두 갠데, 그 전에, 혹시 다원이나 민지가 찾아왔어?

"아니요."

-흠. 알았어. 일단 해 줄 얘기는…… 다원이가 오해를 좀 해서 그렇게 많

이 화가 난 거야. 정민지가 일을 좀 조작했고.

"그게 무슨 얘기예요?"

-정민지가 오래전부터 김이새 씨 방을 들락날락거리고 있었어. 몰랐지?

"……저, 문 잠그고 다니는데요?"

-마스터키 같은 게 있었는지도 모르지. 정민지는 안태원이 시킨 일이라고 말하고는 있어.

이새의 눈썹 사이가 서서히 구겨졌다.

안태원. 그 이름을 여기서 또 듣는구나. 유쾌할 수는 없었다.

-그리고 방에서 일기장을 발견했고. 그 일기장을 한 장 찢어서 김이새 씨 글씨체로 내 재산에 대한 얘기를 쓴 다음에 다원이가 볼 수 있도록 했나 봐.

"쪽지 같은 거 없었는데."

-일을 뜻대로 다 해낸 다음에 정민지가 알아서 빼냈겠지.

"……."

-일기장에 적힌 내용은 둘째 치고, 다원이는 그 쪽지를 보고 김이새 씨에게 실망했던 모양이야.

"하아……. 그랬구나."

잠자코 귀를 기울이고 있던 이새는 한숨을 크게 몰아쉬었다.

내가 그렇게 싫었나 하는 생각을 했다. 물론 지원을 좋아하지 않겠다고 호언장담한 적 있으니, 약속을 어긴 것은 잘못한 일이다. 하지만 다원과는 고용주와 고용인 이상으로 정이 흠뻑 들었다고 생각했다. 툴툴거리면서도 그녀가 한마디 하면 곧잘 챙겨 주는 다원이 참 좋았다. 그래서, 다원의 나가라는 말이 더욱 서러웠다.

그런 사정이 있었구나. 오해라서 다행이다. 이새는 조금은 마음을 놓을 수 있게 되었다.

"고모도 위로해 주세요. 많이 상처 받았을 것 같아요. 마음이 외로운 건 누군가가 들어주지 않으면 낫질 않아요."

-그래. 알았어.

"또 해 줄 얘기 하나는 뭐예요?"

-응. 또 한 가지 말할 건⋯⋯.

이새의 물음에 지원이 대답했다. 그러나 그는 말을 계속 잇기를 잠시 주저했다.

⋯⋯사실은 나도 그 일기장 알고 있었어. 그렇다고 내가 일기장 내용을 어디 얘기하고 다닌 건 아니지만.

뭐, 뭐, 뭐라고요?

-김이새 씨 방에 어쩌다 들어갔다가⋯⋯.

"그게 언젠데요."

이새가 지원의 말을 싹둑 잘라내고 물었다.

-그러니까, 그게 좀 옛⋯⋯ 날이지.

지원의 목소리가 서서히 작아지고 있었다.

"무슨 내용."

-으응?

"무슨 내용을 봤냐고요!"

기어이 그녀는 목소리를 높였다. 울컥 화가 올라왔다.

-처음에는 내가 왕재수라는 내용이었고⋯⋯.

"처어음? 그럼 한 번만 본 게 아니라 수시로?"

-아니, 수시로는 아니고, 가끔 김이새 씨 마음을 몰라서 답답할 때만 아주 가아끔⋯⋯.

"몇 번!"

-두⋯⋯ 서너⋯⋯.

"허!"

기가 막혀 코웃음이 툭 터졌다.

"그동안 자신감이 흘러넘쳤던 이유가 있었구먼!"

-아니야! 몇 장밖에 못 봤어. 사귀고 나서는 일부러 안 봤고.

"사귀…….."

목소리가 더 높아지려는데 자고 있는 준서가 꿈틀거렸다. 이새는 이불을 가지고 거실로 나왔다. 소리가 새 나가지 않도록 이불을 푹 뒤집어쓴 그녀는 그 안에서 험악하게 이를 갈았다.

"사귀고 나서는 안 봤다고? 그걸 말이라고 해요? 다 잡은 고기라 당연히 볼 필요가 없었겠지!"

-아니야. 그건 순전히 내가 이겨 낸 거라고…….

"와아…… 진짜 잠이 확 깨네! 아주 고오오맙습니다!"

-미안, 미안, 정말 내가…….

"준서 삼촌이 세상에서 제일 나빠요!"

지원은 계속 어쩔 줄 몰라 하며 미안한 마음을 피력했지만 이새의 귀엔 조금도 들리지 않았다.

"결국은 내가 좋아하는 거 알고 끌렸다는 거잖아요. 준서 삼촌이 김이새라는 애한테 순수하게 끌린 게 아니라."

-아니야. 내가 먼저 좋아했어.

"그 말을 누가 믿어! 이제 아무것도 안 믿어!"

-정말이야. 일기장 보기 전부터 좋아했었어. 일기장 보고 나서 더 좋아하게 된 건 사실이지만, 김이새 씨 속마음을 알기 선부터 에기 달았었다고.

지원이 정황을 잘 설명해도 화가 풀어지지 않았다.

-집에 다 왔어. 잠깐 나와 줘. 얼굴 보고 얘기하자.

"댁으로 돌아가시죠."

이새는 무정하게 전화를 끊어 버렸다.

298

"10분 뒤에 전화할 거야. 10분 뒤에. 그동안 고통의 시간을 가져 보라고."

이새는 먼저 끊은 휴대폰에 대고 쓰게 혼잣말했다. 그사이 방문이 스르르 열리고 준서가 눈을 비비며 거실로 나왔다.

"선생님."

"어어. 준서야."

"삼촌 왔대요? 밖에?"

"어, 어……."

준서가 삼촌을 보러 가겠다고 할까 봐 당황한 이새는 흐릿하게 답했다. 그래도 분명한 긍정이긴 했는데, 준서는 삼촌을 보러 간다고 하지는 않았다. 대신 새로운 것을 물었다.

"저 때문에 싸우는 거예요?"

"아니야! 준서야, 그건 절대 아니야!"

"그럼 왜 싸워요? 삼촌이랑 선생님이랑 서로 좋아하는 거 아니에요?"

흠칫!

"안 숨겨도 되는데. 다 알고 있었는데."

"주, 준서도 선생님 일기장 봤어?"

"일기장이요? 아뇨. 저는 그냥 알았는데요."

"……."

"그러니까 일부러 안 좋아하는 척 안 해도 되는데."

아닌데. 이건 안 좋아하는 척이 아니라 정말 싸운 건데.

준서에게는 친구들과 다투지 말라고 매양 말하면서, 자신은 괜한 화제로 지원과 싸웠다는 말을 할 수가 없었다. 이러지도 저러지도 못하고 있을 때, 준서가 먹먹히 눈을 뜨고 말을 걸었다.

"선생님."

"응?"

"저는 괜찮아요."

"으, 응?"

"삼촌이랑 선생님이랑 행복하게 오래오래 살았으면 좋겠어요."

"……."

"선생님."

"응?"

"화해 오래 하고 오세요. 저는 잘게요."

"……."

그렇게 이새는 얼결에 밖으로 내쫓겨졌다. 어안이 벙벙할 뿐이다.

12년 뒤에 결혼하겠다고 큰소리를 치던 준서가 자애롭게 지원에게 손을 들어 줄 줄이야. 마치, '나도 12년의 인생계획을 포기하고 내 마음을 양보하는데, 선생님은 그거 하나 용서 못 해 줘요?'라고 구박하는 것만 같다. 난감한 마음으로 현관문 앞에 멀뚱하니 서 있는데, 저 멀리서 지원이 손을 흔드는 것이 보인다. 젠장.

안지원, 당신의 외모에 감사하라. 화가 나다가도 스르르 풀리고야 말게하는.

그래. 일기장을 수시로 훔쳐본 건 크나큰 잘못이지만, 그냥 넘어가도 될 것을 실토한 진정성에 의의를 두도록 하자. 인간적인 고백을 하고 진심으로 용서를 구하는 사람을 계속 몰아세울 수는 없다. 나도 잘못이 없는 건 아니지. 비밀 일기장을 그렇게나 바보같이 간수했으니.

좋은 게 좋은 거라고, 이새는 화를 낸지 5분 만에 또 줏대 없이 그를 용서하고 말았다. 그리고, 마성의 미소를 지으며 팔을 쭉 펴고 다가오는 그에게 쪼르르 달려가 안겼다. 추위가 훅 물러가고 그녀의 온 세상은 따뜻해졌다.

"날 그렇게, 그렇게 좋아했다니까 넘어가 주는 거예요."

"네, 고맙습니다."

그가 넙죽 대답했다.

"언젠가 또 울컥하면 생각날지도 몰라요. 저 뒤끝 되게 길어요. 그때도 계속 미안해하셔야 해요. 알겠어요?"

"네."

"와. 꼬박꼬박 능청스럽게 대답하는 거 진짜 얄밉다. 나도 그렇게 얄미웠어요? 꼬박꼬박 대답할 때?"

"아니, 김이새 씨는 예쁘지. 하나도 안 얄미워."

"치."

이새가 코웃음을 치며 그에게서 벗어나 그의 팔을 퉁 때렸다. 또 눈이 내리고 있었다. 휘휘 날리듯 내리는 싸라기눈이었다.

"눈 온다. 얼른 집에 가셔야겠어요."

이새가 지원을 종용하자 서운해진 지원은 이새의 팔을 잡아 차 안으로 데려다 놓고 자신도 차에 올랐다. 짧게 보고 헤어지는 건 너무 아쉽다. 정말 오랜만에 끌어안아 봤는데.

그녀의 손을 낚아채듯 가져와 깍지를 꼈다. 며칠 전 함께 첫눈을 보던 날, 내내 근질거리던 손이었다. 작은 감격이 가슴으로 모였다.

"준서가 다 알고 있다는 거 들었어요?"

그녀가 생기 가득한 얼굴로 물었다.

"응."

"언제요?"

"오늘 낮에."

"아, 그 귓속말이 그거였구나?"

그 귓속말이 딱 그거만 있었던 건 아니었지만, 지원은 더 말하지 않은 채로 끄덕였다.

"후우. 집안에 비밀이 없어요. 내 일기장도 공공연히 내용 다 알고 있고,

준서도 우리 둘 사이 알고 있고. 대체 우린 지금까지 뭘 그렇게 전전긍긍했을까. 좀 억울하네요."

시시각각으로 표정이 변하는 그녀를, 지원은 사랑스럽게 바라보았다. 입술이 튀어나왔다가, 눈 아래 애교살이 불거졌다가, 볼에 바람이 팽팽하게 들어갔다가 코가 벌렁거리기도 한다. 그런 그녀를 바라보는 것만으로도 행복했다. 그의 시선이 자신에게로 완벽히 꽂혀 있는 것을 보고 이새가 당부하듯 말했다.

"앞으로 정직해야 돼요. 알았어요?"

"이제 숨기는 거 없어."

"당연히 없겠죠. 다 잡은 고기한테 뭘 숨겨."

이새가 다시 불퉁스럽게 비꼬자, 지원의 눈이 가늘어졌다.

"다 잡은 고기는 맞아?"

지원에게는 이새가 가장 큰 약점이었기에, 잡은 고기라는 말을 듣는 것은 억울했다.

"난 아직도, 지금도 김이새 씨 보면 애가 달아. 만지고 싶고, 키스하고 싶고, 안고 싶고."

지원이 그녀의 손등에 가볍게 입 맞추며 말했다.

"다 잡은 고기일 수가 없다고. 난 아마 계속 그럴 거야. 이렇게 쫓아다니고, 김이새 씨 한마디에 전전긍긍해하고. 오늘 그쪽이 안 나오면 여기서 밤을 새울까 말까 고민하고."

지원의 진지한 표정은 웃는 듯도 아닌 듯도 했다. 그의 진심을 따라 덩달아 억울해지는 이새였다.

이게 잡은 고기가 아니고 뭐냔 말이야. 내가 이렇게 쉬운 사람이 됐는데. 밤늦게 와서 잠을 홀랑 깨워도 좋고, 일기장을 몰래 봤다고 해도 좋고. 소금만 설레게 말해 주면 그냥 다 녹아 버리고. 그저 함께 있을 수 있는 것만으로도 너무 행복해서 다른 것들은 결국 다 잊고야 마는데.

그녀는 몸을 들어 지원의 목을 끌어당겨 안았다. 도발적인 반응에 지원의 눈이 크게 뜨인 것을 그녀는 알지 못했다.

"안으면 되죠. 준서도 다 알고 있다는데."

그의 마음을 알게 된 그녀가 쉽게 말했다.

안고 싶다는 게 말이야. 그쪽이 생각하는 거랑 내가 생각하는 게 좀 다른 것 같은데.

끄응. 지원은, 저도 살아 보겠다고 그의 안에서 신음하는 본능을 세게 눌렀다.

"너무 깊이 발을 담갔어요. 진짜 갈 데까지 간 것 같아요. 대안도 없는데."

"……."

"한 번뿐인 인생, 올인은 안 하려고 했는데. 준서 삼촌이 내 마음을 너무 많이 가져갔어요."

서로가 서로의 약점이 되어 버렸는데, 두 사람은 슬프기는커녕 행복에서 허우적거리고 있다.

언젠가 그녀에게 실언을 한 적이 있다. 당신에게 흠뻑 빠졌다가 나와 보고 싶다고.

그녀는 흠뻑 빠졌다가 나오지 못하면 어떻게 하겠냐고 물었고 그는 마음을 감추며 그럴 리 있겠냐고 반문했다.

그때부터 이미 시작된 거였다.

어떻게 매일매일 향긋한 말들이 터지는 이 매혹적인 세계에 발을 딛고 흠뻑 빠졌다가 다시 나올 수 있단 말인가. 그녀의 사랑스러움과 더불어 사랑 자체가 지닌 중독적인 향기에 그는 이제 헤어 나올 수가 없다. 그의 평생은 아주 오래전에 그녀를 원하지 않고는 살아갈 수가 없도록 설정되어 있었던 것이다. 일기장을 열기 전에, 어두운 거실에서 부딪치기 전에, 그의 집무실에서 처음 만난 순간에. 아주 오래전에 이미.

"그쪽이 아니면 평생 독신으로 살아야 될 것 같다고요."

매달렸던 그녀가 다시 제자리에 안착하며 기분 좋게 입술을 요물조물 움직였다.

때론 바라보는 것만으로 부족하여 미칠 때가 있다.

힘껏 눌러 온 욕구가 그녀의 고백으로 펑 터져 버렸다. 그의 어깨가 순식간에 움직여 그녀의 앞을 막았다. 바깥의 불빛들이 그녀의 입술에 달라붙어 반짝거렸다. 무슨 일이 일어날지 예상이라도 하는 듯 그녀가 입술을 안으로 말아 감췄다가 다시 내보이자 그는 여유가 없어졌다. 반짝이는 것을 머금고 싶다는 충동대로 그는 그녀를 덮치듯 입술을 내렸다. 옅게 공기를 진동시키던 그녀의 숨결이 그의 안으로 빨려 들어갔다. 양치를 한 지 얼마 되지 않았는지 그녀의 입술 안쪽은 싸하도록 시원했다.

생소한 감각 뒤에는 늘 그랬던 대로 숨 쉬기를 버거워하는 그녀의 버릇이 다시 보였다. 그의 셔츠 앞섶을 꼭 쥐고 매달리며 제 숨결을 풀어놓는 그녀의 간지러운 유혹에 그는 취한 것처럼 어지러워졌다. 그녀의 집 앞이라 조심해야 하는데, 조심해야 한다고는 생각하는데 뜻대로 이성이 움직여 주지 않았다.

조금만 더, 조금만 더.

천사보다 달콤하고 악마보다 아찔한 누군가가 계속 속삭이는 것 같았다.

결국 차 안의 공기가 후덥지근할 정도가 되어서야 그는 입술을 뗐다. 하지만 곧 후회했다. 충분히 맛보았지만 입술을 뗀 직후에 금세 다시 갈증이 밀려온 것이다. 부족했다.

은은한 가로등 불빛이 긴 키스 후에 조용히 숨을 내쉬는 그녀를 살뜰히 비췄다. 온기가 느껴지는 양 볼이 탐스럽고 귀여웠다. 지원은 참을 수 없게 되어 버렸다.

"준서 일어나기 전에 집에 보내 줄게."

젖어 가는 눈으로 그녀를 응시하던 그가 차에 시동을 걸었다.

새벽에 잠이 깬 이새는 지원의 품에서 빠져나오지 못한 채 눈만 깜빡이고 있었다.

지원은 곤히 잠들어서도 은연중에 그녀의 존재를 인지하고 있는 것인지, 그녀가 제 품에서 벗어나려 하면 팔에 힘을 주었다.

그를 깨워서 집에 데려다달라고 할까. 아니면 알아서 일어날 때까지 기다릴까.

이새는 마음을 정하지 못한 채 지원을 바라보았다.

누군가에게 이렇게 정신없이 빠진 적은 처음이다. 그 마음을 곱절로 되돌려받는 것도 처음이다. 매 순간 사랑받고 있다는 확신을 주는 지원에게 이새는 고마운 마음뿐이다.

"내가 그렇게 좋아?"

멋진 얼굴을 한창 감상하고 있을 때 지원이 불쑥 목소리를 냈다.

"헉."

괜스레 놀란 이새가 몸을 잠깐 움츠렸다.

"왜 또 놀라고 그래."

그녀의 허리에 얹어져 있던 그의 손이 이불 속에서 빠져나와 그녀의 머릿결을 훑었다.

"이제 안 괴롭혀."

막 잠에서 깨고 난 후의 잠긴 목소리가 주변의 공기를 부드럽게 매만지는 것 같다. 이새는 새초롬하게 농담했다.

"괴롭힌 줄은 아시네요."

"자기가 괴롭힌 건 생각도 못 하지."

"내가 언제."

"매번."

지원은 이새를 지그시 바라보다가 입술이 닿는 대로 그녀의 이마에 가볍게 키스했다. 그 촉감이 간지러워 이새가 지원의 품속으로 슬쩍 파고들었다.

"또, 또."

그가 급하게 지적했다. 더 유혹당해 버리면 준서가 깰 때까지 집에 보내 줄 자신이 없었다. 오르락내리락하는 가슴이 그의 마음을 대신 말해 주고 있었다. 이새가 눈치채고 바로 물러나 어색하게 웃어 보였다.

"아…… 하하하."

지원은 그런 그녀를 향해 눈을 가늘게 뜨다가 다시 그녀의 머리를 정리해 주었다.

"내 마음을 참 괴롭게 하는데. 좋아서 괴롭다고 말도 못 하지, 난."

반은 심통, 그리고 반은 행복한 마음. 그렇게 전해지는 진심은 이새 또한 새삼 기분 좋게 했다. 그녀는 그를 꼭 껴안아 주고 자리에서 일어나 창가로 갔다. 커다란 창으로 서울 시내가 한눈에 내려다보였다. 두 사람이 함께 밤을 보낸 곳은 서울 도심의 호텔이었다.

"저택에서 이맘때면 창밖이 캄캄했었는데. 여기도 나름 예쁘네요. 생각지도 않게 야경까지 보여 주셔서 감사해요."

"예정대로라면 두 달 전에 왔었어야 하는 곳이지."

지원이 그녀를 뒤에서 폭 끌어안으며 말했다.

두 달 전이라면…….

"아, 여기였어요?"

그의 생일. 선물을 주기로 했던 날. 그때가 언제였는지를 깨닫게 된 이새가 미안해하며 뒤돌아 그를 보았다. 지원이 별일 아닌 듯이 대답했다.

"여기 말고 두 군데 정도 더 마련해 놓긴 했었지만."

"왜요?"

"김이새 가고 싶은 데로 골라 가라고."

"다른 곳은 어디예요?"

"하나는 바닷가, 또 하나는 별이 잘 보이는 풀 빌라."

"헤에. 예약금만 날렸겠네."

"아니. 안 날렸어."

"오오. 환불받았어요?"

"아니. 샀어."

잠시 입을 어벙하니 열고 지원을 보던 이새가 눈을 가늘게 뜨고 물었다.

"충동구매 하셨네요. 솔직히 아깝죠?"

"내가 아까워할 것 같아?"

지원은 대수롭지 않은 일이라는 듯 픽 웃었다.

"김이새 씨랑 관련돼 있으면 아까울 게 있을지 모르겠다."

"……."

"팔아서 줄까?"

과한 질문에 이새는 그의 팔을 툭 때렸다.

"왜, 진심인데."

그녀가 피식 코웃음을 치고 돌아섰다. 지원은 그녀가 떠나지 못하도록 다시 세게 껴안았다.

"결혼하자."

"네?"

"결혼하자. 결혼."

지원의 뜬금없는 청혼에 이새의 입가에 머물러 있던 미소가 훌쩍 떠났다. 지원은 이새 앞으로 몸을 돌렸다. 그리고 어깨를 내려서 눈만 깜빡이는 채로 얼어붙어 있는 그녀와 눈을 맞추고자 했다.

"그렇게 너무 놀라면 내가 서운하지. 몇 시간 전에 차 안에서 본인이 했던 말을 좀 떠올려 봐."

잠시 멍멍해졌던 이새는 슬그머니 눈동자를 굴렸다. 내가 무슨 말을 했더라? 그가 아니면 대안이 없다고 했던가? 그가 아니면 평생 독신으로 살아야 될 것 같다고 했던가? 이건 결혼하자는 소리였나? 그렇게 알아들을 수밖에 없는 말을 한 건가…….

"내 마음에 불만 질러 놓고 시치미 떼려고?"

멍하니 생각에 잠겨 있던 이새가 자못 진지해진 표정으로 물었다.

"……준서 삼촌은 결혼 적령기죠. 그쵸."

"나이가 많아서 미안하긴 한데, 결혼 적령기라 그러는 건 아니야. 김이새 씨 만나기 전엔 독신주의자였어."

"……."

"같이 살고 싶어서 그러는 거야. 떨어져 있으면 죽을 것 같아서."

죽을 것 같다니.

"동정심 유발하는 거예요?"

"어. 뭐든 하고 싶어."

"……."

"돈 많이 벌어서 나한테 온다며. 본인이 먹여 살릴 테니까 기다리라며."

흠칫! 어, 어떻게 이 사람이 내 헛된 야망을 알고 있지? 내가 이 말까지 일기장에 썼던가?

"내, 내가 언제."

"오래전에 술 먹고 그랬다고. 나한테."

"제가요? 설마."

"정말 그랬어."

"그건 희망사항이죠! 내가 무슨 수로 준서 삼촌을 먹여 살려요. 나보다 훨씬 부자인 양반을."

"음, 희망사항이야?"

지원이 지그시 입꼬리를 늘였다.

"그래. 그럼 먹여 살리는 것 중에서 먹이는 건 내가 할 테니까 김이새 씨는 날 살리기만 해."

그러나 겉으로 보이는 여유로움과는 다르게, 그의 속 안은 바짝바짝 타들어 가고 있었다. 많이 당황한 듯한 그녀의 표정이 초조함을 증폭시켰다.

오가는 차가 얼마 없는 새벽시간.

지원은 약속한 대로 이새를 다시 집까지 바래다주었다. 새벽길을 달리는 내내 이새는 말이 없었다. 지원도 더 부추기지는 않았다. 그녀는 지금 겨우 스물셋이었다. 결혼이라는 말이 버거울 나이라는 것을 지원 또한 잘 알고 있었다.

"다 왔어. 얼른 들어가."

결혼에 대해 어떻게 생각하는지 한 번 더 물어보고 싶은 마음을 누르고, 지원은 상냥하게 말했다. 그런데 이새는 시무룩한 채로 움직이지 않았다. 쿨한 거절의 말을 준비하고 있을 수도 있겠다 싶어 지원의 얼굴에 시름의 그림자가 생겼다.

"……저는요. 하고 싶은 게 많아요."

한참 기다린 끝에 그녀의 목소리가 나지막이 들려왔다. 작은 음성이었지만 참한 무게감이 있었다.

"제 힘으로 제가 행복해질 만한 직업을 찾고 싶고요. 그렇게 제가 번 돈으로 엄마가 동네 아줌마들한테 자랑하는 것도 보고 싶고, 제가 노력해서 빚도 갚고 싶고, 저축도 하고 싶어요."

"그거 다 해. 다 하게 해 줄 거야."

서론이 긴 것이 수상했다. 아주 예의 바른 거절인가 하는 생각에 지원은 초조해졌다.

"준서 삼촌이랑 결혼이란 걸 하면요. 낚싯대를 메고 낚시하러 갔는데 고기잡이배가 생긴 기분일 것 같아요. 노력하지 않은 것에 대한 보수를 왕창 받는 느낌이라서 준서 삼촌이 앞으로 절 도와주든 도와주지 않든, 내가 내 행복에 필사적인 사람이 되지 못할 것 같아요."

지원은 속상한 마음을 드러내게 될 것 같아 말을 아꼈다. 그녀가 원하는 것은 뭐든 다 주고 싶은데 그녀는 홀로 서는 삶이 좋다고 한다. 세상에 이렇게 정중하게 청혼을 거절할 수 있는 사람도 있다. 그녀의 마음을 이해는 하지만 서운한 건 어쩔 수가 없을 것 같다.

"……하지만, 가족이 되고는 싶어요. 내가 사랑하는 사람이 제일 중요한 것도 잘 알고요."

그런데, 그녀가 말을 더 이었다. 반전과 같은 고백이었다.

"그러니까, 진지하게 생각해 볼게요. 피하진 않을게요."

조금의 서운한 빛을 드러내려는 중에 들려온 말들에 가슴이 다시 발딱거렸다. 새벽별을 모두 끌어모아 눈동자에 가두어 놓은 듯 그녀의 눈이 빛나고 있었다. 반짝반짝 빛나는 눈으로 지그시 지은 미소가 그에게 속삭였다. 걱정하지 말라고.

이런 여자니, 당연히 조바심이 날 수밖에 없잖아.

결혼까지도 기다릴 수 없을 만큼, 당장 보쌈이라도 해서 데려가고 싶을 만큼 욕심이 난다.

"그래. 기다릴게."

지원은 그녀가 너무나도 사랑스러워 견디기 힘든 마음을 참아 내고 담백하게 대답했다.

"갈게요."

그녀는 살포시 웃어 주고는 차에서 내렸다. 집으로 걸어 들어가는 그녀의 발걸음이 조심스러웠다. 지원은 그녀의 동선을 눈길로 따라갔다. 그의 두 눈과 함께 마음이 촉촉이 젖어 들어가고 있었다.

한 가지 깨닫게 된 것이 있다.

결혼을 결심하는 사람들은 인생이 소중한 걸 아는 사람들이구나, 하는.

시간은 유한하기 때문에, 자신의 인생과 배우자의 인생이 다 소중하기 때문에 같이 있고 싶은 거였다. 짧다면 짧은 생에서 더 많은 것을 공유하기 위해.

지원은 벅차게 부풀어 오른 마음으로 그녀를 더 지켜보다가 휴대폰 전원을 켰다. 이새와 함께 있는 동안 전화는 잠시 꺼 두었었다. 그사이에 문자메시지가 말도 못하게 많이 와 있었다. 모두 그룹 전산부에서 온 연락이었다. 태원의 PC를 압수하여 조사한 결과를 실시간으로 보고한 내용이었다. 사안이 심각한 만큼 조사는 지금까지도 계속되고 있었던 것이다.

역시나, 태원의 PC에서 삭제된 데이터를 들추어 보니 지원의 이메일에서만 오간 기밀문서 정보가 나왔다는 전언이었다. 문서 증거를 완전히 복구하는 데는 시간이 걸리지만, 지원에게 보고된 정보만으로도 태원의 만행을 확신하기엔 충분했다. 지원은 전산부 감사원에게 바로 전화를 걸었다.

-네, 전무님.

"네, 메시지는 모두 받았습니다. 새벽까지 수고하십니다."

-아닙니다. 문서정보에 대한 확인이 필요해서 연락드렸습니다. 직접 오셔서 확인해 보셔야 할 것 같습니다.

"지금 가려고 합니다. 곧 뵙죠. 그리고, 한 가지만 더 부탁드려도 되겠습니까?"

-네, 말씀하십시오.

"혹시 PC에 삭제된 데이터 중에 '최명훈'이라는 이름이 저장된 파일이 있는지 좀 알아봐 주세요. 아주 오래된 문서일 수도 있습니다."

-네, 알겠습니다.

지원은 전화를 끊고 바로 시동을 걸었다. 새벽의 달콤함에 더 취해 있을 여유도 없이 잔인한 아침으로 차를 몰아야 했다.

"사실은 삼촌이랑 선생님이랑 좋아하는 거 알아요."

"언제 알았어?"

"삼촌이 선생님 손잡고 잘 때."

"……."

"그러니까 이제 안 숨겨도 돼요."

"그럼 삼촌이랑 김이새 선생님이랑 잘되게 해 줄 거야?"

"그럼 선생님이랑 다시 같이 살 수 있어요?"

"당연하지. 삼촌이 그렇게 만들 거야."

"그럼 제가 어떻게 해야 돼요?"

"여기서 선생님이랑 잘 지내고, 어르신 말씀도 잘 듣고 있으면 돼. 예쁜 모습 보여 주면서."

끄덕끄덕.

"삼촌이랑 선생님이랑 데이트할 시간도 좀 만들어 주고."

끄덕끄덕.

"데이트하다가 집에 너무 늦게 와도 이해해 주고."

지난 낮에 삼촌이 했던 귓속말을 잘 귀담아들은 준서는 이새가 집으로 돌아오는 것을 기다리지 않고 편안하게 잠을 잤다. 다시 잠에서 깬 건 새벽 녘이었다.

슬그머니 문 열리는 소리, 누군가 들어오는 소리가 나서 눈을 끔뻑거렸는데 이새는 아니었다.

잠시 후, 화장실 문 노크 소리와 함께 '이새 여기 있어?'라고 부르는 희선의 목소리가 들린 후에야 준서는 이새가 여태 들어오지 않았다는 것을 알게 됐다. 너무 늦게 와도 이해해 주겠다고 했으므로, 준서는 희선에게 이새가 어디 갔는지 일러바치지 않고 가만히 누워 있었다. 잠이 다시 오지는 않았고, 거실에서 이새의 목소리가 들린 것은 조금 더 시간이 지나서였다.

엄마는 6시쯤에 일어난다는 것을 알고 있는 이새는 조심스럽게 현관문을 열었다.

아직 새벽 5시.

'후우. 고요하구나. 다행이다.'

그러나 그렇게 안도의 한숨을 쉰 지 얼마나 지났을까. 눈앞으로 그림자 하나가 크게 드리워졌다.

"어어어엄마아……."

엄마 희선이 눈으로 레이저빔을 발사하며 한 손을 높이 쳐들고 있었다. 후크선장의 갈고리 손보다 더 무서운 엄마의 스매싱이 머리로 날아오기 직전!

"어어어어엄마! 나, 나 청혼받았어어!"

겁먹은 이새는 어떻게든 이 상황에서 탈출해 보고자 간밤에 있었던 일 한 가지를 털어놓았다. 역시 희선은 손을 거뒀다.

"언제."

"오늘!"

"청혼을 얼마나 거하게 받았길래 이 새벽에 들어와!"

짝! 결국은 희선의 손이 그녀의 등짝에 내리꽂혔다. 맞은 등짝은 사실 아프지 않았다.

"누구한테 받았는지 안 물어봐?"

이새는 자신을 흘겨보는 엄마의 눈치를 슬금슬금 보며 넌지시 물었다.

"……네 청혼은 엄마가 먼저 받은 것 같네."

그런데 엄마의 대답이 이상했다. 이새는 그 말뜻을 다 알아들을 수가 없어 고개를 갸웃거렸다. 희선이 곧 말을 이었다.

"바른 사람이더라. 몇 마디 안 했는데 무릎 먼저 꿇더라. 너 포기 못 한다고."

"어, 언제?"

"어제."

"허어. 그럼 그 옷 입고 그 사람 만나러 가신 거였어요?"

희선은 부정하지 않았다.

"근데 허락을 받자마자 데려가려고 하는 건 좀 실망스럽네."

"아니야. 그 사람은 결혼하자고 얘기만 했고 기다려 주겠다고 했어. 아직 아무것도 결정 안 했어."

"엄마가 굳이 실망스럽다고 하는데 그걸 감싸 주려는 딸년한테는 더 서운해지네."

희선이 허탈해진 목소리로 말했다. 이새는 그런 엄마의 한쪽 팔을 부둥켜안았다.

"엄마, 난 엄마가 하지 말라고 하면 안 해."

"엄마 눈치를 왜 봐? 네가 행복하면 되는 거지."

빙긋 웃으며 매달리는 딸에게는 두 손 두 발 다 들고야 마는 마음 약한 엄마였다. 희선은 둘러대듯 몇 마디를 덧붙였다.

"엄마는 딱 하나만 봐. 엄마만큼 사랑해 줄 사람인가 아닌가. 절대 그 사람 인물이 좋아서 넘어간 게 아니야. 알았어?"

누가 뭐랬나. 이새는 웃음이 새어 나가지 않게 입을 단단히 닫았다.

잘생긴 놈들은 반드시 얼굴값을 한다며 미남 보기를 돌같이 하라고 했던 엄마가 은연중에 지원의 인물 좋은 얘기에, 자신이 그에게 넘어간 사실까지 실토한 것이 재미났다.

"그래도 너무 빨리 가지는 마."

그렇게 기분이 좋아져서 엄마의 다음 말에 담긴 의미를 깊이 생각하지 못했다.

엄마와 짧게 대화를 나누고 방 안으로 들어온 이새는 이불을 푹 뒤집어 쓰고 정수리만 내민 채 잠든 준서의 베갯머리로 다가갔다. 이불을 조금 걷어내 주기 위해서였다.

"삼촌이요."

"헉."

그런데 준서도 깨어 있었다. 이새는 흠칫 놀라 뒤로 슬쩍 물러났다.

"준서 깼어?"

"네."

집에 수맥이 흐르나. 왜 다들 이렇게 잠을 못 자는지.

"삼촌은 화나면 무서워요."

일찍 깬 준서를 다독여 다시 재우려고 손을 뻗는데, 준서가 다시 말을 붙였다.

"그래서 화해하느라 오래 걸렸죠?"

그녀가 지금 들어왔다는 사실까지 잘 알고 있는 준서였다. 그 사유는 오해하고 있어 다행이었다.

"그래. 맞아……."

"제가 삼촌한테 좀 더 잘하라고 할게요."

"으응?"

"선생님이랑 싸우지 말라고."

"아니야. 선생님이랑 삼촌이랑 다 화해했어. 이제 안 싸울 거야."

이새가 당황하며 대답했다. 준서는 금방 얼굴이 벌게진 이새를 멀뚱하니 바라보다가 고개를 끄덕였다.

내가 해 줄 게 없어서 슬프긴 하지만, 선생님이 그렇다면 그런 거지, 뭐.

"그보다는 준서야, 여기가 집보다 많이 불편하지?"

"아니요. 왜요?"

"준서가 자꾸 깨서. 어젯밤에도 자다가 일어났잖아. 지금도 아직 새벽 인데 일찍 일어났고. 집에서는 안 그러잖아."

이새의 지적에 준서의 표정이 시무룩해졌다. 이새가 빤히 바라보는 동안 고개를 내리고 있던 준서는 한참 뒤에야 겨우 목소리를 냈다.

"선생님, 어제 물어보려고 했는데요."

"응. 말해."

"손이요."

"응? 손?"

"네, 손이요."

준서가 뜬금없이 손의 이야기를 꺼냈다. 준서를 처음 만났던 날부터 간간이 얘기하던 귀신의 이름이었다. 피가 나서 밴드를 붙여 주었다던 그 귀신. 밴드를 붙여 준 뒤로 준서를 찾아오지 않는다는 그 귀신의 이야기.

이새는 혹시나 준서가 환영으로 본다는 그 귀신이 여기까지 따라왔다고 말하지는 않을까 불안해졌다. 그렇게나 심신이 미약해져 버렸다면 그것은 모두 자신 탓이었다.

"왜 손이 여기 있어요?"

"으응……?"

준서가 자리에서 일어나 방구석으로 걸어가는 동안 이새는 참담해졌다.

나 때문에, 준서가 다시 귀신을 보게 됐어.

급작스러운 오한을 느꼈지만 준서를 붙잡고자 후다닥 몸을 일으켰다. 그런데.

"숀이요."

준서는 이새의 오래된 가족사진 액자를 들고 있었다.

다섯 명의 가족. 그 가운데 동자승처럼 환하게 웃고 있는 일곱 살의 이혁이를 가리키며 준서는 눈을 깜박거렸다.

19. 경고

이새는 조금도 움직이지 못하고 표정 없이 멍하니 준서를 향하고만 있었다. 흡사 마네킹 같았다. 그제서야 자신이 괜한 얘기를 꺼냈다는 생각이 든 준서는 이새의 눈치를 보며 다시 액자를 내려놓았다.

"아무것도 아니에요."

"……서야……."

이새는 발음을 알아듣기 힘들 정도의 떠는 목소리로 준서를 불렀다.

숀이 이혁이라고? 준서를 만났던 첫날, 내 뒤에 있다던 그 귀신이 이혁이라고?

"……그냥 숀이랑 닮은 사람이 아니고, 진짜 숀이야?"

"숀 맞는데."

"그렇게 똑같아?"

준서가 시무룩한 표정으로 끄덕였다. 이새의 눈이 금세 투명하게 젖었다.

"숀…… 언제부터 봤어?"

"네 살 때부터요."

"……손이 뭐라고 했어?"

준서가 그동안 무슨 말을 했더라. 손에 대해 어떤 말을 했더라…….

이새는 복잡한 머릿속에서 자신이 지나친 것들을 끄집어내기 위해 노력했다. 아무것도 떠오르지 않았다. 이새는 준서의 어깨를 붙잡고 물었다.

"손이 준서한테 그동안 무슨 말 했어?"

"심심하고, 돌아다니고 싶고, 놀아 달라고……."

"……."

"바둑 배워서 같이 놀자고."

……맙소사.

"하아아……."

짙은 탄식이 떨리는 숨소리로 쏟아졌다.

늘 겉으로는 누구보다 준서를 아껴 준다 하면서도 이러한 사소한 얘기조차 들어 주지 못했다. 준서가 귀신 이야기를 꺼내면 이를 막아 보기 위한 아이디어만을 생각해 보려 애썼고 그 심연의 진실을 들어 주려 하지 않았다. 자신은 준서의 진짜 상처를, 조금도 위로하지 않았던 거였다. 결국, 그 곪은 마음은 이렇게 나타난다.

자신의 동생 이혁을, 준서가 손이라고 부르고 나서야 그간 피했던 문제에 직면할 마음을 먹게 된다.

"준서야."

이새를 보고 덩달아 표정이 어두워진 준서는 힘없이 이새를 불렀다.

"선생님. 저는요. 앞으로 귀신 얘기 안 할 수 있어요. 안 할게요."

그녀가 싫어하는 얘기는 더 꺼내지 않겠다는 듯, 준서가 덤덤하게 말했다. 그렇게 하지 않으면 사랑하는 선생님이 떠날 거라 확신하는 눈빛이 역력했다.

일곱 살짜리 아이가 자신의 눈치를 보고 있는 상황이 우습다. 사람을 붙잡기 위해 이토록 처절하게 노력하는 꼬마가 있을까. 나는 왜 여태 이걸 몰랐을까.

"준서야, 선생님이 미안해. 정말 미안해."

울음을 삼키고는, 준서의 어깨를 와락 안았다. 힘없이 제 안으로 쏙 들어오는 준서의 작은 몸이 애처로웠다.

준서야, 네가 보았다는 손이 누군지 선생님은 관심이 없었어. 네가 착한 귀신을 만났다고 하며 신나서 얘기할 때도, 난 그저 너를 재우기에 바빴어. 나를 따르는 너에게 나는 얼마나 잔혹했던 건지. 내가 알고 있는 것만이 진실이라고 믿으며, 그 틀 안에서 벗어난 것을 얼마나 억압했는지. 그런데도 너는 이렇게 한결같이 나를 따르고 나를 믿고 있구나. 너에게 난 얼마나 감사해야 할까.

귀신의 이야기를 들어 주지 않았고, 12년만 기다려 달라는 청혼도 결국 무시했고, 끝내는 외로운 준서를 버리고 인사 한마디 없이 저택을 나와 버렸다. 그랬는데도 이 어린아이는 엄마 뒤를 졸졸 따르는 오리새끼처럼 한번 정붙인 사람을 지극히도 따른다.

미안해. 준서야. 정말 미안해.

어떤 말로도 준서의 위로가 되지 않을 것 같았다. 울지 않으려고 했는데. 준서를 위로해 주어야 하는데 어느새 눈물이 떨어졌다. 마음이 복잡했다.

그런데 준서가 이새의 품 안에서 팔 하나를 빼내어 그녀의 등으로 가져갔다. 그리고 매번 그녀가 준서를 위로하던 방법 그대로, 준서는 그렇게 이새를 토닥였다.

괜찮아, 다 괜찮아. 토닥토닥.

등을 토닥이는 작은 손이 심장께를 건드렸다. 놀랍게도 그녀가 위로받고 있었다.

"준서야."

"네."

"선생님 얘기를 해 줄게."

새벽에 한참 울고 난 이새가 다시 이야기를 꺼낸 것은 정오가 지나서였다. 이새는 준서를 옆에 앉히고 가족사진 액자를 들고 와, 손으로 짚으며 말했다.

"여기 있는 아이, 이 아이는 선생님 동생이야. 7년 전에 병 때문에 하늘나라로 갔어."

"손이 선생님 동생이에요?"

"그래. 진짜 이름은 이혁이라고 해. 김이혁. 병원에만 있어서 매일 심심해했고, 돌아다니고 싶어 했고, 장래희망은 바둑기사였던."

준서의 이야기를 믿을 수밖에 없게 된 건 '바둑'이라는 말 때문이었다. 이혁이 바둑을 좋아했었다는 얘기는 지원에게도 한 적 없었다.

바둑은 이새가 이혁에게 가르쳐 준 것이었다. 또래의 아이들처럼 밖에서 뛰어놀 수가 없었던 이혁과 오랜 시간 집중해서 놀기 위해 이새 또한 독학으로 열심히 배워 이혁을 가르쳤다. 준서만큼이나 똑똑했던 이혁은 금방 바둑을 좋아하게 됐고 얼른 병이 나아서 바둑기사가 되고 싶다는 말도 곧잘 했었다.

"동생이 떠나고 선생님뿐만 아니라 아줌마, 아저씨, 그리고 선생님 동생. 그렇게 네 사람은 정말 많이 슬퍼했었어. 귀신이라도 좋으니까, 우리 곁에 조금만 더 있게 해 달라고 기도했던 적도 있는 것 같아."

동생이 죽은 후, 그녀가 제일 먼저 슬픔을 떨쳐 낸 척했다. 가족들 앞에서 일부러 많이 웃었다. 어떻게든 웃음을 되찾고 싶었다. 이율에게서 속없

는 사람 취급을 받기도 했지만 그게 이새가 할 수 있는 최선이라고 생각
했다.

……그렇게 할 수 있었던 비결은, 동생이 죽지 않았다고 생각하는 거였
다, 사실.

"언젠가부터 선생님은 동생에게 편지를 썼어. 선생님이 크는 만큼 동생
도 어딘가에서 자라고 있다고 믿고 싶었어. 그래야 선생님도 마음이 놓이고
행복할 수 있을 것 같아서."

나의 만족을 위해서. 그랬다.

준서가 엄마의 마지막 말을 유언같이 간직하고 있었던 것처럼, 그녀도 동
생을 놓지 못했다. 그래서 동생도 마음이 놓이지 않았던 걸까. 그래서 하늘
나라로 편히 떠나지 못하고 그녀의 주위를 배회했던 걸까.

이새가 힘겹게 꺼낸 이야기에는 알아듣기 어려운 말도 있었을 텐데 준서
는 잠자코 이새를 바라보며 눈을 빛냈다. 이새는 그런 준서를 향해 살포시
웃어 주었다.

"그동안 선생님이 정말 미안했어."

"네? 왜요?"

"준서의 손을 모른 척해서."

"아아……."

준서도 이새의 미소를 따라 소리 없이 웃었다.

"이제 손은 안 보이는 거지?"

"네. 근데 그럼 선생님이 슬퍼요? 동생을 못 보면?"

이새가 고개를 천천히 가로저었다.

"아니야. 이제 안 슬퍼할 거야."

이제 정말로 동생을 보내 주어야겠다. 이곳에서 방황하지 않고 하늘나라
에서 행복하도록. 이새는 커다란 종이 하나를 준서의 앞으로 쓱 내밀었다.

"준서야, 오늘은 여기다가 같이 손을 그릴 거야. 사실은 준서를 위해서가 아니라 선생님을 위해서야."

준서는 종이의 크기에 놀라며 흥미로운 듯 눈을 동그랗게 떴다.

"여기에 크게 그려서 손 기억하고, 하늘나라로 보내 주자. 잘 가라고 해 주자, 우리."

준서는 고개를 크게 끄덕이고는 종이 앞에 배를 깔고 엎드렸다. 연필을 들고 동그란 얼굴을 그리는 준서의 손은 굉장히 빨랐다.

역시 준서는 그림에 천부적인 재능이 있었다. 준서가 그려 내는 흐릿한 윤곽에서 벌써부터 이혁이 보였다.

영혼의 힘인지, 준서에게 정말 남다른 신기가 있는 건지는 아직도 잘 모르겠다. 하지만 이새는 이제 모든 것을 운명이라고 믿고 싶어졌다.

아주 먼 옛날, 병원 앞에서 준서의 엄마를 만난 것. 준서의 엄마에게서 위로를 받고 이혁에게 사랑한다고 말할 수 있었던 것. 그로부터 7년이 흘러, 지원과 준서를 만난 것. 지원과 준서를 사랑하게 되고, 준서를 이 집으로 데려올 수 있게 된 것.

물 흐르듯 흘러간 모든 것들이 기실은 삶에서 가장 의미 있는 순간들이었고, 언제든 '운명'이라는 이름으로 재해석될 수 있는 소중한 사건이란 걸 그녀는 깨닫게 되었다. 이혁이는 숀의 이름으로 세상에 다녀간 것이 맞다.

혁아, 준서를 소개해 줘서 고마워.

준서야, 우리 혁이를 그려 주어서 고마워.

운명을 만들어 준 많은 사람들에게 마음속으로 고맙다는 말을 하며, 이새도 준서와 함께 이혁의 눈동자에 까만 칠을 했다.

한창 그림놀이를 하고 있는데 노크 소리가 들렸다. 희선이었다.

"누가 또 왔네. 이새 찾는데? 여자야."

이새는 고개를 갸웃거리며 자리에서 일어났다.

"준서야, 그림 그리고 있어."

이새는 홀로 밖으로 나갔다.

대문 앞에는 민지가 심통 가득한 표정으로 쭈뼛거리며 서 있었다. 이새는 실소가 나오려는 것을 참고 민지에게로 다가갔다.

"사과하라고 해서 왔어요."

사과라고 말하면서도 사뭇 도도한 태도였다.

사실 이제 다원과의 사이가 멀어진 것을 빼고는 걱정되는 것이 아무것도 없어서, 이새는 마음을 푹 놓고 있었다. 최상의 상태였다. 민지의 어떤 말이라도. 받아들여 줄 수 있었다. 하지만 그녀 내면의 악마가 속삭였다. 민지를 놀려 주라고.

"사과하러 오셨다면서요."

"할 거예요."

"……."

"본의 아니게 그쪽의 일기장을 건드렸네요. 이해해 줬으면 좋겠네요."

"본의 아니게요? 사과처럼 들리진 않는데요?"

"내 딴에는 사과예요. 지원 오빠한테 내가 사과하러 왔다고 전해 줘요."

"싫은데요. 제가 왜 이런 말을 듣고 사과라고 생각해야 하나요?"

"이봐요. 김이새 씨."

결국 민지의 목소리가 날카로워졌다.

"지원 오빠가 좋아해 주니까 자기가 뭐라고 된 것 같은 모양이지? 두 사람은 아무리 좋아해도 연애가 다야. 결혼 같은 건 못 해. 그쪽이랑 맺어지려면 지원 오빠가 다 버리고 그쪽한테 가야 하는 거라고. 그거 알아?"

"다 버려도 제가 남으니까 괜찮아요."

그러나 이새는 여유로웠다.

"정민지 선생님도 자신을 위해 다 버릴 수 있는 사람을 만나야 할 텐데요. 노력은 많이 하시는 것 같던데."

이새의 말에 민지가 이를 악물고 눈을 부릅떴다. 이새는 입술 끝을 길게 늘이며 웃었다.

"다들 자기가 살아온 대로만 살 수 있군요."

진심 어린 사과를 해 보지 않은 사람의 사과는 마음부터가 빈약했다. 그래도 이런 사과라도 받아 주어야 민지의 인생에 훈훈함이라는 게 있을 것 같아 이새는 큰맘 먹고 민지의 행복을 빌어 주었다.

"불쌍하니까 그냥 용서할게요. 좋은 사람 만나길 빌게요. 스스로 사랑스런 사람이 되시고요."

"허. 기가 막히네."

"잠깐만 계세요. 준서 좀 불러올게요. 준서한테도 그 괴상한 사과 하셔야죠."

이새는 더 따지려는 민지를 자리에 세워 두고 뒤돌았다. 이것이 민지와 만나는 마지막이 될 것 같단 생각에 얼른 집으로 뛰었다.

"뭘 또 해? 그냥 한 번에 같이 사과했다고 말해!"

뒤에서 민지가 바락 하는 소리가 들렸다.

이새가 준서의 손을 잡고 다시 밖으로 나와 보니, 민지는 온데간데없었다.

"어? 그새 갔나 봐."

"진짜 왔던 거 맞아요?"

준서가 입술을 실룩거리며 물었다.

"당연하지! 안준서, 선생님이 거짓말하는 거 봤어? 분명히 정민지 선생님 왔었어! 이건 귀신 아니야!"

피식. 왜 저 어린 아이의 얼굴에서 안지원의 사악한 미소가 보이는 건지.

"어어? 지금 선생님 비웃었어?"

"아니요."

준서는 별일도 아니라는 듯 팽 돌아서며 대꾸했다.

"저는요. 사과 안 받아도 되는데요. 저는 지금 여기 있어서 진짜 행복한데요."

더없이 천진난만한 표정을 하고는 집 안으로 뛰어 들어가는 준서의 모습에 이새도 덩달아 행복해졌다.

집으로 돌아온 이새는 준서와 함께 그림을 마무리 지었다. 동자승 같은 민머리에 올망졸망한 눈, 코, 입을 가진 그림 속의 인물은 부정할 것도 없이 이혁이었다.

그림 그리기를 거의 마쳐 갈 때쯤, 준서는 이혁 그림의 반대편에 동그라미 하나를 더 그리고 대충 눈, 코, 입의 윤곽을 잡아 나갔다.

"……준서야, 또 뭐 그리게?"

"그릴 게 하나 더 있었어요."

준서가 씩씩하게 말했다.

자신이 극복해야 할 과거는 숀보다는 이쪽의 귀신이었던 것이다.

"엄마, 아빠 사고 난 날 봤던 귀신이요."

이새는 가슴이 콩닥콩닥 뛰는 소리를 감추고서 조심스럽게 물었다.

"그…… 정원에서 봤다는 그 귀신이야?"

"네."

사건의 정황을 보고하기 위해 할아버지 안상호 회장의 집으로 가던 중, 지원은 전산부로부터 전화 연락을 받았다.

-전무님, 찾았습니다. 안태원 상무님 PC에 최명훈이라는 사람에 대한 기

록이 있었습니다.

설마, 하는 마음이 앞섰다.

지원의 마음 깊숙한 곳에는 여전히 형의 죽음과 태원의 관계를 연결하고 싶지 않은 반발심이 있었다. 그 마음은 결국 우스워지고 말았다.

-그런데 오래된 데이터는 아닙니다. 아주 최근입니다.

퍼즐은 막연히 의심해 본 대로 너무도 딱딱 맞아 들어가서 몸서리쳐질 정도다. 이젠 모든 게 누군가의 조작이 아닐까 싶은 생각마저 들었다.

왜, 대체 왜!

울컥 분노가 치밀었지만 곧 마음을 다스렸다. 금방 할아버지 댁에 다다랐다. 상호와 할 얘기가 아주 많았다. 태원을 그냥 둘 수는 없었다.

그런데 상호의 서재 앞 응접실에는 태원이 더 먼저 와, 대기하고 있었다. 태원은 지원을 보고도 인사 한마디 하지 않고 고개를 돌렸다. 지원 또한 이를 외면하고 서재에 들어섰다. 서재에는 할아버지 상호와 태원의 부친 작은 숙부가 긴하게 얘기를 나누고 있었다.

상호는 크게 분노한 듯 보였고 작은 숙부는 상호의 화를 가라앉히려 노력하고 있었다. 태원이 벌인 일을 숙부가 수습하는 모양이었다. 이대로 덮어 버리도록 두어선 안 될 일이라는 생각에 지원이 나섰다.

"저 왔습니다. 앉아도 되겠습니까."

"어허. 밖에서 대기해라. 긴하게 얘기하고 있잖니!"

작은 숙부가 엄하게 말했다.

"너도 태원이랑 둘이 조용히 해결할 생각을 좀 해! 사촌 형제끼리 이게 웬 분탕질이냐!"

"숙부님, 이건 분탕질이 아니라."

"지원아."

지원이 숙부의 호통에 끼어드는 것을, 상호가 엄하게 막았다.

"네 숙부와 얘기를 좀 해야겠다. 밖에서 조금만 기다리고 있어라."

지원은 밖으로 나올 수밖에 없었다. 그러고는 무슨 생각을 하고 있는지 모를 표정으로 앉아 툭툭 발짓만 하고 있는 태원에게로 다가갔다.

"최명훈이 누구냐."

최명훈이란 이름을 듣는 태원의 눈빛에 언뜻 예리한 칼날이 비치는 듯했다.

"뭐?"

"네 PC에 기록된 그 최명훈이라는 사람은 대체 누구냐고."

태원은 쓰게 비웃었다.

"나보고 네 기록을 훔쳤다고 하더니, 넌 내 컴퓨터를 다 들여다보고 있는 거야?"

"더 발가벗겨지기 전에 네 입으로 얘기해. 대체 뭘 숨기고 있는지."

"얘기해 줘? 준서가 많이 슬퍼할 텐데."

태원의 미소는 소름 끼치도록 사악했다. 마음을 억누르고 있던 지원의 팔이 자연스레 앞으로 나아가 태원의 멱살을 쥐었다.

"대체 우리 형을 어떻게 한 거야!"

"무슨 소리야. 내가 뭘 했는데."

태원은 지원을 조롱하고 있었다.

"지원아. 넌 피해망상증이야? 네 형 안부를 왜 나한테 물어. 교통사고로 죽은 양반을."

주먹을 냅다 꽂아 주고 싶은 것을 겨우 참아 냈다. 이 자식은 지금 나를 부추기고 있다. 내가 폭력을 쓰면 자신에게 유리해진다는 걸 잘 알고 있는 너석이다.

"승진누락 정도로 끝나지 않아. 넌 퇴출될 거야. 네가 내 정보를 잔뜩 도둑질한 증거는 다 찾아냈으니까."

태원의 입술이 크게 우그러졌다. 지원은 태원의 멱살을 놓고 말했다.

"난 이제 그저 궁금할 뿐이다. 대체 네가 왜 그랬는지. 난 네 악행엔 실체가 없다고 생각했었어. 그저 나에 대한 열등감에 근거한 유치한 질투라고 생각했었어. 근데 형은 대체 무슨 죄야. 뭘 잘못했길래!"

큭큭큭큭. 태원이 성가실 정도로 비릿하게 웃었다.

"너 때문에 덩달아 나까지 나락으로 떨어지는 한이 있어도 널 완전히 쫓아내 줄게."

"지원아, 날 더 건드리면 넌 나락으로 떨어지는 걸로는 안 끝나."

태원의 웃음을 보고 있자니 속이 뒤틀렸다. 밖으로 나가야겠다 생각하는데 휴대폰 진동이 울렸다. 이새에게서 온 포토메시지였다.

-준서가 그린 그림이에요. 정원에서 본 귀신이래요. 준서 부모님의 교통사고와 관계있는 그 사람이요. 도움이 되었으면 좋겠네요.

메시지와 더불어, 이전에 이새가 말했던 험악하게 생긴 남자의 인상착의를 그린 그림이 첨부돼 있었다. 자신이 알 만한 인상은 아니었다. 지원은 준서가 그린 초상을 친구 창우에게 전송하고 바로 전화를 걸었다. 신호대기음이 멀어지고, 창우가 전화를 받았다.

-여보세요.

"응, 창우야. 메시지 하나 보냈는데, 확인해 보라고."

-지원아. 나도 찾았어, 최명훈. 너한테 지금 받은 그림이랑 인상착의도 비슷해. 아니, 눈에 확 들어오는 특징은 거의 똑같아.

지원의 심장이 쿵덕댔다.

-최명훈과 도원이 형과의 접점도 찾았어. 준서가 태어난 직후에 심장이상 때문에 수술을 좀 받았잖아. 그 병원에 입원해 있었던 애기의 아빠였어.

"……."

-아마도 그때쯤에 그 애도 중요한 수술을 앞두고 있었나 봐. 그런데 준

서 때문에 밀린 모양이야. 수술담당의사가 준서까지만 돌보고 그 병원을 떠나는 바람에 수술은 더 늦어졌고, 그래서 결국 애기가 죽었다는 것 같아. 그 뒤로도 계속 일이 안 풀렸고, 병원비 때문에 빚이 많았대. 사실혼관계였던 부인도 있었는데 애기가 죽고 완전히 헤어진 뒤에 외롭게 살았었나 봐.

"지금은 어디 있는데."

지원이 다급하게 물었다.

-그런데 그게…… 며칠 동안 이 사람이 행방불명이었는데 경남 저수지에서 변사체로 발견됐대.

"……."

-나는 단순 자살은 아닐 거라고 생각하고 있어.

순간, 언뜻 바라본 태원의 옆모습에 비친 살기가 섬뜩했다. 조용히 전화를 끊은 지원에게 태원이 대뜸 말했다.

"지원아, 넌 사랑하는 사람이 몇 명이나 있냐."

"……."

"난 그런 거 없는데. 너는?"

어딘가에 녹취되지는 않을까 염려한, 작고 싸늘한 목소리였다.

"남은 것들은 어떻게든 지켜야 하지 않겠냐, 지원아."

지원의 눈에 불꽃이 번뜩였다. 하지만 지원은 놀라거나 흥분하지 않았다. 대신 태원의 눈빛에 잠재한 살의의 방향을 읽으려 노력했다.

"난 가장 열 받는 순간이 언제인 줄 알지. 심증은 분명한데 물증이 아쉬울 때. 얘가 범인인 게 확실해서 때려눕히고 싶은데 법이 지켜 주지 못할 때."

태원이 소름 끼치는 목소리로 말하고는 씨익 웃었다.

"난 아직도 널 모르겠다. 아무렇지도 않게 무시무시한 말들을 하는 걸 보면 그냥 관심종자인지, 정말로 뭔가를 꾸미는 건지.”

지원의 오른쪽 주먹에 잔뜩 힘이 들어갔지만 그는 분노를 꾹 참아 누르고 침착하게 말했다.

“아니면 이미 꾸미고 수습하는 건지. 그래서 방해대상인 내게 협박을 해오는 건지.”

지원의 도발을 기대했었던 것인지, 태원의 표정이 일순간 흔들렸다. 두 사람의 눈빛이 허공에서 팽팽하게 맞서고 있을 때, 서재에서 나온 태원의 부친 규성이 지원에게 알렸다.

“지원아, 들어와라.”

“네.”

“태원이는 조금 더 기다리고.”

규성의 전언에 태원의 눈빛이 또다시 미묘하게 변했다. 지원은 쓰게 웃으며 태원을 보고 말했다.

“마음의 준비를 좀 하는 게 좋을 거야. 난 되로 받으면 말로 돌려주는 성격이라서.”

지원은 나지막이 경고한 후 할아버지가 계시는 서재로 향했다.

서재로 간 지원은 규성의 맞은편에 가 앉았다.

두 사람과 멀찍이 떨어진 중앙에 앉은 상호가 먼저 말을 꺼냈다.

“지원아, 우리는 이 일을 크게 만들 생각이 없다. 어쨌든 집안의 불명예 아니냐.”

“두 분께서 머리를 맞대고 고민하신 결과가 고작 그겁니까?”

지원이 실망 가득한 눈빛으로 빈정거렸다. 규성이 지원의 비아냥이 같잖다는 듯 말했다.

“털어서 먼지 안 나는 사람이 어디 있냐. 그냥 그건 어쩌다 벌어진 해프닝

일 뿐이야. 그 앤 노력하는 아이다. 아버지라서 그러는 게 아니라, 태원이 그 앤 정말로 너는 상상도 할 수 없는 노력을 해."

"그렇죠, 태원이는 노력파죠. 정말 제가 상상도 할 수 없는 노력을 하고 있었죠."

지원이 빈정거리니 규성의 입술이 슬쩍 비틀렸다.

"그럼 만년 노력파 태원이를 잡으시죠. 제가 그만두겠습니다."

"무슨 그런 말도 안 되는 소리를⋯⋯!"

지원의 도발에 상호의 얼굴이 붉어졌다. 상호는 시도 때도 없이 감정을 드러내는 사람은 아니다.

"이 뒤가 구린 처우에 대해 기자회견 후에 성화그룹의 모든 자리에서 물러나겠습니다. 갖고 있던 주식도 처분해 드리죠."

"안지원!"

이번에는 규성이 크게 소리쳤다. 지원은 이를 가볍게 무시하고 말을 이었다.

"제 가족 먹고사는 걱정은 하지 않으셔도 됩니다. 다행히 그동안 두터운 선망을 얻어 와서 제가 회사 하나 만들면 저 따라 움직일 직원들이 많을 겁니다. 애초에 회장님께서 인력중심기업인 성화기획에 절 앉혀 두신 것, 이제야 감사드리게 되네요."

지원의 한쪽 입술 끝이 피식 올라갔다. 지원을 바라보는 두 사람의 눈에는 어이없음과 분노의 감정이 그대로 드러나 있었다.

"지금 성화기획은 비계열사 물량이 매년 10%씩 높아지고 있습니다. 타그룹 대행사에서 계열사 일감 몰아주기로 매출을 채우는 반면 우리는 비계열사 매출이 50% 이상이죠. 이걸 누가 만든 거라고 생각하십니까."

상호의 눈에 바짝 핏기가 돌았다. 규성은 손마서 부들부들 떨며 지원을 쏘아보았다.

"인력이동이 좀 있겠지만 성화그룹은 건재할 겁니다. 성화기획은 작은 회사니까요. 다만 그룹 이미지는 조금 실추되겠죠."

지원은 눈 하나 깜짝하지 않고 자리에서 일어났다.

"기자회견 스케줄 먼저 잡고, 30분 기다리겠습니다. 그 안에 연락 없으시면 태원이를 구제하겠다는 뜻으로 알고 저는 저대로 움직이죠."

"앉아라."

규성이 분노를 그대로 드러내며 명령했다. 상호는 어지러운 듯 눈을 지그시 감았다.

"앉아!"

"할아버지, 그동안 감사했습니다. 내일 또 뵐지, 아닐지는 이제 할아버지께서 결정하시는 겁니다."

규성의 호통에도 아랑곳없이, 지원은 제 말만 마치고 곧장 자리에서 일어나 꾸벅 인사하고는 밖으로 나가 버렸다. 뒤늦게 일어난 규성이 지원을 붙잡으러 나가려 했다. 그러나 상호가 이를 저지했다.

"흥분하지 말고 앉아라."

상호는 어떤 상황에서도 이성을 잃지 않는 대인배 기업인답게 곧장 머릿속의 주판을 두드렸다. 규성이 자리에 앉자마자 상호가 침착하게 말했다.

"칼 같은 녀석이야. 겁도 없고. ……네가 호통친다고 해서 돌아올 아이가 아니다."

행동파 승부사인 지원다운 반응이었다. 부러지면 부러졌지, 꺾일 아이가 아니다. 상호는 기업인으로서의 지원을 잘 알고 있었다.

"어떻게 생각하냐."

"뭘 말입니까?"

상호의 질문에 규성이 눈썹을 휘며 되물었다.

"합리적으로 판단해 볼 때 말이야."

"아버지, 설마, 아니죠? 우리 태원이를……."

"우리 그룹에는 태원이 두 명보다도 지원이 한 명이 더 절실하다. 그걸 확신하고 있으니 저 녀석도 저럴 수 있는 게지."

지원에게 그동안 너무 많은 것을 맡겨 온 결과였다. 여태껏 제가 맡은 일은 완벽하게 해 왔으니 나무랄 수도 없었다. 또한 지원은 위기의 순간에 더욱 강한 녀석이었다. 냉철한 판단력과 과감한 행동력은 상호가 보아 온 자식, 손주들 중 가히 최고였다. 냉철함으로 따지자면 지원의 형인 도원과도 비할 바가 아니다. 게다가 상호가 아는 한 비리가 없고 올곧다. 지원은 그룹의 미래에 꼭 필요한 인재였다.

판단을 끝낸 상호가 규성에게 말했다.

"넌 나가 있고, 가서 태원이 데려와라."

"아버지."

"어서."

아들의 호소에도 흔들림 없이, 상호는 단호하게 분부했다.

잠시 후 태원이 상호의 앞에 섰다. 언뜻 보아서는 아무 표정도 읽을 수 없었지만, 슬며시 초조함이 엿보였다.

"할아버지."

"그래. 태원아."

"……."

"일단은 네가 포기해라. 잘못한 게 있으면 스스로 책임을 져야지."

태원의 주먹에 불끈 힘이 들어가는 것이 보였다. 상호는 슬퍼졌다. 기업인으로서의 상호는 지원의 편이었지만, 할아비로서는 태원이나 지원이나, 똑같이 아껴 주고픈 손주들이었다.

"파면돼도 그룹 차원에서 해결할 거다. 그룹이 너를 보호하도록 해 보마.

다른 수사기관은 개입하지 못할 거야. 이게 할아버지로서 할 수 있는 내 최선이다. 부하직원으로서의 너는 내 신용을 모두 잃었지만 스스로 반성할 거라고 믿고 더 문책하진 않으마.”

태원이 고개를 푹 숙였다. 태원의 두 주먹이 부들부들 떨려 오는 것이 보였다. 주먹에 조금 더 힘이 들어간 거였다.

회사로 돌아온 지원은 상호의 서재에서 얘기했던 대로 비서를 시켜 기자회견 자리를 예약했다. 예약을 마치자마자 비서실로 전화가 빗발쳤다. 성화그룹의 내부 문제에 대해 냄새를 맡은 기자들이 소식을 듣고 먼저 반응해온 것이다. 될 대로 되라는 식이었다. 그룹에서 태원을 선택한다고 해도 크게 서운하지는 않을 것 같았다.

이상하게도 어떤 미련도 없었다. 마음 또한 여유로웠다. 그저, 어느 날 술에 취한 이새가 자신에게 했던 말만 머릿속에서 계속 되풀이됐다.

“네가 말해 봐. 그렇게 사는 건 행복한가?”

불의에 무릎을 꿇고, 하고 싶지 않은 일을 하고, 할아버지와 집안사람들이 원하는 대로만 사는 것. 그게 행복일 리 없었다.

그녀가 아니었으면 깨닫지 못했을 진짜 행복. 그가 감행하고 있는 일은 이 행복을 찾기 위한 것이었다.

불의에 무릎 꿇지 않는 것. 하고 싶은 일을 하는 것. 자신이 원하는 대로 사는 것. 이를 위해 움직이는 마음이 홀가분한 것은 당연했다.

기자회견 때 발표할 내용들을 적어 보고자 PC 앞에 앉았을 때, 상호에게서 전화가 걸려 왔다. 선고를 하고 나온 30분을 얼추 채운 시각 즈음일 것이다.

"네, 할아버지."

-정말 기자회견을 할 생각이냐?

상호는 바로 본론을 꺼냈다.

"이미 오늘 밤 9시로 일정은 잡아 놓았습니다. 이 전화를 받고 취소할지 말지를 결정할 겁니다."

-매정한 녀석.

"결정된 바만 말씀 주시죠. 결과가 어찌 되든 저도 바쁠 테니까요."

-……네가 이겼다. 안태원 상무해임 건, 절차대로 처리하라고 지시했다.

"옳은 선택을 하신 겁니다."

지원이 만족스럽게 대답했다. 이것으로 일단은 좀 더 회사에 남아야겠구나. 왠지 한편으로는 아쉬웠다. 어쨌든 이렇게 된 거, 좀 더 그룹에 남아 일하면서 좀 더 좋은 회사를 만들고자 노력해 보는 수밖에 없다.

"전 싸우자고 덤빈 게 아닙니다. 옳지 못한 일을 바로잡고자 한 거죠. 아무튼 잘 생각하셨습니다."

상호는 분한 듯 목을 긁는 소리를 냈다.

"그리고 태원이는 더 문책하시는 게 좋을 겁니다. 지금 태원이의 집무실 PC만 본 상태니까요. 개인 PC로는 또 어떤 기밀정보를 훔쳤을지 모르는 일입니다."

지원은 상호에게 당부하고 바로 전화를 끊었다. 어딘가에서 부득부득 이를 갈고 있을 태원의 얼굴이 어렵지 않게 그려졌다. 태원이 복수의 화신이라면, 조심할 것들이 꽤 있었다. 지원은 배 주임에게 연락했다. 배 주임은 바로 전화를 받았다.

-네, 사장님.

"집엔 아무 일 없습니까?"

-네. 사람도 없고, 고요한 편입니다.

"그렇군요."

-사장님께서도 어제 외박을 하셨다더군요.

배 주임식의 안부 묻기였다. 평범하게 건넨 말이었는데 어젯밤이 꽤나 특별했던 지원에게는 뜨끔한 인사였다.

"아…… 좀 그렇게 됐습니다."

-김이새 선생님이 떠나니 퇴근의 의의가 사라진 거군요.

"꼭 그런 건 아니고……."

-이해합니다.

머뭇거리는 지원에게, 배 주임은 딱 잘라 말했다.

조금 다르게 이해한 것 같은데. 하지만 그 염려해 주는 마음이 고마워 진실을 말하기가 버거워졌다. 지원은 바로 용건을 말했다.

"아무튼 그건 그렇고, 사설 경호원을 알아봐 주셨으면 합니다. 김이새 씨와 준서와 다원이에게 각각 한 명씩 붙였으면 합니다."

-……무슨 일 있습니까?

갑작스런 지시에 배 주임의 목소리가 어두워졌다.

"무슨 일이 일어나기 전에 막아 보려는 겁니다. 그룹이 시끄러워서, 누군가 제게 보복 심리를 갖지는 않을까 걱정되어서요."

-네, 알겠습니다.

배 주임은 더 묻지 않고 지시를 받아들였다.

"혹시 모르니 직원들에게도 당부해 두십시오. 출퇴근 시에는 항상 조심하라고. 배 주임도 조심하시고요."

-알겠습니다. 사장님도 조심하십시오.

밤 10시가 넘은 시각.

준서를 재운 이새는 낮에 준서가 그린 그림을 들여다보며 상념에 잠겨 있었다.

'정말 어디서 많이 본 것 같단 말이야.'

준서의 그림 속 인물 '정원의 귀신'이 묘하게 낯익었다.

드르르. 한참 동안 그림을 쳐다보고 있을 때 문자메시지가 도착했다. 지원이었다.

[안 자고 있으면 잠깐만 나와. 얼굴 좀 보자. 집 앞이야.]

이새는 메시지를 확인하자마자 밖으로 나갔다. 잘 보이는 곳에 지원이 서 있었다. 이 밤에 자신을 보러 찾아와 준 것은 정말 고마운 일이지만, 어쩐지 그의 어깨에 하루의 짐이 툭 얹어져 있는 느낌이라 안쓰러웠다. 이새는 자신을 보며 양팔을 벌리고 멋지게 미소 지어 주는 지원을 향해 시크하게 말했다.

"이 밤에 집에도 안 가고 왜 여기 계세요?"

"몰라서 물어? 빨리 와."

지원이 펼치고 있던 팔을 흔들었다. 냉큼 와서 조용히 안기라는 말이었다. 이새는 못 이기는 척하며 그에게로 다가가 폭 안겼다. 이새가 품 안에 들어오자 지원은 그녀의 어깨에 고개를 묻고 숨을 크게 들이마셨다.

"오늘 힘드셨겠어요."

이새가 커다란 등을 토닥이며 말했다.

"기사 봤어요. 안태원 씨 해임됐다는 거요. 거기 나오는 성화기획 A전무가 준서 삼촌이죠?"

"맞아. 내가 파면시켰어."

지원이 솔직하게 말하고는 물었다.

“내가 너무했다고 생각하지?”

“잘못한 사람 책임지고 나가라고 하는 게 너무하는 건 아니죠. 잘했어요.”

잘했다고 말해 주는 사람이 있으니 힘이 났다. 지원은 그제야 짊어진 짐을 내려놓는 기분이 들었다.

“정말 잘했어요. 사촌이라 정 때문에 결단력 있게 행동하기 힘들었을 텐데.”

그녀가 빙긋 웃었다. 역시 김이새는 존재 자체로 힐링이다.

“……오늘도 데려가면 안 되나?”

한 단계 더 나아간다면 더더욱 힐링일 텐데.

그러나 이 말뜻을 금방 알아들은 이새는 강하게 경계태세를 취했다.

“네! 안 되죠! 제가 지키고 있는 본인의 조카를 좀 생각해 주세요!”

“그렇다고 날 개똥 보듯 할 건 없잖아.”

“얼른 집에 들어가세요, 얼른! 맨날 외박만 하고! 쉴 때 좀 쉬어야죠! 눈가에 피곤이 가득해요. 너구린 줄 알았다고요.”

하나도 안 피곤한데. 아니, 지금은 너무 힘이 넘쳐서 걱정인데.

이새의 타박에 차 운전석 앞까지 밀려간 그는 이새의 손을 잡아끌어 차 둘레를 뱅 돌아 그녀를 조수석에 앉혔다. 지원을 집에 보내려다가 도리어 부추기는 꼴이 돼 버린 그녀는 지원이 운전석에 오르자마자 버럭 소리를 쳤다.

“저 안 가요! 오늘은 절대 못 가요!”

지원은 쉽게 반응을 보이는 이새가 재미있어 놀려 주고 싶어졌다.

“그래. 안 가도 돼.”

스륵. 조수석의 등받이가 재빠르게 낮아졌다.

“헉!”

이새의 숨넘어가는 소리가 뒤따라 들려왔다. 그녀는 조수석에 거의 누운 자세가 되었다. 어느새 운전석에서 조수석으로 넘어온 지원이 입술을 길게 늘이며 웃었다. 당황한 이새의 얼굴이 홍당무처럼 온통 주홍빛이었다. 아무 것도, 심지어는 몸이 닿지도 않았는데 두 팔로 제 가슴께를 가리며 방어하는 그녀의 행동은 오히려 더 자신을 유혹하는 것만 같았다. 지원은 그녀의 따뜻한 뺨을 어루만지며 말을 걸었다.

"너 왜 이렇게 예쁘니?"

"안 넘어가요."

"장난 아니야, 지금."

"안 넘어간다니까요!"

그녀는 다시 버럭 소리쳤다.

……독한 기집애. 지원은 시무룩해진 얼굴을 하고선 운전석으로 돌아갔다. 지원의 몸이 떨어지자마자 이새는 냉큼 조수석 등받이를 원래대로 올렸다.

"너무 정색하네. 서운하게."

"저 오늘 새벽에 엄마한테 혼났다고요. 외박한 거 들켜서 청혼받은 얘기까지 다 했단 말이에요."

혼났다고? 지원은 귀를 쫑긋 세우게 됐다.

"엄마랑 만났다면서요. 왜 그 얘기 안 했어요?"

"내가 하는 것보다 어머니께 듣는 게 낫겠지, 해서."

"……엄마가 좋게 보신 것 같던네요."

"그래? 나 점수 좀 땄나?"

"대체 뭐라고 했길래 바른 사람이라고 하시는 건지, 원."

"내가 바른 사람이라고 하셔?"

"엄마가 사람 볼 줄을 모르는 것 같아요."

지원의 입술 끝에 더욱 기분 좋게 힘이 들어갔다.

"좋아하는 거 너무 티 납니다."

"좋아하면 안 되나? 좋은 일인데."

지원이 나긋한 목소리로 제안했다.

"어머님, 아버님 모셔 와서 다 같이 살까? 김이새 씨 동생까지 다 같이."

이새는 놀란 표정을 지었다.

"왜. 싫어? 부모님이랑 따로 살고 싶어?"

"아…… 니요."

"근데 왜."

"좀 의외라서요. 준서 삼촌은 개인영역을 중요시하는 사람인 줄 알았는데."

"그래. 내가 그랬던 사람이야. 그런데 그쪽을 만나고 가치관을 갈아엎었다고."

"……."

"준서가 집이 넓어서 싫대. 김이새 씨가 있을 때는 넓어서 좋았는데 김이새 씨가 없으니까 넓어서 싫대. 나도 이제 북적거리는 게 좋아. 누가 웃든 웃음소리가 끊이지 않는 집이었으면 좋겠어."

그날 하루가 좋았든 싫었든, 행복했든 힘들었든, 가족이라는 이름으로 모인 사람들이 그날의 사연을 가득 들고 집에 돌아와 짊어진 것들을 내려놓고 풀어놓을 수 있는, 그런 집을 만들고 싶어. 너와 함께.

"웃음소리가 끊이지 않는 집. 괜찮네요."

"사람이 많은 게 좋아. 물론 우리 둘만 있을 때 방해받는 건 곤란하지만."

지원의 능청스러운 말을 눈치 빠르게 알아들은 이새가 얼른 화제의 방향을 전환시켰다.

"아, 안 그래도 요즘 울 엄마 표정이 엄청 밝아졌어요. 준서 덕에. 준서는 정말 사랑스러워요."

나는 네가 더 사랑스러워.

사랑을 가득 담은 눈을 한 지원이 따뜻한 시선으로 속삭였다. 그녀를 어루만지는 손끝에 온기가 모였다. 이새는 또 다른 화제를 준비해야 했다.

"아아, 참, 오늘 정민지 선생님이 사과한다고 찾아왔었어요. 그거 준서 삼촌이 시킨 거죠?"

"사과를 제대로 하긴 했어?"

"뭐, 나름 최선을 다한 것 같긴 해요. 남한테 사과 한 번 안 하고 살아온 분일 텐데. 저는 존중해요. 귀엽기도 했어요. 하지만 저한테 사과시키겠다고 딴사람을 압박하지는 마세요. 옆구리 찔러서 절 받는 건 그다지 유쾌하지가 않고, 준서 삼촌이 누굴 협박하는 사람이 되는 것도 싫어요."

"알았어."

"아, 준서 그림은 보셨죠? 좀 도움이 될까요?"

이새의 입에서 쉴 새 없이 이야깃거리가 쏟아졌다.

"응. 안 그래도 얘기하려고 했는데. 많은 도움이 됐어. 고마워."

"그림으로 범인을 찾을 수 있을까요?"

"그건 걱정 마. 다 잘될 테니까."

이미 범인을 찾았고, 그 범인이 죽었다는 얘기를 굳이 하지는 않았다. 이새에게 괜한 걱정거리를 던져 주고 싶지 않았다.

"역시 대단해. 어떻게 준서가 그림을 그리도록 만들었지?"

"우연이었어요, 우연. 제가 대단해서 그런 건 절대 아니고요."

이새 또한 그림을 그리게 된 사연에 대해선 얘기하지 않았다. 길어질 만한 얘기였기에.

그를 얼른 집으로 보내야 했다.

"준서를 잘 돌봐 줘서 고마워."

자신의 눈가에 살포시 닿은 그의 입술이 떨어지자마자 그녀는 그를 살며시 밀어냈다.

"하아. 진짜 갈게요. 얼른 가서 쉬셔야죠."

"알았어. 들어가. 들어가는 거 보고 갈게."

"그럼 먼저 들어갈게요."

더 시간을 보냈다가는 자신이 정말 유혹당해 버릴 수도 있겠단 생각에, 이새는 더 뜸 들이지 않고 담백하게 인사하고는 조수석 문을 열었다. 지원도 이새를 따라 밖으로 나왔다.

"갈게요. 얼른 가세요."

"……그래. 얼른 먼저 들어가."

왠지 지원의 대답은 한 박자가 늦었다. 이를 잠시 이상하게 여긴 이새는 금세 웃으며 지원에게 손을 흔들었다. 지원의 눈동자가 그녀를 좇았다. 현관문이 열리고 닫히는 것까지 묵묵히 지켜본 지원은 1분도 지나지 않아, 그녀에게 다시 전화를 걸었다.

-여보세요.

이새는 놀란 목소리로 전화를 받았다. 헤어진 지 1분도 지나지 않아 걸려 온 전화에 의아해진 것이다.

"들어갔어?"

-들어오는 거 보셨잖아요!

"그냥. 걱정돼서. 준서도 잘 자고 있지?"

-네. 어제는 몇 번 깼었는데 오늘은 잘 자네요.

그제야 그는 안심하게 됐다.

"늘 조심해. 나도 김이새 씨 보고 싶을 땐 집 앞으로 올 테니까 밤에는 되도록 돌아다니지 마."

-너무 과잉보호 같아요.

"그래. 그런 거였으면 좋겠다."

-네?

"아니야. 잘 자고."

지원은 바로 전화를 끊었다.

"지원아, 넌 사랑하는 사람이 몇 명이나 있냐."

낮에 들었던 선득한 목소리가 아직도 귓가에 남아 있었다. 마지막으로 스친 태원의 눈빛 또한 계속 머릿속에 돌아다녔다.

그게 경고라면…….

그녀와 함께 차에서 내린 직후, 외진 곳에서 누군가의 시선을 느낀 것만 같은 기분은 그저 기분이었으면 한다. 그런데 이상하게도 꺾인 골목 뒤쪽에 아까부터 뭔가 모를 그림자 하나가 꿀렁거렸다. 눈빛이 날카로워진 지원이 골목 쪽으로 걸음을 옮겼다. 그림자는 저만치 물러났다가 다른 그림자 속으로 사라졌다. 걸음을 멈춘 지원이 낮은 목소리로 말했다.

"어떤 자식이야. 나와."

지원은 허공에 말을 내뱉은 후 숨을 죽였다. 그리고 그림자가 사라진 방향을 향해 천천히 다가갔다. 꺾인 골목길에는 지나다니는 고양이 한 마리, 굴러다니는 낙엽 하나 없었다. 잘못 짚었다기엔 낯선 그림자의 움직임은 너무나도 수상했다. 사람의 머리 같기도 했고 무언가를 들고 있는 손인 것 같기도 했다.

하지만 헛것이기를.

지원은 자신이 잘못 본 것이라고 여기며 발길을 돌려 차에 올랐다. 그러나 쉬이 불안함을 떨쳐 낼 수는 없었다. 그날 밤, 지원은 이새의 집 주변을 차로 이동하며 샅샅이 훑고 나서야 저택으로 돌아갔다.

그 후 이틀은 탈 없이 흘러갔다.

하늘이 깨끗한 토요일. 그사이 이새와 다원, 준서에게는 경호원이 한 명씩 붙었다. 이새는 자신을 지켜보는 누군가가 있다는 것이 어색했지만 이를 흔쾌히 받아들였다. 지원은 쓸데없는 일을 하는 사람이 아니라는 것을 잘 알기 때문이었다. 경호원은 이새에게 가까이 가지 않고 멀리서 그녀의 안전을 살피는 정도였기에 일상생활에 큰 불편은 없었다. 이새가 준서와 함께 집 안에 있는 시간이 많아 실상은 경호를 받는 일이 거의 없었다. 경호는 집 밖에서만 이루어졌다.

준서는 이새의 집에 거의 적응했다. 아니, 집이 준서에게 잘 맞추어지고 있었다. 화장실 샤워기도 3년 만에 교체되고 문손잡이도 고쳐졌다. 준서가 잠드는 시간이면 희선은 온 방의 불을 껐고 다들 발소리를 죽이게 했다.

여행을 갔던 이율도 집으로 돌아오며 좁은 집은 더 북적거리게 됐지만 모든 사람들의 배려 덕에 준서는 행복하기만 했다.

"아줌마."

준서가 희선을 불렀다.

준서의 앞에 찐 고구마를 내려놓고 열무김치를 꺼내던 희선이 돌아보며 다정하게 준서의 이름을 불렀다.

"응, 준서야."

"어제 제가 거실에서 자고 있었던 것 같은데요."

"그랬지. 그래서 아줌마가 안아서 이불 위로 옮겼지."

어젯밤의 미스터리를 금방 해결한 준서가 고개를 끄덕였다. 어딘가에서 세상모르고 잠들어도 아침엔 이불 위에서 깨어난다는 것은 신기한 일이었다.

"고맙습니다."

준서가 인사하자 희선은 흐뭇하게 미소 지었다. 준서에게 해 주는 모든 것은 행복이었다. 7년 전에 세상을 떠난 아들 이혁에게 해 주고 싶었던 것을 준서에게 대신하는 것만 같은 생각에 미안하기도 했다. 자신의 행복을 위해 준서를 이용하는 것만 같은 죄책감이 들었던 것이다. 하지만 준서도 지원도, 희선의 아들이 어찌 됐는지 잘 알고 있으면서도 희선의 마음을 나무라지 않았다. 오히려 고맙게 생각해 주는 그 배려가 희선 또한 고마웠다.

"준서야, 아줌마랑 여기서 계속 살래?"

준서를 애틋하게 바라보던 희선이 몸을 낮춰 준서와 눈을 맞추고 말을 걸었다. 안 된다는 걸 알지만 새삼 준서의 속마음을 확인하고 싶었는지도 모르겠다. 준서가 정말 이곳을 좋아하는 걸까, 하는.

"여기서 학교 다니고 친구들도 사귀고 그러면 참 좋겠다. 그치?"

"그럼 삼촌한테 물어볼까요?"

"준서도 그러고 싶은 거지?"

"그렇긴 한데요. 근데 그러면 고모랑 삼촌이랑 외로울 것 같아요."

희선은 생각이 기특한 준서의 머리를 곱게 쓰다듬었다. 이렇게나 작은데, 어렸을 때 큰일을 겪어 그런지 생각의 깊이가 남달랐다.

"그럼 고모랑 삼촌도 여기 불러와서 다 같이 살면 안 돼요?"

준서가 순박한 표정으로 제안했다. 준서의 질문에 희선의 눈이 휘둥그레졌다. 문가에 앉아 두 사람의 대화를 듣고 있던 이새가 키킥 웃었다.

"엄마, 준서는 협상가야. 딜을 할 줄 안다고."

준서는 자신의 아이디어가 스스로 마음에 드는 듯 희선을 향해 진지하게 눈을 빛냈다.

"우리 삼촌이랑 고모도 좋은 사람들인데."

이새는 다시 한 번 하하 웃고는 기분 좋은 얼굴로 휴대폰 액정을 살폈다. 웃음소리에 묻혀 휴대폰 진동을 늦게 알아챘다. 휴대폰에 발신자가 표시되어 있었다. '준서 고모'였다.

"네…… 고모. 안녕하셨어요."

바로 전화를 받은 이새는 얼떨떨한 마음에 조금 주춤하며 인사했다. 머뭇거리는 건 상대방도 마찬가지였다.

-……준서 데리러 왔어. 지금 김 선생 집 앞이야.

"네, 네! 바로 짐 챙겨서 준서랑 나갈게요."

이새가 허둥지둥 자리에서 일어났다. 희선이 이새를 빤히 바라보았다. 희선의 눈동자가 좌우로 빠르게 흔들렸다. 준서와의 이별을 예감한 것이다.

-아니! ……일단은 김 선생만 나와. 할 말이 있어.

수화기 저편에서 당황한 듯한 목소리가 들려왔다.

이새는 희선에게 준서의 짐을 챙겨 달라고 부탁하고는 곧장 집 밖으로 나갔다. 다원은 이새네 집 앞에 서서 땅바닥에 시선을 두고 있었다.

이새는 일부러 더 밝은 표정을 지으며 다원에게 다가갔다. 어쨌든 다원을 환영해 주고 싶었다.

"저기. 고모."

"……어……."

고개를 든 다원이 어색하게 대답했다. 다원의 표정을 확인한 이새의 얼굴에서 밝은 기운이 떠났다. 다원은 비참한 기분인 듯했다.

"준서 삼촌이 사과하라고 시켰죠?"

"……."

"안 해도 돼요. 여기까지 오신 것만으로 고모의 마음은 충분히 이해하고, 고맙고……."

"아니야."

다원이 굳은 목소리로 대답했다.

"사과하려는 게 아니라, 그냥…… 난 내 기분을 말하려고 왔어."

천천히 흘러나오는 목소리를 따라 다원의 눈가가 젖어 들어가고 있었다.

"의지했던 마음이 거짓이었다는 걸 알게 되면 어떤 기분인 줄 알아?"

자신을 빤히 바라보며 다원이 물었다. 그녀를 바라본 이새의 표정이 굳었다.

그녀가 나를 의지했었구나. 그것조차 지금 처음 알게 된 이새의 마음에 파도가 일렁였다.

"김 선생은 한 번도 그런 기분 느껴 본 적 없겠지. 김 선생은 착하고 모든 사람들에게 언제나 변함없이 사랑만 받고 있으니까. 부모님도 건강하게 살아 계시고."

민지의 도도한 태도와는 다른, 안에서부터 무너지고 있는 마음 약한 여자의 진심이 그대로 느껴졌다.

"준서와 둘이 늘 쿵짝이 잘 맞으니 김 선생한테는 준서가 1순위라고 하고, 나는 2순위라도 되는 줄 알았어. 그래서 할아버지께도 내가 알고 있는 김 선생에 대해 서슴없이 말했고 배 주임에게도, 승환 오빠에게도 그랬어. 김 선생에 대해 아는 척을 했다고, 내가."

하아, 이새의 입에서 한숨이 짙게 터졌다.

"그런 나를, 오빠와 김 선생이 얼마나 비웃고 있었을까. 아니, 비웃지 않아도 얼마나 딱하게 여겼을까. 그 생각만 하면 나는 스스로가 너무 비참해진다고."

한 번도 비웃은 적 없다고, 이새는 크게 도리질 쳤다. 다원에게 이런 기분을 느끼게 하고 싶지는 않았는데. 서슴없이 행동했었던 것이 끝내는 큰 갈등을 만들었다. 다원의 진심을 알고 나니 가슴이 저몄다.

"내가 집에 오자마자 쪼르르 달려오고, 내 피아노 소리가 좋다며 웃고, 행복해하고. 그런 것들에 설레었던 내 마음이 얼마나 너덜너덜해졌는지 김 선

생은 모르지. 내가 얼마나 관심에 목말라 했는지 김 선생은 모르지. 아무것
도 모르지."

"죄송해요. 고모……."

"오빠 핑계를 대고 내쫓은 거, 그건 미안하게 생각해. 그렇게 해서라도 나
는 상처 입은 내 마음을 보상받고 싶었어. 그건 보상받을 수 없는 마음이란
걸 좀 늦게 알았지만……."

다원은 눈가에 묻어난 눈물을 닦으며 도도한 척 말했다.

"어쨌든 난 이 마음이 아무는 데 한참 걸려. 아직은 원망스러워서 사과는
못 해. 진심이 아니면 사과하고 싶지도 않고."

"……."

"하지만 오빠는 마음대로 해. 나는 오빠 아깝게 생각 안 해."

다원의 허락에 이새가 고개를 떨구었다. 보이지 않게 된 표정 아래로 물
방울이 후두둑 떨어지자 다원은 당황했다.

"울지 마! 나 우는 거 달랠 줄 모른단 말이야!"

"네……."

"어우, 진짜 답답하게! 지금은 내가 울어야 하는 거라고!"

"그러게요…… 죄송해요……. 하지만 고모를 쫓아다닌 건 다 진심이었어
요. 좋아서 그런 거예요……."

이새가 어리숙하게 눈물을 닦아 내며 진심을 말했다. 이새의 고백에 다원
또한 울먹이는 소리를 냈다.

"그만 울어 좀!"

이새의 마음에는 조금의 악의도 없었다는 걸 다원도 실은 알고 있었다. 1순
위도 2순위도 아니었던 것이 슬펐을 뿐이지, 이새가 진심으로 미웠던 것은 아
니었다. 미워할 수 없는 사람이었다. 자존심 때문에, 여기까지 오는 데 오랜 시
간이 걸렸다.

"그렇게 울고 들어가면 김 선생 어머니가 날 어떻게 생각하시겠어!"

"준서 고모가, 그런 걸, 걱정하는 사람이었어요?"

이새가 흑흑거리며 더듬더듬 농담했다.

"허. 나는 사람도 아닌 줄 알아? 얼른 뚝, 해!"

다원의 단호한 요구가 이렇게나 사랑스럽게 느껴지는 걸 보니 자신도 그녀를 어지간히 좋아하는 모양이라고, 이새는 생각했다. 이새는 눈물을 모두 닦아 내고 씨익 웃어 보였다. 다원이 가늘어진 눈으로 이새를 얄밉지 않게 흘겨보고는 말했다.

"준서 좀 불러 줘. 어머니께는 인사 안 해도 되지? 김 선생 어머니 앞에서 울고 싶진 않아."

"그럼요. 준서랑 바로 나올게요."

준서의 짐을 챙기며, 희선은 자꾸 눈가가 뜨거워졌다. 어린아이 앞에서 눈물을 보일 수는 없어 일부러 딴생각을 하려 했지만 마음먹은 대로 되지는 않았다.

든 자리는 몰라도 난 자리는 안다고 했던가. 준서가 이 집에 머물기 전이 외롭다고 느끼지는 않았는데 준서가 떠나고 난 뒤의 허전한 공기를 상상하는 것이 몹시도 서글펐다. 희선은 용기에 잘 담은 밑반찬들과 고구마 한 꾸러미를 준서에게 보이며 말했다.

"이건 준서가 잘 먹던 소시지고, 이건 고구마랑 열무김치…… 고구마는 일하시는 아줌마한테 쪄 달라고 해. 알았지?"

"네."

준서가 덤덤하게 대답했다. 희선도 밝은 미소를 보여 주었다.

"오고 싶을 땐 언제든지 와도 돼. 언제든 와서 많이 자고 가도 돼."

"그럼 백 밤 자도 돼요?"

"천 밤 자도 돼."

희선이 준서의 어깨를 꼭 안았다. 그 품 안에서 준서가 말했다.

"또 올게요, 아줌마."

"그래, 고맙다."

"왜 제가 고마운데 아줌마가 고맙다고 해요?"

"준서는 준서 자체로 고마운 사람이거든."

알 듯 모를 듯 한 희선의 말에 준서가 아리송한 표정을 짓고 있을 때 현관문이 열리고 이새가 들어왔다.

"엄마, 짐 다 챙겼어?"

"응, 챙겼어. 바로 가는 거야?"

"응. 나도 준서랑 같이 갔다 올게요."

이새가 준서의 앞에 쌓인 짐들을 한꺼번에 들어 올리며 말했다. 희선은 준서에게 다시 인사했다.

"잘 가고, 건강하게 지내. 아프지 말고, 밥도 천천히 꼭꼭 씹어 먹고, 많이 웃고 행복하게. 알았지?"

"네. 아줌마도요."

준서가 밝게 대답했다.

희선은 현관에 서서 준서를 배웅했다. 다원과는 멀리서 눈인사만 나눴다. 준서는 차에 올라서도 희선을 향해 몇 번 손을 흔들었다. 희선도 준서의 인사에 계속 웃는 얼굴로 화답했다.

곧 차가 출발했다. 준서와 이새가 탄 차가 안 보이게 될 때까지 희선은 그 자리에서 멀리, 오래 지켜보았다.

이새는 오랜만에 저택에 돌아왔다.

토요일이라 일하는 사람이 없어 집은 더없이 조용했다. 혼자 일하던 미옥이 밝은 얼굴로 이새를 맞아 주었다.

"이새야!"

"아주머니!"

"갑자기 말도 없이 보이질 않아서 얼마나 놀랐는지 알아?"

"죄송해요. 다들 안 계시네요?"

"오늘은 토요일이라. 내가 청소 끝내고 도련님, 아가씨 저녁 챙겨 주고 가기로 했어. 이새도 저녁 먹고 가."

"아니에요. 저는 가 볼게요."

"다음 주에 출근할 거지?"

"아직 얘기 안 해 봤는데……."

이새가 말끝을 흐렸다. 어떻게 이 소리를 들었는지, 두 사람과 멀찍이 떨어져 있던 다원이 이새를 구박하듯 말했다.

"준서 또 가출하길 바라는 거야? 당연히 와야지 무슨 소리야."

쌀쌀맞은 투로 말했지만 인정이 잔뜩 묻은 말이었다. 이새는 다원을 향해 씨익 웃었다.

"오늘은 쉬는 날이니까 얼른 돌아가고. 월요일에 봐."

다원이 툴툴 말했다.

저녁식사 후, 다원은 오랜만에 준서와 함께 평화로운 시간을 보냈다.

그간 조카를 남의 집에 맡기고 다원도 마음이 편할 수는 없었다. 이제야 모든 게 원래대로 돌아온 것 같아 마음이 놓였다.

사실 생각해 보면, 오빠의 짝으로 김 선생만큼 괜찮은 여자는 없었다. 이새의 발랄한 성격은 지금껏 집 안에 활기를 불어넣었다. 오빠의 변화도 그녀가 만든 것일 게다. 이를 외면할 수는 없었다.

다원은 다음 주에 이새가 돌아오면 자신의 마음을 확실하게 알려 줘야겠다고 생각하며 흐뭇하게 웃었다. 한참을 그렇게 행복한 마음으로 준서와 놀아 주고 있는데 전화가 왔다. 어제까지 프로젝트를 함께했던 성화호텔 기획팀이었다. 다원은 의아한 마음으로 전화를 받았다. 전화기 저편의 목소리는 몹시도 다급하게 들렸다.

-호텔 기획팀입니다. 어제 안다원 씨가 최종 확인하신 서울호텔 스위트룸 인테리어 배송 건 때문에 연락드렸습니다. 가구들이 오늘까지 도착하기로 돼 있어서 저희는 일정대로 기존 것들을 모두 뺐는데 여태 연락이 없네요. 무슨 문제라도 있습니까?

"네? 그럴 리가……."

전화를 끊은 다원은 어쩔 줄 몰라 하며 발을 동동 굴렀다. 당장 호텔로 돌아가 봐야 할 것 같은데 준서를 혼자 둘 수는 없었다.

"아, 어쩌지?"

지원도 오늘은 늦게 돌아온다고 들었다. 다원은 난감해하며 이새의 전화번호를 눌렀다. 통화 버튼을 누를 때쯤 미옥이 다가왔다.

"아가씨, 무슨 일 있으세요?"

"갑자기 급한 일이 생겨서요. 준서를 혼자 있게 할 것 같아서 김 선생한테 부탁 좀 하려고 해요."

"사장님은 언제 오시는데요?"

"늦어진다고는 했는데, 되도록 빨리 오라고 하려고요. 어휴, 큰일 났네. 당장 가 봐야 하는데……."

"그럼 걱정 말고 다녀오세요. 김 선생님이든 사장님이든 오실 때까지 제가 도련님이랑 같이 있을게요."

"아, 정말 그래 주실 수 있겠어요?"

"그럼요. 애기 한두 번 보는 것도 아니고."

"아, 아기 있으세요? 몰랐는데."

"……있었죠. 오래전에."

다원은 잠깐 놀라 굳었다가 조심히 고개를 끄덕였다. 미옥의 아들이 오래전에 병으로 세상을 떠났다는 얘기를 들었던 것이 뒤늦게 기억났다.

"아무튼 걱정 말고 다녀오세요. 제가 같이 있을게요."

"네. 그럼 김 선생 올 때까지만 부탁할게요."

다원은 급히 자리를 정리하고 떠났다.

이새는 다원의 연락을 받고 바로 집에서 나왔다. 다원이 일이 있어서 미옥이 준서를 돌보고 있다고 들었다. 지원이 일 때문에 바쁜 것을 알고 있기에 지원에게는 따로 연락하지 말라고 했다.

다원이 급하게 자신을 불러 주어 사실은 기분이 좋았다. 금방, 쫓겨나기 이전의 사이로 돌아갈 수 있을 것 같은 생각이 들었다. 그리고 뭐…… 준서를 재우고, 집에서 다시 준서 삼촌을 만나도 좋을 것 같고. 방문을 두드리는 노크 소리를 생각하니 가슴이 설레기도 했다.

모든 게 다시 예전으로 돌아가고 있다. 기분이 좋았다.

부랴부랴 버스를 탔는데 희선에게서 전화가 왔다.

"응. 엄마."

-책상 위에 있는 그림은 뭐야?

희선이 대뜸 물었다. 며칠 전에 준서와 함께 그렸던 그림을 여태 치우지 않았다. 희선이 그 그림을 발견한 거였다.

"응…… 그거, 준서가 이혁이 그린 거야."

-정말? 사진만 보고 이렇게나 똑같이 그렸어?

"으응……."

이새는 길게 말하지 못했다.

-준서는 어쩜 이렇게 그림도 잘 그릴까.

이새는 살짝만 웃어 주었다.

-그럼 구석에 그린 건 누구야?

"아, 그건, 그냥 준서가 아는 사람이야."

이새는 다시 둘러댔다.

-그래?

"응."

-그렇구나. 좀 얼굴이 험상궂어 보이는데. 근데 이걸 보니까 현성이 생각나네.

"……어? 누구?"

-너도 얘기한 적 있잖아. 현성이. 최현성. 이혁이랑 병실 나눠 썼던 애기 말이야. 현성이 엄마, 강미옥 씨는 지금 준서네 집에서 일한다며.

"……."

-그림이 현성이네 아빠랑 꼭 닮았네. 너도 한두 번 인사한 적 있지 않아? 현성이 아빠 그린 그림이라고 해도 믿겠는데, 이건.

수화기를 통해 들려오는 희선의 목소리에 이새는 눈앞이 아찔해졌다.

-애 아빠가 병원비 버느라고 현성이 옆에 많이 있지도 못했는데. 그 양반도 차암 고생 많이 했지. 일하다가 손가락도 잃고, 피도 많이 봤는데 아이까지 잃었으니.

바쁜 업무 중에 잠깐 짬을 내어 창우를 만난 지원은 이제까지 창우가 조사한 자료들을 모두 넘겨받았다.

"최명훈과 태원이의 접점은 찾을 수가 없어. 최명훈의 자료를 아무리 뒤져도 태원이의 꼬리도 없고."

"최명훈이 그렇게 어이없이 사망해 버려서 물어볼 수도 없고. 정말 난감하긴 하네."

"자료에 최명훈에 대해 알 만한 정보는 다 있어. 이걸로 태원이를 추궁해 보든가."

"그래. 정말 고맙다. 창우야."

지원은 창우에게서 넘겨받은 자료를 천천히 훑어 내려갔다. 자료의 첫장에서 발견한 최명훈의 사진은 정말 준서가 그린 것과 흡사했다. 씁쓸한 와중에 준서가 기특하다는 생각을 하며 한 장을 더 넘겼다. 부단히도 열심히 살았으나 한번 빛나기가 어려웠던 막일꾼의 인생이 머릿속에 그려지는 자료였다. 몇 년 전에 세 살 아이를 잃고 빚만 짊어진 채로 많이도 좌절했었나 보다. 사실혼 관계였던 애기 엄마와도 헤어지고 외롭게 살았던 최명훈의 흔적을 따라가며 지원은 마음이 약해졌다.

그렇게 찬찬히 자료를 읽어 가던 지원의 눈이 낯설지 않은 여자의 이름 앞에서 멈췄다.

<사실혼 배우자 : 강미옥>

그 낯익은 이름을 묘한 기분으로 쳐다보고 있는데 전화가 울렸다. 이새였다.

"여보세요."

-준서도, 준서 경호원도 전화를 안 받아요. 빨리 집으로 가요! 빨리요!

이렇게 다급한 목소리는 처음이었다.

준서는 오랜만에 침실과 놀이방을 정리했다. 정리할 것도 없이 깔끔한 방이었지만.

다원이 급히 떠나서 아쉬웠지만 이새가 대신 온다니 기뻤다. 이제 자신이 지원과 이새의 사이를 허락했으니 셋이 다 같이 자신의 방에서 손잡고 잘 수도 있겠다는 생각이 들었다. 행복한 마음으로 거실로 나왔는데 거실 분위기가 평소와는 달랐다.

바닥에 깔린 카펫이 온통 젖어 있었고 이상한 냄새가 났다. 자동차를 탈 때 이따금 맡았던 냄새였다. 아직 청소가 덜 된 건 아닐 텐데, 미옥은 여태 거실 청소를 하고 있었다. 카펫이 깔려 있지 않은 군데군데 노르스름한 액체가 쏟아져 있었다.

준서가 가까이 온 것을 보고 돌아선 미옥의 눈이 온통 붉게 퉁퉁 부어 있었다. 줄줄 흐르는 눈물을 달래 주고 싶은 마음이 든 준서가 말을 걸었다.

"아줌마, 왜 우세요?"

미옥은 조용히, 낮은 목소리로 대답했다.

"슬퍼서. 슬퍼서 울어."

"왜요? 왜 슬퍼요?"

미옥은 대답하지 않고 준서에게 다가갔다. 미옥이 다가올수록 탁한 냄새가 더욱 진해졌다. 준서는 저도 모르게 한 발짝 뒤로 물러났다. 그만큼 더 다가간 미옥이 서늘한 목소리로 말했다.

"아줌마 남편이 하늘나라로 갔거든. 아줌마 아기 따라서."

20. 더 사랑하고 싶어서

버스에서 내린 이새는 곧장 경호원의 차에 올랐다. 준서의 경호원에게 전화를 걸었으나 전화기가 꺼져 있다는 메시지만 되돌아왔다.

부디 아무 일 없기를, 괜한 걱정을 하는 것이기를.

이새가 아는 강미옥 아주머니는 항상 먼저 그녀를 알은체해 주던 다정한 사람이었다. 오래전 그녀가 지원의 집에서 화상을 입고 쫓겨날 뻔했을 때, 미옥은 이새가 상처 입었다는 사실을 지원에게 전해 주기도 했었다. 지원이 괜찮은 사람이라고 말해 준 첫 번째 인물이기도 했다. 그랬던 사람이, 나쁜 짓을 저지를 리 없다.

부디 기우이기를.

'아주머니를 의심하고 소동을 일으킨 벌은 나중에 달게 받으세요. 부디 아무 일도 일어나지 않게 해 주세요.'

저절로 모아지는 두 손으로, 이새는 간절히 빌었다.

이새와 경호원이 탄 차는 금방 저택에 닿았다. 정원은 평소와 같이 등 몇 개가 켜져 있었다. 저택은 불이 켜져 있는 듯했는데 어두웠다. 안에서 커튼을 친 모양이었다.

차가 주차장에 서자마자 이새와 경호원은 저택을 향해 뛰었다. 주차장에서 저택까지는 멀지 않았지만 온통 어두워 이새는 몇 번 발을 헛디뎠다.

"잠깐만요."

그렇게 부지런히 뛰던 이새가 돌연 발을 멈추고 경호원에게 낮은 목소리로 말했다. 이새의 시선은 건물 끝을 향해 있었다.

"저쪽으로 뭐가 지나가지 않았어요?"

"살펴보고 올까요?"

"네, 그래 주시는 게 좋겠어요. 저 먼저 건물 안으로 들어갈게요."

"조심하십시오. 분위기가 수상하면 바로 전화 주시고요."

"네."

경호원을 건물 뒤쪽으로 보낸 이새는 홀로 저택의 현관문을 열었다.

행복이라는 말이 사라진 세상의 얼굴을 한 미옥이 준서의 얼굴께로 손을 들었다. 티끌만치의 생기도 없어 보이는, 절망 가득한 눈빛이었다.

"그래서 아줌마도 따라가려고 그래. 너무 슬퍼서."

준서는 한 발짝 더 물러났다. 이제껏 얼굴을 마주할 때마다 상냥하게 미소 지어 주던 아줌마가 돌연 변해 버렸다는 것을 곧 인지했다.

"준서는 엄마한테 가고 싶지 않아?"

그녀의 음성은 이미 이 세상의 것이 아닌 느낌이었다.

"……아니요."

준서는 기어들어 가는 목소리로 겨우 대답했다.

"왜? 엄마 안 보고 싶어?"

"……보고 싶은데요."

"엄마 보고 싶으면 보러 가야지."

"근데 엄마한테 가는 건 죽는 거잖아요. 저는 안 죽을 건데요."

삶과 죽음의 이치를 잘 알고 있는 준서가 대꾸했다. 미옥의 핏발 선 눈에서 반짝이는 물줄기가 몇 번 더 떨어졌다.

"……준서는 똑똑하게 컸구나. 우리 현성이도 똑똑했었는데."

"아줌마네 아가 이름이 현성이에요?"

"그래."

"……."

"살아 있었다면 열 살이 됐겠지."

애틋하고도 아련한 미옥의 표정은 준서를 향하고 있으면서도, 그 너머의 어떤 다른 것을 보고 있는 것만 같았다.

"널 볼 때마다 가슴이 아팠어. 사실은 이제 그만 받아들이려고 했다. 부모님을 잃은 너도 힘들겠지, 슬프겠지, 희망이 없겠지. 엄마 아빠를 잃고 불행해진 널 보면서 이겨 내 보려고 했어."

슬픔의 독에 빠져 흐느끼는 그녀의 고백은 처절했다. 그 독은 너무 깊어 누구의 손도 닿을 수 없었다.

"네 삼촌이, 안지원이 내 남편을 죽이지만 않았어도 말이야."

자신이 그렇게 된 건 모두 안지원 때문이라고, 미옥은 못 박듯 말했다.

"네 삼촌이 아줌마 남편을 죽였다고. 믿어지니?"

"……거짓말……."

준서는 고개를 크게 저으며 항거했다.

의젓한 어른. 나의 보호자. 나의 아빠가 되어 준 최고의 남자. 삼촌이 그럴 리 없다. 삼촌이 사람을 죽이다니. 삼촌은 그럴 사람이 아니다.

"그래, 다 거짓말 같겠지. 하지만 그게 진실이야. ……왜냐하면 아줌마 남편이 너희 부모님을 죽였거든."

"거짓말…… 아니야! 다 거짓말이야!"

준서가 우악스럽게 소리쳤다. 겁먹었던 마음에 앞서 발끈하게 됐다. 어느덧 준서에게 몸이 닿은 미옥이 준서의 앞머리를 손으로 고이 쓸다가 어깨를 잡아당겨 안았다.

"아줌마랑 같이 가자. 응?"

"싫어! 싫어! 삼초온! 고모오! 선생님!"

미옥의 품 안에서 준서가 앙칼지게 몸부림쳤다. 자신의 감정을 뒤덮어 가는 공포에 휩쓸리지 않기 위해 준서는 있는 힘껏 발악했다.

"아무도 안 올 거야."

"놔아아아!"

소리를 지르던 준서가 우악스럽게 미옥의 어깨를 물었다. 하지만 미옥은 움찔하면서도 준서를 놓지 않았다. 이때 누군가 계단을 후다닥 올라오는 소리가 들렸다.

"준서야!"

목소리의 주인은 이새였다.

"선생니임!"

준서가 목 놓아 외쳤다. 두 계단, 세 계단씩 성큼성큼 올라 금세 3층에 다다른 이새는 준서와 미옥을 발견하자마자 쫓아가 두 사람을 갈라놓았다.

"아주머니! 미쳤어요? 왜 이래요!"

준서를 놓지 않으려 안간힘을 쓰는 미옥에게 이새가 다급하게 말했다. 미옥은 이성을 잃어 가고 있었다.

"이새야, 넌 나가. 너까지 엮을 생각은 없어."

"정신 좀 차려 봐요! 정신 좀!"

이새가 미옥의 두 손목을 간신히 붙잡아 몇 발짝 밀어붙인 후에야 미옥의 눈동자가 이새에게로 고정되었다. 미옥은 슬프게 도리질 쳤다. 폭포처럼 쏟아지는 눈물 뒤로 그녀의 표정이 금세 온통 일그러졌다.

으어어어.

준서를 위협한 과오가 미워 미옥을 강하게 쏘아보고 있던 이새의 표정이 풀어졌다. 미옥은 바라보기조차 힘들 정도의 비통에 빠져 있었다.

"……이새야. 나는 이제 희망이 없어. 내 인생이 여기서 끝났으면 좋겠다."

"일단 마음을 가라앉히고 얘기해요. 네?"

이새가 침착함을 잃지 않으려 애쓰며 미옥을 타일렀다.

"아기를 잃으면 그럴 수도 있어요. 우리 가족도 7년이나 지났지만 여전히 극복하지 못했어요. 엄마, 아빠는 일주일에 한 번씩은 혁이 꿈을 꾼대요. 제 동생 이율이는 긴장되는 순간마다 혁이 마지막 날의 환영을 본대요. 꿈이 의사라는데 맨날 시험을 망치고 와요."

아픈 날들을 되짚는 이새의 눈가에도 금방 뜨거운 것이 부풀어 올랐다.

"그래도 꾸역꾸역 살았어요, 그냥. 잊고 싶을 만큼 고통스러운 날도 있는데 그럼 우리 혁이 아무도 기억해 줄 사람이 없으니까, 살아서 기억하는 게 제일 소중하니까."

아무에게도 말하지 않았던, 가족들조차도 서로를 슬프게 하고 싶지 않아 입에 담을 수 없었던 지난날들의 이야기. 침착한 척 시작했지만 덤덤히 꺼내 놓을 수는 없는 이야기였다. 이새의 표정도 무너지고 있었다.

"혁이 생각하면 저도 아무도 사랑하고 싶지가 않아요. 우리 혁이 포기해 버린 의사도 밉고 희망을 가지라고 했던 사람들도 밉고 혁이 죽은 다음에 위로해 주던 사람들마저도 미워요. 혁이 좋은 곳으로 갔으니까 괜찮다고 했던 사람들, 다 죽이고 싶을 만큼 미웠다고요, 나도. ……어떻게 좋은 곳으로 갔다는 말을 할 수가 있어. 우리 가족이 여기에 다 있는데……."

이새가 꺼낸 이야기는 가족을 잃은 사람들 모두의 감정이었다. 미옥의 울음소리가 커졌다. 뒤로 물러서 있던 준서 또한 울음을 터트렸다. 덕분에 이새는 조금 침착해질 수 있었다. 이새는 미옥을 달래듯 낮아진 목소리로 말했다.

"그래도 우리한테는 천사가 다녀간 거잖아요. 아주머니도 그렇게 생각하시잖아요. 천사가 다녀간 건데 어떻게 스스로 불행해질 생각을 해요."

"이새야, 이새야……."

이새의 몸을 붙잡고 주저앉은 미옥이 목소리를 짜내어 말했다.

"현성이 아빠가……. 현성이 아빠가 죽었어……. 안지원이 죽였어. 이제 나한텐 아무도 없다……."

미옥의 폭로에 오히려 이새의 눈빛은 가라앉았다. 미옥의 단단한 오해로 벌어진 일이라는 사실을 금방 알아챘다. 지원이 사람을 죽일 사람은 아니라는 걸 이새는 잘 알고 있었다. 혹시나 하는 마음에 그녀가 지원에게 살인은 안 된다고 못 박아 말한 적도 있었다. 그때 지원의 반응을 이새는 똑똑히 기억하고 있다. 지원은 그런 끔찍한 일을 저지를 사람이 아니다.

"아주머니, 애통한 마음을 위로하고 싶지만, 일단 오해 먼저 푸세요. 준서 삼촌은 아무도 안 죽였어요."

이새가 침착하게 말했다.

치달았던 감정을 묶고 이성을 앞세우니 상황이 올바로 보였다. 집 안을 가득 채운 휘발유 냄새. 냄새는 1층에서부터 계속 이어져 있었다. 급하게 올라오느라 제대로 살피지 못했지만 1, 2, 3층이 모두 휘발유에 젖어 있을 수도 있었다.

이새는 엄하게 물었다.

"가만히 기억을 좀 떠올려 보세요. 누가 준서 삼촌이 아저씨를 죽였다고 한 거예요! 누가 약해진 아주머니 마음을 이용했나요?"

미옥의 눈동자가 좌우로 급하게 흔들렸다. 말하지 않은 무언가가 그 안에 꽉 들어차 있었다.

"기름통은 아주머니가 직접 준비한 거예요?"

이새가 따지듯 물었다. 미옥은 정리되지 않은 감정에 갇혀 헐떡거리고 있었다. 이때 서둘러 계단을 오르는 발소리가 들렸다.

"김이새 씨, 준서 데리고 밖으로 나가. 집 안이 온통 휘발유 천지야."

계단 위로 모습을 드러낸 사람은 지원이었다. 이새는 지원을 환영할 겨를도 없이 준서를 안아 들었다. 미옥을 진정시키느라 준서를 돌보지 못했다. 준서도 떨고 있었다.

부지런히 계단을 내려가는 이새를 지켜보던 지원이 미옥에게 손을 내밀었다. 어떻게 폭발할지 모르는 사람에게 지금의 집은 위험했다.

"우리도 일단 나가서 얘기합시다. 냄새가 좋지 않네요."

순서가 있는 일이었기에, 지원은 분노를 꾹 참아 누르고 말했다.

"일단 최명훈 씨 일은 유감입니다만, 제가 개입한 일은 아닙니다. 저도……."

그런데 그때 언뜻, 며칠 전 이새네 집 앞에서 보았던 기분 나쁜 그림자의 움직임이 지원의 시야에 들어왔다. 멀리 피트니스 룸 쪽이었다.

"여기 또 누가 있습니까? 강미옥 씨가 부른 사람이에요?"

미옥이 거듭 도리질 쳤다. 충격에 휩싸인 그녀의 눈은 암흑이었다.

"얼른 나가요! 나가서 경찰 불러요! 빨리!"

지원이 미옥을 우악스럽게 잡아 계단 쪽으로 밀어냈다. 미옥이 비틀거리며 계단을 걸어 내려갔다. 이윽고 그녀가 계단을 구르는 소리가 들렸지만 지원은 크게 마음 쓰지 않고 바로 피트니스 룸 쪽으로 향했다.

한 번 더, 맨 끄트머리에서 그림자가 움직였다.

바닥 군데군데 휘발유가 흩뿌려져 있었다. 지원은 더 움직일 생각을 거두고 그 자리에 서서 말했다.

"누구야."

그의 엄한 목소리에 움직이는 것은 아무것도 없었다.

"나와."

순간 '툭' 하고 퓨즈가 끊어지는 소리와 함께 모든 불이 꺼지고 정전 시에만 켜지는 노란 비상등에 불이 들어왔다. 누군가 집 안에 장난을 치고 있었다. 휘발유가 흩뿌려진 바닥을 짐작하는 것이 어려워졌다. 지원은 휴대폰 손전등으로 바닥을 살핀 후 뒤돌아 계단 쪽으로 서둘러 걸었다.

그때 뒤에서 누군가가 잰걸음으로 빠르게 다가왔다. 모든 감각을 곤두세우고 있던 지원은 빠르게 몸을 돌렸다.

모자를 푹 눌러쓴 남자였다. 남자의 손에는 굵직한 두께의 둔기가 들려 있었다. 그 괴한은 지원의 머리를 향해 크게 어깨를 휘둘렀다. 지원은 날렵하게 몸을 낮추고 슬라이딩했다.

쾅! 지원과 함께 바닥으로 미끄러진 남자가 한 번 더 팔을 휘둘렀다. 지원이 남자의 팔을 쳐 냈다. 남자는 무기를 놓쳤고 지원은 휴대폰을 놓쳤다. 놓친 둔기 쪽으로 팔을 뻗으려는 남자를, 지원은 꽉 붙잡았다. 자신보다 몸이 훨씬 큰 괴한을 상대하는 것은 쉬운 일이 아니었다.

"누가 보냈나? 이러는 이유가 뭐야."

"……"

"안태원이야?"

남자는 아무 말도 하지 않았다.

"누가 사주했는지 말해. 돈은 사주한 사람의 두 배로 줄 테니까."

지원은 남자의 몸을 붙잡고 자신도 몸을 일으켰다. 남자는 둔기를 포기하고 지원을 가까운 엘리베이터 쪽으로 밀어붙였다. 엘리베이터는 비상 전력으로 가동되고 있었다. 문이 열리고 불이 켜진 엘리베이터 안에서는 괴한의 얼굴을 확인할 수 있었다.

지원은 잽싸게 남자의 모자를 벗겼다. 그가 아는 사람은 아니었다.

지원이 자신의 얼굴을 확인하는 사이 남자가 지원의 턱을 강타했다. 바닥으로 나가떨어진 지원은 남자를 미끄러뜨리고 그 위에 올라타 주먹을 몇 번 휘둘렀다.

"……최명훈도 당신이 그랬나?"

빨갛게 터진 남자의 입술이 묘하게 비틀어졌다. 웃는 듯 아닌 듯 한 괴한의 조롱에 지원의 표정이 구겨졌을 때 남자는 주머니에서 무언가를 꺼내 자신의 옆에 놓인 지원의 손등에 내리꽂았다.

"으윽!"

지원이 손을 감싸며 무너졌다. 손등의 가장자리에서 피가 터졌다.

그사이 남자는 몸을 일으켜 엘리베이터를 벗어나며 쓰러진 지원을 냅다 걷어찼다. 지원이 안간힘을 쓰며 고개를 드는 사이 스르륵, 엘리베이터 문이 닫혔다. 마지막으로 본 것은 엘리베이터를 벗어난 괴한의 비릿한 미소와 그 뒤로 차츰 불길이 번져 가는 거실이었다.

문이 닫히기가 무섭게 덜컹 소리와 함께 엘리베이터가 한번 들썩이더니 엘리베이터 안의 불이 꺼졌다. 세상이 고요하고 어두워졌다.

"문 열어!"

쾅쾅쾅쾅!

"열어!"

지원은 문을 계속 두드렸다. 문은 꿈쩍도 하지 않았다. 당연한 거였다. 문득 이마저도 계획된 일이 아니었을까 하는 생각이 들었다. 남자는 지원을 계속 엘리베이터로 몰았다. 그를 엘리베이터에 가두고 집을 태워 버릴 계획이었을 것이다. 지원은 괴한을 부르는 일을 포기하고 악력으로 엘리베이터

양쪽 문 사이의 틈을 벌려 보려 노력했다. 그러나 역시 역부족이었다.

쾅쾅! 문을 두드리는 것은 의미 없는 분풀이였다.

안 돼.

이런 끝은 생각해 본 적 없었다. 입이 바짝 마르고 심장이 제 안에서 계속 덜컹거렸다. 아무것도 보이지 않아 죽기 전에 저승이 먼저 찾아온 기분이었다.

-지원아. 내 말 들려? 여보세요?

그때, 엘리베이터 문밖, 아주 가까운 곳에서 태원의 목소리가 들렸다.

쾅쾅쾅쾅!

-들리는구나.

지원이 문을 두드려 기척을 내니 태원의 목소리가 다시 들렸다. 태원이 여기 있는 것은 아닌 듯했다. 태원의 목소리는 기계를 통해 들려오는 것이었다. 아마도 괴한이 엘리베이터 바로 앞에 스피커폰을 켜 놓은 것일 게다. 지원과 태원의 목소리 둘 사이에 엘리베이터의 두꺼운 벽이 있어 소리는 크지 않았다.

-미안하다. 나도 이렇게까지는 하고 싶지 않았는데, 네가 날 너무 많이 건드렸어. 그렇게 충고했을 때 곱게 받아들이면 좋았잖아.

"이 개자식아!"

앞이 보이지 않는 폐쇄된 공간에 지원의 목소리가 가득 찼다.

큭큭, 태원이 웃음을 참고 있는 소리가 들리는 것 같았다.

-마지막일 테니까 큰맘 먹고 진실을 말해 줄게. 그래야 네 답답함이 좀 덜어지지 않겠냐.

"……."

-네가 그토록 궁금해 하던 비밀 얘기 말이야.

쾅!

사형수의 마지막 식사를 챙기겠다는 투로 선심 쓰듯 태원이 이야기를 풀어놓았다. 그토록 꼭꼭 숨겨 놓았었던 비밀. 그 끔찍한 진실에 대해.

-내가 소소하게 취미 삼아, 공부 삼아 주식을 좀 건드린 게 있는데 그걸 네 형이 알게 됐거든. 형이 한 1, 2년 마음 좀 정화하면서 쉬면 좋을 거라고 권하더라. 할아버지가 나를 상무 자리에 앉혀 놓은 지 얼마 되지도 않았는데 말이야. 형은 전과 한 줄을 너무 쉽게 말하더라고. 남의 인생을 그렇게 함부로 말할 수 있냐.

젠장.

-타이밍 좋게 어머니께서 준서 교육 문제로 형이랑 약속을 잡았더라고. 준서가 꽤 똑똑해 보여서 유학 가면 좋을 거라고 말이야. 나는 형만 오면 좋겠다 했는데 온 가족이 출동하셨더라.

젠장…….

-최명훈이라고, 마침 나 대신 수고를 해 줄 사람을 찾게 돼서 마무리는 수월했어. 그 얘기는 들었으려나? 강미옥 씨한테.

쾅!

지원은 울분을 담아 벽을 쳤다. 심장을 쥐어뜯기는 고통이었다. 진실은 겨우 그런 거였다. 녀석은 전과 한 줄이 두려워 그 미친 짓을 저지른 거였다.

형, 불쌍한 형…….

지원은 소리 없이 흐느꼈다. 암흑 속에 숨겨진 칼날들이 그의 가슴을 갈가리 찢고 있었다.

-아, 할 말은 많은데 전화가 너무 끊긴다. 지원아. 그동안 고생했다. 널 만나서 참 많은 자극이 됐어. 편히 잘 가라. 준서나 다원이나 김이새 걱정은 말고.

쾅쾅! 쾅쾅!

"이 미친놈아!"

쾅쾅쾅!

그러나 더 이상 밖에서 들려오는 소리는 없었다. 어둠 속에서 엘리베이터가 다시 한 번 덜컹거렸다. 비행기가 무거운 기류를 만난 듯 엘리베이터는 짧은 시간 낙하했다. 지원은 손잡이를 꽉 잡아 몸을 지탱했다. 완전한 추락은 아니었다. 기기 오류인 듯싶었다. 이제는 엘리베이터가 멈춘 지점이 어디인지도 알 수 없게 되었다.

태원은 이 집을 신속하게 완전히 태워서 재를 만들어 버릴 속셈인 듯했다. 지원은 초토화되어 버린 집에서 가장 마지막에 발견될 시체인 것이다. 문 쪽이 벌써 달아오른 느낌도 들었다. 어딘가의 틈으로 매캐한 공기가 계속 들어오고 있었다. 폐에 점점 탁한 공기가 쌓이는 느낌이 들었다. 이대로 죽음을 받아들이라고 태원이 악마의 목소리로 속삭이는 것만 같았다. 밖에 나가겠다고 기운을 빼는 것이 아니라, 이대로 마감될 생에 대해 돌아보는 시간을 갖는 게 더 나을지도 모르겠다는 생각이 들었다.

울컥하는 와중에 사랑하는 사람들의 얼굴이 머릿속에 죽 펼쳐졌다.

준서는 무사히 탈출했을까? 김이새가 안고 뛰어나갔으니 건물에서 멀찍이 떨어졌겠지?

밖엔 김이새의 경호원도 있을 테니 괜찮겠지. 안전하겠지.

앞으로 준서는 누가 책임질까? 다원이가 좋은 보호자가 될 수 있을까? 나는 준서에게 좋은 삼촌이었나? 준서가 나 덕분에 웃었던 적이 있던가?

다원이. 다원이가 꿈도 찾고, 결혼도 하게 해 주어야 되는데. 며칠 동안 다원이와 말도 제대로 안 했는데. 다원이가 나 때문에, 불에 타 버린 집 때문에 우울증에 걸리진 않을까?

그리고…….

'김이새…….'

그녀를 떠올리니 이 절망스런 와중에도 피식 웃음이 났다.

어느 날 갑자기 나타나서 내 인생을 통째로 뒤흔든 여자.

내가 당신을 사랑한다는 말을 얼마나 했더라?

내가 아니면 평생 독신으로 살아야 할 것 같다고 했었는데. 청혼에 대답도 듣지 못했는데. 절대 울리는 일 없을 거라고 그렇게 비장하게 말했는데. 어머니께도 그렇게 장담했는데. 죽은 나를 발견하면 당신은 얼마나 울까.

'아니, 금방 이겨 낼 수 있을 거야. 당신은 강하니까.'

그녀를 생각하니 눈물이 주르륵 흘렀다.

"안지워어어언! 어디 있어어어어! 빨리 나와아아아!"

그런데, 그녀의 우는 얼굴을 떠올리기 무섭게 어딘가에서 그녀의 목소리가 들렸다.

집 밖에서 엘리베이터 안까지 소리가 들릴 리는 없는데. 정신이 혼미해지는 와중의 환청일까.

선물처럼 들려온 그녀의 목소리가 고마워 미소가 지어졌다.

그래. 내가 없어도 당신은 잘 살 수 있을 거야.

"안지워어언! 안지워어어어언! 준서 삼초오오오온!"

⋯⋯아니.

당신은 살지 못할 거야.

내가 당신 없이 살 수 없는 것처럼.

난 안 죽어.

난.

난 반드시 너에게 갈 거야.

머릿속에서인지 귓가에선지, 계속 그녀의 목소리가 메아리쳤다. 반드시 헤쳐 나오라고 채찍질하는 것만 같았다. 이대로 모든 게 끝났다고 생각할 수는 없었다. 매캐한 공기 속에서 정신이 점점 또렷해졌다.

벽을 더듬어 손잡이를 찾아낸 지원은 그 위로 올라가 천장으로 손을 뻗었다. 천장 등을 조심스럽게 뜯어내자 뚜껑이 만져졌다. 지원은 뚜껑을 있는 힘껏 밀어냈다. 괴한의 날카로운 흉기에 찍힌 손이 부서질 것 같았다. 그를 움직인 것은 초인적인 힘이었다. 손이 얼얼해질 즈음이 되자, 덜커덩, 소리를 내며 뚜껑이 열렸다.

준서를 안고, 미옥까지 끌고서 저택을 나온 이새는 바로 경찰에 신고했다.

"아주머니, 저택에 화재사고가 난 게 아니니 아주머니가 큰 처벌을 받지는 않을 거예요. 하지만 증언은 필요해요. 준서 삼촌이 아저씨를 죽였다고 아주머니께 말한 사람이 누군지 알려 주셔야 돼요."

이새가 엄하게 말했다. 아직 충격과 흥분의 상태에서 벗어나지 못한 미옥이 온몸을 부르르 떨며 멍하니 주저앉았다.

"준서야. 준서는 괜찮아?"

이새는 계속 끌어안고 있던 준서의 안색을 살피며 물었다. 상처 입은 마음을 회복해 가고 있던 준서에게 또 다른 트라우마가 생길 것이 걱정되었다.

"네. 괜찮아요……."

준서는 괜찮다고 했지만 울먹이고 있었다. 이새는 그런 준서를 더 꽉 끌어안아 주었다.

"준서야, 오늘도 선생님 집에 가서 자자. 준서가 마음 편해지면 그때 다시 돌아오자."

준서는 결국 다시 눈물을 보이며 끄덕였다. 이새는 준서의 등을 가만히 쓸어 주며, 지원이 나오기를 기다렸다. 침입자가 있다면 집 안은 위험했다. 차라리 지원이 그냥 나와 주었으면 했다. 한창 가슴을 졸이고 있을 때 저편에서 이새의 경호원이 서둘러 뛰어왔다.

"안준서 군을 돌보는 경호원 친구가 저택 건물 뒤편에 쓰러져 있었습니다. 다른 문제는 없습니까?"

"저택 안에 누군가 있는 것 같아요. 지금은 준서 삼촌이 살피고 있어요."

그사이 저택 내부의 불이 꺼졌다. 왜 이런 일이 일어나는지 알 수 없었다.

"제가 가서 살펴보겠습니다."

경호원이 말했다.

"저택 안이 휘발유 천지라 위험해요. 조심하세요."

"혹시 전화 연락이 가능하다면 삼촌분께 안에서 나오라고 해 주시겠습니까? 저 혼자 다녀오는 편이 나을 것 같은데요."

이새가 경호원의 충고에 끄덕이며 휴대폰을 들어 지원에게 연락했다. 그러나 신호음이 길게 가도록 지원은 전화를 받지 않았다.

"안 받아요. 불안한데……."

"그럼 들어가서 찾아보겠습니다."

경호원이 재빨리 저택으로 향했다. 그런데.

"안 돼……."

화르륵. 불 꺼진 저택의 3층에서부터 또 다른 불이 시작되고 있었다. 온 집 안의 휘발유가 삽시간에 불길을 키우는 모양이었다.

"삼촌, 삼촌! 삼촌 저기 있는데에!"

혼비백산이 되어 얼어붙은 이새보다도 먼저 준서가 소리쳤다.

"삼초온!"

준서가 저택으로 달려 나갔다. 뒤늦게 징신을 차린 이새가 준서를 꽉 붙잡았다.

"준서야, 삼촌 나올 거야. 기다리자. 기다리자……."

그녀 또한 조마조마한 마음이었지만 준서를 위해서라도 이성을 붙들고 있어야 했다. 경호원은 저택 밖에 비치된 소화기를 가지고 저택 안으로 들어갔다. 이새는 119에 신고를 한 후 차분하게 지원을 기다렸다. 몸부림치며 우는 준서를 꼭 안고 달래 가며, 무너지려는 자신의 마음도 단단히 붙들었다.

그러나 시간이 지날수록 불안한 마음은 커져 갔다. 불길은 더 크게 번져 1, 2, 3층에서 모두 불이 보였다. 매캐한 공기가 따끔하게 눈을 찔렀다.

"제발, 제발……."

초조한 마음으로 흐느끼며 허공에 빌었다.

"제발 빨리 나와……."

신이 정말 있나요?

왜 이러는 거야, 그 사람한테.

그 사람은 이미 충분히 마음을 다친 사람이란 말이야. 그저 사랑하는 사람들을 행복하게 살게 해 주고 싶어 하는 사람이란 말이야.

시간이 흘러갈수록 희망이 꺾여 가는 심정은 참담했다. 불길은 조금도 잠잠해질 기미가 없었다. 뒤늦게 들어간 경호원도 다시 밖으로 나오지 않았다.

"안지워어어어언! 어디 있어어어어! 빨리 나와아아아!"

목이 찢어지도록, 핏줄이 터지도록 그를 불렀다.

"안지워어언! 안지워어어어언! 준서 삼초오오오온!"

목소리에 눈물이 섞여 들었다.

살아 있어줘. 날 떠나지 말아 줘. '나를 위해서'라는 이기적인 이유라 미안하지만, 그래도 나를 위해 제발 어서 나와 줘.

누가 그랬는지, 집 안의 모든 전력을 끊어 버렸기 때문에 지원은 감전의 위험 없이 엘리베이터 천장 뚜껑을 열 수 있었다. 지원은 힘껏 뛰어올라 그 통로로 탈출했다.

공기는 더욱 탁했고 여전히 아무것도 보이지 않았지만 문을 찾는 것은 어렵지 않았다. 지원은 문틈을 잡고 힘껏 열었다.

끄응차.

겨우 열린 조금의 틈으로 몸을 빼내 거실 쪽으로 뛰어내렸다. 2층이었다. 엘리베이터가 선 곳은 1층과 2층 사이쯤이었던 것이다.

빨간 불과 까만 그을음과 연기가 뒤섞인 세상은 지옥이었다. 2층의 불길은 계단 쪽이 가장 컸다. 다행히도 거실은 스프링클러가 설치돼 있었다. 스프링클러가 작동하는 곳의 불씨는 작아 보였다.

불씨가 작은 곳으로 뛰어서 계단 옆 창문으로 뛰어내리면 어떻게 될까. 창문가에 나무가 바짝 붙어 있다. 도둑고양이가 죽기 전의 안식처로 삼았을 만큼 튼튼하고 넓은 나무다. 꼭 계단으로 가지 않더라도 창문까지 갈 수 있다면, 유리창을 열고 나무로 건너갈 수 있다면 탈출할 수 있다. 여기 가만히 서 있는 것보다 한시라도 빨리 실행에 옮기는 편이 낫다. 연기 때문에 어지러웠다.

그는 불길 사이를 빠르게 뛰어 금세 창문가에 닿았다. 급한 마음에 창문을 여는 힘이 과격해져서 창문은 옆으로 나가떨어졌다. 찬바람이 세게 들이쳤다. 바람을 타고 불길이 더 커지려 하고 있었다.

"삼촌! 삼촌!"

"안지워어언!"

멀었던 소리가 가까워졌다. 울부짖는 준서와 이새의 목소리에 자신 또한 울고 싶어졌다. 그는 창문턱에 올라 가까운 나뭇가지를 붙잡았다.

우직, 나뭇가지는 금방 꺾였다. 하지만 이제 그냥 떨어져도 괜찮다. 겨우 2층 높이니까.

"어, 어? 준서 삼촌, 준서 삼촌, 준서 삼촌이야! 준서 삼촌, 준서야, 삼촌이야. 준서 삼촌, 준서 삼촌, 준서 삼촌!"

그사이, 가장 먼저 지원을 발견한 이새가 흥분한 목소리로 '준서'와 '삼촌'을 반복하며 나무 쪽으로 헐레벌떡 뛰어왔다. 지원은 심각했던 와중에 피식 웃음을 터트리며 땅으로 떨어졌다. 꽤 안정적인 착지였다.

세상이 좀 잠잠해지면 그녀에게, 앞으로 '준서 삼촌'이란 말은 쓰지 말라고 해야겠다.

희미해진 시야에 이새가 다가오는 것이 보였다. 보고 싶었던 얼굴인데 공기가 따가워 쉽게 눈을 뜰 수가 없었다. 겨우 몸을 일으킨 그는 힘겹게 몇 걸음을 더 걸었다. 그러나 다가온 그녀를 안아 주지 못하고 그녀의 어깨 위로 무너졌다.

"흐으윽, 괜찮아요? 흑흑."

얼마나 울었는지, 그녀는 내내 숨을 끅끅거렸다.

"삼촌!"

준서가 다가오는 소리도 들렸다. 준서는 키가 닿는 대로, 지원의 허리를 끌어안았다.

"김이새."

그는 숨소리로 말했다. 목소리를 낼 수가 없었다. 끌어안은 그녀의 어깨가 내내 들썩거리고 있었다.

"네. 흑흑……."

"무사하지?"

김이새.

이새야.

처음에 난 사랑하는 마음을 쉽게 생각했었어.

헤어지기 위해서 좋아했었어. 마음껏 사랑하면 후회가 없는 건 줄 알았어. 시원하게 털어 내고 홀가분해지는 건 줄 알았어.

그런데 아니더라고. 내가 어리석었어.

후회 없이 사랑하고 싶어서 오늘 내 사랑을 다 주고 빈털터리가 되면 내일은 영혼을 주고 싶어져. 후회 없을 만큼 다 줬다고 생각해도 시원한 게 없고 내가 주지 못한 것, 우주 저 멀리에 있는 것도 갑자기 생각나. 그때 저 별을 따 줬어야 했는데, 달을 만들어서라도 줬어야 했는데…… 그렇게.

후회가 가득해서, 그래서 빠져나올 수 있었어.

후회하고 싶지 않아서. 더 사랑하고 싶어서. 당신에게 해 주고 싶은 게 아직 너무 많아서.

"이새야……."

"네. 저 여기 있어요!"

목소리 들으니까 ……좋네. 이제 그만 울게 해야 할 텐데.

"힘들어요? 금방 구급차 올 거예요. 조금만 있으면……."

그의 세계를 꽉 채우던 소리가 그제야 희미해졌다. 몸을 기댈 수 있도록 단단히 자신을 끌어안고 있는 그녀가 사랑스러웠다. 사랑한다는 말을 해 주고 싶은데…….

그녀의 어깨가 안식처가 된 듯 그는 아득한 잠 속으로 빨려 들어갔다.

"아직도 의식은 없는 거야?"

다음 날, 집에 돌아온 이새에게 희선이 걱정스러운 듯 물었다. 이새는 짐을 챙겨서 다시 병원으로 돌아갈 준비를 하고 있었다.

"응. 의사들이 그 정신에 집에서 빠져나온 게 용하대. 엘리베이터에서 탈출한 거라고 하더라."

"대체 어떤 놈 짓이래?"

"……."

이새는 입을 다물었다. 누가 꾸민 일인지 짐작하고는 있지만 함부로 말할 수는 없었다. 아직 지원에게 듣지 못한 말이 많았다.

"……현성이 엄마는?"

희선이 미옥의 안부를 물었다. 어제 희선이 미옥의 남편에 대해 말하는 바람에 그나마 준서가 화를 면할 수 있었다. 짧게나마 사연을 파악한 미옥은 그 이후의 일이 궁금했다.

"……불타는 집에 뛰어들었어."

이새가 무덤덤하게 대답했다. 희선은 안타까움을 감추지 못했다.

"하아……. 세상에……."

"가족, 친지가 한 명도 없더라. 장례를 치를 사람이 없나 봐. 장례는 준서네 고모가 절차를 알아보겠다고 했어."

"그러게 왜 그런 짓을 했을까……."

이새는 다시 입을 닫았다.

어제의 사건으로 많은 것을 잃었다. 누군가는 집을, 누군가는 건강을, 누군가는 일자리를 잃었다.

왜 그런 짓을 했을까.

화재만 일어나지 않았어도 미옥의 그 참담한 기분을 위로해 주었을 것이다. 그러나 그렇게 하기에 일은 너무 커져 버렸고, 이새도 누군가를 위로할 수 있는 상태가 아니었다.

"다른 사람들은 괜찮고?"

"경호원이 불씨를 키운 강도를 소화기로 때려잡았어. 강도도 병원에 실려 갔어. 강도는 구속될 거래."

희선은 고개를 끄덕였다.

방에서는 준서가 자고 있었다. 준서도 밤새 잠을 이루지 못하고 몸을 떨고만 있었다. 아침에 병원에 가서 정밀 검사를 받고 돌아온 뒤에야 준서는 겨우 잠이 들었다.

"너는 좀 잤어?"

"응."

이새는 힘없이 웃어 보였다. 사실은 제대로 수면을 취하지 못한 상태였다.

"엄마, 나 다시 병원 가 볼게. 준서 잘 부탁해."

이새는 낮 시간을 함께 보낸 다원을 돌려보내고 홀로 병실을 지켰다. 병실 밖에 경호원이 두 명 있었으므로 따져 보면 혼자는 아니다.

"내 얘기 듣고 있죠?"

이새는 지원의 얼굴을 더듬어 체온을 확인하며 물었다.

"우리는 같이 찍은 사진이 한 장도 없더라고요."

그는 눈을 감은 채 미동도 없이 누워 있었다. 여태 호흡기를 달고 있는 것이 안쓰러울 뿐 아주 곤하게 잠을 자고 있는 것만 같은 편안한 얼굴이다. 언제든 벌떡 일어날 것 같다.

"제가 얼마나 이기적이고 바보 같은 애였냐 하면요. 나는 혁이가 그렇게 빨리 떠날 줄 몰랐거든요. 혁이랑 둘이 셀카를 찍으면서 놀 때도 나는 내 마음에 안 드는 사진은 그냥 다 지워 버렸어요. 어떤 건 내가 눈을 감아서, 또 어떤 건 혁이 눈이 사팔뜨기로 나와서, 어떤 건 표정이 이상해서, 또 어떤 건 입술이 삐뚤어져서……."

이새는 쓸쓸한 표정으로 계속 말을 이었다.

"별것도 아닌 이유로 그 많은 사진을 찍자마자 다 지우고, 지금 남아 있는 사진은 혁이가 웃고 있는 것들뿐이에요."

지워진 것들이 얼마나 소중한 기억들인지 왜 그때는 몰랐을까.

"왜 나는 그 사진을 다 지웠을까……. 얼마나 후회하는지 몰라요. 기억이 안 나서요. 혁이가 어떻게 사팔뜨기 눈을 했더라, 어떻게 이상한 표정을 지었더라, 어떻게 입술이 삐뚤어졌더라……."

동생과의 기억에 대한 아쉬운 이야기는 곧장 지원과의 관계에 대한 이야기로 이어졌다.

"기억에 남기려고 하지 마요. 현실에 남아요. 날 후회하게 하지도 말고, 내가 소주 마시고 그쪽 이름 부르면서 울게 하지도 말아요."

혼자 말을 쏟아 내니 공연히 눈물이 났다.

"하아……."

그녀는 이불을 정리해 주고는 화장실로 갔다. 그의 앞에서 눈물을 보이고 싶지 않은데, 그가 안쓰러워 자꾸 울게 된다.

울지 말아야지. 그래야 그도 얼른 힘을 내지.

속으로 되뇌며 화장실 밖으로 나가려 문손잡이에 손을 댔을 때, 밖에서 병실 문이 열리고 닫히는 소리가 들리고, 이윽고 남자의 쿡쿡 웃는 소리가 들렸다.

"너, 인복이 생각보다 없는 모양이다."

왠지 알 듯한 익숙한 목소리. 이새의 심장이 숨죽이며 뛰었다.

"경호원이라는 자식들이, 돈 좀 쥐여 주고 야식이나 한 끼 하고 오라니까 얼씨구나 하면서 쏜살같이 도망치네."

목소리에서부터 물씬 풍겨 오는 껄렁함이 태원의 본성을 제대로 파악케 했다. 이새의 주먹에 힘이 불끈 들어갔다.

"호흡기로 연명은 하고 있는 모양이구나."

이새는 재빨리 주머니에서 휴대폰을 꺼내 동영상 촬영 버튼을 눌렀다. 지금 문을 열 수는 없어 태원의 얼굴은 영상에 담기지 않겠지만 나중에 유용한 자료가 될 것이다.

"엘리베이터에서 탈출했다는 건 정말 신선한 충격이었어. 너같이 끈질긴 놈은 없을 거야, 아마."

그때, 또 조심스럽게 문 열리는 소리가 났고 한 사람이 더 병실 안으로 들어오는 소리가 들렸다.

"약효는 언제 나타나나?"

잠시 후 태원이 물었다.

"하, 한 시간 후쯤입니다."

정체를 알 수 없는 여자가 더듬거리며 대답했다. 지원에게 무언가 해로운 것을 주입하는 모양이었다.

"얼른 나가 봐."

태원이 여자에게 말했다. 발소리가 났고 문이 열렸다 닫혔고 다시 사위는 조용해졌다.

"끝까지 독립투사처럼 독하지, 넌. 어떻게 살려 달라는 말 한 번을 안 했냐. 조금만 비굴하게 굴어 줬으면, 어쩌면 봐줬을 수도 있었을 텐데."

숨소리를 참아 내는 이새의 두 손이 바들바들 떨렸다.

나가야 한다, 지금 나가야 한다……. 그가 위험하다…….

"아무튼 정말 고생했다. 형이랑 형수한테 안부 전해 줘. 아, 강미옥이랑 최명훈한테도."

더 이상 시간을 지체할 수는 없었다. 참을 수도 없었다. 이새는 결국 문을 벌컥 열고 병실로 나왔다. 두 눈에 빨갛게 핏대가 섰다.

그러나 그렇게 용맹하게 병실로 뛰어든 그녀의 눈에 담긴 장면은 태원의 목을 틀어쥐고서 억세게 압박하고 있는 지원과 켁켁거리는 태원이었다.

"너, 너, 어떻게……."

그에게 목을 잡힌 태원이 힘겹게 목소리를 냈다.

"강미옥 씨가 죽었다는 소문이 나야 네가 안심하겠지."

묵직한 제 목소리로 돌아온 건장한 지원이 태원을 잡은 손에 힘을 가하며 무섭게 말했다.

"그리고 나는 누워 있어야겠지. 내가 혼수상태 정도는 돼 줘야 네가 해외로 도주하는 일이 없을 테니."

이로써 연극이 끝났다.

"애초부터 주삿바늘 같은 건 꽂고 있지도 않았어. 머저리 같은 자식아."

커다란 불이 저택을 모두 삼킨 그날. 미옥이 불길에 뛰어든 것은 사실이었다.

그러나 때마침 현장에 도착한 경찰에 의해 구제되었다. 실은 구제가 아니라 구속이었다. 그녀는 상황을 수습하는 것도 지켜보지 못한 채 바로 경찰서로 연행되었다.

그리고 조사가 이루어지기 전에 그녀는 뜻밖의 인물을 만났다.

"강미옥 씨 맞죠? 최명훈 씨 전부인 되시는."

며칠 동안 면도도 하지 않은 듯 덥수룩한 수염에, 마른 듯하면서도 골격이 큰 남자였다. 남자는 자신을 지원의 친구라고 말했다. 이름은 류창우라고 소개했다.

"최명훈 씨가 그렇게 된 건 유감이에요. 하지만 그게 강미옥 씨가 이런 짓을 벌인 것에 대한 면죄부가 되지는 않습니다. 그 집으로 뛰어드는 걸로 죗값을 치를 수도 없어요."

미옥은 '최명훈'이라는 이름에 쉽게 무너졌다. 푹 고개를 숙인 그녀는 굵은 눈물줄기만 뚝뚝 떨어뜨렸다.

남편과는 혼인신고도 하지 못했다. 가난한 연애 중에 덜컥 아이가 생겨 가정을 꾸렸다. 시작은 서툴렀지만 그래도 행복했었다.

하지만 그 평화로움은 오래가지 못했다. 잔병이 많다고 생각했던 아이는 이상 진단을 받았고 병원에 입원한 후에는 하루도 마음 편히 쉬어 본 적이 없었다. 기약 없이 치료가 길어지면서 빚이 쌓여 갔다. 병원 빚은 도박이었다. 언젠가 나을 수 있다는 희망 하나를 가지고 1년을 넘게 병원에서 지내게 된 것이다.

그러나 아이는 결국 세상을 떠났고, 미옥의 남편 명훈은 미뤄 왔던 혼인 신고를 아예 포기하자고 말했다. 그녀에게까지 빚을 짐처럼 지우고 싶지 않았던 것이었다.

미옥은 누군가의 탓을 해야 했다. 세상이 미웠고 사는 게 힘들었다. 빚만 뒤집어쓰고 제때 수술도 시켜 주지 않은 병원에 분노했다. 그렇게 병원 앞에서 1인 시위를 하다가 태원을 만났다.

태원은 그녀의 아픔이 무언지 잘 알고 있다고 말했고 그녀의 아들 현성이 제때 수술을 못 한 이유가 안준서라는 아이 때문이라고 했다. 안준서라는 아이가 때마침 중요한 심장수술을 받아야 했는데 현성의 수술 스케줄과 꼬였었다고. 안준서의 아비 안도원이라는 사람이 의사에게 현성을 포기하라고 위협했다고. 병원도 안도원의 사회적 지위를 잘 알고 있기 때문에 이에 따를 수밖에 없었다고. 당시 미옥은 현성의 죽음에 함께 분노해 주는 모든 사람들의 말을 신뢰할 만큼 마음이 약해진 상태였다. 그렇게 미옥은 태원의 꾐에 넘어갔다. 도원에 대한 그녀의 분노가 남편인 명훈에게 전해진 것은 말할 것도 없다.

태원은 그런 명훈을 이용해 준서의 부모를 죽였고 소기의 진짜 목적을 이뤘다. 그 후 죄책감을 갖게 된 미옥과 명훈에게 태원은 일자리까지 소개해 주었다. 잔인하게도 미옥의 일자리는 준서가 사는 곳이었다. 명훈이 미옥을 만나러 오면서 준서와 마주친 적도 있었기에, 미옥은 자신의 일자리가 가시방석으로 여겨졌다.

그럼에도 불구하고 일을 유지했던 것은 돈이 궁하기도 했고, 언제부턴가 태원의 말이 압박처럼 다가온 이유도 있었다.

"지원이는 용의주도하고 악랄해요. 최명훈 씨가 그런 일을 저질렀다는 걸 계속 숨길 수 있도록 그 애 옆을 주시해야 해요."

　함께 살지 못하는 남편 명훈을 위해 지원의 집에서 계속 일했다. 일하면서 지켜보는 지원은 냉랭한 사람이긴 했지만 그다지 악랄하지는 않았다. 오래 일할수록 일자리는 편안해졌고 한동안은 자신의 남편이 죽인 사람의 동생이 지원이라는 걸 잊을 만큼 평화롭게 지냈다. 이새가 나타나기 전까지는, 그랬다.

　"지원이는 끝까지 강미옥 씨에 대해 좋은 말만 했어요. 인정 많고 성실하고 믿음직스럽다고. 절대 나쁜 짓을 할 사람이 아니라고."

　잠깐 상념에 빠져 있었던 미옥에게 창우가 말했다. 창우의 말에 미옥은 냉혹한 현실로 돌아왔다.

　"대체 누가 강미옥 씨를 부추긴 겁니까?"

　"……."

　"지원이가 남편분을 죽였다고 하던가요? 안태원이 그렇게 얘기한 거 맞죠?"

　'안태원'이라는 이름이 들려오자 미옥은 흐느꼈다.

　"미안해요, 난……. 난……."

　"진심으로 지원이랑 준서에게 미안하게 생각하세요?"

　말하지 못한 진실들이 가슴에 사무쳤다. 지원에 대한 미안함도 이루 말할 수 없었다.

　자신 때문에 형을 잃은 사람의 집을 불태웠다. 그 조카까지 해하려 했다. 미옥은 울며 고개를 거듭 끄덕였다.

　"진심으로요?"

　흐으으윽. 미옥이 구슬프게 울었다. 한참 동안 서럽게 운 미옥의 흐느낌이 그쳤을 때 창우는 다시 말을 꺼냈다.

"그럼 이제부터 제 말에 따라 주세요. 저는 태원이를 잡을 겁니다. 그러려면 강미옥 씨가 잠깐 이 세상 사람이 아니어야 해요."

병원 입원실. 태원의 목을 틀어쥔 지원이 무서운 목소리로 말했다.

"모험을 좀 해봤다. 우리 집을 불태운 그놈도 체포됐으니 불안해진 네가 내 상태를 직접 확인해 보러 여길 찾지 않을까, 그리고 의사든 간호사든 포섭해서 내가 깨어나기 전에 다시 숨통을 끊어 내려 하지 않을까, 해서."

지원은 화재사건 이후 쓰러진 것이 맞다.

병실에서 잠깐 눈을 떴을 때 그의 앞에는 창우가 있었다. 창우는 지금까지 있었던 일을 설명하며 앞으로의 시나리오를 말했다. 배경은 완벽하게 세팅되었으니 너는 그냥 누워만 있으면 된다는 말이 마음에 들었다. 병실에는 카메라가 설치됐고 병실의 옆에서 경호원이 계속 대기했다.

화재 당시에 괴한에게 손등을 찔린 지원의 손에 붕대가 감겨 있었기에 그 안에 링거줄을 넣어 주삿바늘과 연결된 것처럼 보이게 했다. 그 점이 가장 위험했다. 누군가 지원의 몸에 직접 주삿바늘을 꽂으면 지원의 목숨이 위태로워질 수도 있었다.

다행히도 태원이 데려온 간호사는 긴장하여 링거대에 매달린 주사액에 독극물을 주입하는 데에 그쳤고 이것은 이제 좋은 증거물이 될 것이다.

"넌 네 손을 더럽히진 않아. 늘 다른 사람을 이용하지. 다른 사람을 부추기고, 때로는 협박해서 네가 원하는 결과를 얻지. 그래야 일이 잘못돼도 네가 빠져나갈 수 있으니까. 그런 네가 이번에는 이렇게 직접 움직인 걸 보니, 무던히도 몸이 달았던 거겠지."

화장실에서 나온 이새는 그 상태로 얼음이 되었다. 자신에게 눈길 한번 주지 않고 태원에게 압박을 가하는 지원은 이제껏 보아 오던 지원이 아니었다.

"여기서 내가 깨어나면 형과 형수, 최명훈까지, 그리고 나를 해치려던 계획까지 다 죄과를 묻게 될 테니까."

태원이 몸을 비틀었다. 눈에는 광기 어린 공포감이 있었다. 태원을 바라보는 것만으로 이새의 등골이 서늘해졌다. 그 광기가 온몸으로 번져 가겠다 싶었던 순간, 태원이 지원의 얼굴을 치고 단숨에 이새의 앞으로 팔을 뻗어 손에 닿는 대로 그녀의 머리끝을 붙잡았다.

"악!"

이새의 머리가 속절없이 당겨졌고 그녀는 짧게 비명을 질렀다. 태원은 금방 손을 놓쳤다. 비명이 들려오기가 무섭게 이새는 자신의 옆으로 주먹 하나가 공기를 가르는 것을 보았다. 태원은 이미 이새의 머리를 잡았던 손을 놓았는데 말이다.

퍽!

"누굴 건드려."

이번엔 지원의 주먹이 태원에게로 꽂혔다.

"정말 죽고 싶어?"

처음 화장실에서 나와 마주했던 표정보다도 더 무서운 얼굴로, 지원이 소름 끼치도록 서늘하게 말했다. 태원의 눈에서 읽힌 게 광기였다면 지원의 눈을 가득 채운 것은 정확하게 살기였다. 당장이라도 무서운 일이 일어날 것 같은 예감에 이새가 지원에게 한 발짝 내디뎠다.

그사이 병실 문이 열리고 경호원 두 명이 들어왔다. 허둥지둥 들어온 두 사람의 얼굴도 지금 이새의 표정만큼이나 당황한 빛이었다.

"10분 뒤에 들어오라고 하지 않았나? 아직 5분밖에 안 지난 것 같은데요."

지원이 경호원들을 향해 냉랭하게 말했다.

"파, 팔 분 지났습니다. 너무 걱정돼서……."

"내가 걱정돼서?"

아니요. 방문객이 걱정돼서요.

경호원의 눈빛이 그리 말하고 있다는 것을 이새는 눈치챘다. 태원의 두 팔을 꺾어 뒤로 틀어쥔 지원이 경호원에게 말했다.

"이리 오세요."

경호원들이 바삐 지원에게 다가가자 지원은 태원을 경호원들에게 인계했다.

"자리 좀 잠깐만 지켜 줘요."

그러곤 지원은 곧장 이새에게로 다가가 이새의 손목을 잡고 병실 밖으로 바삐 당겼다.

"왜, 왜, 왜요."

멀뚱하니 서 있던 이새는 지원에게 끌려가며 계속 말을 더듬거렸다. 이윽고 병실을 벗어난 지원이 이새와 얼굴을 마주하며 고개를 내렸다. 살기를 띠던 눈빛은 변해 있었다. 좀 전에 그런 일이 있었단 게 믿기지 않을 정도의 평온한 표정으로 지원은 이새를 따뜻하게 바라보았다. 그동안 정신을 잃고 누워 있느라 보지 못했던 그녀의 눈, 코, 입, 머리, 예쁜 표정을 다시 저장해야 한다는 듯이.

"괜찮아?"

"네. 근데 저기요……."

그렇게 지원이 자신을 애틋하게 보는 동안 이새는 애가 달았다. 그녀는 분명히 병실에서 내쫓김 당한 거였다. 그 이후에 벌어질 일이 걱정되지 않을 수 없다. 창우라는, 지원의 작가 친구에게 들었을 때는 이런 계획이 없었다.

"안 돼요……."

"안 해. 안 해."

지원은 이새가 걱정하는 것이 무언지 정확히 알고 있다는 듯 미소 지었다.

"안 되는데……."

"그쪽이 우려하는 그런 일은 없어. 코코아라도 좀 마시고 있어. 나랑 이따가 뭐 할까 생각하면서."

초조해하는 그녀를 달래듯, 그는 그녀와 눈을 맞추며 차분히 목소리를 냈다. 하루 내내 호흡기를 달고 있다가 터져 나온 목소리라 그런가. 오염 없는 저음의 목소리는 그녀가 까닭 없이 헛숨을 흘리게 만들 만큼 고혹적이긴 했다.

"미안. 조금만 기다려."

그는 다시 한 번, 그녀를 어르는 것처럼 다정하게 말하고는 병실 안에 있던 경호원마저도 밖으로 내보내고선 그녀의 앞에서 문을 닫았다.

멍하니, 경호원들이 나오는 것, 그리고 그가 문을 닫는 것을 그저 바라보고 있던 이새가 뒤늦게 정신이 든 얼굴로 병실 문에 귀를 가져다 댔다.

'안 돼…….'

기다리라고 했으니 그냥 얌전히 기다려야 하는데, 마음 편히 코코아나 마시고 있을 수는 없었다.

"네가 먼저 날 쳐."

지원의 목소리가 먼저 들렸다. 좀 전에 자신을 다독였던 것과는 또 다른, 감정 없는 목소리.

"죽이고 싶도록 미웠던 거잖아. 먼저 치라고."

안 돼……. 숨죽여 듣고 있던 이새의 두 손에도 땀이 쥐어졌다. 그가 태원을 어떻게 할까 봐 조마조마한 마음이었는데 걱정의 대상이 신호등 불빛처럼 금세 바뀌어 버렸다.

정말로 태원이 지원을 죽이지나 않을까. 원래부터 그를 죽이기 위해 온 사람이었으니.

내내 누워 있다가 이제 일어난 사람이다. 더 아프게 할 수는 없어.

그녀가 문손잡이를 잡았다.

"난 너 안 때려."

그때, 병실 안에서 대답 소리가 들렸다. 태원의 것이었다.

병실 안.

태원은 지원을 깔보는 듯이 삐딱하게 웃었다. 지원의 화를 돋우어 더 포악하게 만들겠다는 심산인 듯했다. 그렇게 되면 태원이 법적으로 유리해질 수도 있다.

지원은 거기에 흔쾌히 넘어가 주었다. 그는 두려운 것이 없었다.

"그래? 그럼 그냥 내가 칠게."

퉁. 지원은 손바닥으로 태원의 머리통을 시원하게 쳤다. 당하는 사람에게는 아픔보다도 모멸감이 더 크게 느껴질 만한 행동이었다. 역시나 열이 오른 태원이 바로 달려들었다. 지원은 태원의 손이 움직이는 대로, 두어 대는 그냥 맞아 주었다.

"이 새끼야! 내가 너 때문에……."

"나 때문에 뭘! 사랑하는 사람이 죽었어? 부모님이 다쳤어?"

태원의 말을 끊으며, 지원의 분노가 먼저 폭발했다.

퍽! 태원의 얼굴에 큰 주먹이 내다 꽂혔다. 태원은 눈을 감싸며 바닥을 굴렀다.

"네가 나 때문에 괴물이 됐어?"

지원의 목소리는 병실을 꽉 채우고 밖으로 터져나갈 만큼 컸다. 눈이 아픈지 제대로 일어나지도 못하고 끙끙 앓는 태원을, 지원은 멸시 가득한 눈으로 내려다보았다.

"책임 전가하지 마. 너는 그냥 미친놈이야."

태원이 바닥을 짚고 몸을 일으켜 다시 달려들었다. 이를 가뿐히 피한 지원이 다시 한 번 주먹을 휘둘렀다. 태원이 제 명치를 감싸고 뒷걸음질 쳤다.

"네가 노력하는 놈이라고 널 두둔하던 숙부님이 불쌍해."

언젠가 녀석은 지원에게, 자기는 사랑하는 사람이 없다고 말했다. 녀석이 구속되면 어딘가에서 녀석을 빼내기 위해 노력하고 있을 숙부와 숙모가 빤히 그려지는데, 녀석은 사랑하는 사람이 없다고 했다. 그 하나만으로도 구제할 가치가 없는 녀석. 형과 형수와 최명훈을 죽인 환멸을 넘어, 인생이 불쌍한 놈. 살아온 것이 불쌍한 놈.

퍽. 녀석에게 닿는 주먹이 슬프다. 터져 나가는 피가, 살아 있다는 걸 알려 주는 신음 소리가 가슴을 쿡쿡 찌른다. 녀석을 아무리 때려도 죽은 형과 형수는 돌아올 수 없고, 지나간 모든 것들을 되돌릴 수도 없다.

퍽.

"형은 너 좋아했었어. 네가 형제가 없어서 챙겨 주고 싶다고 했었어."

한 번 더 휘갈기려던 주먹은 허공에서 멈췄다. 주먹조차 아까운 놈이라는 생각이 들었다.

"네가 그 말을 알아들을 리가 있나. 너한테 말하는 건 의미가 없는데, 내가 헛소리를 한다. 그만하자."

지원은 뒤돌았다.

"이승이 지옥인 것처럼 살아. 철창 안에서."

"내가 거길 갈 것 같냐? 난 너 먼저 집어 넣을 거야!"

태원이 숨을 거칠게 씩씩거리며 달려들었다. 하지만 태원이 지원의 어깨를 붙잡기 직전 날쌔게 뒤돌아선 지원이 먼저 태원의 팔을 붙들었다.

"아아아아아악!"

팔을 꺾인 태원이 비명을 내질렀다. 지원은 끝내 태원의 손목을 완전히 꺾어 버렸다. 아마도 뼈가 부러졌을 것이다.

"내가 그만하자고 했지."

태원이 팔을 감싸며 자리에서 무너졌다.

"널 변호할 변호사까지 불쌍하게 만들지 마."

지원은 이성을 잃지 않으려 애쓰는 듯, 일부러 더 침착하게 말했다.

"난…… 난 안 가! 네가 뭔데 감히 나한테……."

태원이 겨우 고개를 들고서 악쓰듯 소리 냈다.

"10년, 20년…… 나는 내 모든 걸 걸어서라도 너를 30년까지 가둬 놓을 거야. 준서가 형의 나이가 될 때까지."

"……."

"30년 뒤에 형이랑 닮은 얼굴을 확인하면 네가 직접 잘못을 빌어. 그때까지 곱게 기다려 줄 테니까."

태원을 바라보는 지원의 눈에 잠깐 동안 고통스럽게 눈물이 맺혔다.

"철수합시다. 카메라랑 주사액 확보하고. 경찰은 오고 있다고 했죠?"

병실 문을 연 지원이 경호원들에게 물었다. 대기하고 있던 경호원들이 '네.'라고 대답하며 서둘러 병실 안으로 들어갔다. 태원이 안에서 자신을 포박하듯 붙잡는 경호원들에게 윽박질렀다.

병실에서 나온 지원은 바로 복도를 살폈다. 이새가 병실에서 멀찍이 떨어져 벽에 등을 기대고 가만히 서 있는 것이 보였다. 지원은 피식 웃고는 다시 병실로 돌아가 손을 씻었다.

태원의 한쪽 팔을 꺾은 것만으로 마음이 후련해지지는 않았다. 더 불법적으로 형과 형수의 복수를 할 수도 있었을 것이다. 그게 더 시원했을지도 모르겠다.

그러나 태원과 같은 괴물이 될 수는 없었다. 그가 괴물이 되는 것을 막는, 소중한 사람이 있었다. 지원에겐.

"김이새 씨."

병실에서 다시 나온 그가 그녀를 불렀다.

"김이새."

이새는 바로 대답하지 못했다.

"김이새 선생님."

그러나 재촉하는 일도 없이, 그녀를 몇 번 부르는 동안 차츰 더 부드러워지기만 하는 음성.

"이새야."

마지막의 호명에 그녀의 눈가에 이슬이 고였다. 그녀는 고개를 들어 지원을 향했다.

방에서 일어난 일은 모두 귀로 들었다.

주먹이 날아다니는 소리. 누군가의 몸에 주먹이 꽂히는 소리. 누군가가 바닥으로 나가떨어지는 소리. 신음 소리. 감정을 억누르는 듯한 그의 슬픈 목소리까지도. 고통은 태원에게보다 지원에게 더 컸다는 것을, 이새는 모두 짐작할 수 있었다.

자신의 앞에서 그가 병실 문을 닫았을 때, 그녀는 사람 하나 죽어 나가는 것이 아닌가 하고 섣부른 걱정을 했었다. 태원이 죽는 것도 지원이 다치는 것도 무서워서 초조하게 발을 굴렀다. 울분이 가득 찬 그의 목소리를 듣기 전까지는.

"나 때문에 뭐! 사랑하는 사람이 죽었어? 부모님이 다쳤어?"

울부짖음과도 같았던 그 목소리를 듣는 순간 온몸의 힘이 빠졌다. 눈물이 울컥 나왔다. 그제야 이새는 병실에서 멀찍이 떨어졌다. 그리고 누군가의 악행으로 사랑하는 사람을 잃은 아픔에 대해 생각해 보았다.

만약에, 만약에 그가 엘리베이터에 갇힌 채 저택에서 나오지 못했다면 어땠을까. 그 모든 사고가 태원의 계략에 의한 것임을 알게 된다면 나는?

그녀 또한 정신이 나갔을 것이다. 준서를 설득하든, 다원을 설득하든, 어떤 수단과 방법을 써서라도 태원에게 응징했을 것이다. 누군가에게, 태원을 소리 소문 없이 죽여 달라고 말했을지도 모른다.

하지만, 그 정도의 분노를 다 쏟아 내기에 병실에서의 시간은 짧았다. 오늘의 지원은 침착하게 분노를 억눌렀다. 태원을 죽이지도, 죽일 생각도 없어 보였다. 먼저 그만하자고 말한 것도 그였다. 그의 한마디, 한마디에 고여 있던 아픈 말들이 그녀의 가슴에도 사무쳤지만 정작 그는 그렇게 혼자서 고통을 묻어 버렸다. 그리고 병실을 나와 다정하게 그녀를 불렀다. 아무 일도 없었던 듯이.

……당신은 이제껏 혼자 얼마나 많은 짐들을 지고 있었던 걸까.

"김이새 씨."

"……."

"이리 와."

이리 오라고 했지만 그의 발이 먼저 다가오고 있었다. 그는 가뿐히 빙긋 미소 지었다. 이제 정말로 다 끝났다는 듯. 이제 몸은 조금도 아프지 않은 듯했다.

그 미소를 보며 마냥 기쁠 수만은 없었지만 이새도 눈물을 매단 채로 따라 웃어 보였다.

'당신 진짜 독한 사람 맞네요.'

문득 어저께 병실에서 창우와 나눴던 대화가 머릿속에서 되살아났다.

"우리의 목표는 태원이를 병원으로 불러들이는 거예요. 태원이는 지원이의 상태를 확인한 다음에 병실의 사람들을 다 내쫓고 지원이를 죽이려고 할 겁니다."

"무서운 시나리오네요. 그러다가 준서 삼촌이 진짜 위험해질 수도 있잖아요."

"지원이가 더 이상 위험해질 수는 없을 겁니다. 날 믿어요."

"일단 준서 삼촌을 깨워서라도 직접 계획을 듣게 하는 게……."

"놔둬도 돼요. 이미 다 들었을걸요? 지금 이거 응석 부리고 있는 거예요. 김이새 씨가 계속 옆에 있으니까."

"네?"

"고등학교 때는 자면서도 시험공부 하던 애예요. 엘리베이터에 갇혀 있다가 멀쩡하게 걸어 나와서 김이새 씨 만나자마자 쓰러졌다면서요."

"뭐, 멀쩡한 건 아니었지만……."

"그런 놈이라고요, 애가. 그냥 이 녀석의 능력을 믿으면 됩니다. 나중에 이 자식 독한 놈이라고 도망가지만 말아 주세요."

……정말로 참 독한 사람.

내가 걱정할 기회도 주지 않았던 올곧은 사람.

당신은 이제껏 혼자 얼마나 많은 짐들을 지고, 또 그걸 얼마나 꽁꽁 숨기고 내게 웃어 줬을까. 그걸 생각하니 또 가슴이 아팠다.

울지 웃을지 하나만 해야 하는데 두 감정이 같이 찾아왔다.

당신이 안쓰럽고, 또 당신이 자랑스럽다.

그래. 이제 다 받아 줄 테니까 그 짐을 내려 놔.

아무 말 없이 침대에 누워만 있어도, 그게 안지원식의 응석이라면 다 이해할 테니. 내가 그런 식으로라도 당신의 삶에 도움이 된다면 뭐든 기쁘게 생각할 테니까. 이제 당신의 마음도 조금 더 편해지길.

이새는 지원이 내민 손을 소중하게 잡았다.

다시는 놓치지 않을 듯이 꽉.

21. 괜찮은 맞수

얼마 지나지 않아 경찰들이 와서 태원을 데리고 갔고 경호원들도 병실을 정리한 후 떠났다. 지원의 병실은 몇 걸음 떨어진 곳으로 옮겨졌다.

상황이 모두 정리될 때까지 이새의 손을 잡고선 놓지 않고 있던 지원이 그녀의 어깨를 꼬옥 안았다.

"잠든 척한 거였어요? 나랑 둘이 있을 때는 눈이라도 떠 주지."

이새는 그 품 안에서 잠깐 투정부렸다. 정말로 지원이 계속 깨어나지 못하고 있는 줄로만 알았다. 눈이라도 떠 주지. 손이라도 잡아 주지. 입 모양이라도 만들어 주지…….

그가 미동도 없이 누워 있는 것이 초조했다. 혹시나 하는 위험 때문에 주삿바늘도 꽂고 있지 않는다고 했는데, 태원을 잡으려다가 지원을 먼저 잡게 되는 건 아닌지 불안했다. 조금의 반응이라도 보여 줬다면 마음이 놓였을 텐데.

"눈으로 보면 더 만지고 싶잖아. 목소리 듣는 것만으로도 충분히 힘들었다고."

"내 목소리가 힘들게 했다니……."

"하지만 목소리가 들리지 않으면 더 힘들어."

반 농담으로 뾰로통하게 말끝을 흐리는 이새를 향해 지원은 웃어 보였다.

"잠이 계속 오긴 했어. 주삿바늘은 안 꽂았지만 호흡기는 진짜야. 숨 쉬기는 힘들었었다고. 폐가 아야아야 했어."

"……응석 부리는 게 맞구나. 나는 그것도 모르고 전전긍긍했네."

"진짜 아팠다니까. 근데 네가 내 옆에서 떠나질 않으니까 기분이 좋긴 했어. 아픈 게 복이 되더라."

지원은 눈꺼풀에 반쯤 잠긴 그녀의 눈동자를 마주하고 달래듯 진심을 털어놓았다.

"널 다시 보려고 탈출했어. 김이새를 놔두고 죽을 수가 없어서."

"……."

"진짜야. 엘리베이터 안에서 김이새 씨 목소리가 들렸다고. 기적처럼. 텔레파시처럼. 그게 날 구했어."

"아아……."

고요히 지원을 바라보고 있던 이새가 새침하게 눈동자를 굴리며 끄덕였다.

"그건 텔레파시가 아니라 진짜 제 목소리일 거예요. 제가 목소리가 좀 주책없이 클 때가 있어요. 준서가 제 목소리 때문에 귀 찢어지는 줄 알았다고 하더라고요."

"그럼 대단하네, 김이새. 목소리 하나로 사람 목숨을 구했어. 능력자야."

기특한 듯 지원은 이새의 정수리를 토닥거리다가 그녀를 침대 쪽으로 가만히 끌고 왔다. 이새가 지원을 앞에 두고 침대에 앉으며 빙긋 웃어 보였다.

투덜대던 건 장난이었고, 역시 그가 아무 문제 없이 살아난 것이 다행스러웠다. 기적을 믿지 않는 사람처럼 우스갯소리를 했지만 사실 그가 엘리베이터에서 탈출한 것은 기적이라고 생각했다. 그 불타는 집에서 제법 멀쩡히 나온 것도.

기적을 일으킨 신을 알고 있다면 절이라도 하고 싶었다. 모든 것들에 감사하는 마음이었다.

"그런데 '준서 삼촌'이라고 좀 하지 마라……."

그렇게 지원을 소중히 보고 있는데, 지원은 산통 깨는 소리를 했다.

"준서 삼촌, 준서 삼촌, 준서 삼촌, 준서야, 삼촌이야, 엄청 부르더라."

"하하……."

"엘리베이터에서 들었을 때처럼 이름을 불러 '안지원' 이렇게, 차라리."

"그래도 준서 삼촌을 준서 삼촌이라고 안 부르면 준서가……."

"말 좀 듣지?"

"어, 어……."

역시 침대는 위험했다. 지원이 어깨를 누르는 힘에 이새는 저항 한번 못해 보고 중심을 잃은 채 뒤로 넘어갔다. 단번에 등이 침대 시트에 닿았다. 지원은 비스듬하게 누운 이새를 가뿐히 침대에 바로 누이고 그 위를 점령했다.

"너 지금 내가 얼마나 최상의 상태인지 모르지? 나 다시 태어난 지 몇 시간 안 됐다."

"……."

"나랑 뭐 할지는 생각했어?"

"네?"

"생각 안 했으면 내가 정해도 되나?"

이새가 상황을 모면해 보려 헤실헤실 웃었다.

"하하. 에이……. 왜 이래요……."

"웃지 마."

웃음기가 없어지고 진지해진 그의 표정이 밑도 끝도 없이 섹시했다.

그가 자신을 침대에 눕히려고 마음먹었을 때의 눈빛을, 이새는 잘 알고 있었다. 먹물이라도 번진 듯 그의 까만 눈동자가 더욱 짙어졌다.

거부하면 내 팔도 막 꺾이는 건가, 이제 그냥 얌전히 그의 말에 적극 협조하며 살아야 하는 건가. 그렇게 쓸데없는 두려움을 갖던 마음이 금세 두근거림에 묻혔다. 눈꺼풀이 스르르 감기자 말랑하고 촉촉한 감각이 그녀의 입술을 눌렀다. 자연스레 벌어진 입 속으로 제 것이 아닌 숨결이 밀려들어 왔다.

머리에 저릿저릿하게 전기가 오르는 것만 같았다. 입 안이 달달하고 충만해졌다. 그의 입술을 받아들이며 고개가 고정되어 있는 동안 블라우스가 차분히 스르르 들려 올라갔다.

목표가 뚜렷한 그 눈에 옭아 들어가 정신이 몽롱해진 순간.

똑똑똑.

"허어어어억!"

고개를 돌려 급히 입술을 뗀 이새가 놀란 얼굴로 숨을 삼켰다.

"간호사예요. 간호사!"

"괜찮아. 문 잠갔어."

"잠그면 어떻게 해요오!"

"조용히 자는 줄 알겠지."

"혼난다고요!"

"괜찮아. 내가 이겨."

지원은 조금의 표정 변화도 없이 다시 이새에게로 고개를 내렸다.

똑똑똑.

"지원아. 자냐?"

훼방꾼은 간호사가 아니라 승환이었다.

"잔다. 돌아가."

지원이 신경질을 가득 담아 굵은 목소리로 대답했다. 그러나 노크 소리는 계속 들렸다.

"지원아. 어후, 문이 왜 잠겼대……."

승환은 끈질기게 문에 붙어 서서 문손잡이를 이리저리 돌렸다. 끈질긴 소리에 지원의 표정이 서늘하게 식어 갔다.

똑똑똑. 덜컥덜컥.

결국 지원은 침대에서 몸을 일으켰다.

"죽여 버릴 거야."

이를 악물고 조용히 읊조린 혼잣말이 싸했다. 지원이 문 쪽으로 저벅저벅 걸어가는 동안 이새도 벌떡 일어나 주섬주섬 흐트러진 매무새를 정리했다.

지원이 감정을 담아 문을 벌컥 열었다. 그러나 열린 틈은 반 뼘 정도에 불과했다.

"죽고 싶지, 너?"

"지옥에서 살아 돌아온 애가 입이 너무 험하네. 착하게 살아야지."

승환은 능청스럽게 열린 문틈 사이로 신발코를 집어넣었다. 지원이 문을 꽉 붙들고 말했다.

"멀쩡한 거 확인했으면 가라."

"얘기 좀 하자, 좀."

"꺼져."

"김이새 씨. 무사하죠?"

승환이 지원의 어깨 위로 고개를 쳐들고 병실 안으로 소리쳤다.

"네? 네, 네!"

당황한 이새가 더듬더듬 대답했다. 지원이 얼굴을 잔뜩 구겼다.

"죽을래?"

이제 승환은 문틈으로 제 머리를 밀어 넣고 병실 안을 살폈다.

"목소리를 듣건대 내가 김이새 씨를 살린 것 같은데?"

"아, 안녕하세요."

이새가 안에서 벌게진 얼굴로 인사했다.

"이새 씨, 나 들어가도 되죠?"

"들어오지 마."

"아, 네 네. 그러세요."

지원은 오지 말라고 했지만 이새는 흔쾌히 승낙했다. 승환이 병실 안으로 들어왔다.

"저는 편의점에 갔다 올게요. 말씀 나누세요."

승환이 들어오자마자, 이새는 총총걸음으로 뛰어나갔다. 지원은 그녀가 도망가는 것을 잡지 못하고 서서 승환을 노려보았다. 승환이 이에 아랑곳없는 눈빛으로 놀렸다.

"신성한 병원에서 차암 자알한다."

"너 같은 양아치 의사가 있는 병원이 어떻게 신성한 병원이냐."

"이래서 환자도 골라서 받아야 된다니까. 너 이제 퇴원해라."

지원이 승환을 날카롭게 흘겨보고는 다 귀찮아진 듯 침대에 누웠다.

"화재 트라우마 우습게 보지 마라. 이제 주사액 다시 걸고, 내일 아침에 일어나자마자 검사 좀 받아. 무리하지 말고."

흘깃 보고 놀리던 승환이 다시 사람 좋은 표정으로 웃으며 말했다.

병원에 승환이 있어서 병실을 무대로 꾸미기가 편했다. 여러모로 도와주는 사람들이 많아서 그냥 누워서 사건을 해결할 수 있었다. 사실은 모두에게 고마웠다.

"창우 지금 경찰서에 있어. 증거 다 모아서 바로 출발했나 봐. 태원이는 팔 부러져서 경찰서 못 가고 응급실에 있어."

"난 나름대로 배려한 거야."

지원은 감정을 드러내지 않고 대답했다. 되도록 이성적으로 대처하려 했으나, 태원이 이새를 건드리는 것을 본 순간 나사가 휙 빠져 버렸다는 말을 할 수는 없었다.

"태원이가 좀 석연치 않은 놈이라고 생각했지만 그 정도로 악랄할 줄은 몰랐다. ……형이랑 형수님 일은 정말 유감이야."

승환이 길게 한숨을 쉬었다. 지원이 정말 현명하게 충동을 참아 냈다는 걸 승환은 알고 있었다. 소중한 친구를 오래토록 위로해 주고 싶었다.

"옆에 있어 줄까?"

"나가라고."

지원이 결국 헛웃음을 보이며 말했다. 승환의 위로가 우스웠다.

"이새 씨 돌아올 때까지만 옆에 있어 줄게. 외롭잖아."

승환이 구석의 보호자 침대에 털썩 앉아 지원을 바라보니 지원이 징그럽다는 듯 몸을 돌렸다.

똑똑똑.

지원이 승환을 등진 지 얼마 되지 않아 또 노크 소리가 울렸다. 승환은 이새라고 생각하고 반갑게 문을 열었다. 그런데 뜻밖에도 문 앞에 서 있는 사람은 지원의 할아버지, 상호였다. 이 밤늦은 시각에, 대기업 회장님이 친히 병원까지 행차하시었다. 언제나 여유로운 미소를 짓고 있던 승환의 표정도 순식간에 굳었다.

"안지원이 병실이 여긴가?"

"네, 맞습니다. 들어오십시오."

승환이 안내하자 상호는 안으로 들어왔다. 서너 명의 경호원들이 병실 밖에서 대기하는 것을 흘깃 본 승환은 긴장하며 상호에게 의자를 권했다.

"안녕하세요. 저는 지원이 친구 허승환이라고 합니다. 이 병원 소아과에서 근무하고 있습니다."

"그렇군. 우리 지원이가 도움 많이 받겠구먼."

"아, 아닙니다. 저는 소아과라서요. 그럼 편히 말씀 나누십시오. 지원아, 나 간다!"

승환은 자리가 어렵다는 듯 꽁무니를 빼고 도망갔다.

주변이 조용해진 후, 상호가 조용히 물었다.

"몸은 좀 어떠냐."

"괜찮습니다."

"그래도 좀 쉬어라. 속이 편하지는 않을 게야."

"네."

태원을 해임하는 문제로 만난 후 처음 얼굴을 마주하는 것이었다. 지원은 어색하게 고개를 내렸다.

"……왜 말하지 않았냐."

"정확한 정보를 얻기까지 시간이 좀 걸렸어요."

"이제 확신하고?"

"엘리베이터에 갇혔을 때, 태원이 전화를 받았습니다. 녹음 같은 건 하지 못했지만 태원이가 직접 제게 털어놨어요. 형과 형수의 사고는 자기가 사주한 거라고요."

상호의 주름이 더욱 깊어졌다.

"못 믿으시겠지만 사실이에요."

"이 녀석아."

상호가 침착하게 목소리를 냈다. 세월을 따라 흐릿해진 눈동자에 애틋한 아픔이 담겼다.

"네가 착각하고 있는 게 있어. 네 형도, 부모도, 너 혼자 그리워하고 있다고 생각하는 거야. 너 혼자서 남은 사람들의 인생을 다 책임져야 한다고 생각하는 거다."

"……."

"그렇게 보낸 걸 후회하는 건 너뿐이 아니야. 나도 아끼던 손주 내외를 잃고 많이 상심했었다."

상호의 고백이 의외라는 듯 지원이 상호를 말없이 바라보았다.

"보안실에서 태원이 예전 PC를 찾았다. 네 형이 그룹 임원들 PC를 3년간 폐기하거나 기증하지 말고 보관하자고 했었지. 거기에서 태원이가 도원이 사고를 일으킨 정황 자료도 추가로 찾았다고 하더구나."

그저 열등감이 많은 줄로만 알았던 손주가 실은 괴물이라는 것을 알게 된 심정은 참담했다. 자신의 아들이 그런 괴물을 길렀다는 것에, 자신 또한 한 번도 손주를 제대로 살피지 않았다는 것에 비통했다. 상호는 스스로에게도 많이 화가 난 상태였다.

"고생했다."

한참 동안 말을 아끼던 상호가 지원의 팔 쪽으로 손을 뻗어 지그시 토닥였다.

병원 1층 편의점 앞에서 조용히 시간을 죽이고 있던 이새는 시각을 확인하고 자리에서 일어났다.

지원이 코코아 얘기를 했었던 게 떠올라서 코코아를 두 잔 샀다. 뜨거운 물이 식지 않도록 얼른 가야겠다고 생각했다. 그렇게 올라가려는데, 엘리베이터 앞에서 낯익은 얼굴과 마주쳤다. 이새는 자신을 쳐다보고 있는 시선을 피하지 못하고 꾸벅 인사했다.

"안녕하세요."

"날 기억해요?"

상호가 조용히 물었다. 상호 또한 이새를 기억하고 있었다.

"네. TV에서도 많이 봤고요."

"……잠깐만 차 안에서 얘기 좀 할 수 있나?"

마음속의 생각을 조금도 읽을 수 없는 표정으로, 상호가 이새에게 말했다.

깜깜한 밤. 병원 입구의 구석에 잠시 선, 허리가 기다란 차 안에서 이새는 상호의 옆에 앉았다. 이 차의 기다란 허리에 좌석이 두 개밖에 없다는 게 의아할 뿐이다.

"코코아 좀 드시겠어요?"

이새가 들고 있던 코코아를 내밀었다. 그새 코코아는 차 안의 냉기만큼이나 싸하게 식어 있었다.

"그래요. 고마워요."

상호는 이새가 내미는 코코아를 받았다. 그러나 입으로 가져가지는 않았다.

"지원이 때문에 여기 있는 건가?"

"네."

"결혼할 건가?"

곧장 이어진 상호의 질문은 거침없었다.

"청혼은 받았습니다."

"그래서 답은."

"안지원 씨에게 가장 먼저 대답해 줄 생각입니다."

"하겠다는 거군."

드라마에서 보는 것처럼 봉투라도 받으려나? 그럼 무슨 말로 거절할까?

턱도 없습니다. 안지원 씨는 제가 2,000억보다도 더 가치 있는 사람이랬어요, 이래 버릴까?

이새가 머리를 굴리는 동안 상호가 다시 입을 열었다.

"뛰어나게 명석한 것도 아니고, 유명인도 아니고, 집안이 부유한 것도 아니고, 하다못해 교육자 집안도 아니고."

돌아온 건 돈봉투가 아니었다.

"그래도 도원이 처는 부모님이 선생님이었어."

결혼은 내가 하는데 왜 부모님이 선생님이어야 하나요? 결혼도 입사하듯 스펙 쌓아야 하나요? 할아버지는 손주가 고른 여자를 그렇게 못 믿으세요? 그래서, 그렇게 고르신 정민지 씨에 대해서는 만족하셨나요?

뱉어 내고 싶은 말들이 입 안에서 근질거렸다. 하지만 어른 앞에서 언성을 높일 수는 없었다.

"뭘 믿고 우리 지원이를 흔들었나."

"그 말씀은 좀 과하십니다."

참다못한 이새는 조금의 언짢은 목소리를 냈다.

"자존심이 센 아가씨로군."

"……."

"나한테 이런 얘길 들어도 여전히 지원이가 좋은가?"

"제가 안지원 씨를 좋아하는데 할아버님의 말씀이 기준이 되지는 않습니다."

상호의 눈이 차분히 가늘어졌다. 웃는 듯도 했는데 이새는 눈이 마주치자마자 다시 고개를 내렸다.

"난, 같은 실수를 또 하고 싶지 않네. 그래서 그러는 거야."

같은 실수라니, 무슨 말일까.

"하지만 나는 아직 아가씨에 내린 믿음이 없네. 민지와 충돌이 있었던 것 같은데 준서 엄마와는 다르게 꽤 날을 세웠다고 하더군. 그냥 유한 성격인 것만은 아닌 모양이지. 그런 아가씨와 우리 지원이를 짝지어 주고 내가 편히 눈감을 수 있을지 판단이 서질 않아."

제가 유하지만은 않아서 그 독한 손주분과 어울리는 건데요. 유하기만 한 성격은 안지원 씨 옆에서 먼지처럼 사라질걸요. 이새는 여전히 말을 내뱉지 못하고 속으로만 분을 삼켰다.

"뛰어나게 명석한 것도 아니고, 유명인도 아니고, 집안이 부유한 것도 아니고, 하다못해 교육자 집안도 아닌, 초식동물 같은 아가씨가 이 맹수 같은 녀석들이 가득한 집안을 버틸 수 있을지."

상호는 했던 말을 다시 반복했다. 꽤 당돌하게 살았다고 생각했는데 회장님의 눈에는 자신이 초식동물로 보이나 보다.

아니, 근데 뭐, 말씀이 이래. 유한 성격이 좋다는 투였다가 초식동물을 언급하니 헷갈렸다.

나를 포악한 초식동물로 보신 건가?

아리송한 눈빛으로 상호를 빤히 바라보니 상호가 다시 입을 열었다.

"지원이 퇴원하면 우리 집으로 와요. 차나 한잔하지."

"네?"

차를 한잔하자고, 어려운 분이 말했다. 지금도 차 한잔을 함께하고 있는 건데, 그녀가 건넨 코코아는 냄새 한번 맡아 보지도 않고서 말이다.

"혼자 잘 찾아올 수 있겠지?"

거절은 용납할 수 없겠단 뉘앙스였다.

상호와의 짧은 만남을 뒤로하고 다시 병실로 돌아온 이새는 내내 넋이 나간 표정이었다.

"……김이새 선생님."

"네?"

지원이 몇 번 부르는 소리를 듣지 못하고 있다가 뒤늦게 돌아본 이새는 대답을 한 후에도 흐리멍덩한 표정을 풀지 못했다.

"표정이 안 좋네. 내가 또 뭐 잘못한 거 있어?"

"아니에요."

"아까 태원이 일 때문에 삐졌어?"

"아뇨."

"혹시 승환이 때문에? 승환이가 우리 방해해서 마음 상했어?"

"아니에요."

"그럼 왜 그러는데."

그의 목소리는 시종일관 부드럽다. 그 목소리에 응석을 부리게 될 것 같아 조심스럽다.

그는 그녀가 원하는 것을 뭐든 해 줄 것이다. 할아버지 이야기를 하면 만나지 말라고 하겠지.

"준서 삼촌."

"지원 오빠."

이새가 그를 부르자 그가 호칭을 정정했다. 아직은 그리 부르기 부끄럽다는 듯 이새는 스스로 타협점을 찾았다.

"……안지원 씨."

지원은 기분 좋게 웃어 보였다.

그래. 차분히, 천천히 걸어가자.

원하는 애칭은 아니었지만 그 정도만으로도 충분히 나아지는 것으로 알고 만족할 수 있었다.

"왜."

"우리 결혼해요. 저 졸업하고 취직하면, 아무 때나 해도 싱관없어요."

상호에게 말한 대로, 지원에게 가장 먼저 청혼에 대한 대답을 들려주었다. 그게 순서인 것 같았다. 그런데 지원은 대답이 없었다.

"싫어요? 싫으면 말고."

지원이 뒤늦게 당황하며 그녀를 붙잡았다.

"잠깐, 잠깐! 이거 프러포즈 해 달라는 거였어? 프러포즈 받고 싶어서 시무룩해 있었던 거야?"

"무슨 프러포즈야. 이상한 소리 좀 하지 말고요. 그냥 내가 정확히 하고 싶어서 그래요, 내가."

기쁘고, 한편으로는 멍했다. 계속 그녀의 대답을 기다리고 있었는데도 뜻밖의 이야기를 듣는 양 마음이 벅찼다.

"내 인생에 준서 삼촌, 아니 안지원 씨보다 좋은 남자가 나타날 리도 없고, 나는 준서 삼촌, 아니 안지원 씨가 없는 세상은 너무 힘들고 그쪽, 아니 안지원 씨는 내 대답을 기다리고 있었으니까 대답하는 거예요."

졸업하고 취직하면, 내년. 1년 뒤엔 결혼을 할 수 있다는 말이다. 더 빠르면 당연히 좋겠지만 그녀가 승낙해 준 것만으로도 행복한 마음이었다.

"초조하게 기다리지 말고 안심하고 기다리라고요. 어디 안 갈 테니까."

"……이리 와. 안아 줄게."

"마음만 받을게요."

이새는 강아지 부르듯 자꾸 이리 오라고 하는 지원을 어색하게 피했다. 지원은 도망치려는 강아지를 붙잡듯 그녀를 끌어와 품에 꽉 안았다.

"내가 이 얘기를 들으려고 다시 살아났나 보다."

목소리는 그의 너른 가슴통을 통해 전해졌다. 둥둥 울리는 심장 소리와 함께 전해지는 음성이 그녀의 온몸을 휘감았다. 그녀 또한 벅찬 마음이 되었다.

"진짜 행복해."

"……사랑해요……."

담백하게만 이야기를 풀어 가던 그녀가 개미 기어가듯 작은 소리로 고백했다. 그걸 또 지원은 알아듣는다.

"뭐라고?"

지원이 슬쩍 고개를 내려 이새와 얼굴을 맞추고선 물었다. 두 눈엔 바깥의 별이 잔뜩 모여 있었다. 이새는 부끄러워 말을 돌렸다.

"얼른 자라고요."

"한 번만 더 말해 봐."

"……."

"얼른."

끝이 귀에 걸릴 듯, 그의 입술이 길어져 있었다. 작은 말 한마디에 이렇게 기뻐해 주니 기분이 좋기도 하고 우습기도 했다. 이새는 다시 한 번 용기를 냈다.

"사랑한다고."

하지만 분위기 있는 고백은 아니었다.

"뭐라고?"

"사랑한다고!"

"응?"

"나 안 해. 나 안 해."

몇 번 거듭 말하게 된 고백이 부끄러워 고개를 돌려 버린 그녀를 그가 다시 붙잡았다.

"나도 사랑해."

다시 그녀를 감싼 공기가 지원으로 가득 찼다. 열이 오른 자신의 얼굴만큼이나 그의 가슴께도 뜨거워진 것을 확인할 수 있었다. 둘러싼 풍경이 병실 내부일 뿐인 공간인데, 세상이 아름답게만 보였다.

다음 날, 지원은 여러 가지 검사를 받고 곧장 퇴원 준비를 했다. 수습할 것들이 많았다.

"다원이는 할아버지 댁에서 지내고 있고 나는 일단 급한 대로 배 주임이 알아봐 줘서 김이새 씨 집 근처에 오피스텔 얻었어."

"왜 회사 근처가 아니라 우리 집 근처예요?"

"정말 몰라서 묻는 건 아니지? 새삼 이유를 확인하고 싶어서 그러는 거라면 오늘 일 빨리 끝내고 올게, 기다려."

"……아뇨. 오늘은 바빠요."

"왜?"

"준서랑도 같이 있어야 되고요……."

"그럼 준서 데리고 나와."

이제 겨우 병원을 벗어날 수 있게 됐는데, 몸도 마음도 자유로워져 기분이 최상인데, 그녀는 또 퇴원하자마자 자신을 홀로 두려는 모양이다.

"아뇨. 오늘 내일은 좀 바쁠 것 같아요. 주말에도 준서 삼촌, 아니 안지원 씨 옆에 있었잖아요. 휴가 좀 주세요."

준서 삼촌이라고 부르지 말라고 했더니 호칭이 더 길어졌다.

"김 선생, 아니 김이새 씨한테는 나랑 같이 있는 게 휴가가 아닌가?"

"혼자만의 시간이 필요한 날도 있잖아요."

"그래. 내 옆에서 혼자만의 시간 보내. 그림같이 옆에 있어 줄 테니까."

어제는 사랑한다고 하더니 오늘은 왜 손가락 사이로 빠져나가려고 하는 건지.

"누구 만날 약속 있어?"

"아뇨."

"근데 왜."

"준서 삼촌, 아니 안지원 씨도 바쁘실 거 아니에요. 그동안 못 본 볼일 보시고 이틀 뒤에 다시 만나요."

준서 삼촌, 아니 안지원 씨. 길어진 호칭만큼이나 사이가 다시 멀어진 기분이다.

하루 뒤도 아니고 이틀 뒤라니. 분명히 일부러 그러는 거야. 지원은 심통이 났다.

그로부터 이틀이 지난 오후.

할아버지 댁에 신세를 지게 된 다원은 일이 없는 시간엔 집 안에서만 조용히 시간을 보냈다.

화재 현장에는 없었지만 다원 또한 큰 충격을 받았다. 태원이 모든 사건의 주범이라는 사실, 그리고 자신이 믿고 맡긴 미옥이 준서를 죽이려 하고 화재를 일으켰다는 사실이 상처처럼 남아 버린 것이다. 그녀가 요양하는 것을 무어라 할 사람은 아무도 없었다. 다들 그녀에게 신경을 써 주니 그녀는 금방 기운을 회복했다. 늘 멀찍이에서 지켜보고만 있던 상호가 오늘은 다원의 기분을 물었다.

"기분은 좀 괜찮냐?"

"점점 괜찮아지고 있어요. 역시 시간이 약인가 봐요, 할아버지."

"그래. 그럼 오늘은 어디 나들이라도 다녀와."

"약속이 없어서요."

"그럼 만들어서라도 나가 놀다 와라. 바깥바람 좀 쐬어야지."

"혹시 집에 태원이 오빠라도 오는 거예요?"

"태원이는 구치소에 있잖니."

"그럼 왜요? 누구 껄끄러운 손님이 와서 저 내보내시려는 거 아니에요?"

집안에서 가장 눈치가 없는 다원이 예리하게 묻는 것에 상호는 적잖이 당황했다. 그는 금방 손녀딸에게 사실을 털어놓았다.

"그 애가 오기로 했다. 지원이 지금 사귀는 아가씨 말이야."

"김이새 선생이요? 왜요?"

상호가 더 이상의 설명을 하지 않으니 다원이 얼굴을 잔뜩 찌푸렸다.

410

"할아버지, 너무 심하신 것 같아요. 솔직히 이건 오지랖이에요. 요즘 어느 할아버지가 손주 연애까지 간섭해요? 창피하게."

"연애가 아니라 결혼이야. 그 아가씨는 청혼을 받았단다."

"처엉호온? 허……."

"너도 기가 막힐 게다."

"진짜 너무하네. 나한테 귀띔도 안 해 주고."

상호는 제 의견에 다원의 호응을 덧붙이고자 털어놓은 것인데 다원의 반응은 남달랐다.

"두 사람 허락하지 마세요. 어차피 저도 반대예요. 두 사람 안 어울려요, 할아버지. 김 선생이 아까워요."

그런데 남달라도 너무 남다른 반응이었다.

"오빠 친구 중에 허승환이라고 소아과 의사 오빠 하나 있어요. 머리도 좋고 성격도 괜찮아요. 훈남이고. 오빠랑은 비교가 안 돼요. 김 선생이랑 허승환 오빠랑 나란히 서 있으면 그림이 엄청 평화로워요. 그 오빠랑 연결시켜 줄 거예요, 제가."

다원에게 지원과 이새를 이어줄 마음이 없다는 건데, 듣는 상호는 왠지 기분이 언짢아졌다.

내 손주가 뭐가 어때서 그 아가씨가 아까워. 소아과 의사 녀석, 보니까 별것도 아니더라만.

"첫사랑을 김 선생 같은 사람을 만났으니 아주 잘됐어요. 오빠는 이제 다른 여자도 못 만나요. 주제에 눈만 높아져서. 오빠는 그냥 평생 결혼하지 말고 혼자 살라고 하세요. 오빠 성격엔 그게 딱 어울려요. 일만 하다 늙는 거."

"넌 지원이 동생이 맞냐?"

상호가 불만 가득한 얼굴로 물었다. 다원의 대답은 가뿐했다.

"이런 얘기 해 주는 건 동생밖에 없죠."

이틀 동안 이새를 만나지 못한 지원은 그녀가 전화도 잘 받아 주지 않는 것에 슬슬 속이 끓었다. 이번엔 아예 휴대폰까지 꺼 놓은 것이다. 참다 참다 준서에게 전화를 걸었다. 준서에게 비상용 휴대폰을 쥐여 주어 다행이었다.

-삼촌!

준서는 반가운 목소리로 전화를 받았다.

"응, 준서야. 잘 지내지?"

-네! 선생님이 오늘 삼촌 보러 같이 가자고 했어요.

"그래? 오늘 보러 오긴 한대?"

-네! 이따가 저녁때요.

"나랑은 연락도 안 하고 혼자 마음대로 정하네. 선생님은 어디 있어?"

-선생님 지금 나갔는데요?

"그래? 어디?"

-몰라요. 선생님 계속 공부만 하다가 나갔어요.

"공부?"

취업하고 결혼한다더니 취업 준비를 하는 건가, 갑자기 웬 공부를 하나 싶어 더 길게 물어보려 했는데 곧 상황이 여의치 않게 되었다.

집무실 문이 열리고 태원의 어미, 고은애 여사가 안으로 들어왔다. 예고 없는 방문이었다.

"준서야. 이따가 다시 전화할게. 일단 끊어."

지원은 바로 전화를 끊고 은애를 맞았다. 은애는 잔뜩 굳은 얼굴로 지원을 쏘아보듯 빤히 바라보고 있었다.

"숙모님 오랜만입니다."

"태원이 소식은 들었니? 태원이가 요즘 구치소에서 얼마나 고생하고 있는지 알아?"

"아마 도주 우려가 있다고 판단돼서 그럴 거예요. 많이 속상하시겠네요. 저도 그렇게 되어 유감입니다."

굳어 있던 은애의 눈빛은 금세 뭉개졌다. 은애는 이 상황이 애가 타는 듯 지원에게 호소했다.

"그 애를 풀어 줄 사람은 너밖에 없잖아."

"그건 아니에요, 숙모님. 태원이가 한 짓들은 민사가 아니라 형사사건이에요. 저는 판사가 아니고요."

"그래도 네가 증언을 태원이한테 유리하게 해 주면 태원이가 풀려날 수도 있는 거 아니니!"

"숙모님, 그래서 지금 저한테 태원이를 두둔하라는 거예요? 제 형과 형수를 죽인 놈을?"

"태원이가 죽인 거 아니다. 너도 알잖아!"

"그 자식 손에 직접 피만 안 묻혔을 뿐이죠! 돈과 권력으로 할 수 있는 가장 잔인한 짓을 한 거라고요. 그 자식은."

숙모들 중에 가장 사리에 밝고 이따금 이성적인 충고를 하던 그녀도 자식의 구속을 눈앞에 두고는 무너질 수밖에 없는 모양이다. 그래서인지 은애의 참담한 얼굴을 마주하기는 불편했다.

"잘못 찾아오셨어요. 저는 태원이를 지옥에 보내고 싶은 사람이에요."

"네가 이렇게 모질게 굴면, 너는 무사할 줄 아니? 네 가족들은 행복할 줄 알아?"

지원을 조금도 설득하지 못한 은애가 마지막으로 발악했다.

"위협하시는 방법이 태원이랑 참 비슷하네요. 숙모님한테 배운 것은 아니길 바랐는데."

말이 통하지 않는다는 것을 깨달은 지원이 먼저 매몰스럽게 집무실 문을 열었다.

"아무리 숙모님이라고 해도 내 사람들 건드리면 가만있지 않을 겁니다. 당장 나가 주세요."

휴대폰 진동이 울리고 있었다. 지원은 은애가 방에서 나가도록 계속 문손 잡이를 쥔 채로 전화를 받았다. 발신자는 다원이었다.

"여보세요."

-오빠, 오늘 할아버지 댁에 김 선생 온다며? 오빠도 같이 오는 거야? 결혼 허락 받으러?

수화기 너머로 들려오는 뜬금없는 얘기에 지원의 표정이 더욱 굳었다.

이제껏 지원네 집에 익숙해져서일 것이다. 지원의 할아버지, 상호네 집의 규모에 섣불리 주눅 들지 않는 것은.

지원네 집을 처음 방문했던 날의 기억을 떠올리니 이상하게도 긴장이 사라졌다.

관리인의 안내에 따라 집 안에 들어서며, 이새는 권서정 여사와 스쳤다. 상호의 부인, 지원의 할머니이신 분, 어제 지원네 집안에 대해 공부하다가 인터넷 뉴스 기사로 얼굴을 확인하게 된 바로 그분이었다. 새삼 또 신기했다. 그녀가 고개 숙여 인사하자 할머니는 사람 좋은 미소를 지으며 '그래요. 반가워요.'라고 말해 주었다. 지원의 할머니에게서 환영받으니 더 자신감이 생겼다.

그녀는 용기 있게 접견실에 들어섰다. 상호가 그녀를 기다리고 있었다.

"안녕하십니까."

"그래요. 앉아요."

상호도 정중하게 그녀에게 자리를 권했다.

"자네 때문에 우리 손자 둘이 크게 다퉜다는 얘기 들었네."

그러나 그녀가 자리에 앉자마자 공대도 존중도 사라졌다. 화제전환이 아주 빨랐다. 상호는 신문기사처럼 본론으로 직행했다.

"태원이…… 그 죄지은 녀석을 감쌀 생각은 없지만, 그렇게 집안의 우환을 더 크게 만든 아가씨를 내 손주며느리로 들일 수는 없어."

맥이 빠지는 이야기였다.

"어르신께서는 이미 답을 정해 놓으신 거군요."

"그렇긴 하지."

"……."

"그럼 그렇게 알고 정리해 주는 건가?"

"그건 제가 알아서 하겠습니다."

그녀는 인간적인 기대를 했던 마음을 접고 아무렇지도 않게 대답했다.

"제 결혼이고 제 문제니까요."

경계를 짓는 그녀의 말에 상호 또한 기분이 상했다.

"집안 보고 결혼을 결심한 건 아니거든요. 그러니 포기해도 집안 때문에 포기하지는 않으려고요."

그녀는 자리에서 일어났다. 상호와 조금이라도 대화를 나눌 수 있을까 하는 마음에 지원이 놀자고 유혹하는 것도 뿌리치고 그동안 이것저것 교양을 쌓았던 시간들이 모두 부질없게 여겨졌다.

"그럼 이만 가 보겠습니다."

"속전속결이군. 원래 성격이 그런가?"

태원을 해임할 적에 30분 안에 해결을 보려던 손주 놈, 지원이 녀석이 떠올랐다. 그것만 따지면 이 둘은 천생연분이었다.

이새가 억울한 마음에 입술을 삐죽이며 말했다.

"어르신께서도 저와 차 드시고 싶지 않으시잖아요."

상호가 그녀에게 그랬듯이 그녀 또한 상호를 경계하는 것뿐이다. 가는 말이 고와야 오는 말이 곱다는 건 초등학교 1학년 때 배우는 속담이다.

"나중에 안지원 씨와 같이 오겠습니다. 그 편이 더 현명할 것 같아요. 오늘은 죄송합니다."

"정말로 그렇게 그냥 가겠다는 건가?"

상호의 물음에 이새의 눈썹이 휘었다.

이 어르신이 지금 나를 떠보시는 건가? 어떻게 반응할지 계산에 넣고 이리저리 시험해 보고 계시는 건가?

이새가 영문을 모르고 갸웃거리는 동안 상호는 다시 또 입을 닫았다. 대체 어쩌라는 건지.

이새는 그 자리에 한참 동안 가만히 선 채로 이리저리 눈을 굴렸다. 벽 쪽의 진열대 맨 아래에 바둑판이 보였다. 멀리서 보아도 꽤 색이 바랜 듯했다.

"어르신 바둑 두십니까?"

의외의 질문에 상호가 이새를 빤히 보았다.

"시간 있으시면 저랑 바둑이나 한 수 두시겠어요? 제가 그냥 가는 게 마음에 안 드신다면요."

"바둑을 두자고?"

"네. 저쪽에 있는 거 바둑판 아니에요?"

상호는 이새의 눈썰미에 몰래 경탄했다. 게다가 골프를 치자는 말보다도 흥미로운 제안이었다. 상호는 조금 더 잠자코 지켜봐야겠다고 생각했다.

"실례가 아니라면 갖고 오겠습니다."

이새는 낑낑거리며 바둑판을 갖고 왔고 탁상에 바둑판을 펼쳐 놓은 후 바둑알도 가지고 왔다. 프로기사들 말고는 바둑을 두는 20대 아가씨를 만난 적이 없었다. 상호는 처음으로 이새를 눈여겨보게 됐다.

"어느 정도 두나."

"인터넷 바둑만 두는데 인터넷 급수로는 6단까지 올라가 봤어요. 그래도 기원 2, 3급은 되지 않을까요?"

피식, 상호는 코웃음 쳤다.

"어르신께서는요? 인터넷 바둑 두세요?"

그런 걸 둘 리가 있나.

"요즘에 많이 안 두셨으면 제가 백돌 할까요?"

"어허. 위아래도 없구먼."

이새가 백돌을 가져가려 하자, 상호는 낮게 호통쳤다.

바둑에서는 실력이 더 좋은 사람이 백돌을 쥔다. 실력을 알 수 없는 경우라면 손윗사람이 백을 쥐는 것이 보통이다. 백돌은 상호의 앞에 놓였다.

"어느 정도 하시는데요?"

"난 프로랑 둬."

"그래도 어르신께서 흑 쥐실 거 아녜요. 몇 점 올리고 두세요?"

일반인들의 바둑대국은, 레벨이 다른 두 선수의 수준을 맞추기 위해 바둑판에 한쪽 선수의 돌 몇 점을 올리고 시작하기도 한다. 바둑판에 제 돌이 많을수록 승부에 유리하다.

"올리는 일은 없네. 그리고 나는 언제나 백이야."

"아……. 프로가 봐주는 거구나……."

"뭐라고 했나?"

"아뇨. 이해합니다, 회장님."

'회장님'이라는 호칭이 꽤나 듣기 거북했다. 자신을, 바둑 승부나 조작하는 돈 많은 늙은이로 보는 것이 분명하단 생각에 그녀를 흘겨보게 됐다. 단번에 그녀의 기를 꺾어 버릴 생각에 상호는 처음부터 공격적인 수를 던졌다. 상호는 바둑알 내려놓는 손놀림만 봐도 상수인지 하수인지를 알 수 있는 사람이다. 그녀는 바둑알을 짚는 것이 어설펐다. 그런 솜씨로 겁도 없이 제게 덤비는 깡다구가 맹랑하고도 야무져 상대해 주는 거였다.

"아, 제가 인터넷 바둑을 많이 둬서 현실 바둑은 좀 손놀림이 어설픕니다."

상호가 자신을 깔보는 마음을 읽은 듯 그녀가 둘러댔다. 상호는 속으로 비웃었다.

그런데, 의외였다. 그런 상호의 압박을 그녀는 집중력 있게 버텨 냈다. 상호의 대궁(한쪽의 돌로 둘러싸인 커다란 집) 안에서 자신의 돌을 잘 살려 내고 있었다. 그녀의 수를 읽지 못한 상호의 눈빛이 흔들렸다. 그녀가 입가에 웃음을 담고서 말했다.

"초반에는 한 번에 두 수 두셔도 됩니다."

"무슨 소린가."

"봐드리려고 한 건데요."

그녀가 약 올리듯 농담했다.

돈을 주고 데려오는 프로들은 알아서 밸런스를 조절한다. 그래도 프로들을 예우해 주기 위해 상호가 석 점 정도는 올려 두고 두는데, 석 점을 올려 두고 둘 때나 그냥 둘 때나 결과는 똑같았다. 프로들은 게임을 포기하듯 져 준다. 그리고 입에 발린 말을 해 주기도 한다. '회장님은 지금 프로 데뷔하셔도 되겠습니다.' 하고. 그 말에 흐뭇하게 웃어는 주지만 그리 기쁘지는 않다.

그런데 이 아이는 도발적으로 수를 두면서 어른을 놀려먹기까지 한다. 얼굴로 드러낼 수는 없지만 은근히 약이 올랐다. 그 불편함이 계속되면 무어라 경고를 해 주거나 판을 아예 엎어 버리고 말 텐데, 제 차례가 되어 눈을 요리조리 움직이고 검지를 허공에 짚으며 수를 계산하는 어리숙한 그녀의 모습에 왠지 분이 풀렸다. '회장님'이 아니라 대국에 집중하는 모습이 신기하게 보였다.

"어르신께서는 바둑 왜 좋아하세요?"

한 수 내려놓은 그녀가 나직이 물었다. 상호는 퉁명스레 대답했다.

"안 좋아하네."

"저는 좋아해요. 마음이 아파서 많이 두지는 않지만."

왜 바둑을 두는 게 좋은데 마음이 아프단 걸까. 심히 궁금했지만 스토리텔링에 넘어가고는 싶지 않아 상호는 고집스럽게 입을 꽉 닫았다. 승부에만 집중하고 싶었다. 바둑알을 쥔 검지와 중지에 힘이 실리는 느낌이 오랜만에 참 좋았다.

"한 번에 한 수. 바둑은 공평해서 좋아요."

그녀가 상호의 수를 계산하며 미소 지었다. 그에게 말을 걸면서도 시선은 내내 바둑판에 달라붙어 있었다.

"아까 제가, 프로가 봐주는 거라고 해서 기분 상하셨죠. 죄송합니다. 바둑알 다 내려놓기 전에 편견부터 가지면 안 되는데. 제가 경솔했습니다."

"……."

"역시 제가 한 수 배워요."

탁. 이윽고 그녀가 제 흑돌을 내려놓았다. 대마(넓게 자리 잡은 돌의 무리)의 급소를 정확히 공략한 수였다. 상호가 공격했던 아이디어를 그대로 써먹은 것이었다.

"이렇게 어르신과 대등하게 시작해서 대등하게 걸어간다면 저도 괜찮은 맞수가 되지 않을까요?"

그녀는 제법 당돌한 수를 두고는 상호를 바라보았다. 상호도 고개를 들어 그녀를 바라볼 수밖에 없었다. 이야기는 바둑판을 벗어나 있었다. 이건 현실의 이야기였다.

내가 조금 더 부자인 집안의 아이였다면, 지금과는 다른 출발선을 갖고 있다면 당신은 나를 절대 함부로 할 수 없어요. 섣불리 편견을 담아 말할 수도 없어요.

"또는, 제가 흑돌 넉 점을 더 두고 시작했다면, 어르신께서 제게 이기실 수 있으시겠어요?"

또는 내가 당신과 동등한 부자라면, 나는 당신을 뛰어넘을 수도 있을 거예요.

야무진 질문에 상호는 제 차례에 두려던 자리도 잊고 그녀를 빤히 바라보았다. 그녀는 의기양양한 미소를 짓고 있었다.

"저는 여덟 점을 더 둔다면 알파고도 이길 수 있어요."

좀처럼 보기 힘든 대단한 배짱이었다.

다원의 연락을 받은 지원은 곧장 할아버지 댁으로 달려왔다.

"할머니, 안녕하셨어요."

급하게 숨을 몰아쉬며 집 안으로 들어온 지원에게 할머니 권서정 여사가 물었다.

"그래, 건강은 괜찮고?"

"네. 그런데 할아버지는 어디 계세요?"

지원은 짧게 대답한 후 바로 용건을 얘기했다. 그 모습에서 서정은 언뜻 남편을 보는 것만 같았다.

"애인 때문에 이렇게 달려온 거야?"

"네. 그 친구 아직 여기 있나요? 전화를 안 받던데."

"할아버지랑 바둑 두고 있어."

"바둑이요?"

서정은 빙긋 웃어 보였다. 아무 말 없이 지켜보는 입장에서도 오늘의 일은 흥미로웠다.

"편히 기다려도 될 것 같은데."

지원은 서정의 말에 더욱 아리송한 표정을 짓게 됐다.

뜬금없이 바둑이라니.

"네 할아버지, 아까 화장실 간다고 잠깐 나오셨는데 많이 긴장하고 계시더라. 근데 신나신 것 같기도 했어. 서재로 가시는 발걸음이 급해 보였단다.”

“……”

“예감이 좋으니 그냥 둬 봐. 네 할아버지가 요즘 좀처럼 재미있는 일이 없으셨으니 조금 더 즐기셨으면 좋겠다.”

서정이 자신의 의견을 표했다.

근래에 재미있는 일이 없었다는 것은 태원에 대한 사건을 두고 한 이야기였다. 그간 할아버지도 마음 편히 주무시진 못하셨을 것이다.

서정의 말에 지원도 마음이 무거워지긴 했다. 하지만 서정은 웃어 주었다. 정말 기분이 괜찮아 보였다. 아니, 할아버지가 신나신 것 같다고 하시더니, 할머니도 덩달아 신이 나셨는지도 모르겠다. 긴장하여 꽉 쥐고 있던 지원의 주먹이 서서히 풀어졌다. 김이새, 그녀가 서정의 마음에 꼭 들었다는 것을 알 수 있었다.

“참 예쁜 아가씨더구나. 보기만 해도 사랑스러워.”

“얼굴만 예쁜 게 아니에요. 마음씨는 더 사랑스러워요.”

지원은 팔불출이었다. 서정은 그런 지원을 조금도 질타하지 않고 흐뭇하게 웃었다.

“준서를 부담스러워하지는 않고?”

“저보다 준서를 더 잘 챙기는 사람이고요.”

“그래, 잘 만났구나. 혹시나 할아버지가 반대하더라도 내가 잘 말해 보마. 근데 할아버지가 아마 더 마음에 들어 하실 거야.”

할머니의 말에 힘이 났다. 그는 조금은 느긋해진 마음으로 그녀를 기다릴 수 있었다.

상호와 이새가 접견실에서 나온 것은 그로부터 한 시간 뒤였다. 두 사람은 문을 나서면서도 계속 바둑 이야기를 점잖게 이어 가고 있었다. 그 자리는 신의 한 수였다든가, 그게 실수였다든가……. 당연히 이새는 밖에서 기다리고 있던 지원을 늦게 알아보게 되었다.

"어?"

지원과 눈이 마주친 그녀는 그 자리에서 발을 멈췄고 지원은 그런 이새를 보며 가벼이 눈을 흘겼다.

"여기서 기다리고 있었냐?"

"그럼 어디서 기다렸겠어요?"

상호의 시큰둥한 질문에 지원 또한 늘 그랬던 대로 불퉁스레 대답했다. 그리고 붙박여 선 이새에게로 다가가 그녀의 손을 잡았다.

"너무 오래 붙잡아 두셨어요. 이만 데려갈게요."

"할애비랑 얘기도 안 하고 가?"

상호가 서운한 뜻을 내비쳤다. 이새가 조심스레 지원의 손을 놓았다.

"두 분 말씀 나누세요. 저는 괜찮아요. 혼자 갈게요."

"데려다줄게."

하지만 지원은 다시 손을 잡았다. 이새의 상황이 무안하게 되었다.

"데려다주고 다시 오겠습니다."

"괜찮다니까요."

이새는 상호와 서정의 눈치를 보며 지원에게만 들릴 소리로 속삭였다.

"아니다. 데려다주고 와라."

상호가 먼저 말했다. 그리고 질문을 덧붙였다.

"쥰서가 지금 거기서 지내고 있다고?"

"네, 가족들 다 같이 살 집을 구할 때까지만요."

"당장 데리고 와. 앞으로는 너도 준서도 여기서 지내도록 해라."

대답을 들은 상호가 엄하게 말했다. 이새가 지원의 옆구리를 콕콕 찌르며 작은 소리로 부추겼다.

"알겠다고 해요. 얼른."

"네, 알겠습니다. 데리고 올게요."

이새도 꾸벅 인사했다.

"오늘 즐거웠습니다. 감사드리고요."

"흠, 흠."

상호는 괜히 목을 가다듬었다. 잘 가라는 인사는 하지 않았지만 상호 또한 지원처럼 표현에 서툰 사람이라는 걸, 이새는 금방 알아챘다.

지원과 함께 차에 오른 이새가 사과했다.

"얘기 안 해서 미안해요."

"미안할 일을 왜 했나? 할아버지 만나러 간다고, 그거 한마디 하기가 그렇게 어려워? 그동안 날 안 만나줬던 이유가 이거야?"

"오늘 할아버지 뵙고 저녁때 마음 편히 만나려고 했죠."

"바빠. 나도 안 만나 줄 거야."

이새가 지원을 달래듯 웃었으나 지원은 여태 심통이 난 목소리로 대답했다.

"공부할 게 많았다고요."

"공부해서 바둑 둔 거였어?"

"……아뇨. 공부는 다른 분야였죠. 얄팍한 교양 좀 쌓아 봤어요. 할아버지께서 어떤 화제를 꺼내시더라도 만물박사처럼 대답해 보려고."

"……."

"진짜 취업 공부하듯 공부했는데 예상문제는 나오지도 않고 바둑만 두다 왔네. ……그래도 나름 훈훈하게 헤어진 거예요. 처음엔 분위기 보고 그냥 나가려고 했거든요."

"그래, 훈훈하지 않았으면 어쩔 뻔했어? 너는 겁도 없이……."

조금 더 화를 내 보려는데 그녀가 생글거린다. 해맑은 표정에 애교가 담뿍 담겨 있다. 웃는 얼굴을 봐서라도 그냥 넘어가 달라는 말이지만 지원은 다른 이유로 또 속이 들끓게 된다.

"웃지 마. 어디 납치라도 하고 싶은 충동이 인다."

합. 이를 살그머니 드러내고 웃던 그녀는 금세 웃음을 쏙 삼켰다.

"바둑, 엄청 오래 걸렸네."

"두 판 뒀거든요. 하얗게 불태웠어요……."

"그래서. 이겼어, 졌어?"

"이겼을 것 같아요, 졌을 것 같아요?"

"그렇게 묻는 거 보니 이겼구나?"

"……."

"아니야?"

"……."

"졌어? 두 판 됐다며."

"……."

"두 번 다 졌어?"

지원의 눈꺼풀이 슬쩍 일그러졌다.

"아깝게, 아깝게!"

이새가 억울하다는 투로 힘주어 말했다.

"질 싸움을 왜 해?"

"질 줄 알고 하나요? 이길 것 같으니까 했지. 할아버지가 고단수라는 건 왜 말 안 했어요?"

"나한테 뭘 물어보기나 했어? 바둑을 눌 줄 아는 것도 지금 처음 알았는데."

지원의 억울함은 이새에 비할 바가 아니었다. 제게 얘기도 안 하고 할아버지를 만나러 간 것도 속이 타는 일이었는데 이제 와 생전 꺼낸 적도 없었던 바둑 얘기를 꺼내면서 을러메니 서럽기도 하다. 그제야 제 잘못을 깨달은 이새가 사과 대신 사실을 고했다.

"동생 때문에 배웠어요. 동생이랑 놀아 주려고요. 바둑은 침대 위에서 할 수 있는 제일 재미난 놀이였거든요."

이새는 지원의 차를 타고 집으로 가는 동안 동생 이혁이에 대해 한참 얘기했다. 지원은 이새의 이야기를 듣는 동안 몇 번 고개를 주억거렸다.

사실 그는 귀신을 믿지 않는 사람이었다. 준서가 귀신을 본다고 하는 것도 모두 준서의 심약한 마음 때문이라고 생각했었다. 여전히 귀신을 믿지는 않지만, 기적은 믿을 수 있을 것 같았다. 엘리베이터에 갇혀 이새의 목소리를 들은 후 그의 마음가짐은 확실히 바뀌었다.

세상엔 운명도, 기적도 있다. 어쩌면 김이새라는 여자가 자신의 옆에 있는 것 자체가 기적일지도 모르겠다.

이새의 얘기를 즐겁게 듣는 동안, 금방 그녀의 집에 닿았다. 지원이 온 것을 어찌 알고, 준서는 집 앞에 나와 있었다.

"삼촌온!"

"준서야."

반갑게 달려와 안기는 준서를, 지원도 따뜻하게 안아 주었다.

"기분은 괜찮아?"

"네! 삼촌은 이제 다 나았어요?"

"그래."

밝은 대답만큼이나 준서는 좋아 보였다. 지원은 준서의 뒤를 지키고 있는 희선에게도 정중하게 인사했다. 지원은 일상의 행복에 가슴이 뭉클하고 뻐근했다.

이 행복이, 세상의 많은 사람들 중에 자신에게 머무는 것은 분명 기적이었다.

이새가 떠난 후, 상호는 다시 접견실로 돌아와 이새와의 대국을 다시 한

번 되짚어 보았다. 오랜만에 재미있는 게임을 한 것 같아 속이 시원했다. 그간의 스트레스가 날아간 듯했다.

정말로 괜찮은 맞수를 찾은 느낌.

그래서 준서와 지원에게도 이 집에서 살도록 지시했다. 준서를 이 집 안에 들여놓으면 그녀 또한 더 자주 올 거라는 계산이 있었던 것이다.

'정말 묘한 아가씨네.'

이토록 에너지가 가득한 아가씨는 오랜만이었다. 도원의 처, 하늘과는 또 다른 느낌이다.

하늘을 생각하면 아직도 가슴이 먹먹하다. 하늘을 내켜 하지 않았던 것은 상호에게 큰 한으로 남았다. 시간이 지나고 보니 며느리와 손주며느리를 통틀어 하늘만큼이나 싹싹하고 예쁜 아이가 없었다. 손주와 손주며느리를 한꺼번에 잃고 나서야 그것을 깨달았다.

그래서, 두 번 다시 실수를 하고 싶지 않았다. 지원이가 지금 사랑하는 아가씨가 지원의 짝으로 괜찮은 여성이라면 크게 힘을 실어 주고 싶었다. 아무도 타박하지 못하도록. 사실은 그래서 집으로 부른 거였다. 처음에 그녀에게 적대감을 갖고 말한 것은 그저 어떻게 반응하는지 보려는 의도였지 그녀를 무너뜨리기 위함은 아니었다.

그런데 그의 말을 곧이곧대로 받아들이고 자리를 떠나려 하는 그녀의 반응에 어처구니가 없었다. 뭐, 이런 당돌한 아이가 있나 싶었다. 그리고 이어진 더 담대한 말.

"시간 있으시면 저랑 바둑이나 한 수 두시겠어요? 제가 그냥 가는 게 마음에 안 드신다면요."

그녀는 대기업 회장인 자신을 상대로 시간이나 때우겠다는 듯이 제안했다.

그러고선 그의 실력을 은근히 얕보는 것으로 투지를 불타오르게도 했다.

어느새 그런 그녀에게 이끌려 바둑판의 수에 고심하고 있는 자신을 발견했다. 오랜만에 느껴 보는 활기였다. 바둑을 두는 내내 그는 정말 즐거웠다.

"할아버지."

가만히 지난 대국을 돌이켜 보고 있을 때 지원의 목소리가 들렸다. 이새를 금방 데려다주고 돌아온 것이었다.

"준서 데려왔습니다. 지금 할머니랑 같이 있어요."

"그래. 나가자꾸나."

상호는 앉아 있던 자리에서 몸을 일으켰다.

"바둑은 재미있으셨어요? 그 친구는 자기가 졌다고 하던데요."

"그 아가씨가, 자기가 졌다고 말하던?"

"네."

"이기긴 했지. 하지만 두 번 다 한 집 차이였다."

"……."

"다음 대국이 기대되도록, 그렇게 만들어 놓고 갔더구나."

역시나, 그녀를 다시 부르겠다는 의미였다. 지원의 입술 끝이 서서히 위로 당겨졌다.

"네가 빠질 만한 이유는 납득이 되더구나."

"알면 알수록 더 빠지실 거예요."

"그렇게 좋냐?"

"좋아할 수밖에 없거든요."

지원의 자신만만한 표정에 상호는 미소를 숨겼다. 아무것도 그려지지 않는 무정한 표정의 손주보다는 지금이 훨씬 좋았다. 그 웃음을 만들어 주려고 상호 또한 얼마나 지원을 신경 쓰고 살았는지 모른다. 도원과는 달리 말이 없고 냉랭한 손주 녀석이 상호는 계속 마음에 걸렸다. 그런 손주놈을 바꿔 놓은 아가씨라면, 사실 두 손 들고 환영할 일이다.

"그래서 결혼은 언제 할 계획이냐."

"저는 빠를수록 좋죠. 결혼 적령기잖아요."

"갖다 붙이기는."

상호가 눈을 흘기자 지원이 다시 미소 지었다.

"결혼하기 전까지는 웬만하면 여기서 지내라."

자신도 손주며느리와 빨리 친해지고 싶다는 소망이 담긴 말이었다.

회사로 돌아가 업무를 정리하고 정시보다 일찍 퇴근한 지원은 낮에 얘기한 대로 이새를 만날 생각에 그녀에게 전화를 걸었다.

-여보세요?

수화기에서 들려오는 소리가 어수선했다. 집에 있는 것은 아닌 모양이었다.

"어디야?"

-과 송년회 왔어요.

주위의 잡음들과 함께 그녀의 목소리가 들려왔다. 대답이 서운했다.

"오늘 저녁때 나 만나기로 한 거 아니야?"

-바쁘다면서요. 안 만나 준다면서요.

"그건 그냥 한 말이지!"

억울한 마음에 목소리가 높아졌다. 농담이라고 생각하며 한 말이었는데, 그걸 그녀는 있는 그대로 받아들인 것이다.

-아…… 그럼 나갈게요. 지금 어디예요?

"내가 갈게. 학교 앞이야? 람보네?"

-아뇨. 람보네는 아니고, 그 근처예요. 근처 오셔서 연락 주시면 제가 그쪽으로 갈게요.

지원은 전화를 끊고 바로 이동했다.

송년회라면 뜻깊은 자리일 텐데 그녀는 흔쾌히 자리를 나오겠다고 해 주었다. 그녀는 자신을 확실히 소중히 여기고 있었다. 투정 부렸던 마음을 반성하게 됐다.

오늘은 그냥 얼굴만 보고 헤어져야지. 송년회에서 더 놀게 해 줘야지.

지원은 여유 있게 미소 지었다.

……그러나 지원은 그 여유를 금세 잃었다.

부지런히 운전하여 이새네 학교 근처 술집 골목에 다다랐다. 골목 안쪽으로 차를 댈 수도, 다른 곳에 주차를 할 수도 없어 차 안에서 나오지 못하고 휴대폰을 들었다. 하지만 이새에게 전화를 걸려는 찰나, 그의 눈이 그녀를 먼저 발견했다. 골목의 한편에 서서 얘기를 나누는 서너 명 정도의 무리에 이새가 끼어 있었던 것이다. 무슨 즐거운 얘기를 하는지, 다들 함박웃음을 짓고 있다. 그리고 그 안에서도 그녀의 미소는 특히나 눈이 부시다.

그녀를 일찍 발견한 것에 만족하며 반갑게 전화를 걸었을 텐데, 왠지 마음이 껄끄러웠다. 이새의 옆에 딱 붙어 선 남자놈이 눈에 걸렸다. 남자놈이 이새에게 완전히 시선을 맞추고 있다는 것은 조금 떨어져서도 아주 잘 보였다. 웃으며 지켜보고 싶은데, 괜히 속이 근지러웠다.

'웃지 마.'

그 녀석한테는 웃어 주지 마. 내 앞에서만 웃어.

내게 예쁜 저 여자는 남들의 눈에도 너무 예쁜 게 문제다. 남자놈의 시선과 표정을 주시하던 지원은 애초의 계획을 바꿨다.

이새는 골목의 한편에서 지원을 기다리며 친구들과 잠시 얘기를 나눴다.

"이새 너는 취업할 거라고 했지?"

"응. 근데 아직 어떤 회사에 지원하겠다 하는 생각은 없어. 나 너무 대책 없지?"

"아니야. 다들 그렇지, 뭐. 그냥 나를 뽑아 준 회사가 좋은 회사려니 생각하고 다니는 거지."

"사실 전공이 재미있어서 더 공부하고 싶은 마음도 있는데, 당장은 취업하는 게 도리일 것 같아. 내년엔 동생도 대학 갈 운명이라."

"대학원 생각 있는데 형편 때문에 그러는 거면 산학장학생 신청해 봐. 너는 성적도 좋잖아. 명수 선배도 그렇게 갔다더라."

"그래? 명수 선배 성적 되게 좋지 않았어?"

"아마 너보다는 아니었을걸? 생각 있으면 명수 선배한테 물어봐 줄게. 아니, 다음 주에 같이 만날까?"

"정말? 너 바쁘지 않아?"

"그 정도 시간은 낼 수 있지. 너만 괜찮다면."

오랜만에 과 동기를 만나니 할 말이 많았다. 짧은 시간이었지만 서로 같은 처지인 친구들과 고민을 나누며 여러 생각을 해 볼 수 있어 좋았다.

"내가 시간 잡아서 연락 줄게."

"응, 고마워."

"뭘."

동기가 걱정 말라는 듯 웃어 주었다. 하지만 그 미소는 곧 멀뚱하니 굳어 버렸다. 동기의 시선이 이새의 눈에서 조금 더 위쪽으로 올라갔다. 이새가 의아해하는 사이, 그녀의 어깨 위에 커다란 손 하나가 얹혀졌다. 지원이었다.

홍길동처럼 번쩍, 하고 나타난 지원이 그녀의 어깨를 제 쪽으로 끌어당기며 자신을 내려다보고 있었다.

"어……?"

"여기 있었네."

"금방 오셨네요?"

이새가 고개를 높이 들고 눈을 깜빡거렸다. 주변의 아이들도 같은 눈빛으로 지원을 바라보았다. 진로 문제에 대해 열심히 대답해 주던 남자 동기가 물었다.

"이새야, 너……. 약속 있다는 게 이…… 분 만나는 거였어?"

"응……."

지원의 출현에 자못 당황한 이새가 목소리를 죽였다. 지원은 무덤덤하게 이새에게 물었다.

"남자친구 만나러 간다고 얘기 안 했어?"

다정한 말투였지만 눈빛은 굳어 있었다.

이새는 자신이 '남자친구'를 만나러 가야 한다는 사실을 친구들에게 말했어야 했던 것이다. 자신이 잘못한 바를 깨달은 이새는 친구들에게 지원을 소개하기 위해 입을 열었다. 그러나 지원의 목소리가 먼저 들렸다.

"안녕하세요. 이새 남자친구 안지원이라고 합니다."

그는 무리 중 한 사람만을 지나치게 쏘아보며 말했다. 이새에게 대학원 선배에 대해 말해 준 남자 동기였다.

눈에 힘을 주니 상대는 금방 꼬리를 내렸다. 지원은 이새의 동기 남자 녀석이 눈길을 피한 뒤에야 표정을 풀었다.

이새는 어안이 벙벙한 표정으로 지원을 바라보는 동기들에게 재빠르게 인사하고는 지원과 함께 골목에서 벗어났다. 차로 돌아가는 내내 지원은 성큼성큼 걸음을 옮겼다. 이새는 그가 왜 그러는지 대충은 알 것 같아 차 안으로 들어오자마자 조심스럽게 질문했다.

"화났어요?"

"아니."

아니라는 말이 그렇다는 말보다 더 무섭게 들렸다.

"친구들한테 남자친구 생겼다고 얘기를 못 했어요. 물어보는 사람도 없었고 먼저 얘기 꺼냈다가 시선들이 모이는 게 부담스럽기도 해서요."

지원은 표정 하나 바꾸지 않고 벌컥 시동을 걸어 차를 출발시켰다.

"요즘 포털사이트에 계속 성화그룹이랑 안태원 씨 이름이 올라오는데, 이 복잡한 때에 저까지 귀찮은 일을 만들고 싶진 않았어요. 혹시라도 스캔들이라고 해서 이상한 식으로 뉴스가 나면 곤란하잖아요."

"그래. 이해해."

"전혀 이해하지 못하는 눈빛인데?"

"이해한다니까."

"아닌 것 같은데?"

"자꾸 그럴 거야?"

끼익. 도로로 나서지도 못한 채, 차가 금방 다시 멈췄다.

차를 세운 지원이 그 표정 그대로 이새를 향했다. 지원이 갑자기 차를 세운 영문을 알 수 없어 이새의 눈이 동그래졌다.

"왜……."

그녀가 이유를 물어보려 소리를 내기 무섭게 그는 그녀의 입술을 베어 물 듯 강하게 빨아들였다.

으악…….

소리는 지원의 입 안으로 잠식되었다. 몇몇의 사람들이 지나다가 깜짝 놀란 눈빛을 했다. 입맞춤은 길지 않았지만 그녀의 넋을 빼놓기에 충분했다. 입술은 끈적하게 달라붙어 있다가 떨어졌다. 이새는 어느새 그의 셔츠 가슴팍을 꽉 쥐고 있었다.

표정이 굳어 있어 그 불꽃 튀는 눈빛에 들어찬 것이 열망인지 화인지 알 수 없었다.

"나는 여기에서 누가 지켜봐도, 사진이 찍혀도 상관없고 내일 우리 기사가 떠도 괜찮아. 나는 괜찮아. 늘 그쪽이 걱정될 뿐이지."

그녀가 눈을 깜빡거렸다.

그동안 시선을 잠시 떨군 지원이 그녀가 소중히 잡고 있는 제 셔츠를 보며 피식 웃었다.

"매달리네. 부족해?"

이새가 넋을 겨우 다시 붙잡고 고개를 천천히 한 번 흔들었다. 하지만 지원은 짓궂게 웃었다.

"말 안 하면 내 멋대로 알아듣는다? 그래도 되지?"

그의 음색이 야릇했다. 차는 다시 달렸다.

그녀는 부끄러울 때 더 품 안으로 파고드는 성향이 있다. 파고들 때의 간지러움을 참아 내려면 심호흡을 크게 해야 하지만 그 뜻밖의 애교가 사랑스러워 계속 그래 줬으면 하는 마음도 든다. 문제는 그녀가 아니라 자신이라는 것을 잘 알고 있는 지원이다.

내가 이렇게 밝히는 놈이었던가 싶은 것이다.

안아도 안아도 부족하고 계속 갈증을 부추기니, 언젠가 그녀가 일기장에 썼었던 대로 정말 김이새는 마약 같은 여자가 맞다.

곁에서 야트막한 숨을 터트리는 그녀를 꼭 안아 주고 자리에서 일어났다. 계속 이렇게 누워 있다가는 도끼자루 썩는 줄도 모를 것 같았다.

"배고프지? 누워 있어. 뭐 만들어 줄게."

그러나 이새는 지원을 따라 일어나 쪼르르 쫓아갔다. 그를 신기하게 쳐다보는 표정이었다.

"뭐 만들 줄도 알아요?"

"어, 삶은 계란. 그리고 토스트기에 빵을 구울 줄도 알아."

"아무것도 못한다는 거구나."

"관심이 없었을 뿐이야. 이제 관심 가질 거고."

"……"

"지금은 삶은 계란밖에 못하지만 차츰 레시피를 늘려가 볼게."

냄비에 물을 올린 지원은 냉장고에서 계란을 꺼내 냄비에 넣으며 나지막이 말했다.

"부인 생일에는 미역국이라도 끓일 줄 아는 사람이 되어야지."

이새에게 왠지 그 말은 '널 사랑해. 나와 결혼해 줘.'라는 말보다 더 완벽한 청혼처럼 들렸다. 먼 미래의 일이라는 걸 알면서, 그녀의 설렌 가슴이 부풀어 올랐다. 행복한 만큼 그의 등을 꽉 껴안았다.

그러나 지원은 그녀의 습격에 움찔했다. 갑작스레 그의 목소리가 낮아졌다.

"……이거 또 유혹하는 거지?"

"아니요. 유혹은 아닌데 이렇게 안고 있는 건 되게 기분이 좋네요."

그녀가 그의 등에 얼굴을 비비자, 그는 못 참고 뒤돌아서 그녀의 양팔을 떼어 내 붙잡았다.

"내 생각은 안 해? 너는 마냥 기분이 좋을지 몰라도 나는 조금 인내가 필요하다고."

"에에, 괴로운 얼굴이 아닌데요?"

"참고 있는 거잖아."

아직도 이렇게 모르니 하나하나 가르쳐 줄 수밖에 없다. 동화책만 읽고 살아서 사상이 너무 순수한 게 문제다.

그가 주의를 주니 그녀는 슬픈 표정을 짓는다. 백허그의 즐거움을 그가 앗아가 버린 것이 안타까운 얼굴이다.

그럼 끌어안지도 말라는 거죠. 너는 하고 싶은 거 다 하고 살면서 왜 나는 끌어안는 것도 못 하게 해요.

그녀가 눈빛으로 보내는 원망의 메시지가 긴 한숨을 불렀다. 거기에 또 그는 무너질 수밖에 없고.

"……그래. 그쪽이 나쁜 게 아니야. 내가 나쁜 거야."

포기하고 웃어 보인 그는 다시 그녀를 등지고 서서 붙들고 있던 그녀의 손목을 제 허리에 둘렀다. 히히, 웃는 소리가 평화롭다.

"후우. 심란하다."

그런 그의 마음도 모르고 그녀는 허리를 더 꽉 끌어안는다.

그래. 네가 행복하면 나도 행복해. 참다 참다 돌이 되어도 행복할 거야.

"근데 그건 좀 알아 둬. 음흉한 생각하는 건 나뿐만이 아닐 거야. 김이새 씨한테 홀딱 넘어가 버리는 사람은 많을 거야. 누가 갑자기 고백하더라도 지조를 지켜 줘."

"절 너무 과대평가하시네요. 저 인기 없어요."

"과대평가가 아니야. 아까 술집 골목에서 옆에 서 있던 남자애 말이야."

"아, 용석이요? 동기예요, 걔는."

"그 녀석이 김이새 씨를 보는 눈이 남달랐다고. 아까 따로 만나자고도 했었잖아. 내 얼굴 확인하고 금방 기죽어 버렸고."

이새가 지나간 일을 기억해 보려는 듯 눈동자를 도르륵 굴렸다.

"앞으로도 그렇게 나한테는 빤히 보이는 게 그쪽 눈에 안 보이는 경우가 많을 거야. 내가 다 만나서 확인해 주면 좋겠지만 나도 상황이 여의치 않을 때가 있으니까, 앞으로는 누구 만나면 바로 '저는 애인 있어요.' 해. 지옥에서 탈출한 무시무시한 애인이 있다고."

"대뜸 인사하자마자 '저는 애인 있어요.' 하라고요? 맥락도 없이?"

"그걸 왜 못 해? 나는 오늘 하루 종일 하고 다녔다고. '박 차장 반가워요. 신혼여행 다녀오고 오랜만에 보네요. 저도 마침 애인이랑 결혼하기로 약속했습니다.' '김 대리 반가워요. 오늘 오후에 촬영 잘 다녀와요. 근데 김 대리는 혹시 애인 있어요? 나는 있는데. 그리고 결혼도 할 거랍니다.'"

사실이었다. 지원은 오늘 그렇게 쓸데없이 뜬금없는 자랑을 하고 다녔다.

그를 과묵하고 냉랭한 상사라고 생각해 오던 직원들에게도 이는 신선한 충격이었을 것이다.

"알았니?"

그의 억지스러운 말에 결국 그녀는 실없이 웃고 말았다. 지원도 기분 좋게 삶아진 계란을 건져 냈다. 그러나 껍데기를 조금 까고 보니 계란은 속이 전혀 익지 않아 뭉그러진 채였다.

"계란은 됐고 뭐 시켜 먹을래?"

"계란도 못 삶는 거예요? 요리도 못하면서 계란은 왜 갖다 놨어요?"

"18년 전에 계란 삶기 실습을 잘했던 게 생각나서 한번 사 봤어."

"저도 18년 전에는 피아니스트가 될 줄 알았죠."

"오랜만에 해 봐서 그래. 내일은 오늘보다 나을 거야."

어쩔 수 없이 계란은 이새에게로 넘어갔다. 지원은 자신이 망쳐 놓은 계란을 그녀가 다시 삶는 것을 지그시 보았다.

아무것도 아닌 일상은 행복이 넘실거렸다. 왜 이런 좋은 걸 모르고 살았을까.

"영화나 볼까요? TV로 뭐든 볼 수 있는 것 같던데."

이새의 제안에 지원은 유순하게 리모컨을 찾아 전원을 누르며 말했다.

"주말에는 영화관에 가자. 아니면 놀이공원에 가도 좋고 그냥 드라이브를 해도 좋고."

"뭘 해도 좋죠."

"그래."

"밀실은 더 좋으실 테고."

"응, 그래. 그게 제일 좋지."

농담을 농담으로 받아치고는 기분 좋게 미소 지으며 TV 화면에 눈길을 주었다. 우리 이새 퓨어하지 않게 만들어 주는, 섹시한 영화를 골라 봐야겠다, 생각하고 있는데, 입술 끝의 힘이 이내 풀렸다. TV에서 뉴스가 흘러나오고 있었다.

-계획살인 혐의로 수사를 받고 있는 안태원 씨의 부친 성화화학 안규성 사장이 오늘 자진 사퇴했습니다. 이어 성화그룹 안상호 회장은 잠시 후 9시 성화호텔에서 기자회견을 열 계획이라고 전했습니다.

채널을 바꾸려던 지원의 손과 주방에서 계란을 삶던 이새의 손이 동시에 멈췄다.

"가 봐야 하는 거 아니에요?"

이새가 걱정스럽게 물었다.

"지금이 몇 시지?"

"8시예요."

"잠깐. 전화만 해 볼게."

지원은 이새와 떨어진 구석진 곳으로 갔다. 상대방과 무어라 의견을 주고받는 지원의 목소리는 침착했지만 다소 여유가 없게 들렸다. 이새도 걱정이 되었다.

그녀가 낮에 뵙고 온 어르신은 그냥 동네 부자 할아버지였다. 바둑에서 아깝게 진 이새가 분한 마음으로 한 판 더 두자고 제안하니 흔쾌히 응해 주던 느긋한 어르신.

그녀와 마주 앉아 한 수 한 수 두며, 그 어깨가 무거운 어르신이 어떤 고민을 하고 있었을까 생각하니 낮의 행동들이 죄송스러워졌다.

전화를 끊고 다가온 지원의 표정은 밝지 않았다.

"안태원 씨 일 때문에 그러는 거예요?"

"응. 할아버지께서 회장 자리에서 물러나시려나 봐. 낮에는 말씀 없으셨는데."

"가 보세요."

이새는 편안히 미소 지어 보였다. 그가 걱정을 덜 수 있도록.

"늦어도 돼요. 오늘은 여기서 기다릴게요."

근심이 묻어 나던 지원의 얼굴에도 흐릿하게 미소가 피었다. 그녀에게 고마워하는 마음을 듬뿍 담아 이마에 입 맞춰 주고 슈트로 갈아입었다.

"금방 돌아올게. 얼마 안 걸릴 거야."

"상관없어요. 내일도 약속이 없어서."

지원은 이새의 말에 근심을 던 얼굴로 밖을 나섰다. 이새는 문밖까지 그를 배웅하고 다시 안으로 들어왔다.

그녀의 집보다도 더 넓은 오피스텔에 혼자 남겨졌다. 지원을 밖으로 내보내고 나서야 내부의 여러 공간들이 눈에 들어왔다.

구석의 진열대에 앨범 몇 권과 그녀가 오래전에 잃어버린 양말인형이 놓여 있었다. 양말인형의 손에는 얼마 전 그가 왼손 약지에 끼워 주었던 반지가 걸려 있었다. 지원의 침실 쪽으로는 불이 번지지 않아 화재 속에서 살아남은 아이들이었다.

그가 저택에서 빠져나오지 못했다면 그녀는 이 반지를 거절했었던 것을 내내 후회했을지도 모르겠다. 그의 마음을 받아 주지 못한 것은 상처로 남았을 것이다. 그가 살아 있다는 것에, 그래서 사랑을 표현해 준다는 것에 매 순간 감사하는 마음이다.

그녀의 미래가, 넓은 집 안에 혼자 앉아 밤늦도록 오지 않는 서방님을 기다리며 양말인형이나 만들고 있는 것일지라도, 이따금 바늘로 허벅지를 찌르면서 그렇게 늙어 가게 될지라도, 그가 무거워진 어깨로 집에 돌아와 짊어진 것들을 그녀의 옆에 내려놓을 수 있다면, 그런 날들이라면 이제 행복할 것 같다. 사랑하는 사람과 함께할 수 있다는 것은 기적이고 또한 축복이라는 것을, 많은 사건들을 통해 배웠다.

따뜻해진 마음으로 앨범을 넘겨보다가 TV 앞에 앉았다. 어느덧 9시가 넘어 있었다. 채널을 몇 번 돌리니 상호의 기자회견이 생중계되고 있었다. 낮에 자신과 바둑을 두던 그 어르신이 TV에 나오니 새삼 신기했다.

-그룹의 대표로서 올곧은 기업인을 세우지 못한 점, 그리고 안태원의 할아버지로서 가르침이 부족했던 점, 머리 숙여 사과드립니다. 손주를 성숙한 인간으로 만들지 못한 책임을 통감하고, 사회에 물의를 일으키게 되어 죄송스럽습니다.

상호는 잠시 회견대에서 옆으로 비켜나 허리를 깊이 숙여 사과했다. 카메라 플래시가 일제히 번쩍거렸다.

다시 회견대로 돌아간 상호는 눈앞의 카메라들과 하나하나 눈 맞추며 천천히 말을 이었다. 손에는 종이를 쥐고 있었으나 고개를 내려 내용을 보는 일은 없었다. 뚜렷하게 제 의지를 전하는 강직한 어른의 눈빛이었다.

-이제 저는 그룹의 회장직에서 사퇴하고 경영일선에서 물러나 낮은 자리로 돌아가겠습니다. 또한 오래전에 쓴 유서 그대로를 살아생전에 이루며 살도록 하겠습니다. 얼마 남지 않은 올해부터 내년까지 1년에 걸쳐 제 재산의 99%를 사회에 환원하고 나머지도 사후 기부하려고 합니다. 더불어 저는 앞으로 자손과 이웃들을 돌보며 인격의 성숙을 가르치고 바른 인재를 키우면서, 그 안에서 또 새로운 깨달음을 얻으며 살겠습니다.

이새는 저도 모르게 탄식했다.

〈그룹 임원 인사〉
안지원 성화기획 전무 → 성화호텔 면세점 대표이사 사장

안상호 회장의 사퇴와 더불어 임원 인사 발표가 조금 더 앞당겨졌다. 가장 파격적인 인사는 단연 지원이었다. 지원 스스로는 달갑지 않은 승진이었지만 말이다.

"너 외에 우리 집안사람들은 이동이 없었다. 오로지 실력만으로 승진 시킬 사람은 너밖에 없더구나."

기자회견을 마치고 나온 상호가 지원의 팔을 다독였다.

"그 자리엔 딱 1년만 있을게요. 할아버지가 재산 99% 다 환원할 때까지만요."

"약아빠진 녀석."

지원이 웃음소리를 애써 삼키는 것을 보며 상호가 다시 물었다.

"진심이냐?"

"저는 마음에 없는 말 안 하잖아요. 이젠 일 때문에 가족과의 행복을 포기하고 싶지 않아요."

"그래도 조금 서운하구나."

"대신 저보다 더 열의 있는 인재를 찾아낼게요. 세상에는 인재가 많으니까요."

지원이 자신만만하게 웃어 보였다. 그 미소를 보고 있자니 상호는 문득 이새와의 대국이 떠올랐다.

"……그래, 네 말이 맞다. 세상에는 인재가 많아."

상호도 오랜만에 웃어 보였다.

지원은 자정이 다 되어서야 오피스텔로 돌아왔다. 집 안의 불이 모두 켜져 있어 혹시나 했는데, 이새는 침대 위에 앨범을 온통 늘어놓고 잠들어 있었다.

낮에 홀로 할아버지와 대면하고, 저녁때는 송년회에 갔다가 오피스텔로 끌려와 그에게 시달리고. 그녀의 하루도 꽤나 길었을 것이다. 피곤했을 텐데 기다리겠다고 말해 준 게 고마워서 늦게 돌아온 것이 미안해졌다.

침대 시트 안으로 손을 넣어 찬 기운을 달랜 후 앨범을 모두 정리하고 그 옆에 누워 그녀의 머리칼을 넘겨주었다. 그녀는 쌔근쌔근 소리를 낼 뿐

미동도 없었다.

그녀의 왼손 약지에서 반지가 빛나고 있었다. 먼저 끼워 주려고 했는데 언제 찾아서 낀 건지.

그 약지 손가락이, 그가 앞으로 할 모든 행동의 암묵적 순응인 것만 같아 만족스러웠다.

훑으면 솜사탕처럼 녹아 없어질 것만 같은 보드라운 피부, 감긴 눈 사이로 고요히 잠겨 있는 속눈썹, 눈길을 둔 모든 곳이 사랑스러웠다. 깨지 않게 그녀의 이마에, 속눈썹에 살며시 숨결을 풀어놓고, 입술이 너무 귀여워서 빨간 입술에 한 번.

'오늘 많이 긴장했었지? 하지만 할아버지도 당신을 좋아하게 됐어.'

아쉬워 한 번 더.

'송년회 자리에서 납치해 버려서 미안해. 사실은 옹졸한 질투였어.'

딱 한 번만 더.

'침대에서 내가 너무 욕심을 부려서 당신을 힘들게 했구나.'

몇 번에 걸친 키스에 결국은 꼼지락거리고야 마는 손이 귀여워서 소리 없이 웃었다.

아, 당신을 만나기 전의 나는 어떤 감정을 가지고 살았을까.

무엇에 웃고 무엇에 가슴 아팠을까 새삼 생각하게 만드는 내 감정의 주인. 나를 충만하게도 외롭게도 하는 당신. 내 모든 감정을 소중하게 만드는, 그래서 내 인생을 소중하게 만드는 나의 행복.

내 소중한 사람. 사랑해.

처음 마음먹은 것과는 달리 길어진 키스 세례에 그녀의 눈꺼풀이 스스스 열렸다.

"어? 어……."

그녀가 몽롱하게 소리를 냈다.

"언제 왔어요?"

"한 30분?"

대답을 하면서도 한 번 더.

"아…… 죄송해요. 깜빡 잠들었어요."

"아니야. 더 자."

"아니에요. 얘기 좀 들어야 하는데……."

깼으니까 또 한 번.

"이새야."

"네."

"결혼하자."

그리고, 애틋한 마음을 가득 담아 솔직한 소망을 말한다.

"네에……."

잠이 덜 깬 그녀가 나른하게 대답하자 그가 다시 부추겼다. 오늘 내내 그는 이 생각을 하고 있었다.

"결혼합시다. 결혼."

"네. 해요, 결혼……."

"결혼해."

"알았어요……."

"하자."

"네, 네, 나 한다고 했는데……."

"하자. 다음 달에."

22. 모든 것을 가르쳐 준 당신에게

새벽바람을 헤쳐 나간 차 한 대가 아침에 닿았다. 차가 서자마자 이새는 부지런히 내렸다. 지원이 따라 내리며 걱정스럽게 물었다.

"같이 들어갈까?"

두 사람에게는 중요한 공동목표가 생겼다.

"아니요. 나중에 와요. 일단은 제가 혼자 얘기할게요."

우리 엄마가 당신 목을 조를 수도 있거든요.

우려되는 비밀을 숨긴 이새가 빙긋 웃으며 대답했다.

"그럼 오늘 저녁때 갈게. 괜찮아?"

끄덕끄덕.

"어머니 꽃 좋아하실까?"

"꽃 싫어하는 사람도 있나요?"

"그래, 알았어. 춥다. 얼른 들어가."

지원의 인사에 이새는 손을 흔들고 집으로 총총 뛰어갔다. 그런 그녀를 바라보며 지원이 걱정스런 한숨을 쉬었다. 흰 입김이 피어올랐다.

문을 열고 들어가니 엄마 희선은 아침식사 준비를 하고 있었다. 이새는 슬그머니 걸어 방으로 들어가려 했으나 희선이 먼저 말을 걸었다.

"밥 안 먹었으면 데려오지 그랬어."

고개를 들어 이새를 쳐다보는 일도 없이 아침식사 준비에만 열중하며 한 말이었다. 높낮이 없는 음색이 지금 희선의 기분 상태를 잘 알려 주고 있었다. 간밤에 이새는 희선에게 친구네 집에서 자고 오겠다는 문자 메시지를 송신했다. 하지만 엄마는 다 알고 있었던 것이다. 딸이 어디에서 밤을 보냈는지를.

"조만간 데려올게."

"나중에 너도 꼬옥 딸을 낳아 봐라. 되도록 너 닮은 딸을."

주방에 묵묵히 퍼져 나가는 엄마의 말에는 무거운 마음이 녹아 있었으나 딸은 그 깊이를 알 리 없었다. 이새는 온통 들뜬 마음이었다.

"엄마아……."

그래도 눈치는 조금 있기에 아주 조심스럽게 희선을 불렀다.

"엄마, 나 결혼하려고."

"그래. 해. 해."

희선이 한숨 섞어 말했다.

"해. 누가 못 하게 했어?"

"다음 달에."

이새의 말에 희선은 파를 자르고 있던 손을 멈췄다.

맙소사. 엄마는 손에 칼을 쥐고 있었다. 이를 발견한 이새는 침을 꿀꺽 삼켰다. 기어이 희선은 이새 쪽으로 돌아보았다.

"앉아."

이새의 예상보다도 더 침착하게 가라앉은 목소리로, 희선이 말했다. 그 침착함이 폭풍 전의 고요 같아서 이새는 더욱 긴장하며 자리에 앉았다. 마주앉은 희선이 가만히, 딸을 바라보다가 물었다.

"몇 개월이야?"

건조하리만치 감정이 느껴지지 않는 목소리였다.

"엄마!"

"병원은 갔다 왔어?"

희선이 어떤 오해를 하고 있는지 깨달은 이새의 얼굴이 일그러졌다.

"엄마가 지금 네 등짝 한 대 때리고 내쫓아야 되는데 참는 거야. 그러게 왜 입주 가정교사를 해 가지고!"

기어이 희선의 목소리도 높아졌다.

"그런 거 아니야!"

"아니긴 뭐가 아니야. 오늘도 외박을 처하고! 어?"

"아, 진짜 아니라니까!"

"왜. 그놈이 그렇게 말하라고 했어? 사랑해서 결혼한다고 말하래?"

"엄마아!"

"점잖은 놈인 줄 알았더니 이놈 순 도둑놈이구만!"

"아, 그런 거 진짜 아니라니까요. 같이 병원 갈까? 내가 이렇게 배를 두드려서 보여 줘야 돼?"

"아니, 배를 왜……."

결국 두 사람의 시끄러운 실랑이는 이새가 제 배를 땅땅 두드리고, 희선이 그런 이새를 만류하면서야 끝이 났다.

"……임신 아니야?"

이새의 팔을 붙든 희선은 여전히 미심쩍은 눈빛으로 물었다.

"아니야! 아니야!"

"그럼 왜."

마음을 가라앉히고 물었다. 제 딸답지 않게 신중하지 못하고 중요한 일을 급히 결정했다 생각했다.

"왜 그렇게 결혼을 일찍 해."

"좋아서."

또박또박 발음되는 진지한 세 음절의 말에 희선의 눈동자가 요동쳤다.

"좋아서 그래, 엄마."

어떤 말도 할 수가 없었다.

좋아서 그렇다는데 무슨 말을 더 해.

이미 이 아이의 1순위는 바뀌어 버렸는데.

날 수 있게 된 아기새가 둥지를 떠나듯, 아이가 어미를 떠나는 것은 당연한 이치다. 그런데, 다 알고 있는데 왜 이렇게 가슴이 허해지는 건지.

사랑이 전부라고 생각하는 딸. 아직은 너무나도 철이 없는 딸. 세상 물정도 모르는 딸. 그런 아이가 내 품을 떠나 어디 건강하게 날아갈 수는 있는 건지.

그렇게 걱정되고 두려워지는 것을 넘어, 형용할 수 없는 슬픔이 밀려왔다.

울지 않으려 했는데. 딸 앞에서 눈물은 보이지 않으려 했는데 눈가에 달라붙어 있던 감정들이 눈꺼풀을 반쯤 내리자마자 뚜둑 떨어졌다.

"어어어엄마⋯⋯."

당황한 이새가 말을 더듬었다. 희선은 다급하게 고개를 돌려 눈물을 닦아냈지만 안방에서 나온 이새의 아버지 을태는 이를 금방 발견했다.

"⋯⋯둘이 싸웠어?"

을태의 어리둥절한 눈빛에 희선은 고개를 천천히 저었다. 하지만 그녀의 눈빛은 쓸쓸한 말을 하고 있었다.

여보. 우리 딸이 결혼을 한대.

없는 살림이지만 금이야 옥이야 키운 우리 딸, 겨우 대학교까지 보내

놓은 우리 애기가 이렇게 빨리 시집을 가겠대. 내 배 속에 들어 있다가 세상 밖으로 나온 게 엊그제 같은데. 겨우 걸음마 떼고 겨우 유치원 들어갔던 것만 같은데. 사랑하는 사람이 생겨서 우릴 떠나겠대…….

가슴이 욱신거렸다. 꺼내지 못한 말은 속에서 일렁이다가 파흔으로 남을 것이다.

[엄마 허락 받았어요. 이따가 집에서 같이 저녁 먹자고 하셨어요. 7시쯤 봐요.]

기다리던 문자메시지를 받은 지원의 얼굴에 금방 미소가 피어올랐다.

"무슨 좋은 일이냐."

상호가 물었다. 지원은 퇴임을 앞둔 상호의 일을 도와주기 위해 본사에 와 있었다.

"할아버지, 저 오늘 이새네 부모님께 인사드리러 가요. 저녁때 그 친구 집으로요."

"그래. 그 댁에 가면 권하는 건 무조건 많이 맛있게 먹어라. 그럼 점수 딸 수 있을 게야."

"네. 그리고 할아버지, 저 다음 달에 결혼하려고요."

이어진 말에 상호가 지원을 멀거니 바라보았다.

"애라도 생긴 게야?"

"그건 아니고, 빨리 데려가려고요."

상호가 지원을 빤히 바라보았다. 정말 아이가 생긴 것은 아닌 듯했다. 지원은 탄로 날 거짓말을 할 녀석이 아니었다.

"그쪽 부모님이 서운하시겠구나."

"그렇죠? 아무래도. 그래서 이새네 부모님이랑 같이 살려고요."

"처가살이를 하겠다고?"

"1층 2층 나눠서 사는 거죠."

"너처럼 편하게 산 애가 잘 지낼 수 있겠냐?"

상호의 눈썹이 반대로 휘었다. 아무리 정혼자가 좋기로서니 이토록 큰 결심을 가볍게 말할 수 있을까 하는 생각이 들었다. 나중에 힘들어지면 어찌 감당하려고.

"할아버지, 저는 20년 가까이 부모님이 안 계셨잖아요. 아버지, 어머니라고 부를 분들이 생겨서 좋아요. 준서도 아껴 주시는 분들이라 마음이 편하고요."

그런데 지원의 대답이 남달랐다. 지원의 눈빛에는 이전엔 보지 못했던 계절이 담겨 있었다.

"그래. 네가 그렇다면 그런 거지만, 그래도 신중히 생각해 봐. 같이 살면 의외의 것들에서 갈등이 일어날 수도 있다."

"저도 조심해야죠."

오랫동안 겨울을 헤매던 손주가 이제 따뜻한 곳으로 간다. 상호는 그 새봄의 마음을 응원해 줄 수밖에 없다.

"할아버지도 이사 오시는 게 어떠세요?"

흐뭇하게 끄덕이는 상호에게, 지원이 물었다.

"이제 회장님도 아니고 그냥 동네 할아버지신데. 동네 할아버지답게 이웃도 좀 갖고 그러셔야죠."

지원의 아이디어에 상호는 턱을 쓸었다.

……그럴까?

지금의 집은 생을 편히 보내기에 아름다운 집이긴 하지만 노부부 내외 둘이 살기에는 너무도 컸다. 상호 또한 문득 더 작은 공간의 행복이 궁금해졌다.

그날 저녁 무렵 시작된 추희선 여사의 사위 맞이 잔치는 꽤 성공적이었다.

희선은 자신이 할 수 있는 가장 성대한 저녁 식사 준비를 했다. 이새가 결혼 이야기를 꺼낸 아침부터 지원이 오기까지 장장 11시간에 걸친 식사 준비였다.

지원은 약속한 대로 7시 정각에 커다란 꽃바구니를 들고 나타났다.

지원답지 않게 긴장한 모습을 보였으나 그것도 잠시, 그는 상다리 부러지게 차려진 음식을 맛있게 먹고 자신의 계획도 정확하게 전했다. 근처에 집을 사서 부모님과 함께 살고 싶다는 지원의 제안에 이새의 부모는 얼떨떨해 했다. 하지만 한편으로는 이새와 물리적 이별을 겪지 않아도 되는 것에 기뻤기 때문에 조금 더 생각해 보자고 희망적으로 말했다.

그사이 많이 경직되어 있던 지원의 표정도 차츰 풀어졌다. 그도 그럴 것이 이새의 아버지 을태가 처음에는 무서운 눈으로 지원을 노려보았기 때문이었다. 지원을 딸 훔쳐 간 도둑놈으로 보는 것이 분명한 눈이었다. 지원은 그런 을태의 표정을 서서히 돌려놓았다. 그의 진솔한 고백들이 희선과 을태의 마음에 믿음을 주었다. 을태는 소주 한 잔과 함께 마지막 티끌만치의 의심까지 모두 내려놓았다.

"우리 애 마음 얻기 쉽지 않았을 텐데. 이새 엄마가 잘생긴 사람은 조심하라고 그렇게 애 잡듯이 교육을 시켜서. 이 사람이 나 만나기 전에 영화배우랑 사귀었었거든. 그때 돈도 엄청 뜯겼어. 근데 지금도 잘나가지, 그 양반?"

"이 사람이, 사위 앞에서 왜 그런 말을 해애!"

을태의 폭로에 희선의 얼굴이 붉어졌다. 이새가 '아빠아!' 하며 만류했다. 지원은 그저 재미있고 행복했다. 이런 가족이라면 얼마든지 편하게 같이 살 수 있을 것이라는 확신이 들었다. 이새의 술버릇이 유전이란 것도 알게 된 유쾌한 밤이었다.

아침엔 '좋아서' 결혼하겠다는 딸의 충격선언에 눈앞이 하얘졌던 희선이지만, 막상 만나 보니 오래전 부모님이 돌아가셨다는 지원이 바르게 잘 자란 것이 기특하여 식사 내내 흐뭇했다.

사랑밖에 몰라서 결혼하는 우리 딸.

하지만 그렇게 사랑밖에 몰라서, 때 탄 데 없이 순수하기만 해서, 그래서 더욱 딸이 원하는 것을 그대로 지켜 주고만 싶은 마음이다.

세상의 어떤 것에도 흔들리지 않고 다치지 않고, 지금 사랑하는 그대로 쭉 행복할 수 있다면. 내가 완벽하지 못하여 채워 주지 못했던 사랑을 내 딸아이의 짝이 채워 주는 거라면. 그렇다면 나는 내 딸아이의 짝을 누구보다도 응원하고 아껴주고 위해 주어야지. 그게 엄마지.

그런데 이렇게, 엄마 보기에도 흐뭇한 배필을 만났으니 이제 바랄 게 없다.

훈훈하고 때로 시끌벅적한 분위기 속에서 시간은 금방 지났다. 식사를 마친 후에도 건실한 이야기가 계속됐고 살아가는 이야기, 살아갈 이야기를 하다 보니 어느새 10시가 지났다. 지원은 자리에서 일어났다.

"이렇게 힘들게 준비하실 줄 알았으면 밖으로 모실 걸 그랬습니다. 정말 맛있었지만 죄송했어요."

"맛있게 먹어 주니 기분 좋지, 뭘. 이제 자주 와요."

"네. 편하게 대해 주셔서 고맙습니다. 다음엔 준서도 데리고 올게요."

"그래. 그렇게 와."

희선은 지원이 떠나는 길을 배웅하며 흐뭇해했다. 16시간 전, 지원을 순 도둑놈이라고 욕하던 희선의 눈에는 하트와 별이 들어 있었다.

결혼하기 전까지 옆에서 지내라는 할아버지의 지시대로, 오늘 지원은 상호의 집으로 갔다.

이미 밤늦은 시각이어서 집 안에는 돌아다니는 사람이 없었다. 그러나 상호의 서재 쪽 복도는 불이 켜져 있었다. 아직 할아버지가 주무시는 것 같지 않아 인사를 드리려고 서재에 노크를 했는데, 상호의 안색이 좋지 않았다.

"잘 다녀왔니? 그쪽 부모님 반응은 어떻고."

"다들 환영해 주셨어요. 결혼은 계획대로 다음 달에 할 겁니다."

"그래. 내가 신경 안 써도 되겠지?"

"그럼요."

"그래. 쉬어라."

"……어디 편찮으세요?"

걱정스러워진 지원이 물었다. 상호는 잠자코 있다가 흐리게 답했다.

"태원이 에미가 찾아왔었다."

그 말 한마디에 지원은 상호의 시름을 모두 이해하게 됐다. 태원의 어머니는 집요하고 독한 사람이었다. 아마도 태원을 구속시키면 안 된다고 할아버지를 달달 볶았을 것이다.

"……힘드셨겠어요. 얼른 주무셔야죠."

지원은 상호를 일으켜 주기 위해 다가섰다. 그런데 상호가 다시 조심스레 말문을 열었다.

"지원아."

"네."

"태원이가 어떻게 될 것 같냐."

지원은 감정 없이 사실만 답했다.

"검찰에서는 사형을 구형할 겁니다. 주가조작이니 현주 건조물 방화죄 같은 걸 덮더라도 계획살인 죄질이 워낙 나빠서 이것만으로도 최종판결은 무기징역 쪽으로 날 것 같다고 하더군요."

너도 직접 알아봤구나, 상호가 들리지 않을 만치 작은 소리로 혼잣말했다.

"그럼 그 녀석은 남은 생을 다 거기서 보내게 되는 거구나."

"아마도요."

상호가 조심스레 다시 물었다.

"혹시, 태원이를 용서해 주고 싶은 마음이 있니?"

"……죄송해요. 할아버지."

"아니다. 그런 걸로 미안해하지 마. 이런 걸 묻는 내 잘못이다."

상호는 그런 말을 꺼낸 게 무안했던지 이내 고개를 숙이고는 가로저었다.

"……요즘은 내가 이룬 것들이 다 소용 없는 것이라는 생각이 드는구나."

할아버지의 이야기에는 다 꺼내 놓지 못하는 한이 서려 있었다.

"네가 잘하는 말대로 내가 평범한 동네 할아버지였다면, 그 애의 운명은 어땠을까…… 아마 그렇게까지 망가지진 않았겠지."

그러나 상호는 이내 입술 끝을 올려 보였다. 결혼을 앞둔 손주에게 괜한 걱정거리를 안겨 주고 싶지 않았던지 멋쩍어 하다가 말했다.

"아, 그리고 나중에 네 애인 만나면 전해라."

"네?"

"여덟 점 더 두고 시작하게 해 줄 테니까 알파고 한번 이겨 보라고. 대국 스케줄 잡아 놨다고 말이야."

알 수 없는 말에 지원의 눈이 휘둥그레졌다.

다음 날, 지원은 출근하기 전에 구치소를 찾았다.

면회실에서 잠깐 기다리니 태원이 나왔다. 파란 죄수복을 입은 태원은 한쪽 팔에 깁스를 하고 있었다. 지원이 부러뜨린 팔이었다. 유리벽 너머로 보는 태원은 많이 초췌해 보였다.

태원은 지원을 보자마자 벌레와 마주한 듯 크게 인상을 찌푸리며 뒤돌았다. 면회는 이루어지지 않을 게 뻔했기에, 지원은 곧장 안부를 물었다.

"나쁜 꿈에 시달리진 않아?"

태원이 걸음을 멈추고 뒤돌아 따졌다.

"왜. 내가 악몽을 꾸다 미쳐 버렸으면 좋겠냐?"

"부모님께는 건강한 모습 보여 드려라. 걱정하신다."

"가식적인 새끼."

"날 어떻게 생각하든 상관없는데, 널 위해 애써 주는 부모님께는 말이라도 잘해."

하지만 그의 진심 어린 걱정을 태원은 쉽게 넘겼다. 뒤돌아선 태원은 성큼성큼 걸어 문손잡이를 잡았다. 그런 태원에게, 지원은 또 새로운 이야기를 꺼냈다.

"나 그거 생각났어. 전동차 얘기 말이야. 어린이날에 우리 부모님께서 사 주셨다던 유아 전동차. 옛날 앨범 보다가 떠올랐어. 그거 타고 찍은 사진이 있더라고."

멈칫 태원의 발이 또 멈췄다.

"그때 네가 부러워하는 거 보고 도원이 형이 나한테 전동차는 너 주라고 했었던 것 같아. 너는 외아들이니까 많이 외로울 거라고. 나는 정말 싫었지만 형이 하는 말이라 알았다고 했을 거야. ……그런데 그 차가 망가진 걸 발견한 거지."

"……."

"세상을 그냥 흘러가게 두면 더 좋은 행복을 발견할 수 있는 건데, 네가 그걸 알지 못해서 안타까워."

태원은 그의 이야기가 소름 끼친다는 듯 치를 떨었다.

"잘 지내라."

지원도 인사를 남기고 구치소를 떠났다.

형 도원을 생각하면 태원이 여전히 미웠지만 크게 날뛰던 분노는 사라졌다.

행복은 아픔과 슬픔을 무디게 한다. 이새를 만나기 전이라면 형을 생각해서라도 분노를 거둬 내지 않은 채 슬픔 속에 시간을 보냈겠지만 지금은 달랐다. 준서를 잘 키우기 위해서라도 아픔과 슬픔은 눈에 닿는 한 가장 멀리, 그리고 행복은 가장 가까이에 둘 필요가 있다는 것을 잘 알게 된 지원이었다.

형량은 아무리 애써도 무기징역. 이제 모든 것이 묶이고 그저 자존심 하나 남은 불행한 인생이니 태원을 이해해 주어야겠다고 생각했다. 어느덧 짠한 마음까지 생겼다.

다음 날은 지원이 이새와 준서, 그리고 다원까지 데리고 새로 살 집을 보러 갔다. 지원이 중개업자에게 소개받아 먼저 확인한 후 두 번째로 이들을 데리고 온 것이었다.

집은 주택밀집지역의 3층 건물이었다. 예전 지원네 집에 비하면 귀여운 수준이지만 작은 정원도 있었다. 겨울이라 정원의 나무들 몇 그루는 앙상했지만 따뜻한 다음 계절을 기대하게 했다.

"이 집인데, 어때?"

"와아……."

"근방에 나온 매물 중에서 제일 괜찮은 곳이야. 보고 괜찮으면 어머님 아버님께도 보여 드리자."

"와아아…… 좋아요."

"벌써부터 '와아' 하지 말고 안을 들여다봐야지."

지원의 소개에 이새가 감탄사만 연발하자 다원이 핀잔을 주었다.

"깍듯하게 해라, 너. 오빠 결혼식 하기 전에 혼나는 수가 있다."

이번엔 지원이 이새를 감싸며 다원을 구박했다. 다원은 빈정거리며 심통을 부렸다. 물론 모두 농담이었다.

"이 결혼 마음에 안 들어. 김 선생, 지금이라도 다시 생각해 봐."

"김 선생이 뭐야? 새언니라고 불러."

"내 생각엔 승환이 오빠가 저 사람보다 열 배는 더 낫다고. 승환이 오빠도 김 선생 관심 있어 했단 말이야."

"쓸데없는 소리 한다, 또."

"오빠의 돈이 욕심나는 거면 내가 주식이라도 따로 좀 챙겨 줄게."

"너 그냥 우리랑 따로 살자. 독립해. 당장."

다원은 계속 이새를 꼬드기고 지원은 그런 다원을 향해 툭툭 한마디씩 내뱉었다. 남매다움이 물씬 풍기는 실랑이를 듣는 이새는 그저 즐거울 뿐이다.

"안 돼요. 고모 없으면 무슨 재미야."

"이것 봐. 김 선생은 내가 좋아서 오빠랑 결혼해 주는 거라니까? 오빠를 가지면 얻는 부수익을 위해서."

다원이 너스레를 떨었다. 지원은 이를 그냥 무시하기로 했다.

"엘리베이터 없는 집이야. 어머님 아버님은 1층 드리고 우리랑 준서랑 2층에 살자."

"초등학교는 가까워요?"

"걸어서 10분 거리. 멀진 않지만 그다지 가깝지도 않아. 내가 아침에 태워다 줄 수도 있으니까 그건 걱정 안 해도 돼."

이새는 흡족하게 끄덕인 후 준서에게 물었다.

"준서는 첫인상 어때?"

"옛날 집보다 작지만 예뻐요."

준서도 집의 외관은 마음에 들어 하는 눈치다.

"준서야, 안에 들어가 보자."

다원이 준서의 손을 잡고 먼저 집 안으로 들어갔다. 다원과 준서가 집 안으로 들어간 후 지원이 이새에게 물었다.

"오랫동안 살 집을 고르는 거니까 신중하게 생각해야 해. 마음에 안 드는 건 바로 말해."

"네."

"우리도 들어가자."

지원이 이새의 손을 잡아 안으로 안내했다.

사람이 살지 않아 탁 트인 1층 거실은 통유리창으로 되어 있었다. 유리 너머로 보이는 정원 풍경은 밖에서 보았던 것과는 사뭇 색다르면서도 아름다웠다. 이새는 곳곳을 둘러보며 탄식했다. 집 안에 가구들이 배치되고 그 안에서 엄마 희선이 기뻐하는 모습이 머릿속에 그려져 두근거렸다.

"엄마가 정말 좋아하실 거예요. 너무 좋아서 부담스러워하실지도 몰라요."

"하지만 같이 사는 행복이 더 크잖아. 그걸 말씀드려야지."

지원이 따뜻하게 말했다.

"선생님! 여기 샤워기, 샤워기! 물 잘 나와요. 수압도 좋고요!"

준서가 욕실에서 외치는 소리가 들렸다. 준서의 목소리를 들은 이새의 마음이 뜨끔했다.

"준서가 수압이라는 말도 아네?"

"하하하……."

지원의 말을 웃어넘기며, 이새는 다른 방들도 쭈욱 둘러보았다.

새집은 지금 사는 집의 세 배 정도. 정말 과분할 정도로 넓었다. 지원에게는 별거 아닌 것일 수도 있겠지만 당연히 이새의 어깨는 무거워졌다.

집과, 집의 구성원이 모두 소중하기 때문에 지원이 이렇게 하고자 한다는 것을 잘 알고 있다. 그가 이렇게 함으로써 정말로 행복해한다는 것도 잘 알고 있다.

그러니 내가 잘해야지. 다 같이 오순도순 사는 행복을 알게 해 줘야지.

"선생님, 2층 가요! 빨리 빨리!"

벅찬 마음으로 1층 집 안을 모두 둘러보았을 즈음 준서가 이새의 팔을 잡아당겼다. 2층은 지원과 이새와 준서의 공간이었다. 왠지 준서가 더 흥분한 것 같았다. 이새는 준서에게 끌려가다시피 위층으로 올라갔다. 준서가 집을 마음에 들어 하는 것 같아 이새도 기분이 좋았다.

그런데, 준서가 흥분했던 이유는 따로 있었다.

계단을 밟고 2층으로 올라가니 펼쳐지는 모든 공간에 알록달록한 풍선들이 가득 차 있었다. 깜짝 놀란 이새가 발을 내딛다 비척거렸다. 어느새 그녀의 손을 놓은 준서가 이새의 우스꽝스러운 반응에 까르르 웃었다.

함박웃음을 짓는 준서, 더 멀리 떨어져 흐뭇해하고 있는 다원. 그리고 그녀보다 한 걸음 늦게, 꽃다발을 들고 올라온 지원.

이새의 눈시울이 금방 붉어졌다.

'언니는 프러포즈 이벤트도 없이 결혼하려고?'라고 놀리던 동생의 말에 피식 웃고 말았던 그녀였다. 지원을 만나 지금까지, 가슴이 철렁했던 순간들이 얼마나 많았는가. 급기야 지원은 죽음의 불 속에서 살아 돌아오기도 했다. 그런 경험은 이제 두 번 다시 겪고 싶지 않았다. 그녀의 앞에 펼쳐진 날들이 정말 재미없다 느껴질 만큼 평온하기만 한 일상일지라도 그 안에서 어떻게든 즐거움을 찾아볼 테니 더 이상은 사건 같은 게 없었으면 좋겠다고 생각했다.

그래서 프러포즈 이벤트 같은 것도 함부로 바라지 않았다. 그저 그가 옆에 있는 것이 기적이었기에, 다른 것을 더 요구하고 싶지가 않았다. 그가 프러포즈 준비하겠다고 촛불로 하트를 만들다가 또 불이라도 나면 큰일이니까.

그런 마음이었기에, 언젠가 그에게 돌려주었던 반지를 찾았을 때 그냥 스스로 알아서 손에 꼈다. 충분히 마음을 확인받고 있었기에 다른 건 필요 없었다. 그랬는데, 이들은 이런 놀라움을 안겨 준다.

"이것 봐! 김 선생은 풍선으로만 가득 채워도 기뻐한다니까?"

감격한 이새의 표정을 보고 다원이 지원을 향해 눈을 흘겼다.

"오빠가 자꾸 꽃으로 채워야 한다고 그러잖아. 3.5톤 트럭에 꽃을 싣고 오겠대. 너무 무식하지 않아?"

다원의 말에 이새는 하하 웃었다. 눈물과 웃음이 동시에 나왔다.

"너 밤새 투덜댔잖아. 풍선 불다가 사람 잡겠다고."

"그건 오빠가 풍선 바람 넣는 걸 안 가져와서 그렇잖아."

이 남매는 프러포즈 무대에서까지 티격태격이다.

"김 선생, 이 풍선들의 반절은 입으로 다 불었어. 상상이 가?"

"선생님! 저도 불었어요!"

준서가 신 난 목소리로 끼어들었다.

이런 이벤트를 지원 혼자가 아니라 세 사람이 함께 준비했다는 게 더욱 감격스러웠다. 모두에게 환영받는 느낌이라서. 사랑받고 있다는 확신이 들게 해 주어서. 어떻게 그 고마움을 표현해야 할지조차 모르겠다. 이새는 아무 말도 하지 못하고 눈물만 훔쳤다.

"넌 왜 새언니를 울려?"

지원이 또 장난스럽게 다원을 구박했다. 아무래도 즐거운 모양이다.

"감동한 거잖아! 왜 맨날 나한테 뭐라고 그래. 프러포즈 안 할 거야? 얼른 꿇어!"

다원의 호통에 결국 다물어져 있던 이새의 입에서 품, 바람 빠지듯 웃음이 터졌다.

"꿇어! 꿇으라고!"

아오. 저걸 그냥.

지원은 이때가 기회라는 듯이 물 만난 고기처럼 '꿇어'를 외치는 다원을 한껏 노려보았다. 하지만 이새의 웃음에 여전히 기분 좋은 지원이었다. 지원은 금세 바닥에 한쪽 무릎을 붙이고 앉아 꽃다발을 치켜들었다. 이런 대접을 받아 본 적이 없는 이새가 웃고 울면서 얼떨떨한 표정을 지었다.

"결혼해라. 나랑."

뜨거운 진지함이 아니라 시원하고 흥겹고 유쾌한 프러포즈. 이새가 그를 가볍게 타박했다.

"무릎까지 꿇고 명령을 하세요. 왜."

"불안해서."

지원이 멋쩍게 웃었다. 처음으로 보는 바보 웃음이었다.

"아직도 내가 도망갈 것 같나?"

이새가 그를 일으키며 말했다. 그녀에게 이끌려 자리에서 일어난 지원이 끌려가듯 이새에게 달라붙었다.

"다음 단계는 둘만 있을 때 합시다."

지원의 고개가 낮아지는 것을 보며, 준서의 눈 위에 손을 올린 다원이 한마디 했다. 지원은 머금고 있던 웃음을 이새의 입술 위에 간지럽게 흘렸다.

해가 바뀌고, 드디어 웨딩데이.

짧은 기간 동안 열심히 준비한 날이 밝았다.

세상은 아직 많이 추웠지만 예식장에는 활기 넘치는 기운이 가득 찼고 신랑 신부는 곧 맞이할 봄처럼 어여뻤다.

하객들은 많지 않았다. 지원은 가까운 지인들만을 초대했고 외부에 크게 알리지도 않았다. 그래도 화재로 잃은 저택에서 일하던 직원들은 모두 초대

되었다. 지원은 이들을 서울로 부르지는 않는 대신 모두에게 적당한 정규직 일자리를 마련해 주었다. 일자리를 거절하고 쉬겠다고 말한 사람은 배 주임뿐이었다.

배 주임도 결혼식에 참석에 오랜만에 저택의 사람들과 인사를 나눴다. 멀리서 배 주임을 알아본 준서와 다원이 다가왔다.

"배 주임 아줌마!"

"도련님."

여전히 준서를 애틋하게 생각하는 배 주임이었다.

"오셨어요, 배 주임님?"

"아가씨는 많이 좋아 보이네요."

"아가씨라고 하지 마세요. 그냥 편하게 부르세요."

다원도 편하게 인사를 건넸다. 이제 그녀는 많이 스스럼없어졌다.

"오빠 저기 있어요."

"네. 무척 바빠 보이네요."

"결혼은 처음이라 정신이 없대요."

다원과 배 주임은 하객맞이를 하는 지원을 보며 피식 웃었다. 평소의 점 잖은 모습에서 많이 벗어나 약간 상기된 상태를 보였지만 그것대로 모두 좋아 보였다.

"신부는 저쪽에 있고요. 엄청 예뻐요. 가셔서 사진 찍으세요."

"아줌마, 같이 가요."

준서가 배 주임의 손을 잡아당겼다. 그런 친근한 마음이 싫지 않아, 배 주임은 준서를 총총 따라갔다. 준서의 발이 멈춘 곳에 이새가 있었다. 수수한 디자인의 웨딩드레스를 입은 그녀는 진주 같았고, 꽃 같았다. 그녀의 흰 피부 그리고 마른 듯 볼륨 있는 몸매가 예쁘게 드러나는 차림은 감탄이 절로 나오게 했다.

"여신이네요, 김 선생님은."

"배 주임님!"

"이런 말은 잘 안 하는데 지금 보니 김 선생님이 너무 아깝습니다."

정말 그런 말을 잘 안 하는 배 주임이 그런 말을 하니 농담도 진담 같았다.

"와 주셔서 감사해요."

"당연히 와야죠. 축하합니다."

배 주임은 곱게 인사하고 자리에서 물러났다. 사진은 부끄러워 찍지 않았다.

그렇게 배 주임이 떠나고.

사람들 몇몇이 또 우르르 다녀간 후에도 여전히 남아 있는 사람이 있었다. 준서였다. 한껏 상기되었던 표정은 어느새 가라앉았다.

"준서야, 이리 와. 사진 많이 찍자."

홀로 있는 준서를 계속 눈으로 좇고 있던 이새가 말했다. 준서는 신부 대기실 한편에 멀뚱히 서서 천사 같은 이새를 보며 오래 망설였다.

이 얘기를 해 줄까 말까.

준서가 왜 그러는지 알 리 없는 이새가 예쁜 미소를 지으며 손짓했다. 하지만 준서는 그녀의 옆으로 갈 수 없었다. 한참을 고민한 끝에 준서가 입을 열었다.

"선생님. 아니, 작은엄마."

"응? 왜, 준서야?"

"지금 작은엄마 옆에요……."

준서는 말을 주욱 끌었다. 얘기를 해야 후회가 없을 테지만 뒤탈은 걱정되었다.

작은엄마는, 울 것이다.

"응? 내 옆에 왜?"

준서가 어떤 말을 꺼낼지도 모르는 채, 이새는 해맑게 준서와 제 옆을 번갈아 쳐다보았다.

이윽고 준서가 담담하게 대답했다.

"작은엄마 옆에 손이, 아니, 혁이 있어요."

한 번만이라도, 누나의 손을 잡아 보고 싶어 자꾸 얼굴이 슬퍼지는 동자승 같은 아이가, 거기 있다고 말해 주었다.

머뭇거림도 없이 이새의 눈에서 눈물이 뚝 떨어졌다. 옆자리 텅 빈 공간으로 고개를 천천히 돌린 그녀의 얼굴이 일그러졌다. 한 걸음 떨어져 있던 헬퍼가 후다닥 달려와 손수건으로 신부의 눈물을 닦아 냈다.

"아가야. 안 돼! 신부 울리면 안 되지!"

"아니요. 괜찮아요. 아직 마음이 진정 안 돼서요. 제가 이따가 다시 말씀드릴게요."

이새는 목이 멘 목소리로 헬퍼의 손을 붙잡았다.

"벌써 이렇게 울면 안 되는데……."

"잠깐 조카랑 둘이서 있을게요. 부탁드려요."

헬퍼가 난감해하며 자리에서 물러났다. 그러는 동안에도 눈물이 멈추지 않고 흘렀다. 고개를 돌려 꼼꼼히 살펴본 자리에는 아무도 없다. 아무 데도 없어서 어디에든 있을 것 같은 그리움이다.

그녀는 볼 수 없고 준서만이 볼 수 있는 동생. 이혁이.

혁아, 어떻게 여기까지 왔어.

나는 너를 볼 수 없어 반겨 줄 수도 없는데.

준서가 없었다면, 그냥 그렇게 몰래 지켜보고 떠나려고 했어? 언제나 그랬어? 그렇게 내 옆을 지켜 줬니?

어쩌면 동생은 그렇게 오랫동안 자신의 옆에 머물러 있었던 건지도 모르겠다. 먹먹해지는 목소리로 겨우 물었다.

"누나 결혼식 보러 온 거래?"

"네."

"아직도 일곱 살 때 모습 그대로야?"

"사진 그대로예요."

준서는 물기 없이 담담하게 말했다. 자신이 울면 상황이 더 슬퍼질 것이라는 사실을 잘 알고 있었다. 이새는 준서의 대답 한마디 한마디에 뜨거워진 숨을 토해 냈다. 준서가 어른 같았고 이새가 아이 같았다.

"어떻게 하고 있어?"

그녀는 절절히 애끓는 마음으로 물었다. 동생을 온전히 볼 수도, 만질 수도 없는 안타까움에 가슴이 저몄다. 준서가 다가와 이새의 손을 잡아 그 옆에 조심스레 내려놓았다. 준서의 눈이 계속 허공을 향하는 것을 이새는 한순간도 놓치지 않고 열심히 따라갔다.

"손은 여기 있어요. 이렇게."

드디어 선생님과 숀, 이새와 이혁이 손을 잡았다. 두 사람의 손을 닿게 해 준 준서도 오랜 숙제를 해낸 듯 가슴이 뿌듯해졌다.

서로가 서로의 감촉을 느끼지는 못하겠지만, 마음이 닿았으면 좋겠어요.

"방긋 웃어 줬어요."

준서는 이혁의 표정을 알려 주었다. 그렇게 방긋 웃기 전까지 이혁 또한 많이 슬퍼했지만 그건 비밀로 하기로 했다. 이혁이 그걸 원했다.

"그리고 울지 말래요."

이새는 말 잘 듣는 꼬마처럼 눈물을 닦아 내며 끄덕였다.

"사랑한다고 많이 말해 줘서 고맙대요."

엉엉.

하지만 이내 더 크게 터진 울음.

준서는 그런 이새를 가만히 토닥였다. 매번 그녀가 자신을 위로해 줬던 방법 그대로였다.

"이제 아주 행복하니까 걱정 말래요."

준서가 이혁의 말을 전하는 동안 이혁의 모습은 아스라이 흐릿해져 갔다.

"응. 사랑한다고 전해 줘."

이새는 보이지 않는 동생과 눈을 맞춰 보려는 듯 제 옆에서 시선을 떼지 못한 채로 울먹였다.

"언제나, 언제나, 사랑한다고."

사랑한다는 말에 이혁의 모습이 한 번 반짝였다. 그 말을 하늘나라로 가져가기 위해 내내 기다린 것처럼, 이새의 목소리를 끝으로 이혁의 모습은 빠르게 사라져 갔다. 준서가 이혁을 붙잡아 볼 듯이 주춤하는 것을 보며, 동생이 떠났다는 것을 직감한 이새가 떨리는 음성으로 물었다.

"······갔어?"

준서도 눈물을 참아 내느라 입을 열지 못했다. 이제 준서의 눈에도 이혁은 보이지 않게 되었다. 그게 마지막 인사였다. 이제 이혁은 나타나지 않을 것이다.

어떤 귀신에도 시달리지 않고, 준서는 평범하게 커 가게 될 것이다.

그건 기쁜 일인데, 왜 서러워지는지는 알 수 없었다. 마음 한구석이 텅 비는 느낌에 준서 또한 눈물이 차올랐지만 이내 닦아 냈다.

작은엄마를 지켜 줘야지. 오늘은 작은엄마의 기쁜 날이니까.

준서는 흐느끼는 이새의 어깨를 다시 한 번 다독여 주었다.

그사이 헬퍼가 지원을 데리고 나타났다. 이새가 눈물범벅이 되어 있는 것을 발견한 지원이 헐레벌떡 뛰어왔다.

"왜 울어! 왜! 왜! 왜!"

결혼은 처음이라 정신없는 와중에 신부는 나라를 잃은 것처럼 서러운 얼굴이라니! 지원은 아찔해졌다.

"작은엄마 왜 그러니……."

당황한 지원이 준서를 향해 물었다. 그리고 준서의 눈시울도 붉게 젖어 있는 것을 뒤늦게 알게 되었다.

둘이 또 나만 빼고 무슨 슬픈 비밀 얘기를…….

결혼식 날까지 혼돈의 질투심을 느껴야 하는 지원이었다. 하지만 그는 마음을 다잡고 의젓한 신랑답게 이새를 위로해 주었다.

"괜찮아. 원래 별별 마음이 다 들 수 있다고 하더라. 부담스러우면 마음이 진정될 때까지 예식은 조금 늦춰 달라고 할게."

"아니요. 괜찮아요. 눈 화장을 빨갛게 했다고 하면 되지 않을까요?"

……아마 되지 않을 거야.

지원은 밖으로 튀어나오려는 말을 묶어 두기 위해 입을 꼭 닫았다. 그사이, 신부가 억지로 결혼하는 사람처럼 펑펑 울고 있다는 소문이 퍼졌고 이새의 부모 희선과 을태, 그리고 다원이 부리나케 달려왔다. 삽시간에 신부 대기실 앞이 수런거렸다.

영문도 모르는 채, 이새의 붉어진 눈에 덩달아 슬퍼진 희선이 이새를 달려가 안으며 지원을 타박했다. 누가 봐도 일등 사위였지만, 딸이 울면 팔은 안쪽으로 기운다.

"자네 우리 딸 울리지 않는다고 하지 않았나……."

"……죄송합니다."

지원은 그저 머리를 조아릴 수밖에 없었다.

다원은 지원이 쩔쩔매는 모습을 속 시원한 얼굴로 바라보았다. 이제 오빠도 별수 없구나, 하는 생각을 했다.

이새는 곧 진정되었고 예식은 변동 없이 정시에 치러졌다. 경건한 분위기 속에서 하객들은 수십 번, 신랑의 훤칠함과 어린 신부의 아리따움에 경탄했다. 신랑의 눈이 신부만 좇고 있는 것에 놀리는 목소리만을 제외한다면 부족할 것도 넘칠 것도 없는 적당한 결혼식이었다.

이새는 줄줄이 이어진 행사를 거치는 동안 간혹 동생을 생각했다. 피부에 닿는 공기 중에 동생이 있을 것 같았다. 결혼식에 와 주어 고맙다고 말했어야 했는데 그걸 하지 못했다.

그래도 이혁아, 누나 마음 알지?

그녀는 이따금 어딘가를 향해 웃어 주었다. 온 세상이 축복해 주는 결혼식을 한 것 같아 내내 가슴이 벅찼다.

"피곤하지."

예식을 치르기 전부터 신부의 눈물을 본 신랑은 내내 바짝 졸아 있었다. 그 모습이 우스워 조금 골려 주고 싶은 마음도 있었지만 사랑이 그것을 막았다.

이제 당신을 사랑하는 마음을 감추지 않아도 되네요.

마음껏 사랑할 수 있고, 사랑받는 마음을 온전히 누릴 수 있는 시간들이 기대된다. 상견례 이후 다시 만나게 된 희선과 상호는 이새와 지원을 사이에 두고 서로에게 정중히 인사했다.

"부족한 딸이지만 잘 부탁드립니다."

"아닙니다. 부족하다니요. 제가 50년 넘게 몸담아 온 회사의 대표직에서 내려오게 한 친구입니다. 정말 대단하죠. 허허."

상호가 웃으며 건넨 말에 희선과 이새의 눈이 휘둥그레졌다. 아직은 서로에게 완전히 적응되지 않은 모습이었다.

"하, 할아버지께서 농담을 좋아하십니다."

지원이 당황하며 수습했다. 상호의 입장에서 딱히 농담은 아니었지만 말이다.

1개월 전, 태원이 일으킨 불미스런 일들에 대해 그룹의 입장을 내놓으라며 언론의 질타가 이어지던 때, 복잡한 마음으로 이새와 대면했었다. 그리고 그녀와 생각지도 않게 바둑 대국을 하며, 권위에 흔들리지 않는 그녀의 배짱에 탄복했다. 매번 침착하게 승부수를 던지는 직관에 놀라기도 했다.

그날 밤, 상호는 오랜 고민을 정리했다. 그룹의 회장 자리에서 내려올 결심을 굳힌 것이다. 자신이 아니더라도 그룹을 이끌 인재는 얼마든지 나타날 수 있다는 사실을 깨닫게 됐다. 기회가 없어 꿈을 펼치지 못하는 젊은 인재들을 응원하고 싶기도 했다. 그 깨달음을 준 사람이 이새였다.

오래전 미술 전시회에서 처음 본 날, 이미 첫인상은 합격이었다. 지원의 짝이 아니라 준서의 선생으로서의 관심이었지만 말이다.

사랑스럽고 참하게 생긴 데다 준서를 돌보는 방법도 잘 알고 있어, 상호는 전시회 관람 내내 제 옆을 지킨 민지에게보다도 이새에게 더 신경을 쓰게 됐다. 그리고 그녀가 바로 지원이 사랑하는 사람이라는 것을 알게 된 후 더욱 호기심이 생겼다.

안지원, 그 목석같은 녀석을 어떻게 무너뜨렸을까. 얼마나 대단한 아가씨이기에 지원이와 준서, 다원이까지 이렇게 감싸고도는 걸까.

그녀는 처음부터 환영받을 운명이었다. 이제 손주며느리가 웃는 것을 보면 덩달아 기분이 좋아지니 상호 또한 손주며느리 팔불출이 될 앞날이 훤했다.

자기 부인이 앞으로 또 얼마나 많은 사람들을 홀리게 될지 아직 알지 못하는 지원은 그저 들떠 있었다.

"사랑해."

지원은 찾아온 사람들이 멀찍이 떨어지는 간간이 그녀에게 제 마음을 고백했다.

"나도."

"나도 뭐?"

"사랑한다고요. 사랑한다고."

부부의 연을 맺은 새신랑 새신부에게 그렇게 순수하게 행복만 가득해서, 그래서 완벽한 결혼식이었다.

누가 먼저 깼는지도 알 수 없이 마주 본 채로 눈을 뜬 두 사람이 나른한 숨을 흘린다. 아내의 앞머리를 쓸어 주는 지원의 다정한 손길에도 이새는 뾰로통한 표정이다.

"더 잘래?"

이새는 물음에 대답은 않고 이불 속으로 머리를 쏙 집어넣어 버렸다. 지원은 설핏 웃음 지으며 이불 위로 그녀의 엉덩이를 통통 토닥이고는 먼저 자리에서 일어났다.

"언젠가요."

이불 안에서 빼꼼 눈만 내민 채로 그를 바라보던 이새가 천천히 목소리를 냈다.

"여보가 스스로 자기가 되게 잔인한 사람이라고 했잖아요. 그거 좀 이해할 것 같아요."

"응?"

"낮의 성격이랑 밤의 성격이 좀 다른 것 같아서요."

아. 지원은 그제야 이새의 마음을 조금 읽을 수 있었다.

어젯밤에는……. 내가 좀 그랬…… 나.

다음 날이 준서의 입학식이라고 잔뜩 들떠서는 준서와 둘이서 밤늦게까지 패션쇼를 하는 아내가 너무 귀여웠다.

너무 어려 보이지 않게 원숙미 물씬 풍기는 옷을 입어야 한다며 고혹적인 차림으로 나타난 그녀가 너무 예뻐서 벌어진 일. 얼른 준서를 재우고 침실로 직행한 자신이 평소보다 좀, 약간, 그녀를 힘들게 했는지도 모르겠다.

그래도 말이야. 이제 좀 적응할 때가 됐는데.

"아니야. 낮이나 밤이나 일관성 있게 부드럽게 대하고 있어."

그는 능청스럽게 대답했다.

"부드럽다고 하기엔 좀 억세죠."

"그거야, 예쁘고 사랑스런 부인 앞에서는 당연히 흥분하는 거고."

치.

"아직 부인께서 이런 즐거움에 익숙하지 않아서 그래. 모태솔로를 졸업한 지 1년도 안 돼서."

이새는 혀를 낼름 내밀었다 감추고는 픽, 콧방귀를 뀌었다. 콧방귀 소리에 지원의 눈이 가늘어졌다. 다시 침대 위로 올라간 그가 그녀의 두 팔을 단단히 붙잡았다.

"갑자기 열정이 불타오르네. 너 진짜 거친 걸 못 봤구나. 지금 좀 보여 줄까?"

목소리에는 웃음기가 가득했지만 그녀를 잡는 악력은 지나간 밤을 떠올리게 할 만큼 억셌다. 이새는 금방 꼬리를 내렸다.

"……오늘 얘기는 못 들은 걸로 하세요. 그냥 우스갯소리였어요."

"세상에서 제일 아껴 주고 있어. 믿어."

"네, 믿습니다."

"그래, 착하다."

지원이 음흉하게 씨익 미소 짓는 것을 보며 이새는 눈꺼풀을 내렸다.

"근데 눈빛이 너무 야한 거 아니야?"

"내가 뭘 어떻게 했다고요."

그 눈은 뭐든 야하게 보는 것 같은데요, 그녀는 한마디 더 하려다가 입을 닫았다.

오늘은 준서의 입학식 날이다.

"그렇게 반만 뜨고 있으니까 꼭……."

지원의 목소리와 동시에 이새는 부러 눈을 크게 열었다.

"그렇다고 갑자기 그렇게 눈을 동그랗게 뜨면."

"……."

"불꽃키스지."

어찌 됐든 일어날 일이었던 것이다. 지원의 입술이 금세 짝을 찾아갔다. 이새는 제 입술에 닿는 달큰한 감촉에 눈가에 모았던 힘을 아슴아슴 풀었다. 입술 사이로 생긴 틈이 그의 숨결로 메워지니 찌릿한 전율이 손끝까지 전해졌다. 움찔하는 그녀의 손을 그의 손이 끌어 잡았다. 아귀의 힘은 점점 완강해졌다.

이런. 키스는 불꽃이 아니라 화재로 번질 듯하다.

"근데 지금은…… 요."

달려드는 맹수를 피해 이새가 겨우 한마디 내뱉었다. 지원이 상처 받은 눈빛으로 어둡게 목소리를 깔았다.

"싫다고?"

"아뇨오……."

그럼 또 그녀의 마음이 약해지고.

"……아침부터 이러면 진짜 놔주기가 싫잖아요."

그녀의 한마디에 표정을 회복한 지원이 다시 이마에, 코에, 입술에, 목과 어깨로 키스 세례를 이어 가며 그녀의 감각을 다시 일깨웠다. 피부가 간지러워진 이새가 그의 목을 꽉 껴안았다.

그렇고 그런 날들의 연속.

어제와 오늘은 비슷한 듯해도 늘 새롭다. 같은 것들 속에 다른 즐거움을 찾는 숨은그림찾기처럼, 자신이 알고 있던 것들 중에 숨겨진 서로의 새로운 모습을 발견하는 것이 이 신혼부부의 큰 행복이다.

행복 속에서 두 사람의 아침 공기가 동실 뜨겁게 떠오르고 서로를 원하는 손길이 다시 한 번 간절해졌을 때, 부부의 행복을 어지럽힐 수 있는 단 한 명의 전사, 오늘 1학년이 되는 준서가 제 방에서 다다다다 달려오는 소리가 들린다.

"삼초온!"

쾅쾅쾅!

"작은엄마!"

두 사람의 입에서 동시에 바람 빠지는 소리가 흘러나왔다.

그래. 오늘은 준서의 입학식 날이다.

둘만의 오붓한 시간을 빼앗긴 지원은 아쉬운 얼굴로 이새의 볼에 가볍게 입 맞추고 자리에서 일어났다. 휘이휘이. 이새도 냉큼 일어나 방 안의 달뜬 공기를 손부채로 식혔다.

지원이 먼저 걸어 나가 문을 열었다.

"준서야."

"삼촌! 저 오늘 학교 가요!"

"그래. 준서야, 축하하고. 삼촌은 진짜 준서를 사랑해. 알지?"

"네, 알아요."

"아아, 귀여워."

분을 참아 내는 듯 높낮이 없는 음성. 영혼 없는 '귀여워'에 방 안에서는 풉, 웃음 터지는 소리가 났다.

1학년과 2학년, 그리고 선생님과 학부모들이 모두 강당에 모였다.

1학년은 얼떨떨한 표정들이고 학부모들은 감격에 겨운 얼굴이거나 근심하는 눈빛이다.

"자, 부모님께 인사하고 교실로 들어가는 거예요. 1학년 친구들. 모두 뒤돌아봅시다."

반별로 줄지어 선 아이들이 뒤돌아섰다.

"엄마, 아빠, 학교 잘 다녀오겠습니다, 인사!"

어리숙하게나마 고개 숙이는 아이들의 인사에 일제히 박수 소리가 터져나왔다. 이새의 눈은 첫 사회생활에 긴장한 준서의 표정에 초점이 맞추어져 있다. 제게 팔짱을 낀 이새의 팔에 힘이 들어가자 지원은 그녀의 팔꿈치를 톡톡 쳤다. 걱정할 거 없다는 듯.

아이들은 2학년 선배들의 손을 잡고 두 줄로 강당을 떠났다. 지켜보는 학부모들이 웅성거렸다. '허. 이게 끝이야?' 하며 허무해하는 소리가 들렸다. 우물가에 내놓은 아이들을 따라가고 싶은 부모의 목소리였다. 그리고 이에 불응하여 직접 움직이는 발 빠른 학부모도 있다.

"어디 가?"

지원은 제 팔을 놓고 냉큼 준서의 뒤를 밟는 이새를 쫓아가 잡았다.

"교실까지 따라가도 되나 물어보려고요."

아이고……. 지원은 낮게 탄식했다. 앞으로 준서의 초등학교 생활, 6년간의 치맛바람이 머릿속에 그려지는 것만 같았다.

"준서가 어떻게 공부하게 될지, 책상은 안전한지. 짝꿍은 남잔지 여잔지."

"짝꿍이 남자인지 여자인지 확인해서 뭐하게."

"나도 좀 마음의 준비를 해야죠. 언젠가 준서가 집에 여자친구도 데려올 거 아니에요. 그 여자친구가 짝꿍일 가능성도 배제할 수 없고."

"그 가능성이 얼마나 될 것 같은데?"

"준서가 여자애들한테 얼마나 인기가 많은지 몰라서 그래요. 준서 짝꿍이 만세 부르는 소리가 벌써부터 들리는 것 같다고요."

"조카를 너무 과대평가한다."

앞서간 이새의 상상력에 지원은 웃고 말았다.

"그러지 말고 선생님한테 우리 아이 사랑으로 가르쳐 달라고 한마디만 하고 옵시다."

"그 말 안 해도 다 사랑으로 가르칩니다."

지원은 그녀의 어깨를 감싸고 학교 밖으로 이끌었다.

"갑시다. 부인께서도 오늘 개강이라고 하지 않으셨나?"

이새는 지원을 따라 걸음을 옮기면서도 못내 아쉬운 표정을 풀지 못했다.

"선생님이 친구들 다 있는 데서 준서 부모님 안 계시냐고 면박 주진 않겠죠?"

"믿고 맡겨야지."

이새를 차에 태운 지원이 그녀의 손등을 다시 한 번 토닥였다.

준서는 잘할 거야. 똑똑하고 강한 아이잖아.

걱정을 가라앉히는 말이 눈빛과 공기로 전해졌다.

"아, 가슴이 뜨끈뜨끈해요."

"……속이 안 좋아? 병원 갔다 갈까?"

"아니, 그게 아니라요. 감격스럽다고요."

그녀의 눈이 빛났다.

"내가 처음 채용될 때 목표가 뭐였는지 기억해요? 준서를 무사히 초등학교에 입학시키는 거였다고요."

"그러네. 내가 경고 3회 이상 하면 자기가 집에서 나가는 것도 있었지."

"진짜 삭막하게 살았다, 우리."

그 삭막한 기운을 잘 이겨 냈어. 고마워.

그의 눈이 다소곳하게 인사한다.

"잘 가르쳐 줘서 고마워."

"가르친 건 없어요. 제가 배웠죠."

지원은 많은 것을 일구어 놓고도 여전히 겸손한 제 부인이 새삼 존경스럽다.

그래. 그대의 말대로 나도.

많은 사람들을 만나 많은 경험과 많은 교훈을 얻었다. 때론 어린 아이가 나의 스승이 되었고, 때론 더 나빠질 수도 없는 절망적인 순간에 깨달음을 얻었다.

하지만 모든 것이 당신을 만나지 않았다면 알지 못했을 것들.

앞으로도 당신의 많은 것들이 나를 뒤흔들 거야. 그리고 나는 매 순간 깨닫겠지. 그 모든 것이 우리를 더 단단하게 엮어 주리라는 걸.

아직 바람이 찬 계절이지만 학교 앞의 매화나무와 진달래는 슬며시 새봄을 알린다. 금방이라도 만개할 듯한 꽃송이들에 마음이 들떠보기는 처음이다.

"우리가 함께하는 첫 봄이야."

지원의 말에 이새도 고개를 끄덕였다. 이맘때 늘 맞이하던 계절인데, 그대가 있어 다른 빛깔이 된다. 내 인생이 그대로 인해 물들었기 때문이다.

기다리던 새로운 계절의 시작. 함께하는 계절은 어떤 빛깔이 될까. 어떤 설레는 소리가 날까?

새로운 이야기는 다시 그렇게 시작된다.

졸업과 입학이 이어져 있는 것처럼.

계절의 끝은 다음 계절의 시작인 것처럼.

'안녕' 하며 헤어진 사람들이 '안녕' 하며 다시 만나는 것처럼.

어제와 오늘이, 헤어짐과 만남이 같은 듯 다를 것이다.

하지만 변하는 것, 변하지 않는 것, 사라지는 것, 사라지지 않는 것 할 것 없이 세상을 살다 간 모든 것들은 존재 자체로 아름답다.

이 모든 것을 가르쳐 준 당신에게 감사해.

이 마음은 평생을 갚아도 다하지 못할 것이다.

"나는 봄이 제일 좋아요."

"나는 네가 제일 좋아."

그러니 오래오래 함께 행복했으면 한다.

외전 2. 함께

돌을 내려놓는 포즈가 이제 제법 수준 있어 보였다. 상호는 이새가 바둑돌을 내려놓은 자리를 유심히 보다가 흘긋 그녀의 배 쪽으로 눈길을 주었다.

"이 자세는 역시 너무 버릇없어 보여요. 그죠?"

이제 배가 많이 나와서 앞으로 몸을 굽히는 게 곤란해진 이새였다. 아무리 할아버지와 친하다지만 어른 앞에서 삐딱하게 앉아 있는 것이 신경 쓰이지 않는 것은 아니었다.

"별걸 다 신경 쓰는구나."

상호는 그런 손주며느리의 마음 씀씀이를 귀하게 여기며 개인적인 걱정을 얘기했다.

"몸도 힘든데 벌인 일이 너무 많지 않아?"

배부른 몸으로 대학원을 다니는 게 쉽지 않은데 여태 휴학도 하지 않고 있는 게 답답한 마음이었다.

상호의 지적에 그녀는 싱긋 웃었다.

"아무래도 애기가 태어나면 더 못 움직이게 된다는 생각에 이번 학기에 너무 욕심을 부렸나 봐요."

"……."

"너무 이기적이죠?"

"아니야. 그럴 수도 있지."

요즘 상호는 이새의 말에 '그럴 수도 있지'라는 대답을 입버릇처럼 했다. 손주며느리가 하는 말은 모두 이해할 수 있을 것 같았다. 어느새 일에 있어서도 그녀의 의견을 많이 따르게 되었다. 이새는 상호의 자선사업에 꼭 필요한 조언을 많이 해 주었다.

손주며느리여서가 아니라, 어디 내놔도 아까울 인재다. 진심으로, 상호는 그녀가 마음껏 날갯짓을 했으면 하는 마음으로 물었다.

"준서 유학 보낼 생각은 없냐?"

"조기유학이요?"

"그래."

"싫어요, 할아버지. 준서 힘들게 지낸 거 아시잖아요. 그런 애를 또 외지에서 혼자 보내게 하라고요?"

"너도 따라가는 건 어때. 너도 같이 공부 좀 하고 말이야."

"그것도 싫어요."

능력 좋은 싹을 크게 키우고 싶은 마음에 물었건만 돌아오는 대답은 가차 없었다. 이새는 도리어 서운하다는 듯이 물었다.

"할아버지는 이 시간이 싫으세요? 저는 종종 얼른 화요일이 됐으면 좋겠다 생각하는데."

그녀가 꾸준히 보여 주는 감정은 참 놀랍다. 좋아하는 마음을 이렇게나 진솔하고도 사랑스럽게 표현해 주니 아껴 주지 않을 수가 없다. 어느새 상호에게도 화요일의 대국은 마냥 기다려지는 시간이 되었다.

"지원 씨도 그렇고 할아버지도 엄마, 아빠도 다 계신 여기가 좋아요. 준서도 저랑 비슷한 마음일 거예요."

그녀의 신념은 언제나 명확했다.

"……그래도 준서한테 다시 물어는 볼게요."

"아니다. 됐어."

상호는 흐뭇하게 웃으며 다음 수를 두었다. 이새가 그의 한 수에 깜짝 놀라며 허망한 표정을 지었다. 이것으로 이번 주의 대국은 상호의 승리가 확실해졌다.

"허어. 이것저것 혼란스럽게 하시고선……."

이새는 분한 마음을 그대로 드러내며 투정 부렸다.

"이러시는 게 어디 있어요! 이렇게 아깝게 지면 일주일 동안 바둑판만 생각난다고요."

"그럼 다음엔 져 주리?"

"……아뇨. 제 힘으로 이겨야죠."

어쩔 수 없는 패배를 인정하는 마음, 이를 받아들이며 또다시 전의를 불태우는 마음. 모든 것이 참 올곧은 손주며느리였다. 상호는 일하며 느끼지 못했던 느긋한 삶의 즐거움을 손주며느리를 통해 배워 갔다.

예정일보다도 2주나 앞서 진통이 시작됐다.

그러나 갈 길은 멀었다. 진통 주기는 점점 짧아지는데 아가는 위에 있었다. 게다가 자궁문도 너무 더디게 열린다고 했다. 진통이 시작된 지 4시간이 넘었는데, 이 상태로는 무통을 놔주기가 힘들 것 같다는 의사의 말에 지원은 의사의 멱살을 잡을 뻔했다. 웬만한 아픔은 그냥 웃어넘기는 부인이 죽을 것 같다고 소리를 지르는데 아무것도 할 수 없는 자신이 원망스러웠다.

"아아아악! 아악! 아악!"

"이새야. 숨 쉬자, 숨. 후우, 후우."

"아아악! 악!"

"후우우, 후우우."

아빠가 된다는 설렘은 사라진 지 오래. 당장 내 부인이 죽을 것 같은 상황이 닥치니 그의 머릿속은 암흑상태가 되었다. 진정한 척, 부인에게 호흡법을 계속 얘기하면서도 사실은 자신이 무슨 말을 하고 있는지도 몰랐다. 가슴과 머리와 입이 각각 따로 활동하고 있었다. 온몸을 바들바들 떨며 고통을 감내하는 부인이 안쓰러워 그의 속도 문드러져 갔다.

"다 열렸어요. 분만실로 갑니다. 보호자분은 분만실 앞에서 대기하세요."

한참 더 진통이 진행된 끝에 겨우 자궁문이 다 열렸다 한다. 그런데 분만실 앞에서 대기하라니. 그는 뭔가 잘못됐다고 생각했다.

"가족분만실로 예약했는데……."

"뭘 들으신 거예요. 아까 가족분만실 다 찼다고 말씀드렸는데."

간호사가 따끔하게 말했다. 아까 말했다고? 이새의 진통에만 신경 쓰느라 기억에 없었다.

"가족분만실이 아니면 같이 못 들어갑니까?"

"네, 못 들어갑니다."

누구에게도 굽실거려 본 적 없는 지원이 최대한 불쌍하게 얘기했지만 조금도 먹히지 않았다. 부지런한 간호사들에 의해 침대가 움직였다.

이 사람들이 지금 내 아내를 데리고 어디로 간단 말인가! 당황한 지원이 황망하게 그들을 따르는데 한 간호사가 다시 한 번 이를 저지했다.

"분만실 앞에서 대기하세요. 탯줄 자를 때 불러 드릴게요."

주변의 모든 것들이 사라지고 실신하기 직전의 이새만 그의 눈에 가득 담겼다. 그녀를 지금 따라가지 않으면 안 될 것 같은 불안이 그의 사고를 완전히 마비시켰다.

"여보오오……. 이새야, 이새야……."

"보호자분, 이동하세요."

경험 많은 간호사들은 이런 광경을 많이 본다는 듯이 지원을 칼같이 끊어 냈다. 결국 간호사들에 의해 부인과 생이별한 그는 분만실 밖으로 내몰려 전전긍긍하는 처지가 되었다.

잠시 후에 장모님 희선과 장인어른 을태가 분만실 앞으로 찾아왔다.

"나왔어? 아직 안 나왔지?"

"어머님! 어머님……."

장모를 만난 지원이 희선의 손을 덥석 잡고 마구 흔들었다.

"그래, 그래."

이 하나에 사위가 얼마나 긴장하고 있는지를 알아챈 희선은 그를 잘 다독여 주었다. 늘 침착하고 점잖게만 행동하던 사위가 혼란스러운 모습을 보이니 그녀는 이마저도 예쁘게 생각되었다. 그가 진정되는 데에는 꽤 오랜 시간이 걸렸다.

30분 후, 분만실 안으로 잠시 불려 가 아기의 탯줄을 자르고 나온 지원은 혼이 빠져 버린 표정으로 그 감격을 전했다.

"어머님."

"그래그래. 탯줄은 잘 잘랐어? 애기는 괜찮고?"

그렁그렁, 떨어지지 않는 눈물이 매달려 있는 사위의 모습도 처음이라 희선은 영 생소했다.

"어때?"

"애기는 못생겼다고 들었는데."

"근데? 예뻐?"

"이새를 많이 닮았네요."

하아아. 희선이 탄식과 함께 웃었다. 지원에게는 그것이 최상의 표현이란 것을 그녀도 알고 있었다. 세상의 빛나는 모든 것들이 김이새를 닮았다고 표현하는 사위니까 말이다.

"손가락도 발가락도 다 열 개씩 있더라고요."

"그렇지. 그렇겠지."

"잘 살겠어요."

"응?"

"쪼끄만 애가 제 손가락을 움켜쥔 채로 자기 무게를 지탱하고 버티는 힘이…… 대단해요."

사위는 오늘 태어난 아가의 인생 밖을 멀리 내다본 사람처럼 저만치 앞서가고 있었다.

"……민아도 나중에 결혼을 할까요?"

벌써 아가의 이름을 불러 주며, 아주 먼 훗날의 일을 미리부터 걱정하는 사위가 우스웠다.

"왜 벌써 그런 얘길 해."

"그냥. 그럼 슬플 것 같아서요."

"그럼 나중에 결혼 못 하게 할까?"

"네, 그러고 싶네요."

지원이 설핏 웃었다.

"그렇게 되면 지금 내 기쁨은 모르겠지."

희선이 제 마음을 보여 주며 흐뭇하게 웃었다.

"내 딸이 낳은 아이가 모든 사람들에게 사랑받는 걸 보는 기쁨 말이야."

지금 막 아빠가 된 지원을 보며, 희선은 이새의 처음을 떠올렸다. 태어나면서부터 줄곧 예쁜 아이는 드물다는데, 그녀의 첫째딸은 언제나 예뻤다. 너무 예뻐서 일찍 결혼하면 어쩌나 했는데 정말로 일찍 시집을 가 버렸다.

그러나 결혼을 해서도 딸은 여전히 품 안에 있었다. 오히려 희선의 품이 넓어졌다. 잘생긴 아들이 생겼고, 귀여운 손자가 생겼고, 팔랑귀에 어리숙하지만 심성이 고운 사돈처녀도 딸처럼 좋았다.

함께서 아름다운 삶. 그게 자식을 키우는 행복일 것이다.

희선은, 내게 많은 감정을 가르쳐 주어 고맙다는 말을, 딸에게 꼭 해야겠다고 생각했다.

그리고 사랑한다는 말도.

엄마가 된 걸 축하한다는 말도.

외전 3. 준서의 일기

"미안. 나 여자친구 안 만들어."

고등학교 2학년이 된 지 1개월이 채 안 됐는데 네 명에게 고백받았다. 어제까지는 스토킹을 하던 친구도 있었다.

내 나이 열여덟. 아직은 모태솔로.

공부하느라 여자친구를 안 만드는 건 아니지만, 어쩌다 보니 그렇게 됐다.

일단, 수업이 끝나고 집에 가면 현관문을 열자마자 전투적으로 달려오는 공주님들과 놀아 주기도 벅찬 인생이다.

"오빠아, 오빠, 오빠!"

첫째 민아 공주님과 둘째 진아 공주님은 팔에, 막내 솔아 공주님은 다리에 매달린다. 막내 공주님은 가끔 번쩍 점프해 목에 매달리기도 하는데, 그렇게 되면 다른 두 공주님은 내 다리를 하나씩 붙잡는다. 그 상태로 어기적어기적 열 걸음은 걸어 줘야 공주님들이 하차하신다. 힘들지만 불만은 없다. 셋 다 귀여워서.

삼촌은 세상에서 제일 복 받은 남자다. 예쁜 부인에 부인 닮은 토끼 공주 님들이 세 명씩이나. 전생에 나라를 열두 번은 구했나 보다.

올해 심리학 박사가 된 작은엄마는 여전히 밝고, 하얗고, 사랑스럽다. 내 가 봐도 이렇게 예쁜데 삼촌은 어떨까 싶다. 아니나 다를까, 삼촌은 여전히 작은엄마 말을 성경으로 알고 아래층 처갓집 말뚝에도 절을 하려고 한다. 밖에서는 그렇게 무뚝뚝하면서, 가족들 앞에서는 두 눈에 하트가 촘촘하다.

올해가 두 사람의 결혼 10주년. 10년이면 강산도 변한다던데 두 사람은 여전하다.

"안준서, 이리 와. 이리 와."

하지만, 여전히 아름다우신 작은엄마가 나한테 아주 혹독해졌다는 것은 논외다.

오늘도 집 안에 들어서자마자 작은엄마가 무시무시한 목소리로 나를 부 른다. 그래 봤자 하나도 안 무섭지만.

나는 시큰둥하게 다가갔다.

"너 여자애들한테 편지 받은 거 왜 숨겼어?"

"봤어?"

편지는 책상 구석진 곳에 쌓아 뒀는데 그걸 보다니! 작은엄마, 정말 실망 스럽다.

"네 것도 아니고 너한테 보낸 애들 건데 좀 보면 어때."

"그래도 내 사생활이지! 그걸 왜 봐!"

"아예 받아 오지를 말란 말이야!"

작은엄마가 도리어 호통쳤다.

"사귈 거 아니면 여지를 주지 말아야지. 편지 같은 거 다 받아 주고 그러 면 걔네도 버릇되고 너도 버릇되는 거야. 똑똑한 애가 왜 그걸 몰라?"

"알았어, 알았어."

잔소리가 귀찮아진 나는 몸을 돌려 버렸다. 하지만 작은엄마가 졸졸 따라왔다. 공주님들도 병아리처럼 쫄쫄 따라온다.

"너 그리고 모의고사 일부러 망쳤지? 그건 또 왜 그랬어."

후우, 한숨이 나왔다.

모의고사 답안지를 3번으로 줄 세운 이유는 간단했다. 자칫하면 선생님한테 찍혀서 심부름을 도맡아 할 수도 있다.

"일부러 꼴찌 하면 네가 좀 멋있어지는 줄 알았어? 아직도 중2병이야?"

"아, 아, 아!"

진실을 모르는 우리 작은엄마는 내 등짝을 때리기에 바쁘다. 아프진 않았지만 아픈 척을 해 줘야 조금이라도 덜 맞는다.

"어우! 내가 왜 작은엄마 같은 사람이랑 결혼을 하려고 했는지!"

"너 지금 작은엄마 같은 사람이라고 그랬어?"

"그랬는데. 왜."

작은엄마를 가까이에서 내려다보며 말했다. 이제 내가 작은엄마보다 한 뼘은 클 것 같다.

"너 키만 크면 다야?"

"작은엄마는 예쁘면 다야?"

나는 봤다. 내 말대꾸에 작은엄마의 꼭 다문 입술에 틈이 생기는 것을. 그 사이로 바람이 피융, 빠져나가는 것을.

"능글맞아져 가지고. 삼촌한테 그런 것밖에 배우는 게 없지."

"구박하면서 작은엄마도 웃고 있잖아."

작은엄마가 눈을 흘긴다. 역시 예쁘다는데 안 좋아할 사람은 없다.

작은엄마는 몰라. 내가 예쁘다고 하는 사람은 작은엄마랑 공주님들밖엔 없다고요.

"지금 내 얘기 했어?"

서재 문이 열리고 삼촌이 나왔다. 재작년에 성화그룹 임원자리에서 내려와 개인회사를 차린 삼촌은 요즘 한결 여유로워졌다. 그래서 그런지 눈에 하트가 늘었다. 아빠가 나오자마자 둘째 공주님, 셋째 공주님이 신나게 달려갔다. 두 공주님을 양팔에 안아 든 삼촌의 팔에 힘줄이 툭 튀어나왔다.

40세를 넘어가며, 남자가 더욱 섹시해질 수도 있다는 건 삼촌을 통해 알게 됐다. 그냥 미남이었던 30대 시절의 외모에 원숙미가 더해진 삼촌은 말만 하지 않으면 남성복 모델 같은 간지다.

하지만 입을 열면 그냥, 팔불출에 딸바보.

"삼촌, 작은엄마가 삼촌이 능글맞대요."

"능글맞은 건 너지. 나는 자상한 거지."

전생에 나라를 구하여 다 가진 자. 괜히 심술이 났다.

"삼촌, 키가 몇이에요?"

"190이다, 인마."

이렇게 억지를 부릴 땐 '딸바보'의 '딸' 자도 빼야 한다.

"10년 전에 삼촌 건강검진 결과표 봤다고요. 그때 키가 185였는데 어떻게 그새 키가 5cm나 더 크나? 오히려 줄었겠죠. 작은엄마도 그렇게 생각하지? 이제 내가 삼촌보다 크잖아."

"너 이리 와."

역시나, 삼촌은 도발하면 넘어온다. 삼촌은 공주님들을 내려놓고 턱을 치켜들었다. 내가 회심의 미소를 지으며 다가가니 삼촌이 내 뒤에 등을 기대며 작은엄마를 향해 묻는다.

"누가 더 커?"

공주님들이 까르르 웃으며 '아빠! 아빠!'를 외친다. 아, 외로워.

"주관성은 싣지 말고 진실만 말해."

"삼촌은 주관성으로도 자신 없나 보다."

작은엄마가 내 편을 들어주자 삼촌이 내 등을 은근슬쩍 민다. 작은엄마가 삼촌의 어깨를 툭툭 쳐 자세를 고쳐 잡아 주었다.

그러나 작은엄마는 완벽한 내 편이 아니다. 역시 공명정대하시다.

"준서야, 삼촌이 요만큼 더 크다."

"진짜?"

나는 억울해졌고 삼촌은 입꼬리를 말아 올렸다.

"쪼끄만 게."

"삼촌, 얼마 안 남았어. 각오하세요. 한 달이면 내가 요만큼 더 클 거예요."

내가 삼촌을 다시 한 번 도발하는 사이 작은엄마는 휴대폰을 들고 안방으로 들어갔다. 전화가 온 모양이었다.

"여보세요?"

출출해진 나는 주방으로 가 물을 마시고 냉장고 문을 열었다. 나를 따라온 공주님들이 냉장고 문을 연 김에 딸기우유를 꺼내 달라고 아우성이다. 그사이 언뜻 안방에서 의미심장한 소리가 들렸다.

"아, 선생님이시구나. 안녕하세요! 네, 제가 준서 작은엄마예요. 그럼요, 같이 살죠."

공주님들에게 딸기우유를 꺼내 주고 냉장고 맨 구석에 있는 치즈케이크 한 조각을 꺼내 손에 쥐고 우걱우걱 먹는데 느낌이 좋질 않았다.

"안준서!"

아니나 다를까, 전화를 끊은 작은엄마가 소리치며 달려왔다. 뭔지는 모르겠지만 직감적으로 도망쳐야겠다는 생각이 들었다. 케이크를 한입에 다 욱여넣고 달렸다.

"너 같은 반 친구 어깨에 귀신 올라가 있다고 했어?"

3층 계단을 오르는 나를 작은엄마는 날쌔게 따라왔다.

"너 죽었어. 이리 와."

기어이 작은엄마는 내 옷자락을 붙들었다.

"아까는 여자애들한테 여지를 주지 말라며! 걔가 자꾸 귀찮게 굴길래 한 마디 한 거야! 걔도 참 웃기네. 고2씩이나 되는 애가 그걸 담임한테 쪼르르 일러바치나?"

"이놈이 그냥!"

짝! 또 등짝스매싱이 날아왔다. 이번에는 꽤 아팠다.

"귀신이 보여?"

그 파워만큼이나 작은엄마는 진지하다.

"솔직히 말해! 보여, 안 보여!"

호통치는 목소리가 떨리는 것이 잘 느껴진다. 작은엄마의 눈 흰자위가 붉어져 있는 것도 보인다. 그녀가 어떤 걱정을 하고 있는지…… 잘 알겠다.

어느새 작은엄마에게 피해자 여자애의 안위에 대한 걱정 따윈 사라진 거다. 그녀는 지금 10년 전의 내가 가지고 있던 문제에 대해서만 생각하고 있을 것이다. 나는 최대한 침착한 목소리로 진실을 말했다.

"안 보여. 귀신이 왜 보여."

"진짜야?"

"진짜야. 그냥 장난친 거야."

내 말을 믿는 듯 걱정하는 듯, 작은엄마가 눈을 흘긴다.

"아이고오, 애 잡겠다."

어느새 1층에서 할머니, 추희선 여사님이 올라오셨다. 늘 비슷한 일상이다.

"우리 준서가 무슨 잘못을 했길래 그렇게 악을 써."

"할머니이."

"그래, 준서야. 학교 잘 갔다 왔어?"

"네."

처음 만난 순간부터 한결같이 너무나도 나를 애틋하게 생각하시는 할머니를 이용해 나는 작은엄마에게서 벗어났다.

"소리 좀 높이지 마. 동네 사람 다 쫓아오겠다."

내 편이 많다는 건 무조건적인 안심을 준다. 뭐, 이렇게 내 편을 만들어 준 사람이 작은엄마니 할 말은 없다.

흔쾌히 내 엄마가 되어 준 사람.

나에게뿐만 아니다. 시립교향악단의 피아니스트가 된 고모에게도, 자선 사업가가 된 증조할아버지께도, 유명한 여행가가 되어 책을 몇 권이나 내신 배 주임 아줌마께도 작은엄마는 정신적 지주 같은 사람이다. 삼촌과 공주님들에게는 말할 것도 없고.

그래. 나는 역시.

작은엄마가 제일 좋아.

사태가 정리된 후, 저녁 준비를 하는 작은엄마에게 가만히 다가가 어깨를 끌어안아 주었다.

오래전에는 작은엄마가 날 이렇게 안아 줬었지. 그때는 작은엄마도 크게 느껴졌는데, 이제는 내 어깨의 반절밖에 되지 않는 것 같다.

"작은엄마."

"왜."

"내년에 삼촌이랑 이혼하고 나랑 결혼하는 거야."

"용돈 다 썼어?"

작은엄마가 시큰둥한 눈빛으로 묻는다.

"낭만이 없어."

"그게 낭만이야? 동심이지. 아직도 네가 일곱 살 이쁜 꼬만 줄 알아?"

아직도 이쁘다는 얘기는 많이 듣는데.

"작은엄마는 나 구박하는 재미로 살지?"

"사랑이야. 사랑."

작은엄마가 물기 젖은 손으로 내 이마를 톡톡 두드린다. 막내 공주님 솔아가 '오빠 안아 줘' 하며 매달린다. 내게 안기겠다는 게 아니라, 내게 안겨서 엄마가 뭐 하는지 보겠다는 거다. 소꿉놀이가 재미있을 나이다. 솔아를 번쩍 안아 들고 작은엄마를 지켜보는데 한참 조용히 있던 작은엄마가 가만히 부른다.

"준서야."

"응?"

"할아버지 다음 주에 미국 가신다는데 따라갈래? 주말 끼어서 갈 거니까 학교는 이틀만 빠져도 돼."

"증조할아버지? 무슨 일인데?"

"무슨 국제지도자상 그런 거 받으신다는데."

"근데 내가 왜 따라가?"

"하버드 있는 동네래."

"왜. 조카 하버드 보내게?"

"그것도 차차 생각해 봐야지."

"⋯⋯."

"잘 생각해 봐. 네가 뭘 하고 싶은지, 뭘 좋아하는지."

"⋯⋯."

"널 조기유학 보내지 않은 건 잘했다고 생각하지만, 그렇다고 네 능력을 썩히진 않을 거야."

작은엄마는 나의 선생님이었던 경력자답게 내 교육에 관심이 많다.

한때 나를 비범하다고 말하며 조기유학 보내고 싶어 하는 사람들이 있었다. 그때 나는 혼자가 되고 싶지 않아 그런 건 절대 가지 않겠다고 말했고, 작은엄마가 내 편이 되어 싸워 줬다. 나는 현재의 평범한 내 일상에 만족하지만 작은엄마는 가끔 당신의 선택에 대해 돌이켜 얘기한다.

"넌 뭐든 할 수 있으니까 생각을 넓게 해 봐."

"뭐든 할 수 있다면 역시 결혼밖에 없다."

"기어이 또 매를 벌지, 네가."

이렇게 몇 번이나 맞는지 모르겠다. 등짝 간지럽게.

삼촌은 정말 복 받은 남자다. 이런 초절정 미소년이 유혹해도 꿈쩍 않는 강철 심장 작은엄마를 부인으로 두고 있으니.

역시 삼촌도 초절정 미소년의 유혹은 두려운지 거실에서 공주님들과 놀아 주다가 축지법을 써서 다가왔다. 매의 눈으로 지켜보고 선 저 섹시한 중년 남자를 이길 수가 없으니 작은엄마를 놀리는 건 그만두기로 한다.

다시 방으로 들어가려는데 삼촌이 말을 건다.

"준서야."

"네."

"이제 자중하자, 좀. 결혼 얘기할 때마다 내가 철렁한다."

곁에서 작은엄마가 쿡, 웃는다.

"삼촌이 더 분발하세요."

나는 삼촌을 놀리듯 대답했다. 삼촌을 약 올리는 건 내 인생의 낙이다.

10년 전 삼촌과 작은엄마의 결혼식 이후 귀신을 본 적은 없지만, 사실 나는 귀신을 다시 만나고도 싶다. 남들에게는 보이지 않는 것을 볼 수 있다는 건 기실은 축복받은 거였다.

삼촌의 결혼식 날. 나는 작은엄마에게, 숀, 아니, 이혁이와 나누었던 말을 다 전하지는 못했다. 그날 내가 얼마나 울었는지도.

그날 작은엄마의 신부대기실에서 잠깐 사라졌던 이혁이는 예식장에 한 번 더 나타났다. 그리고 작은엄마가 지났던 길을 되짚어 내려가 밖으로 나갔다. 이혁이를 놓칠 수 없어 달려간 나는 사라져 가는 이혁이를 붙잡고 절절하게 물었다.

　"네가 온 것처럼, 우리 엄마도 와 줄 수 없을까?"
　-안 돼.
　이혁이는 내 애타는 질문에 어른처럼 침착하게 대답했다. 가슴이 타는 듯 뜨거웠다.
　"왜? 왜 안 돼?"
　-너무 사랑하는 사람은 만날 수 없어. 우리 누나가 날 볼 수 없는 것처럼.
　"사랑해서 만날 수 없어? 어떻게 그럴 수가 있어?"
　-너무 사랑하면 만날 수 없어. 엄마를 만나면, 너는 엄마를 따라가고 싶어질 거야.
　"안 그럴게."
　-아니야. 넌 그럴 거야.
　"안 그럴게."
　-아니야. 넌 그러고 싶어질 거야. 누구나 그래. 사랑하면 그래.
　"……."
　-너희 엄마가 전해 달래.
　"……."
　-'너는 엄마가 꼭 안아서 지켜 준 생명이야. 네가 살아 있다는 건 정말 감사한 일이야.'
　"……."
　-'그러니까 열심히 살아 줘. 행복하게.'

"……."

-'엄마랑 아빠가 느껴 보지 못한 온갖 행복을 경험해 줘. 그리고 나중에 꼭 그 경험을 말해 줘. 백 년이고 천 년이고 네가 기억하는 모습 그대로 기다릴 테니까.'

그게 이혁이와의 진짜 마지막이었다.

살아 있었다면 열다섯 살 형이었을 일곱 살의 아이.

작은엄마를 닮은 얼굴로 해사하게 웃으며 천상의 메시지를 전하던 동자승 같은 아이를 내가 잊을 수 있을까? 영원히 그럴 수 없다. 손은, 아니 이혁이는 이제 나의 일부다.

엄마의 사랑 속에 살아남았는데도 불구하고 나는 엄마, 아빠가 돌아가셨을 때, 삶의 의욕을 모두 잃었다.

더 이상 사랑받게 되는 일은 포기했었다. 포기하고 바라보는 세계는 아무 무늬가 없었다. 나는 네 살이었지만 행복하지 않았고, 때론 고통스럽기도 했었다.

……그랬던 나를 꺼내 준 사람은 우리 작은엄마, 김이새 선생님.

세상의 처음을 떠올리기 전에 세상의 마지막을 먼저 생각해 왔던 어린 나에게 작은엄마는 이렇게 말했었다.

"준서야. 마지막이 끝나도 그다음에 뭐가 또 있을 거라고 믿어야 돼."

작은엄마와 헤어지는 것이 두려워 슬퍼했던 내게 조곤조곤 말을 건네던 그 목소리를 지금도 기억한다.

나는 어쩌면 작은엄마 덕분에 살아 있는지도 몰라.

삼촌이 11년 전의 불길 속에서 살아 나온 것처럼.

우리 가족은 모두, 작은엄마에게 구원받았는지도 몰라.

우리 삼촌이 세상에서 제일 복 받은 남자라는 생각엔 변함이 없지만, 그래서 질투가 나지만, 내가 세상에서 제일 좋아하는 두 사람이 행복한 부부라서 좋다.

"창문 열어 놨어요?"

방 안에 가만히 앉아 있으니 작은엄마의 목소리가 들린다.

"응. 올 봄은 바람이 산산해. 이리 와 봐."

그리고 이어지는, 저녁바람처럼 고요하고 묵직한 목소리.

삼촌에게로 다가가는 작은엄마의 발걸음이 눈에 보이는 듯하다. 두 사람을 보면 우리 엄마, 아빠도 그렇게 사랑했을 거라는 확신이 든다.

새삼 마음이 넉넉해지는 저녁이다.

-마침-

작가 후기

세 계절을 폭 빠져서 썼던 이야기를 드디어 탈고합니다. 가장 오래 보았고 가장 길었지만, 가장 즐겁게 작업했던 것 같습니다.

어쩌다 보니 한 해에 소설 한 편씩이 나오게 되네요. 농사를 짓는 기분으로 글을 씁니다. 무엇을 심을까 생각하고, 땅을 일구고 모종을 하고, 손질하고 길을 잡아 주는, 좋은 결실을 맺을 수 있도록 열심히 몸을 움직이는 일련의 과정 속에서 저 혼자만의 힘으로 되는 것은 아무것도 없다는 걸 다시 배웁니다.

『가르쳐 주세요』에 '플아다 장편소설'이라는 꼬리가 붙겠지만, 이 글은 저 혼자 만든 작품이라고 생각지 않습니다. 인물들에 생명을 불어넣어 주신 삽화가 재림 작가님, 웹소설 연재 당시 매 회차마다 보석 같은 의견을 주시고 격려해 주신 네이버 웹소설 담당자님께, 그리고 연재를 꾸준히 따라와 주신 독자님들께 모든 영광을 돌립니다. 빛처럼, 비처럼, 농작물을 키워 주셨습니다. 정말 감사합니다. 그리고 예쁜 종이책으로 다시 태어나게 해 주신 와이엠북스 가족분들께도 깊은 감사를 드려요. 모두 고생하셨습니다.

사랑해 주시는 만큼 더 노력하고 더 발전하는 작가가 되도록 하겠습니다.

다시 찾아뵙는 그날까지 항상 몸도 마음도 건강하시길 바랄게요!

-플아다 드림.